O Cozinheiro do Rei

As aventuras e desventuras de Pedro Karaí Raposo, entre o Rio de Contas e a Corte, de 1773 a 1823

Z. Rodrix
O Cozinheiro do Rei

As aventuras e desventuras de Pedro Karaí Raposo, entre o Rio de Contas e a Corte, de 1773 a 1823

© 2013, Madras Editora Ltda.

Editor:
Wagner Veneziani Costa

Produção e Capa:
Equipe Técnica Madras

Copidesque:
Teodoro Lorent

Revisão:
Silvia Massimini Felix
Arlete Genari

Dados Internacionais de Catalogação na Publicação (CIP)
(Câmara Brasileira do Livro, SP, Brasil)

Rodrix, Z., 1947-2009.
O cozinheiro do rei : as aventuras e
desventuras de Pedro Karaí Raposo, entre o Rio
de Contas e a Corte de 1773-1823 / Z. Rodrix.
-- São Paulo : Madras, 2013.

ISBN 978-85-370-0869-0

1. Literatura brasileira 2. Romance histórico
I. Título.

13-06971   CDD-869.93081

Índices para catálogo sistemático:
1. Romances históricos : Literatura brasileira
869.93081

É proibida a reprodução total ou parcial desta obra, de qualquer forma ou por qualquer meio eletrônico, mecânico, inclusive por meio de processos xerográficos, incluindo ainda o uso da internet, sem a permissão expressa da Madras Editora, na pessoa de seu editor (Lei nº 9.610, de 19.2.98).

Todos os direitos desta edição reservados pela

MADRAS EDITORA LTDA.
Rua Paulo Gonçalves, 88 – Santana
CEP: 02403-020 – São Paulo/SP
Caixa Postal: 12183 – CEP: 02013-970
Tel.: (11) 2281-5555 – Fax: (11) 2959-3090
www.madras.com.br

Índice

Prefácio 9
Além da Genialidade Musical, um Legado Literário 17
1773 – Na Aldeia 21
    Capítulo I... 22
    Capítulo II.. 31
    Capítulo III... 38
    Capítulo IV.. 50
    Capítulo V 66
    Capítulo VI.. 78
    Capítulo VII... 94
1785 – Na Tropa.. 111
    Capítulo VIII.. 112
    Capítulo IX... 127
    Capítulo X 141
1787 – Nas Minas Gerais 168
    Capítulo XI... 169
    Capítulo XII 201
    Capítulo XIII.. 240
1792 - 1799 – Na Cidade do Salvador 320
    Capítulo XIV.. 321

1799 – Na Cidade do Rio de Janeiro 376
    Capítulo XV 377
    Capítulo XVI 402
    Capítulo XVII 438
    Capítulo XVIII 478
    Capítulo XIX 500
    Capítulo XX 536
Os Possíveis Finais para Este Livro 541
Necrológio 543
Manuscritos Originais do Autor 545

Prefácio

Prepare seu coração para as coisas que Zé Rodrix conta aqui: recua, mergulha no tempo e mostra a ferida que jamais cicatrizara no peito de Pedro Karaí e todos os seus iguais de infortúnios e rejeições: Ciganos, Jesuítas, Índios, Negros... (ordem alfabética). Escravatura que, infelizmente, ainda está viva, em cínicos disfarces impostos pela canalhice humana do poder dominante... Rodrix tem um jeito de contar que faz a gente pensar que está vendo.

Imaginei!... Se eu fosse mágico Universal, leria este livro de olhos fechados! Como se estivesse no cinema, para ver o filme, ficção: "O Retrato da Verdade". Uma viagem pela via dolorosa dos dominados, humildes, de todas as raças, em busca de um destino com pinguelas prontas e sem tronqueiras espinhosas; eles só buscam seguir um rumo livremente, na rosa dos ventos; que conduza a um trabalho justo, dentro dos princípios naturais, humanos.

O livro está pronto, quem sabe um filme?!... Por que não?!... Não há melhor roteiro e conteúdo para quem acredita no Deus Bento Espinoza, Einstein... *"Deus e Natureza: dois nomes para uma mesma coisa"*. Este livro é obra de alto nível histórico antropológico, adequada para a versão cinema. O que não está distante de seu Escritor; criador, músico, arranjador, publicitário, cantor e compositor regente de trilhas sonoras para teatro, cinema, televisão e o que mais vier no gênero da comunicação.

Zé Rodrix é um gênio imortal... (assim sendo, justifica o verbo anterior no presente.). Debulha o que a ciência já revelou sobre a luta entre o gene egoísta (perene imutável) que sufoca o altruísmo! *O Cozinheiro do Rei* transita no círculo de confronto dos genes antagônicos! O menino mameluco não foge à luta. Predestinado à arte fundamental de temperar a Vida humana saudável, saborosa e nobre. Zé Rodrix harmonizou isso de forma invejável! Há momentos que a inveja nos invade, sorrateiramente.

E de repente (como dizia Vinicius de Moraes): *"Não mais que de repente"* – a gente sente vontade de sair da gente para ser o que a gente quer ser ou gostaria de ter sido. Quem ainda não sentiu isso?!...

Eu gostaria de ser ou ter sido Tom Jobim, Mario Quintana, Barão de Itararé, Vinicius de Moraes, Bob Marley, John Lennon, Gonzaguinha e Gonzagão, Machado de Assis, Voltaire, Benjamim Franklin, Lincoln, Leonardo da Vinci, Julio Verne, Charles Chaplin, Zé Rodrix (José Rodrigues Trindade). Sim, eu quis ser Zé Rodrix, pelo conjunto de sua obra e por seu jeito especial de ser gente... Rodrix lembra o penúltimo sábio da relação acima: escritor, diretor e autor das trilhas sonoras como "Luzes da ribalta" e "Sorrir...". Chaplin narrou no cinema como Rodrix faz nos seus livros, discos...

O futuro "Cozinheiro do Rei", desde menino, supliciado, acredita na energia superior Universal, mesmo não tendo a menor ideia sobre o seu amanhã... No fundo algo lhe dizia que a vida não podia ser sempre assim, como era! Gemia, mas não chorava...

O Pequeno Karaí não sabia a força que tinha, mas não deixa a fraqueza chegar!... Existe nele o espírito de luta: o certo tem que dar certo, porquanto sejamos iguais: átomos de um mesmo Senhor. "As aventuras e desventuras de Pedro Karaí Trindade" é uma verdade em forma de ficção. Quero ler novamente: trata-se de uma lição de vida. Zé Rodrix nasceu para ser estrela e chegou a ser sol... Nunca sol sozinho; tinha mania de estar em "Conjuntos" com o sentimento da harmonia. Afinado com as coisas de seu tempo e querendo aperfeiçoar os costumes de outrora, preocupado com a ancestralidade e antenado no futuro... Grato a quem fez suas primeiras pinguelas e trilhas para chegar até onde chegara!

Proponho à geração tecnocrata hodierna (sem *pena* e sem tinteiro) que tecle o arquivo "escravidão e segregação", sinônimo de Inferno!... Reestude a história dos índios desde a época "Terra de Santa Cruz". Eles são os primeiros brasileiros e escravos em sua própria terra. Depois vieram os negros africanos, como parceiros na dor... Este livro em forma de romance oferece exemplos muito bem contados... Descubra como viveram os pais de nossos *tataravôs*. Conheça a realidade social do Planeta Terra. "O Cozinheiro" tempera e *serve* isso... Zé Rodrix mostra, primorosamente, a escravidão do capitalismo selvagem: Quem pode, manda; quem não pode, obedece. Escravo é... E lamenta que assim venha sendo desde priscas eras! *O Cozinheiro do Rei* retrata, em alto-relevo, a forma original da infinita escravatura: regime de sujeição torturante aos Negros, Índios e as bestialidades e modos de suplícios (físicos, mentais e/ou ambas em uma mesma vítima), como se observa na história de Pedro Raposo Karaí; mameluco, filho de um branco cruel e uma jovem índia serena, mansa e civilizada por natureza, como sua tribo (Mongoyós). Confirma o que definiu Charles Darwin: *"A luta pela sobrevivência do mais forte, para não ser extinto"*. A raça ferina do canalha corrupto Sebastião Raposo, pai de Pedro e seu meio/irmão Manoel Raposo: o canalha preconceituoso. Infelizmente, essa raça calhorda ainda não foi extinta!... Opera por aí nos sistemas políticos, religiosos e capitalistas antropófagos!...

Zé Rodrix, por sua luz própria, era da elite artístico/literária de alta fama e prestígio... Mas, nunca esqueceu seu RG – José Rodrigues Trindade, tão simples que, só reivindicava:

> *"Eu quero uma casa no campo*
> *Do tamanho ideal, pau a pique e sapê*
> *Onde eu possa plantar meus amigos*
> *Meus discos e livros, e nada mais".*

Fomos companheiros de estúdios e corredores (modestos ou não) de Rádio, Televisão e Gravadoras. Zé, do alto de sua sabedoria, não discriminava os menos favorecidos do saber... Aqueles que não alcançavam suas prateleiras... Era simplesmente o Zé do samba, bolero, rumba, forró e, principalmente, do rock-rural que ele mesmo inventou. O que ainda se repete na voz do povo por todos os cantos do país, em diversos discos... Este seu livro pós-morte é um retrato de vida de uma pessoa que nunca desejou o mal a nenhum animal, humano ou não. Escreveu esta obra romanceada que mistura paixão (quase amor) de casal de jovens quase irmãos, política religião, a magia cigana, a conspiração, a perseguição aos jesuítas e a arte dos falsos banquetes: refeição suntuosa, onde a falsidade, o orgulho e os planos criminosos se encontram. Pedro Karaí admirava mais os cozinheiro do que os comensais...

Privilegiado, sou dos primeiros a ler. Quero ler de novo e de novo recomendar aos meus filhos, meus netos, meus amigos e aos amigos de meus amigos. Um passeio pelo engenho e a arte de Zé Rodrix, é estar em banquete de Rei justo: onde a arrogância não entra.

Já está compreendido que Zé é o cognome de José Rodrigues Trindade. Cai bem aqui o apelido ser chamado com requinte fonético: cognome, pela proximidade com o fonema cognitivo. O conhecimento é (foi) a substância que moveu esse Zé das sete notas musicais, e as vinte e cinco letras de todas as palavras. Palavras que ele "orquestrava", faz óperas populares e acadêmicas! No Ensino Médio, ainda assinando Rodrigues, no Colégio de Aplicação da Universidade Federal do Rio de janeiro e no Conservatório Brasileiro de Música, Zé já estava uniformizado de formador de bandas vocais e instrumentais. Além de cantar, tocava piano, violão, acordeão, flauta, bateria, saxofone, trompete e todos os outros instrumentos semelhantes aos aqui citados... Com os recursos tecnológicos modernos, sozinho, seria uma orquestra de bom tamanho. Em tempo mais antigo, fez bandas que foram lastros de incontáveis sucessos seus e de sua gente: artistas que saíam por aí para ganhar festivais e, depois, ouvir o Brasil inteiro cantando os sucessos que viu nascer como pai ou parteiro... Assim aconteceu com "Som Imaginário", Milton Nascimento, Elis Regina, Secos & Molhados que revelou Ney Matogrosso, e outros – muitos outros que mudaram o perfil da música brasileira. Para Zé, muito era muito pouco. Dedicou-se à publicidade: setor fantástico da comunicação. O criador fazia, em trinta segundos, sucessos que outro não faria em três minutos. Enfim, nasceu para compartilhar e fazer o bem, bem feito. O que qualifica e aponta José Rodrigues Trindade como maçom: sociedade séria reservada em princípios fraternais: fazer o bem, bem feito, sem ver a quem; desde que necessário e justo (segredo que o artista e escritor guardou até final do século XX). Onde Rodrix deixou inflar sua intelectualidade e aperfeiçoou-a com os grandes mestres.

Escreveu a Trilogia do Templo, livros referentes à Maçonaria. O conceituado literato Luis Eduardo Matta "pintou" em um dos prefácios da Trilogia: *"Nunca em toda trajetória literária brasileira, um escritor se aventurou com tamanha obstinação por uma saga épica monumental como é o caso desta trilogia, que se debruça sobre os primórdios da Maçonaria, uma das fraternidades mais antigas do mundo. Mesclando erudição e fluência onde realidade e ficção se confundem num incrível mosaico narrativo".*

Fusão do irreal na realidade em fantástica (mixagem) que *O Cozinheiro do Rei* repete aqui: em foco diferente. A ficção/verdade... Lembra Gonçalves Dias em seu sentimento índio Tupi: "Meninos, eu vi". Aproveito a deixa "Meninos, eu vi!...". Tenho quase 90 anos! Meninos, eu vi o resquício da escravatura no sertão das Minas Gerais... Fui menino segregado no início do século passado, como Pedro Karaí Raposo o foi na virada para o século XVIII, imaginado pelo sábio José Rodrigues Trindade, duas décadas mais jovem que eu.

No tempo da Tribo Mongoyó *se via o inferno* contado pelos padres Jesuítas que, à época, também eram barbaramente rejeitados pelo santo papa (hoje temos um ex-jesuíta: Papa Francisco). Coincidentemente ocupa o Trono de São Pedro, que inspirou o nome do protagonista: "COZINHEIRO DO REI". Contenho-me. As emoções podem levar-me a revelar segredos e mistérios da trajetória do suposto: melhor cozinheiro da época. Este livro é tão gostoso e emocionante como os *pratos* de Karaí. Tenho que me brecar! Se não, vou acabar revelando os dolorosos e revoltantes mistérios e... Vou chorar de novo!

Interrompo: prefiro partilhar contigo este "saboroso" livro *O Cozinheiro do Rei*. Além de grandes emoções, um cardápio com modos franceses e de todos os sabores de beira de estradas, de todos os Brasis...

A magnífica lição de vida! Leia-o...

José Messias
Compositor, cantor, escritor, músico, radialista,
apresentador, jornalista, crítico e jurado musical

Além da Genialidade Musical, um Legado Literário

O *Cozinheiro do Rei*, de Z. Rodrix, é um passeio por um momento histórico do Brasil narrado com uma maestria sem precedentes, na voz em primeira pessoa de um mameluco tropeiro que cruza os brasis de Norte a Sul tentando aprender não apenas todos os sabores que quer incluir em sua culinária, mas testemunhando fatos reais que moldavam a nação durante sua travessia entre "vevecos panelas e canela", como retrata uma canção mineira.

Na virada do século XVIII para o século XIX, mais precisamente entre 1773 e 1823, o aventureiro Karaí Pequeno, nome indígena, ou Pedro Raposo, nome de homem branco, foge do massacre de sua tribo em Rio de Contas, na Bahia, e se embrenha pelo sertão sem rumo, munido apenas de alguns livros herdados de seu mestre jesuíta que o havia alfabetizado. Entre eles, uma obra antiga da culinária francesa que o jovem, ao se juntar com um grupo de tropeiros, utiliza como base para aperfeiçoar a comida que vai aprendendo a cozinhar ao longo do caminho, sempre buscando o aconchego dos aromas das mulheres de gosto cravo e canela, até fincar suas facas na capital, o Rio de Janeiro.

Misturadas com suas colheres de pau, surgem várias experimentações gastronômicas que, além de se tornarem receitas típicas brasileiras, acabariam por levar nosso aprendiz de *chef* às cozinhas mais importantes da corte portuguesa na época, onde se envolveria com afinco nos momentos que marcariam para sempre também nossa história, como a Inconfidência Mineira, a Guerra dos Alfaiates e a vinda da família real ao Brasil.

Entre cheiros e sabores, Z. Rodrix, nosso "Mestre Jonas", ícone da música brasileira com sua "Casa no Campo", abre também nosso apetite literário com sua escrita magistral e pesquisa aprofundada sobre o que realmente aconteceu naquela época, fazendo-nos questionar se a historiografia oficial que nos foi relatada nos livros canônicos era realmente a verdadeira ou recheada de ingredientes inverossímeis, partindo do ponto de vista privilegiado da cozinha, onde tudo se sabe e se fala como em qualquer casa-grande, senzala, mansão, palacete, pensão e sala.

Um livro de dar água na boca tanto no sentido literal da palavra como histórico e cultural, visto que, antes de seu falecimento prematuro, o autor pretendia incluir no final da obra um livro de receitas com variados sabores dos brasis inclusos na narrativa, alguns já esquecidos e outros que nos acompanham nas mesas até os dias de hoje, como o nascimento da feijoada, do pão de queijo, feijão tropeiro e tantas outras iguarias, desde a entrada à sobremesa, de dar água na boca. Mas, para os leitores com um pé na cozinha, ou atentos, como uma criança que assiste a tudo com ganas de aprender algo, cada detalhe, ingrediente e sabor não se encontram apenas lá no passado deste conto, mas se repetem à mesa como a própria história que o Brasil atual reproduz, não somente na sala de jantar, mas também nos gabinetes, corredores, palácios governamentais e, principalmente, à surdina nos bastidores do poder, mesmo servido a contragosto.

No processo de revisão desta obra, optou-se por não "remexer" muito no texto original para não comprometer as nuances linguísticas que o autor, tão cuidadosamente, incorporava nas falas regionais de seus personagens e referências de livros históricos de outras épocas, limitando-se apenas às correções ortográficas que, no ímpeto de seu jorro criativo e, evidentemente, em decorrência de sua morte prematura, o autor foi impedido de fazer. Por exemplo, quando o autor se refere à tribo dos Mongoyós, ele deliberadamente utiliza o maiúsculo para destacar o fato de se tratar do sobrenome e da raiz indígena do personagem principal, Karaí Pequeno, em contraposição ao sobrenome de sua família de origem portuguesa, os Raposo. Com isso, o autor chama a atenção para o equilíbrio social de poder que o narrador tenta corrigir em sua visão sobre as lutas de classe, do mesmo modo que o "alferes" deixa de ser um mero desígnio militar para assumir a figura ligada à alcunha de "Alferes".

Entre fatos e ficção, entre narrativas e descrições, o leitor certamente se sentirá próximo ao autor, como se Z. Rodrix o convidasse a se sentar com ele, ali, em sua casa de campo, para ouvir as "coisas do Brasil" que aprendeu em sua vasta experiência de vida, e que agora lhe deseja transmitir com toda a generosidade que se possa esperar de um grande anfitrião repleto de conhecimento. Era o verdadeiro "Mestre Jonas", imortalizado em sua canção:

> *Dentro da baleia a vida é tão mais fácil,*
> *Nada incomoda o silêncio e a paz de Jonas.*
> *Quando o tempo é mal, a tempestade fica de fora,*
> *E a baleia é mais segura que um grande navio.*
> *(...) até subir pro céu.*

Teodoro Lorent
Jornalista, escritor, tradutor e comparatista;
mestre em Literatura Comparada pela
Universidade de Wisconsin/Estados Unidos

1773
Na Aldeia

Capítulo I

Minha mãe, uma botocuda da tribo dos Mongoyós, foi apanhada a laço por meu pai à beira do Rio de Contas Pequeno, sertão da Bahia, no mesmo ano em que o rei de Portugal expulsou os jesuítas de suas colônias: 1759. Ao longo do rio se espalhavam os Mongoyós, os Maracás, os Pataxó, bravos guerreiros sem vontade de ceder suas vidas aos brancos que os escravizavam na lavoura, nos serviços domésticos mais degradantes, e às mulheres, nas brincadeiras de cama. Para as índias, as brincadeiras sexuais eram uma constante: acostumadas com o contato de seus irmãos, não seriam nunca avessas a uma aproximação sensual e delicada. Mas os brancos, arrogantes como todos os senhores, as tomavam à força, causando-lhes vícios indeléveis. Eram mais que coisas, mas menos que animais, propriedades semoventes das quais os senhores dispunham sem nenhuma atenção às palavras do papa, que dissera terem os índios uma alma tão imortal quanto qualquer branco.

Meu pai, Sebastião Raposo, era um bandeirante paulista, vindo junto com tantos outros para desbravar as riquezas desta região, principalmente o ouro que rolava pelo leito do Rio de Contas Pequeno em quantidades verdadeiramente espantosas. Ao saber que os jesuítas nada mais poderiam fazer em território colonial, fosse possuir prédios ou riquezas ou responsabilizar-se pela catequese dos índios, urdiu mais um de seus planos de onzeneiro, apresentando-se ao vice-rei dom António de Almeida Soares e Portugal, conde de Avintes, na cidade do São

Salvador, como sendo o único capaz de assumir o cargo de diretor de índios. O donatário da capitania de Ilhéus, Jorge de Figueiredo Corrêa, abandonara a insalubridade das terras que haviam sido concedidas à sua família e voltara para Lisboa, deixando em seu lugar um representante tão insatisfeito com seu cargo quanto meu pai estava com o tamanho de sua fortuna. Em carta ao seu senhor El-Rey, o vice-rei informou que "Sebastião Raposo, bandeirante da capitania de S. Vicente, ora morador de sesmaria das Vsas. terras em Brasil, aceita para Vsa. maior glória o cargo de diretor de índios do aldeamento da Vila Nova de Nsa. Sra. do Livramento do Rio de Contas, comprometendo-se a cumprir toda e cada ordem de Deus Pai Todo-Poderoso, representado na figura d'el Rei de Portugal, D. José I, neste ano de nosso Senhor de 1760".

Foi assim que meu pai, pela distância entre a corte e a rica aldeia do Rio de Contas, passou a ser o senhor absoluto das terras que a Coroa acabara de tomar dos padres. Sabia que a posse da terra é o uso que dela se faz, e por isso se pôs a construir seu pequeno império à beira de uma cachoeira do Rio de Contas Pequeno, onde o aldeamento de índios se erguia. Como os limites de sua fazenda de mandioca ficavam a menos de cem braças da fronteira desta aldeia, estendeu as cercas de ambos os espaços até que se encontrassem, misturando suas posses com as posses da Coroa, ganhando na confusão uma propriedade bem maior que a soma dos dois terrenos demarcados. Suas plantações de mandioca se quadruplicaram, e acabou por receber de graça, na confusão entre o próprio e a da Coroa, os serviços dos índios no cultivo e colheita, e na produção das farinhas pelas quais a região vinha se tornando famosa até mesmo em Lisboa. E esse comércio não chegava a um décimo das "arrobinhas" de ouro que ele vinha acumulando dia a dia, das quais o quinto era religiosamente cobrado, formando a maior parte dos 400 mil reais que as colônias mensalmente deveriam mandar às mãos de Pombal, para as obras de reconstrução da Lisboa destruída pelo terremoto.

Mas não ficava por aí a gula de meu pai por riquezas: confiante em seus poderes, manteve em suas terras os padres que já deveriam ter sido expulsos, segundo o édito de Pombal. Por vias distorcidas, chegara a um resultado de grande lógica: alguém teria de fazer o serviço de educação e catequese, para o qual a Coroa lhe pagava bom dinheiro, e quem melhor que os padres para realizá-lo? Era preciso apenas que os mesmos se mantivessem restritos ao aldeamento e vestissem hábitos de frades capuchinhos, sobras de uma missão de italianos que por alí andara, para que nenhum delator lhe revelasse a manobra. Os jesuítas, imbuídos do dever para com os selvagens do Novo Mundo, aceitaram essa humilhação e se mantiveram obedientes à folia metódica de Sebastião Raposo. Meu pai fez outro uso dos fundos que a administração pombalina havia separado para a construção do aldeamento da Vila do Rio de Contas, apenas uma taba de Mongoyós, com a adição de três cabanas pastoris nas quais viviam os jesuítas. O objetivo de Sebastião Raposo era ser o senhor absoluto de tudo que pudesse, e para isso estava disposto a enfrentar El-Rey ou até mesmo o poderoso Pombal, caso este aparecesse para cobrar-lhe obediência aos decretos de Lisboa.

O aldeamento tornou-se então o quintal de meu pai, no qual se comportava como um soberano de grande poder, mas com o pouco siso e a inocente crueldade das crianças. Os índios continuavam a ser tratados por Sebastião Raposo como os escravos que um dia tinham sido: nos campos de mandioca e nas casas de farinha, nas roças de feijão, na lida das bateias em pleno rio, buscando ouro, os índios do aldeamento eram absoluta propriedade de meu pai, que deles usava e abusava a seu bel-prazer, sem dar atenção ao que os padres diziam. E, com a chegada dos escravos negros vindos de África, seu rebanho de propriedades humanas se ampliou. Nos anos que se seguiram ao início de seu crescente poderio, acabou tornando-se senhor de mais de 500 almas servis, não contando aí nem os 35 padres que mantivera ocultos à beira do aldeamento nem sua própria família, composta de mulher e filhos em quantidade espantosa.

Para manter os Mongoyós em estado de docilidade, meu pai fazia uso de uma matéria de impressionante poder, que os índios respeitavam tanto quanto a seus deuses: a aguardente. Os padres exortavam os índios a nunca beber daquela água de fogo que lhes queimava a língua e desmanchava a vontade: mas os Mongoyós, a cada dia uma sombra mais pálida da poderosa tribo que um dia tinham sido, entregavam-se a essa bebida, garantindo a meu pai o controle sobre eles. Os negros também recebiam sua ração de aguardente, mas só de vez em quando: eram animais de serviço, pois para isso tinham sido postos sobre a terra, sendo preciso que a crueldade dos senhores do mundo se exercesse sobre eles da forma mais completa, negando-lhes qualquer coisa que pudesse significar alguma semelhança com o gênero humano.

Sebastião Raposo, homem de quem herdei a libido que tantas vezes me desviou do caminho, passou a emprenhar, sistematicamente, as índias mais roliças da tribo, as mais jovens e enxundiosas negras da senzala e algumas mulheres menos importantes do vilarejo. Sua intenção nunca foi encher o mundo de filhos, e sim gozar o mais que pudesse da sensualidade que havia no mundo; mas, já que o resultado de uma coisa sempre era a outra, foi povoando esse trecho dos sertões da capitania de Ilhéus com uma ruma de filhos de todas as cores e matizes, cujo único sinal de parentesco era o tom de azul-escuro dos olhos, em alguns deles idêntico ao do patriarca. Eu, dentre todos eles, nasci com olhos azuis tão escuros que pareciam negros a uma primeira vista. Em 1773, ano em que fui posto no mundo, provavelmente no dia 29 de junho, pelo menos outros 17 filhos de meu pai viram a luz: um par de gêmeos de sua mulher, dona Hermengarda Maria, uns 12 mulatinhos na senzala e pelo menos mais três mamelucos como eu. Meu pai, pela primeira vez em sua vida na colônia, tinha emprenhado mais negras que índias, e explicava o fato dizendo:

— Não cheiro mais as índias. Devo estar a perder o olfato, pois só consigo sentir o fartum das negrinhas. Pelo menos não existe nenhum outro que me faça endurecer melhor, estás a perceber?

Minhas primeiras lembranças são as de estar escanchado no quadril de uma índia, mamando em seu peito. Era provavelmente minha mãe, mas nem disso posso dar fé: no aldeamento dos Mongoyós as crianças eram de todos, sendo todos parentes, e não havia mãe de seios cheios que rejeitasse um meninozinho que se pendurasse em seus bicos. Nem mesmo a divisão natural da tribo, que como de costume se separava em duas grandes cabanas, servia para dividir os Mongoyós. Esses dois grupos se formaram exclusivamente para que dois homens, dotados de grandes poderes, não tivessem de permanecer um sob o comando do outro, mas sim pudessem exercer a força de seu contato com os *marét* dos Mongoyós pelo maior bem da tribo.

Por mais que os padres tentassem substituir as superstições dos Mongoyós pelas suas próprias, baseando-se em seus conceitos religiosos, de nada adiantava. Aprendíamos desde cedo que para sobreviver deveríamos agir como os caniços da beira dos rios: ceder à força das águas caudalosas e dos ventos sem lhes opor resistência e, uma vez passado o esforço momentâneo, retomarmos nossa vidinha crendo no que queríamos crer, da mesma forma que tantos outros Mongoyós já tinham feito antes de nós. Para os Mongoyós não existia diferença entre o mundo real e o mundo dos espíritos: éramos vários tipos de seres vivendo em um mesmo mundo, inextricavelmente ligados uns aos outros, influenciando-nos mutuamente até mesmo depois da morte.

Posso lembrar-me da primeira que vi acontecer. O guerreiro entrou na praça do aldeamento, onde meus amigos e eu estávamos deitados, cambaleando até quase rente a nós. De sua barriga se projetava um enorme pedaço de pau, que lhe atravessava o corpo, e que, quando

ele caiu por terra, arrastou para fora quase que todas as suas costelas. O sangue era em grande quantidade, e mesmo os mais acostumados com ele começaram a gritar, chamando os adultos que andavam pelos campos de mandioca. Os primeiros a chegar foram dois padres jovens, que se persignaram e puseram-se a benzer o corpo, mas logo um chefe se aproximou e, reconhecendo o índio morto como membro do outro grupo, começou a gritar o nome de seu rival:
— K'rembá? K'rembá?

K'rembá, acompanhado por muitas mulheres, aproximou-se correndo do centro da aldeia e, empurrando para o lado os dois padrezinhos que insistiam em aplicar a extrema-unção a um índio morto, ajoelhou-se, olhando seu parente com seriedade. O outro chefe, K'etwet, virou imediatamente as costas e foi cuidar de sua vida, alheando-se completamente do assunto, já que o índio morto não era de sua cabana. E K'rembá, de pronto, começou a puxar de dentro da garganta um canto surdo, sendo logo acompanhado pelas mulheres que, batendo o pé direito no chão em ritmo cada vez mais soturno, deixaram que os cabelos caíssem para a frente, escondendo suas faces. Puseram-se então a circular em volta do índio morto, em uma roda que cada vez aumentava mais, enquanto K'rembá tirava com dificuldade o pedaço de pau fortemente enfiado no corpo dilacerado, arrumando os restos mortais de seu irmão de modo que este pudesse estar na morte tão inteiro quanto estivera em vida.

No dia seguinte, o guerreiro foi enterrado, e nós, crianças da tribo, sob os resmungos dos padres, imitamos passo a passo o enterro de nosso irmão, como os adultos o realizaram. O corpo foi colocado sentado dentro de um buraco mais fundo que largo, e, depois que foi tampado, as mulheres limparam o terreno à volta da cova, construindo sobre ela um telheiro de galhos de palmeira, enfeitado com peles e penas, tentando aplacar os espíritos, para que nenhum deles viesse atacar o aldeamento. Cada espírito que passava do mundo material para o mundo da natureza precisava ser bem tratado, senão se transformaria em um *kuparak*, uma entidade em forma de onça que atacaria a aldeia para gerar mais *kuparaks* iguais a ele.

Como eu era muito mais claro de pele que meus irmãozinhos, eles tinham grande certeza de que eu fosse filho de meu pai, que os mais velhos chamavam amedrontadamente de K'hamaknian. Sebastião Raposo ganhara esse epíteto não apenas por sua cabeleira ruiva, mas pelo tamanho de seu pênis, que, como o do K'hamaknian original, parecia penetrar as índias quase até a garganta. Era para elas motivo de grande importância recebê-lo dentro de si sem esboçar sequer um gemido, sentindo-se ao mesmo tempo ofendidas e honradas por sua escolha. Mas de todas as crianças que meu pai plantou nas índias Mongoyós durante os quase 30 anos em que lá esteve, apenas eu saíra com essa aparência misturada, mais branco que os outros, sendo chamado por meus irmãozinhos de K'araí, nome depreciativo pelo qual os Mongoyós tratavam todos os que tivessem a pele mais clara que a sua. Mesmo assim, eu era bem aceito: meu volume de cabelos, muito mais ondulados que os de um Mongoyó, era negro, mas com um forte matiz avermelhado que sempre que estávamos ao sol fazia meus irmãos rirem de mim. As índias do aldeamento, até mesmo nos momentos em que suavam com o esforço da lida na casa de farinha, também riam muito de minha mãe, por ser a única que conseguira gerar um pequeno K'hamaknian, dizendo que eu seria o dono de todas as terras e de toda a tribo.

Cresci em meio às brincadeiras dos meninos e das meninas, todas muito alegres e divertidas, cópias inocentes dos jogos dos adultos. Imitávamos sua pesca e sua caça, seu plantio e sua colheita da mandioca e do feijão, seu debulhar do milho, sua preparação da farinha, seus meneios de conquista e namoro. Alguns padres se desesperavam com isso, e vários de nós fomos severamente admoestados, com lambadas das cordas de seus hábitos nas pernas nuas. Como os adultos, nós ríamos muito deles, para quem parecia não haver nenhum prazer, perguntando-nos como seria que os padres faziam para dar de nascer a outros padres. Haveria mulheres em sua tribo, às quais eles emprenhariam? E as crianças já nasceriam vestidas daquele jeito ridículo e pouco saudável, que os fazia suar sob o sol do sertão, por ocultar de todos os seus corpos? Teriam eles no corpo alguma coisa que não pudesse de nenhuma maneira ser exibida? Os brancos também se vestiam completamente, usando botas compridas feitas de pele lisa, mas por diversas vezes já haviam sido vistos sem roupas sobre o corpo, quando estavam em contato com nossas mulheres, e, além da cor muito branca de sua pele encardida nas dobras, não tinham nenhuma diferença de nós. Para mim, aliás, não havia verdadeiramente nenhuma diferença entre ninguém. As cores das peles, dos cabelos, as barbas que os índios não possuíam, sempre me pareceram pouco importantes: a variedade era o natural das coisas, e sempre tive muito interesse por toda a variedade que o mundo nos dava.

A segunda vez que vi acontecer a morte, foi mais de perto. Eu devia ter uns 5 anos, e os meninos do aldeamento, livres como macacos, saíamos todos os dias para mergulhar na cachoeira. O lugar, do mais intenso pedaço de natureza que minha memória guardou, era um remanso de águas claras, tornadas escuras pela profundidade das lajes em que se encontrava, várias delas projetadas em ângulo quase horizontal, criando um trampolim de pedra do qual saltávamos para cair, espadanando e gritando na água escura abaixo de nós. Éramos uns 20 meninos, e os maiores entre nós, já com pequenos batoques nos furos do lábio e das orelhas, agiam com mais ousadia, pulando com evoluções dos corpos pelo ar, cada uma mais artística e elaborada que as outras. Os menores, entre os quais eu me encontrava, fazíamos de tudo para imitar essa destreza, e em uma dessas tentativas, um irmãozinho de nome K'nempé e eu nos chocamos em pleno ar, perdendo a noção das coisas. Eu resvalei perto demais da borda de pedra e senti um grande choque quando minha cabeça bateu nela. Foi como se meu corpo tivesse sido arrancado de mim mesmo, repentinamente: uma escuridão me envolveu, instantaneamente, e do fundo dela um ponto de luz se acendeu, dividindo-se em seis pequenas luzes que giravam à minha frente.

As seis luzes se aproximaram de mim, e todas elas tinham minha cara, meu corpo, meus cabelos, exatamente como eu me via ao me olhar em uma tijelinha d'água. Subitamente, eu era uma luz no centro de seu círculo, planando pelo espaço amparado pelas outras seis luzes iguais a mim, sabendo que sem elas cairia de distâncias enormes em abismos muito profundos, começando a ver o mundo a meu redor como se voasse sobre ele. Vi meus irmãozinhos Mongoyós me içando do fundo do rio, um feio corte na testa, do qual escorria o sangue que avermelhava ainda mais meus cabelos. Flutuei atrás deles até que chegassem à praça do aldeamento, vi a enorme agitação com que todos cercaram meu corpo, e os gritos lancinantes que minha mãe e as outras mulheres davam, erguendo as mãos para o céu. K'rembá aproximou-se, olhou profundamente o corte em minha testa e pôs-se a gritar para um lado e outro, sendo atendido imediatamente pelos mais velhos dentre nós, que prontamente ergueram meu corpo e levaram para dentro da grande cabana onde dormíamos.

Eu estava muito feliz em companhia das seis luzinhas iguais a mim, e nem por um instante me passou pela mente entrar na escura e enfumaçada maloca para a qual meu corpo fora levado. O mundo era agora muito mais interessante e brilhante que a cabana onde eu dormia. Comecei a deslizar pelo ar, vendo que cada pequeno pedacinho de natureza estava vivo, exibindo a essência do ser vivo que sempre se ocultara atrás da forma material. As seis luzinhas me sustentavam e apoiavam, indo junto a mim em qualquer direção para a qual eu me dirigisse, como se fossem minhas asas. O mundo que eu conhecera era agora um paraíso de beleza infinita, e sua matéria antes sólida, na qual eu me movia com a facilidade de um peixe no rio, estava recheada de todas as forças que a faziam mover-se em consonância consigo mesma, na mais perfeita das harmonias.

Durante um tempo me regozijei por meu novo estado. Sustentado por essas luzes idênticas a mim, não sentia nem fome, nem frio, nem mesmo a dor do golpe na cabeça. Permaneci animado e feliz, nadando por entre um mar de vida ininterrupta, mas houve um momento em que alguma coisa mudou, e eu comecei a sentir em minhas extermidades um peso que antes nelas não havia: olhei-me e percebi, com espanto, que minhas mãos e pernas estavam ficando iguais às dos felinos que tanto temíamos, as onças famintas, os *kuparaks* que infestavam as cercanias dos cemitérios, matando mais e mais índios para aumentar cada vez mais a matilha de onças, até que o mundo fosse povoado apenas por onças, e todos os Mongoyós tivessem sido destruídos.

Isso não me agradou, o peso dessas extremidades me incomodava, tornando mais e mais difícil meu voo por entre a brilhante matéria do mundo. A maloca onde meu-eu-K'araí ferido estava deitado me atraía incontrolavelmente, e as seis luzinhas me retinham com esforço, para que eu não mergulhasse diretamente sobre elas, levando para dentro do grupo ao qual pertenciam o medo e a destruição. Meu peso crescia, como se eu fosse me retransformando no ser sólido que um dia fora, meu corpo sendo os muros da solitária à qual eu fora condenado desde meu nascimento, para cumprir a sentença perpétua da qual apenas a morte me livraria. Por mais que as seis luzinhas tentassem me sustentar, boiando no ar acima da maloca, eu ia me aproximando de seu teto de folhas de palmeira cada vez mais, até que, de repente, o atravessei e estava de novo em meu corpo sólido, deitado no chão da maloca, percebendo que acima de minha face as seis luzes parecidas comigo iam virando apenas luzes, e depois nada.

A dor na cabeça era insuportável, mas minha mãe e o chefe K'rembá me olharam nos olhos, com a alegria de me ver renascido. Minha mãe trazia nas mãos uma cuia de cabaça cheia de alguma coisa que eu não via, mas que exalava um cheiro delicioso, que me penetrava as narinas e me enchia a boca de água. Quando ela a colocou em frente à minha boca, erguendo-me o pescoço para que pudesse nela encostar meus lábios, a visão da superfície cinzenta e brilhante me encheu os olhos de lágrimas. O mingau de tapioca com farinha de peixe, feito com todo o cuidado sobre as brasas de uma fogueira do dia anterior, escorreu por minha boca, acariciando-me a língua e revestindo de delícia as paredes de minha garganta. Entrou por meu organismo adentro, enchendo meu estômago de alegria e paz, fazendo-me perceber, pela primeira vez na vida, o que eram a fome e sua satisfação. Pensei, com minha cabeça de menino índio, que a coisa mais bela da vida era dar de comer a quem tem fome.

Nunca havia sentido apetite: até esse dia, meu alimento tinha sido o bem-vindo leite materno, fosse qual fosse a teta de que saísse, e as bobagens que as crianças comem com o objetivo único de ocupar a boca, principalmente em um aldeamento indígena, onde eram deixadas por sua própria conta até que se transformassem em homens capazes de enfrentar o trabalho da roça. Mas de repente me interessava muito esse fenômeno estranho, que cresce como uma dor e uma falta, e se esgota não apenas pela quantidade, mas principalmente pela qualidade mais difícil de reter: o sabor. Misto de cheiro e paladar, com grande influência da visão que dela se tenha, a comida é o sabor aprisionado, que se libera gradativamente em contato com nosso corpo, enchendo de prazer cada um de nós, até que a falta de novo se instale em cada um, e de novo precise ser preenchida.

Olhando o teto enfumaçado da maloca, sentindo em minha língua o resto de gosto que nela ainda ficara, cruzei meus olhos com os de minha mãe. Ela, deitando-se a meu lado, colocou em minha boca o bico de seu seio esquerdo, tranquilizando-me. E eu me permiti adormecer sem sonhos nem luzes em sobrevoo pelo aldeamento, nem a inesquecível visão da essência da natureza que nos cercava. De uma maneira determinada, tudo estava incluído no cheiro, na visão e no gosto daquele mingau de tapioca com farinha de peixe, primeira incursão de meu corpo em um universo no qual viveria minha vida e do qual extrairia, em doses às vezes díspares, às vezes insuportáveis, o terror e a felicidade que a todos acompanham em nossa viagem pelo mundo.

Capítulo II

Os jesuítas do aldeamento eram quase todos cristãos-novos portugueses, filhos e netos de judeus apóstatas, cujo único refúgio possível era o sacerdócio, de preferência longe dos países onde a Inquisição agia com força de exército. Uma das coisas mais terríveis que os tribunais do Santo Ofício professavam era que o sangue dos judeus era ruim, um veneno que infeccionava a pureza do sangue cristão, ainda que depois de várias gerações. Mesmo quando os judeus apostatavam publicamente e se batizavam cristãos, o Santo Ofício não ficava satisfeito: dividia o mundo entre cristãos-velhos e cristãos-novos, transformando os últimos em seres humanos de segunda categoria. Continuava assim a perseguição por meio da qual o Santo Ofício exercia seu poder sobre as mentes mais atrasadas da época, a grande maioria.

Os jesuítas da capitania de Ilhéus, onde ficava o Rio de Contas, tinham quase todos a medicina como profissão. Por demonstrarem esse talento para a cura, tinham ido para o mosteiro jesuíta de Santa Cruz, e mais tarde para a França, onde completaram seus estudos nas artes da cura. O interesse dos jesuítas na medicina era antigo: seus remédios, vulgarmente conhecidos como "meizinhas da Ordem", eram famosos em toda a colônia, sendo as únicas alternativas possíveis para a saúde dos colonos e dos índios por eles infectados.

O padre Francisco de Aviz era o mais jovem dos padres que viviam no aldeamento de meu pai. Depois de minha queda, morte e renascimento (não restando em mim a menor dúvida de que tenha sido assim), o padre Francisco permaneceu a meu lado durante todo o seu tempo livre, observando minhas reações aos remédios de ervas que K'rembá me fazia tomar e às pastas vegetais que aplicava em meu ferimento da cabeça. O inchaço causado pelo traumatismo era maior que um mamão, mas lentamente foi cedendo, enquanto a dor, a princípio quase insuportável, foi lentamente diminuindo, até que um dia acordei de meu sono entrecortado e ela já não estava mais em mim. Foi nesse dia que o padre mais se espantou. Tomando-me as mãos pelos pulsos, e olhando-me penetrantemente, como se quisesse desvendar o que se passava dentro de mim, disse-me:

— K'araí, como te vai a cabeça?

A língua dos Mongoyós, que já esqueci muito mais do que poderia, tinha uma construção bastante especial, e o padre Francisco a falava com muita propriedade. Ele olhou o corte em minha cabeça, ainda coberto pela papa ressecada de folhas de crista-de-galo, raiz de gengibre e banha de tartaruga. Ao mesmo tempo em que falava comigo, o padre Francisco provava, distraidamente, um pouco da mistura em minha testa, fazendo cara de desagrado ao sentir o travo de seu amargor. Olhou meus olhos, minhas unhas dos pés e das mãos, fez-me abrir a boca e pôr a língua para fora, e manteve um ar de espanto e interesse durante toda a minha resposta:

— K'araí-de-casca, a dor que estava na cabeça não está mais. K'araí-pequeno não lembra de nada, só do pirão de tapioca com farinha de peixe que a mãe de K'araí-pequeno deu, logo depois que as seis alminhas deixaram K'araí-pequeno cair aqui.

Entender, o padre Francisco de Aviz não entendeu. Mas sua natureza compassiva o fez perceber a alegria que me ia no coração, e quando K'rembá entrou na maloca, entabulou com ele uma conversa muito longa sobre as ervas que usara na pasta sobre minha testa, em meus alimentos e nos braseiros que me defumavam o corpo todo. Puxou de uma mesinha de madeira que sempre ia em sua companhia: dentro dela estavam papéis e um vidro de tinta, além de cálamos de taquara nova e penas de alguma ave que eu nunca tinha visto. Molhava os cálamos, e às vezes as penas na tinta que estava dentro do vidro, e riscava com muita atenção sobre o papel, à medida que K'rembá falava. Depois, enquanto o chefe se afastou para cuidar de seus afazeres em outro canto, mirou-me e ao papel alternadamente, enquanto riscava com vagar sobre sua superfície. Depois, quando sua face finalmente demonstrou satisfação, virou-se para mim e exibiu sua obra: era um retrato meu, os olhos inchados e a testa coberta de pasta escura, olhando para mim mesmo como me olhavam meus reflexos nos remansos dos rios.

O padre Francisco era assim: curioso ao extremo, de tudo queria saber, até os mais ínfimos detalhes, e tudo anotava ou desenhava em seus rolos de papel. E eu, que antes do acidente era apenas mais um Mongoyó sem nenhum desejo que não o de comer para viver para poder comer mais um pouco, senti com ele uma grande identidade: eu também me tornara um curioso, e queria saber muito mais sobre tudo. O porquê das coisas passou a me interessar profundamente: por que o sol nascia e morria sempre no mesmo lugar, à mesma hora, por que as árvores eram verdes, por que os sabores e os cheiros e as cores das comidas nos enchiam a boca d'água, por que os homens e as mulheres se deitavam juntos para brincar e se era verdade que por causa disso sempre saía mais gente da barriga das índias, por que as pessoas morriam, por que as almas dos que morriam viravam onças. Algumas dessas perguntas ele sabia me responder, outras não sabia: uma grande parte ele sabia mas não quis dizer, e a maior parte de todas ele não achava que eu pudesse saber senão depois que já estivesse grande. Mas desse encontro de curiosidades nasceu uma ligação muito profunda, e o padre Francisco de Aviz tornou-se, por assim dizer, um amigo. Satisfazendo minhas primeiras grandes curiosidades, ele preparou minha mente para tornar-se mais e mais curiosa sobre coisas a cada dia maiores e mais diferentes, algumas delas tão afastadas do universo dos Mongoyós que o padre se assustava com elas. E eu, com a mente e a língua soltas depois de minha experiência do outro lado, a morte, assimilava cada uma dessas coisas com cada vez mais apetite.

Padre Francisco falava várias línguas, além do português e do mongoyó: era proficiente em latim, francês e em uma outra língua de sonoridade quase líquida, que usava exclusivamente quando estava em sua grande cabana, na qual os padres dormiam em catres de madeira e couro. Foi por intermédio dele que eu, depois de demonstrar um bom ouvido para outras línguas, comecei a tomar as primeiras lições no português, língua de meu pai, no latim da religião que os brancos professavam e em algum pouquinho de francês, língua preferida pelo prior dos padres. Este, dom Felipe Torres Pereira, era filho de algum fidalgo luso, rejeitado por seu sangue de cristão-novo, diversas vezes acusado de jejuns hebraicos e espancamento de crucifixos. Para livrar-se dessa pecha e poder fazer bom uso de sua fortuna, cedeu dois filhos ao deus dos cristãos: a menina foi enclausurada junto às ursulinas do Porto, e o então jovem dom Felipe, entregue ao prior do convento de Santa Cruz, tornando-se o principal do grupo de padres que fora estudar na França, vindo depois todos juntos para as colônias de El-Rey.

Para mim os jesuítas disfarçados eram uma bela e interessante companhia, pois as coisas com as quais exerciam seus muitos misteres eram todas muito interessantes e divertidas, e comecei a passar a maior parte do tempo em companhia deles, principalmente do irmão cozinheiro, um rubicundo e louro sacerdote, cujo bom humor proverbial se expressava dentro da rudimentar cozinha onde preparava a comida de seus irmãos. E eu, que também andava quando podia perto das mulheres da tribo, em sua faina sobre os braseiros, ou perto dos homens que moqueavam peixe ou caça, comecei a notar as diferenças interessantes entre as maneiras de alimentar-se que cada povo tinha.

Os Mongoyós, sem nenhuma hesitação, aproveitavam tudo o que a Natureza lhes punha ao alcance das mãos: peixes dos rios, caça abundante das florestas, ovos das tartarugas, mel das abelhas, bundinhas das formigas de asas, raízes e frutos da terra. Hoje entendo a sabedoria desses homens, que devolviam ao rio todo e qualquer peixe pequeno, sabendo que quem mata hoje um peixe pequeno deixa de pescar muitos peixes grandes amanhã. Nossas brincadeiras na beira dos rios envolviam sempre as artes da caça e da pesca, enquanto as meninas, no aldeamento, eram treinadas na arte de tecer as redes e encordoar os arcos que usávamos nessas brincadeiras. As mulheres colhiam sementes, folhas, frutos, mas as raízes eram trabalho quase exclusivo dos homens: a elas restava o suadouro das casas de farinha, onde ralavam as raízes da mandioca, secando a massa ao sol ou em braseiros de pedra e tijolo, construídos sob as ordens dos portugueses. No aldeamento de meu pai essas casas de farinha nunca estavam fechadas: as índias passavam os rodos de madeira na massa de sol a sol, espalhando-a por todos os lados da chapa de pedra, enquanto outras ralavam as raízes em raladores de diversas espessuras, preparando massa para fazer desde a grossa farinha que se usava para engrossar os mingaus até as mais finas, que, misturadas com a banha das tartarugas, serviam para fazer os suaves beijus de que nunca mais me esqueci.

Já o cozinheiro dos jesuítas, irmão Perinho, era muito inventivo, tendo verdadeiro prazer em criar um novo alimento. Eu passava muitas horas junto a ele, e logo comecei a ajudá-lo, debulhando o milho de que fazia uso, muito mais que os Mongoyós, adeptos quase exclusivamente da farinha de mandioca. Irmão Perinho conseguira um comprido tronco de pau-ferro, que escavara com fogo e uma enxó, fazendo também uma mão para esse pilão improvisado, com o qual produzia todos os dias a farinha de milho para o pão dos padres. Eu, ainda pequeno, ficava a seu lado, peneirando a grossa farinha de milho, para livrá-la das cascas. E o irmão Perinho, sabendo que meu português precisava ser aprimorado, falava comigo sem parar na língua de seus pais:

— Ah, se tivéssemos aqui os campos de trigo do Minho, onde nasci! Aí sim verias o que é um belo pão! Molhado com o azeite puro das olivas que espremos no lagar, então, tu nunca mais quererias outra coisa! Mas não existe trigo nesses brasis! A terra em se plantando tudo dá, é verdade, desde que se plante aquilo que ela aceita de bom grado! E o que ela aceita de bom grado são apenas essas coisas que aqui nascem, esse milho amarelo, essa maldita mandioca, esses umbus, buritis, cagaitas, essas coisas que os índios comem sem nem pensar o que é que estão a pôr pelo bucho a dentro! Ah, que saudade do trigo de minha terra! Haverias de ver que pão com ele se faz! Mas vai, Karaí-pequeno, anda com isso! Peneira essa farinha grosseira que eu quero ver o que consigo fazer com ela! Onde é que já se viu padres sem pão? Onde é que já se viu hóstias feitas de milho? Só nessa terra esquecida por Deus Nosso Senhor!

E eu ficava imaginando o que seria esse tal de trigo, capaz de produzir nas mãos do irmão Perinho uma iguaria mais excepcionalmente deliciosa que os pães sovados e finos que ele assava todos os dias. Dava-lhes a consistência e a espessura dos beijus de mandioca que minha mãe preparava, e colocava-os a assar em seu forno de barro, sobre o qual estava firmada uma chapa de metal negro, que ele havia trazido consigo em sua bagagem desde a cidade do Salvador, e que chamava carinhosamente de "meu fogão". Os Mongoyós tinham alguma coisa parecida com seu forno de argila, mas o irmão Perinho o havia amaciado até que ficasse tão liso por dentro quanto por fora, e a argila vermelha de que fora feito endurecia mais, cada vez que a lenha era posta para queimar dentro dele. Os pães não cresciam quase nada, e o irmão Perinho reclamava da falta de fermento nessas terras esquecidas por Deus Nosso Senhor, estando sempre a buscar ervas e outras coisas onde houvesse alguma levedura que fizesse crescer as massas de seu pão, amarelo e cheiroso, capaz de atrair a todos muito antes de ficar pronto.

Durante todo esse tempo eu tentava entender, com minha cabecinha de menino índio, por que é que as pessoas comiam coisas diferentes umas das outras, e acreditei que essa necessidade era muito menos uma necessidade do corpo que uma da alma. As necessidades do corpo eram de outro tipo, como por exemplo a que aconteceu no tempo em que houve uma grande estiagem nas cabeceiras do Rio das

Contas, baixando o nível das águas e criando problemas, inclusive no plantio da mandioca. Por amargor da terra ou outra causa desconhecida, colheu-se mais maniva que qualquer outra coisa, e meu pai, comprometido com o envio de farinhas para a Corte, houve por bem privar-nos a nós, os Mongoyós, de nosso sustento básico, para não prejudicar a quantidade de tonéis de farinha que embarcaria para o porto de Lisboa. Como a estiagem causara grande dano às plantas e obrigara os animais a se afastar em busca de água e alimento, ficamos quase em estado de inanição, roendo raízes, chupando frutinhas secas e esturricadas, guardando para um momento de maior necessidade os restos de farinha que raspávamos dos desvãos, velha e quase toda embolorada, deixando a casa de farinha por causa disso mais limpa e brilhante que nunca. O que nos salvou foi um alimento inesperado, de que os matos em redor estavam cheios: os bichos-da-taquara.

São uns vermes brancos, mais ou menos do tamanho de um dedo, que moram dentro dos gomos dos bambus nos taquarais selvagens. As mães borboletas botam seus ovos nas comissuras dos bambus, e os bichinhos, roendo seu próprio alimento, começam bem pequenos, e vão crescendo à medida em que comem e esvaziam os gomos, aumentando a dimensão dos aposentos em que viverão sua curta vida de verme. Os Mongoyós só comiam esses vermes em ocasiões de grande fome, e os índios mais velhos da tribo saíram pelos matos em busca de taquarais recheados. Ao se aproximarem dos mesmos, faziam profundo silêncio, conseguindo ouvir o ruído da mastigação dos bichinhos em seu interior. Com jeito, quebravam os bambus mais recheados, lascando-os no sentido do comprimento, tirando de lá os vermes, que traziam ainda vivos para o aldeamento em grandes cestas de palha. Na aldeia as mulheres, impedindo que qualquer um dos famintos se aproximasse dos vermes, jogavam-nos em tinas de barro cheias de água fervente que já estavam nas fogueiras. Só podiam ser comidos depois de fervidos, e apenas os que se mexessem na hora em que caíssem na água, sendo necessária toda a atenção para os separarem uns dos outros. Os que se mantinham imóveis já estavam mortos, e quando comidos causavam um tal envenenamento do corpo que a morte cercada de cólicas insuportáveis sobrevinha em poucas horas, como aconteceu a meu amigo K'nempé. Ele passou a mão em alguns que sobrenadavam na tina, e correu para um canto do aldeamento, enfiando-os na boca, com sofreguidão, morrendo entre grandes cólicas algumas horas depois. Depois disso, por maior que fosse a fome, ninguém da aldeia se arriscava a comer os bichos-de-taquara que não tivessem sido escolhidos e separados pelas índias mais velhas. Como é hábito quando se trata de Natureza, K'nempé havia morrido para salvar muitos outros de um destino tão terrível quanto o seu.

O irmão Perinho e o padre Francisco comeram dessa comida conosco, pois não só sentiam os efeitos da fome causada pela estiagem, mas também por serem curiosos quanto a alimentos novos. O padre Francisco provou os vermes cozidos, de um perolado translúcido, e decretou:

– Sabor delicioso, K'araí-pequeno. Assim deviam saber os gafanhotos de que fala o Livro Santo!

Já o irmão Perinho, depois de provar os bichos-de-taquara, buscou um pouco de cinza clara no canto da foqueira e espargiu sobre sua porção, antes de voltar a comer. Sua face se iluminou com um sorriso, e disse:

– Gafanhotos? Nunca! Isso são camarões, dos grandes, e de água doce! O salgadinho dessas cinzas deu-lhes o toque que faltava! Quisera eu ter comigo uma grande tina cheia do verde azeite de oliva! Iriam ver do que é capaz um cozinheiro quando se põe a fritar profunda e rapidamente delícias como essas!

Padre Francisco riu, mas pôs uma mão sobre o braço do irmão Perinho, admoestando-o:

– Acredito, meu irmão, mas nunca digas isso a nosso prior. Sabes como dom Felipe é estrito com alimentos novos, e nunca admitiria que um de nós comesse algo que sequer lembrasse os alimentos proibidos.

Irmão Perinho fez um muxoxo, mas calou-se, e continuou comendo seus bichos-de-taquara em silêncio, até o último, sem que restasse em sua cuia uma migalha sequer. Eu fiquei manducando meus bichinhos-de--taquara com extremo prazer, até que a noite caísse. A necessidade da comida, uma vez superada, dera lugar ao prazer do sabor, e eu sentia que minha boca, minha língua e até mesmo meu nariz experimentavam uma sensação inesquecível: a de estar satisfazendo as duas fomes, a do corpo e a da alma, a do precisar e a do gostar. Eu sempre comera porque precisava comer, mas de repente, depois de minha mortezinha inesperada, começara a comer porque gostava disso.

E em pleno roteiro de valorização de minha gula e meu paladar, deitei-me satisfeito e dormi, sem me preocupar sequer um instante com meu alimento do dia seguinte. Eu já tinha me tornado um desses seres que nunca temem por sua proxima refeição, por saber, de forma quase instintiva, que sempre existe na Natureza algo com que podemos nos alimentar, tirando disso um grande prazer. Eu sabia, a partir desse instante, que o mundo está sempre prenhe de sustento para nossos corpos e nossos desejos, nem que seja sob a forma de bichos-de taquara.

Capítulo III

Em julho de 1780, menos de um mês depois de ter completado 7 anos de idade, e estando pronto para ganhar o primeiro da longa série de batoques que os Mongoyós usavam durante toda a sua vida no lábio inferior, fiz minha primeira visita à Vila do Rio de Contas, na véspera do dia de Sant'Anna. Meu pai apareceu no aldeamento onde morávamos e mandou chamar o padre Francisco de Aviz, mas este estava na cozinha dos padres, onde o irmão Perinho fazia mais uma de suas experiências com coisas que pudessem substituir o fermento. Eu olhava com grande interesse a mistura de cana-de-açúcar meio azeda que o irmão Perinho começava cuidadosamente a misturar na massa de milho para o pão dos padres. Se a massa após descansar dobrasse de tamanho, o irmão Perinho estaria de posse de uma grande maravilha. O pão fermentado renderia muito mais, ficando mais leve, e tendo uma vida mais longa que a esfarinhenta boroa amarela em que o pão se transformava logo após ser assado.

Meu pai não tinha o menor interesse em pães nem fermentos: entrou aos berros pela cozinha adentro, assustando a todos nós, fazendo com que o irmão Perinho deixasse cair a cuia na qual tinha medido com extremo cuidado a quantidade certa de sua mistura milagrosa, dando-me a sensação de que o mundo estava por acabar-se. A figura de cabelos ruivos, fuzilando de raiva por não ter sido atendido, parecia o K'hamaknian de nossas lendas. Eu me ocultei por detrás do fogão, enquanto o irmão Perinho se dividia entre a vontade de expressar algumas pragas e a necessidade de aquietar-se, como fazia ver o gesto de preocupação do prior dom Felipe, que entrou na cozinha logo atrás de meu pai, tentando resolver por antecipação uma situação que prometia ser perigosa.

O padre Francisco de Aviz, calmo e de suavidade inexplicável, não era de engolir maus-tratos. Esses jesuítas, ocultos nos cafundós do sertão, dependiam integralmente do mais brutal dentre todos os homens para seu sustento e sobrevivência. A troca que tinham feito com Sebastião Raposo não lhes era assim tão vantajosa: além de perderem de um dia para o outro toda a importância que tinham, esperava-se que continuassem executando a função para a qual haviam se preparado durante toda a vida, sob as ordens de um monstro de iniquidade, fescenino e glutão, para quem os vícios eram o natural e as virtudes, uma impossibilidade. O padre Francisco de Aviz sabia disso e não gostava nem um pouco do que sabia, e seu prior, dom Felipe, sabendo que ele o sabia, e temendo pelo destino de 20 padres jesuítas, adiantara seu passo para impedir que o malfazejo benfeitor fosse afrontado pela santa ira de um de seus companheiros de batina.

De onde eu estava, semioculto pelo fogão quente e pelas costas largas do irmão Perinho, pude ver o olhar de profundo desprezo que o padre Francisco lançou em direção a meu pai, quando este ergueu o chicote de cabo de osso por sobre a cabeça do padre. Mas o padre enfrentou-o de igual para igual, e com tal hombridade no olhar que o feroz senhor desviou o chicote para o fogão, derrubando a cuia de barro onde a massa de pão descansava, fazendo com que se estilhaçasse ao chão. Alguns respingos me acertaram as pernas, mas eu não tugi nem mugi: já havia visto a maneira com que o poderoso bandeirante tratava os que caíam ao alcance de seu chicote, e não desejava de maneira nenhuma experimentar suas estranhas carícias.

O padre Francisco mirou-o longamente e, mesmo sentindo o olhar de preocupação de seu prior, em um pedido mudo de calma e temperança, não pode furtar-se de dizer:

– O senhor dom Sebastião prova ser verdadeiramente rico. Nestas terras, o desperdício de comida ainda é a maior prova de grande riqueza.

Dom Felipe ficou branco, mas Sebastião Raposo não percebeu a ironia oculta na frase do padre. Para ele as palavras eram exatamente o que eram: bronco por natureza, não conseguia perceber as entrelinhas. Chutou os cacos de barro e vociferou:

– Minha riqueza é toda minha e não depende de nada nem de ninguém, nem mesmo de Deus! O que tenho é meu porque eu o tomei com minhas próprias mãos! Sou um homem que faz seu próprio destino, e ninguém, nem El-Rey, nem mesmo o próprio Deus, se aqui ousasse aparecer, me faria abrir mão do que tenho!

O prior dom Felipe persignou-se, e o irmão Perinho começou a afastar-se com a lentidão de uma lesma para fora do alcance dos olhos de Sebastião Raposo. Meu pai, do alto de sua soberba monumental, não chegou a perceber nada do que se passava à sua volta: com os olhos fixos no padre Francisco de Aviz, deixou que a boca se torcesse em um sorriso de escárnio:

— A mim não me importa o que pense, desde que cumpra suas obrigações para comigo. Aqui mando eu, padreco, e se quiserem ter o que comer, acho melhor me obedecerem...

O prior dom Felipe, em um gesto mudo, pedia ao padre Francisco que não retrucasse. O silêncio era muito pesado, mas finalmente o padre Francisco abaixou os olhos, dando a Sebastião Raposo a certeza de que havia vencido mais essa batalha. Meu pai, rindo ainda mais, começou a pavonear-se pela cozinha, batendo o chicote em suas botas de cabedal muito sujas, enquanto dava o que chamava de "suas ordens":

— O padre velho da vila morreu antes de ontem, e a vila está sem quem cuide das almas dos que lá vivem. A mim pouco importa mais ou menos um, mas minha mulher precisa do consolo da religião, e obrigou-me a conseguir um padre para a vila. Os três irmãos da Trindade querem fazer rezar uma missa na igreja que estão erguendo.

— Mas, dom Sebastião, a igreja ainda está pela metade, nem teto tem, pelo que nos foi dito! — falou o prior dom Felipe, com sua voz grave. — Certamente vossa mercê não há de querer que rezemos missa...

— Isso pouco se me dá! — interrompeu-o Sebastião Raposo, batendo com seu chicote sobre o fogão do irmão Perinho. — Minha vontade é que se faça a festa, que se reze a missa, que se agrade aos da vila! Os motivos deles podem ser muito santos, mas os meus só a mim interessam! É preciso agradar aos idiotas, e se umas frases sem sentido ditas em latim servirem a meus objetivos, tanto melhor!

Apoiou seu pé sobre a borda do fogão, passando a mão pelo bico da bota:

— Os senhores padrecos têm mais é que me satisfazer os desejos, sabiam? Se ainda estão com saúde em terras d'El-Rey, é a mim que o devem! Os outros jesuítas que por aqui andavam a essas horas estão todos confinados na Itália, às ordens do papa! Se é que ainda estão vivos... Portanto, é melhor que me obedeçam, senão...

O silêncio foi imenso, e eu escolhi exatamente esse momento para sair de trás do fogão. Meu pai, ao ouvir-me, sem sequer mover a cabeça, agarrou-me pelos cabelos e puxou-me até a frente de seus olhos afogueados. Minha cabeça doía, e meus pezinhos mal tocavam o chão. Sebastião Raposo olhou-me profundamente, prestando especial atenção a meus cabelos, e depois os soltou, não sem antes me prender as mãos à frente em sua grosseira manopla. Um sorriso bestial assomou-lhe aos lábios, e empurrou-me para trás, fazendo com que eu quase caísse, enquanto o senhor de todos dizia:

– Esse é dos meus, pois não? Viram como é forte o sangue dos Raposo? Consegui passar por cima do sangue dos selvagens e deixar minha marca nesse aqui! Esse é dos meus! Que pândega!

Espreguiçando-se todo, o que lhe aumentava a altura a um ponto incomensurável para meus olhos de criança, meu pai disse:

– Levem esse menino quando forem à vila. Eu quero que todos vejam do quanto é capaz a semente de Sebastião Raposo. Quero hoje à tarde na vila um padre para rezar a missa de amanhã, esse irmão cozinheiro para ajudar as negras dos Trindade nas comezainas para a festa, e esse menino vestido de coroinha em pleno altar! Que pândega! Quando perceberem que é um mamelucozinho que lhes está a pôr a bandeja por debaixo dos queixos à hora da comunhão, e mais ainda, quando perceberem que é meio Raposo, hão de tremer! Que pândega!

Com essa palavras misturadas à sua gargalhada portentosa, Sebastião Raposo saiu do alojamento dos padres, deixando-nos a todos em estado de estupefação. Nenhum de nós gostava daquilo, cada um por suas razões, mas de todos nós o mais irritado era o padre Francisco, enquanto a voz de Sebatião Raposo se afastava lentamente pelo aldeamento, bradando suas ordens. A discussão que se seguiu foi praticamente toda entre o padre Francisco e seu prior dom Felipe. O padre Francisco me segurava as mãos com força, mais do que necessária, sem dúvida, enquanto debatia com seu prior sobre o que fazer naquele momento:

– Uma criatura sem deus! E meu prior me exige que o obedeça? Mas isso é um animal da pior espécie, na certa feito com o barro de lugares malditos, e semovente por artes demoníacas! Até quando teremos de aturar sua autoridade? Se não nos merece nada a não ser o desprezo, porque lhe damos nossa obediência?

Dom Felipe era mais velho e mais sábio, e em sua alma se enraizava uma preocupação extrema com as vidas de seus irmãos, pelos quais havia sido feito responsável ainda em terras europeias. Eu sentia apenas medo: meu único desejo era fugir dali, embrenhar-me no mato e nunca mais aparecer. Dom Felipe, fazendo uso de toda a sua autoridade, proferiu aquilo que soou como uma sentença divina:

— Temos muito mais a perder do que parece, meus filhos! Vós o sabeis! Não vos esqueçais do verdadeiro motivo que nos trouxe até a Ordem de Santo Inácio, e aprendei a aceitar o que vos acontece com a humildade necessária! Se temos de obedecer a um animal como Sebastião Raposo, é porque o Criador exige isso de nós. É um preço pequeno a pagar por nossa sobrevivência, não vedes? Façamos-lhe as vontades, que nada representam no geral das coisas deste mundo.

Por mais que rejeitássemos as coisas que dom Felipe dizia, sua autoridade foi se sobrepondo gradativamente a cada um de nós, e depois de algum tempo já nos sentíamos mais conformados com nosso destino imediato. Teríamos de ir à vila, portanto era melhor que fizéssemos o que o Criador dos mundos nos exigia com a melhor cara possível. Eu era o que menos razões encontrava para obedecer: mas a autoridade de dom Felipe, as mãos do padre Francisco e o sorriso de galhofa do irmão Perinho acabaram transformando tudo em uma grande aventura, a primeira de minha vida. O irmão Perinho pôs ao ombro uma sacola com suas colheres de pau e suas facas, das quais nunca se afastava, e deu-me a mão esquerda. O padre Francisco deu-me sua mão direita e, sob as bênçãos de um severo e preocupado dom Felipe, pusemo-nos a caminho da vila na qual minha vida funâmbula daria mais uma cabriola.

Saímos do aldeamento, atravessando o Rio de Contas Pequeno, em um vau muito estreito em meio a corredeiras de todos os tamanhos e feitios, uma paisagem esburacada pelas pedras que o rio arrastava desde sua nascente no alto da Chapada dos Guimarães até se derramar nas barrancas do Rio de Contas Grande. Diversos desses calhaus arredondados, ancorados por algum motivo em uma depressão de alguma pedra, alí começavam a mover-se, cavando no decorrer dos anos um caldeirãozinho fundo onde giravam doidamente, cada vez mais esféricos. Os Mongoyós nunca tiravam essas pedrinhas dos buracos onde estavam: consideravam uma agressão aos espíritos da floresta mover qualquer das coisas que eles tivessem posto e disposto, e mesmo nós crianças, quando por acaso brincávamos com essas pedras, ao terminar a brincadeira colocávamos cada uma em seu lugar original, sem misturá-las.

Atravessamos esse vau, tomando do outro lado do rio o carreiro marcado pelas rodas dos carros, e sinuosamente atravessamos os pastos de Sebastião Raposo, indo desembocar na ladeira coberta de lajes amarelas que ligava a Vila de Rio Contas à Vila Velha do Rio Taquari, mais abaixo na encosta, da qual pela distância e pela vida se separara. Era uma estrada sinuosa e muito íngreme, integralmente calçada com as lajes de que a região se fizera notória, depois do ouro e dos diamantes que eram sua principal fonte de riqueza. Subimos essa ladeira em direção noroeste, calcando em nossos pés as mesmas pedras que por tantos anos já e durante tantos anos ainda enfrentariam inúmeras tropas e caravanas, pelas quais as riquezas da colônia começavam seu caminho sem volta para a corte europeia. A estrada, margeada de buritis e umbuzeiros, era fresca e verdejante, mas minha pele de criança se arrepiava com o friozinho de julho, que emanava não se sabe de onde, talvez da própria terra a meus pés.

Pouco tempo depois a ladeira se transformou em terreno plano, e as árvores, rareando, mostravam que era alí que a vila começava. As terras que atravessáramos, depois vim a saber, pertenciam aos irmãos da Trindade, que gentilmente as haviam cedido à comunidade, mantendo direitos sobre as mesmas, como se fossem guardiães da vila. Eram gente poderosa, quase tanto quanto Sebastião Raposo, e essas forças antagônicas se mediam de forma *sui generis*: enquanto meu pai se apossava de tudo aquilo que podia, com sua fome sem fim, esses três irmãos da Trindade, também vindos de São Paulo atrás de ouro e diamantes, faziam sua fama com benesses para os habitantes do lugar. A Igreja de Sant'Anna, que haviam começado a erguer alguns anos antes, era a grande obra da qual pretendiam que a vila se orgulhasse: construída com a mesma pedra que cobria a estrada à sua frente, vinha sendo erguida em um grande terreno plano que ficava quase em frente à mansão senhorial dos Trindade, uma grande casa ancha e com porão, atrás da qual ficava o grande terreno coberto de árvores futíferas, que se estendia até a beira do rio.

Paramos à frente da pequena escada de pedra, com três degraus, e o padre Francisco bateu palmas. De dentro apareceu uma pretinha de saia listrada até os pés, turbante enrolado sobre os cabelos e um pano branco amarrado sobre os seios. Ao nos ver, nem esperou uma palavra: embrenhou-se pela casa adentro, gritando:

– Nhonhô Antônio? É gente chegando!

De dentro da casa, no alto de dez degraus de pedra e pelo pequeno corredor escuro, vieram chegando até nós os três irmãos da Trindade, cada um com uma aparência diferente do outro, mas todos eles possuidores de grandes e bulbosos narizes, marca registrada da família. Os Bernardes Rodrigues da Trindade, vindos de Portugal para a Espanha e de lá para Cuba e daí até o Brasil atrás de riquezas, tinham enfrentado as sezões e maleitas dos rios interioranos da colônia, até encontrarem essas terras altas onde ficava a sesmaria que tinham recebido. A bandeira em que tinham chegado até aqui saíra de São Paulo mais ou menos na mesma época que a de Sebastião Raposo, e ao que tudo indica na vila de São Paulo as famílias da Trindade e Raposo já eram rivais em tudo. Nada mais natural, portanto, que na conquista de novos territórios e riquezas os Raposo e os da Trindade se pusessem permanentemente a medir forças e poder, riquezas e conquistas.

Seguidos pela negra e mais uns molequinhos de minha altura e idade, com calcinhas de pano listrado, vieram se aproximando da porta os três irmãos da Trindade, passando vagarosamente da sombra à luz, e gradativamente fixando suas imagens em minha mente. Os três tinham mais ou menos o mesmo talhe atarracado e musculoso, sendo que o mais novo, Manuel Bernardes, era um pouco mais alto. A mesma tez azeitonada era dividida pelos três irmãos em tonalidades diferentes, e José, o irmão do meio, era como uma cópia mais clara de Antônio Bernardes, o chefe da família. Anos depois é que pude perceber o quanto havia de pose nesses três homens, vestidos segundo a mais recente moda da França: usavam culotes justos de pano acetinado, presos logo abaixo dos joelhos com fitas da mesma cor e, diferentemente da maneira como as usavam todos os brancos que eu já havia visto, portavam meias longas da mesma cor dos culotes. Dos três era José o mais preocupado com a elegância, sendo até um pouco exagerado no vestir-se com tecidos brilhantes, desde o justacorpo até a camisa que lhe sobressaía pelo alto da veste. Manoel, mais rústico, nem colete trazia sob o casaco de camurça fina com três golas, e Antônio vestia um casaco longo de cetim acolchoado; na cabeça, um pequeno casquete cilíndrico de pano escuro rebordado.

Mas o que mais me chamou a atenção nos três homens, fazendo com que eu arregalasse meus olhinhos de menino índio, eram as longas e maltratadas barbas que traziam nas faces. Em José, essas barbas hirsutas e mal aparadas criavam um contraste com suas roupas mais do que belas, principalmente em oposição à cabeleira branca e amarrada em cadogam que trazia sobre a cabeça. Antônio e Manoel não usavam cabeleira, e neles as barbas excessivas quase ornavam com suas roupas. De qualquer maneira, esses homens me pareceram o suprassumo da beleza, absolutamente dignos de minha inveja infantil, de meu desejo de ser como eles. E as barbas, que eu nunca havia visto assim tão longas nos poucos brancos que conhecera, foram o detalhe que eu devia de ter quando crescesse e finalmente me tornasse branco como eles. Para mim seria fácil: se me chamava K'araí-pequeno, isso significava certamente que algum dia eu seria um K'araí-grande, um branco adulto como esses que via à minha frente.

O padre Francisco adiantou-se e dirigiu-se ao mais velho dos três irmãos:

– Senhor Antônio da Trindade? Sou o padre Francisco de Aviz, que o senhor Raposo mandou para substituir o padre morto.

Um ar de alívio perpassou as faces até então preocupadas de Antônio da Trindade. Seu sobrecenho se desenrugou: curvando um pouco os joelhos, tomou na mão do padre Francisco e a levou perto da boca como que para beijá-la. Padre Francisco teve um movimento de repulsa e tomou as duas mãos de Antônio da Trindade nas suas, erguendo-o novamente até a posição ereta. Os outros dois irmãos se aproximaram, e Antônio da Trindade disse:

– Ainda bem que veio! O povinho dessas terras está aguardando com ansiedade a festa da padroeira, e como faríamos sem um padre a procissão e a missa? Um viva a Sebastião Raposo, por ter cumprido o prometido!

– Ele nunca deixaria de cumprir um ditame de sua arrogância, meu irmão! – disse Manoel, apoiando-se na bengala de galho de roseira. – Às vezes acho que o verdadeiro Deus nos pôs no mundo só para contrabalançar os malfeitos desse homem!

Antônio da Trindade olhou com severidade para seu irmão mais novo, que se calou, amuado. Por baixo do ar severo podia-se ver a verdadeira alegria que Antônio da Trindade sentia pela chegada do padre: ele também prometera muito ao povo da vila, e dependia da presença de um padre para que tudo se realizasse. Olhando em nossa direção, cumprimentou o irmão Perinho com um gesto de cabeça, levando o irmão Francisco a apresentar-nos:

– Este é o irmão Pero Gonçalves, cozinheiro de nosso grupo. A pedido do senhor Raposo me acompanha, para auxiliar em qualquer mister de cozinha que se faça necessário.

– Estou às ordens, meu senhor, às ordens! – o irmão Perinho parecia florescer. – E curiosíssimo para ver a cozinha onde trabalharei. Faz quase doze anos que não sei o que seja uma cozinha de verdade. Agradeço a honra, meu senhor, de deixar que eu alí esteja!

José da Trindade, do alto de sua elegância colorida, abriu um sorriso:

– Pois que seja! Vamos entrar e conversar na sala grande, enquanto tomamos uma jacuba, uma garapa. E o irmão cozinheiro já pode se apossar de seu novo território!

O irmão Perinho não me largou a mão, quase me arrastando atrás de si para dentro da casa. Quando passei pelos irmãos da Trindade, que haviam se movido para o lado, deixando livres os degraus de pedra da entrada da casa, ouvi Manoel perguntar:
— E o mamelucozinho, quem é?

Padre Francisco de Aviz deu um longo suspiro, mas antes que eu pudesse ouvir o que diria, o irmão Perinho embarafustou-se pelo corredor do fundo, atraído pelo bulício que lá de dentro se produzia, entremeado pelo perfume inconfundível dos temperos e das coisas de forno. Era uma sala escura, mal e mal iluminada pelos inúmeros fogos que nela estavam acesos, aberta de um lado para o pátio florido e a horta, e as telhas sem forro que a cobriam estavam cheias de uma grossa camada de picumã. Em duas paredes da cozinha, a primeira que eu via em minha vida, ardiam os fogões de lenha, sobre os quais brilhava e borbulhava uma infinidade de panelas, tachos, frigideiras e chapas cobertas de guloseimas e comezainas. O fogão à direita era uma lareira aberta e muito alta, dentro da qual giravam umas cinco ou seis grandes leitoas avermelhadas, brilhantes como se sobre elas houvessem passado uma grossa camada de verniz. Estavam presas em uma intrincada armação de ferro, ao lado da qual um sistema de polias e manivelas era acionado por um par de meninos pretos, que, mesmo implicando um com o outro entre risos de sua língua arrevezada, não paravam nunca de girar a geringonça. Nos intervalos entre essas leitoas e o fogo giravam vários varões cobertos de ponta a ponta por galinhas muito gordas, escorrendo cheirosa gordura por sobre as leitoas, e o excesso era aparado em um grande tacho retangular de cobre que ficava ao pé da lareira. Mas tudo isso era apenas pano de fundo para o verdadeiro batalhão de negras de todos os tamanhos e matizes, algumas com os seios nus balançando livremente, que andavam de um lado para o outro, mexendo em tachos, cortando veduras, quebrando ovos, derretendo rapadura, entre gritos de jovialidade e prazer.

A mão do irmão Perinho tremia na minha, e eu olhei para o alto, podendo ver sua face corada e inchada. Ele me olhou, com um sorriso cândido de beatitude, e com voz entrecortada me confessou:
— É a coisa mais linda que já vi em minha vida! Nunca pensei que meu Deus me daria o privilégio de poder novamente entrar em uma verdadeira cozinha!

Uma negra mais alta, de rosto severo, trazendo na cabeça o mais alto e intrincado de todos os turbantes listrados, ergueu a cabeça na direção do irmão Perinho, e de nós veio se aproximando, aos gritos:

– Nhonhô pode sair! Lugar de padre é na igreja! Cozinha é lugar de preto! E é melhor não misturar!

Algumas pretas riram muito dessa frase, mas o irmão Perinho, pegando uma de suas facas, aproximou-se de uma grande mesa onde três mocinhas de cabelo enrolado em birotes estavam pelejando para cortar uma grande manta de toucinho. Aproximou-se delas e, sem dizer água-vai, tomou-lhes das mãos a manta, começando a retalhá-la em pequenos cubos praticamente idênticos, fazendo uso da faca em uma velocidade que eu nunca acreditei fosse possível. Quando chegou pelo meio da manta a velocidade aumentou ainda mais, e quando com um floreio de sua faca terminou de cortar a manta de toucinho, empurrando o grande monte de cubos brancos de gordura para um grande tacho de cobre, sem que nem um caísse fora, quase todas as mulheres bateram palmas, deliciadas com essas exibição de traquejo culinário. Então o irmão Perinho, com uma reverência para a preta velha, que era sem dúvida nenhuma a chefe daquela cozinha, disse:

– Sou cozinheiro de profissão, minha velha. Essa foi a forma pela qual Deus me deu a vocação para o sacerdócio...

As mulheres mais novas se aproximaram dele, e o irmão Perinho, sungando a batina puída, deu um rodopio em meio a elas, como que agradecendo pelos aplausos. A preta velha pôs na boca um cachimbo de barro apagado, e olhando o irmão cozinheiro deu seu veredito:

– Pois se é de vocação, pode ficar. Mas não me atravesse o caminho das comidas, senão vou ter de servir padre no espeto na festa da santa, Deus que me perdoe!

O irmão Perinho fez outra reverência, e imediatamente se integrou à cozinha dos irmãos da Trindade, esquecendo-se de tudo, até de mim, que me encolhi em um canto, tentando não perdê-lo de vista em meio ao brilho do fogo, logo não conseguindo mais distingui-lo em meio a tantas pessoas que se moviam. Uma sensação de solidão me veio à alma, e o aldeamento onde nascera e vivera até essa data me surgiu na mente mais belo e benfazejo do que algum dia fora. Nada tinha em comum com esse lugar fechado e escuro, repleto de cheiros estranhos, alguns dos quais me embrulhavam o estômago, ao mesmo tempo que outros me traziam água à boca. Esquecido por todos, creio que ali teria ficado, encolhido em um canto de parede, se a cozinha subitamente não tivesse sido invadida pelas mulheres da casa, as senhoras dos irmãos da Trindade, que ali viviam, e em volta das quais girava grande parte da sociedade da vila. Estavam juntas em seu bordador, mas, avisadas por Antônio da Trindade de minha presença, haviam descido para ver-me.

À frente das mulheres estava Henriqueta Spínola da Trindade, a mulher de Antônio Bernardes, seguida por suas cunhadas diretas e pelas outras mulheres da vila, entre as quais se destacava uma mais alta e muito parecida com ela. Por detrás dessas senhoras o padre Francisco me olhava com comiseração, de mãos atadas em relação ao que estava por acontecer-me.

Dona Henriqueta aproximou-se de mim, erguendo-me o queixo com olhos severos mas profundamente humanos. No fundo de sua aparente rispidez e secura fulguravam enorme bondade e misericórdia, que felizmente pôde dar-me a ver, antes que eu começasse a gritar de medo. Passou seus dedos nodosos por meu cabelo, e seu perfume de alfazema me encheu as narinas. Sem tirar os olhos de mim, virou a cabeça para trás e disse:

– Hermengarda Maria?

A mais alta de todas, que se parecia muito com ela, destacou-se do grupo de mulheres e veio em minha direção. Erguia o queixo em um desafio ao que quer que fosse, mas seus olhos jovens brilhavam como se um choro sem tamanho estivesse por irromper deles. Dona Henriqueta era irmã de dona Hermengarda, a esposa de meu pai, coisa que só mais tarde vim a compreender. A rivalidade entre as duas famílias chegara ao ponto em que o mais velho dos irmãos da Trindade e Sebastião Raposo, ainda em São Paulo, tivessem escolhido duas irmãs de uma mesma família para suas mulheres, mandando buscá-las logo que a vida já tivesse se organizado nas brenhas desse interior inóspito. Talvez por esse motivo a malquerença entre as duas famílias não se ampliasse além de uma rivalidade acerba: os filhos de ambos os rivais seriam para sempre primos carnais por parte de suas mães, e o sangue nessas horas fala mais alto que a pólvora.

Dona Henriqueta ergueu-se, passando por trás de dona Hermengarda, e gentilmente a empurrou em minha direção, com uma firmeza que não admitia recusa. A mulher de meu pai olhou-me longamente, depois pegou com as mãos uma mecha de meu cabelo avermelhado e levemente cacheado. Nesse momento as lágrimas que estavam presas em seus olhos romperam o frágil equilíbrio que lá as mantinha, e derramaram-se por suas faces abaixo. Mesmo assim seu ar de desamparo não passou disso: sua expressão continuava a mesma. E sua irmã, por trás dela, falou com voz mansa e firme:

– Não disse a Vossa Mercê? Nunca houve exagero nenhum de minha parte. O que vemos é a verdade mais pura e absoluta, e só confirma aquilo de que desconfiávamos.

A mulher de Sebastião Raposo ergueu-se, ficando hirta como uma estátua. Sua irmã mais velha, pondo-lhe a mão por sobre o braço que tremia, disse com voz branda:

— Agora vossa mercê já sabe o que deve fazer.

E dona Hermengarda, sem se mover mais que o necessário para falar, proferiu as palavras que dariam novo sentido à minha vida:

— Padre Francisco de Aviz? A partir de amanhã esse menino passa a morar em minha casa, no Raposo. Filhos de meu marido, meus filhos são.

Capítulo IV

Só muito tempo depois vim a compreender os acontecimentos desse dia: as duas irmãs Spínola, casadas com homens rivais, mantinham entre si uma ligação muito mais profunda do que demonstravam. Henriqueta era apenas um ano mais velha que Hermengarda, e além da semelhança que as unia, também tinham entre si um laço de fraternidade maior que todo o resto. Não importava a nenhuma das duas seus maridos serem rivais: sua ligação superior aos conceitos masculinos de família e honra é que, verdadeiramente, nunca deixara essa rivalidade superar os limites do conviver.

Henriqueta era mulher de espírito decidido, coisa que fizera com que o interesse do mais velho da Trindade se voltasse para ela. Tanto José quanto Manoel, movidos pela escolha corretíssima de seu irmão Antônio, tinham se interessado por sua irmã Hermengarda, mas o pai dela havia preferido casá-la com um outro bandeirante, mais exuberante e rico. E as duas irmãs, por azares de um destino inconsequente como tudo que havia nas colônias, tinham vindo dar com seus costados na Vila do Rio de Contas, acabando, aos olhos das outras senhoras da vila, por disputar a primazia da posição mais importante, ainda que sem verdadeiramente desejá-la. A irmã mais velha e mais sábia acabou conquistando essa posição, e Hermengarda, a mais nova, aceitou o segundo papel naturalmente. Isso não agradava nem um pouco a Sebastião Raposo: durante todo o triste tempo que passei morando na fazenda de meu pai pude ver como eram constantes as discussões movidas pela inveja, e o quanto importava a meu pai que sua mulher em tudo superasse a irmã, para que a vitória dos Raposo fosse completa.

Creio que os acontecimentos desse dia tenham sido reflexo dessa inveja. Ao ver-me e perceber quem eu era, além de tomar conhecimento do plano de Sebastião Raposo para empanar o brilho da festa, Antônio da Trindade, reagindo em um impulso, mandou chamar sua mulher e contou-lhe o que estava ocorrendo. E Henriqueta, movida pelo inato senso de justiça que a tornava conhecida, não conseguiu fazer outra coisa senão me expor à sua querida irmã como prova cabal dos desmandos do cunhado. O fato de haver outras mulheres em companhia delas em nada abalou sua decisão de pôr as coisas em seus devidos lugares: com toda a firmeza de que era capaz, obrigou sua irmã a acompanhá-la até a cozinha onde eu estava, esquecido em um canto. Minha aparência mais de branco que de índio, meus cabelos avermelhados e anelados, não deixavam dúvidas em ninguém de que eu fosse filho de meu pai: nossa semelhança era mais que flagrante. Henriqueta, mentora intelectual da irmã em todos os sentidos, levou-a à única atitude possível no caso, e Hermengarda não teve outra atitude a tomar, assumindo-me nesse instante como seu filho, pois de seu marido eu já o era.

Pouco afeito aos modos e maneiras dos brancos, levei longo tempo para compreender o que tinha acontecido, e com dificuldade percebi que minha vida havia mudado completamente nesse instante, e para pior, o que veio a confirmar-se no decorrer dos próximos anos. Por enquanto eu era apenas um indiozinho perdido em meio a uma roda de grandes brancos, que me olhavam com a curiosidade com que se olha um animal. O padre Francisco chegou-se a mim e tomou-me as mãos nas suas, falando em mongoyó sem afastar os olhos dos meus:

— K'araí-pequeno entende o que vai ser da próxima lua em diante? K'araí-pequeno vai morar em oca de branco, e vai crescer como branco de verdade.

Eu comecei a chorar, e perguntei entre soluços:

— K'araí-de-casca vai ficar comigo?

Essa pergunta fez com que o padre Francisco também se emocionasse e me dissesse com a voz embargada:

— Na primeira lua, não. Nem na segunda, nem em muitas outras que virão. Mas K'araí-pequeno vai virar branco de verdade, e vai chegar uma lua em que K'araí-pequeno e K'araí-de-casca estarão juntos, como iguais.

— E K'araí-pequeno vai ficar longe dos espíritos da floresta? Aqui tudo está vazio, até as árvores que crescem aqui estão vazias. Como K'araí-pequeno vai sobreviver sem os espíritos das árvores?

— K'araí-pequeno vai crescer como branco para poder ensinar aos brancos como encontrar os espíritos das coisas. Agora K'araí-pequeno vai e estende a mão à mulher que vai ser mãe de K'araí-pequeno. Ela gosta de K'araí-pequeno tanto quanto K'araí-de-casca gosta de K'araí-pequeno. Ela agora é mãe de K'araí-pequeno.

Por mais que me doesse por dentro saber que minha vida agora seria outra, pensei que se pode morrer de muitas formas, e que essa era apenas mais uma delas. Do mesmo jeito que, na ocasião de meu acidente, eu fora um espírito flutuante amparado por seis alminhas, agora eu me transformaria em outra coisa, mas nunca um *kuparak*. A sociedade das onças-pintadas, sempre em luta para destruir os homens e dominar o mundo, não venceria mais uma vez: eu me transformaria em um branco muito poderoso e, armado com meu pau de trovão, destruiria a todas elas. Sei que o sorriso inconsciente de criança que me subiu aos lábios influenciou o padre Francisco, que também sorriu, ainda que carregado de tristeza. E as senhoras da vila, ao me verem sorrindo, sorriram também e bateram palmas. Os primeiros aplausos que recebia em minha vida: avancei e estendi minha mão para a senhora Hermengarda. Beijei sua mão, e ela sorriu.

A noite caiu rapidamente, mas a casa continuava em uma alaúza de dar gosto. As senhoras da vila, perpetuando as artes que haviam aprendido no colo de suas avós, preparavam as toalhas enfeitadas com rendas de bico para as mesas da grande festa que começaria logo após a procissão e a missa. As negras, cada vez mais impressionadas com a habilidade do irmão Perinho, continuavam manipulando todos os alimentos de que a cozinha estava cheia, seguindo nesse trabalho pela noite adentro. Mas eu nada disso vi. Fui levado pela mão até uma sala escura, no centro da qual estava uma grande bacia de madeira, dentro da qual já haviam derramado duas ou três caçarolas d'água fervente. Uma negra mais forte colocou-me no meio dessa bacia, e com um pano molhado que passava em uma bolota de sabão de cinza, esfregou-me o corpo todo, da cabeça aos pés, tentando certamente tirar de minha pele a tinta avermelhada que em parte me cobria. Parece ter feito um bom trabalho, pois deu um sorriso de satisfação ao me enxugar, e me enfiou pela cabeça uma camisola de pano branco rústico, pegando-me ao colo e atravessando um corredor comigo. Ao longe, eu ouvia os ruídos da cozinha e das senhoras que conversavam à meia-voz. A negra abriu uma porta de um aposento escuro e abafado, onde eu pressenti a presença de muitas outras pessoas adormecidas, pois o cheiro azedo de seus corpos suados era inconfundível. Eu me agarrei a ela, mas ela se desvencilhou de meu aperto e me colocou sobre um leito muito duro, cobrindo-me com uma pesada camada de panos grossos, depois saindo e fechando a porta, deixando-me de olhos arregalados em completa escuridão.

Bastou-me, no entanto, esperar que meus olhos se acostumassem ao breu para definir os contornos das pessoas e das coisas, o brilho amarelado de um candeeiro no corredor por baixo da porta fechada, e as tênues riscas de luar que delimitavam a pesada janela de duas bandas de madeira, que abri e pela qual me embarafustei, não sem antes arrancar de cima de meu corpo suado a camisola de pano que me sufocava. Eu concordava com tudo: aceitava ter agora uma nova mãe, aceitava a mudança de Mongoyó em branco, aceitava até mesmo morar longe de meus irmãos, nesse lugar que a floresta havia perdido para a vila. Mas dormir abafado, vestido, sem sentir o sopro do vento da noite? Isso nunca. A casa onde me haviam posto era escura, triste, sem nenhuma aragem que a fizesse respirar, por isso preferi o ar livre, ainda que o ventinho frio me arrepiasse a pele. Deitei-me ao pé da janela pela qual saíra, sobre o piso da varanda que contornava toda a casa, e ali fiquei, olhando a lua que escorregava pelo céu estrelado.

Quando acordei pela manhã a casa estava cheia de gritos, mais nervosos que os da noite anterior. Passos acelerados soavam de um lado para outro, e eu ouvi no quarto, do outro lado da parede abaixo de cuja janela eu me encontrava deitado, as vozes de Antônio da Trindade e de dona Henriqueta, ríspidas o suficiente para que eu soubesse que alguma coisa ia mal:

— Quer a senhora dona Henriqueta dizer-me agora que o mamelucozinho fugiu, sumiu, desapareceu? É assim que minha casa anda? Qualquer um que aqui esteja pode dar às de Vila Diogo sem dizer águavai, e fica o dito pelo não dito?

— O senhor Antônio está me desconhecendo, pois não? – respondeu dona Henriqueta, com extrema acidez na voz. – Quem disse ao senhor que é de minha responsabilidade o que acontece com os indiozinhos que aqui dentro entram? Pois se foi ideia sua que ele dormisse com os primos, para acordar pela manhã já membro da família!

— Esse não é o caso! O cunhado de vossa mercê há de aproveitar-se disso para atacar-nos com toda a fúria! Se antes nem se preocupava com esse filho bastardo, agora será capaz de transformá-lo no mais adorado de toda a sua prole, apenas para nos acusar de tê-lo perdido! Não vê vossa mercê o quanto isso representará de trabalhos e cuidados? Pretende que esse maldito marido de vossa irmã tenha argumentos contra nossa família?

– Vossa mercê está a querer jogar comigo? Pois se não sei muito bem o quanto representa para vossa mercê a presença desse mestiço na casa dele? Pois se não sei que foi apenas mais uma de suas manobras políticas o revelar-me a existência desse bastardo de Sebastião Raposo, para que todas as senhoras da vila o execrassem? Não pense vossa mercê que não o soube desde o primeiro instante! Graças ao bom Deus que está nos céus minha irmã ainda traz dentro de si os bons costumes que aprendemos em nossa casa natal! Fazer dessa criança sem destino um filho seu pode não servir nem a seu marido nem ao meu, mas serve à causa da justiça divina!

A voz dessa mulher me causava algo que nunca havia sentido. Era cheia de razão e força, mas por sob esse exterior um tanto áspero eu podia sentir o pulsar de um amor sem medidas. Por isso me ergui e, pondo as mãos na platibanda da janela, olhei para dentro do quarto. Os dois me perceberam a presença ao mesmo tempo, e Antônio da Trindade avançou para mim com fúria, sendo interrompido em seu movimento pela mão e a voz de dona Henriqueta, que o pararam em seu movimento:

– Se descarregar uma gota que seja de sua ira nessa criança, provar-me-á que é feito do mesmo barro de que é feito Sebastião Raposo!

Antônio da Trindade estacou em seu passo, abaixando a mão sem olhar para sua mulher, e esta, vindo em minha direção, estendeu-me os braços. Eu saltei a janela para dentro do quarto e ela me abraçou, aconchegando-me em seu regaço amplo. Não havia em mim medo nenhum; o cheiro de alfazemas dessa senhora nunca mais me saiu da memória, e de cada vez que o senti, nos anos que se seguiram, sua face vincada e sisuda me voltou à mente.

Minha vida entre os brancos se decidiu muito rapidamente, nessa mesma manhã, antes que a procissão começasse. Eu me refugiei três vezes seguidas na cozinha, ao alcance dos olhos do irmão Perinho, enquanto discutiam meu futuro, e finalmente os da casa compreenderam que eu não tentaria fugir. O cozinheiro imediatamente me pôs nas mãos um pilão, no qual comecei a pisar o charque em pedaços que lá estava, até que virasse uma espécie de farinha de cheiro forte. E enquanto eu fazia isso, por diversas vezes as caras de outras crianças, meninos e meninas brancos de todos os tamanhos, surgiram entre risadas à porta da cozinha onde eu estava. Riam de longe, cochichando à socapa, mas não se aproximavam de mim, e eu, acostumado como quaquer Mongoyó a refugiar-me em mim mesmo quando o mundo exterior me fosse adverso, continuei pisando o charque no pilão, sem dar a menor menção de que estivesse notando o movimento à minha volta. Até que em um determinado momento um dos meninos, de sobrecenho franzido, e mais taludo do que eu uns bons três palmos, avançou pela cozinha adentro e, olhando-me fixamente nos olhos, virou no chão toda a paçoca que estava lá dentro, dando um sorriso de mofa, enquanto dizia:

– Olha aí, derramou, índio...não sabe fazer, não se meta! Volta para o aldeamento já! Aqui é terra de branco, e índio que aparece por aqui acaba despelado...

Enquanto o menino, quase rapaz, dizia isso, eu catava do chão a paçoca derramada. Ele se aproximou e agarrou-me pelos cabelos, esticando meu pescoço para trás até o limite do suportável. Foi então que eu atirei-lhe aos olhos a paçoca e, sem hesitar, meti-lhe a mão do pilão por entre as pernas, fazendo-o cair. Cego pela farinha de carne salgada, ele bateu de costas no chão, pondo-se a gritar, enquanto eu erguia a mão de pilão por sobre a cabeça como se fosse uma borduna, intentando estourar-lhe o crânio como meus antepassados faziam com seus inimigos.

Isso tudo não levou mais que alguns instantes, pois o rapaz falara em voz baixa, e ninguém notara o que ele fizera comigo. Mas quando eu o sobrepujei, ele pôs-se a gritar desesperadamente, acompanhado pelos outros meninos e meninas que estavam à porta da cozinha. O irmão Perinho, com uma agilidade impressionante, cruzou a distância que o separava de nós em menos de duas grandes passadas, e segurou a mão de pilão que já ia descendo por sobre a cabeça de meu inimigo, interrompendo-lhe o movimento exatamente quando eu ia baixá-la com toda a força.

Em meu coração não havia raiva. Olhava para o rapaz como olhava para os peixes que caçava, os pássaros que prendia com as laçadas, os teiús que perseguia por entre as pedras. Mas quando fixei seus olhos, pude ver no fundo de cada um deles a face de um *kuparak*. Dei um salto para trás e agarrei-me ao irmão Perinho, enquanto o rapaz se arrastava de costas até uma distância segura, fuzilando-me com seu olhar de ódio absoluto, que tantas vezes ainda veria durante minha vida.

Com os gritos que saíam da cozinha, a casa inteira para lá se dirigiu, chegando ainda a tempo de ver o rapaz caído ao chão, e eu agarrado ao irmão Perinho. O clima ficara o pior possível: todos me olhavam como se eu fosse um assassino monstruoso, derramando sobre mim os preconceitos e os erros que os faziam tratar a todos os índios como se fôssemos a mais obscura vérmina terrestre. As mulheres da casa se aproximaram da cozinha, e o rapaz, movido por um ímpeto incontrolável, atirou-se aos braços de dona Hermengarda, ainda chorando:

– Minha mãe! Esse bicho da selva queria matar-me! Ia estourar-me a cabeça com a mão de pilão!

O movimento de repulsa e horror que a todos tomou também foi experimentado por mim, mas por outros motivos completamente diferentes. Então aquela que seria de agora em diante minha mãe o era também desse que me olhava com tanto ódio? Esse cruel servidor de seu próprio impulso destruidor era nada mais nada menos que meu irmão?

Foi nesse momento que uma voz de anjo, música de brandura infinita e beleza extrema, que me marcou para sempre, fez-se ouvir saindo do meio das crianças:

– Não é verdade, minha mãe! Manoel Maurício jogou ao chão o pilão em que o indiozinho trabalhava, derramando toda a paçoca, e quando o indiozinho foi apanhá-la, ele puxou-lhe os cabelos com toda a força! Eu vi!

O movimento de repulsa fez-se sentir mais uma vez, agora voltado para Manoel Maurício, que tentava se esconder sob as saias de sua mãe. O irmão Perinho veio em meu socorro, assim como a preta mais velha da cozinha, que, tirando dos lábios inchados o cachimbo de barro, disse:

– É verdade, nhanhã. O moço grande derrubou o menininho e puxou os cabelos. O pequeno só se defendeu!

Dona Hermengarda olhou fundo nos olhos de Manoel Maurício, com tal intensidade que ele abaixou os olhos. Depois olhou do mesmo modo para a preta velha, que a enfrentou e disse:

– Mãe Idalina não mente, nhanhã!

Por último, aquela que já era minha mãe olhou para a menina que havia falado, e que os outros meninos tinham exposto em toda a beleza de seu vestido branco e seus cabelos cacheados. Dona Hermengarda falou em voz baixa e quase surda:

– Confirma isso, Maria Belarmina?

A menina, olhando em desafio para o irmão mais velho aos pés da mãe, repetiu:

– Manoel Maurício jogou a paçoca ao chão, e depois puxou os cabelos do indiozinho!

– E por quê? – questionou Dona Hermengarda

A cor que afogueava as faces da menina fugiu delas com uma rapidez impressionante, aumentando pelo contraste com a pele pálida o tamanho dos olhos muito negros. O olhar da menina começou a vaguear pela sala, sem conseguir fixar-se no da mãe, que estendendo a mão segurou-a pelo queixo. A menina começou a chorar:

— Fui eu que pedi... eu queria ver o que o indiozinho ia fazer se alguém bulisse com ele...

Dona Hermengarda olhou lentamente para Manoel Maurício:

— E o senhor, como sempre, decide-se sempre pelo pior modo de satisfazer os caprichos de vossa irmã, pois não? Isso tem se repetido com muita frequência para ser um acaso. Mas foi a última vez que o fizeram. No que depender de mim, não se transformarão em senhores cruéis de servos amedrontados. Retirem-se todos. Manoel Maurício e Maria Belarmina, cada um separadamente, vão esperar por mim na sala de costura. Vamos!

Uma das mulheres que estava por trás do grupo que se espremia à porta da cozinha, flagrantemente irritada com a decisão de dona Hermengarda, encontrou uma forma de espicaçá-la, criticando sua preferência por mim:

— Mas uma mãe não pode castigar seus filhos se eles só queriam se defender do ataque de um animal sem deus!

Imediatamente, por detrás do grupo, se ouviu a voz de Antônio da Trindade, peremptória e forte:

— Minha senhora, o que é isso? Pois se o próprio papa, faz quase trinta anos, disse claramente que os índios dessa terra possuem alma! Como assim, animal sem deus?

— Senhor dom Antônio, creio estar certa! Não lhe basta ter alma se ainda vive imerso no pecado original, de que só o sacramento do batismo o pode livrar!

Um murmúrio de concordância tomou toda a plateia, e Antônio da Trindade, por um instante, deu-me a impressão de que ia retrucar. Sua mulher Henriqueta, aquela que tinha me salvado de sua própria ira, veio em meu socorro:

— Pois se é esse o problema, que o sanemos imediatamente. Chame-se o padre Francisco e vamos todos à capela. Batizemos esse meu sobrinho, filho do marido de minha irmã, e meu marido e eu fazemos questão absoluta de ser seus padrinhos, como manda a lei de nosso Deus.

O olhar de cumplicidade entre Antônio da Trindade e sua mulher pode ter escapado de todos, mas de mim não escapou: percebi que entre os dois existia uma ligação exclusiva deles, momentosamente importante, e que ocultavam com a força de um pacto.

O que parecia ser um acontecimento desagradável e sem solução transformou-se, como que por milagre, em uma comemoração que imediatamente teve início, enquanto me cobriam com uma camisola de pano melhor e mais alvo, carregando-me aos trancos para a capela, onde entramos os que lá coubemos. Foi uma cerimônia simples e um tanto apressada, e o padre Francisco, fazendo uso de tudo o que estava em uma bandejinha ao fundo do altar, untou-me a testa com óleos santos, pôs-me o sal da terra na língua e derramou-me a água sobre a cabeça, falando em latim todas as expressões conhecidas, pelas quais meus padrinhos Antônio da Trindade e sua mulher Henriqueta assumiram em meu nome um compromisso com o bem, abrindo mão dos encantos do Maligno e de todas as suas obras. E eu, batizado como branco e aceito no seio da Igreja, acreditei naquele instante que era apenas isso o que me faltava para que eu fosse completamente branco, e para sempre.

O dia de meu batizado, 26 de julho, trouxe-me várias coisas, inclusive o nome de Pedro, que passaram a usar a partir desse instante quando se referiam a mim, fazendo com que meu nome Mongoyó ficasse oculto em um escrínio secreto dentro do mais profundo de meu ser, para de lá sair apenas no dia em que me redescobri índio. Outra das coisas que me deram nesse dia, além das roupas apertadas e ásperas e de um par de sapatos de cabedal, foi a proteção da senhora de Sant'Anna, padroeira dos irmãos da Trindade e agora minha.

A festa de Sant'Anna trouxe gente de todos os cantos da região: fazendeiros, garimpeiros e gente de posses dos lugares próximos e afastados já estavam chegando ao Largo do Rosário, de cujo centro a procissão sairia, atravessando a cidade da porta da capelinha de Sant'Anna até as obras da igreja. Ao meio-dia em ponto, quando o sol se pôs a pino no céu esmaltado daquele alto de serra, os foguetes se fizeram ouvir e os irmãos da Trindade, acompanhados de seus amigos mais próximos, ergueram aos ombros o andor com a figura da santa, à vista da qual todos os que lá estavam se persignaram com verdadeira devoção. Eu tentei imitá-los, mas não consegui senão depois de muito tempo entender o sinal que se cruzava no meio do peito e terminava com um beijo. O padre Francisco começou a cantar em latim, sendo logo seguido por todos, assim que a melodia e as palavras latinas se tornaram familiares: eu mesmo, tantos anos depois, ainda me recordo do que cantamos, repetindo os sons que meu ouvido me ensinava, mas que minha mente não percebia:

— *Gaudeamus omnes in Dómino, diem festum celebrantes sub honore beatae Annae, de cujus solemnitate gaudent Angeli, colaudant*

Filium Dei. Eructavit cor meum verbum bonum: dico ego opera mea regi. glória Patri.

Esse canto foi crescendo, enquanto a procissão avançava em direção às obras da igreja. O luxo com que vinham vestidos todos os participantes era fantástico: as senhoras e os senhores cobertos pela mais rigorosa moda da corte, sendo dignos de nota os visitantes da vizinha Jacobina, com seus trajes brocados e rebordados. De todas as cidades enriquecidas pelo ouro e diamantes que rolavam rios abaixo, apenas Jacobina fazia sombra aos endinheirados de Rio de Contas. Mandava-se buscar tudo na França, desde roupas, sapatos e objetos de uso pessoal até janelas de vidro bisotado e grandes móveis de estilo, transportados em lombo de burro e de escravo pelas serras acima desde a cidade de São Salvador. O exagero deflagrado pela riqueza era demasidamente escandaloso: gente havia por lá que até mesmo as camisas e roupas de baixo mandava lavar na Europa, em uma soberba ainda mais agressiva pelo contraste com a pobreza que a cercava. Se na festa do Divino existia o costume de jogar-se ouro em pó sobre as cabeças das crianças escolhidas como imperador e imperatriz da festa, nessa procissão da Senhora de Sant'Anna as próprias senhoras e moças de Jacobina traziam seus cabelos cobertos de ouro em pó.

A igreja da santa, com paredes a meia altura e um teto provisório feito de esteiras de palha, foi pequena para abrigar a todos que lá estavam. Pelo átrio mal-acabado à sua frente espalhou-se o dobro das pessoas que haviam conseguido entrar, assim que a imagem da Senhora de Sant'Anna chegou à sua prometida futura morada. E enquanto o padre Francisco, com sua pobre sotaina coberta por uma cásula de renda branca, erguia os ofertórios e dava a comunhão, na rua em frente as negras dos da Trindade começavam a preparar a grande mesa de madeira sobre a qual seria servido o grande banquete de comemoração. Eu estava na igreja, junto com o padre Francisco, auxiliando-o da melhor maneira possível, mas minha cabeça e meu coração estavam lá fora, com o irmão Perinho, pois eu sabia que ele, sem sombra de dúvida, fazia trabalho mais interessante que o meu. Eu passara de indiozinho sem nenhuma importância a criança com nome e sobrenome, graças aos quais ali estava, no papel de sacristão. O que os da Trindade haviam feito, ao batizar-me à revelia de meu pai, fora transformar-me do mameluco bastardo com o qual ele pretendia afrontar a sociedade da vila em seu filho legítimo, cristão e temente a Deus, pelas mãos do qual as senhoras e senhores que tomaram a comunhão se orgulharam de ser tocados. Dona Hermengarda, minha nova mãe, sentada nos toscos bancos de madeira ao lado de seu marido e filhos, não era mais que uma pálida sombra da mulher que eu conhecera na noite anterior e nessa manhã: ao lado do marido, imponente com sua cabeleira cor de fogo e seu ar de eterno desafio, ela como que desaparecia, tornava-se meio apagada. Mas de cada vez que nossos olhos se cruzavam, eu via neles um lampejo de carinho amedrontado.

Quando o padre Francisco, voltando-se de frente para a audiência, ergueu os braços e disse *Ite, missa est*, os foguetes espocaram nos céus do meio da tarde, e a turba ao lado de fora gritou de contentamento. Eu não sabia para onde me mover, mas o padre Francisco empurrou-me gentilmente na direção de minha família, e eu comecei a caminhar a distância segura de todos aqueles que me haviam feito sofrer a vergonha de ser diferente deles. Lá iam, atrás de Sebastião Raposo, sua mulher, de cabeça baixa, e seus filhos em ordem de tamanho, liderados por Manoel Maurício, o rapaz que tão mal me tratara na cozinha. Junto a eles iam algumas famílias que aceitavam a liderança de Sebastião Raposo, e que dessa maneira traçavam uma linha imaginária entre seu grupo e o grupo dos da Trindade, com os quais se cruzaram à porta da igreja, passando por um momento de educada hesitação enquanto decidiam quem tinha o direito de cruzar esse umbral na frente de quem. Mas Antônio da Trindade, sabiamente, com um gesto largo deu passagem ao grupo de Sebastião Raposo que, não podendo recusar a honra, teve de aceitar mais uma benesse de seu contraparente e rival.

A rua em frente ao átrio estava tomada pelas mesas, vergadas ao peso da comezaina. Eu nunca havia visto coisa como aquela, e me pareceu, pela fartura que nunca tinha experimentado, estar em pleno paraíso. Tudo o que eu vira sendo preparado na noite anterior estava pronto, disposto à frente dos convivas da forma mais decorativa possível. A mesa começava bem em frente à igreja da santa, e seu centro era o portão lateral da casa dos da Trindade, pelo qual continuavam saindo em profusão as mais variadas comidas. Tábuas se vergavam ao peso das salvas de prata e ouro recheadas de tudo aquilo que estava sendo servido, com mais fartura que beleza, mas com certeza repleto do sabor que o perfume prometia. As leitoas, grandes como bezerros, chegavam às mesas enroladas em folhas de bananeira, e, por estarem sendo assadas desde o dia anterior, sua carne branca e brilhante de gordura se soltava dos ossos com a maior facilidade. Entre essas grandes leitoas, marcos essenciais da grande mesa, espalhavam-se grandes montes de galinhas recheadas, assadas até que tomassem a cor do ouro, de seu interior escapando suculento recheio de castanhas de pequi, que espalhavam pelo ar seu perfume inconfundível. De braça em braça, exibia sua beleza um grande peixe de pele lisa e brilhante, recheado com uma mistura de farinha de mandioca e temperos variados, tornada quase em pirão ao absorver os sucos e as gorduras dos peixes. Com duas barricas de branca farinha de trigo vinda da Europa o irmão Perinho havia feito pães de todos os formatos, bolos de todos os tamanhos, broas de todos os sabores, condimentados com as ervas da terra e o sal grosso rusticamente moído, trazido em lombo de burros desde o litoral da capitania. Em meio a essas criações do trigo misturavam-se grandes cuias de farinha de mandioca de todas as espessuras, e podia-se escolher entre a seca e a molhada, que os convivas comiam atirando certeiras mancheias para dentro da boca. Havia milho cozido de todos os modos, no sabugo, solto, machucado, até como canjiquinha doce e quirera salgada, e os poucos que sabiam fazer uso dos talheres de prata portuguesa, que estavam à frente de cada prato, sorviam esses mingaus, como eu os conhecia, com extremo prazer. Frutas da região estavam todas representadas com a fartura típica dessas terras, espalhadas por entre as comidas, as quais se somavam e com as quais contrastavam em cor e sabor. Eram umbus e buritis, cagaitas e graviolas, grumixamas em diversos tons de verde e pitangas, algumas quase do tamanho de meu punho. Os sucos e doces coloridos, feitos com essas frutas, também se espalhavam pela mesa em grandes pichéis de vidro e de barro, e apenas os vinhos que da corte tinham sido trazidos eram servidos em grandes jarros de boca larga, feitos de prata lavrada.

 Hoje vejo o quanto de rusticidade e pouco apreço aos bons modos esse banquete exibira, mas no momento em que participei dele, comendo entre brancos pela primeira vez na vida, eu me senti no céu. Não houve do que eu não provasse para conhecer, e cada sabor experimentado juntou-se em minha mente a outro sabor antes provado, organizando-se de forma rigorosa entre as alternativas de sabor e cheiro com que se me apresentaram. Em minha cabecinha necessitada de algum parâmetro que me desse a segurança necessária para viver, esses padrões de excelência gustativa foram o fundamento de tudo que mais tarde vim a buscar como cozinheiro: a naturalidade, o frescor, o jogo e as combinações de salgados e doces, amargos e ácidos, carnes e frutas, gorduras e farinhas, em uma possibilidade sem fim de descobertas, algumas facilmente reproduzíveis, outras nem tanto, mas todas enriquecedoras de meu prazer.

 Enquanto me escondia por detrás de uma mangueira muito grossa e copada, para comer tudo com que havia enchido meu prato, uma escudela de barro desproporcional a meu tamanho, ouvi o padre Francisco e o irmão Perinho, que, resguardando-se do forte sol da tarde debaixo da mesma mangueira atrás da qual eu me sentara, tiveram a seguinte conversa:

— Notaste, irmão Pero, que os da Trindade oferecem o banquete mas dele quase não comem?

— É bem verdade! Estarão esses homens cumprindo alguma promessa feita a essa santa de sua devoção?

— A única promessa que cumprem é a de não raspar as faces enquanto não se completar um ano da morte de sua mãe. Isso te recorda algo?

O irmão Perinho franziu o sobrecenho, mas sacudiu a cabeça, como que afastando dela algum pensamento insensato:

— Não creio no que me dizes. Pode ser uma coincidência de hábitos. O fato de não comerem pode ser algum jejum a que estejam obrigados!

— Não creio que seja isso — retrucou o padre Francisco, abaixando a voz. — Eles comem sim, ainda que pouco, mas nunca tocam nos porcos nem nas coisas feitas com sua gordura. Mesmo os peixes que estão assados sobre a mesa, não foram sequer experimentados por eles. Não percebes, irmão?

O irmão Perinho nada percebia, por isso o padre Francisco, mais em segredo ainda, lhe disse:

— Comem como nós, irmão! Nenhum peixe de couro liso, nada que seja feito com porco. Não percebes onde quero chegar, irmão?

A boca do irmão Perinho se abriu mais e mais, e o padre segurou-lhe o braço:

— Sim, meu irmão, devem ser como nós, filhos do verdadeiro Deus, ocultos nesses matos pelos mesmos motivos. Mas como nos daremos a conhecer a eles sem arriscar nossas peles?

— Se queres ouvir minha opinião, meu padre, vamos deixar o dito pelo não dito e calar-nos, até que tenhamos mais segurança sobre aquilo de que desconfiamos. O Santo Ofício seria bem capaz de usar de artifícios desse tipo apenas para atrair nossa confissão involuntária. Não nos arrisquemos, por Deus!

O padre Francisco arrastou o irmão Perinho e os dois se afastaram de mim, ainda discutindo, deixando-me em meio à comida que comia um quê de estranheza que a temperou durante algum tempo.

Subitamente começou um reboliço no meio dos que estavam de costas para a entrada da cidade, gesticulando com violência, gritando palavras sem sentido! As mulheres se persignaram e os homens limpavam as facas de ponta com as quais estavam comendo, deixando-as prontas para defender-se da ameaça que se aproximava. No claro que se abriu eu pude ver um grupo de gente escura e empoeirada, à frente de alguns cavalos e de uma carroça atarracada puxada por quatro bois. Eram gente de olhos estranhos: mesmo os mais negros desses olhos tinham uma qualidade transparente que eu nunca havia visto em nenhum rosto. Roupas coloridas, ainda que velhas e empoeiradas, e muitas joias em cada pedaço de pele descoberto. Os homens usavam roupas como as de todo mundo, mas feitas em cores tão fortes e díspares que mesmo amortecidas pela poeira da estrada ainda eram um belo espetáculo. Calções de veludo em todos os tons de azul e verde, meias cor-de-rosa e lilás, chapéus de feltro brilhante com grandes abas e plumas coloridas enroladas na copa, alguns de botas, alguns com sapatos de gáspea alta e fivelas de marcassita. As mulheres e meninas, igualmente coloridas e fascinantes em sua igualdade tão díspar, usavam grandes saias de camadas e camadas de panos de cores contrastantes, ajustadas na cintura por corpetes de veludo escarlate e negro, rebordados aqui e ali com fio de ouro; xales de cores incríveis, com desenhos multicoloridos, e na cabeça turbantes e toucados feitos de lenços de cetim, nos quais predominava a cor azul profunda do céu, semelhança essa reforçada por um recamado de estrelas de prata e ouro.

Por mais que os anos se passem, nunca me será possível esquecer a aparição dessa gente tão colorida quanto as aves da floresta, e que com sua simples presença ofuscara até mesmo o brilho das ricas senhoras de Mucugê, em seu exagero rudemente citadino. O mais velho desses homens adiantou-se em direção ao povo que os olhava com incredulidade, e com sotaque indefinível, falou a todos, enquanto fazia larga mesura com seu chapéu:

– Boas tardes a todos os bareiros desta vila, às senhoras e senhores presentes! Pedimos permissão para que essa caravana se aproxime e possa prestar homenagem à Senhora de Sant'Anna, avó do grande *Duvél* que está no céu acima de nós!

Meu pai Sebastião Raposo, irascível, ergueu acima da cabeça seu chicote, e avançou na direção do velho, gritando:

– Fora daqui, ciganos ladrões! Não hão de aqui entrar para roubar-nos as riquezas, cavalos, mulheres e crianças! Meia-volta sobre vossos próprios passos e fora daqui!

Como era de se esperar, e o tempo se encarregou de me mostrar isso, bastava que Sebastião Raposo tomasse uma posição para que os irmãos da Trindade fossem contrários a ela. Por detrás dele, ficando imediatamente a favor dos visitantes, ouviu-se a voz do mais novo dos três, o jovem Manoel:

– Um instante! Se esses viajantes das estradas são devotos da Senhora de Sant'Anna, não há nada que os impeça de participar dessa festa! Quem somos nós para proibi-los de prestar devoção à nossa padroeira?

Gritos de desagrado se ouviam de todos os lados: "Ladrões! Ciganos malditos! Judeus errantes! Roubaram os cravos da cruz!", em volume que cada vez aumentava mais. O rosto dos ciganos se endurecia, mas aparentemente nada do que estava acontecendo lhes era assim tão novo. Os olhos escuros se enevoavam cada vez mais, provavelmente por reencontrar o preconceito que os acompanhava onde quer que fossem. A situação estava cada vez mais embaraçosa, mas subitamente, do meio da ciganada, surgiu uma voz tão clara e penetrante que a todos calou, não apenas pelas palavras que eram usadas, mas sim e principalmente pelo sentimento que as permeava, em um pedido intenso de aceitação:

Nossa Senhora da Glória
tem grande merecimento,
mas a Senhora Sant'Anna
trago mais no pensamento,
É lê, lê, lê,
é lô, é lá...

Uma guitarra ponteou o canto, e as palavras novamente se ergueram em coro do meio dos recém-chegados, em harmonia tão bela que mesmo os mais empedernidos inimigos dos ciganos perderam seu ímpeto de rejeitá-los. Eu me recordo com absoluta riqueza de detalhes da canção que cantaram, com seu sotaque tão especial, enquanto as mulheres e homens ondulavam os corpos para um lado e outro, ungidamente, como em um transe. Houve mais tarde quem dissesse que os ciganos tinham feito uso de seus feitiços e magias para de tal forma esmorecer as vontades de todos, mas outros houve que garantiram ter sido tudo isso mais um milagre da Senhora de Sant'Anna, nos quais ela era sempre tão pródiga.

Eu, de minha parte, não imaginava o quanto os acontecimentos dos últimos dois dias, os mais ricos em variedade e mudança que alguma vez experimentara, seriam demarcadores dos limites pelos quais correria o rio de minha vida. Hoje, que os narro aos senhores, é que percebo terem sido marco inicial de minha existência no mundo dos civilizados, com seus contrastes e embates violentos, cuja única serventia é a de ocultar o escuro e primitivo oceano de emoções que jaz em seus subterrâneos. Posso dizer, no entanto, e com certeza quase absoluta, que muitos anos se passariam antes que eu pudesse novamente viver a satisfação de corpo e alma que esses dias tinham me trazido, já que na manhã seguinte tudo se tornaria nebuloso e confuso, tão turvo quanto o sangue que escorria do pescoço das galinhas, para logo se coagular no formato da cuia em que se derramara, antes que dele se fizesse o saboroso chouriço que nos satisfaria.

Capítulo V

Diziam os mais velhos que a presença de ciganos nunca traz nada de bom a quem com eles cruza. De minha parte, apesar de não crer nessas verdades nascidas do medo e da incompreensão, sou forçado a reconhecer que coincidentemente minha vida se cambiou em uma direção que nem mesmo eu poderia esperar. Deveria, no entanto, pois os sinais de que nada de bom me estava reservado em casa de meu pai já me haviam sido demonstrados desde meu primeiro passo para dentro da vila. Fosse meu espírito menos livre, mais amedrontado, ou exageradamente cauteloso, teria mesmo chegado a crer na nefasta influência que os ciganos exercem sobre as vidas dos *gadjé*; vendo hoje, no entanto, que tudo pelo que passei já estava em meu caminho bem antes que eu o cruzasse, só posso regozijar-me por ser o homem a bela obra de arte que é. Ao enxergar da maneira mais crua o outro lado de tudo que me havia sido presenteado como meu futuro, aceitei-o como antes tinha aceitado as benesses de carinho e interesse.

Foram anos duros, reconheço, principalmente em se tratando de uma criança criada entre os índios e os jesuítas, ou seja, entre a liberdade e a repressão mais exacerbadas, e talvez por isso sempre buscando a média exata entre os dois pratos de uma balança imaginária, agindo ou reagindo exclusivamente quando esse equilíbrio essencial estava em vias de desaparecer. Sendo hoje também um crente nas forças imponderáveis de que trata a metafísica, não posso deixar de levar em conta o fato mais importante de todos, e que me aconteceu pelas mãos da mais velha de todas as ciganas do grupo. Enquanto os adultos observavam, muito a medo, as danças e meneios dos ciganos, que ali estavam imbuídos do mais profundo respeito e homenagem à santa de sua devoção, as crianças da vila, já totalmente envenenadas pelo ancestral e tolo medo de seus pais e avós, se ocultavam por trás das árvores e mesas, criando momento a momento, com suas palavras mais cruéis, um mundo de terrores inimagináveis, apondo-o aos ciganos. Os preconceitos nascem do medo e da ignorância, sem dúvida; e as crianças nada mais faziam que repetir a tolice de seus pais, tão ou mais ignorantes quanto elas.

Eu, no entanto, livre de preconceitos por minha própria maneira de ser, deixei que a curiosidade que me assomava fosse mais forte que eu, e permiti que ela me guiasse os passos até que estivesse mais perto dos ciganos do que o bom senso me levaria. A velha cigana, fumando alguma coisa azulada e cheirosa que saía de dentro de um tubo flexível como uma cobra, ligado a uma colorida garrafa cheia de líquido, bateu seus olhos translúcidos em mim e fixou-me atentamente. Não consegui afastar meus olhos daquela mulher tão velha quanto as mais velhas de minha tribo, e sua figura me atraiu como as cobras atraem os pequenos pássaros. Mas, mesmo pensando dessa maneira, não havia medo dentro de mim; eu sentia que, de alguma maneira, nossas vidas estavam ligadas, e que assim seria para sempre.

Quando cheguei à frente da velha cigana, ela, sem tirar seus cristalinos olhos escuros de mim, agarrou-me a mão esquerda e virou-a com a palma para cima, dizendo:

– Como não tens medo de mim, *chavon*, dá-me tua *vaze*, para que te mostre o *dron* que hás de percorrer em tua vida.

Seus olhos se enevoaram, e ela começou a falar de forma compassada e sem expressão, traçando com o som de sua voz cansada o mapa de um destino que era somente meu:

– Entre *kañan* e *kachardin* nasceste, entre *cabipe* e *bajin* crescerás, entre *caben* e *choripen* viverás, sempre caindo, sempre levantando, sempre *meriñando*, sempre renascendo. Tua arte exercerás entre *bravalones* e *bareiros*, e tua *baque* sempre estará oculta pelo *brichindón* de um *juquér* e uma *juvacanin*. Mesmo assim serás protegido pelos *kralines* desse mundo, porque tens a marca do maior de todos, o *Duvél* ele mesmo. De ti os *gadjé* terão inveja, a ti as *gadjinas* nunca deixarão *suelo*: és muito melhor que os *quirdapanin* que agora te possuem. E *kaicón*, quando chegar a hora em que uma voz aí dentro diga: *Jála-te*, e tiveres que *meriñar* pela última vez, serás *chucá-jandón*. *Cadén* nunca sobrará, *cabén* nunca faltará. Essa é tua *baque*, meu *chavôn* sem medo algum.

Não me perguntem como, tantos anos depois desse dia, ainda me recordo palavra por palavra, som por som, de tudo o que a velha cigana me disse. Mesmo não compartilhando com ela mais do que o português com o qual sua língua *kalón* se entremeava, o sentido do que ela me disse nunca foi nem mais nem menos claro: era como se seus olhos, fixados nos meus, estivessem criando um canal entre sua cabeça e a minha, entre seu coração e o meu, entre nossas almas, feito de absoluta identidade entre o que era dito e o que era entendido. Hoje que o *kalón* não tem mais segredos para mim, cada vez que penso na sentença da velha cigana me espanto com a precisão de suas palavras: ela sim era já nesse tempo *chucá-randonim*, tendo pela vida e pelas experiências aprendido a ver o que ainda não estava sendo, mas que fatalmente seria, enxergando em cada presente o passado e o futuro de que tudo é feito.

Minha velha cigana sorriu pela primeira vez, e passando-me a mão por sobre a cabeça, falou, mais baixo ainda:

– Agora, se deres um presente à tua *bata*, tua *bata* também te dará um presente.

Eu perguntei à cigana o que queria, e ela, pegando uma mecha de meu cabelo em suas mãos, mostrou-se encantada com sua cor de cobre quase negro, sorrindo para mim. Meu sorriso foi tão cúmplice quanto o dela, que pegou em algum lugar debaixo de suas saias uma faquinha cheirando a fumo e ervas, e cortou-me um anel de cabelo com grande rapidez. Puxou de dentro do regaço, onde estava pendurado, em grossa corrente de ouro, um relicário encravado de pedras cor de romã, com uma grande bolha transparente em uma das faces. Abriu-o e lá dentro guardou o anel de meu cabelo, escondendo-o novamente em seu regaço amplo. Então, com ar muito sério, passou-me a mão pela testa, olhos, boca e peito, dizendo:

– Eu me encomendo a meu Deus filho da Virgem Maria, para andar no mundo tão seguramente como andou meu Senhor Jesus Cristo no ventre de Maria Santíssima. Que o que eu pense, eu veja; que o que eu veja, eu diga; que o que eu diga, esteja em meu coração. E de hoje em diante, pelo poder da Mãe Santíssima da Conceição, que eu não enxergue aquilo que vai morrer!

Uma tonteira tomou-me o corpo, como se eu estivesse girando em pleno ar, sem tirar os pés do chão; quando passou, a cigana ainda me olhava com infinita tristeza no olhar, e me disse:

— Ouve, meu filhinho: nada te dei que não fosse para ser teu. Com o que tens agora teu futuro está garantido exatamente como eu profetizei, e te será de grande auxílio o dom que fiz vir à luz dentro de tua alma. Com ele poderás reconhecer a vida e a morte, a saúde e a doença. Quando me reencontrares, saberás por que tudo isso aqui se deu hoje como se deu. E agora, *jála-te* daqui! Vai ter com os teus, viver a vida que é só tua!

Eu me movi para longe da cigana velha como que em transe, passando pelo lado da fogueira que jogava suas fagulhas para o ar como estrelas. Do outro lado do Largo da Ponte, olhando para trás, pude ver o carroção à porta do qual ela falara comigo, mas dela só se apresentou a meus olhos um espectro transparente, que se desvaneceu gradativamente até desaparecer, enquanto seus olhos e seu sorriso triste me seguiam sem desvio. Foi essa a primeira vez que meu dom se manifestou, e anos mais tarde, quando tive notícias dela, soube que havia morrido nessa mesma noite, enquanto a caravana se afastava na direção de Mucugê.

Falei antes em anos duros? Pois se iniciaram imediatamente após minha conversa com a cigana. Quando me dirigi para o centro da festa dos brancos, dei de encontro com meu irmão Manoel Maurício, um sorriso de escárnio em sua boca de lábios finos; brandindo um chicotinho de montaria, em um arremedo quase perfeito de nosso pai, gritou comigo:

— Índio? Anda! Tenho de levar-te para casa. E lá, longe de quem te proteja, serás meu! Passa na minha frente!

Eu passei e, durante todo o caminho, meu irmão me açulou o passo com pequenas vergastadas nas panturrilhas, fazendo com que eu me aproximasse do grupo de Sebastião Raposo quase em desabalada corrida. Quando nos aproximamos da casa dos da Trindade, à porta da qual as irmãs Henriqueta e Hermengarda se despediam, Manoel Maurício adiantou-se e passou à minha frente, indicando-me a nosso pai com um gesto largo. Nosso pai estava se preparando para montar em seu cavalo, ajaezado com luxo inesperado, mas ao ver-me afastou-se da montaria e veio em minha direção, com um sorriso tão falso em sua face irada que por pouco não fugi:

— Onde estavas, índio? Ias fugir com os ciganos? Vales tanto quanto o pior deles... sobe na carroça!

O sorriso não enganava ninguém, mas os que nos cercavam, nessa noite de novidades e portentos, houveram por bem aceitar a falsidade de suas ações e palavras, não fosse esse momento marcar o início de ações e retaliações entre inimigos tão cordiais quanto os que ali estavam, praticamente divididos em dois grupos de igual tamanho. As duas irmãs se olharam longamente e se abraçaram com verdadeiro afeto; depois minha nova mãe subiu à carroça, mantendo os olhos baixos e fixos em suas próprias mãos, cruzadas no colo. Com ela subiram duas de minhas irmãs mais velhas, depois os mais novos, entre os quais a bela menina que fora a causadora do mal-estar entre mim e Manoel Maurício, e depois os pequenos, dois dos quais já adormecidos no colo das escravas. Eu fui o último a subir, e encolhi-me em um canto, perto da traseira do carro, tentando ser o mais invisível que pudesse, pois começava a sentir que naquele meio havia contra mim mais animosidade que simpatia, e que os partidários dessa última eram infinitamente mais fracos que os da primeira. Minha madrinha Henriqueta, a quem eu terminaria por recorrer sempre que minha alma sangrasse pelo excesso de provações a que eu fosse submetido, ficou na estrada até que virássemos a primeira curva; sua figura era ereta e firme, como sempre me acostumei a ver, mesmo minutos antes do momento em que finalmente deixei de enxergá-la.

 Superar essa curva e desaparecer dos olhares dos que de nós se despediram marcou com inesperada violência o início oficial de meus anos maus: meu pai, notando que ninguém da vila nos podia ver mais, ordenou a meu irmão mais velho:

— Manoel Maurício? Joga o índio do carro!

 E meu irmão, na ânsia de obedecer e agradar a nosso pai, empurrou-me com força desnecessária pela borda da carroça; eu caí, rolando pela estrada, magoando os joelhos e palmas das mãos nas lajes ásperas. O que mais me magoou, contudo, foram as risadas que saíram de muitas bocas, com a brutalidade que só a ignorância gera. Meu pai, virando sua montaria, parou por sobre mim, falando com voz baixa e cruel, carregada de muito ódio:

— Índio sem valia! Tu me fizeste passar a vergonha de minha vida, na frente dos carolas da vila! E eu fiquei obrigado a aceitar-te como meu filho, ainda que essa não fosse minha vontade! Acreditas que ganhaste muito? Pois te enganas; como os filhos são propriedade do pai, que deles faz o uso que quiser, eu de ti farei bom uso. Hás de arrepender-te amargamente do dia em que nasceste! Anda! Levanta-te e segue atrás do carro! Onde já se viu um bicho junto de gente? Queres seguir-nos? Pois segue a pé!

 Meu primeiro impulso foi o de correr para longe dali, mas as patas do grande cavalo em que meu pai estava montado, brilhando à luz dos archotes que os escravos levavam para iluminar o caminho, me amedrontavam mais que sua própria figura gigantesca, alta como uma torre. Ele ergueu seu chicote e brandiu-o em minha direção, estalando-o por sobre minha cabeça e gritando:

– Anda, índio! Ou nem isso, pior que isso! Mameluco! Mestiço! Anda, animal!

E eu saí correndo à frente da companhia, olhando amedrontadamente para trás durante todo o caminho difícil que me levou até a casa-grande dos Raposo, onde nunca havia entrado antes de ser revelado filho de meu pai. Não que a partir desse dia a casa estivesse franqueada a mim; pelo contrário, só pude, enquanto lá estive, olhar as salas e quartos pelas frestas das portas, principalmente as da cozinha, único território da casa-grande onde minha presença era aceita sem que de lá fosse corrido aos gritos de "mameluco!". E como para os Raposo o trabalho de cozinha era trabalho de escravos e mulheres, foi lá que me confinaram, para cada vez mais me diminuir.

Não creio que seja capaz de pôr no papel o que passei nesses anos, nem mesmo para agradar aos que me leem tendo dentro de si uma vontade imensa de regozijar-se com infinitas descrições dos maus-tratos e brutalidades que sofri como mestiço em casa de brancos puros. Mas posso dizer, a bem da verdade, que nem um dia se passou em que não fosse penalizado pelo simples fato de existir. O chicote de meu irmão foi nos primeiros dias o galo que me acordava; e logo eu aprendi a levantar-me antes dele para que esse pequeno instrumento de couro não me mordesse as pernas ou as costas. Logo vim a perceber, no entanto, que para livrar-me de uma perseguição constante durante dia e noite era melhor fingir ter sido apanhado de surpresa por ele, pela manhã. Ele ria de minha pouca sorte, acompanhado por todos os meus irmãos e irmãs, e, com a sensação de ter ganho seu dia, me deixava mais ou menos em paz até a manhã seguinte. O chicote de meu pai se fazia sentir menos amiúde, mas com muito mais força, e pelo menos uma vez por semana mandava buscar-me, talvez para reforçar a recordação do que considerava a maior vergonha de sua vida, purgando os efeitos dela com duas ou três fortes chicotadas em minhas pernas. O único lugar onde nunca iam procurar-me, por saber que eu sempre lá estava, era a cozinha, onde Sebastião Raposo, do alto de seus ares de grande senhor, nunca punha os pés. Por imitação de seu pai, Manoel Maurício também nunca lá entrava, portanto foi lá que, por artes de um destino extremamente coerente, acabei por organizar minha vida diária. Eu a vivi dia a dia, sol nascido a sol posto, um após o outro sem exceção, com o olhar fugidio dos animais perseguidos. Mas dentro de minha cabeça funciona uma mente ágil, e eu cedo aprendi, pela arte da comparação forçada, o que me servia e o que não me serviria nunca.

Nunca houve dois lugares mais diferentes no mundo que a cozinha dos da Trindade e a dos Raposo, isso eu percebi em minha primeira manhã. Ao ser escorraçado para a cozinha, tendo de agradecer por não estar sendo mandado para a senzala ou para o tronco, esperei encontrar um mundo de cores, sabores e odores como o que tinha vislumbrado na casa dos da Trindade, em que belas superfícies refletiam a luz dos fogões abertos. Tremi ao me deparar com um cômodo escuro, uma cafua sem janelas, forrada por camadas e camadas de velho picumã engordurado, balançando sebosamente ao pouco vento que raramente invadia o lugar. O cheiro do sebo e seu asqueroso brilho em tudo penetravam e a tudo cobriam, e onde quer que houvesse um pequeno espaço entre as sujas panelas, encascoradas de restos de comida, lá estava o brilho do sebo, por vezes em camada muito grossa. O fogão era quase uma fogueira, e a fumaça da lenha quase sempre verde fazia arder os olhos. Sebo, picumã, ardência: essa era a tríade da cozinha dos Raposo.

Hoje percebo que o que fazia dessa cozinha um buraco infecto, mais que a sujeira que a recobria, eram os maus sentimentos de que ela vinha se impregnando no correr dos anos. Certos lugares têm essa capacidade de absorver em sua arquitetura os pensamentos e as emoções de quem por eles circula, e as cozinhas, com seu papel visceral na continuidade da vida, costumam ser os que mais atraem essas cargas imponderáveis, que nelas se acumulam entranhando-se em sua matéria e modificando-a sensivelmente. A dos Raposo, especialmente, foi a que mais efeito me causou: nela eu pude perceber o quanto o interior das pessoas é capaz de modificar o exterior, tanto o seu próprio como o dos que o cercam, e isso é mais fácil de perceber quando essa modificação se dá nos limites daquilo que vulgarmente chamamos de mal.

A mais acurada descrição das salas de feiticeiras da Idade Média empalidece frente a esse poço imundo, tão isento de calor humano que nem mesmo o fogo fumarento permanentemente aceso dava conta de afastar o frio que era como natural ali dentro. E essa semelhança se acentuava quando do meio dessa escuridão untuosa se materializava a Preta, uma suja e desagradável mulher, com a boca torta e um olho vazado, que se arrastava vestida com roupas muito encardidas, olhando o mundo como se ele fosse um espelho de sua própria face. Atrás dela, vinham sempre duas outras escravas, sem nome nem espírito, tão semelhantes em sua indiferença absorta que pareciam estar partilhando uma só alma. O primeiro movimento da Preta foi o de empurrar-me, mas, ao perceber que eu era tão escorraçado quanto ela mesma, acabou por abrir mão de exercer seu poder sobre mim, e como que me esqueceu. Isso foi uma bênção, pois mesmo enquanto eu exercia as tarefas subalternas que me restava exercer, não fosse alguém me descobrir inativo e encher-me de pancada, pude aprender pelo mau exemplo tudo aquilo que se tornou minha maneira de agir e ser quando no exercício do mister de cozinheiro. Onde havia sujeira, escolhi higiene; onde havia desperdício, escolhi frugalidade; onde havia maldade, escolhi afabilidade.

Não foram escolhas fáceis, de maneira alguma; imerso no constante exercício do sujo, do gasto e do perverso, era de se esperar que eu a eles aderisse com todas as minhas forças, já que é pelo exemplo que se formam as personalidades, ainda mais na idade em que me encontrava. Mas a lembrança daquela bela cozinha onde pela primeira vez vira o exercício da mais fascinante de todas as funções não me saía jamais das vistas; e das vezes em que, não suportando mais os maus-tratos que me eram concedidos, fugi para a casa de minha madrinha Maria Henriqueta, foi em sua cozinha que me homiziei, como que recuperando forças para voltar a enfrentar meus anos de sofrimento, até que se acabassem. Minha madrinha nessas vezes sempre me recomendava a paciência de um Jó, dizendo que neste mundo não há mal que sempre dure nem bem que nunca se acabe, e hoje sei que ela me dizia a mais absoluta e transparente de todas as verdades.

A Preta cozinhava como se estivesse praguejando; aliás, enquanto remexia sem vontade os caldeirões e tachos de onde saíam os guisados encharcados, as buchadas amolecidas, as papas gosmentas que eram todo o seu cardápio trivial, não cessava de resmungar entre dentes, falando consigo mesma como se estivesse conversando com algum invisível um assunto de extrema controvérsia. Nada do que aquela cozinha produzisse podia saber bem; mas essa falta de sabor, essa incapacidade de excitar pelo agrado as línguas dos que a comiam indicavam, antes de tudo, em que estado de incivilização viviam os habitantes daquela casa. Se lhes fosse dado, nas grandes tigelas que iam e vinham entre a sala de jantar e a cozinha, a lavagem com que os porcos eram alimentados, recolhida em um grande e mal cheiroso tonel de madeira que ficava junto à porta dos fundos, desde que estivesse quente, creio que não notariam nada. O grande senhor Sebastião Raposo, à hora das refeições, sentava-se ao chão sobre uma esteira de palha-da-costa, com uma perna erguida, e comia com as mãos, usando a faca de mato que trazia enfiada na bota, e com a qual tudo fazia, desde picar fumo até esgaravatar os dentes após as comidas. Como fosse produtor de farinha, viciado em peso e calor no bucho, fazia largo uso de cuias e cuias de grossa farinha molhada com água, que atirava dentro da boca em bocados certeiros, acompanhando a massa informe da refeição. Ao empanturrar-se além dos dois botões de cima dos culotes, parava de comer e soltava longos arrotos e peidos, atirando-se para trás e começando imediatamente a dormir, em uma sesta certamente causada pelo esforço do organismo em digerir tal gororoba. Seus filhos e filhas agiam da mesma maneira, e mesmo quando tornados mais finos pelo estudo e a convivência, nunca perderam essa avidez grosseira, que sempre os levava a avançar sobre a comida como se esta fosse a última vez em que se alimentariam na vida. Uma corrente sem fim de maus hábitos e falta de educação fazia com que nas terras dos Raposo tudo acontecesse desta maneira: entre a sujeira dos corpos e a das mentes ficava o território onde se davam as relações entre as pessoas, e mesmo o mais poderoso dos amos em nada se diferenciava de seus vassalos, a não ser nos casos cada vez mais comuns em que os vassalos tinham muito mais preparo que os senhores.

Em meio ao mundo de perversidade que a casa-grande ocultava, duas figuras se destacavam: a primeira delas era minha mãe de criação, que nas terras dos Raposo era uma aparição de olhos baixos e pouquíssimas palavras, amedrontada até a medula, no constante estado de terror que se ampliava quando meu pai estava presente. A segunda foi minha perdição desde o primeiro instante em que nos cruzamos: minha irmã Maria Belarmina, assim chamada em homenagem à sua avó paterna, um anjo de inacreditável brilho, em meio à alaúza sem-modos de seus irmãos. Sentava-se à mesa, ao lado de sua mãe, e por ser a primeira das filhas, tinha do pai a proteção com que nenhum outro contava: havia que prepará-la para ser mulher de um grande senhor, e dela se exigia aquilo que nos irmãos seria motivo de pura galhofa. Nossa mãe a treinava sem palavras na arte do refinamento dos salões, de que conhecia muito pouco, mas ao qual pelo bom senso chegava sem grande esforço. O uso do talher completo, novidade da França, o comedimento no beber e no comer, a parcimônia de gestos faziam com que minha irmã, a meus olhos curiosos, crescesse e se tornasse o único foco de meu olhar admirado. Suas roupas sempre claras e engomadas, seus cabelos penteados em cachos, seus pequeninos pés calçados em finíssimas pantufas de seda, tudo isso fazia dela mais que uma menina: uma aparição. As duas juntas, uma de cada lado da grande mesa de tábuas grossas, raramente usada, e mesmo assim por gente de fora, tornaram-se o parâmetro de beleza que eu perseguiria sempre e sempre. Na filha eu podia ver quem a mãe tinha sido, e nesta eu enxergava com cada vez mais paixão a mulher que Maria

Belarmina seria. Decidi-me: eu a queria para mim. Meu desejo era o mais oculto de todos os desejos ocultos que eu alguma vez tivera, mas era forte como minha própria alma.

Quando os maus-tratos de meu irmão se tornavam pesados, eu fugia para a senzala onde os pretos da casa descansavam, nem tão pouco que estivessem imprestáveis para o eito do dia seguinte, nem tanto que acabassem por sentir preguiça, vício branco injustamente posto sobre suas costas. E no meio desses pretos de grande valor eu aprendi coisas que somente anos mais tarde pude reconhecer como verdadeiras, fortes, indispensáveis. Uma delas foi a maneira de preparar-se o feijão carregado que lhes era servido uma vez por semana. Nos dias comuns os pretos comiam angu de milho, servido sobre uma grande mesa de madeira, e que nem chegava a esfriar, sendo devorado com o auxílio de pedaços de folha de bananeira e cuités de cabaça com a maior rapidez possível. Mas no domingo, dia santificado, meu pai mandava que se lhes fosse concedido feijão, só que nunca o feijão avermelhado que na casa-grande se servia de raro em raro, substituindo o escasso grão-de-bico em algum cozido de herança portuguesa. Para os pretos bastava um feijão que tivesse sua cor, mirrado, cascudo, áspero. Nesse dia as pretas da casa acordavam mais cedo e pegavam os alguidares desse feijão, posto de molho desde a véspera, e o separavam de seus grãos mais mesquinhos e engelhados, e dos pedriscos de que vinha carregado. O feijão, com 12 horas de molho, inchava até quase o dobro de seu tamanho, mantendo ainda sua característica de aspereza e pouca maciez. Em um grande tacho de barro com as bordas já carcomidas pelo uso e empretecido pelas inúmeras fogueiras sobre as quais tinha sido usado, as pretas fritavam a cebola roxa, o coentro e as malaguetas machucadas em gordura de porco, que tinham recolhido das sobras da casa dos senhores e que guardavam em torno de pequenos pedaços de carne em outras tantas tigelas, ocultas por toda a parte da senzala, não fosse meu irascível pai perceber que os escravos tinham como aprimorar o passadio. Era de sobras que se fazia a excelência desse prato tão abominavelmente feio: as abóboras que os porcos do chiqueiro recusavam, por serem duras demais, tinham lugar nessa grande panela, e dos porcos eles mesmos ali se faziam presentes as partes menos nobres. Eram orelhas, e pés, e rabos, raspados até que não tivessem mais pelos, e em alguns casos até mesmo o membro sexual dos animais, fêmeas e machos, o que sempre era motivo de grande risadas por parte de todos. Vi colocarem de tudo nessas feijoadas: pacovas verdes, inhames, carás, jilós cortados ao meio, grandes cebolas doces inteiras, cabeças de alho sem a casca, que junto com litros e litros de água trazidos da cisterna ferviam durante horas e horas, borbulhando como uma cocção de bruxas, espalhando pelo ar seu cheiro ferroso, que enchia a boca de água. Quando a tarde já ia alta, tendo estado todos desde a noite anterior sem nada comer, as pretas do grande tacho o tomavam com o auxílio de duas traves de umburana e o levavam para a mesa do angu, coberta de farinha de mandioca grossa, ao lado da qual era descansado para que dele todos se servissem.

 Abominavelmente feio, mas sublime. Eu o provei e dele nunca mais esqueci, pois a soma de todos os sabores e texturas, de que se me encheram a escudela de barro, era exatamente isto: inesquecível. Até hoje, mesmo nos lugares mais distantes e tendo já dessa época passado tanto tempo, ainda me recordo com precisão do sabor de cada ingrediente, inteiro em sua individualidade e ao mesmo tempo unido a tantos outros tão diversos pelo sabor excepcional desse escuro grão, que tão pouco prometia em seu estado natural. Maciez e perfumes, coroado pelas folhas de louro verde que eram colocadas junto com a água do cozimento e que lhe dão essa característica tão especial, quase uma meta que ainda persigo no dia a dia de minha cozinha. Uns pedaços de carne verde de vez em quando lá se encontravam, e a disputa deles pelos convivas era mais causada pela animação que pelo apetite, imediatamente saciado com o auxílio de colheres de malagueta macerada em salmoura e grandes mancheias de farinha, misturadas com o alimento. Isso tudo entre cantos em volume muito baixo, mesmo que estivessem tomados pelos vapores do vinho de palma que tiravam com canudos diretamente de dentro das árvores, colocando para descansar por pouquíssimo tempo em alguidares rasos, não fosse fermentar demasiadamente, fazendo uma refrescante beberagem transformar-se em inebriantíssimo vinho, capaz de gerar os mais lindos e coloridos sonhos. Era mais que alimento: era festa, comemoração, experiência de liberdade e vida feliz.

 Chamava-me muita atenção a maneira diversa com que as pretas, inclusive a mais endemoniada de todas, a Preta ela mesma, produziam alimento dentro e fora da casa. Se na comida feita em plena senzala a alegria era ingrediente essencial, na casa-grande, em meio à escuridão e o sebo da cozinha, reinava um constante espírito de desafio e maldade. Um dos pretos da casa um dia contou-me que a Preta cozinhava benzendo e amaldiçoando a todos os que daquilo fossem comer, e eu mesmo, em uma das primeiras vezes em que a acompanhei nesse ofício, percebi que, na hora em que a comida saía das panelas encardidas para as travessas em que iria à mesa, ela cuspia em cada uma delas, com um sorriso de escárnio. Desse dia em diante eu preferi manducar o angu dos escravos, antes que a peçonha de que a Preta estava carregada a mim também envenenasse, como ela acreditava estar fazendo com seus senhores, sem exceção de nenhum. Na cozinha de minha madrinha, na casa dos da Trindade, a velha Idalina um dia me esclareceu quanto às atitudes da Preta, dizendo-me com clareza:

— Vosmicê come aquilo que a veia pensô inquanto tava cunzinhano...

Haverá maior verdade que essa? Come-se aquilo que o cozinhador dá de si, pensando com concentração no destino de sua obra. Quantas e quantas vezes eu mesmo, nos momentos mais terríveis de minha vida, não pus a perder todo um grande banquete por não estar em condições de fazê-lo? E quantas e quantas vezes meu lado negro não se pôs à frente de mim mesmo, envenenando com suas intenções malignas aquilo de que tantos iriam alimentar-se?

Não é só nas cozinhas que se urde coisas assim: nos fogões da alma também fervem coisas indescritíveis, inacreditáveis para quem delas nunca tomou conhecimento, e das quais se põe mesas fartas em beleza mas prenhes de vilania. Se meu irmão por vezes exagerava em sua crueldade para comigo, meu pai ia muito mais longe que ele, era de uma arrogância tão grande que, mesmo orgulhoso de mim como prova da superioridade de seu sangue português sobre o de minha mãe selvagem, não conseguia deixar de maltratar-me mais e mais a cada dia. Não que me batesse além do normal, isso não; mas tratava-me pior que a seus escravos, a quem pelo menos dava a atenção diária de sua autoridade. A mim, nem isso: ou me batia, com o alheamento de quem cumpre uma tarefa inglória mas necessária, ou nem me percebia. E eu, de todos os filhos o mais semelhante a meu pai no porte e na aparência, só desejava que me fosse concedido um olhar de reconhecimento, um simples olhar em que me visse existir no mesmo mundo que ele, nem tão próximo que com ele me misturasse, mas nem tão afastado que dele tivesse apenas a tênue noção que sempre tive.

Inutilmente, nem ele estava pronto para dar-me aquilo de que não dispunha, como eu mesmo não sabia nem podia pedir-lhe, implorar-lhe se fosse preciso, pelo menos a gota dosada e medida de seu amor. Nada pedi, nada recebi, e isso se tornou nossa realidade: de sua parte uma extrema frieza e um absoluto desconhecimento de minha existência como gente, que dirá como seu filho. E em mim, na cozinha cada vez mais escura de minha alma, dia a dia mais semelhante ao refúgio de onde a Preta envenenava seus amos, pude ver florescer gradativamente a força que me moveu daí em diante, esta que na história da humanidade tem movido a tantos outros como eu: o ressentimento.

Capítulo VI

Na aparência, entre os que me rejeitavam ou nem percebiam minha presença, eu era um animalzinho assustado e ágil, capaz de saltar para longe, movido por uma intuição agudíssima, cada vez que alguém de mim se aproximasse. Nunca recebi, por esse motivo, os carinhos que as crianças costumam receber, e com os quais me acostumara no aldeamento, enquanto vivia entre os Mongoyós, afetivos por sua própria e honesta natureza. Mesmo de dona Maria Hermengarda, minha mãe de criação, nas poucas vezes em que chegou perto de mim e ergueu a mão em minha direção, eu escapuli, colocando-me a uma distância segura, olhando-a fixamente com a face menos expressiva de que dispunha, a mesma que usava na maior parte do tempo, pois sabia que meu íntimo deveria ser, teria de ser, só poderia ser indevassável aos outros, se eu quisesse sobreviver. E este era meu objetivo principal: sobreviver aos que me cercavam, fugindo de seu poder e sua violência.

Dentro de mim fervia uma mente rápida: nada existe que me tenha sido mostrado, ensinado ou que eu tenha visto que não esteja ainda aqui dentro, fresco e vivo, como da primeira vez. Essa memória sempre foi minha característica mais marcante, e sempre fiz bom uso dela, mas comecei a sentir que o turbilhão de sentimentos negativos que tinha lugar dentro de mim se transformava a cada dia que passava em matéria de aprendizado e sobrevivência. Sorte minha: quantos outros conheci em quem os ressentimentos, as maldades e as taras experimentadas na própria pele se transformaram em tantas outras maldades, taras e ressentimentos, dessa vez aplicados sobre outros a quem dominavam, em um círculo sem fim...

Em mim, pelo contrário, tudo se mostrou positivo, criativo, gerando o bem onde apenas o mal vicejava, como se meu íntimo fosse uma plantação de maniva onde só se colhesse a mais doce e saborosa mandioca de tempo. Não creia quem me lê, no entanto, que eu fosse alguma espécie de santo, pronto a subir aos céus ao menor sinal de desprendimento, em bem-aventurança sofrida e beatitude invejável. Não: eu sabia ser malvado, perverso e cruel, à minha própria maneira, sempre que tinha a oportunidade, e não me recordo de ter perdido sequer uma delas, no exercício da vingança que era apenas minha e da qual apenas eu tinha conhecimento.

Se os brancos não me davam o carinho que eu desejava acima de tudo, os negros da senzala me concediam a coisa mais parecida que existia: sua admiração. Minha convivência com eles crescia dia a dia, e a partir de certo momento eu era como uma parte dessa senzala comum, o lugar em que éramos isolados do mundo dos senhores, para que não pudéssemos almejar a nada mais que isso, e que por nossas artes se transformava gradativamente em território mais que perfeito de nossa existência. À noite, quando todos criam que estávamos dormindo, era que nos mostrávamos como realmente éramos: valorosos, inteligentes, criativos, ricos de conhecimentos e de sabedoria, externados por meio de contos e histórias, a maioria das vezes lidando simbolicamente com animais que conhecíamos. Ora, isso era comum entre os Mongoyós: nossas histórias ao pé do fogo também faziam uso dos animais e das forças da natureza, humanizando determinados aspectos das feras para que se assemelhassem a este ou aquele defeito ou qualidade humanos. Eu conhecia várias dessas histórias, que ouvira desde pequeno, ainda com a boca no seio de minha mãe, e, auxiliado por minha memória quase prodigiosa, me recordava de todas elas. Mas meu lado mau me fez, em uma noite determinada, erguer a voz aguda contando a todos a mais brutal e grotesca história de papagaios, macacos e antas que conhecia, com uma pequena modificação, que a todos agradou e a mim deu a certeza de estar no caminho certo. No meio da história comecei a descrever a anta, burra e sem espertza, e fiz dela uma cópia fiel dos portugueses a quem todos conhecíamos, sem me esquecer das botas de couro até o meio da coxa, o sotaque carregado e chiado e os cabelos vermelhos, de fogo. As risadas eram de descrença, mas firmes: porém quando eu terminei a história, com a frase final que fazia do papagaio e do macaco os vitoriosos, à custa da anta que eu transformara em meu pai, as gargalhadas que explodiram quase trouxeram até nós os feitores da fazenda. Dessa noite em diante, onde quer que nos encontrássemos, os negros me exigiam mais uma e mais outra história dessas. Nunca mais precisei descrever a anta: bastava que eu imitasse o jeito de falar dos brancos que nos dominavam para que todos soubessem a que estúpido animal eu verdadeiramente me referia.

Com isso ganhei o carinho de meus irmãos da África: eu era mais branco que índio a um primeiro olhar, mas para eles minha alma era negra, por saber exatamente como se sentiam em relação a seus senhores. Isso não era difícil, já que eu era considerado coisa de menos valia que um negro forte para o eito da cana-de-açúcar, ou uma esteatopígica negra de quadris largos e canelas finas, escolhida por essas particularidades físicas para os trabalhos domésticos mais pesados. A vida no engenho de cana era sensivelmente mais dura que a dos Mongoyós nos campos de mandioca, e essas condições adversas se assemelhavam mais e mais, com o correr dos tempos, àquele inferno de que alguns padres do aldeamento eram pródigos, em suas descrições candentes. Esse grupo de padres, com os quais nunca tive nenhum contato, exceção feita ao prior dom Felipe, o homem mais covarde que alguma vez conheci, era composto por carolas sem controle, excessiva e desagradavelmente religiosos, soldadinhos disciplinados daquilo que de pior o catolicismo tinha para dar. A outra parte dos padres, entre os quais estavam o padre Francisco de Aviz e o irmão Perinho, era rigorosamente avessa às histórias de pecados e castigos com que os carolas nos brindavam: havia neles uma crença intocável na liberdade dos seres criados, tão próxima à ideia de Natureza que eu aprendera com os Mongoyós que nunca verdadeiramente senti a diferença entre nós e eles.

Mas agora passava a sentir: minha mãe Maria Hermengarda, religiosa ao extremo, fazia pé firme em relação a determinadas coisas, entre elas a necessidade da missa cantada todos os domingos, com confissão e comunhão para os cristãos do lugar. Antes isso acontecia na própria vila de Rio de Contas, na capela de Sant'Anna, mas, com o progressivo azedume das relações entre os Raposo e os da Trindade, meu pai decidiu manter-nos a todos o mais afastados possível dos outros. Isso era viável por ser a fazenda praticamente autossuficiente: tínhamos roças de praticamente tudo, pois meu pai, em sua ânsia de enricar cada dia mais, fazia bom uso das particularidades da terra desse alto de chapada, produzindo todo o tipo de frutas e hortaliças, raízes, cereais; criando gado grande e pequeno, aves caseiras; ampliando dia a dia seu chiqueiro; estendendo até quase duas léguas na direcão oeste os limites de suas terras. Infelizmente usufruíamos muito pouco dessa produção tão exuberante, quase toda enviada para longe, às vezes até mesmo para o outro lado do mar; como já disse, comer para os Raposo era apenas se entulhar, não havendo prazer nem alegria nas atividades ligadas à comida. Mas nada verdadeiramente faltava dentro dos limites da fazenda: não havia maior vergonha para um senhor que um seu filho, parente ou mesmo escravo de sua propriedade, comesse ou pedisse comida em casa de outrem. Era esta a maior ofensa que se podia fazer a um senhor: dar ao mundo em redor notícia de que em suas terras se passava fome, sinal claro de pobreza e degradação. E os escravos alguma vez apanhados nesse delito eram espancados pelos feitores durante horas a fio, até que a pele se lhes caísse das costas, transformadas em chagas sangrentas, nas quais as varejeiras adoravam refestelar-se. Por isso a ordem era: não se aceita comida em casa alheia.

Portanto, quando meu pai decidiu isolar-nos da vila dentro de sua fazenda, reorganizou os víveres de forma a que nenhum de nós precisasse alguma vez deixar suas terras. Para minha mãe isso foi ao mesmo tempo uma bênção e uma maldição: tinha agora um bom motivo para excusar-se ao contato com a sociedade da vila, que fazia questão de reconhecê-la como a segunda, nunca a primeira, mas ao mesmo tempo perdia a proximidade com sua irmã Maria Henriqueta, minha madrinha, único ponto de ligação com suas origens que ainda preservava. Não tendo mais a quem recorrer, voltou-se para a religião, e tornou-se imediatamente alvo das atenções do grupo de padres a que eu antes me referi, entregando-se nas mãos deles, a partir de certo momento, em todas as questões referentes à sua vida e à vida de seus filhos. Eu não dava muita atenção a isso, envolvido que estava na vida da cozinha dos negros, mais criativa e rica que a de meu pai, ansioso pelas horas de descanso em que meu talento de contador de histórias podia ser exibido. Mas ela me considerava verdadeiramente como mais um de seus filhos, e começava, sem que eu o soubesse, a planejar os novos rumos de minha vida espiritual.

Eu, da casa-grande em que meus meio-irmãos moravam, não me interessava por nada, a não ser uma pessoa: minha irmã Maria Belarmina, a pequena obra de arte que minha mãe adotiva e meu pai carnal haviam gerado e que cultivavam para um destino fulgurante, preferencialmente longe dessas brenhas onde nos encontrávamos. Meu olhar ansioso e faminto buscava por um lampejo de sua beleza angelical, seus traços inesperadamente finos, seus rutilantes olhos de azul desmaiado, tão claros que de certa distância semelhava ter apenas o branco dos olhos. Minha irmã era toda graça e beleza, e eu, mais novo que ela um ano, tinha a mira de minha alma permanentemente voltada para sua existência. Difícil era não demonstrar aos outros essa sensação de perda sem ganho, essa dor suave e benfazeja, essa sufocação sem motivo que me assomava a cada momento em que ela cruzava meu pensamento. Como isso acontecia cada vez mais amiúde, eu vivia permanentemente por conta da existência de minha irmã. Ela, por sua vez, nem sabia que eu existia, fazendo com que eu, pressentindo a crueldade inata com que ela me trataria se algum dia viesse a desconfiar de meus sentimentos, me dobrasse mais uma vez por sobre mim mesmo, ocultando de todos meu interior tão variegado, exibindo apenas meu exterior rude, como se esperava de todo e cada índio.

As missas que passaram a ser rezadas na capela dos Raposo, mesmo ao lado da casa-grande, tinham frequência completa e absoluta: por ordens de dona Maria Hermengarda, nenhuma alma dentro dos limites da fazenda poderia se eximir de participar desse momento de comunhão com o deus dos brancos, do qual ela era cada vez mais devota. Até mesmo meus irmãos Mongoyós, tirados contra a vontade e a usura de meu pai de seu trabalho com a mandioca, apareciam em grupo todos os domingos para assistir, pelo lado de fora da capela, à missa que passou a ser rezada semanalmente por um desagradável padre de nome Nuno, pertencente ao grupo dos carolas, e que como tal enchia os ares da manhã com suas diatribes enfurecidas contra os pagãos, a seu ver todos nós que alí estávamos. Vi minha mãe ao longe e tentei ir até ela, mas uma certeira rebencada de Manoel Maurício esgotou imediatamente minha vontade. Ele, com sua face soturna e escurecida pela barba incipiente que lhe endurecia as feições, ameaçou-me entre sorrisos de mofa e olhares de ódio:

– Fica aqui, mameluco! Aqui é que é teu lugar, porque eu sou teu dono. Esquece que já foste índio, e nem pensa em querer ser branco. Olha para a frente e aceita teu papel, mestiço.

Eu já aprendera a não enfrentar a malvadeza de meu irmão mais velho; essa era uma escrita que ainda esperaria muitos anos para ser acertada entre nós. Contentei-me em, de cada vez que meu irmão não estivesse vendo, relancear meus olhos para aquela mulher de seios caídos que me amamentara, e de quem só me recordava melhor porque me havia pensado as feridas e alimentado com o primeiro mingau de minha vida. Para olhá-la, tive de descobrir para onde se dirigia a atenção de Manoel Maurício, e essa descoberta me encheu o peito de horror: ele também olhava para Maria Belarmina, com tal cupidez em seus pequeninos olhos de porco que eu por pouco não pulei sobre ele, para rasgar-lhe a garganta com meus dentes. Mas não podia; ele era na prática verdadeiramente meu dono e senhor, e eu teria de dividir com ele, por muitos anos ainda, esse objeto de nossa devoção, que nos separava mais que unia.

Na missa seguinte, uma semana depois, eu já sabia como agir: não voltei os olhos para minha mãe, e como ela, embebida que estava nos fumos da cachaça que era servida aos Mongoyós cada vez mais constantemente, nem fazia ideia de que eu ali estivesse, acabamos por ficar no mesmo espaço sem sequer procurar reatar nossos tênues laços de parentesco. O padre Nuno, com seu pescoço avermelhado como o de um peru, começou a organizar a fila dos que deveriam confessar-se para tomar a comunhão, e eu me vi empurrado para esse grupo contra minha vontade, tendo de seguir atrás de meus irmãos para dentro da capela, onde o padre Nuno, oculto atrás de um reposteiro mal e mal pendurado em uma trave do teto, se ocultava para ouvir a narrativa daquilo que chamava "nossos pecados". Eu não fazia a menor ideia do que é que ele queria dizer com isso; criado na liberdade indígena como fora, não compreendia o que é que seria esse tal pecado de que ele falava com tanta fúria.

Mas breve cheguei a esse entendimento, e de forma muito mais terrível: ajoelhei-me no chão da capela escurecida, enquanto ouvia a voz do Padre Nuno, abafada pelo reposteiro, a dizer-me:

– *In nomine Patri et Filii et Spiritus Sanctus*, confessa os pecados que cometeste por atos, palavras e pensamentos!

Mas se eu nem sabia o que eram pecados, nem mesmo que tivesse cometido algum, o que confessaria? O padre Nuno sussurrava do outro lado, tentando ajudar-me:

– Vamos, meu filho: conta para teu confessor tudo aquilo que te domina o corpo, a alma e o espírito, sem que sobre isso tenhas poder de recusa!

A única coisa que eu tinha dentro de mim mais forte que eu mesmo era a paixão incontrolável por minha irmã Maria Belarmina, e desejoso de agradar ao padre Nuno, principalmente porque desejava livrar-me dele o mais rápido possível, falei-lhe de minha paixão, com a inocência que ainda me restava no peito. A reação do padre Nuno acabou com esse resto de inocência: saiu de trás do reposteiro, fuzilando-me com seus olhos baços, e arrojou-me ao chão, esfregando minha cabeça no chão de lajes da capela, enquanto gritava:

– Maldito! O Demônio te soprou ao ouvido! Torpe! Selvagem sem alma! Como podes pretender cometer semelhante sacrilégio aos olhos do Senhor teu Deus? Roja-te ao chão, pagão! Pede perdão por teus pecados!

Eu, sentindo o cheiro da poeira seca que me penetrava as narinas, não tive outra solução senão repetir o latinório do ato de contrição que o padre me bufava aos ouvidos, e as lágrimas me escorreram pelas faces, traçando riscos no pó que as cobria, deixando-me marcado como se estivesse pintado para a guerra. Depois de um tempo que me pareceu interminável, o padre Nuno ergueu-me do chão com brutalidade e atirou-me fora da capela, gritando que eu me cuidasse senão o Demônio me levaria a alma. Para um menino com 8 ou 9 anos, como eu era, isso soou como uma sentença de morte: a figura do Diabo, de um Juru-Pa'ry qualquer, impregnou-se em mim por sobre a beleza da imagem de Maria Belarmina, e eu senti a alma carregada de culpa, o presente mais duradouro que os padres católicos algum dia me deram, o qual permaneceu dentro de mim por muitos e muitos anos, mesmo até quando eu já compreendia que a culpa é uma coisa que não existe, a não ser para os que a inventam e dela tiram o combustível de suas vidas.

Agradeço a esse Deus, no entanto, haver imposto aos padres cristãos o segredo do confessionário. Se tal não existisse, o que seria de mim? Impossibilitado de denunciar-me escandalosamente, o padre Nuno passou a seguir-me todo o tempo que podia; depois, é claro, cheio de outros afazeres, outras almas a salvar, outras pessoas a perseguir, deixou-me de lado. O dano, no entretanto, já estava feito. De cada vez que eu via, pensava ou me recordava de minha irmã, minha bem-aventurança se misturava a essa culpa tão profundamente plantada em mim, e as duas, anulando-se mutuamente, por pouco não me paralisaram para todo o sempre. Isso fez com que meu ressentimento se estendesse a todos os brancos, e mesmo a seu Deus, tão diferente daqueles em que aprendera a acreditar: mágoas enxertadas uma na outra, gerando frutos amargos para todo o sempre.

Tinha poucos momentos de alegria, e os melhores deles acabavam de me ser conspurcados, já que, quando comecei a ter conversas sobre aquilo que acontece entre homens e mulheres brancos, e que não parecia ser o que acontecia entre os homens e as mulheres Mongoyós ou os negros e as negras da senzala, cada imagem de prazer trazia em sucessão embaraçosa a face e o corpo de Maria Belarmina e a imagem do Juru-Pa'ry demoníaco: minha excitação precoce cada vez mais me confundia e atemorizava. Isso não me impedia, é claro, de satisfazer os desejos já tão adultos de meu corpo infantil; mas o sofrimento que surgia dessa satisfação era tão poderoso que não sei como não me prejudicou definitivamente. Tornei-me, durante um bom tempo, um atemorizado filho de Deus, quase uma cópia dos carolas de batina ou não, em tudo e por tudo semelhante à minha mãe de adoção, com o hábito de, usando dois pedacinhos de pau e uma embira, construir pequenas cruzes, as quais fincava no chão para poder orar ao Deus dos brancos, pedindo que não me castigasse. Meu temor era lógico: se os brancos que conhecia me puniam com tamanha fúria, do que não seria capaz seu Deus? E minhas cruzinhas de pau se espalharam por todos os lugares onde eu passava, até o dia em que delas me livrei definitivamente, senão na alma, pelo menos no mundo material.

Disse que quando a situação se tornava por demais opressora eu fugia para a casa de minha madrinha, e fugir era a palavra exata. Embrenhava-me pelos matos que cobriam o topo da serra e em menos de meia hora já estava nas terras dos da Trindade, que atravessava sem medo, pois ali tudo respirava um ar de satisfação e segurança. Nunca podia passar mais que algumas horas por ali; era preciso que não desaparecesse das vistas de meus algozes durante mais tempo que o recomendável, e quando retornasse, deveria fazer-me de tolo, fingindo ter perdido a pátina de branco e caído no vício da selvageria, andando pelos matos sem rumo nem objetivo. Denunciar-me como frequentador, ainda que eventual, da casa de minha madrinha? Nada certamente haveria de pior, pois a rivalidade, quase incontrolável, que havia entre os Raposo e os da Trindade se agravara sobremaneira quando se deu a fundação do colégio, em um puxado de sapé ao lado da igreja de Sant'Anna.

Quando os da Trindade tiveram a ideia do colégio, claro está que Sebastião Raposo foi contrário a ela, não apenas por estar permanentemente do lado oposto a qualquer ideia dos da Trindade, mas também por considerar inútil qualquer forma de estudo. Por isso foi tomado de grande espanto quando até mesmo seus correligionários, membros da vila, apoiaram a iniciativa do colégio. E pior do que isso: ficou com a obrigação de ceder os padres sob suas ordens como professores, colocando a seus cuidados seus próprios filhos, entre os quais, por artes do destino, eu. As coisas se precipitaram nesse sentido quando chegaram notícias de que em São Fidélis já havia um colégio de padres funcionando a todo vapor. A rivalidade entre os Raposo e os da Trindade era de pouca monta, perto do que acontecia entre as concorrentes Jacobina e Rio de Contas: o pequeno mundo das brenhas diamantinas em nada se diferenciava do resto, e as rivalidades moviam as sociedades da mesma maneira, fossem elas de que tamanho fossem.

O que importa é que a barração de sapê e tijolos cozidos ao sol se ergueu na borda do descampado ao lado da Igreja de Sant'Anna e nós, armados de lousa e mais nada, enfrentávamos a subida do fim da serra para chegar, todos os dias, à sala única do colégio de Rio de Contas, onde por obra e graça do Deus que protege a todos, éramos recebidos pelo padre Francisco de Aviz, dentre todos o mais preparado nas artes das letras e das ciências, e dono de paciência exemplar. Para mim ela era inútil, pois me sentia muito à vontade nesse ambiente de estudo, já que a curiosidade que era minha marca se satisfazia e inchava a cada contato com uma novidade; mas meus irmãos e alguns primos, desejosos de imitar a vida de seus pais e avós, não davam a menor atenção ao que acontecia na sala. Meninas entre nós não havia, ainda que minha madrinha muito houvesse insistido que no ensino e no estudo não deve haver diferença entre homens e mulheres. Essa foi uma das poucas vezes em que Maria Henriqueta viu seu prestígio correr riscos, e, com a reação brutal até mesmo das mais avançadas senhoras da vila, acabou por deixar de lado essas perigosas ideias de misturar meninos e meninas em uma mesma sala.

Enquanto meus irmãos faziam o percurso comodamente instalados no carro puxado por três juntas de bois, acima e abaixo daquele pedacinho de serra, eu era obrigado a andar à frente, sacudindo uma varinha para espantar quaisquer pássaros ou cobras que se escondessem por entre as lajes. Isso me dava tempo, apesar de representar um esforço extra, de pensar sobre tudo o que aprendia no Colégio, e de me certificar de que ninguém percebesse o quanto eu já sabia. Aprendia celeremente, com sofreguidão, e o padre Francisco, ao notar minha cara de sofrimento depois de um elogio que me fizera em público, recebido com risadas de mofa dos outros, liderados por Manoel Maurício, teve a sensibilidade de nunca mais me elogiar em voz alta, reconhecendo rapidamente que minha sobrevivência dependia da capacidade de misturar-me ao fundo das paisagens, nelas desaparecendo como os camaleões e os bichos-pau.

É impressionante quando os pais, dando a seus filhos um aprendizado maior que o seu próprio, lhes dão também as armas da destruição pela mão desses mesmos rebentos. Nada me ligava a essas pessoas, de quem era parente apenas por acaso, e a partir de determinado instante tudo o que eu aprendia servia para que montasse em minha alma ressentida mais outro esquema de vingança definitiva, por meio da qual meus inimigos se rojariam ao pó para que eu pisasse por sobre eles. Nos dois anos que se seguiram eu aprendi o essencial do francês e do latim na Bíblia Sagrada, e nos breviários, conheci o melhor dos clássicos portugueses, entendi a sofreguidão com que os homens de ciência buscavam o bem maior de toda a humanidade, mas principalmente percebi que a História nos dava para sempre o papel de colonos, serviçais, fornecedores de riqueza para a corte portuguesa, da qual até mesmo os filhos de brancos aqui nascidos se orgulhavam de pertencer, e nada mais. Meu ressentimento tomou cores mais fortes, e em meu silêncio de menino com quase 12 anos de idade comecei a perceber que meu pai era o Portugal que nos dominava, e que nenhuma diferença existia entre a corte e os Raposo: eram todos ladrões, de nossas terras, nossas riquezas, nossa comida e bebida. Em silêncio aprendia e fundamentava dentro de mim essa revolta que, à falta de melhor nome, chamarei de brasileira.

Não sou nem mais nem menos dotado que qualquer outro de meus parentes: apenas decidi crescer o mais que pudesse, para que um dia, ao tomar posse do que era meu por direito, fosse olhado de igual para igual. E quando aumentava a pressão alucinante dos maus-tratos que sofria agora também no colégio, onde disfarçava meu estudo e aplicação sob a máscara do índio burro e despreparado, corria loucamente para refugiar-me na casa de minha madrinha Maria Henriqueta, recebendo dela o carinho que ninguém mais se permitia dar-me, devolvendo-o na mesma moeda, do meu jeito chucro de bugre do sertão. Quando lá estava, assim que me desvencilhava das perguntas dela, corria para a cozinha onde a velha Idalina não cessava de me encantar com sua lide de comidas e panelas, sabores e temperos, alegria e satisfação. As coisas mais simples da vida tomavam pelas mãos dessa mulher um valor diverso, maior do que o que naturalmente tinham, pois ela percebia como ninguém a magia excelsa que é mudar-se o cru em cozido sem que, tornando-se um, deixasse de ser o outro, como acontecia nos Raposo.

Por exemplo: o arroz. Na casa dos Raposo esse não aparecia nunca, por não haver nenhum interesse de meu pai em produzir esse cereal mais trabalhoso do que a mandioca, com a qual já se haviam acostumado. Mas os da Trindade, cujas raízes vinham desde o tempo dos mouros na Espanha, conheciam e usavam o arroz, tanto o que tinha vindo do Cabo Verde para as terras da capitania de Ilhéus, como também o vermelho maçambará, que existia nessa região quando a mesma ainda era posse exclusiva dos Mongoyós. Em sua casa, o arroz era base de comidas tanto salgadas quanto doces, e eles o plantavam nos brejos de que era prenhe parte de suas terras, fronteiriças ao Rio de Contas

Pequeno, da mesma forma que tantos outros senhores, como mais tarde vim a saber, por causa da grande facilidade de plantio e maior ainda de colheita. O branco arroz indiano plantado nesses brejais se misturava ao vermelho e seco maçambará, da terra, e que nenhum trabalho dava: selvagem por excelência, soltava-se das espigas com facilidade, e tinha sabor acentuado de natureza, como até hoje me recordo. A velha Idalina era mestra em preparar esse arroz, que cozido à feição ficava com todos os seus grãos tão soltos que eu, a primeira vez em que o comi, pensei que trabalho não daria cozinhar-se cada grão em separado para que assim ficassem. Por gosto de dona Maria Henriqueta, saudosa de sua família paulista, acabava por servi-lo regado de gordura de toucinho e rodelas de cebola, em um odor forte que rescendia por toda a grande casa. Já seu marido, meu padrinho Antônio da Trindade, preferia comê-lo como doce, à moda das Índias, que ele dizia ser herança árabe; esperava que lhe trouxessem do litoral da capitania as nozes do coco, que mandava quebrar, fazendo com que se lhe espremessem a polpa branca, até que dela saísse grosso sumo cheiroso, com toda a aparência do leite de gado vacum. Fazia com que a velha cozesse seu arroz nesse leite, adicionando um pouco de mel de abelhas, e cobrindo-o fartamente com canela ralada.

Entre esses dois extremos se comia o arroz na casa-grande de meus padrinhos, e em sua senzala, clara e ampla, sem nenhum resquício da sujidade e malvadeza que havia na casa de meu pai, os escravos também tinham em seu passadio o arroz, que preparavam de várias formas diferentes, segundo seus hábitos quando ainda na África. Cada um com aquilo que desejasse, galinhas, quiabos, milho ou amendoim, fazia sua mistura preferida, mas de todas elas a que mais atenção me chamou foi a preparada por um negro um tanto diferente dos outros, e que deles se mantinha sempre afastado, enrolado em grande manto de pano branco, com o qual se cobria duas vezes ao dia, voltando-se na direção do sol nascente para, acocorando-se e pondo a testa no solo, orar para seu deus. Bak'hir era muito escuro, mas sua pele tinha uma tonalidade azulada, que ressaltava mais ainda seus olhos acinzentados. Enquanto todos os negros dos da Trindade se reuniam à minha volta, sabedores de meu talento para contar histórias que colocassem os brancos em seu devido lugar, Bak'hir se mantinha a uma certa distância, aparentando nem mesmo ouvir o que eu dizia. Isso me chamava a atenção sobre ele muito mais que se ele tivesse se aproximado de mim, como os outros o fizeram, e eu passei a tentar incluí-lo na conversa, sem conseguir nada.

A situação mudou em um domingo quando, depois da obrigatória missa na capela dos Raposo, carregada como sempre de visões do inferno, eu me dei ao luxo de fugir pelo meio dos matos enquanto ninguém olhava, chegando ao terreiro dos da Trindade algum tempo depois, cheio de fome. Na casa-grande o almoço já havia sido servido, mas a velha Idalina, em vez de preparar-me uma escudela com um pouco de cada coisa que tivesse sobrado, mandou-me ir tomar a bênção à minha madrinha, e depois me encontrar com ela no terreiro em frente à senzala, pois nesse dia Bak'hir iria preparar para todos o arroz como era feito na tribo dos haussá, à qual pertencia.

Bak'hir era muito reservado, naturalmente, mas nesse dia estava mais aberto ao contato com as outras pessoas. Sobre uma fogueira no centro do pátio uma grande e bojuda panela de cobre borbulhava, enquanto o arroz branco cozia. Do lado, sobre uma grade, estava uma sertã muito chata, de grande cabo, usada de vez em quando na cozinha para fazer beijus, e que nesse dia estava cheia de cebolas picadas, suando e escurecendo sob a ação do fogo lento. O negro, com seu turbante de pano branco levantado por sobre a nuca, cortava diligentemente um grande pedaço de carne de carneiro, que duas semanas antes ele havia matado, limpo e salgado, à moda de seu povo, deixando-o pendurado em um telheiro alto para que sofresse a ação dos ventos, essencial à sua conservação e ao seu sabor. Alguns negros mais antigos, por seu contato com os brancos e suas tolices, resmungavam contra o uso de carneiro na comida, dizendo ser um sacrilégio comer-se o animalzinho de nosso Senhor, mas a velha Idalina, radical em suas opiniões, disse:

— O animalzinho de nosso Sinhô não é nosso Sinhô. E isso nem era carnero, era bode... Suncê num sabe a diferença?

Quando a manta de carne de carneiro estava toda picada, Bak'hir recolheu as cebolas da sertã, reservando-as ao lado, e pôs a carne para frigir. Pelo calor, a gordura amarela começou a derreter, transformando-se em líquido e untando os pedaços de carne, que lentamente se embebiam nela, enquanto Bak'hir os espalhava de um lado para o outro com uma pá usada na torrefação da farinha, cuidando para que fritassem por igual. O cheiro de gordura de carneiro salgada se espalhou pelo ar, excitando o apetite de todos, que iam se aproximando cada vez mais da fogueira, enquanto a carne frita escurecia e se tornava cada vez mais crocante. Bak'hir, deixando a carne a frigir, misturou em um alguidar de barro uma mancheia de pimentas malaguetas secas transformadas pela moagem em um pó vermelho brilhante, com um pouco das cebolas suadas que reservara ao lado do fogo; de um pequeno bule de cobre que alguém havia trazido da cozinha derramou sobre isso tudo quase meia garrafa de cheiroso e amarelo óleo de palma de dendezeiro, colocando o alguidar na mesma grade onde estava a sertã com a carne, para que pela ação do fogo o azeite cheiroso fritasse os temperos, unindo-os uns aos outros. Olhando o arroz, Bak'hir pediu pela travessa de madeira; quando a mesma chegou, derramou sobre ela o arroz, úmido e ligado como se fosse uma papa, abrindo uma cavidade no centro, no qual derramou a carne frita com toda a sua gordura, e sobre tudo isso o conteúdo do alguidar de temperos. As gorduras da carne e do azeite se misturaram por sobre o arroz, tingindo-o em movimentos marmóreos, e Bak'hir, tirando de dentro de suas vestes um saco de pano, abriu-o à vista de todos: estava cheio de pequenos camarões salgados, rosados e brilhantes, que ele esmagou com as mãos fortes por sobre o prato, como se fosse farinha grossa.

Eu, durante todo esse tempo, pensava comigo que devia haver uma maneira mais simples de se fazer tudo aquilo: tantas panelas, empurrando-se umas às outras por sobre o fogo, da mesma forma que nos acotovelávamos em um círculo em volta da comida, quando apenas uma teria sido necessária, e nela o arroz do negro Bak'hir seria realizado da mesma maneira, talvez até com sabores mais acentuados. Mas este pensamento foi logo substituído pelo prazer de sentir o cheiro forte e primitivo daquele alimento, em que todos os ingredientes, mesmo combinados, mantinham sua individualidade íntegra, excitando nossos olhos e narizes, antes de aplacar o apetite de nossas bocas.

Enquanto todos nós, em ordem e alegria, enchíamos nossas escudelas de madeira e barro com o arroz tão artisticamente colorido, Bak'hir, pela primeira vez, abriu sua alma, contando-nos a todos sua história, com tal simplicidade que mesmo os momentos mais terríveis se suavizavam:

– Sou devoto do deus único, o poderoso Allah, que por algum motivo insondável me deu a vida que levo hoje. Saí de minha aldeia na caçada de um leopardo que havia invadido Gobin, nas terras dos haussá, e na tarde do terceiro dia, orando para o poderoso Allah, fui aprisionado por uma tribo de maidaguris, nossos inimigos, que também andavam na busca da mesma fera. E comigo agiram como se as feras fossem eles mesmos, vejam! – descobrindo a cabeça, mostrou-nos seu crânio raspado, com uma grossa cicatriz que o deformava em diagonal, vindo acabar-se quase acima da orelha esquerda. – A pancada que me deram foi violentíssima, e não sei como sobrevivi a ela; mas quando dei acordo de mim, estava muito longe de minha terra, pelo cheiro do ar, sendo arrastado em uma longa fila de homens escravizados como eu, sob o sol. Allah me livrou da consciência do sofrimento durante a maior parte da viagem, e eu agradeço a Ele por isso, pois pouco tempo levamos até alcançar no porto de mar na costa da Guiné uma tortura sem nome. Os maidaguris me venderam a um mercador de escravos, e este, de pele tão negra quanto a minha, me atou a uma longa fila de outros escravos de sua propriedade. Quando chegamos à costa, esperava-nos um navio, e dele um branco nos empurrou para a barriga escura; lá ficamos por mais de 15 luas, entre sujeira e doença, às quais não sobreviveram dois em cada dez de nós. O navio deu com seus costados nessa terra, e depois de duas luas inteiras confinados em uma plantação de cajus, eles nos venderam. Aqui estou. Nos primeiros dias não falei por doença; nos seguintes, por não conhecer a língua. Mas depois me calei por pura tristeza. Essa terra aqui, ainda que muito parecida com a minha, não é minha terra. Meu deus não é o deus dessa terra, e sinto que morro um pouco a cada dia.

A narrativa contida e baixa de Bak'hir causou em todos os negros um efeito impressionante, pois todos os que ali estavam, com exceção dos mais jovens, nascidos na colônia, tinham passado pelo mesmo périplo de torturas e maus-tratos, em seu longo caminho da África até o Brasil. Por mais alegre que estivesse a agradável companhia, por mais delicioso que fosse o cheiro do alimento que estávamos dividindo, seu sabor tinha um travo de amargura nas gargantas de quem, além de ser escravo em seu próprio mundo, dele era tirado à força para servir aos desígnios de senhores mais cruéis que a própria crueldade. Uma tristeza imensa misturada com a saudade de outros tempos e outros lugares cobriu-nos a todos com as sombras do crepúsculo, e de cada garganta, ordenada e paulatinamente, começaram a sair os cantos de saudade, que só se entende quando estão prestes a sair também de nóssas próprias gargantas. E eu, aconchegado aos pés da preta Idalina, os ouvi até adormecer, enquanto me alegrava por ter a felicidade de não ser escravo.

Cedo demais, no entanto; só ao acordar pela manhã dei-me conta de que não dormira em casa, e que a essas alturas Manoel Maurício, com seu rebenque certeiro, certamente andava à procura de minhas pernas para picá-las, iniciando o prazer de seu dia. Meu peito se confrangeu, na certeza de que me esperava um castigo um tanto maior que aquele que normalmente me era aplicado, e por isso me embrenhei pelos matos que ligavam as duas fazendas rivais, em direção a meu suplício. Perdido por um, perdido por mil; não me apressei como seria de se esperar, e a cada dez passos ajoelhei-me ao chão e construí com pedacinhos de pau e embiras outras tantas cruzinhas como as que estava acostumado a fazer, e ao pé delas orei, pedindo ao misericordioso deus dos brancos que instilasse nos corações de meus possíveis algozes um pouco da misericórdia de que eles tanto falavam em suas orações.

Debalde: ao ser avistado saindo do maciço de umbuzeiros que ladeava o terreiro da casa-grande, comecei a ouvir os gritos dos negros que ali estavam, e Manoel Maurício e dois capatazes se aproximaram de mim a cavalo. Meu medo das montarias quase me fez voltar para o lugar de onde tinha vindo, mas resisti, e um laço de couro cruzou o ar, apertando-me os braços contra o corpo e jogando-me ao chão. Fui arrastado como caça, como coisa, como o animal que me consideravam, e só me ergueram para, rasgando-me a blusa de algodão grosso, expor-me as costas nuas, enquanto me atavam as mãos ao alto do tronco em que os escravos eram justiçados. Mantive a cara enfiada no tronco, sem coragem de olhar para canto nenhum, até que ouvi a voz de meu pai, exsudando crueldade:

— Muita roupa sobre a fera! Deixem-no nu! E não poupem lugar nenhum!

Os dois capatazes me viraram, para arrancar-me as calças, e eu pude ver, para minha mais absoluta vergonha, que toda a população da fazenda dos Raposo lá se achava, com seus olhos fixados em mim. Fiquei nu como quando vivia entre meus parentes Mongoyós, mas essa nudez, na criança que eu era, a ninguém chamou a atenção. Em mim, no entanto, sentia fixados os olhos translúcidos de Maria Belarmina, a única a quem eu não desejava exibir nem minha nudez nem minha tortura. Meu pai, do alto de seu cavalo gigantesco, mais semelhante ao Juru-Pari de meus pesadelos que ao K'hamaknian com quem parecíamos ambos, esperava que eu estivesse pronto para o suplício. Mortificado antes mesmo que o azorrague de couro cru me mordesse as carnes, ocultei minha face avermelhada pela vergonha que nunca antes conhecera. O chicote estalou no ar, causando-me um movimento involuntário de tremor, razão segura da risada que meu pai soltou aos ares, antes que a primeira chibatada me fervesse o sangue e descascasse as costas.

Não gritei, mesmo sentindo que as lâminas de couro das chicotadas me cortavam as costas até o osso, e meu pai, percebendo em mim a mesma ponta de orgulho que tinha em si, gritou bem alto:

— Não parem de bater até que grite! Quero ver esse animal berrar! Hoje ele aprende quem é seu verdadeiro dono! Nunca mais há de pedir comida em casa alheia!

Quando não suportei mais a dor das chibatadas, que me pareceram mais numerosas que as estrelas do céu, urrei com todas as minhas forças, sentindo o sangue quente empapar-se ao chão perto de meus pés, depois de escorrer por minhas costas abaixo. Meu pai, rindo como sempre, açulou seu cavalo e saiu em franca e desabalada corrida, exibindo-se às suas propriedades como senhor absoluto delas. E eu, mesmo antes de ser levado para a senzala, onde permaneci sendo curado durante algum tempo, comecei a erguer não mais uma bela mansão, mas agora um escuríssimo castelo de ressentimento, onde meu coração dilacerado habitaria ainda por muitos e muitos anos.

Capítulo VII

Nada percebi do que me acontecera, a não ser a vergonha absoluta de ter sido açoitado diante de Maria Belarmina. Hoje imagino que grotesco não foi ver-se a criança amarrada ao tronco e sendo espancada por um capataz que tinha pelo menos três vezes meu tamanho. As marcas de seu trabalho eu trago até hoje: o chicote cortou-me a carne das costas sem nenhuma parcimônia, expondo o osso das costelas e da coluna, e a dor que eu senti durante muito tempo, mesmo depois que o tecido já cicatrizara nessa massa de riscos fora de ordem, não se comparava de forma nenhuma às dores que meu coração sentiu. Por essas dores, no entanto, fui movido desse dia em diante: jurei a mim mesmo que isso nunca mais me aconteceria. Pior: em meu coração amargado pelo desprezo que me votavam, fincou raízes o desejo de devolver a todos, com juros se possível, a degradação a que me haviam exposto.

A Preta foi quem me levou para a senzala, e de mim cuidou com suas ervas e suas rezas ininteligíveis; e não se moveu para longe de mim mais que o estritamente necessário, durante os dias em que passei deitado sobre a barriga, enquanto meu corpo jovem diligentemente reconstruía da melhor maneira possível as costas destruídas pelo açoite. Passei esses dias em estado de prostração, chorando continuamente sem que nem um gemido me escapasse da garganta, delirando e me sentindo de volta ao leito de folhas na grande oca dos Mongoyós, por diversas vezes confundindo a Preta com minha mãe índia, como se meu mal fosse a pancada na cabeça de tantos anos atrás e não o espancamento metódico a que acabara de ser submetido. Com o tempo a consciência foi retornando, e me recordo da visita que o padre Francisco me fez, e da forma como as lágrimas encheram seus olhos, mesmo tentando manter nos lábios o sorriso de esperança; o irmão Perinho também me mandou coisas de comer, por diversas vezes, mas eu delas pouco pude aproveitar, pois deitado de bruços como estava me era difícil deglutir mais do que as papas que a Preta, com um inacreditável carinho, me preparava.

Soube depois que recebera 13 chicotadas, número que me espantou por sua pequenez, pois tinha a certeza de haver sido espancado durante tempo infinito, aprendendo com isso que feridas desse tipo são sempre mais terríveis do que se pode crer. Percebi também que, se esse corpo do qual o Criador nos fez presente esquece com rapidez a dor, esta deita fundações profundas na alma e no espírito, das quais nunca mais nos livramos. Minhas cicatrizes interiores são sem dúvida mais fortes que as do corpo, e foi delas que, para livrar-me, mais esforço precisei fazer.

Quando pude me erguer, senti que a pele das costas se me repuxava, causando-me grande incômodo quando eu tentava curvar-me para a frente; botando as mãos para trás, apalpei a grossura do que ali estava, como se minhas costas fossem as de um lagarto, e me senti o mais abjeto dos seres, não por qualquer conceito de beleza e perfeição, mas porque sabia que Maria Belarmina tinha visto meu corpo sendo dilacerado e dele, por certo, nunca desejaria se aproximar. Não me senti capaz nem mesmo de doar a essa imagem que trazia dentro de mim o sofrimento pelo qual passara. Maria Belarmina tornou-se mais elevada, mais intocável, mais anseio de bem-aventurança que nunca, eternamente em meu campo de visão, mas também daí em diante para todo o sempre longe de meu alcance.

O irmão Perinho trouxe-me durante todo esse período cuias de banha de tartaruga, com a qual a Preta ela mesma me massageou as costas até que a elasticidade relativa das mesmas tivesse retornado. Penso hoje que talvez deva a esse encurtamento da pele das costas a incapacidade moral que tenho de curvar-me além de um certo ponto. Sou capaz de ceder como qualquer um, mas sinto que além desse ponto minha dificuldade é um tanto maior que a de meus semelhantes. Voltei, disfarçada e lentamente, à vida comum que levava antes do açoitamento, e no primeiro dia em que Manoel Maurício apareceu em minha alcova, pronto para acordar-me com um pique agudo de seu chicote de montaria, encontrou-me de pé, olhando fixamente em seus olhos. Não sei o que sentiu, mas pelo que estava borbulhando dentro de mim faço uma ideia do fogo que me iluminava o olhar. Meu irmão recuou alguns passos, pondo-se a uma distância segura, esticou o queixo para a frente com ar de ousadia e retirou-se, nunca mais voltando; creio que o animal feroz que mora dentro de todos nós mostrou-lhe a sede de sangue de que eu também era capaz. Desse dia em diante Manoel Maurício mudou sua forma de agir para comigo, passando a tentar ferir-me dissimuladamente com suas palavras e atitudes, como se tornou hábito nos anos que se seguiram.

O que mais me impressionou em tudo foi o desvelo com que a Preta me tratou, mais tarde reconhecendo que esse desvelo era filho do ódio mortal que ela sentia de nosso senhor em comum, meu pai. Eu percebia esse ódio que fervilhava também dentro de mim, externando-se das maneiras mais estranhas, por exemplo, em relação às cruzes que havia erguido em meu caminho de volta ao Raposo. Assim que me peguei inteiro e capaz, refiz de volta meu caminho daquele dia, chutando e destroçando todas as cruzes que pude encontrar, cuspindo por sobre seus restos e renegando a esse deus que nem me salvara nem me protegera. Isso me livrou dos sinais exteriores de culpa que eu vinha exibindo, mas por outro lado, transmutada pelo sofrimento que me fora imposto, a culpa tornou-se coisa muito pior, dotando-me de uma enorme capacidade de dissimulação. Graças a isso pude entender a Preta, que de sua maneira era idêntica a mim, pois fingia todo o tempo ser alguém que verdadeiramente não era, mas tão bem o fazia que acabou por se transformar quase que completamente nessa que nunca desejara ter sido, e que só fora por absoluta necessidade de sobrevivência.

Na primeira noite em que me juntei à roda de negros ao pé da fogueira, depois do acontecido, eles todos se calaram, movidos por um respeito inato às minhas condições. Mas eu os surpreendi, nessa noite: nunca fui tão mordaz e tão crítico como nessa ocasião, e nunca minhas histórias de bichos tiveram tanta precisão e agudeza. As gargalhadas que escapavam de todas as gargantas, algumas delas mais altas que a prudência nos recomendava, davam fé de minha precisa e candente ironia. Quando a noite terminou, e meus companheiros de senzala se retiravam para seus cantos, ainda enxugando os olhos das lágrimas causadas pelo riso, enxuguei os meus, finalmente livre das comportas que haviam retido o pranto dentro de mim por quase um mês. A única testemunha desse choro sentido foi a Preta, que me disse:

— Vassuncê num se apoquente que a Preta vai pô órdi no causo. Pelo pudê das erva que nasce igual tanto aqui quanto lá, vosso pai carrasco há de pagar muito caro pelo malfeito. Há de ficá privado de sentido, há de caí di quatro igual os bicho, há de comê as porcaria do chão. Basta vassuncê me dizê: qué?

Meu silêncio foi resposta suficiente, pois a Preta imediatamente saiu pela porta a fora e se embrenhou no mato, voltando horas mais tarde com uma mancheia de folhas que eu nunca vira, e cujo cheiro fétido me virou o estômago. Ela pôs as folhas em uma quartinha de barro, derramando por sobre elas água fresca, dizendo:

— Tudo fôia da lua, e pai carrasco há de ficar mais aluado que os bicho doido. Se li tratô como bicho, vai prová pelo meno um gorpe do que li deu di bebê...

Saiu pela porta afora, e na manhã seguinte, quando eu entrei na escura cozinha, ela derramava a água da quartinha em uma panela onde um cozido estava sendo feito, olhando para mim com seu único olho bom e um sorriso babado na boca desdentada. Estranhamente, o perfume que se evolava daquela moringa me encheu a boca d'água, e nunca uma comida de branco me pareceu mais saborosa. Ela percebeu, e seu sorriso aumentou:

— Vassuncê viu? Dispois qui cumê de tudo vai virá os óio e cumeçá a gritá, e nun si cura mai nunca.

Eu saí ventando da cozinha; não estava disposto a participar daquilo, pois temia que de alguma maneira as consequências viessem a cair sobre mim. Quando o sol se ergueu a um quarto do céu, marcando as 10h, a sineta da casa-grande tocou para o almoço dos filhos da casa, e eu vi a fila de mucamas carregando para dentro da sala de comer as travessas e alguidares com a refeição amaldiçoada que a Preta preparara. Corri para cima de um umbuzeiro à beira da mata, esperando a qualquer momento ouvir os urros de sofrimento de Sebastião Raposo, meu pai-carrasco, em seu castigo definitivo e merecido.

De repente um tropel de cavalos me chamou a atenção de cima da árvore e eu vi, por entre as folhas, o grande cavalo de meu pai, à frente de um grupo de homens vestidos de farda, chegando à casa. Um relâmpago gelado me correu o corpo: se ele estava chegando, então não estava na casa-grande, almoçando seu destino, que a Preta preparara com as ervas da lua! Hirto de medo, sofri o susto de escutar vindo da casa um berro lancinante: a companhia de cavalos hesitou, e eu saltei com rapidez da árvore, correndo desabaladamente em direção à sede, enquanto os gritos aumentavam cada vez mais. Eu só temia por Maria Belarmina, e não pretendia ser-lhe, por meu desejo de vingança, o causador de algum mal. Senti às minhas costas o tropel do grande cavalo de meu pai, e chegamos ao avarandado quase que ao mesmo tempo.

Agarrei-me à soleira da porta da sala onde se comia, sem coragem de entrar, e dali pude ver minha mãe Maria Hermengarda, ensandecida como se lhe houvessem ateado fogo à alma, atirando longe tudo que lhe caía às mãos, com olhar esgazeado, enquanto berros verdadeiramente animalescos lhe escapavam da garganta. Estava irreconhecível a bela mulher que ela era: os cabelos e as vestes desalinhados e sujos, em meio aos cacos de louça e resto de comida, batendo as pernas e os braços em todas as direções, sem o menor controle de si mesma. Era como se um demônio a houvesse tomado por dentro, e ela não dava nenhum sinal de cansaço. Colados às paredes da sala estavam seus filhos, apavorados, sem tirar os olhos da mãe nem por um segundo, livrando-se da tempestade de cacos e restos que voavam pelos ares. Meu olhar bateu com o da Preta, que arregalava seu único olho bom, pitando desesperadamente em seu cachimbo, assustada até ela mesma com o poder de seu feitiço.

Foram precisos dois homens fortes e mais a brutalidade de meu pai para tolher os movimentos de dona Maria Hermengarda, amarrando-a com duas toalhas que estavam por sobre a mesa, e levando-a para dentro, de onde ainda por mais de oito horas ouvimos seus gritos lancinantes, abafados pelas paredes da casa, mas mesmo assim penetrando cada ser que vivesse no Raposo, tal o poder que a loucura tem de mobilizar aquilo que de mais terrível cada um possui.

Minha mãe de criação nunca mais foi a mesma de antes: olhar em seus olhos agora baços era olhar para um poço sem fundo onde nada vivia, um buraco no que antes fora um ser humano dotado de alma e inteligência, uma lacuna eternamente a preencher-se. Não posso dizer até hoje se sei com certeza o que aconteceu: por um lado, conhecedor do poder das plantas, reconheço a coincidência entre o feitiço da Preta e o enlouquecimento repentino, mas também sei que dona Maria Hermengarda já vinha dando sinais cada vez mais progressivos de perda da razão, com sua carolice galopante, seu medo cada vez maior da morte e do inferno, sua entrega sem medidas àquilo tudo que a religião dos padres tem de pior. Rezava o dia inteiro, revirando os olhos para o céu e boquejando sem palavras, em um murmúrio infinito, do qual nada se entendia; abandonara todos os afazeres de senhora da casa, inclusive a preparação de Maria Belarmina para um rico casamento, como desejava Sebastião Raposo.

A loucura de dona Maria Hermengarda foi o sinal dos céus para o começo das vacas magras nas terras do Raposo: os homens que o acompanhavam, naquele dia fatídico, eram dragões de campo, oficiais da Guarda Real, destacados desde Lisboa para, em nome d'El-Rey, amo e senhor de tudo, descobrir por que a quantidade de ouro que a capitania de Ilhéus mandava para a corte, antes por volta de cem arrobas por ano, não chegava agora a mais que 30. Meu pai havia sido apanhado em flagrante delito de contrabando, pois, tendo sido avisado da chegada iminente dos oficiais, decidira embarcar em uma tropa de sua confiança quase 16 arrobas de pepitas de ouro, ocultas dentro de rapaduras. Os soldados que o acompanhavam iriam mantê-lo sob vigilância enquanto sua propriedade fosse revistada, na tentativa de encontrar o ouro de Portugal que ele escondia. Com toda a severidade, percebendo a gravidade da situação, o capitão-mor Pedro Leolino Maria, que comandava a tropa, deu a meu pai três dias de prazo para explicar-se, e esses três dias foram gastos em tentativas infrutíferas de reconduzir a senhora da casa à razão. No fim das 72 horas, a tropa embarafustou-se pela casa adentro, revirando quarto por quarto, mala por mala, baú por baú, levantando assoalhos, demanchando forros de esteira, chegando mesmo a derrubar o centenário picumã do teto da cozinha, não fosse atrás do mesmo estar guardada a fortuna incalculável que meu pai ocultava de seu real proprietário.

Sebastião Raposo a tudo assistia sem tugir nem mugir, mas seus olhos chispavam, enquanto resmungava:

– Sou fidalgo, quanto mais não seja! El-Rey há de saber de vossos desmandos por minha própria boca! Hei de ir à corte dar notícias de vossa ousadia! Hão de pagar caro!

Bastava, no entanto, que um dragão se aproximasse ou o olhasse com um pouco mais de interesse para que meu pai transformasse o resmungo grave em sibilar sem sentido, os olhos no chão. Se é verdade que quem não deve não teme, meu pai decerto muito devia, pois muito temia, e era quase uma alegria ver o grande senhor reduzido ao nível da servidão amedrontada.

Nada foi encontrado: melhor seria, porém, se tivesse sido, pois na dúvida o capitão-mor do destacamento houve por bem agir da forma que sua posição e posto permitiam. Para recuperar o que teria sido subtraído da fortuna d'El-Rey, assinou imediatamente uma sumária ordem de confisco de todos os bens de Sebastião Raposo, móveis e imóveis, escravos e alimárias, posses de todos os tipos onde quer que as houvesse, deixando-lhe o estritamente necessário para alimentar a si e a seus filhos, e nada mais. Essa ameaça de derrocada no entanto uniu em volta de Sebastião Raposo até mesmo seus rivais mais ferrenhos: os homens grados de Rio de Contas, liderados por Antônio da Trindade, consideraram excessiva a interferência da capitania nos negócios da vila, e se juntaram em comitiva para persuadir o severo Pedro Leolino da incúria de seus desígnios. Não sei que intenção movia os grados senhores da vila, mas meu padrinho certamente tinha atrás de si a compaixão inquebrantável de dona Maria Henriqueta, capaz de transferir para um cunhado sem nenhum valor todo o amor que sentia pela irmã, da qual não tinha notícias.

Sebastião Raposo teve de, para o resto de sua vida, engolir a dura realidade: sua grande fortuna seria salva por aquele que considerava ser seu maior inimigo. Os poderes de persuasão de Antônio da Trindade, por sobre uma bela mesa de guloseimas finíssimas regadas pelos mais finos licores preparados pelas mais belas donzelas da vila conseguiram, depois de quase uma semana de marchas e contramarchas, abrandar o empedernido coração do capitão-mor coletor, que começava a ver na solução apresentada uma forma de enricar. E o destino de Sebastião Raposo e de sua fortuna, pronta para ser embarcada para Portugal, transformou-se em apenas uma pesada multa, imposta sobre as 16 arrobas de pepitas de ouro que haviam sido descobertas em pleno ato de contrabando, e como tal oficialmente confiscadas. O capitão Pedro Leolino finalmente impôs a meu pai o pagamento de um quinto sobre o ouro encontrado, três arrobas mais sete arráteis ou seu equivalente, a ser embarcados imediatamente para a Fazenda Real em Lisboa. Meu pai produziu, não se sabe de onde, as riquezas necessárias, em ouro, em diamantes apanhados no leito do Brumado Pequeno, em joias e arrecadas finamente lavradas que guardava em um grande arcaz na parte de trás da casa de farinha. Quanto desse ouro não terá ficado pelo caminho, escondido nas algibeiras de quem o devia defender? É sempre assim com riquezas roubadas: El-Rey roubava do Brasil, os portugueses roubavam d'El-Rey, os amerabas roubavam dos portugueses, e lá íamos vivendo, enquanto o Brasil se deixava sugar gota a gota de suas, aparentemente, infinitas riquezas.

Enganou-se redondamente quem acreditou que Sebastião Raposo, movido pela gratidão de ver-se salvo, finalmente estenderia a mão aos da Trindade; pelo contrário. A vida na fazenda a meio caminho entre as vilas de Rio de Contas e Livramento tornou-se mais infernal que alguma vez fora, como se fôssemos moradores do Inferno e tivéssemos passado de um círculo mais afastado para um mais próximo do centro de sua maldade infinita. Meu pai, com ódio incontrolável por seus salvadores, tornou-se mais recluso do que antes, obrigando-nos a acompanhá-lo em sua reclusão. A porteira do Raposo ficou para sempre fechada com grandes correntes de elos grossos fundidas na ferraria da fazenda, e as partidas e chegadas dependiam exclusivamente da presença de meu pai, único a possuir a chave dos cadeados de ferro batido. Os homens que trabalhavam como capatazes passaram gradativamente a exercer a função de homens d'armas, montados ou a pé, vigiando constantemente os limites da propriedade. Éramos todos prisioneiros de um senhor alucinado.

Desnecessário dizer que, um ano e poucos meses depois de iniciada, nossa participação no colégio estava definitivamente encerrada. O padre Francisco ainda tentou entrar na fazenda para debater com meu pai o assunto de nossa instrução, mas foi corrido a tiros por ordens dele, e voltamos a passar nossos dias inteiros à mercê de nossas próprias vontades, desde que nunca tentássemos sair dos limites que a fazenda nos impunha. Meus irmãos retornaram a seu estado natural de senhores do mundo, exatamente como nosso pai, gastando sua energia em arremedos de lutas violentas uns com os outros, cada vez mais reais e perigosas, enquanto minhas irmãs ficavam isoladas na casa-grande, de onde de vez em quando escapavam gritos lancinantes de minha mãe de criação, em mais uma de suas longas crises de loucura, que chegavam a durar dias seguidos sem nenhum minuto de descanso, enregelando-me a alma enquanto duravam.

Eu, avesso a todas as maneiras da violência, me mantinha o mais afastado possível desses pequenos portuguesinhos sem compaixão. Meu tempo se dividia entre a senzala em que dormia e a cozinha, ao lado de cujo fogão lia e relia freneticamente os livros de que dispunha: um breviário ensebado escrito em latim e francês, uma *Romanza del Cristo* em espanhol castiço e uma pequena coletânea de canções d'amigo que o padre Francisco me tinha pôsto nas mãos ao ver minha capacidade de compreender várias línguas indiferentemente. Eu escondia esses livros gastos atrás de uma pedra da chaminé escura, e deles tirei o máximo proveito que pude. Manoel Maurício, meu cruel irmão perseguidor, buscava por todas as formas ferir-me inesperadamente, já que não parecia mais ter a coragem necessária para aplicar-me o chicote que sempre carregava, e um dia encontrou-me lendo à beira do lume. Com um sorriso de vitória, arrancou-me os livros da mão e atirou-os ao fogo que ardia, rindo enquanto queimavam:

– Para com isso, índio! Escravos não leem, animais muito menos... nada do que se escreveu pode te transformar naquilo que não és e nunca serás... bicho mestiço!

Não movi sequer um músculo. Manoel Maurício decerto esperava de mim uma reação qualquer, que pudesse fazê-lo superar o temor de nosso enfrentamento. Não lhe dei esse gosto, pois percebi, no exato momento em que meus livros ardiam no fogo, que eles eram apenas o prato onde o alimento de meu espírito vinha sendo comido: eu já os conhecia de cor e salteado, recordando-me deles como se estivessem ainda à minha frente, e principalmente compreendendo com profundidade cada vez maior aquilo que me queriam dizer. A comida é o que verdadeiramente tem valor, pois os pratos se quebram, mas o alimento fica conosco para sempre, de uma maneira ou de outra. E eu sempre podia recordar-me de meus livros, como me recordava ainda do sabor de minha primeira refeição. O que realmente tem valor não se perde.

Cada festa de Sant'Anna marcara, desde que fora batizado, a data de meu nascimento, antes disso lembrada entre os Mongoyós pela lua que respondia a K'rembá cada vez que ele lhe falava. E eu, consciente da passagem do tempo, que parecia interessar muito pouco aos homens brancos, tinha marcado dentro de mim os dias bons e os maus, importantes e sem valor, como se meu interior fosse um relógio de movimento perpétuo, onde se gravassem para repetir-se as efemérides de toda uma vida. Essa festa de Sant'Anna do ano em que cumpri 11 anos de idade foi a mais triste de todas, marcando a desaparição dos padres que eu me acostumara a ter como parte da paisagem. Cheio de temores cada vez mais profundos, Sebastião Raposo começava a abrir mão de novas riquezas para resguardar as que já existiam, e como Portugal demonstrara que dele só desejava ouro e diamantes, foi a isso que se dedicou a partir do momento em que o capitão-mor deixou a cidade, as cangalhas de 20 burros recheadas de riquezas. Os campos de mandioca não eram mais coisa de seu interesse, e os Mongoyós foram sendo abandonados à sua própria sorte, como se meu pai nunca tivesse sido diretor de índios daquele aldeamento. Os negros agora cuidavam de uma grande casa de farinha que tinha sido construída perto do engenho de cana, trabalhando dobrado para fazer tudo que seu senhor lhes ordenasse. Tinha sido o puro temor que levara Sebastião Raposo a isto: consciente de que os índios que sempre tratara como escravos na verdade não o eram, houve por bem largá-los de mão, para que aprendessem a cuidar de si mesmos, ou morressem à míngua no processo, qualquer uma das duas alternativas dando o resultado que esperava. Precisava livrar-se não só dos Mongoyós, mas também de tudo o que pudesse significar problemas com a corte ou a capitania, e enquanto sua mente doentia tramava a melhor forma de fazê-lo, fingia a mais absoluta desatenção.

Com isso a permanência dos padres, problemática desde a ordem de expulsão dos jesuítas anos antes, tornou-se impossível. Nunca mais me esquecerei do momento em que meu pai, violenta e deseducadamente, correu de sua casa e suas terras o prior dom Felipe, que não compreendeu o que estava acontecendo. Dois covardes movidos por temores distintos, meu pai e o prior, em seu disfarce de beneditino, agiam da única maneira que sabiam: pelo instinto de sobrevivência, que levava o prior a rojar-se ao solo pedindo clemência enquanto Sebastião Raposo, transido de terror, estendia o braço para a frente, apontando a fronteira de suas terras com o mundo.

Eu senti, mais que percebi, que esse momento marcava uma ruptura radical, e me esgueirei atrás de dom Felipe enquanto ele tropeçava em seus próprios pés no caminho para o aldeamento. Por diversas vezes as forças lhe faltaram, seus joelhos dobraram, e o prior dos padres escondeu a face nas mãos, sacudido por soluços incontroláveis. Logo se erguia, e avançava tropegamente pela picada, para ajoelhar-se mais adiante. Finalmente chegou ao aldeamento, que uma lassidão infinita cobria, enquanto o crepúsculo se aproximava. Os padres oravam as vésperas, e o prior manteve-se afastado deles o suficiente para recompor-se, até ser visto e cercado por todos, ansiosos por notícias. Dom Felipe sentou-se em uma pedra e, com uma calma que não aparentava possuir, deu conhecimento a seus subordinados das ordens de Sebastião Raposo:

— Devemos ir-nos daqui, meus filhos: o homem que nos protegeu durante todos esses anos, movido apenas por seus interesses materiais, agora exige nossa ausência. Ele teme enfrentar novos problemas com o Santo Ofício, como os que sofreu para apagar de sua vida em São Paulo. E nós não temos para onde ir: somos os últimos remanescentes jesuítas nessas terras, e não há lugar no mundo onde possamos estar. Pois se o papa, ele mesmo, ordenou que a Ordem de Santo Inácio se extinguisse!

Um rugido de terror percorreu o grupo de padres, e as duas facções de que eram formados como que se separaram e se aglutinaram em dois blocos bem definidos. O maior deles, onde se destacava a figura avermelhada de padre Nuno, rojou-se ao solo, erguendo as mãos para o céu e atirando terra por sobre as cabeças: já o outro, onde estavam o padre Francisco e o irmão Perinho, menor em tamanho, dava uma impressão de força imensa, por sua postura firme. Eram homens de matizes diversos, mas até mesmo para mim estava claro que nem todos os brancos eram iguais: havia os que tomavam a própria vida nas mãos, e havia os que se entregavam ao desespero.

Enquanto os padres reagiam às notícias de seu prior, eu olhei à minha volta, revendo o local onde tinha vivido os primeiros anos de minha vida, e tomei um grande choque: os Mongoyós, meus irmãos e parentes, meus amigos, meu chefe, minha própria mãe, começavam a ficar transparentes, sem substância, desvanescendo-se ante meus olhos. As palavras da velha cigana, ditas mais de quatro anos antes, ressoaram em meus ouvidos:

"E de hoje em diante, pelo poder da Mãe Santíssima da Conceição, que eu não enxergue aquilo que vai morrer!"

Mais tarde nesse dia eu finalmente compreendi o que significavam as palavras da velha cigana: a verdade é que eu podia perceber a aproximação da morte. Os homens e mulheres por quem eu passasse, não importa quem fossem, só teriam corpo se estivessem marcados para continuar vivendo, mas se a morte estivesse próxima deles eu os veria perder cor e matéria, veria sua carne transformar-se em fumaça, ar, vento, veria ficarem cada vez mais e mais transparentes, translúcidos, e finalmente invisíveis a meus olhos. O poder de que a oração da cigana me dotara eu não o desejava, em hipótese nenhuma, mas era meu, e dele eu nunca poderia escapar. Meus irmãos e parentes, minha própria mãe, lentamente se desvanesciam à minha frente, ainda que eu não tivesse consciência plena de que breve, muito breve, seriam apenas ossos branqueando ao sol.

Virei-me para os padres, em busca de auxílio, mas nenhum deles percebia nada; esse conhecimento era minha sina particular, intransferível. O prior dom Felipe exortava seus subordinados a recolher imediatamente tudo aquilo de que eram possuidores, instrumentos de colheita, ferramentas de uso comum, livros de sua razoável biblioteca. O grupo liderado pelo padre Nuno já se movia em direção à oca que os padres tinham ocupado, obedecendo fielmente à ordens de seu superior. Enquanto o padre Francisco de Aviz e o irmão Perinho tentavam colocar um pouco de razão na mente de seu prior, os irmãos remanescentes agitavam-se por todo o lugar, recolhendo seus poucos pertences, enquanto dois deles atrelavam a um carro muito velho e combalido a mais magra junta de bois de que já se teve notícia. Estavam obedecendo às ordens de Sebastião Raposo com mais presteza que se esse fosse o próprio Inácio de Loyola, deixando para trás muito mais do que foi posto sobre o carro. Uma urgência desmedida assomava a todos, amplificada pelos gritos de "eia! sus!" do prior dom Felipe, que se soltara com um repelão brutal das mãos do padre Francisco, quando este o tomara pelo cotovelo:

— Deixe-me, irmão Francisco! Não vê vossa mercê que nossa hora chegou? Recolha tudo o que pode chamar de seu e ponha sobre o carro, imediatamente! Vamos partir!

— Mas prior, para onde vamos? — disse o irmão Francisco, imerso em uma nuvem de incompreensão. — Não existe em todos esses brasis um lugar sequer onde sejamos bem recebidos! Onde pretende embrenhar-se?

— Por aí! Iremos até o inferno se for preciso, mas salvaremos nossa pele! Os brasis são muito grandes, não há quem os conheça de todo! Há de haver um lugar onde possamos nos ocultar dessa ira que nos persegue!

— Irmão prior, pelo verdadeiro deus! Não estamos sendo perseguidos pelo Santo Ofício! Na vila somos queridos e respeitados! Hão de nos dar apoio, se pedirmos!

— Não darão! — gritou dom Felipe, com os olhos injetados. — Assim que souberem quem somos, farão coisa pior! Vi meus parentes serem levados de baraço e burel pelas ruas até a fogueira! Senti o cheiro de sua carne grelhada! Não quero que o mesmo aconteça comigo nem com nenhum de nós!

— Irmão prior, pense bem: na vila existem outros como nós, a quem nos podemos dar a conhecer sem risco, e que certamente nos protegerão! São poderosos, talvez mais que essa fera que daqui nos expulsa, e hão de nos proteger!

— Não! — o berro de dom Felipe dava fé de sua covardia e seu medo. — Quando perceberem que somos cristãos-novos escondidos sob as batinas de padres, hão de tratar-nos pior que o Santo Ofício nos trataria! Não vê vossa mercê? É preciso que partamos incontinenti!

Eu nada percebia desse diálogo, que só fez sentido muitos anos depois, quando finalmente cheguei a compreender as razões que haviam posto sob a égide da Companhia de Jesus esses homens de fé tão diversa. Meus olhos acompanhavam sem se desviar os movimentos de meus irmãos Mongoyós, a cada momento mais tênues e translúcidos, como se não fossem mais que um reflexo de si mesmos nas águas de um rio repentinamente agitado por uma comoção qualquer. O padre Francisco de Aviz, com o fogo dos archotes bruxuleando em seus olhos enevoados pelas lágrimas, carregado de desespero pela impotência que lhe tolhia os movimentos, olhou-me profundamente, e o irmão Perinho, em um impulso, avançou sobre um grande cesto de vime recheado de livros, remexendo entre eles, até achar um pequeno volume encadernado em marroquim azul-escuro, que me pôs nas mãos, ajoelhando-se à minha frente:

— Guarda isso como lembrança minha. Se por gosto do verdadeiro Deus mais tarde houvermos de nos reencontrar, eu te pedirei contas dele. Salva esse livro, em nome de nossa amizade!

O padre Francisco, ao ver a atitude de seu irmão de hábito, puxou de dentro de sua caixa de escrever, que estava bem por cima dos pertences dos padres, grosseiramente equilibrados uns sobre os outros, mais dois livros, no mesmo formato pequeno e grosso, colocando-os em minhas mãos como se fossem o maior dos tesouros, e me falou em língua Mongoyó:

— Isso, K'araí-pequeno! Guarda essas ferramentas de branco contigo! São a alma e o sangue de teus irmãos K'araís-de-casca! Se nunca mais nos virmos, fica sabendo que estaremos sempre junto de ti, cada vez que os abrires e eles falarem calados contigo!

A pressa de dom Felipe e seus seguidores, alguns dos quais em frenesi histérico, açulava o padre Francisco e o irmão Perinho. O mundo que eu conhecera e que fora para mim a essência da segurança se esboroava às minhas vistas. Os dois pilares de minha existência, os índios que eram minha origem e os padres que eram meu sustento, desapareciam progressivamente de minha vista. Saíam na noite, protegidos pelo escuro que mais e mais se avolumava, em direção ao desconhecido que sempre temeram.

Juro que cheguei a pensar em partir com eles, mas alguma coisa me prendeu junto aos meus irmãos Mongoyós, que lentamente desapareciam de minhas vistas. Olhei na direção de minha mãe, e ela estava como que feita de nuvem, e à sua volta adejavam seis alminhas idênticas a ela, preparadas para ampará-la. Eu apenas sentia em minha alma de menino o que mais tarde minha cabeça de homem se recusaria a entender e aceitar, mas mesmo em estado de crescente transparência a tribo em que eu nascera como que se multiplicava, pois as alminhas que acompanham para sempre todos os Mongoyós desse mundo começavam a dar sinal de sua existência, adejando à sua volta. Um medo sem tamanho me tomou como uma corrente fria que passasse por dentro de mim, e eu corri na direção do carreiro pelo qual os padres haviam partido, na infrutífera tentativa de acompanhá-los em seu percurso final pelo mundo, ansioso por manter pelo menos uma das vigas mestras de minha existência.

Foi o que me salvou. Não tinha andado nem cinco minutos quando comecei a ouvir, vindo do aldeamento, o som de tiros de arcabuz, o alarido de homens irados, os gritos das mulheres e crianças. Era tudo tão violento que, por mais que eu me afastasse de lá, tampando meus ouvidos com as mãos, o que lá se passava entrava por mim adentro, ferindo minha cabeça, que latejava. Eu sentia cada ferida que meu corpo já tivesse sofrido: a dor na cabeça onde a pedra da cachoeira me ferira, os escalavrados nos pés onde espinhos e estrepes me houvessem perfurado, os riscos onde meu irmão me houvesse mordido com seu rebenque, e principalmente o traçado xadrez do açoite dos feitores, marcado eternamente na carne de minhas costas. Joguei-me ao chão, tentando ocultar-me do que estava ouvindo, e certamente vinha em minha direção, como o monstro invisível que nos persegue nos piores pesadelos. O que me tirou desse transe foi o cheiro de coisa queimada: olhando para a direção do aldeamento, pude ver, na noite que já estava bastante profunda, o brilho de um grande fogo avermelhando o céu como uma aurora de sangue. Os gritos e tiros se espaçavam, e eu, mesmo transido de medo, pus-me de volta por onde tinha vindo, para olhar a obra de fogo e violência que se erguia no meio daquele sertão.

O cheiro de pólvora era tão forte que superava até mesmo o odor enfumaçado das ocas incendiadas. A visão de inferno que o padre Nuno criava em cada um de nós, em seus sermões encolerizados, era pálida perto do que eu via, por entre as árvores que margeavam o aldeamento. Os homens de meu pai, entre eles alguns escravos embrutecidos pela cachaça, estouravam com tiros de seus arcabuzes de mecha as cabeças dos Mongoyós que porventura ainda se movessem, no chão do centro da taba, em meio às ocas que o fogo comia com enorme apetite. Os risos animalescos desses seres sem o menor resquício de humanidade em suas almas mesquinhas se misturavam aos gritos de meus irmãos índios, crianças como eu, mulheres como minha mãe, e o bafio do sangue que a tudo cobria se entranhava em minhas narinas da mesma forma que as imagens ficavam marcadas a fogo em minhas retinas apavoradas. Uma figura a cavalo andava por entre os restos sanguinolentos do massacre, e eu pensei que meu pai, transformado subitamente de k'hamakinian em juru-pari, montado em seu corcel infernal, ali se deleitasse com sua obra maldita.

Mas não era ele: sobre o cavalo encilhado, erguendo um antigo e recurvo sabre de lâmina larga, estava meu irmão Manoel Maurício, que perfurava ventres e cortava cabeças, revirando corpos destroçados como quem procura por alguma coisa. Eu percebi que era a mim que essa fera em figura humana buscava: era a mim que ele finalmente tentava encontrar, para executar de uma só vez a maldade imensa que durante tantos anos mais seria o móvel de sua vida sem sentido. Meu irmão, meu inimigo, cada vez mais irritado, espetou com o sabre alguma coisa e ergueu-a no ar. Era uma criança Mongoyó, um recém-nascido que ainda movia debilmente seus bracinhos e pernas, gemendo sem cessar, mesmo depois que a lâmina atravessou sua barriguinha de frente para as costas. Deslizando pelo sabre, a criancinha Mongoyó encostou no copo da arma, quase tocando a mão de Manoel Maurício, que com um esgar de nojo atirou-a longe, limpando a lâmina que o sangue emporcalhara.

Os corpos, à medida em que as almas os abandonavam, revoluteando por sobre eles com suas sete faces distintas, voltavam a ficar sólidos a meu olhar, e eu os percebia como o que seriam para sempre, desse momento em diante: nada mais que carne morta, matéria sólida sem vida, resto do que fora algo e que agora nada mais era. O fogo crescia nas últimas ocas onde se ateara fogo, mas nas primeiras, quase totalmente consumidas pelas chamas, já se apagava, e a fumaça em grandes rolos subia para o céu, criando uma tela onde as sombras se projetavam, refletindo a tarefa de morte e destruição, tarefa de todos os vencedores sem nenhuma lei dentro de si que não fosse o anseio pela posse obscena da vida que nunca possuíram. Meu irmão fazia seu cavalo sapatear pela praça coberta de corpos destroçados, pisando-os sem qualquer cuidado, e gritou:

– Procurem o mestiço! Eu quero suas orelhas em minha mão imediatamente!

Eu estava paralisado pelo terror daquela visão, e me senti desaparecer entre as árvores em que me ocultara, integrando-me a elas como uma só coisa, sem no entanto tirar meus olhos do maldito Manoel Maurício, cruel destruidor de cada pequeno ser que me fosse caro, usurpador de minha alegria e assassino de meu povo.

O dia veio chegando muitas horas depois, quando os matadores já haviam deixado o local, considerando sua tarefa mais que cumprida, mas eu ainda esperei muitas horas, até ter a certeza de que não voltariam, para mover-me de onde estava, as juntas endurecidas pela umidade da terra. O fedor de sangue e vísceras só não era maior porque a fumaça e as cinzas espalhavam seu perfume de morte por todo o lugar. Apenas eu me movia em meio ao sangue, que me manchava os pés até bem acima dos tornozelos, pois a praça se transformara em um pântano de restos. Não sei quanto tempo ali permaneci, mas não deve ter sido muito. O lugar se tornara pequeno, como se a vida o diminuísse ao abandoná-lo. Sei que encontrei minha mãe, e de sua orelha direita tirei o batoque que ali permanecia, apertando-o com força na mão esquerda, da mesma forma que com a direita segurava os livros que os padres tinham me dado antes de sua oportuna fuga. Em um canto da praça, perto do que tinha sido a cozinha dos padres, encontrei um sujo pano marrom, com o qual envolvi minhas únicas posses nesse mundo, a partir desse momento. Eu sabia melhor que ninguém que nada mais me restava, nessa terra onde nascera, conspurcada para sempre pelo sangue nela derramado, a não ser essas pequenas posses simbólicas: os livros que os padres haviam me dado e o batoque da orelha esquerda de minha mãe. Com minha cara de bugre, cabelos avermelhados de k'hamakinian e corpo forte de menino, só podia olhar de longe o que o mundo me dera, agora transformado em restos, como a barrigada de um animal que se mata e da qual nada se aproveita. Minha vida não tinha mais fundamento nenhum, a não ser dentro de mim mesmo, e para sobreviver em um mundo onde os índios valem menos que a mandioca que extraem da terra, para gáudio e benesse de uns tantos brancos sem alma, decidi nunca mais ser índio.

Atravessei o pântano sangrento, dirigindo-me para o rio, onde me preparava para lavar os pés e o corpo, como se assim me livrasse tanto do cheiro de morte quanto de tudo que fazia de mim um Mongoyó, quando uma ideia me tocou a espinha, fazendo com que um arrepio de puro terror me descesse pelas costas abaixo: quem iria enterrar meus irmãos Mongoyós, com os rituais de praxe, fazendo com que permanecessem para sempre humanos, filhos de K'hamakinian, em vez de engrossar o grande exército das onças desse mundo? Era uma tarefa hercúlea, eu o sabia, mas em minha inocência de menino acreditei poder executá-la, salvando meus irmãos mortos do destino que mais temiam. Voltei sobre meus passos, abandonando o frescor da água pela tarefa a cumprir no sítio do massacre que presenciara, mas era tarde demais. Ao chegar à clareira, vi que as almas das onças desse mundo já cercavam as pobres almas sêtuplas de meus irmãos Mongoyós, e que essas pobres alminhas de corpos massacrados, aos estertores, se retorciam no céu acima de minha cabeça, suas mãos e pés brilhantes lentamente se transformando em patas e garras, seus gritos de dor tornando-se miados e rugidos. Não havia mais nada que eu pudesse fazer: as onças haviam vencido essa batalha, e seu exército k'uparak contava agora com as almas transmutadas dos mais valorosos guerreiros Mongoyós, prontos a atacar e destruir os que antes haviam sido seus irmãos, na interminável guerra pela posse do mundo.

Foi o único momento em que chorei; o endurecimento progressivo de meus sentimentos não suportou o fim de minha tribo. Ao erguer os olhos, enxugando-os, vi que tudo havia desaparecido: almas, onças, gritos, só restando os sinais indeléveis da crueldade dos colonizadores em uma clareira cercada por cinzas cada vez mais frias e por uma mata estranhamente silenciosa. Ergui meu corpo cansado como se tivesse vivido mil anos nessa noite, e embrenhei-me no mato, afastando-me dali, em direção ao Mato Grosso. Foi na estrada que levava a essa vila que no dia seguinte os tropeiros de Jeremoabo das Almas me encontraram; meu olhar esgazeado fê-los pensar se eu não seria uma espécie de k'u-ru-pira ou k'a-a-pora sentado à beira da estrada, pronto para exigir-lhes fumo em troca de uma viagem tranquila; mas, ao perceberem que eu era só um menino sujo e faminto, abraçado a um saco de pano marrom mal amarrado por embiras, acolheram-me em seu meio, dando-me de comer. Com eles deixei as terras da vila do Rio de Contas, em cujo âmago minha mãe enterrara meu umbigo; ia decidido a não mais ser índio, sabendo com toda a força de meu coração que nunca seria português. Em mim se prenunciava a coisa nova de que esses brasis estavam sendo feitos, só que eu ainda não tinha noção disso: o que tinha era fome de vida, e o primeiro feijão que comi junto da tropa, um dos últimos que não cozinhei com minhas próprias mãos, é até hoje o mais saboroso que tenho na lembrança, marcando com seu gosto de minério de ferro minha inesperada e súbita maioridade.

1785
Na Tropa

Capítulo VIII

Jeremoabo das Almas me aceitou em sua tropa mais por pena que por qualquer outra razão. Minha intimidade com animais de quatro patas era nula, e era fácil ver em meus olhos o medo que eu sentia, pelas lembranças de meu pai agigantando-se sobre mim na sela de seu grande corcel negro. Mas minha vontade de sair dali era maior que tudo: mesmo tremendo por dentro aceitei tomar o cabresto de uma mulinha catralva, de grandes ventas úmidas, e que tentou morder-me as costas na primeira desatenção, deixando-me um par de marcas roxas que levou meses para desaparecer. Os quatro homens da tropa riram muito de mim, dentre eles se divertindo mais que os outros um menino mais ou menos de minha idade, que ia à frente dos dois lotes que formavam a tropa de Jeremoabo; ora andando ao lado, ora escanchado em uma mula mais velha e mais forte, muito enfeitada e com um peitoral de cincerros de diversos tamanhos, ficando sempre à frente de nós todos, por vezes distanciando-se bastante, desaparecendo de nossas vistas assim que o sol começou a descer pelo outro lado do céu, no entardecer.

A mordida da mulinha catralva foi minha primeira lição na tropa: com ela aprendi que a atenção deve ser constante com animais. Movidos pelo instinto e mais nada, agem com os homens como se tivessem raiva de sua aparente superioridade, e na primeira oportunidade, por mais amansados que estejam, nos surpreendem com uma atitude completamente inesperada. Nós homens também somos assim: eu mesmo sentira na pele durante quase toda a minha vida os efeitos dos impulsos repentinos de quem podia me magoar, no exercício de uma crueldade quase inata. Meus irmãos Mongoyós e, como mais tarde vim a descobrir, todos os outros índios, ainda que o distante papa lhes tivesse dado a honra de possuir alma como os brancos, eram tratados pelos portugueses da mesma forma que negros: como lixo. Movidos por impulsos incontroláveis, os brancos faziam uso de nós sem sequer se dignar a cogitar sobre nossa mais que flagrante humanidade: simplesmente nos usavam, rindo com suas bocas malcheirosas.

Minha sorte foi não me parecer com um índio mais que qualquer dos outros tipos tisnados que formavam a comitiva de Jeremoabo, que com exceção das botas curtas de couro cru e de uma espécie de babador de couro que usava sobre a frente de sua camisa, em nada se diferenciava de seus trabalhadores. Aceitou-me com um gesto curto, e no ano e meio que passei nessa companhia não o vi estendê-lo além disso, nem para mim nem para ninguém. Em meio à coleção de ruídos naturais dos animais e à natureza em volta sempre escandalosamente em festa, não fosse uma ou outra exclamação ou grito de impulso, por certo passaríamos por um grupo de surdos-mudos a trilhar os caminhos alisados por um sem-número de patas e pés. Eu, de natureza observador e calado, mais e mais me ensimesmei, não apenas por estar em companhia tão pouco álacre, mas principalmente por sofrer as dores das feridas morais que os últimos anos tinham rasgado em meu interior.

Os 20 animais que formavam a comitiva das duas tropas de Jeremoabo andavam de dois em dois pelos caminhos. O menino, que mais tarde eu soube chamar-se Filó, ia sempre à frente, pouco interessado no que se passava à sua volta, sempre com os olhos para dentro de algum lugar que só ele mesmo enxergava, rindo e dando a maior atenção ao que quer que estivesse dentro de si, um mundo de visões que eram tudo o que aparentemente lhe interessava. No centro geométrico da comitiva, culatreiro da tropa fronteiriça e madrinheiro da segunda, ia Jeremoabo das Almas, o patrão, escanchado em seu jegue ruço, de cascos ferrados e coberto por um grande baixeiro de tecido trançado, feito de tiras de pano colorido cobrindo os quartos da montaria até o meio de suas patas traseiras. Cuidando de cada tropa iam, andando ao lado delas, dois homens de confiança, há tanto tempo a serviço de Jeremoabo que frequentemente entravam em discussão sobre quem seria o mais antigo, de tal modo as lembranças estavam enevoadas pelo tempo: o negro Mané Lope e o sarará Mané Cacheado, nascido em Paramirim das Creoulas.

Olhando minha cara de abestado, amplificada por meu hábito defensivo de parecer mais burro do que era, Jeremoabo não hesitou:
— Menino? Tome a culatra da tropa...

Com exceção de Jeremoabo, e de Filó, que por vezes se escanchava por entre a pequena carga de sua mula madrinheira, íamos todos a pé, "nas alpercatas", como dizia Mané Lope. Era apenas uma figura de linguagem: fora o patrão, ninguém mais estava calçado. Mas isso pouca diferença fazia: nossas solas eram naturalmente resistentes ao chão das trilhas, pelo uso e pela própria natureza. Meu primeiro dia foi duro, porque Jeremoabo havia feito ponto de honra nunca vencer menos que cinco léguas ao dia, e iniciar a vida de tropeiro com um estirão desses quase me fez perder o sentido das coisas. Só que outra opção não me restava, portanto cuidei de riscar sem sinal de hesitação, nos dias que se seguiram, o indefectível rumo de nossos passos, aprendendo a cada pisada a necessidade da seguinte.

Por volta das 17h chegamos a um telheiro muito rústico, depois de subir muito. A vila de Rio de Contas fica muito alto nas montanhas que formam o início sul da Chapada, mas esse lugar por nome Mato Grosso, onde fiz meu primeiro pouso como menino de tropa, era mais alto ainda, quase o dobro, e podíamos sentir isso tanto pelo sol que nos queimou durante todo o caminho quanto pelo vento gelado, que se entranhava em tudo, cortante como chicote. Daí em diante era tudo só descida, e até Minas Novas (pois era para lá que íamos) nos aguardavam mais uns dez ou 12 pousos, dependendo do humor de nosso patrão. Em Mato Grosso era tudo muito íngreme, mas nessas encostas havia capim do bom para apascentar as bestas da tropa, e um lado do telheiro ficava apoiado em um barranco, formando uma parede protegida do vento, onde derrubamos as cargas.

Até hoje não acredito na capacidade física dos dois Manés: cada um deles, depois de atar dois a dois os animais, erguia *per se* a bruaca que ficava de um lado, segurando-a sem nem bufar, mandando que eu desatasse as cintas. Foi com terror pânico que me aproximei das duas primeiras mulas, ainda que minha aparência nada denotasse; e as mulas foram muito gentis comigo, deixando que eu desatasse sem nenhum conhecimento de causa os intrincados amarrados com que a carga era mantida no lugar. Devo ter feito um bom trabalho, porque ninguém disse sequer um ai; mas as pontas de meus dedos logo começaram a sangrar, enquanto o corpo me doía de forma insuportável.

Da panela que Filó pusera no fogo aceso em uma depressão do chão de terra socada subia o cheiro agridoce dos pequis que cozinhavam junto com o arroz pilado, avermelhado e denso, em um caldeirãozinho de ferro. A trempe de ferro batido, que se estendia por sobre o fogo e as pedras muito quentes, mantinha suspensos sobre as brasas esse caldeirão e mais um seu igual, onde borbulhava o feijão, que evolava seu cheiro ferroso com um toque de uma folha que mais tarde vim a saber ser a do loureiro. Nas brasas, bem ao lado do centro do fogo, uma ciculateira assobiava, pronta para receber o pó do café.

Pensei que o feijão com arroz fosse a alimentação do tropeiro, muito parecida com aquela à qual me acostumara em meus poucos anos entre os brancos; mas me enganara. Apesar das aparências, os tropeiros dessa parte do Brasil nunca misturavam o arroz e o feijão, como seria de se esperar. Não dispensávamos nenhum dos dois, o arroz à boca da noite, assim que arranchávamos, e 12 horas depois o feijão, forte quebra-jejum antes de mais quatro ou cinco léguas bem tiradas pelos caminhos daquelas brenhas. O modo brasileiro de misturar-se essas duas iguarias sem igual pela simplicidade e sustância, que na mistura ganhavam qualidades insuspeitas de valor e sabor, nunca encontrou nos tropeiros e vaqueanos mais que um riso de estranheza; movidos por hábito e repetição do hábito, respaldados por um eco da primitiva ideia de que qualquer mistura seja venenosa, comiam cada um de cada vez.

Jeremoabo das Almas nem se arranchou conosco: parece que tinha em alguma casa do Mato Grosso uma rapariga que lhe dava abrigo e alimento, e com ela foi ter tão logo a carga foi derrubada e o milho espalhado à frente dos animais. O arroz de pequi sabia bem, mas meu cansaço era maior que tudo. Cabeceei enquanto colocava na boca, às colheradas, a papa amarela e perfumada, roendo a sumarenta polpa oleosa das frutas, e quase nem percebi o café doce e ralo que desceu por minha garganta abaixo, resvalando para um sono recheado de sonhos de todos os tipos, deitado sobre a carga coberta pelos baixeiros que rescendiam a suor de mula.

Sonhos há os que são proféticos, outros apenas território no qual se movem os monstros e abantesmas de que nossa imaginação é fértil; os meus sempre são tão rigorosamente lógicos e reais que ainda hoje acordo sem saber se estava dormindo verdadeiramente ou então acordado, caindo ao abrir meus olhos na ilusão tão realista desse sonho em que todos estamos. Pessoas, fatos, lugares, tudo é idêntico nos dois mundos, este e o outro, havendo entre eles apenas duas diferenças fundamentais: a primeira é falarmos sempre, meus companheiros de sonho e eu, com a mais absoluta franqueza, e a segunda é nunca haver sol nesse mundo onde meus sonhos acontecem. O mundo noturno para o qual meus sonhos me transportam é sempre enevoado e cinzento, contrabalançando a honestidade espantosa com que nele todos agimos, como se fosse necessário que o sol não brilhasse para que as almas falassem sempre a verdade.

Nesse primeiro sonho em que caí movido pelo cansaço de corpo e alma pude, pela primeira vez, desde que assisti à violência contra meus irmãos Mongoyós, reencontrar o cortejo de personagens de minha vida pregressa na vila, que em meio à carnificina e aos despojos do matadouro em que o aldeamento havia se transformado, nada ocultavam de si. Lá estavam, observando os resultados do planejado descontrole de Manoel Maurício e seus asseclas, meu pai e minha mãe de criação, falando com franqueza sobre mim e sobre si mesmos:

– Não pode ser de outra maneira, não vês, mameluco? – disse meu pai, enquanto o sangue dos Mongoyós assassinados lhe respingava a face a cada tiro de arcabuz. – Há que se limpar o caminho para aqueles que virão depois: não há por que se deixar a terra para quem dela não pode fazer o melhor uso. Os selvagens, de maneira geral, só se aproveitam daquilo que a terra tem de pior para lhes dar. Sabes por quê? É que lhes falta coragem de deitar-se com ela, estuprá-la se for preciso, para que ela nos dê os frutos e os filhos de que tanto precisamos.

– Eu estou me escondendo, meu filho – disse minha mãe, ainda amarrada pelas duas toalhas de mesa do dia de seu primeiro acesso de loucura. – Eu não suporto esse mundo que nem de longe é aquilo que me prometeram: sinto-me enganada por todos os que me ensinaram meu papel. Para ser o que não desejo ser, então não quero ser coisa nenhuma.

Meu pai passou a mão na testa, espalhando mais o sangue que nela estava:

– A senhora sempre foi uma fraca! Por isso é que eu vivo a buscar nas outras mulheres o prazer que a senhora não sabe me dar; por mais sem poder que sejam, ainda são mais fortes que minha legítima esposa!

E riu-se regaladamente, enquanto o cheiro de pólvora e sangue me tomava mais e mais as narinas. Manoel Maurício aproximou-se de nós, ainda com o pequeno indiozinho empalado em seu sabre ensanguentado, olhando para mim:

– Tú és meu irmão, ainda que eu não goste disso, porque reconheço que teu lado melhor é exatamente aquilo que não temos em comum. Por isso desejo tuas orelhas: e se me deixarem, comer-te-ei o coração, para com isso ganhar de ti aquilo que tens e eu não tenho. Mas cala-te sobre isso; ninguém deve saber que o que sinto de ti é exatamente inveja.

Meu pai o abraçou, dando-lhe beijos, exclamando:

– Esse é meu filho muito amado!

E enquanto as almas dos Mongoyós revoluteavam pelos céus, transformando-se em onças-pintadas de todos os tamanhos, a figura de meu pai se transmutou na de Maria Belarmina, com seus olhos lânguidos, cara de menina mas corpo de mulher feita, com enormes seios rosados e coxas nacaradas, beijando Manoel Maurício com uma cupidez que nela eu nunca imaginara:

– É a mim que desejas? É meu corpo que queres? Tens de ser mais que teu irmão branco: o dia em que o fores serei tua!

E os dois começaram a rolar entre o sangue do chão, emporcalhando-se todos, enquanto o carro de bois dos jesuítas atravessava a porteira, e o padre Francisco de Aviz gritava em minha direção:

– Os livros! Cuida dos livros! São a tua e a minha salvação!

Acordei com um sobressalto: o dia começava a tingir de rosa escuro a barra do céu, e Filó se erguia de seu monte de carga, trauteando uma melodia sem pé nem cabeça. Eu apertei contra meu peito o saco de pano marrom onde trazia os três livros, jurando a mim mesmo que estariam comigo o tempo todo, até que o padre Francisco de Aviz, de uma maneira ou de outra, viesse retomá-los. Não me faltava coragem para olhá-los, eu que tinha por livros um amor tão grande quanto intenso, mas sabia que ainda não era o momento certo para folheá-los, lê-los. Era preciso que eu estivesse mais senhor de mim mesmo, mais ancho na rédea de minha vida, para poder beber deles com a sofreguidão de um andarilho perdido, e isso só seria possível quando eu tivesse algum tempo de meu, ganho por meu próprio merecimento, e não pela caridade e pena de quem me acolhia.

Filó estava fritando o toucinho gordo com sal em um dos caldeirões, e quando o frigir da gordura ficou tão alto que acordou os dois Manés, despejou sobre ela o feijão cozido na noite anterior, primeiro uma colherada cheia, que amassou no fundo da panela, e depois que a massa e a gordura se transformaram em uma só coisa, o resto dos grãos, deixando que tomasse gosto, sem parar de mexer mais que o tempo necessário para derramar dentro da ciculateira de água fervente o café e o açúcar mascavo. Café agridoce, quente e escuro, feijão saboroso e salgado, que mais tarde aprendi a comer com farinha e pimentas-malaguetas, foram durante longo tempo não só as comidas que comi e das quais sobrevivi, mas também as que cozinhei, nessa e em outras tropas, iniciando o aprendizado de meu ofício e o uso de meu talento para minha maior glória e felicidade, quando as encontrava. Não foi um caminho suave: muito sofrimento, pouca sinceridade. A pouca que encontrei, no entanto, me supriu e supre até hoje, enchendo meu peito para mais uma e mais outra respiração, naqueles momentos em que por tristeza o coração quase desiste de bater.

Mas isso não é nada: trilhando os caminhos dos Gerais de Mucugê como fiz, aprendi outra sensação sem nome, avassaladora, mais forte ainda quando as raras nuvens brancas escondiam o sol, e o vento frio do alto da Chapada soprava sem descanso. Talvez pela semelhança com meus sonhos essa sensação fosse cada vez mais forte, e eu tremia, sem conseguir controlar-me, mas tremia tanto que Jeremoabo das Almas, preocupado que seu culatreiro tivesse alguma sezão, arrancou de sua matula uma capa de feltro cinza escuro, essa mesma que ainda me acompanha e com a qual ainda hoje me abrigo e me oculto das intempéries naturais e humanas. Não foi um gesto de carinho nem sequer de preocupação para comigo: defendia a continuidade de seu ganha-pão, no qual comecei com uma função e logo passei para outra.

Do Mato Grosso, tão logo a carga estava posta sobre as bestas, partimos em direção aos Creoulos, de onde Mané Cacheado era natural, e de lá cortamos a Chapada em direção ao Riacho das Antas, onde ainda existia uma aldeia de índios Caetetés. Esse pouso ficava na fazenda de um capitão Estevão Pinheiro, e com exceção da casa de meu padrinho Antônio Bernardo da Trindade, nunca vi pomares mais férteis nem plantações mais luxuriantes. Esse capitão tinha vindo para a região como chefe de uma bandeira avançada, plantando com um ano de antecedência o milho e o feijão de que a bandeira principal iria precisar quando por lá chegasse. Quando chegaram tiveram duas surpresas: uma, gratíssima, foi ver a terra toda plantada e pronta para dar-lhes de comer, mas a outra foi encontrar o capitão Estevão Pinheiro dono de tudo, defendido por um batalhão de índios Caetetés, que a ele prestavam obediência irrestrita. Nada podendo fazer quanto a isso, tiveram de comprar o que por combinação prévia lhes pertencia, e seguir viagem até mais adiante, deixando o capitão como amo e senhor desse belo e fértil pedaço de terra, tanto mais produtivo quanto mais pragas os pretensos donos rogassem ao que assim as transformara.

É deste jeito a terra brasileira: só requer quem nela trabalhe, não pedindo atestado de bons costumes nem bom caráter a ninguém. Assim fora com meu pai e muitos outros, e entre canalhas e homens de bem ia-se criando neste pedaço de fim de mundo um celeiro para a humanidade, do qual só as cortes portuguesas tiravam proveito. Viajando o tanto que viajei pude enxergar a riqueza que esta terra põe à disposição de todos, uns cheios de ganância e desperdício, outros com verdadeiro amor por ela. A terra não se importa: no meio das brenhas mais inóspitas de repente surgia um arranchado qualquer, uma povoação, uma semente de aldeia ou vila, erguida com a própria terra em meio às plantações que davam sustento a seus habitantes. Isso sem mencionar os ermitões de que o Brasil andava cheio, seus casebres perdidos no meio da mata, surgindo de dentro de plantações de feijão-de-corda e abobrinha d'água. Posso dizer que vi o Brasil construir-se lentamente, devolvendo muitas vezes multiplicado o amor de quem por ele o tinha.

No caminho entre o Riacho das Antas e a fazenda São Domingos minha vida deu um salto, e eu devia ter percebido isso quando meu coração fez o mesmo. Estava olhando para a mata ao nosso lado, percebendo os desenhos mutáveis que o sol fazia entre a folhagem, quando Filó começou a trautear mais uma de suas infinitas canções sem sentido: virei em sua direção e percebi que ele estava perdendo substância, tornando-se mais e mais transparente a cada passo. O dom que eu considerava minha desgraça se manifestava mais uma vez, e eu estanquei, vendo a comitiva seguir em frente, alheia a essa coisa mais forte que eu mesmo. Gritei, desesperado:

– Toma tento, Filó!

Todos olharam para trás, até mesmo esse Filó translúcido que se escanchava sobre o lombo da madrinha; não havia motivo aparente para meu grito, mas os olhares de estranheza que se voltavam para mim logo mudaram de direção, porque Filó soltou um berro alucinado, caindo da madrinha com uma urutu firmemente agarrada à panturrilha de sua perna. Nunca meu dom fora tão imediato, tão colado ao fato que o gerava invertidamente no tempo, mas eu também nunca antes tentara mudar o destino que por ele se prenunciava. A cobra peçonhenta havia ferrado a panturrilha de Filó com muita vontade, e mesmo depois de quase reduzida a uma pasta sanguinolenta pelas cacetadas dos dois Manés, suas presas continuavam firmemente embebidas na carne do madrinheiro, já respirando aos haustos e com o olhar esgazeado. Jeremoabo das Almas, com uma faca de picar fumo, estraçalhou a cabeça da cobra, arrancando-a do lugar onde estava, imediatamente cortando uma cruz no lugar da mordida, arroxeado e inchado, espremendo com força para que o sangue grosso arrastasse para fora o veneno.

As bestas de carga se espalharam um pouco, mas os dois Manés as recolheram, enquanto o patrão e eu arrastávamos Filó para uma beirada de sombra. Os olhos do menino estavam cobertos por uma película grossa, enevoados de todo, e ficamos os quatro a olhá-lo, sem ter o que fazer. Mané Lope disse:

— Vi uma dessa uma vez ferrar um vaqueano igual a mim, que nem tempo para uma Ave-Maria dava, se não fosse um parceiro de tropa que era versado nas artes de cura e fez um emplasto com umas certas ervas que campeou no meio do mato. O vaqueano salvou-se, mas a perna ficou mais mirrada que a outra, e nunca mais enxergou bem como antes.

— E que erva é essa, diga logo? — berrou Jeremoabo, mais sisudo que nunca. — Se podemos salvar a vida do madrinheiro, melhor para nós!

— Ah, isso eu não sei, vosmecê há de me perdoar — respondeu Mané Lope. — Mas que era tiro e queda, isso era.

Eu não duvidava do que Mané Lope dizia: tinha visto as ervas realizarem milagres, não só em meu corpo mas no de outros, e sabia que havia gente como K'rembá, como o padre Francisco de Aviz, até como a Preta, que dominava essa ciência. As ervas estavam ali, ao nosso lado, espalhadas pelo mato virgem, e tudo o que eu desejava era saber quais delas salvariam a vida de Filó. Não sabia, e mais uma vez a ignorância me paralisava.

Fiquei sem dormir dois dias inteiros, vigiando, até que Filó subitamente retesasse o corpo formando um arco muito pronunciado, apoiado apenas na cabeça e nos pés, caindo sem vida logo depois. Por algum motivo o veneno da urutu se espalhara lentamente por seu corpo jovem, e sua pele se acinzentara gradativamente, até perder a aparência e a textura humanas. Respirando cada vez com mais dificuldade, e por várias vezes nos dando a certeza de já não estar mais conosco nesse mundo, subitamente arrancava de dentro de si mesmo um hausto mais forte, com ele estendendo em mais alguns segundos sua vida. Isso durou até a terceira manhã, quando finalmente descansou, e nós enterramos seu corpo morto em uma manga onde os animais pastavam, não longe de um bosque de jaqueiras da Índia.

Nesses dois dias comemos o feijão preparado na noite anterior ao ataque da urutu, e quando este acabou, rapadura com farinha. A morte de Filó nos colocava novamente no caminho: era preciso seguir em frente, recuperando da melhor maneira possível os dois dias perdidos. Jeremoabo das Almas virou-se para mim, com a mesma voz do primeiro dia, e disse:

— Menino? Passe para a frente: agora você é o madrinheiro.

Trêmulo por dentro, e logo depois por fora, tendo por sobre a cabeça um céu fechado de nuvens cinzentas, liderei a tropa por todo o caminho até a fazenda São Domingos, escanchado por sobre a mulinha, que por saber os caminhos a seguir me livrava da obrigação de decidir por onde ir. Apenas desta: o sol ia caindo e já podíamos ver ao longe a propriedade do tenente-coronel Ignácio da Cruz Prates, onde faríamos o pouso desse dia, onde eu pela primeira vez teria de exercer o ofício que seria o meu desse dia em diante, e para todo o sempre: cozinheiro.

Por absoluta falta de experiência no trato com o fogo e as panelas, coisas que só observara de uma certa distância até esse dia, fui obrigado a fazer uso de toda a minha memória, tentando recordar daquilo que nunca observara atentamente, que apenas vira com o canto do olho, sem prestar atenção. Tivesse eu sabido que um dia me seriam necessárias, teria dado a elas o melhor de meu tempo; mas talvez por isso, por ter de aprendê-las por mim mesmo, redescobrindo-as de onde não estavam claras, tive de buscá-las profundamente, mais que a qualquer coisa em minha vida, recordando detalhes que nunca vira, sentindo cada um deles como uma novidade que eu mesmo descobria, ali, naquele instante. Imagens do irmão Perinho em seu fogão no aldeamento, visões da velha Idalina comandando a cozinha da casa de meu padrinho, lembranças da Preta em seus momentos de folga, temperando a feijoada dos escravos da fazenda de meu pai, mais do que me encher os olhos, me encheram a boca d'água. Desse gosto de que me recordava e pelo qual ansiava me permiti criar, com dois caldeirões em uma trempe, o sabor do arroz dessa noite, enquanto o cheiro de ferro do feijão do dia seguinte fervia no ar.

Foi exatamente o desconhecimento dos métodos e maneiras tradicionais dos madrinheiros que me fez decidir por mim mesmo: a lembrança do arroz feito pelo negro Bak'hir me levou, em vez de ferver a água e nela derrubar duas mancheias de arroz, a fritar os grãos na gordura de toucinho que frigia no fundo do caldeirãozinho, depois de nele quase torrar os dentes de alho que tinha ido buscar à cozinha da casa do tenente-coronel, e só então sobre eles derramar a água que fervia na ciculateira, que depois reenchi para fazer o café. Os grãos do arroz, brilhantes e avermelhados, se encharcaram com a água, que borbulhava com alegria, juro. Não sabia disso, mas algo dentro de mim me avisava que não me descuidasse: cozinhar, como todas as coisas de que a vida é feita, requer atenção individida. Por isso fiquei de olhos fixos na panela do arroz, até que a água fosse por ele absorvida, e eu pudesse servi-lo nos pratos de folha de flandres, macio e fumegante. E enquanto os homens da tropa, inclusive Jeremoabo das Almas, enchiam e reenchiam seus pratos com meu primeiro arroz, pus para cozer no outro caldeirãozinho meu primeiro feijão, cascudo como todos os feijões dessa região, mais difícil ainda de amaciar por não ter tido o necessário tempo de molho para inchar e umidificar-se; no entanto, na manhã seguinte estava macio e soltando-se das cascas, porque eu não me esquecera de cozê-lo junto a duas folhas do loureiro, como tantas vezes vira ser feito. Amassá-lo no caldeirão vazio onde o toucinho novamente frigia, misturado com o resto do alho que apanhara na casa-grande, tirando caroços às colheradas do caldeirão cheio para que fritassem na banha, amassando tudo com as costas da grande colher recurva de madeira, foi coisa que fiz com a naturalidade de quem respira. E os pratos e caldeirões vazios eram prova não só de minha excelência como cozinheiro, mas também de minha absoluta inexperiência: preocupado com a fome dos outros e a satisfação de seu paladar, não me lembrara de comer antes deles, nem de guardar um pouco para comer mais tarde. Enquanto o arroz cozia, eu o observei, e mais tarde, enquanto os outros comiam o arroz, eu vigiava o feijão. Vigiei-o a noite inteira, não fosse queimar-se por falta de minha atenção: pela manhã me regozijara em ver a comida sumir goelas abaixo, sequer me recordando que eu também possuía uma goela, e que eu também precisava comer. Cada iniciante comete o erro que pode cometer: o meu foi esquecer-me de mim mesmo.

Estava madrinheiro: havia ganho por meu talento com as panelas o direito a escanchar-me por sobre a besta enfeitada da frente, dividindo seu lombo com a carga de alimento e a bateria de cozinhar. E por todo o caminho entre a fazenda São Domingos e o Curralinho, à beira do Rio Pardo, manduquei com alegria a rapadura com farinha que estava no bornal, fazendo meus planos de novo arroz, novo feijão, novos desafios. Para meu espírito era bom que o sol estivesse aberto, e que as raras nuvens que podiam ser vistas nos cercassem lá no horizonte, distantes: se acaso o sol fosse encoberto, com certeza minha alegria se transmutaria em tristeza. Tal não se deu: meu primeiro dia como cozinheiro de tropa foi iluminado por bela luz amarela, e naquela hora ensimesmada do crepúsculo, quando as cigarras cantam e meu coração sempre se confrange, eu estava em plena lida de fogo e panelas, repetindo pela primeira vez os gestos que tantas vezes ainda repetiria, por serem os que formam o acervo de meu ofício.

Não nego que, no fim da primeira semana, já estivesse entediado. Afinal, para um menino como eu, cheio de vontades de sabores e cheiros na cabeça e ansioso por criá-los da maneira como os via, a repetição alternada de arroz e feijão, grão e grão, ora um, ora outro, era de menos. Eu desejava em meu coração aquilo que mais tarde vim a saber banquete, bródio, comezaina, festim: imagens de pratos suntuosos rodopiavam em minha mente. Devo ter deixado transparecer minha sensação, o que era raro, pois Mané Lope, provando de meu feijão na manhã em que nos preparávamos para sair da Vila do Bom Sucesso, a um pouso apenas das Minas Novas, me disse:

– Vosmecê nasceu com a mão pro de comer, madrinheiro, mas deve de estar agastado com nossa rotina. É natural: quer novidade? Pois lamba as unhas, madrinheiro; se fosse cozinhar pruma tropa de polistas, ia ter metade do gosto. Os tropeiros de Sum Polo não conhece arroz. Vida de tropeiro polista é feijão e mais feijão, e olhe lá!

Nas Minas Novas na praça principal, um ano e tanto depois desse dia, ali onde os garimpeiros exibiam sem medo os sacos de ouro que haviam recolhido dos rios, de cambulhada com os diamantes de que essas Minas eram cheias, descobri que nosso caminho enfim voltaria exatamente sobre nossas pegadas, e que exatamente 12 dias depois desse estaríamos novamente no Mato Grosso, perto demais da Vila de Rio das Contas para que eu me sentisse à vontade. Imagens de meu pai e meu irmão, gritos de minha mãe de criação, o rosto de Maria Belarmina, sensual como eu a havia visto em meu sonho, rodopiavam em minha mente, enquanto os tremores incontroláveis recomeçavam. Maleita não era, com certeza; nenhum dos sintomas da doença, além da tremedeira, eu apresentava, e mesmo essa tremedeira só se manifestava em momentos de grande tensão. Suores frios, batedeira no peito, dificuldade de respirar, um medo difuso de morrer, porém mais medo ainda de voltar ao lugar onde minha mãe enterrara meu umbigo. As imagens rodavam e rodavam em minha cabeça, e delas só me livrei quando me decidi: não voltaria.

A decisão, por si só, foi o bastante para tranquilizar-me. O mundo tornou-se novamente um lugar agradável, e mesmo o bulício dos arreeiros e bamburristas, na praça principal das Minas Novas, deixou de assustar-me. Restava-me agora planejar da melhor maneira possível o que fazer de minha vida; sabia, por ouvir dizer, que a colônia era lugar grande o bastante para que eu desaparecesse sem que nunca mais fosse encontrado, mas também sabia que precisava sobreviver, e a única coisa que possuía para manter-me era a capacidade sempre crescente de cozinhar que descobrira graças à morte de Filó.

Hoje que já sei que a morte é essencial para que as coisas venham a existir, e que a vida não é o contrário da morte, mas sim o intervalo entre ela e seu primeiro sinal, o nascimento, posso rever esses momentos com mais filosofia. Naqueles dias, pelo contrário, não sei como realizei as tarefas mais simples: creio que meu arroz e meu feijão, quase queimados em uma ou duas oportunidades, davam testemunho de minha angústia. Por sorte os companheiros de tropa eram homens de gosto pouco apurado, e decerto explicaram a mudança no sabor do que comiam não pelos motivos reais, mas por outros que eles mesmos viram acontecer, em nossa segunda noite nas Minas Novas, enquanto o patrão buscava carga para finalmente levar de volta ao lugar de onde tínhamos saído.

Essa noite nas Minas Novas foi passada em uma casa à beira do Rio Araçuaí, a uma meia-légua da praça, perto de uma mina de turmalinas que dava nome ao sítio, e também me trouxe uma novidade que eu nunca havia experimentado. Eram várias casas como essa em que entramos, os dois Manés e eu, e nelas havia um pouco de comer, um muito de beber, e mulheres. Ranchos abertos, sem paredes, coalhados de mesas e cochos onde os garimpeiros se sentavam, batendo uns nos outros os púcaros cheios de vinho novo e cachaça de garapa velha, enquanto as mulheres, de todos os feitios, circulavam por entre eles, cada uma com seu jeito e maneira de atraí-los. Alguma coisa no cheiro delas me chamou a atenção, e quando duas se aproximaram de mim, eu senti que em meu baixo-ventre se instalava uma sensação mais incontrolável que minha tremedeira de medo. Nunca mais me esqueci dela, um misto de dor e prazer antegozado, e creio ser essa mesma sensação a que busquei por toda a minha vida, de cada vez que meu lado animal falou mais alto.

Uma delas chegou primeiro a meu lado: era uma preta muito clara, de olhos amarelo esverdeados, com os cabelos que mais tarde aprendi a reconhecer como os das caboclas brasileiras. Ela sentou-se bem perto de mim, tomando um gole grande do púcaro que estava esquecido em minha mão, e enquanto eu sentia seu cheiro forte, um almíscar como nunca mais encontrei outro, passou a mão por sobre minha calça de pano grosso, exatamente no lugar onde meu membro saltava, descontrolado. Seus olhos de felina se arregalaram, mas só por um instante, e ela, pegando-me pela mão, me tirou do meio dos outros, arrastando-me para fora do rancho. Eu a segui, mesmerizado: não me recordo do que se passou à minha volta, mas sei que os homens do rancho riram muito de meu ar absorto, seguindo a mulata como um cachorrinho segue sua dona.

Em uma esteira à beira do rio, iluminados pela luz da lua, ela me pegou e colocou dentro de si. Recordo-me de que ela tossiu, e sua tosse fez o lugar úmido onde ela me enfiara contrair-se, uma, duas, três vezes. Eu senti que alguma coisa subia fervilhando de dentro de mim, e me derramei dentro dela, que revirou os olhos, batendo as pálpebras de longos cílios. Era delicioso estar ali com ela: nada me pareceu melhor que aquilo, e logo estava pronto para recomeçar. Ela se espantou, e dessa vez, porque demorei mais, guinchou com voz muito fina, deixando que eu visse o céu de sua boca úmida. Quando voltamos ao rancho, algum tempo depois, ela me exibiu às outras, dizendo que eu era maior do que qualquer uma podia suportar, mas quando as outras se chegavam perto de mim ela as empurrava para longe, segurando minhas duas mãos.

Por pouco não desisti de tudo, e sei que foram esses momentos à beira do Araçuaí que me fizeram, por assim dizer, adepto incontrolável das brincadeiras de cama. O que a mulata me deu eu nunca mais esqueci, e a busquei para sempre em cada uma das outras mulheres cujo almíscar penetrasse minhas narinas. Tenho certeza de que foram esses momentos de excelência dos sentidos que me fizeram, tantas vezes na vida, abandonar o que devia ser feito, sem nenhum remorso ou culpa. Apenas meu ofício, a cozinha, ficava no mesmo patamar que essas diversões: mas em várias oportunidades, confesso, me mortifiquei por estar à beira de um fogão quando poderia estar à beira de uma fêmea. As semelhanças entre ambos só pude perceber quando aprendi suas diferenças.

No dia seguinte, depois de comer um feijão mal e mal cozido no rancho das Turmalinas, nem de longe saboroso como o meu, seguimos nosso caminho, atravessando o Araçuaí a nordeste de Minas Novas, passando a noite no pouso do mesmo nome, debaixo de uma chuvinha fina. Retomaríamos a rota depois de atravessar o Jequitinhonha, no rancho das Congonhas Grandes. E todo esse tempo em minha mente só uma preocupação existia: qual seria a hora exata de fugir? Essa hora chegou seis dias depois, quando enxergamos ao longe o pouso de Condeúba, na margem sul do Rio Gavião, em cuja outra margem ficava o Curralinho, ambos servidos por um barqueiro que, à custa de quatro burros à margem, atados por cordas em roldanas, atravessava uma chata de madeira de um lado a outro, com grande dificuldade por causa da forte correnteza. No Curralinho ficaria grande parte de uma carga de arroz que trazíamos de Minas Novas, e eu creio que grande parte desse arroz fosse entremeada de ouro e preciosidades, escondidas de seu usurpador oficial, o rei de Portugal. Jeremoabo certamente trazia outra carga em suas bruacas, durante todo o tempo em que passamos juntos. A grande preocupação dos companheiros com a carga fez com que desviassem sua atenção de minha pessoa, por demais em evidência desde a noite de minha iniciação aos prazeres da carne. Nenhum assunto durara tanto tempo em nossa viagem de vinda, mas para minha sorte a carga a desovar no Curralinho fez com que se esquecessem de mim, o que foi ótimo. Preocupados com seus negócios mais ou menos escusos, Jeremoabo das Almas e os dois Manés, mais o barqueiro que não tinha boa catadura, se incomodaram muito pouco comigo: comeram o arroz da janta cada um mais absorto que o outro, provavelmente por conta do que ganhariam, a tal ponto que nem perceberam que o outro caldeirãozinho, aquele onde deveria estar sendo cozido o feijão de nosso desjejum, não estava na trempe. O pouso, até mesmo por conta de mais duas tropas que lá se encontravam, não levou em consideração minha presença; por isso ninguém percebeu quando, alta a noite e estando todos adormecidos, eu me ergui dos fardos onde fingia dormir e, colocando às costas o pequeno jacá de cozinheiro com os caldeirões, a ciculateira, talheres, pratos, ferramentas de cozinha e mais alguma provisão de boca, tomei o rumo leste, seguindo a margem do Gavião o mais rápido que pude. Fugi a pé, para não ajuntar o roubo de animais ao roubo dos trens de cozinha.

A manhã me encontrou longe dali, por sorte; se tivesse sido apanhado levando comigo as posses de cozinha da tropa, ninguém teria por mim a contemplação necessária. Mas eu não tive outra saída; roubara, sim, para poder ter aquilo que me dava razão de existir. Não pretendia ser para sempre madrinheiro de tropa: queria cozinhar por minha própria conta e para meu próprio prazer e sustento, e sentia que um verdadeiro cozinheiro deve ter consigo as ferramentas com que seu ofício se faz. Impor-me-ia onde houvesse necessidade de alimento, como os brancos haviam se imposto ao Brasil, ainda que no Brasil a necessidade de brancos fosse grandemente discutível. Tal era meu desejo, associando-se inextricavelmente dentro de mim ao desejo de nunca mais ser índio. Não tinha certeza disso, mas presumia, em minha inocência, que a descoberta de um novo alimento fosse mais importante para os seres humanos que a descoberta de um novo tesouro. Se soubesse nesse dia, como mais tarde soube, que os reis sempre pretendem que seus cozinheiros os acompanhem ao túmulo, talvez tivesse hesitado. Mas meus passos constantes me levavam à frente, mais à frente, sempre mais à frente, até que na terceira manhã, com as costas cortadas pelo peso do jacá que carregava, avistei de um descampado alto, a boa distância do Rio das Caveiras, no meio de um grande e profundo vale, o Arraial da Conquista, o ponto focal que faltava para que eu desenhasse a espiral que mais e mais me afastaria de onde eu temia estar, levando-me infelizmente mais e mais para perto daquele um que eu não desejava ser.

Capítulo IX

Alguma coisa não me agradou no Arraial da Conquista, mas só muito mais tarde pude perceber que eram mais metafísicas que físicas as razões que geravam meu desagrado: o que pude perceber imediatamente é que o lugar era um caldeirão mais quente que o inferno, e coalhado de gente tão diabólica quanto era possível ser. Viajando como viajei, aprendi que existem lugares no mundo com essa particularidade, demandando de seus habitantes um esforço redobrado para o exercício do bem, já que o mal tão facilmente ali viceja. Mas o Arraial da Conquista pagava o preço do sangue inocente embebido em seu solo, derramado, como sempre, para que alguns poucos privilegiados pudessem amealhar riquezas às quais nenhum direito têm. De tudo o mais impressionante era que o mal ali reinante girasse em torno de uma capela erguida em honra a Nossa Senhora das Vitórias pelo mestre de campo João da Silva Guimarães e seu genro, o crudelíssimo João Gonçalves da Costa. Em uma repetição cada vez mais automática de suas ações pelos séculos e séculos afora, também nesse arraial os homens faziam uso dos atributos exteriores da religião católica como apanágio de sua crueldade inata, dando foros de valor e santidade ao que era apenas a fera que em todos nós habita, sendo mais forte que tudo que temos de humano. A lembrança das onças em que meus irmãos Mongoyós se transformaram ante meus olhos voltou-me à memória, mas engoli em seco e, buscando um canto protegido do vento mas próximo o suficiente do fluxo de vaqueanos e tropeiros que por ali circulavam, preparei-me para dar o melhor de mim e com isso conseguir para mim mesmo o máximo que pudesse conseguir.

Sabia, por experiência própria, que o que mais atrai o apetite é o cheiro: portanto me coloquei à beira do caminho que margeava o rio e com três pedacinhos de madeira seca acendi um fogo por baixo de minha trempe; nada possuía para cozinhar senão o arroz pilado e umas duas mancheias de feijão. Mas fuçando no fundo da matula encontrei um dente de alho meio seco e uma casca de toicinho já meio ressecado. Peguei um pouco de água na beira do rio com um coité e, enquanto cozinhava o feijão, comecei a frigir o alho na casca do toicinho. O cheiro se espalhou pelo ar, e com certeza quem passava por mim atrasava seu passo, tentando apanhar com as ventas mais daquele odor delicioso. Em poucos instantes alguns tropeiros se aproximaram de mim, cercando-me de forma quase sufocante. Eu, de minha parte, fiz como se estivesse completamente só em um mundo vazio: e como, algum tempo depois, o alho já começasse a dar sinais de escurecimento, rapidamente coloquei dentro da panela os caroços ainda meio duros do feijão, recolhendo-os com a grande colher recurva de madeira. Os caroços caíram sobre a gordura, frigindo e levantando vapor, e junto com eles se levantou um "ah!" de admiração e antegozo, porque o cheiro de feijão fritando em toicinho e alho ainda é um dos três mais deliciosos perfumes que a natureza nos pode dar.

Um tropeiro de pele manchada e cabelos cor de ferrugem imediatamente me perguntou:

– Para quem cozinha isso, vaqueano?

Olhei-o como se apenas nesse momento estivesse descobrindo a presença de outras pessoas à minha volta, e respondi como se ninguém me interessasse mais que eu mesmo:

– Para mim.

Um outro, mirrado e de barbas cerradas, retrucou:

– Mas vai comer tudo? Aí nesse caldeirão periga ter feijão para pelo menos uns seis campeador.

– Se comer isso tudo é capaz de tomar um fartão! – gritou um outro mais espadaúdo. – Os companheiro não acha que devemos ajudar o menino a se livrar de um empacho?[1]

Rindo com a boca onde faltavam vários dentes, ele me empurrou e eu, acocorado que estava, caí sentado no chão. Não tinha percebido que, andando só, estava à mercê de quem de mim se aproximasse, principalmente em momentos como esse, nos quais os sentidos falam mais

---

[1] Aqui foi mantido o erro de concordância por ser um traço de oralidade.

alto que tudo. Confesso que temi por minha vida, mas fiquei firme: minhas experiências como saco-de-pancadas nos anos anteriores haviam me ensinado o poder da imobilidade absoluta. O tropeiro alto, ainda rindo estupidamente, botou a mão no caldeirão, tentando se apossar da comida. Queimou os dedos, claro, pois o ferro estava quentíssimo; a trempe balançou mas não caiu, e o brutamontes, desviando a culpa de sua própria estupidez, avançou em minha direção, meio agachado, com a mão esquerda perto do cabo de uma faca que guardava na bota, e rosnando. No silêncio desses instantes, por trás do tropeiro, uma voz firme e cantada soou:

— Eu se fosse vosmecê não maltratava o cozinheiro: nunca se sabe quando vai encontrar com ele de novo, nem as coisas que ele pode botar em seu prato...

O tropeiro virou, e por entre as pernas dos que o cercavam eu pude ver um homem agachado, riscando a areia do chão com a ponta de uma faca muito fina e comprida, o cabo trabalhado em prata e alguma coisa negra. Tinha os cabelos louros muito mastigados, um nariz achatado e os olhos meio fechados, como se estivesse permanentemente com sono. Por trás desse ar de lorpa eu vi, no entanto, que ele estava alerta. A plateia, composta agora de uns dez homens, recuou, certamente percebendo o mesmo que eu percebia: mas o tropeiro alto, embrutecido pelos impulsos de sua mente, virou-se para o homem agachado, que nem sequer ergueu a cabeça. O tropeiro avançou em sua direção com toda a rapidez que podia: não era muita, mas ele se achava rápido o bastante. Eu já sabia o que estava por acontecer quando seu corpo começou a ficar translúcido. Quando estava a dois passos do homem agachado, arrancou a faca da bota e atirou-se na direção dele, encontrando nada mais que o chão puro e a ponta da faca fina de um lado a outro da garganta. Caiu com o sangue gorgolejando na boca, saindo em esguichos pelos dois furos que o ponteiro havia feito, e morreu, de olhos arregalados. O sangue ainda corria pela terra vermelha quando o homem do punhal fino limpou a lâmina na camisa de pano grosso do tropeiro que esfriava, e dirigiu-se a mim, tirando da algibeira duas moedas:

— Cozinheiro, vosmecê me diz quanto custa um prato de seu feijão?

Eu remexi no jacá, apanhando um prato de folha de flandres, enchendo-o com o feijão ainda mal cozido mas de cheiro delicioso. O homem tirou do bornal um cuitelinho, limpando-o no lenço vermelho que trazia ao pescoço, e começou a comer com ar absorto, novamente agachado no chão. Dois outros da audiência, de olhos arregalados com a frieza do homem, remexeram em suas algibeiras, sacando delas outras moedas, mas não tiveram coragem de ficar, e logo partiram: eu percebi que o homem que esfaqueara o tropeiro comia com muita lentidão, passando a comida de um lado para outro da boca várias vezes, antes de engolir. Ficamos sós: o homem, eu e o cadáver do tropeiro, que nesse lugar abafado já começava a ser pasto de moscas. Enchi meu prato da mesma forma, mostrando o caldeirãozinho ao homem com um gesto, oferecendo mais. Ele aceitou, e nós dois permanecemos na beira da estrada de terra vermelha manducando o feijão, enquanto as moscas se banqueteavam com o tropeiro morto.

O homem terminou primeiro, e andou alguns passos até a beira do rio, trazendo em um odre de pele um pouco de água: lavei e limpei minhas ferramentas de ofício da melhor maneira possível, esfregando o caldeirão com um punhado de areia seca, e só depois de bem areado passando por dentro dele uma mancheia d'água. Ele observou com toda a atenção minha atividade, sem dar sinal do que lhe ia dentro da cabeça; quando terminei de remontar o jacá, ele me ajudou a colocá-lo nas costas, e lado a lado, sem combinarmos nada, seguimos em direção ao centro do arraial, o mesmo lugar para onde se dirigiam todos os que seguiam a trilha poeirenta.

O cheiro de gado ficava mais e mais forte à medida em que nos aproximávamos do centro do arraial: uma nuvem de poeira vermelha pairava por cima de tudo, porque o movimento constante dos pés de pessoas e patas de gado não permitia que a poeira descesse. A capela de Nossa Senhora da Vitória da Conquista sobressaía mal e mal no alto de um pequeno outeiro, e em toda a volta da praça as pessoas circulavam de um lado para outro, em busca de negócios, sustento, fortuna. Um fiozinho d'água descia pelo centro da colina, indo engrossar o rio, mais embaixo, e na borda de seu caminho a poeira se tranformava em lama. O homem continuava andando à minha frente, e foi apenas com uma pequena virada de cabeça que me disse:

– Eu me chamo João Pinto Martins. E vosmecê, cozinheiro? – disse-lhe meu nome, escondendo o K'araí que me dava por índio, e ele continuou. – O senhor meu pai também foi cozinheiro de uma tropa que rodava entre o Ceará e o Piauí. Mataram o senhor meu pai em uma briga por causa de um pedaço de carne do sertão. Quando vi o tropeiro se preparando para fazer o mesmo com vosmecê, pensei: se estivesse lá salvaria o senhor meu pai, então por que não salvar esse moço, já que estou aqui? Além do que, cozinheiro, seu tempero é saboroso. Como lhe vi escoteiro, companhia de um só, pensei: salvo o cozinheiro e quem sabe ele vem comigo em minha tropa? Vosmecê aceita?

Minha resposta foi imediata, segura, gerada pela única preocupação que me assomava naquele momento:

– Depende; para onde vai vossa tropa?

– Para as colônias do Sul: na beira do Rio Pelotas tenho uma posse grande, e é lá que organizei uma charqueada. Vou levando o resto do gado que tinha no Ceará e mais o que me venderem pelo caminho, pois a seca nas terras de minha família vai acabar matando o rebanho todo. Antes que isso aconteça, vou cruzar as vaquetas cearenses com os garrotezinhos dos gaúchos. Quem sabe desse jeito a gente não arranja animal melhor para charquear, e alimentar esse povo todo do Brasil?

Rumo sul! Nada me serviria melhor: eu desejava ardentemente me afastar cada vez mais das terras onde nascera e nas quais, eu sentia, se enraizavam meus problemas. Quanto mais longe estivesse da Vila de Rio das Contas, melhor, e estradear rumo sul era a maneira mais segura de me afastar daquilo que me intranquilizava. O cearense João Pinto Martins, seguro e de voz mansa, parecia boa companhia para enfrentar esse estirão sem medida, e seu jeito de conversar me agradava: ele mesmo perguntava, ele mesmo respondia, como se estivesse em permanente conversa consigo mesmo. Sua honestidade era patente, e com certeza foi algo mais que apenas um destino jogador o que nos pôs um no caminho do outro. Em que pesasse nosso conhecimento brusco, o primeiro feijão comido à beira de um cadáver sanguinolento como que nos uniu para sempre. Tive nele um salvador, nessa hora difícil, mas ele através de mim pôde purgar-se de nada ter feito quanto à morte de seu pai. É assim a vida: nenhum de nós existe nem vive para satisfazer as expectativas de outrem, mas, quando isso acontece, não existe nada mais belo.

Quando nos aproximamos da parte baixa do descampado em que estava a boiada de João Pinto Martins, pude ver o quão difícil seria nossa jornada: mais de mil cabeças de gado, acotovelando-se à beira de um riachinho minguado, matando a perene sede, em meio ao barulho constante de seus mugidos. A elas se juntariam muitas mais, em nosso caminho de quase 400 léguas bem tiradas até as margens do Rio Pelotas, e esse foi o último dia antes que batêssemos o chão de quase meio Brasil, os outros cada um com seus motivos, e eu em fuga do que não sabia que me acompanharia onde quer que eu fosse. O patrão estava terminando de aglutinar aquilo que chamou de "minha companhia", e que era formada por quase 20 homens, entre vaqueanos e tropeiros de todo o tipo e de todos os cantos da terra: éramos gente das Minas e do Ceará, uns dois "polistas" de Sorocaba, muito claros e de olhos azuis, um gaúcho espadaúdo e de cabeça muito peluda, um magrelinho de cara encrespada que viera com João Pinto desde as barrancas do Rio São Francisco e dois índios domesticados e muito calados, que não davam a ninguém muita confiança.

Eu entrara no caldeirão onde ficava o Arraial da Conquista por um lado, e nossa saída seria pelo outro, galgando lentamente as montanhas ressecadas para alcançar dois ou três dias depois, se tudo corresse bem, o pouso grande da Encruzilhada, à beira do Rio Pardo, já na direção sul. Nosso patrão pediu-me que olhasse bem a quantidade de matula que levávamos, pois nem sempre se encontrariam provisões nos caminhos que percorreríamos, e junto a ele eu me dirigi com uma mulinha de carga até a feira que se espalhava pelo adro da igreja. Foi o primeiro exemplo que tive da capacidade de sobrevivência e criação do povo do sertão. Em mantas de pano branco muito lavado, cestas e jacás de embira e palha, caixas de folha de flandres, bruacas de couro muito duro e resistente, até mesmo em sacos de aniagem, tudo aquilo de que o sertão era prenhe estava à minha frente, em uma alucinante exibição de fartura. O Brasil que então se iniciava, para susto e gáudio de seus exploradores, era alucinantemente pródigo em benesses, uma cornucópia sem fundo da qual jorrava a riqueza dos alimentos, como se aqui fosse o lugar onde tudo se plantaria e de onde tudo floresceria em inacreditáveis quantidades. Essas imagens gravaram-se a fogo em minha mente, sendo cada vez mais geradoras do impulso de cozinhar mais e melhor a cada dia, pois não podia admitir que tamanha fartura ali estivesse para ser desperdiçada.

Comprei um saco de feijão de corda, o mesmo que conhecia do aldeamento, mas ousei também me suprir de um saco do feijão-preto, que via em quantidade pela primeira vez nesse dia: começava a acreditar, como acredito até hoje, que a alternância dos alimentos nas refeições só vem a aprimorar o sabor de cada alimento, fazendo com que seja absorvido em melhores condições de humor. Ainda que nada conhecesse nesse dia sobre o valor dos alimentos, alguma coisa me levava a agir de forma diferente de outros cozinheiros de tropa, e enchi meu bornal de toicinhos, alhos, cebolas, gengibre, adquirindo também uma penca de pacovas ainda verdes.

Os homens da companhia de João Pinto, ao nos verem chegar com carga tão grande, se puseram a rir. O magrelinho encrespado batia com a mão nos joelhos, dizendo:

– Hômi, quá! Vamo passar bem, milhór que se fosse tudo gado solto em pasto novo!

E o gaúcho, ainda com sua língua misturada de oriental, concordou:

– Buenas! Que de passadio malo já me estoy por las medidas... mas de tanto tempo que não como um assado costilhado até me estoy sentindo galgo...

Em meio a risadas e chistes de toda a sorte a companhia foi se ajeitando por sobre as montarias, e eu, tomando o dorso da mula madrinha onde havia suspendido os jacás cheios de tudo que comprara, estiquei-me olhando o horizonte, sem sequer virar o canto de meu olho para o ponto de onde viera. Pretendia vida nova, e vida nova teria: a companhia era grande e variada, pronta a comer as estradas sem misericórdia, e com ela eu faria meu aprendizado da rotina de cozinhar, aprendendo da melhor forma possível aquilo que ainda era só talento e impulso. Os gritos dos vaqueanos impulsionaram a boiada, que começou a mover-se, rio de carne e mugidos levando em sua corrente umas tantas vidas, entre elas a minha. Partimos em marcha batida, e logo estávamos no mundo.

Apenas oito dias depois, no rancho do Itaobim, às margens do Jequitinhonha, é que me permiti um momento de nostalgia, vigiando o feijão como se tornara meu costume. Esses momentos em observação da transmutação do feijão-grão em feijão-alimento me servem, desde esse dia e até hoje, como foco dos mergulhos mais honestos de que sou capaz até o fundo de mim mesmo. Vendo em lentidão a mudança de uma coisa em outra posso perceber as mudanças dentro de mim, e foi graças a esse hábito que, nos mais difíceis transes de minha vida, pude falar com o eu-dentro-de-mim-mesmo, onde mora a mais absoluta das verdades, para a qual não posso mentir. As imagens mais fortes de que minha memória era feita giravam em minha mente: meu pai em sua arrogância, minha mãe de criação em seus acessos de loucura, meu irmão como cópia fiel e piorada de nosso pai, o massacre de minha tribo, o cheiro de nosso sangue, minha irmã como eu a vira em meus sonhos. Maria Belarmina e Manoel Maurício unidos como irmãos xifópagos, em uma simbiose absoluta de maldade e sensualidade, exsudando o doce e atrativo cheiro do sangue que minha tribo espalhara pelos campos do aldeamento. E ao fundo de qualquer desses pensamentos, movendo-se sempre sem sair do lugar, o carro de boi dos padres, com o padre Francisco de Aviz gritando em minha direção. Tudo de que precisava era livrar-me dessas imagens, que me pareciam mais âncora que lembranças, fixando-me inexoravelmente ao chão do qual fugia.

Na minha frente, com as cabeças unidas como se os pensamentos passassem de uma para a outra sem necessidade de palavras, estavam os dois índios, pai e filho, que João Pinto Martins havia trazido consigo, e que depois eu soube serem tamoios da região de São Vicente: chamavam-se Mahu'ri e Kauara'hi, calados a maior parte do tempo, olhando o mundo exclusivamente pelo que lhes passava ao alcance dos olhos, não dando a menor atenção a nada que não se lhes passasse pela frente.

Pelo menos assim parecia: mas não era verdade. Como depois vim a descobrir, por nossas raras conversas em língua de índio, feita mais de emoções transferidas pele a pele que propriamente palavras, a tudo prestavam atenção, e de tudo sabiam. Nunca pensei que dois índios pudessem ter tanta noção de sua existência como povo; e a mim chegava a assustar sua capacidade de somar fatos e ideias. Aquilo que era tido como qualidade exclusiva dos brancos que nos colonizavam, ou seja, o raciocínio, o pensamento articulado, a elaboração de conclusões, eu encontrei como nunca antes, e raras vezes depois, em Mahu'ri e Kauara'hi. Nessa minha primeira grande viagem, a que mais me ensinou, foi desses tamoios que mais aprendi, pois deles recebi tudo o que mais tarde veio a formar minha verdadeira identidade brasileira.

Foi verdadeiramente uma viagem de estudos, na prática: aprendendo a cozinhar para um grande número de homens, exigentes quanto a sabor, e cada um com sua ideia particular do bom e do gostoso, fez-me perseguir cada vez mais arduamente um padrão de excelência geral, que a todos agradasse. Cedo descobri que o mais difícil de tudo é agradar a todos, indiscriminadamente, portanto fui direcionando meu talento de cozinheiro para o menor desagrado possível, feito sem dúvida de preocupação com o que a cada um incomodava, mas principalmente daqueles detalhes que não desagradavam a ninguém. A viagem, mais que de pousos e ranchos, é feita das coisas que aprendi, cada um desses lugares tomando o valor daquilo que me foi ensinado, para que deles, lugar e ensinamento, nunca mais me esquecesse.

Em um lugar chamado Pote, a sudeste de Minas Novas, onde três irmãos se aproveitavam do barro argiloso da beira do rio para produzir tijolos, telhas e objetos assados no fogo, aprendi que o barro tem características diferentes do ferro no cozimento dos alimentos, sendo o ideal para comidas que necessitem de estar muito tempo sob a ação do calor. Preparei, segundo pedido expresso de João Pinto, nosso patrão, uma feijoada como as que vira os pretos de Rio de Contas fazer: nela pus carás-do-ar, apanhados à beira dos caminhos que trilhávamos, umas tantas pacovas que eu trazia na matula, pedaços de carne salgada que era feita com os boizinhos que se matara e salgara na beira do Rio Pelotas, feijão-preto na ausência do já comido feijão-de-corda, tudo mais saboroso ainda por estar sendo trabalhado em panela de barro. Nesse dia percebi que o mundo da cozinha é feito muito mais de opiniões que de certezas, pois comer nada mais é que um gosto adquirido desde o primeiro prato que se come. Cada um de nós, no início da vida, cria um repertório de sabores, armazenando-o dentro de si, para uso comparativo quando necessário. E é necessário recorrer a ele a cada momento, pois nada se come que não se compare com o padrão estabelecido, decidindo se é melhor ou pior, igual ou diferente. Nesse dia foi assim: cada homem da companhia, não se tratando do feijãozinho-de-todo-dia que era o que se obrigavam a comer sem susto, tornou-se gastrônomo de primeira linha, comparando e criticando como se nenhuma outra fosse sua função.

O mineiro da companhia, espigado e alto, com as pernas tortas, mesmo antes de botar na boca o feijão que eu fizera com tanto interesse, disse:

— Ara! Mas isso é feijoada, Deus me livre! Para que inventar, misturar, envenenar? Feijão tem ser feijão puro, de preferência o mulato, cozido da moda mais simples, para não atrapalhar nem a farinha nem o torresmo que se ajunta depois, no prato...

O cearense retrucou:

— O mineiro exagera. Feijão é feijão com toicinho, dês' que o mundo é mundo. E garanto que ainda se deve carregar no toicinho, cozido e não frito, e se sobrar da gordura que se a ponha no prato em antes de servir o feijão, para que fique forte. Ou tem medo é das pacovas, dos carás? Eu por mim ainda derribava meia garrafa de farinha nesse feijão para que tomasse mais corpo, ganhasse mais sustança!

O gaúcho, cheirando o feijão com ventas alargadíssimas, ajuntou:

— Haveria de ficar buenacho, chê! Pero los hermanos me perdoem: se não hay dentro do feijão una carne com osso, una paleta, una costilha, de que serve? O que sustenta o hombre é a carne. Carne faz carne, no vos olvidés!

Com os três na frente das discussões, a companhia toda, com exceção de mim, dos dois tamoios e do patrão João Pinto Martins, desatou a defender ora um, ora outro, ora ainda um terceiro jeito de fazer-se o feijão. Eu estava em baldas: não esperava que minha vontade de agradar, dando um sabor diferente ao almoço de todo dia, sem domingo nem dia santo digno desse nome, causasse tamanho alvoroço. Voltei-me para a trempe, com as faces coradas de vergonha, e pus-me a mexer freneticamente o feijão, avivando o fogo. O cheiro agudo e penetrante dos grãos dentro do grosso caldo subiu no ar, causando um efeito interessante na companhia. Com as bocas que se enchiam gradativamente de água, a conversa foi ficando mais e mais difícil, e os olhares se voltaram para mim, que servia o patrão mais uma vez; a aparência dessa comida que a todos os seus ingredientes iguala em uma só cor e textura presumida foi mais forte que a própria opinião de cada um sobre como ela deveria ser feita.

Pude observar então, deflagrando uma torrente de lembranças muito antigas, a ordem em que as comidas tomam conta das almas, afetando os corpos. Primeiro pelo olfato, acendendo as vontades; depois pelos olhos, acordando lembrancas atávicas de alimentos chegados depois de grandes fomes; e finalmente pela boca, quando a língua e o palato percebem o sabor. É então que tudo se une em glória, prazer e alimento sendo partes iguais do que se recebe, preenchendo as lacunas do corpo e da alma com precisão absoluta, com indizível adequação, deixando ao fim de um tempo a bela sensação da plenitude absoluta, que felizmente se desfaz, permitindo-nos experimentar tudo outra vez, como se a vez primeira fosse. O assunto foi rareando, as bocas se ocupando com o feijão que eu havia cozinhado, e o silêncio que finalmente se instalou me foi mais recompensador que qualquer aplauso. Percebi então que, mesmo pretendendo mudanças em nossa ementa tão tradicional, o fundamento sempre seria aquele que faz de nós os homens que somos nesse lugar em que estamos.

Em um lugar chamado Tarumirim, à beira do Cuité, aprendi coisa de feição muito diversa. Nesse ponto, em nosso pouso forçado por uma chuva sem trégua que nos perseguiu por cinco dias desde Itambacuri, e que só amainou três dias depois, nas terras de um certo coronel Fabriciano, nas margens do Piracicaba de cima, antes que ele virasse Rio Doce, uma companhia de seis homens que acompanhavam um patrão de nome Penedo deu notícias do mundo lá fora das colônias, um mundo com o qual eu nunca me preocupara, mas que desse dia em diante passou a ser para mim fonte de encantamento e surpresa.

Os dois tamoios, Mahu'ri e Kauara'hi, haviam prometido me ensinar a técnica do biaribi, um jeito de assar-se carne e peixe em um buraco no chão. Como com a chuva os peixes do Cuité saltassem a grande altura, o zelador do pouso estendera redes por sobre o rio, apanhando duas traíras de quase meio metro cada uma, que com seus dentes tentaram durante longo tempo rasgar a rede, morrendo afogadas pelo ar livre em meio à chuva torrencial que caía. A fome de coisas vivas as fizera perder suas próprias vidas, e dentro do pouso os dois tamoios já cavavam um buraco grande, no ponto onde a fogueira das trempes era acesa, forrando-o depois com folhas de bananeira bem grandes. Usei a faca que o gaúcho me cedeu, abrindo os peixes pela barriga e arrancando o inútil de dentro deles, fazendo um trabalho tão bem-feito que nesse dia o gaúcho Lorenzo me fez presente dela, essa toledana de lâmina curva que se quebrou anos mais tarde, mas cujo cabo ainda conservo em meus guardados. Lavei os bichos esventrados com folhas de capim-limão que encontrei na beira do rancho, tentando livrar minhas mãos e narinas do cheiro acre que as traíras evolavam. Com a ajuda dos tamoios coloquei os dois peixes, gordos, brilhantes, dentro do buraco, tampando-os cuidadosamente com outras folhas de bananeira e depois com a terra que tinha sido tirada. Tudo acamado, tive de ajudar o outro madrinheiro a acender a fogueira, porque os homens da tropa do Penedo não quiseram saber de novidades: exigiam seu feijão na forma do costume. Mas os índios me disseram que acendesse o fogo por sobre o buraco tampado, para aproveitar o calor. Ergui minha trempe ao lado do da trempe do outro e pus-me a fazer o arroz, enquanto ele preparava um caldeirãozinho mirrado de feijão enfezadinho, só na água, sem nada que aprimorasse o gosto da coisa.

Meu arroz foi um arroz de pequi, com frutos que tirei de minha matula, enrolados em pano alcatroado depois de colhidos ainda em terras de minha região, e cujo perfume cresceu em nossas narinas. Interessante e docemente enjoativo, era capaz de gerar tanta curiosidade sobre o que sairia das frutas que por sorte tive a ideia de dobrar minha quantidade usual ao cozinhar. Na hora do repasto foi impossível manter as duas tropas separadas: o cheiro do pequi dentro do arroz se espalhava pelo ar, e pela primeira vez em minha vida vi homens comendo arroz com feijão, como se tornaria hábito muitos anos depois, marcando essa data e esse lugar como uma primeira vez, entre as tantas primeiras vezes de que me recordo.

Mas não foi apenas essa que marcou Tarumirim em minha memória. Depois da janta, quando os homens se puseram a jogar truco por sobre a carga da tropa do Penedo, entre gritos de "Ladrão!" e "É sete-belo! É flor-de-abóbra!" e o outro madrinheiro e eu cuidávamos de nossos afazeres, o patrão João Pinto Martins se pôs a ouvir as notícias do mundo que Penedo, recém-chegado da Europa, lhe deu, uma após a outra, tomando os dois o café quente e doce que fervia na ciculateira. Penedo era de fala macia e segura, com forte sotaque português, mas a música de sua fala já era uma outra coisa, pois se não lhe ouvíssemos as palavras por certo acharíamos que cantava uma outra canção:

– Tempos novos, amigo, perigosos e cheios de mudanças! Parece que nada do que sempre foi permanecerá sendo por mais tempo... O rei dom José morreu, e a louca da rainha pôs para correr o único homem que podia manter Portugal funcionando.

– O Pombal foi destituído? Não é mais primeiro-ministro? – João Pinto Martins estava boquiaberto. – Mas como não se sabe disso? Também, perdido nessas brenhas... e que mais sabe vosmecê do mundo civilizado?

– O papa, em nome de Santo Ildefonso, ratificou um tratado novo acabando com o de Tordesilhas. As terras dessas colônias que eram dos espanhóis agora são dos portugueses. Ah! E as colônias inglesas da América do Norte mandaram às favas o rei Jorge. Ficaram independentes, acredita nisso?

– Não posso crer! De onde vem isso?

– Pedreiros-livres, meu amigo, vosmecê já tinha ouvido falar deles? Pois são os adoradores do Diabo que colocaram nos colonos do rei Jorge essas ideias. Negando o direito divino dos reis, negam a Deus Nosso Pai. Já imaginou se isso se torna comum? Onde vamos parar? Em um mundo sem reis nem Deus? Pode-se viver em um mundo assim?

Eu, sentindo o divino perfume das traíras, que se evolava por sua cobertura de terra, imaginei um mundo assim, e me comprazi com ele de certa forma. Tinha a impressão de que esse Diabo de que os dois falavam era o próprio ju'ruparí que me fora ensinado temer, mas que no fundo me soava como uma alternativa melhor que as que me ofereciam: diabos por diabos, os portugueses eram bem piores, como eu sabia em minha própria carne. Cavando por sob as cinzas, comecei a abrir o amarrado de folhas de bananeira que tirei do buraco quente com a ajuda dos dois tamoios, e enquanto os dois gordos peixes eram chupados com mugidos e suspiros de prazer por toda a companhia, encostei minha testa na deles, e em língua franca, aquela que a todos os dessas terras uniam, soube as notícias que me certificaram mais e mais da extrema crueldade dos portugueses, demônios colonizadores dessas terras nas quais cevavam suas almas pútridas pelo exercício diuturno da crueldade. Enquanto as companhias jantavam pela segunda vez naquela noite, correndo o risco do empacho ou da indigestão pura e simples, caindo depois derreados por sobre a carga, Mahu'ri e Kauara'hi me contaram, entre tantas outras coisas, tudo sobre o fim de minha raça.

Tinha sido lá, naquele Arraial da Conquista, que tantas sensações de tristeza e mal-estar me trouxera, que meu povo terminara de ser dizimado, sem que deles restasse sequer a lembrança do que tinham sido. O serviço que Sebastião Raposo iniciara no aldeamento de Rio das Contas, do qual eu era a única testemunha viva, fora continuado pelo coronel André da Rocha Pinto em todo o sertão dos Rios das Contas e Brumado, na tentativa de abrir mais espaço aos brancos que ali desejavam viver: mas ninguém, em tempo algum, tivera a pachorra metódica da destruição científica como João Gonçalves da Costa, genro do mestre de campo João da Silva Guimarães, fundador do Arraial da Conquista sobre a lama sangrenta da destruição de meus irmãos. Prendeu, atou, trouxe para o campo à beira do riacho e sistematicamente esventrou cada índio feito prisioneiro, não se interessando sequer pela possibilidade de usá-los como escravos. Seu objetivo era exterminar, suas ordens eram limpar esse sertão de todo e qualquer selvagem, e tinha a proteção d'El-Rey e de Deus para isso. A capela de Nossa Senhora da Vitória havia sido erguida sobre essa mortandade: o sangue Mongoyó regara a terra, preparando-a para a colheita do Mal que ali viria a florescer desse dia em diante, desgraçada colheita que, mais tarde eu soube, se repetia todos os dias em toda parte das colônias.

Ao deitar-me para dormir, ainda sufocado pelo mal de que nossos algozes eram capazes, pensei na vida dos antigos súditos do rei Jorge e da alegria com que agora seriam donos de suas próprias vidas. Já éramos uma terra ocupada antes que os portugueses aqui chegassem; por que deveríamos estar sob o jugo de um rei qualquer, ainda que ele dispusesse de poder para matar-nos a todos? Quem lhe dava o direito de manter-nos sob sua mão de ferro? Antes de adormecer, junto à constatação de que os tais pedreiros-livres deveriam ter valor, já que nem mesmo poderosos reis se mantinham imunes a seu poder, uma certeza se enraizou em minha alma: eu faria o que quer que fosse necessário para livrar-me da pecha de colono, de índio, de escravo. Eu seria livre, custasse o que custasse, e pagaria até mesmo com minha alma, se ela fosse o preço, para ser senhor absoluto de mim.

Há decisões tomadas na infância que definem nossa vida para sempre: essa foi a minha, e dela decorreu grande parte do que fiz desse momento em diante. Continuei vivendo minha vida de madrinheiro, cozinhando para meus pretensos pares, mantendo uma distância segura de seus hábitos e seus pensamentos. O amadurecimento forçado trouxe uma série de certezas, formuladas por meio da observação constante do mundo à minha volta, e eu a cada dia descobria nos que me cercavam menos coisas a imitar e mais hábitos a recusar. Meu mundo, mesmo estando dividido entre momentos de sol em que me sentia feliz e outros em que as nuvens e a chuva me confrangiam a alma, enchendo-a de um terror sem nome, era cada vez mais seguro, mais rígido, mais cheio de isso-sins-isso-nãos, definições, contenção. Eu criava para mim uma verdadeira prisão, onde apenas vicejava a infelicidade dos que se recusam a encarar o mundo com todas as suas facetas: ainda que eu não o soubesse, plantava dentro de mim mesmo as sementes da rigidez de espírito, que seria responsável por diversas de minhas ruínas, nos anos que se seguiram.

Decisões, tristezas, anseios, desesperanças: desses ingredientes era feita minha vidinha. Enquanto ia me enclausurando em mim mesmo, ficando a cada dia mais parecido com os dois tamoios que iam em nossa companhia, mais longe me parecia a possibilidade de ter uma vida que não se limitasse ao corriqueiro, ao comezinho, ao comum. Mas no dia em que finalmente tinha aceitado que minha vida seria apenas uma sucessão de feijões sem outra serventia que me manter vivo para fazer mais um feijão no outro dia, o Criador do Universo me pôs à frente meu primeiro grande banquete, esse de que usufruí o tanto que pude, mesmo sabendo que ainda era pouco. Em um lugar chamado Bicas, em um pouso a uma pedrada do Rio Paraíba do Sul, enxerguei ao fundo do telheiro, sentada sobre uma bruaca branca, iluminada por um fifó de azeite, uma figura que riscava alguma coisa sobre a mesinha de madeira que sempre ia em sua companhia; dentro dela ainda estavam os papéis e o vidro de tinta, os cálamos de taquara nova e as penas de ave que eu nunca tinha visto antes, e que nunca mais vira depois. Meu coração tremeu, de susto, de alegria, e eu larguei tudo o que tinha nas mãos, gritando em língua Mongoyó, como sempre fizera:

– K'araí-de-casca!

O padre Francisco de Aviz ergueu seus olhos para mim, abrindo um sorriso de genuína alegria, e meu mundo nunca mais foi tão perfeito como nesse dia.

Capítulo X

O momento mais belo na vida de uma pessoa é aquele em que ela encontra um mestre, porque estava preparada para isso. Mas reencontrá-lo inesperadamente, depois de tê-lo perdido em circunstâncias violentas, toma ares de milagre, enriquece o coração e coloca todo o Universo no eixo do qual normalmente parece estar escapando. Francisco de Aviz tinha me feito muita falta, nesses momentos de solidão e terror, mas agora estava novamente a meu lado, como se o carro de bois em que havia partido tivesse feito uma longa volta apenas para apontar em minha direção. Eu devia, já nesse momento, ter percebido que, por meio de linguagem arrevezada de simbologia incompreensível, meus sonhos tudo me revelavam, principalmente sobre meu próprio interior.

O que me importava, no entanto, era ter novamente encontrado meu K'araí-de-casca, aquele que me ensinara a ser mais do que estava previsto em meu destino. O rosto, ainda escanhoado com agudeza, estava um tanto mais marcado, depois de quase três anos de separação brusca. Os cabelos cortados curtos, um tanto maiores do que era costume nos padres de sua ordem, mostravam uma infinidade de fios brancos, mais chocantes ainda pelo contraste com o rosto jovem de meu mestre. Face jovem, mas olhos de uma velhice imensa, como se tivessem visto coisas além do comum, além do possível. O abraço que nos uniu serviu para tranquilizar-nos quanto à existência um do outro, mas também para que ele, à socapa, sussurrasse em meu ouvido:

– Não diga que sou padre, pois já não o sou mais. Sou apenas Francisco de Aviz, físico e barbeiro.

Foi assim que, sob a curiosidade de todos, Francisco de Aviz se apresentou à companhia, saudando sem nenhuma empáfia a todos que o cercaram. Disse estar em viagem de estudos para descobrir as possibilidades curativas das plantas do Brasil, e que para isso se juntava às tropas que seguissem na direção que lhe interessava, pagando a proteção que a companhia de outros lhe dava com serviços de medicina e cura, pondo aqui um cataplasma, ali curando um estrepe arruinado, mais além aplicando uma sangria, e garantindo a saúde necessária para que os homens realizassem suas tarefas. Eu rapidamente disse que éramos ambos das margens do Rio de São Francisco, umas boas léguas a oeste de nossa região, para livrar-nos de qualquer ligação com nosso real ponto de origem: e meu mestre fez disso uma verdade absolutamente coerente, tecendo uma história de como tínhamos nos conhecido e de como eu fora seu aprendiz durante o tempo em que estivéramos juntos.

Em uma terra na qual o passado de todos era mais ou menos nebuloso, as declarações de Francisco de Aviz foram suficientes, e João Pinto Martins, o patrão, disse a ele:

– Quando vosmecê se apresentou como físico e sangrador, pensei comigo: por que não levar um homem desses para o lugar aonde vamos? Deve entender tanto da saúde dos homens quanto dos animais, e sempre terá muita utilidade em uma viagem dessas. Por isso lhe pergunto: vosmecê está comprometido com alguém, alguma tropa, que não possa mudar seu rumo e seguir conosco até a Banda Oriental? Seria muito bem-vindo à nossa companhia, ainda mais que nosso madrinheiro o conhece bem.

Meu mestre devia sentir a verruma de meus olhos sobre si, pois era meu desejo mais ardente que ele seguisse conosco. Se eu ainda não fora verdadeiramente seu aprendiz, agora podia sê-lo, e o laço que entre nós havia, em vez de romper-se, se reataria com maior firmeza. Mas para isso era preciso que ele seguisse conosco, e que pudéssemos nós dois estar em franca comunhão, de forma que eu conhecesse o mundo que ele estava capacitado a me mostrar.

Sem sequer virar seus olhos em minha direção, meu mestre disse ao patrão João Pinto Martins:

– Devo dizer ao senhor João que nada me seria mais oportuno: a tropa em cuja companhia cheguei até aqui está retornando para o lugar de onde veio, e a região, suas plantas, suas características, já me são de sobejo conhecidas. Trilhar os caminhos que levam para o sul das colônias tem sido minha intenção desde que aqui cheguei. Se me aceitarem, se me derem um lugar entre vós, serei sempre um eterno devedor dos senhores. E seguiremos juntos até onde o Senhor Rei do Universo nos permitir!

A alegria da tropa, feliz pela adição de tão importante figura a seu número, não se comparava à minha: meu mestre acabava de ser reencontrado e eu o manteria comigo durante longo tempo. Não me recordo de nenhum outro momento em que minha comida me soubesse tão bem, e de cada vez que um prato me agrada ao paladar é dessa noite que me recordo: a tropa reunida como sempre, à luz das fogueiras e fifós, e meu mestre dividindo conosco o arroz de pequi e o café escuro e açucarado.

No dia seguinte continuamos a viagem, e Francisco de Aviz arreou sozinho seu burrico de longas orelhas, carregado dos dois lados com duas bruacas muito grandes, onde levava toda a sua vida. Era estranho, confesso, vê-lo usando roupas comuns em vez da batina de padre com que me acostumara a encontrá-lo. Mas o aviso que ele havia me dado era levado a sério: ele já não tinha nenhum dos atributos externos da religião de Roma. Apresentava-se como físico, médico e sangrador português, sabedor da consideração com que médicos vindos da corte eram recebidos por aqui. Minha curiosidade sobre esta mudança era grande, mas quando tentei puxar o assunto depois da janta, mesmo estando isolados, ele me pediu silêncio discretamente, dizendo:

– Amanhã, quando estivermos na estrada, eu te contarei tudo. Peço paciência; o que me aconteceu nesse tempo em que estivemos separados um do outro não pode ser narrado assim, de repente. É preciso que tenhamos tempo e principalmente privacidade, e esta só o mundo pode nos dar.

Era verdade: na estrada, em plena lida da tropa, cada homem vai, no decorrer do dia, se ensimesmando e passando a viver dentro de si, dando pouquíssima atenção à existência de outros como ele. Os ouvidos como que se fecham para tudo o que não seja natureza, sendo difícil, no fim do dia, retomar o trato com os companheiros, tão pelo avesso quanto nós. Somos, por isso, os tropeiros, gente muito calada. E disso Francisco de Aviz se aproveitou para, assim que a tropa e a boiada descobriram o ritmo daquele dia, automatizando-se nele, começar a me contar o que eu desejava ardentemente saber. Por maior que fosse meu senso do inesperado, nunca poderia imaginar que existissem coisas como as que ele me narrou, em sua voz compassada e tão cheia de assombro quanto meus olhos:

– Tu viste como saímos do aldeamento, juntos mas divididos, com nosso prior a cada instante mais desesperado para que pudéssemos ter entre nós e Sebastião Raposo a maior distância possível. Já estávamos a pelo menos uma légua de lá quando ouvimos tiros, e mais tarde percebemos o clarão do fogo. Com certeza não era boa coisa, e o nervoso de nosso prior nos envenenou a todos. Avançamos pelo Brejo de Cima, até que a madrugada nascente nos viesse a encontrar na beira do Rio Jussiape, onde paramos, esgotados. Por sorte havia farinha de milho em nossa bagagem, e o irmão Perinho pôde nos dar algo para comer, um mingau ralo de fubá e água do rio, que inchou em nossa barriga, dando-nos a sensação de saciedade. Mas a fome não era o pior de nossos problemas: nosso prior decidiu avançar, avançar sempre, costeando o Rio Jussiape até onde fosse possível. Não sei quantas noites depois nos encontramos em um campo úmido a sudeste de onde saímos. No lusco-fusco paramos o carro, extenuados, e acendemos uma fogueira pequena, pois vários de nós temiam que um fogo grande chamasse a atenção de alguém. Os bois foram soltos para descansar, e nós nos enrodilhamos uns nos outros para combater o frio e o sereno que caíam sobre nós. Eu estava quase adormecido quando um urro lancinante nos despertou de nossa madorna: em meio à escuridão que nos cercava não podíamos saber o que ocorrera, mas certamente um de nossos bois teria sido atacado e arrastado, pois durante toda a noite, longa e escura, ouvimos seus mugidos de dor, como se estivesse debaixo de nossos pés.

Francisco de Aviz passou a mão na testa, como querendo apagar da mente alguma imagem, e prosseguiu:

– Pela manhã, quando o céu clareou, vimos que estávamos em um brejo de mata rala, que tinha de um lado um abismo escuro e do outro uma lagoa empapada. A meio caminho, entre nós e a lagoa que brilhava, havia na terra um buraco fundo, no qual o boi tinha caído durante a noite, e em cujo chão de pedra ainda se debatia, mugindo cada vez mais fracamente. Um animal perdido, e sem ele o carro de bois também se perdia, já que não se o podia puxar sem uma junta, pelo menos. O destino se encarregara de encontrar um lugar onde ficássemos, já que daí não poderíamos sair senão a pé. As nuvens escuras e muito baixas carregavam o ar à nossa volta de mais tensão ainda, e os gritos e ordens sem sentido dados por nosso prior nos levavam a um nível de excitação nervosa sem medida. Dom Felipe era realmente um fraco; se em condições razoavelmente normais tinha grande dificuldade em manter seu prumo, em uma situação como essa em que estávamos isso se tornava impossível, e nosso grupo se ressentia disso cada vez mais. O padre

Nuno, com seu olhar esgazeado e delirante, começava a tomar o comando de nossas vidas, e nesse momento, entre gritos de desepero e mugidos de dor do boi moribundo, no fundo do buraco, começava a gritar sandices sem tamanho sobre Deus e destino, sobre infernos e castigos, sobre aquilo que chamava de "a nossa missão". Os urros do boi eram terríveis, e decidimo-nos por descer até o fundo do buraco para acabar com seu sofrimento. Uma corda grossa foi trançada com as cordas que estavam no carro, e eu fui um dos primeiros a chegar ao fundo, pisando em um chão de calcário com toda a aparência de pouca resistência. O cheiro de umidade era fortíssimo, e depois que nos acostumamos com a escuridão além do ponto que o grande buraco iluminava, pudemos sentir mais que ver que estávamos em uma grande caverna.

Meu mestre me olhou com seus olhos muito claros, onde bailava um assombro sem igual:

– Não fazes ideia, nem eu mesmo faço, do tamanho dessa caverna. A imensidão do espaço criado dentro da terra, recheado de colunas, degraus, mesas, grandes esculturas como que feitas por algum artista enlouquecido, é muitas vezes maior do que eu mesmo possa contar. Só te digo que, depois que encontramos uma outra saída mais a oeste, a poucas braças do lugar pelo qual havíamos descido, em um buraco inclinado cercado por mangabeiras no fundo do abismo que havíamos visto, que poderíamos ali viver para sempre sem necessidade de nos encontrarmos uns com os outros mais que o necessário. Os archotes primitivos que foram feitos com as cordas iluminavam aquele lugar de ar viciado, e o peso da montanha sob a qual estávamos oprimia nosso coração cada vez mais. E assim ficamos, entre alternativas de cinza durante o dia e breu durante a noite, e quando chovia as paredes que já pingavam sem parar se tornavam mais e mais úmidas. O boi que caíra pelo buraco logo morreu, e sua carne foi nosso passadio por alguns dias, até que se tornasse podre e cheia de vermes. E enquanto isso acontecia, os delírios do irmão Nuno aumentavam gradativamente, chegando ao paroxismo em uma noite de trovões e relâmpagos, em que começou a gritar que tudo era um sinal para que nos embrenhássemos cada vez mais pela montanha adentro, que aquela caverna era apenas o início do caminho para uma Goldeneh Meddinah de riquezas sem fim. Uma loucura infinita a do pobre Nuno; mas, não havendo nenhuma voz exceto a minha e a de Perinho para opor-se à dele, todos os outros pobres imbecis se deixaram levar por seus delírios, até mesmo nosso pobre prior, amedrontado e fraco. Nossas pobres e pequenas posses, inclusive os inúmeros livros que havíamos conseguido salvar da sanha de Sebastião Raposo, foram embaladas em grandes fardos atados com pedaços de nossos buréis, e colocados às costas de todos, para que os levássemos em direção ao fundo da terra, em uma loucura coletiva sem outra explicação que os maus-tratos pelos quais vínhamos passando. O irmão Nuno vociferava, cada vez mais vermelho, exortando nossos pobres irmãos ao caminho que se entranhava cada vez mais para dentro da terra, e em um rompante começamos a nos enfiar mais e mais para dentro da escuridão opressiva.

Francisco de Aviz falava como se estivesse sufocado, e eu quase podia sentir o peso da escuridão e o ar viciado da caverna escura, enquanto nossas montarias lideravam a tropa pelas serras em direção ao Porto da Estrela. Mas, por mais impressionante que fosse sua narrativa até esse momento, nada me preparara para os portentos e maravilhas que ele me narraria em sequência, marcando para sempre minha vida com a magia do tempo e dos lugares em que estávamos vivendo:

— Devíamos ser uma visão impressionante, aquela enorme fila de homens de burel carregando tudo o que possuíamos nas costas, embrenhando-se cada vez mais no interior da caverna, como uma procissão sem devoção a outra coisa que não a loucura. O peso do mundo e das pedras por sobre nossas cabeças aumentava cada vez mais, o ar que respirávamos era ao mesmo tempo quente e gelado, como um bafio de morte a nos envolver. A escuridão que aumentava gradativamente começava a ser impossível de vencer com nossos pobres archotes feitos de cordas de cânhamo, e a cada momento a luz deles diminuía mais um pouco, até que estivéssemos tateando em uma loucura incontrolável que se materializasse em escuridão e terror.

Juro que me foi impossível continuar; quando nos sentamos para descansar, depois de não sei quantas horas de caminhada sem sentido por dentro de salas e mais salas de uma caverna sem fim, eu pensava se conseguiria continuar com meus companheiros nesse caminho sem destino. Em voz baixa comuniquei minha decisão ao irmão Perinho, que suava incontrolavelmente, fazendo com que seu burel parecesse ter sido empapado de água. A nosso lado uma poça de água bruxuleava à luz baça de meu archote, e me curvei sobre ela para beber, estranhando o cheiro de calcário que dela emanava, mas ao fazê-lo ouvi por trás de mim uma voz sussurrada: "Volta sobre teus passos". Pensei que fosse Perinho, mas ele estava a alguma distância de mim. Tive certeza de estar perdendo a razão, e de que minha cabeça enfraquecia como a de todos os outros, pois cada um de nós, envolvido na loucura dessa fuga pela sobrevivência, deixava aflorar aquilo que de pior tinha. Mesmo assim, tive uma certeza: não prosseguir era a única opção possível. Por pior que o mundo exterior fosse, ainda era o lugar natural para os seres humanos, e aquilo que eu pensava fazer era exatamente o que minha provável loucura me dizia, mas dela eu não podia escapar.

Perinho e eu, sem dar sinal disso a ninguém, fomos ralentando nossos passos, ficando para trás, cada vez mais para trás, até que o brilho fraco dos archotes e o som da voz enlouquecida do irmão Nuno tivessem desaparecido na escuridão à nossa frente. Nosso pequeno archote não servia de muito, e de cada vez que uma poça d'água brilhava na escuridão era como uma bênção: acabamos por parar e sentarmo-nos por sobre nossa carga, enquanto os sons tênues de nossa companhia desapareciam completamente. A opressão do lugar crescia assustadoramente, e depois de um tempo nos erguemos e voltamos por onde havíamos caminhado nas últimas horas, que a nós pareceram uma eternidade. Mas depois de um certo tempo começamos a ficar assustados: o grande buraco pelo qual o boi caíra, e pelo qual a luz do dia entrava, marcando o início da caverna, não estava à vista de maneira alguma. Opressão física, escuridão, a sensação real de que o ar nos começava a faltar fizeram com que parássemos de caminhar, extenuados. Em dado momento, sem perceber, nos perdemos um do outro, e não me restava força nem mesmo para desesperar-me. Movido pelo medo, pela fome, pelo cansaço, adormeci.

Francisco de Aviz me olhou com seus olhos claros, profundamente, como se pesasse a oportunidade de continuar a me contar o que lhe acontecera. Depois de uma pausa muito longa, sem tirar os olhos de mim, disse:

— O sono que me acometeu foi estranho, mas não menos estranho que o sonho que se seguiu. Recordo-me vivamente do lugar onde se passou: era uma planície de ladrilhos pretos e brancos, cujo horizonte se perdia no infinito, e o céu que a cobria era ao mesmo tempo diurno e noturno, pois se de um lado dele o sol brilhava inclemente e sem nuvem sequer que o cobrisse, na outra extermidade a lua e as estrelas se mostravam em toda a sua glória e esplendor. Mas isso não era tudo: um pouco mais à frente do lugar onde eu estava de pé, com o vento soprando meu hábito, enredando-o em minhas pernas, eu pude ver três colunas altíssimas, cada uma com um capitel diferente, erguendo-se muitas braças acima de minha cabeça. As três estavam dispostas em triângulo sobre o chão quadriculado, e no espaço ideal que elas delimitavam estava um altar de pedra, a partir do qual se erguia uma escada muito estreita e quase perfeitamente perpendicular. Aproximei-me dela sem sentir que me movia, e pude perceber que em seus degraus estavam algumas coisas que na hora não soube definir o que fossem, mas que logo depois, uma após a outra, se fizeram claras a meus olhos.

A primeira delas era uma cruz como aquela em que os romanos crucificaram Jesus; vários degraus acima estava uma âncora de metal esverdeado, e outros tantos acima dela eu podia ver uma taça de metal dourado que uma mão inefável tentava alcançar. Ergui meus olhos para o alto; lá onde os degraus da escada se perdiam, estava uma estrela de brilho insuportável. Sua luz me fez cerrar os olhos, e quando os abri achei que ainda estivesse sonhando, mas o cheiro de calcário e a luz difusa que me cercavam me deram a certeza de estar acordado.

Eu estava deitado em uma sala de pedra, inclinada para minha frente, e meus olhos estavam em uma meia-parede atrás da qual percebia um brilho azul muito diferente de tudo o que já tivera visto até esse dia. Um homem me amparava a cabeça, refrescando minha testa apenas com seu toque suave: era de tez amorenada, com longas barbas grisalhas e um olhar calmo e sério. Quando o olhei, assustado, ele sorriu, e eu imediatamente me tranquilizei. Ergui-me e avancei para a beira do abismo, pois um abismo era, e a maravilha que pude ver deixou-me mudo pela simples existência da beleza que a meus olhos se descortinava: uma enorme caverna de altura e profundidade incomensuráveis, divididas ao meio por um tom de azul inacreditável, que não consegui perceber o que era, até que um raio de sol, vindo do alto à minha esquerda, resvalou por essa superfície, traçando nela um imenso arco-íris, mostrando-me que o azul que eu olhava era nada mais que um imenso e transparente lago. Que estávamos dentro da terra, isso eu podia sentir, pois o peso do mundo sobre minha cabeça era indiscutível: mas a paz e tranquilidade eram muito diversas da tensão e opressão que sentira quando junto de meus irmãos na caverna onde estivera.

Não resisti, e perguntei-lhe:

– Mas, Karaí-de-casca, esse lugar existe?

Francisco de Aviz pôs-me a mão no ombro, por sobre o espaço que separava nossas duas montarias, e sorriu:

– Era um outro lugar, uma caverna a léguas daquela onde eu adormecera: chamam-na de Poço Encantado. E só quando a visitei fisicamente foi que me recordei de tê-la visto em meu sonho.

As nuvens andavam rápidas pelo céu, enquanto descíamos a serra. Meu mestre olhou longamente para o infinito e, sem voltar seus olhos para mim, falou:

— O homem falou coisas muito estranhas, que mesmo no sonho pareciam deslocadas: informou-me ser o responsável pela missão que devo cumprir, dizendo também que deveria auxiliá-lo para essa tarefa que ressurgiria em meu caminho quando eu menos o esperasse. Cuidei o tempo todo que fosse o irmão Perinho, mas foi a ti que encontrei. Não estou preocupado, no entanto: sei de alguma maneira que ele está vivo, e que o dia de nosso reencontro é garantido.

A alegria de Francisco de Aviz era genuína; e eu também me sentia renascido ao reencontrá-lo. A história de seu sonho com o misterioso homem, que mais tarde também vim a encontrar em meus sonhos, foi e é até hoje um mistério sem solução: mas saber que tanto meu mestre quanto eu mesmo havíamos sido poupados de um destino inglório e final para cumprir um papel importante em uma missão da qual eu nada conhecia me dava uma importância que eu não sabia ter, mas pretendia merecer assim que me fosse possível.

— Quando saí da caverna, subindo um caminho cercado de mangabeiras que me pareceu sem fim, encontrei uma tropa de vaqueanos, e com uma medalha de ouro que me restara pendurada ao pescoço comprei esse animal que aqui vês, e mais bagagens e ferramentas, acompanhando-os para sair dali. Essa foi a tropa com a qual atravessei pela primeira vez as colônias em meu novo papel de médico. Venho vivendo dessa maneira desde então, esperando que surja o momento em que tenha início o que me foi dado como minha missão. Conto contigo para isso; afinal, tu és o auxiliar que ele me prometeu reencontrar, e estou muito feliz por ter podido mais uma vez estar contigo.

— Mas Karaí-de-casca sempre me disse que os sonhos não são verdadeiros... por que quer que eu acredite neste?

Francisco de Aviz me pôs a mão no ombro, unindo-nos por sobre nossas montarias:

— Porque é belo demais para não ser verdade; de que maneira eu saberia da existência do Poço Encantado se não houvesse nesse sonho alguma realidade que ainda não consigo enxergar totalmente?

Fiquei profundamente emocionado com as palavras de meu mestre Francisco de Aviz; essa verdade que tanto eu quanto ele apenas intuíamos enchia meu coração de prazer incomensurável. Meu mestre sentiu minha emoção, e desejando deixar-me à vontade, perguntou-me:

— Mas e tu? Conta-me o que te aconteceu desde o último dia em que nos vimos, ainda no aldeamento.

Foi como se um dique se tivesse rompido: de minha boca saíram aos borbotões todas as histórias e sensações e fatos que eu vivera e vira desde que os prebostes ensandecidos de Manoel Maurício haviam destroçado meus irmãos Mongoyós no aldeamento de Rio de Contas: a subida da serra, meu encontro com os homens de Jeremoabo das Almas, minha vida como madrinheiro depois da morte de Filó, minha fuga amedrontada na calada da noite, meu salvamento pelas mãos de João Pinto Martins, a vida pelos roteiros de que os tropeiros como eu faziam uso. De tudo o que narrei, no entanto, o que mais interessou a meu mestre foram as narrativas sobre meu poder de não conseguir ver aquele que estava por findar-se, e que me permitia perceber com antecedência os que iam morrer. Eu falei disso a ele esperando que de alguma maneira ele me livrasse desse mal, acreditando piamente que como físico ele tivesse poder suficiente para tal. Mas minha visão do problema era muito diversa da visão que meu mestre tinha dele: ele ficou extremamente curioso sobre as formas como meu dom se expressava, e me crivou de perguntas relativas ao assunto:

— Como que então tu começaste a ver, ou melhor, a não ver quem está por morrer, depois do encontro com a cigana? Nunca antes?

Contei-lhe minha experiência quando de minha queda da cachoeira, em cuja convalescença ele me acompanhara, confirmando que enquanto a cigana não passara por minha vida o dom de perceber a morte não fora meu natural. Francisco de Aviz anotava tudo em sua pequena lousa de viagens, e tornou a perguntar-me:

— Estás dizendo que de cada vez que alguém vai morrer e que dele assistes o passamento, vês suas almas erguendo-se por sobre ele?

— Não, meu mestre: por estranho que possa parecer, as únicas almas que vi fazerem isso foram as dos meus irmãos Mongoyós. Os outros cuja morte assisti apenas deixaram de viver, sem que nada mais acontecesse. O que quer dizer isso? Talvez que apenas os Mongoyós têm alma?

Meu mestre cogitou sobre isso alguns instantes, e logo disse:

— Pode ser como pode não ser; mas também pode ser que cada um de nós morra exatamente como acredita que deve morrer, e esteja depois da morte exatamente como ainda em vida acredita que estará. Nunca pensaste nisso? Cada um de nós pode ter dentro de si, construída a partir de sua vida e suas crenças, a maneira como sua morte e sua vida após a morte se darão. Somos aquilo em que acreditamos, talvez... mas, responde: como te sentes tendo essa estranha capacidade?

— Quero arrumar uma maneira de me livrar disso, Karaí-de-casca...

— Não digas isso! Se o Senhor Rei do Universo te dotou com esse dom, pelas mãos de quem quer que seja, é porque alguma coisa deves fazer com ele! Aprende a não rejeitar o que te é dado pela vida, mesmo que a princípio isso te pareça mau; há de chegar o momento em que finalmente compreenderás o porquê de o teres recebido, e estarás pronto para usá-lo exatamente como deve ser usado.

Cruzávamos um longo campo aberto, inteiramente coberto de pés de mamona, enquanto nos aproximávamos do Paraíba do Sul. Do outro lado ficava a vila de Bemposta, assim nomeada pelo capitão Tira-Morros, filho de Francisco Teixeira, que nascera em Portugal em uma vila do mesmo nome. Era nossa última parada antes de, subindo a Serra dos Órgãos, trilhar o Caminho Novo em descida ao Porto da Estrela. A tropa teria de descansar bastante, pois eram dias e dias de subidas íngremes e descidas perigosas, para as quais toda a nossa atenção seria pouca, não fosse algum dos animais rolar pelos despenhadeiros abaixo, arrastando consigo toda a carga. Havia um caminho de pedras arredondadas mais abaixo, pelo qual se podia atravessar o Paraíba do Sul, agora engrossado pelas águas do Paraibuna e do Piabanha, e foi com extremo cuidado que cruzamos a torrente; o lusco-fusco em nada nos ajudava, e principalmente dentro de mim era mais terrível, já que meus temores sem sentido se desenvolviam com muito mais vigor quando havia razões para isso. Nunca temi tanto uma travessia, e, se não fosse a presença reasseguradora de Francisco de Aviz, creio que teria empacado como a mais teimosa das mulas, deitando raízes ao solo enquanto o sol do Senhor não viesse a iluminar o caminho em toda a sua glória.

O que nos ajudou foi uma infinidade de pequenas luzes amareladas, bastante firmes, que podíamos ver do outro lado do rio: em lá chegando percebemos que eram muitos fifós de azeite, brilhando um ao lado do outro, transformando o pouso onde finalmente arrancharíamos em um simulacro do céu com todas as suas estrelas. Nunca havíamos visto semelhante desperdício de azeite, mas tudo se esclareceu quando nos disseram que era óleo de mamona, de que a região era riquíssima, como nós mesmos pudéramos ver. Era maravilhoso perceber que a riqueza da natureza das colônias onde vivíamos superava em muito as mais enlouquecidas possibilidades, os mais ensandecidos sonhos, os mais fulgurantes delírios de quem quer que pensasse sobre o Brasil: já se iniciava nesse lugar a extração organizada desse óleo tão rico e tão fino, e algum homem mais esclarecido pensara que algum dia a mamona selvagem, mesmo sendo tão profícua, por certo se esgotaria, decidindo-se portanto a organizar o plantio da mesma, ampliando em muito a produção natural do lugar. Tudo era só mamona, contudo. Nada mais havia que não o fosse, nesse vício de que o Brasil sempre é tão fértil: a exploração desmedida e exclusiva de tudo o que representasse riqueza imediata, até que isso se acabasse e não lhes restasse outro meio de subsistência, ficando todos imersos em desespero silencioso até que outra maneira solitária de explorar a terra surgisse. Assim tinha sido com o ouro, e ainda era; assim tinha sido com as pedras brilhantes, e ainda era; assim se fazia com a mandioca, o sal, as pimentas, as bananas, as pessoas. A metrópole, como Portugal preferia ser chamado, tinha em nós o saco sem fundo de onde sugava até a última gota tudo aquilo de que necessitasse. E eu pensava: quando estivéssemos secos, que seria de nós?

A preparação de nossa refeição foi como sempre, com exceção da conversa que, depois de desarreados os animais, a companhia teve. Francisco de Aviz, com o ar interessado de que eu me lembrava tão bem, ouvia com extrema atenção tudo aquilo que meus companheiros de tropa diziam: causos de viagens, lembranças de outras passagens por aquele pouso, histórias de mazelas próprias e alheias, pois saber que meu mestre era físico medicinal e curativo trazia à tona a questão da saúde e da doença, de que nossa terra era sempre tão pródiga. Pródiga e equilibrada, pois de ponta a ponta de nosso extenso território as mazelas e as curas se repetiam, já que a natureza sempre tinha ao lado da doença a planta que servia para curá-la. Francisco de Aviz logo puxou sua mesa de escrita e começou a anotar os detalhes do que lhe era dito. Enquanto isso, eu realizava minhas tarefas de sempre, mas dessa vez com alegria renovada, pois podia perceber que o olhar de meu mestre estava sempre voltado para mim, observando com satisfação o traquejo com que eu as executava.

Arroz feito e comido, cada um foi cuidar de suas coisas. Lorenzo e o cearense se pondo a jogar mais uma de suas intermináveis partidas de truco, enquanto eu, aproveitando a necessidade que tinha de colocar meus pensamentos no lugar, permaneci acocorado à beira do fogo, observando o movimento do feijão da manhã seguinte, sendo cozido em meu caldeirãozinho de ferro. No extremo mais escuro do galpão coberto de palha em que estávamos, os dois tamoios mantinham suas cabeças unidas pela testa, conversando em silêncio, como eu tantas vezes os vira fazer. Tudo estava como sempre: mas a paz que eu degustava nesse momento repentinamente se tornou outra coisa, quando meu mestre se aproximou de mim e disse:

– Muito bem, Pedro, onde estão os livros que guardaste?

Os livros! Nada alguma vez se apagara de minha mente de maneira tão completa. Eu me ergui assustado, e mais assustado ainda fiquei quando Francisco de Aviz me disse:

– Espero que tenhas cuidado bem deles. São a tua e a minha salvação.

Meu coração como que parou: a frase exata que o Francisco de Aviz de meus sonhos gritava a distância! Além de meu dom amaldiçoado, eu ainda teria de arcar com sonhos que revelavam o futuro? O fato como que me paralisou, e meu mestre franziu o sobrecenho, preocupado:

– Tu os perdeste, meu filho? É isso o que te faz ficar assim tão lívido? – passou-me gentilmente o braço pelo sombros, estreitando-me contra seu peito. – Não te apoquentes; se o destino quis que eles se perdessem, temos de aceitar com filosofia e tranquilidade. Nada ocorre que não seja com um objetivo, muitas vezes incompreensível para nosso pobre intelecto humano. Se se perderam, que assim seja: salvar-nos-emos de outra forma.

Eu, de um salto, avancei para minha bruaca e de seu fundo, ainda enrolados no mesmo pano marrom desgastado pelo uso que eu encontrara à beira do massacre de meu povo, trazendo em si os fedores de fumaça e sangue que nunca mais sairia de minhas narinas, extraí os três livros que me haviam sido dados, exibindo-os a meu mestre como quem exibe um tesouro. As lágrimas que subiram aos olhos de Francisco de Aviz refletiam certamente as minhas, pelo alívio de ter salvado o que parecia ser a coisa mais importante do Universo. Meu mestre pegou os três livros ungidamente, empilhando-os com cuidado um sobre o outro, começando a folhear o primeiro, que tinha uma capa de couro negro com folhas de papel grosso, cobertas com o que pareciam ser letras garatujadas com certa pressa em tinta e cor indefinida. A folha de rosto estava escrita em latim e português, e era a coleção de anotações médicas e farmacêuticas de um certo "dr. Manuel Monforte, de Castelo Branco em Portugal à cidade da Bahia no Brasil" com a data de 1712 ao pé da página.

– Eis o insumo que tanto me faltava! – disse meu mestre, passando as mãos suavemente sobre as páginas quebradiças e amareladas. – Esse grande mestre da cura deixou-nos aos jesuítas todas as suas anotacões, que começou a coletar desde 1698, quando chegou ao Brasil. É tentando completar sua obra que me pus a viajar pelas colônias, anotando e experimentando a flora e também a fauna, para descobrir as meizinhas que curem todas as doenças de que essa terra é tão fértil.

O carinho com que meu mestre passava suas mãos por sobre as folhas do manuscrito encadernado me causava espécie, e eu lhe perguntei:
– Mas com isso tudo se cura, Karaí-de-casca?
Francisco de Aviz folheou o livro, com alegria:
– Ainda não, mas dia virá que tudo curaremos com a sabedoria da Natureza. O que o doutor Monforte faz aqui é ajuntar doenças com as plantas que as curam, e que sempre estão mais perto do que se pensa quando se precisa salvar uma vida.

Um aperto me tomou o coração, e foi com voz embargada que perguntei:
– Até mesmo as mordidas de cobra?
– Sem dúvida, meu filho – respondeu Francisco de Aviz, folheando as páginas amareladas, até se fixar em uma delas. – Veja por exemplo essa, para mordidas de cobra.

Meu coração deu um salto: a imagem de uma cobra toscamente desenhada, atirando-se em direção às patas de um cavalo, me recordou a morte de Filó, e meu peito se confrangeu mais ainda com a frase seguinte de meu mestre:
– Vês a planta em que a serpente fixa seu rabo, para atirar-se sobre a presa? É a planta que serve para curar o envenenamento causado por sua mordida. De maneira geral as serpentes do Brasil se enroscam ou ficam próximas exatamente à planta que é o antídoto para seu veneno.

O remorso me tomou por completo; se eu soubesse disso, poderia ter salvado a vida de Filó. O próprio Mané Lope me alertara para essa possibilidade, mas eu sequer pensara que em minha bagagem havia um livro que poderia conter em si o conhecimento da saúde e da doença, e desse modo permitira que a morte levasse mais um de meus semelhantes, sem tentar salvá-lo, permanecendo por três dias a me condoer de sua condição, e nada mais.

– O doutor Manuel fez a lista das doenças e das plantas que as curam, e também dos venenos que se tornam remédios quando usados com sabedoria – Francisco de Aviz folheava enlevadamente o pequeno volume. – Ele se apoiou no conhecimento que outros estudiosos das plantas do sertão acumularam, mas ninguém como ele tinha até hoje conseguido juntar em uma só obra tanta informação importante. Com isso eu poderei trabalhar muito melhor.

Ouvindo isso, folheei o segundo livro, um volume também pequeno mas bastante alentado, com o frontispício em francês antigo: pelo que pude notar era uma encadernação especial, na qual se haviam juntado dois volumes em um só. O couro do qual era feita a capa, sem nenhuma palavra que o identificasse, estava razoavelmente engordurado, provando que vinha sendo usado com razoável constância em serviços de cozinha. Impressos no papel bastante grosso e amarelado eu li:

"*Les Dons de Comus, ou l'Art de lá Cuisine, reduit e pratique, nouvelle édition revue, corrigée et augmentée par l'auteur. Tome Premier. A Paris chez lá Veuve Pissot, Quai de Conti, à lá Croix d'Or, à lá descente du Pont-Neuf, au coin de lá rue de Nevers – MDCCL – avec approbation et Privilége du Roi*"

Folheei mais, e lá pelo meio do volume estava o mesmo frontispício, com uma única diferença, que era a expressão *Tome Second*: dois livros reunidos em um só, sendo ambos um só livro. A face rubicunda de frei Perinho me veio à mente, e eu senti dele uma imensa e pungente saudade, envolvida pela lembrança dos cheiros e sabores que ele conseguia criar em sua reles cozinha na aldeia onde vivêramos.

Olhei para Francisco de Aviz, e seus olhos marejados me deram a certeza de que sentia a mesma saudade que eu, até que percebi que ele folheava o terceiro livro, fino e um tanto mais longo que os outros, estranhamente virado ao contrário, começando por onde todos os livros terminam. Debrucei-me sobre ele sem perceber nada do que ali estava impresso: eram letras e sinais estranhíssimos, que se espalhavam pelo papel como pequenas línguas de fogo negro. Em todas as páginas havia no centro um trecho escrito em negrito, onde os sinais eram maiores que no resto do espaço, e em volta desse trecho se desenvolviam vários outros em corpo menor e escrita mais fluente. Eu nada compreendia do que ali estava, até que ouvi o suave murmúrio que saía dos lábios de Francisco de Aviz, reconhecendo com surpresa a língua líquida e musical que os padres da aldeia, muito raramente, falavam entre si, e da qual eu não esquecera, ainda que seu significado me escapasse:

– *Baruch ata Adonai mélech haolam, asher kideshánu bemitsvotáv, vetsivánu laasóc bedivrê Torah!*

Só muitos anos mais tarde, quando Francisco de Aviz me contou as origens de sua família e os motivos que o haviam levado à Ordem de Santo Inácio, é que entendi ser aquela a língua sagrada dos hebreus, preservada na privacidade de cada alma, mesmo que na aparência se mantivesse a adoração ao deus da Igreja de Roma. Ele folheou o livrinho com imensa unção, dizendo-me:

– Esse é o *Moreh Hanevuchim*, o Guia dos Perplexos, de Maimônides: entre Moisés e Moisés, esse foi o maior de todos os Moisés, e essa obra que tenho em mãos é rara, porque ele a escreveu em árabe, recusando-se sempre a traduzi-la. Essa deve ser a tradução feita por seu discípulo mais querido, Yussef ibn Yehuda ibn Aknin, desobedecendo às suas ordens mais estritas, em nome da defesa do conhecimento e da sabedoria.

Francisco de Aviz segurou os três volumes em suas mãos, trêmulo de emoção, e olhando-me nos olhos, disse:

– Qual deles desejas para ti, Karaí-pequeno? O que cura os males do corpo, o que alimenta o corpo e a alma, ou o que cura os males da alma?

Não hesitei nem um instante, e avancei minhas mãos para o segundo livro, escolhendo ali conscientemente meu caminho, que não por acaso era o mesmo em que o destino me havia posto e que eu aceitara como sendo a trilha de minha missão. A imagem de minha mãe me levando aos lábios o mingau da convalescença, ainda na taba dos Mongoyós, ensinava nesse momento o papel que me cabia no mundo em que estava: eu devia alimentar, deixando a cura tanto dos corpos quanto das almas para quem se dispusesse a isso, já que eu não me sentia disposto a nenhuma das duas. Além do mais, o volume sobre a cozinha e as comidas que nela eu prepararia me encantava profundamente, despertando minha curiosidade e me fazendo sentir o sabor dos pratos que nele vinham descritos com detalhamento quase desenhado. Francisco de Aviz, notando meu apetite pelo volume, entregou-o em minhas mãos, dizendo:

– Toma, é teu; faz bom proveito.

Foi o que fiz; no longo e lento caminho até a posse de nosso patrão João Pinto Martins, à beira do Rio Pelotas, onde ele criou a primeira charqueada que a colônia teve, ensinando os brasileiros não apenas a comer carne bovina, que era rara e sensaborona, mas principalmente o sal, propriedade do rei de Portugal, ingrediente necessário para que todos os portugueses, até mesmo o rei, se satisfizessem com determinados produtos que sem o sal não se poderia preservar, eu li sem cessar, desenferrujando meu parco francês, contando com a ajuda daquele que me ensinara a língua, a quem eu recorria cada vez menos, enquanto o livro se tornava o mais familiar dos territórios.

Passando ao largo do Porto da Estrela, descemos pela velha Estrada do Ouro em direção ao sul do Brasil, e eu, enquanto não estava ao lado de meu amigo Francisco de Aviz, me escanchava na sela dura de minha mula madrinha e lia com vagar e interesse o *Don des Comus*, que a cada instante me mostrava mais e mais universos de sabor e beleza. Uma questão que não me saía da cabeça era a dos ingredientes: estando eu do outro lado do mundo, sem disponibilidade de tudo que havia em Europa, como poderia realizar os pratos ali descritos? Fiquei durante dias pensando nisto: não havendo fornecimento de materiais, a não ser para os poderosos que habitavam a sede do vice-reinado, e que recebiam comezainas e acepipes pelos navios que vinham do Porto em datas marcadas, como cozinhar aqui na colônia os pratos franceses que a cada instante se tornavam mais e mais concretos em minha mente, permitindo-me até mesmo lhes sentir o perfume e o sabor?

Isso me ocupou a cabeça durante dias, até me recordar do irmão Perinho, tentando substituir o trigo pelo milho, e também comparando os bichos-de-taquara aos camarões e pitus. De certa forma isso me deu a ideia de que aqui na colônia poderíamos substituir ingredientes desconhecidos ou inalcançáveis por coisas da terra, que dessem no final um resultado idêntico ou pelo menos muito parecido ao dos ingredientes originais. Alguma semelhança deveria haver entre as coisas de que se dispunha de cada lado do grande mar, porque em toda parte se cozinhava e comia, havendo também em toda parte a necessidade de criar novos pratos e aproximarmo-nos da perfeição.

Eu sabia, por ler no livro, que na Europa se comiam cogumelos, e que eles lá existiam em imensa quantidade, com todos os formatos, tamanhos e sabores. Aqui no Brasil não eram muitos, mas com certeza, como na Europa, havia os que fossem venenosos e os que fossem comestíveis. A observação dos animais na lida com os cogumelos me mostrava que quanto mais belos e coloridos fossem, mais venenosos e mortais seriam: macacos, por exemplo, que comem de tudo, nunca chegavam perto de nenhum cogumelo que não fosse feio, descorado e com cor de terra, e, como eu já sabia que aquilo que o macaco come, o homem também pode comer, até me arrisquei uma ou duas vezes com cogumelos caetetuba, que sapequei sobre as brasas da figueira e mordi, primeiro a medo, depois com confiança e apetite, até perceber serem uma carne vegetal de excelente sabor e deliciosa textura.

Foi assim que, nas bordas do livro com que Francisco de Aviz me presenteara, com uma ponta de lápis de pedra que ele pescou em sua bolsa, comecei a anotar com vagar e cuidado as substituições possíveis, algumas das quais experimentei pessoalmente, deixando para o futuro algumas outras que meu discernimento dizia serem viáveis. Durante a longa viagem até o Rio Pelotas eu me dediquei a essa forma de pesquisa puramente mental, estabelecendo possibilidades, baseado em nada que não fosse meu bom senso; mas não tive nenhuma coragem de impor a meus companheiros de viagem o resultado de minhas pesquisas, para não ser mal-entendido. Mantive essa linha de pensamento rigorosamente dentro de mim, até que ela pudesse encontrar um reflexo real em alguém que, como eu, tivesse pela cozinha e os alimentos essa fascinação que já me tomava completamente.

Cozinha e mulheres: minha mente jovem balançava entre esses dois prazeres, alimentando-os um ao outro de forma cada vez mais intensa, e não foram poucas as vezes que, chegando a determinada localidade onde houvesse mulheres disponíveis, eu as tivesse antes encantado pela boca e estômago, cozinhando para que elas comessem antes de me deitar com elas, na reconquista do prazer que a primeira dentre todas me havia dado. Esse era o parâmetro pelo qual eu analisava cada momento carnal, organizando-os em uma hierarquia poderosa de momentos melhores e piores que aquele primeiro instante de prazer e volúpia. Com a cozinha não era diferente: eu já sabia que em mim ia se formando um repertório de sabores que me auxiliava a reconhecer os melhores e os piores, mas todos eles se equilibravam em volta de meu primeiro alimento verdadeiro, o mingau que minha mãe me havia feito provar e que por isso se tornara inesquecível. Da primeira comida e da primeira fêmea a gente nunca se esquece, mas é a última entre elas que marca o contato com essa perfeição mítica que todos buscamos.

Nos dias que marcavam cada mês de viagem, nosso patrão permitia que um garrotezinho fosse sacrificado para ampliar nosso passadio, e cada um dos camaradas fazia aquilo que sabia melhor com a carne que lhe cabia: o gaúcho buscava com sua faca extrair da carcaça a paleta costilhada, que tanto lhe agradava, deixando-a a noite inteira sobre o calor das brasas de um fogo de chão, até que a carne se soltasse dos ossos, desmanchando-se depois entre seus dentes. O cearense, assim como o patrão, preferia tratá-la à moda de sua terra antes que a arte do charqueamento lá chegasse: separava grandes mantas da carne e, colocando-a entre dois baixeiros do lombo das mulas que eram nossa tropa, lá as deixavam por dias e dias, até que se salgassem e cozessem no calor e suor dos animais. Os tamoios, silenciosos como sempre, apenas provavam de ambas as carnes, mas acostumados às caças de seus matos, logo as abandonavam, achando-as fortes demais.

Eu tentava de tudo, assando, cozendo e até fritando a carne na sua própria gordura, mantendo-a depois de fria dentro da mesma para que se conservasse, como vira um fazendeiro fazer com a carne de um porco que comêramos: de cada vez que tinha vontade, pegava um naco dessa carne e a refritava para servir aos camaradas, ou então a cozinhava dentro do feijão e do arroz. Várias mantas longas eu também enrolei e, temperando-as com cebolas e alhos selvagens, atando-as depois com embiras, tanto as assei sobre as brasas quanto as cozinhei em seu próprio caldo, alcançando resultados excelentes de ambas as maneiras. Em um certo ponto da viagem comecei a crer naquilo que o gaúcho me dizia:

– Tenés mano buenacha para las cosas de comer, cuéra! Se algum dia abandonares a vida da tropa, que abras una casa de pasto na primeira cidade movimentada que te aparecer! Hás de fazer fortuna, e rapidito como quien afana! Quem sabe não te tornes estalajadeiro?

Os camaradas da tropa concordavam, e a ideia, dia após dia repetida por todos, acabou por se tornar minha, ao fim de pouco tempo. Só que eu ainda não me sentia pronto para isso; não pretendia ser apenas mais um desses caboclos fazedores de comida de que o Brasil andava cheio, enfurnados nas brenhas e replicando sempre o mesmo prato, raramente com sucesso e agrado. Queria ser aquilo que via no *Don des Comus*: cozinheiro. Para isso, eu sabia, teria de me aprimorar muito, preferencialmente sob as ordens de algum que já o fosse e não me recusasse como seu aprendiz.

Ler a descrição dos equipamentos de cozinha que o *Don des Comus* trazia em suas primeiras páginas era o mais sofrido prazer que o livro me dava: logo depois da folha de rosto surgia a primeira de muitas páginas com gravuras numeradas, cada uma delas representando uma panela ou utensílio de cozinha que eu nunca havia visto, e que me pareceram mais belos que toda a arte da pintura ou da escultura que mais tarde conheci. Ficava olhando para os desenhos e imaginando de que maneira cada um deles poderia ser usado, e os pratos e comidas que eu produziria com eles: as panelas e caldeirões, dos mais diversos formatos e tamanhos, despertavam em meu espírito uma criatividade quase insuportável, e eu preenchi as margens do livro com muitas garatujas de receitas que pretendia um dia executar, se tivesse a oportunidade para isso.

No caminho para o Rio Pelotas, um dos mais interessantes lugares onde pousamos foi a Vila da Ponte de Sorocaba, que já vinha se transformando em centro de negócios, por ser um cruzamento de muitas rotas de tropeiros, tanto os que desciam das Minas Gerais pelos dois Caminhos do Ouro, quanto os que subiam do sul, trazendo gado de Vacaria e Viamão. Lá eu encontrei a grande feira de mulas no Campo das Tropas, onde montei minha trempe durante mais de uma semana, pois o patrão precisava trocar a maior parte dos animais que usávamos, substituindo-os por montarias novas e fazendo uso das reses que tangíamos como moeda de troca para conseguir animais melhores.

Foi ele quem me deu permissão para cozinhar quantidades maiores e vender refeições aos que ali passasem, dizendo-me:

— Foi assim que o conheci, madrinheiro: vosmecê estava cozinhando um feijão de tão bom perfume que valeu a vida de um homem.

— Valeu a de três, meu patrão — retruquei com calma. — A minha, a vossa e a do que vosmece justiçou.

— Pois então que esse valor seja conhecido por muitos mais que apenas os de nossa tropa; se for tua vontade, que se faça rancho para mais gente, e eu te permito vender as comidas, dividindo comigo o dinheiro ganho. Queres?

Nessa semana esticada eu senti pela primeira vez o prazer de ganhar meu próprio sustento com a comida que fazia: os companheiros de tropa continuavam sendo os mais importantes homens de minha mesa, mas também havia outros que dela se aproximavam, atraídos pelos cheiros que saíam de meu fogão e também de um fogo de chão que eu preparara de acordo com as instruções do gaúcho, onde assei tudo quanto foi pedaço de rês que pude, quase não conseguindo colocar os nacos de carne nos pratos dos interessados, tal a sofreguidão com que avançavam sobre eles. No fim dessa temporada, pela madrugadinha, quando nos preparávamos para seguir viagem, meu patrão João Pinto Martins fez questão de dividir nossos ganhos à frente de todos, com irretocável equanimidade, dando-me quase 18 patacas de lucro, que acomodei no fundo de minha bolsa capanga, pensando que seriam o começo de minha irrecusável fortuna pessoal, feita com meu talento para a arte de cozinhar.

O clima esfriou e ficou muito úmido daí em diante, pois as serras sucessivas que atravessamos em direção ao Rio Pelotas eram úmidas, de alta temperatura, cobertas por vegetação escura e empapada, e a névoa que as envolvia era constante nos períodos da manhã e da noite. O gaúcho acabou por nos convencer da excelência de sua caá mate, aquela que tomava macerada em água muito quente dentro de uma cabaça, e que nos dava engulhos quando o tempo era de calor; nesse frio úmido das serras do sul, no entanto, chegava a cair bem como acompanhamento da comida, aquecendo-nos por dentro até mesmo mais do que o café que nenhum de nós dispensava, a não ser o gaúcho. Era fascinante perceber a diversidade de ingredientes e hábitos alimentares que o povo dessa colônia chamada Brasil praticava: éramos, em matéria de comida, um grupo de terras variadas unidas por uma língua quase comum a todos, e as diferenças entre os vários grupos só poderiam ser observadas por gente como nós, tropeiros, que viajávamos por seca e meca e percebíamos a unidade na diversidade. Não éramos os únicos, decerto: havia uma série de comerciantes hebreus que seguiam em nossos passos, como nós, atravessando o país de lado a lado para negociar e disso tirar seu sustento, e também os ciganos, que faziam a mesmíssima coisa, só que de forma muito especial, pouco envolvendo dinheiro em suas transações, sendo adeptos fiéis do escambo e da troca mais simples. Estávamos, a meu ver, servindo de cimento entre os diversos povos do Brasil, transportando não apenas mercadorias, mas também hábitos e costumes que, preservando a diversidade real, nos uniam em nome de alguma outra coisa chamada Brasil, que só muito mais tarde pude entender o que seria.

Nossa chegada aos campos verdes das terras que João Pinto Martins adquirira à beira do Rio Pelotas foram de imensa alegria para todos, principalmente o gado, que ali encontrou água fresca e a mais perfumada grama possível, tão saborosa que por diversas vezes me apanhei mastigando um de seus talos tenros, sentindo seu sabor de verde absoluto, e até pensando se não seria o caso de dividir esse ingrediente com os boizinhos e vaquinhas *in natura*, até quem sabe substituindo a carne em que ele se transformava depois de comido e digerido pelos animais. O perfume desse capim era atraente para todos, principalmente o gado, que imediatamente se tornou nédio e lustroso, enquanto o patrão e seus homens erguiam os telheiros da primeira charqueada do Brasil.

Ali naquele lugar eu me descobri cada vez mais interessado na arte de preparar alimentos, buscando novas formas de atrair quem deles comeria não apenas pelo peso e volume, mas sim o sabor e os perfumes que servissem para enfeitiçá-los. Enquanto isso, meu mestre Francisco de Aviz, físico e curador, inutilmente me exortava à simplicidade de hábitos, dizendo:

– A dieta mais simples é sem dúvida a melhor, Karaí-pequeno: quanto mais variada a mesa, maior o número de doenças. Quem quer preservar um corpo são, deve jejuar o mais que possa, além de exercitar o corpo e meditar em Deus sempre que possível; se o exercício trabalha o corpo, e a meditação trabalha a alma, o jejum limpa os dois...

Quando deixamos Pelotas, depois de um tempo como participantes na comitiva de João Pinto Martins, já o fizemos em outra tropa, uma que se dirigia à Vila de São Paulo e depois, pelos Caminhos do Ouro, às Minas Gerais, onde nesse momento viviam os homens mais ricos da colônia. O ouro e os diamantes de que essas Minas eram pródigas os transformavam em seres de exagerada riqueza, muito maior que a que eu conhecera entre os habitantes de Rio de Contas e Mucugê. Voltamos portanto à vida sensaborona da estrada, repetitiva e inconsciente, feijão de dia, feijão de noite, já que pelo hábito os tropeiros dessa comitiva se ressentiam de qualquer novidade, reagindo mal a qualquer tentativa de acrescentar-lhes ao passadio qualquer uma de minhas invenções e descobertas, assim como rejeitavam as descobertas e os conselhos de Francisco de Aviz, mesmo que estas lhes acenassem com uma vida melhor e mais saudável. O preconceito, ao só ver o que lhe agrada, nunca vê o que realmente é: a olhos vermelhos tudo parece rubro, e, sendo filho da ignorância, o preconceito viceja com mais força exatamente nos terrenos que nunca foram arados e adubados pela educação ou o conhecimento, aí se enraizando com mais força que as ervas daninhas se fixam nas pedras entre as quais se erguem. A estupidez, acompanhada de seu cortejo de preconceitos e erros, nos cercava por todos os lados, por isso meu mestre e eu a cada instante nos isolamos mais um com o outro, fruindo a companhia mútua de forma de nos defendermos da realidade desagradável e desinteressante que nos cercava.

A serra foi cruzada ao contrário de antes, em um outro dia Sorocaba ficou para trás, e finalmente a Vila de São Paulo se desenhou em nossos olhos em uma fria manhã de névoa baixa. Entramos na cidade pelo oeste, e depois de atravessar ao lado do sumidouro do Rio dos Pinheiros, cruzamos, pela ponte de madeira que ligava as duas margens onde o rio se estreitava, o aldeamento dos índios que ali plantavam batatas para comer. Dali subimos o Caminho dos Pinheiros, descendo-o depois até a Várzea do Carmo, onde pudemos ver o Tamanduateí formando imensas lagoas, nas quais crianças nadavam, negras lavavam roupa e alguns pescadores urbanos arranjavam seu "de comer", junto com várias tropas que ali faziam pouso. Foi nesse lugar que arranchamos, antes de pegar o primeiro estirão até Guaratinguetá, onde dormimos uma só noite no Rancho da Pedreira. Ali naquele lugar ninguém ficava mais que isso, pois fora estabelecido como se fosse lei o comércio rápido, deixando espaço para quem vinha logo depois, "mercadoria vendida, mercadoria comprada, pé na estrada". Essa vila era grande e muito povoada, porque de lá se podia pegar o Caminho Velho do Ouro tanto em direção às Minas Gerais quanto a Cunha e Paraty. Havia um outro caminho, mais novo, que descia diretamente pela serra até o Porto da Estrela, e que ultimamente era o preferido para o transporte das riquezas. O Caminho Velho ficara quase reduzido ao transporte de comida, da qual nenhuma povoação em seu curso podia ficar em falta.

Pois foi esse caminho que tomamos, metidos no meio dessa tropa mal-encarada, na qual só éramos aceitos por causa do tempero de meu feijão e da arte de Francisco de Aviz, que tanto barbeava quanto sangrava, além de receitar meizinhas de poder quase inacreditável para aqueles tipos chucros que nos cercavam. Se não fosse isso, creio que nos teriam esventrado na primeiríssima oportunidade, só pelo prazer de nos ver estrebuchar, ainda que esse impulso só servisse para que mais tarde morressem de fome ou doença, por nossa falta.

Nessa mesma noite Francisco de Aviz e eu, conversando em voz baixa, estranhamos a movimentação entre as mantas dos tropeiros: parecia que estavam esperando que todos dormíssemos para deitar juntos, fazendo coisas que não nos interessavam. Isso não era de nossa conta, mas ali mesmo decidimos deixar a tropa em que estávamos, buscando uma outra que nos levasse para onde nunca tínhamos ido. E fizemos assim: na manhã seguinte, deixando pronto o feijão que comeriam antes de seguir viagem, erguemo-nos no quase escuro e nos afastamos da tropa, levando em silêncio nossos pertences mais pessoais. Eu não pretendia vê-los nunca mais, e na outra extremidade do rancho encontramos uma tropa pequena que estava carregando as bruacas com peixe seco, figos, carne de porco salgada e uma aguardente azulada de cheiro forte e doce. Francisco de Aviz lhes perguntou:

– E para onde irão os senhores?

O madrinheiro da tropa respondeu:

– Estamos indo para Vila Rica abastecer a ucharia do governador da capitania...

– Mas como farão isso? Pretendem ir até depois de Congonhas pelo Caminho Velho e daí descer pelo Caminho Novo até lá?

O madrinheiro sorriu:

– Nem por sombra, barbeiro; vamos pegar um trecho do Peabiru que liga Guaratinguetá ao Registro, pelo alto da serra, saindo de um caminho para entrar no outro com pelo menos 20 dias de vantagem! Nem todos conhecem os atalhos, e nós, que os aprendemos, acabamos encurtando os tempos de viagem... é verdade que a região é inóspita e abandonada, mas a vantagem nos convém...

Meu mestre e eu nos entreolhamos; pelo jeito, havia caído em nossas mãos a oportunidade preciosa. Poder seguir viagem sem ter de trilhar a mesma estrada da tropa da qual nos estávamos afastando, pelos motivos já conhecidos, e quem sabe conhecer as Minas Gerais em que eu ainda não tinha pisado, parecia um presente dos céus. Aproximei-me do madrinheiro, olhando sua trempe e seus trens de cozinha, enquanto Francisco de Aviz me elogiava:

– O indiozinho aqui é bom de cozinha, meu senhor; e eu, modéstia à parte, sou bom barbeiro, sangrador e curador, artes que aprendi nas escolas de medicina de França. Haveria lugar para nós em vossa tropa?

Não levou muito tempo para que já estivéssemos integrados à tropa dos mineiros, gente de boa índole e muito descansada, e na manhã seguinte eu me pus a preparar meu primeiro feijão entre eles, enquanto ao longe víamos partir a tropa em que havíamos chegado até ali, acompanhada pelas garças que eram quase uma praga na região. O dia seguinte marcou nossa partida, e logo que cruzamos o fim do vale desviamos para a esquerda, entrando pela mata que cercava a serrinha que mais tarde se transformou em altas montanhas, trilhadas em zigue-zague, seguindo o olho conhecedor do madrinheiro Marcolino da Assunção, que decifrava entre as árvores os sinais de outros que, como nós, haviam optado pelo atalho entre os dois caminhos. Ele começara como madrinheiro e, mesmo depois de transformar-se em dono da tropa onde estávamos, mantinha seu hábito de cozinhar: essa, como ele mesmo disse, era a primeira vez em mais de 20 anos que se permitia comer a comida que outra pessoa fizesse.

A Serra da Estrela crescia a olhos vistos, ficando cada vez mais alta, e entre nossos temores estava não apenas o de cair em um de seus inúmeros abismos sem fundo, mas também o encontro com os índios Coroados, cujos remanescentes ainda habitavam a região, mesmo depois da guerra sem quartel que os viajantes lhes dedicavam. A variante do Caminho Novo, como se chamava esse atalho, logo depois do Registro, cruzava a propriedade do padre Correia, chamada de Fazenda do Córgo Seco, um oásis de fartura e riqueza no alto daquelas serras, e foi lindo de ver esse trecho de beleza ímpar, uma verdadeira cornucópia nos vales que se abriam entre os picos de serra, e em cada um deles uma fazenda ou chácara, cada uma mais fértil que a outra, desvendando-se aos nossos olhos, com nomes tão inesperados quanto encontrá-las aqui: Quissamã, Secretário, Cebolas, e subitamente, do outro lado da serra, o Rio Paraíba do Sul, na outra margem do qual verdadeiramente começavam as Minas Gerais.

A paisagem não mudava muito do outro lado do rio, na região que chamavam de Além-Paraíba, por motivos óbvios. A ideia de fronteiras naturais servindo para separar uma província da outra não funcionava a não ser como convenção: no Brasil a natureza é tão poderosa que nem mesmo as barreiras que ela cria, ela respeita. O outro lado do Paraíba era exatamente igual ao lado de cá, e se um de nós fosse colocado às cegas em um deles, não saberia em qual estava. Só dois dias depois começamos a notar diferenças reais no caminho que trilhávamos, depois de passar uma noite à beira do rio, no lugar denominado Porto do Cunha, onde tinha sido erguido um cais, no qual havia muitos barcos e barcaças prontos para atravessar para o outro lado os viajantes com suas tropas e suas cargas, colocando-os na direção das Minas Gerais. E todo mundo trançava pernas por esses caminhos: fiscais, soldados e mercenários, gente de todas as províncias, Pernambuco, Bahia, São Paulo, tropeiros, judeus disfarçados de tropeiros, ciganos disfarçados de judeus, índios escravos e livres, e cada vez mais negros escravizados.

    Passamos pelo povoado de Santo Antônio do Paraibuna, onde um juiz de fora da região se hospedara durante algum tempo, para sempre marcando, com sua passagem, aquele lugar. Depois cruzamos Piedade, onde havia uma igreja e em volta dela um arraial de residências e casas de negócio, cujo grão-senhor era Luís Antônio Furtado de Castro do Rio de Mendonça e Faro, que estava por receber d'El-Rei o título de Visconde de Barbacena. Paramos no pouso da Encruzilhada do Campo, que o povo chamava de Ressaquinha, por causa das cheias no ribeirão de Alberto Dias, o principal chefe de família entre as que se tinham fixado por ali, e depois seguimos para o sítio de Manuel Gonçalves Viana, na beira do Rio Carandaí, que ali tinha erguindo uma capela para São Brás, exatamente na divisa entre Carijós e Prados, e que era o último pouso antes da Vila Rica. A fazenda de Antônio Rodrigues de Moraes Coutinho e Costa, logo depois de Prados, tinha dado início a uma povoação chamada Santo Amaro, também conhecida por Queluzito, por causa da mulher de Antônio, dona Felizarda, que tinha nascido na Vila de Queluz, e insistia que o povoado se tornasse uma cópia fiel de sua aldeia natal.

    Daí em diante era tudo uma buraqueira só, mina atrás de mina, gente da cor de cuia cavoucando em busca de ouro; uma dessas minas, Lavras Novas, estava ameaçada pela existência de um quilombo nos montes à sua volta, para o qual cada vez mais escravos fugiam, sem que ninguém ousasse ir buscá-los. Mas antes de passar por lá, em São José D'El-Rei, tivemos uma grata surpresa, meu mestre Francisco de Aviz e eu: quando ali pousamos, durante a janta, Marcolino da Assunção, madrinheiro e dono da tropa, veio ter conosco, manducando o feijão gordo e pedaçudo que eu fizera, e que ele comeu com as mãos, juntando capitães entre os dedos das mãos calosas, graças à farinha grossa com que cobrira o alimento, jogando os bocados na boca com precisão invejável. Praticamente todos comíamos assim, aliás: raro era o viajante que, na hora da janta, usasse mais que as mãos ou uma colher de estanho cada dia mais torta.

Marcolino, acocorado entre nós, começou a falar de sua vida, e das viagens que pretendia fazer daí em diante:

– Da Vila Rica pretendo voltar com uma carga de ouro e diamantes, única coisa que essas roças produzem; mesmo que a produção não seja mais uma décima parte do que foi, mesmo que mandem tudo para Portugal, mesmo que os daqui roubem mais do que deviam, ainda há de sobrar muito... essa terra é por demais rica, e o ouro que aflora não é nem a milésima parte do ouro que existe nas profundezas. Minha vida tem sido esta: trago o que não possuem, e levo de volta aquilo que têm de sobra...

– Mas tem sido sempre assim? – Francisco de Aviz estava verdadeiramente interessado, enquanto sua pena riscava em um papel os traços faciais de Marcolino. – O amigo nunca traz para as Minas nada que não seja comida?

– Comida, ou o que aqui não haja... panos de vestir e de enfeitar, calçados, notícias... esse povo não planta, porque acha que com ouro tudo se pode comprar... dessa vez estou repetindo o que tenho feito nos últimos meses, porque o cozinheiro do governador das Minas é exigente e não oferece a seu amo nada que não seja o melhor...

Que interessante, pensei eu, enquanto olhava a semelhança de Marcolino com o tipo que Francisco de Aviz desenhava, que curioso houvesse nessas brenhas um cozinheiro conhecedor da qualidade dos alimentos. Isso era raro em toda a colônia, onde se jogava qualquer coisa na panela e se chamava a massamorda, resultante da cocção excessiva, de "comida".

Marcolino continuou:

– O galego é exigente: reza ungidamente antes e depois de olhar os ingredientes, e não aceita nada que não esteja exatamente como encomendou... chama-se Pero...

A pena de Francisco de Aviz escorregou e riscou equivocadamente a face desenhada, e a mão que a segurava tremeu. Isso foi o que eu vi, antes de atentar para a coincidência de termos ouvido o nome Pero como sendo o de um cozinheiro, querendo crer na coincidência mais que na verdade. Olhei para meu mestre e ele estava com a face exangue, os lábios entreabertos, respirando com dificuldade. Sua emoção me afetou, pelo mesmo motivo, e eu também suspendi meu fôlego, enquanto Marcolino continuava:

– Diz que estudou cozinha na França, e que nos últimos tempos cozinhou para os jesuítas, que não sendo franciscanos nem dominicanos, comem sempre do bom e do melhor... e por isso faz questão de manter essa tradição de qualidade para o governador de Minas. Claro, não falta ouro para que compre o que deseja, e que em sua maior parte vem do estrangeiro...

Não podia ser outro: havíamos encontrado o irmão Perinho! Suspiramos e aliviamos o peito de uma opressão sem sentido, porque agora havia uma oportunidade de nos tornarmos novamente aqueles que tínhamos sido, antes que as crueldades dos poderosos nos tivessem espalhado pelas estradas do mundo. Nossa amizade, forjada na adversidade mútua e solitária, finalmente se uniria como peças de ferro forjado pelo fogo, que uma vez coladas se transformam em uma só, e nunca mais se soltam. Agora estaríamos novamente em união, como os irmãos de que o Livro Santo fala.

1787
Nas Minas Gerais

Capítulo XI

Entrando na Vila Rica pela ponte de pedra, depois de vê-la ao alto e ao longe incrustada nas montanhas como um presépio, meu coração batia acelerado, e ao mesmo tempo um gosto acentuado de lembrança me vinha à boca da mente, porque as pedras com que a Vila Rica era calçada tinham o mesmo jeito do calçamento da Vila do Rio de Contas, e tanto que, quando atravessei a ponte, tive a sensação de que me dirigia ao Largo do Santíssimo, deixando para trás a Igreja de Sant'Anna e a casa dos Trindade. Os sabores da memória se misturavam com a lembrança dos sabores daquilo que eu comera e experimentara na noite em que conheci a velha cigana, em que me revelaram como filho bastardo de meu pai, e em que a fase mais negra de minha vida se iniciara. Em meu coração, no entanto, havia leveza e esperança: a possibilidade cada vez mais próxima de rever o irmão Perinho quase me sufocava de alegria.

Não éramos a única tropa que por ali andava: havia muitos como nós indo e vindo, inclusive alguns bandos de ciganos tocando suas cavalhadas, com seus olhos amarelo escuros e suas roupas coloridas e brilhantes, em tudo e por tudo diferentes de nós estradeiros, cada um mais cor de terra que o outro, fazendo-me pensar se não seriam a mesma caravana que eu conhecera em Rio de Contas quando menino. O ar da Vila Rica recendia a temperos, feijão, café, terra, enxofre, couro curtido, e em cada janela de gelosia se via uma colcha mais enfeitada, cobrindo a platibanda da varanda. Os sons também eram variados: gritos, impropérios, risadas, aqui e ali o estalar de um chicote, o choque de um martelo em uma bigorna, um pedaço de música, tudo misturado e ainda assim preservando individualidades, a soma sendo igual, maior e também menor que as partes. Uma vila imensa, já uma cidade, uma das maiores do mundo, nesse momento, e isso graças ao ouro e riquezas de que a terra e os rios à sua volta eram pródigos. Os arraiaizinhos que muitos haviam erguido em seu entorno iam se tornando parte da vila: Antônio Dias, São Sebastião, o do Padre Faria, Caquende, Passa Dez, erguendo-se lentamente à condição de aldeias com separação das capitanias de São Paulo e das Minas do Ouro.

A ponte de três arcos atravessava o Ribeirão do Funil, e dali as ruas iam subindo em direção a um outeiro mais ou menos alto, onde ficavam a igreja de Nossa Senhora das Mercês e mais no alto o Palácio dos Governadores, o pelourinho na praça à sua frente, para onde a tropa se dirigia e onde certamente encontraríamos o irmão Perinho, se o destino não fosse o insondável caçador que tantos cuidavam ser. Eu tremia de ansiedade, envolto em minha capa colonial escura e pesada, debaixo da qual o corpo suava em bicas, porque rever o irmão Perinho para mim significava bem mais do que para qualquer outro, já que nele estava minha chance de aprender a ser um cozinheiro. Se fosse o irmão Perinho e se ele me aceitasse como seu aprendiz, eu certamente teria como me tornar aquilo que ele era, e por isso estava tão emocionado.

As rampas que circundavam o palácio, no alto do Morro de Santa Quitéria, ao pé da grande serra, eram calçadas com pé-de-moleque, pedras redondas das mais diversas cores, que se articulavam umas às outras como se sempre tivessem estado ali. Subimos pelas rampas como antes já tínhamos subido a rua, e nos dirigimos à lateral direita do palácio, onde ao lado de uma escada de pedra que subia ainda mais do que eu podia imaginar ficava uma porta escura que levava para as partes de serviço. O madrinheiro olhou para o breu interno, bateu palmas e gritou:

– Ô, da cozinha!

Do breu surgiu um negro de libré e pés descalços, com cabeleira empoada e olhos de peixe, espirrando sem parar enquanto fazia sinal para que Marcolino entrasse. O madrinheiro nos acenou com a mão, e Francisco de Aviz e eu atravessamos a escuridão, até que nossos olhos se acostumassem com o escuro corredor, ao fundo do qual ficava a cozinha, no centro da qual, em meio a inúmeros ajudantes, com uma imensa touca branca, pontificava nosso irmão Perinho, gordalhudo, vermelho, atarefado e feliz.

Ele não chegou a me ver direito, porque corri em sua direção e pulei entre seus braços, quase o derrubando: seus olhos, no entanto, bateram em Francisco de Aviz, que veio logo atrás de mim e me espremeu entre seu corpo e o dele, abraçando-nos todos ao mesmo tempo. Quando o abraço se rompeu, os dois falando ao mesmo tempo, ele me ergueu o queixo, e seus olhos estavam tão molhados quanto os meus.

– Karaí-pequeno, cuidei que nunca mais te veria! E tu, meu irmão, como me encontraste? – Perinho se dividia entre mim e seu irmão Francisco de Aviz, tudo querendo saber, ao mesmo tempo. – Quem te disse que eu tinha vindo para as Minas Gerais?

– As alegrias do reencontro são a recompensa das dores da ausência... e se assim não fosse, quem disporia do suficiente para arcar com essa despesa, meu irmão?

A conversa entre eles se multiplicou, enquanto a comida do palácio ia sendo feita, e não era pouca. Recordei-me imediatamente do banquete da festa de Sant'Ana, percebendo que ali, nas Minas Gerais, a riqueza não era necessariamente uma maldição nem a pobreza uma bênção, como tantos tentavam nos convencer. Eu pressentia que uma fácil abundância sempre seria melhor que qualquer um dos dois extremos, pois é sempre melhor que tenhamos o bastante para nosso reconforto diário, além do necessário para satisfazer a amizade e suprir os necessitados. Mais ou menos do que isso pode tornar-se bênção ou maldição, é certo, e por isso eu achava melhor aceitar o que quer que estivesse em meu poder como se fosse apenas o fiel depositário de algo que nunca me pertenceria. E então, depois de tantos caminhos e esforços, notei que naquele dia eu não precisaria cozinhar, e que outros me dariam o sustento sem que eu precisasse me esfalfar para consegui-lo; por isso, ao som das vozes de Francisco, Perinho e Marcolino, apresentadas sobre um fundo de fervuras e frituras, encostei a cabeça ao lado de um fogão e dormi um sono simples, sem sonhos nem sobressaltos, um daqueles que alimenta a alma por falta de compromisso em seu final. Recordo-me mal e mal de ter sido carregado por Perinho até uma alcova de lençóis brancos, onde acordei empapado de suor na manhã seguinte, sem saber onde estava, mas logo me lembrando de quem era e o que ali fazia; por isso apanhei na matula o livro que Perinho me dera para guardar e busquei o caminho até sua cozinha, que eu pretendia se tornasse meu território daí em diante. Meu estômago se dobrava sobre si mesmo, porque eu não comia desde a manhã do dia anterior, e o cheiro da gordura de porco temperada que se evolava dos fogões como que espremia para fora de minha língua a saliva da antecipação.

Perinho me aguardava com alegria, e quando viu em minhas mãos o livro que deixara sob minha guarda quase se ajoelhou, acariciando-o ungidamente:

— Meu Karaí-pequeno, então cumpriste a missão que te impus? Eu tinha certeza disso... ah, se soubesses a falta que esse *Don des Comus* me tem feito! Minha memória já não é mais a mesma, e aquilo que o hábito de anos me impôs nem sempre é suficiente para que eu solucione um entrave culinário. Tu o leste?

— Sem deixar nada por ler... até decorei alguma coisinha, mas a maior parte do que dizem não faço ideia do que seja, principalmente os equipamentos, que nunca vi e que não sei como se chamam em nossa língua: há nesse livro ferramentas que não consigo imaginar como sejam e para que sirvam...

— Ah, mas isso eu te ensino! Isso é o mais fácil: uma vez exibida a ferramenta e tendo feito uso dela, ninguém jamais a esquece... o que importa é saber o uso e de que maneira ele pode acrescentar qualidade e sabor ao que se cozinha! Mas deves estar faminto... Jacinta!

Uma pretinha de canelas finas e olhos vivos, com um turbante listrado por sobre a gaforinha, chegou até nós rapidamente, olhando-me como se eu fosse um bicho, coisa que eu devia parecer, com minha pele acobreada, meus cabelos negros e longos, os pés descalços e a roupa muito suja. O irmão Perinho mandou que ela me trouxesse um café, uma boroa de milho, um pedaço do queijo fresco e sólido que ali se fazia, e tudo isso foi posto à minha frente, por sobre a mesa de trabalho onde os ingredientes do próximo banquete se espalhavam. Eu me empanturrei com a comida, estraçalhando a boroa com os dedos e misturando-a a pedaços do queijo, enquanto lavava tudo isso goela abaixo com o café fraco e quente. Francisco de Aviz também se aproximou de nós, sentando-se à mesa e dividindo comigo a boroa e o queijo, que nunca mais encontrei igual, com meu paladar aguçado pela fome e o reencontro.

Francisco de Aviz e o irmão Perinho, que falava sem descuidar em nenhum instante da imensa cozinha, conversaram sobre mim com seriedade e honestidade, esperando o tempo todo que eu participasse do assunto, já que era nele o maior interessado. Mas permiti que os dois dessem rumo à minha vida, principalmente porque o que estavam combinando para meu futuro parecia ser aquilo que eu ansiava em viver:

— Ele fica aqui comigo, aprendendo o ofício e se tornando meu braço direito; afinal, não viverei para sempre, não é? — Perinho sorriu e pôs à minha frente mais uma talhada de queijo.

— Isso será bom para todos — Francisco de Aviz me observava, enquanto eu fingia nada ter a ver com o assunto, com minhas orelhas aguçadas em sua direção como as de um gato. — Nada melhor que a criadagem, para colher informações importantes no meio dos poderosos: os senhores do mundo se esquecem da existência de seus servos, agindo como se eles não existissem, e em sua frente falam coisas que nunca diriam, se estivessem atentos. Pedro tem inteligência e memória suficientes para discernir informações importantes e guardá-las com precisão, e isso pode nos ser muito útil.

— Estamos vivendo tempos interessantes: a Vila Rica ferve como uma cataplana selada, e as reuniões secretas se multiplicam por toda a cidade, havendo algumas até mesmo aqui dentro do palácio...

Francisco de Aviz franziu o cenho:

— Mas se Pedro ficar dentro da cozinha o tempo todo, o que saberá?

— Em primeiro lugar, ele se tornará um chefe de cozinha, un *vrai cuisinier*, e ganhará o aplauso de todos, passando a privar de sua intimidade exatamente nas ocasiões em que a satisfação dos prazeres da mesa anula os cuidados e solta as línguas. Os poderosos não abrem mão de quem lhes possa alimentar a gula desmesurada...

— Isso não será suficiente, irmão Perinho: ele tem de ampliar seu raio de ação, tornando-se capaz de entrar em todos os lugares que importem e de lá colher as informações que nos interessam... há ideias novas e poderosas fervilhando pelo mundo, e quando chegarem a estes brasis certamente florescerão, já que aqui, em se plantando, tudo viceja, principalmente ideias...

Dessa vez quem franziu o cenho foi Perinho:

— Irmão Francisco, a que se deve esse projeto? Por que esse interesse em conhecer os planos e ideias dos que nos sustentam?

— Devemos isso aos irmãos da Companhia de Jesus, que nos acolheram quando não éramos mais que lixo sobre a face de Portugal; e nós dois ainda temos uma outra filiação mais antiga, que nos une por um pacto de sangue ao Senhor Rei do Universo, e que também pode se privilegiar das informações que conseguirmos recolher, para viver em paz e com progresso, sem temer o ataque dos que nos odeiam. Além disso, em minhas viagens pelos brasis, ouvi falar de muitas coisas, principalmente dos grandes gritos de liberdade, igualdade e fraternidade que estão sendo dados na Europa; e essas colônias são o mais fértil terreno que conheço para que as sementes da luz nele sejam plantadas...

— Bem, quanto à liberdade, igualdade e fraternidade, não são novidades: já tínhamos ouvido falar disso na França... mas Portugal é tacanho e retrógrado, dominado pelo lado negro da religião de Roma... aqui nada chega que a Igreja não permita, pelas mãos d'El-Rey... crês mesmo que as ideias de luz chegarão a clarear essas colônias?

Os olhos de Francisco de Aviz se acenderam:

– Creio, porque tem de ser assim! O mundo não para, e o tempo dos cruéis tiranos já se acabou!

Francisco de Aviz falou um pouco alto demais, e um súbito silêncio se fez na cozinha, sendo quase imediatamente substituído pelo burburinho de antes, um tanto mais alto, como se fosse preciso abafar o que ali havia sido dito. Escolhi esse momento para falar:

– Meus mestres, se ambos disserem que eu me atire ao fogo, podeis estar certos de que o farei; por isso nada tenho contra tornar-me o leva e traz dos dois, mesmo não sabendo escolher o que serve e o que não serve... se quiserdes que eu seja vosso espião, eu o serei, com o máximo de minhas forças! Em troca, só peço que me permitam tornar-me cozinheiro de verdade...

– Isso tu o serás, Karaí-pequeno! Eu me comprometo a ensinar-te tudo quanto sei, e da melhor maneira possível... o cruel sistema de ensino que os mestres franceses dão a seus aprendizes, tratando-os como se fossem animais, espancando-os ao menor equívoco, mostrando-lhes as benesses da cozinha enquanto lhes atiram uma côdea de pão duro, não será o sistema que usarei contigo! Creio que aquilo que pensamos enquanto cozinhamos se torna parte da comida que os outros comem, e quanto mais amor nela pusermos, melhor saberá!

Nesse momento me veio à mente a velha Idalina, na cozinha da casa dos Trindade, dizendo-me: "Vosmecê come aquilo que a veia pensô inquanto tava cunzinhano...", e logo depois a cocção infernal de folhas da lua que a Preta havia dado de comer a Maria Hermengarda, mulher de meu pai, e que a enlouquecera definitivamente. Perinho, meu futuro mestre, estava certo: a comida é resultado direto das intenções de quem cozinha.

Francisco de Aviz me olhou, profundamente, como se me perscrutasse a alma:

– Queres ser mais que um simples cozinheiro, e ter nas mãos o conhecimento de todas as coisas, participando ativamente da construção do Universo? Queres ser parte essencial das mudanças que este fim de século promete?

– Isso não se pergunta, Aviz! – Perinho falou baixo, como que em segredo. – Isso se percebe e se faz... veremos se Pedro consegue crescer, atingir o magis, tornando-se o melhor homem que possa ser...

— O crescimento requer o exercício da vontade, Perinho; um homem deve dominar seu futuro, conhecendo seu passado e fazendo as escolhas certas em seu presente. A vontade do Karaí-pequeno é sua mais poderosa arma... só vivemos verdadeiramente por meio de nosso livre-arbítrio...

— Cala-te! – o sussuro de Perinho foi tão alto quanto um grito. – Aqui não se fala disso! Um homem que põe a razão acima da fé sempre é acusado de práticas judaizantes, e para cristãos-novos como nós isso é um perigo! A Igreja de Roma tem na Coroa portuguesa um capataz tremendamente fiel!

— Até o momento em que ela deixar de sê-lo... no mundo em que vivemos tudo é possível, desde que não atrapalhe os negócios. Se um dia a Igreja de Roma atrapalhar os negócios da Coroa, veremos...

— Falando o que falas até pareces um desses pedreiros-livres que libertaram a América inglesa do rei George... não te basta ser cristão--novo? Queres arriscar-te mais? – Perinho estava vivamente incomodado com a conversa, olhando para todos os lados. – Vamos, meu irmão: cala-te e cuidemos do futuro de nosso Karaí-pequeno... então, Pedro? Queres ser meu aprendiz?

Eu respondi com uma mesura, como havia visto fazerem os brancos:

— Nada me agradaria mais, Excelência... principalmente para poder crescer e me tornar dono do mundo, como meu mestre Francisco de Aviz prometeu...

— Quem promete se coloca em débito... prefiro fazer sem prometer a prometer e não fazer... – Francisco de Aviz sorriu. – Mas não tenhas cuidados; creio em tua capacidade não apenas de te tornares aquilo que desejas ser, mas avançar muito mais em teu caminho...

— Meu mestre, dependo de ti para saber como agir; nada conheço do mundo nem das manobras dos poderosos, e sem teu ensinamento, como saberei discernir o que interessa e o que não interessa?

— Para isso será preciso que estudes mais, e por meio desse estudo venhas a compreender o mundo com maior precisão. Só o tempo te dará esse discernimento que desejas. Basta ter paciência e não mudar de ideia no meio do caminho...

Portanto, ficamos combinados assim: eu me tornaria aprendiz do irmão Perinho, e o irmão Francisco de Aviz me instruiria nas artes da espionagem, para que eu o suprisse com as informações que ele usaria. Ao que tudo indicava, a Vila Rica estava em ebulição política, em grande parte por causa da ameaça de Derrama que a corte portuguesa ordenara, já que se considerava espoliada pelas colônias na quantidade de ouro que lhe era enviada todos os anos, desejando equilibrar suas finanças às custas de uma riqueza já não tão fácil quanto antes. Era o território ideal para que informações fossem conseguidas, pois em casos como esse, como eu percebi mais tarde, as palavras se cruzam pelo ar, bastando que alguém as colha e mais tarde as organize de forma a aproveitar-se delas.

Isso posto, Francisco de Aviz preparou sua partida da Vila Rica e eu imediatamente me pus a procurar companhia para aquecer minha cama com a maior rapidez possível; adorava, como adoro ainda hoje, estar enroscado em um leito quente e meio amarfanhado, pernas e braços se enrolando como cobras articuladas, e o perfume dos corpos a preencher as narinas, na antecipação do gozo ou nos resquícios dele. Claro está que a primeira em quem pus meus olhos cobiçosos foi a negrinha Jacinta, de imenso sorriso alvo e olhos brilhantes, dona de um traseiro grande e empinado que me deixou em estado de excitação quase incontrolável. Aproveitei a intimidade a que o trabalho na cozinha nos forçava para mostrar-me afável, carinhoso, gentil, elegante, ao mesmo tempo em que mostrava com a maior delicadeza meu teso membro, forçando a frente de minhas calças, quase as rasgando, sem no entanto parecer estar fazendo isso intencionalmente, até para não nos causar constrangimentos entre os trabalhadores da cozinha. Ela não era tola, e logo percebeu o que eu sentia por ela, requebrando um pouco mais quando estava às minhas vistas, baixando os olhos e me observando por entre as pálpebras semicerradas, e passando cada vez mais perto de mim, para que eu sentisse seu perfume natural, que me arrancava suspiros cada vez mais profundos. Como com a comida, os perfumes antecipam a fruição do prazer e do sabor, e pelo perfume de Jacinta ela era papa-fina, de sabor inigualável e inesquecível.

Nessa mesma noite, ao nos cruzarmos no corredor da ucharia, roçamos nossos corpos um no outro e suspiramos juntos, logo depois combinando a visita dela ao meu canto. Poucas horas depois, já estávamos nos conhecendo profundamente, e rompemos a madrugada misturando nossos gemidos de prazer ao canto dos galos que acordavam Vila Rica. Na manhã seguinte, bocejamos o dia inteiro, e os cochichos das outras mucamas renderam, nas semanas seguintes, várias outras companhias femininas, interessadas no tipo diferente que eu era, e principalmente em minha quase proverbial capacidade para os jogos de cama. Bastava que me oferecessem, e eu consentia, tirando daquilo tanto ou mais prazer quanto dava, sem recuar, nem hesitar, nem rejeitar qualquer oferta.

Na cozinha do governador, era a mesma coisa: mestre Perinho foi descobrindo em mim uma capacidade quase que inata de perceber pelo cheiro, sem precisar provar a comida, a quantidade de temperos que o prato já tinha recebido:

– Nasceste para isso, ó menino! Raramente soube de quem pudesse fazer o que fazes... mas não te conformes em ser o que a natureza te deu. Trabalha para aprimorar teus talentos, e te tornarás o maior de todos os cucas! Eu, que não sou dos piores, te garanto isso!

Para o que quer que se faça na vida, é preciso ter três capacidades, sendo que pelo menos duas delas serão sempre indispensáveis para que o que fazemos seja bem-feito: talento, vocação e sorte. Quando as três se unem de maneira equilibradamente ampla, o sucesso é quase consequência dos atos. Se no entanto alguém não possui uma delas, vai sofrer um pouco mais a presença das outras duas, que se digladiarão sem cessar, na tentativa de dominar a outra e se impor como característica exclusiva. Há os que possuem todo o talento e nenhuma vocação, há os que nenhum talento têm, mas possuem uma vocação quase inacreditável; nesses casos é a sorte quem decide a fatura. Eu, nessa fase de aprendiz, tinha as três: o talento inato para a feitura de alimentos, a vocação para mourejar horas a fio sobre um prato, de forma a que ele se apresentasse com perfeição absoluta, e a sorte de estar em um ambiente onde era não apenas bem recebido, mas principalmente necessário e desejado. Essa capacidade de temperar pelo cheiro, por exemplo, é uma característica natural minha: parece que os eflúvios do salgado, o doce, o amargo, o ácido ou o salobro conseguem penetrar em minhas narinas de maneira muito definida, separando-se e mostrando-se a mim na pureza de suas identidades. Hoje, que a idade já me embotou mais da metade dessa capacidade, é a experiência quem a substitui; basta-me olhar para um prato e já sei, de antemão, mesmo antes de sentir seu perfume, o sabor que terá.

Se não fossem Jacinta e suas companheiras de cor e trato, minhas alegrias seriam tão só as culinárias. Sendo como sempre fui um homem movido por todo tipo de prazeres, os de cama não ficaram abandonados, e como eu também me interessava pelo prazer de minhas companhias, diferentemente dos outros homens da terra, para quem só o próprio prazer existia, acabei tendo nesse mister dos prazeres de cama tanto ou mais sucesso que na função de cozinheiro.

Os primeiros meses em Vila Rica, passei-os quase somente no serviço interno do palácio, aprimorando meu talento e arte entre cozinha e alcova, sem tomar conhecimento da vida de poder que havia por sobre nossas cabeças, nos aposentos do governador, em suas salas de reunião, no grande salão de banquetes e de saraus que volta e meia era preenchido pela nata da sociedade de Vila Rica, entre rapapés e notícias da corte. Eu me dedicava tão somente àquilo que me interessava, vivendo como se o que não me interessava não existisse, até o dia em que mestre Perinho, voltando do salão de banquetes, me interrompeu no meio da preparação dos biscoitos de Saboia que tanto agradavam as senhoras da família do governador. Ele me estendeu um de seus dólmãs limpos, sem qualquer nódoa, um avental reluzente de tão branco, e uma touca engomada quase tão alta quanto a dele, dizendo-me:

– Avia-te, meu rapaz; hoje vais conhecer teu governador e amo... ele quer que eu te apresente a ele. Lembra-te das fórmulas de respeito e das reverências que deves usar e fazer quando em sua presença: ele está entretendo uma série de senhoras e senhores grados da Vila Rica, e certamente terás a oportunidade de ver com teus próprios olhos como a bajulação excessiva é ridícula.

– Não devo bajulá-lo?

– Não além daquele ponto em que as ações se tornam exageradas, e daí nem mesmo ele levará a sério teus préstimos de estima e consideração. Ele é teu patrão, não teu dono; és serviçal dele, não seu escravo, e nisso vai uma imensa diferença. Se um dia decidires mudar de pouso, tu o podes fazer sem que ninguém tenha como te impedir: não pertences a ninguém a não ser a ti mesmo. Os escravos que ele possui, inclusive essa menina Jacinta com quem tens te enredado mais do que o recomendável, são sua propriedade para que ele com ela faça aquilo que bem desejar.

– Então como devo me comportar frente ao governador? – eu tentei desviar o assunto, para não ter de discutir com mestre Perinho minhas necessidades físicas. – Não consigo perceber onde fica o limite entre o respeito e a bajulação...

– Exatamente na fronteira da dúvida: assim que começares a pensar se não estás te curvando demais, chegaste exatamente à hora de diminuir a reverência. Da mesma forma, se sentires que estás pouco curvado, teu orgulho está falando alto demais; subjuga-o. E agora, vamos; a noite avança e o governador não é dos mais notívagos...

Na sala principal do palácio, que durante o dia servia como vestíbulo para as legiões de áulicos em busca das benesses do governador Cunha Menezes, este sorria, sentado de esguelha em cadeira de alto espaldar, enquanto no meio da sala, cercado por senhoras vestidas no rigor da moda mais recente a chegar a Vila Rica, escutavam enlevadas as palavras de um declamador sem peruca, os cabelos escuros e longos caídos pelas faces avermelhadas, os olhos rútilos, os gestos incontidos e repetitivos, um ar de desassossego e fúria perpassando pelo corpo de quando em vez, e mesmo assim acariciando com o olhar as mulheres presentes, principalmente uma delas, a quem parecia dirigir as palavras que recitava:

– Se amar uma beleza se desculpa em quem ao próprio céu e terra move, qual é minha glória, pois igualo ou excedo no amor ao mesmo Jove? Amou o Pai, dos Deuses Soberano, um semblante peregrino... eu adoro teu divino, teu divino rosto, e sou humano!

As senhoras presentes se eriçaram todas, ao gesto de fim de poema com que o vate concluiu o recitativo, mas os homens da sala, faces tomadas por muxoxos, o aplaudiram sem muito empenho, a não ser um deles, um homem mais velho, que gritou duas vezes "Bravo! Bravo!", erguendo-se e sentando logo depois, sem jeito, enquanto outro, tão velho quanto ele, agastado, se ergueu da cadeira e foi para a janela aberta de par em par, virando as costas à reunião. A moça para quem o vate parecia dedicar seus versos era não mais que uma menina, mas arrumada e vestida como uma mulher mais velha, e corou profundamente, ficando com as faces tão rubras que pareceu tomada de súbita febre. Sua mãe, a seu lado, parecidíssima com ela, arregalou os olhos e beliscou-a disfarçadamente no braço a seu alcance, o que fez vir lágrimas a seus olhos, de dor e de vergonha.

Nada disso foi visto a não ser por mim, atento e encantado por estar em companhia tão augusta, e devorando com o olhar todos os detalhes, para nunca mais esquecê-los: era para essas pessoas que eu produziria o melhor de minha arte, encantando-as com imagens, cheiros e sabores inesquecíveis, e para isso precisaria conhecê-los tanto que nunca me enganasse com eles. Por maior que fosse meu encantamento com a ocasião, no entanto, algo dentro de mim me alertava, dizendo: "Acalma-te! São homens e mulheres iguais a todos!", o que era verdade, apesar de não me parecer.

No canto do salão, a um sinal do governador, um grupo de mulatos vestidos de ricas librés, portando instrumentos músicais, começou a produzir uma música tão bela que as lágrimas me enevoaram a visão: eu verdadeiramente me sentia no Paraíso Terreal. O som trêmulo das violas e violinos acompanhava a suavidade de um estranho instrumento de sopro que mais tarde vim a saber chamar-se serpentão, de som tão suave e doce que era o único instrumento de sopro permitido na música sacra. Com o início da música, as pessoas começaram a conversar, cada vez mais alto, como se pretendessem competir com os sons dos instrumentos, vencendo-os: senhoras para um lado, senhores para o outro, em flagrante competição, sob os olhares benevolentes de Cunha Menezes, que parecia sentir-se tão bem quanto um rei em presença de seus súditos, ainda que nenhum deles desse a ele a menor atenção.

O velho que gritara "Bravo!" aproximou-se do vate, apertando-lhe o ombro e dizendo:

– Ah, Gonzaga, tivesse eu o teu estro, e de quanto mais seria capaz! A maneira como tuas palavras encantam os corações é invejável, e eu trocaria toda a minha fortuna por um décimo desse talento que possuis!

Gonzaga curvou-se levemente, a fronte suada e brilhante:

– Não exageremos, Cláudio Manoel, companheiro de arte! Tua verve é tão ampla quanto a minha! Além do mais, já tens musa a quem dedicar tua arte... eu, pobre de mim! Vivo abandonado entre leis e negócios, coração desocupado e triste...

– Pois melhor que permaneça assim, meu senhor!

Quem disse essa frase, um tanto alto, foi o velho que havia se afastado para a janela, e que agora voltava, empinando o peito e mastigando as palavras:

– Se algum dia um reinol como vosmecê ousar fazer passes em direção à minha filha Maria Doroteia, saberei colocá-lo em seu devido lugar, com a ponta de uma espada, se assim for preciso! Acho-vos ousado e abusado, e vos advirto: que seja esta a última vez que vossos olhares se cruzam com os dela!

A menina estava lívida, Gonzaga boquiaberto, e o pai quase apoplético ergueu a voz e gritou:

– Vosmecê é um fanfarrão!

Quando a palavra "fanfarrão" cruzou o ar, o tempo como que se congelou, em um instante que durou mais tempo do que deveria: mas as faces de Gonzaga, de Cláudio Manoel e até do governador ficaram lívidas, denotando um abalo que nenhuma das outras exibiu. O velho que a disse, percebendo isso, caiu em si, ficando também lívido, balbuciando:

– Governador, mil perdões... não foi minha intenção... não sei como me escapou...

A situação parecia insuperável, porque Cunha Menezes se ergueu de seu trono e, avançando na direção do pai de Maria Doroteia, enfiou-lhe o dedo no nariz, esbravejando:

– Certas palavras não devem ser usadas em público, meu senhor! Se vosmecê não tem educação suficiente para isso, coloco-o nas mãos da lei para que aprenda! É isto que vosmecê deseja?

O velho quase se jogou aos pés de Cunha Menezes, balbuciando pedidos de perdão, enquanto olhava de esguelha para Gonzaga com verdadeiro ódio. Este, junto a Cláudio Manoel, também estava estranhamente lívido, como se os vitupérios e ameaças do governador fossem dirigidos a ele.

Cunha Menezes virou as costas a todos e gritou:

– Está encerrado o sarau. Voltem todos para suas casas! Já!

Eu não tinha entendido nada mas, quando tentei recuar, mestre Perinho me firmou pelo braço, mantendo-me no lugar, enquanto as pessoas, inclusive os músicos, se retiravam da sala, tentando preservar a elegância, apesar da pressa. Percebi que Cláudio Manoel pensou em dirigir-se ao governador, mas Gonzaga, com ar de medo, o demoveu em silêncio, o sobrecenho temerosamente franzido. Quando todos saíram, o governador se atirou de novo à cadeira, bufando como um touro bravo, olhando em nossa direção:

– Quem está aí?

Mestre Perinho se adiantou em sua direção, puxando-me pelo braço, fazendo-me executar a mesma curvatura que ele fez:

– Meu senhor Cunha Menezes, sou eu, vosso cozinheiro... trago aqui o moço que tão bem faz vossos biscoitos de Saboia...

A face do Governador se iluminou, e ele lambeu os lábios:

– Ah, o índio! Diz-me cá, rapaz, onde aprendeste essa arte? Decerto não foi com a bugrada entre a qual nasceste... mas tens sangue luso, não tens? A mistura está estampada na tua cara...

Isso quase me fez perder as estribeiras: não me agradava nada ver o preconceito sendo expresso por quem quer que seja, ainda mais dessa maneira que recordava o pai que me fizera; mas mestre Perinho me apertou o braço, e eu me curvei mais ainda, respirando pelo nariz, de olhos fechados, tentando retomar o controle de mim mesmo. Quando me ergui, estava com um sorriso no rosto, fixando com alegria meu senhor, que me disse:

– Ora, diz-me lá como os fazes, que nada me agrada mais que saber a receita daquilo que como...

Olhei para mestre Perinho, que me fez um sinal positivo, e comecei a descrever a feitura dos bisocitos de Saboia, tal como os fazia segundo a receita que encontrara no *Don des Comus*, onde também se chamava *Génoïse*:

— Pego 40 ovos, e separo as gemas das claras. Depois, bato as gemas com oito onças de açúcar bem branco, até que a mistura fique da cor do creme gordo, e por cima disso peneiro seis onças de farinha, para que não leve nenhuma impureza. Misturo tudo isso muito bem, sem pressa, até que o creme esteja liso. Aí, então, bato com o *fouet* as claras, até que fiquem como neve, e depois as vou colocando gentilmente dentro da mistura, para que o ar não se perca. Quando está tudo misturado, derramo em várias chapas de metal e as coloco no forno para que assem; assim que fica tudo dourado, tiro e deixo esfriar. Então cubro tudo com uma fina camada da geleia de laranja que sempre temos, e cuidadosamente as enrolo, formando pães-de-ló. Aí, depois que está tudo firme, corto em rodelinhas entremeadas, que são as que sirvo a vosmecê...

Os olhos de Cunha Menezes brilharam, enquanto um fino fio de baba escapava de sua boca levemente entreaberta; nele, mais que em qualquer outro, valia o aforismo que diz "o caminho para os corações dos homens se inicia em sua boca". Aquele poderoso governador que poucos instantes atrás havia dado sinais de ira e descontrole estava como um cordeirinho pacífico, antegozando o sabor que minha descrição lhe trazia. Decidi ir mais longe:

— Tenho pensado, em vez de usar a geleia de laranja, cobrir a massa pronta com o doce de goiaba que aqui tantos fazem. Se estiver bem suave e sem pedaços, macio e desmanchado, certamente dará o mesmo resultado, quem sabe até melhor...

Cunha Menezes se arrepiou, de puro prazer, e me disse:

— Pois faça-o! Quero experimentar essa delícia logo que possível... amanhã, pode ser?

Curvei-me novamente, enquanto Cunha Menezes disse a meu mestre Perinho:

— Tenho pensado cada vez mais em me mudar desse palácio frio e úmido para o de Cachoeira, que me daria mais conforto e prazer... só as pescarias no lago que mandei cavar já seriam de grande valor. Mas só o farei se tiver certeza de que da cozinha do novo terei o mesmo serviço que aqui tenho... o que o mestre acha?

Pois muito bem: dessa conversa adocicada ficou decidido que mestre Perinho e eu nos revezaríamos nas cozinhas dos palácios de Vila Rica e de Cachoeira, dependendo das viagens e estadias do governador em cada um deles, e de suas necessidades alimentares, que eram mais impostas pela gula que pela fome.

De volta à cozinha, meu mestre me abraçou, dizendo:

– Que beleza, menino! Já estás sendo tomado como grande cuca, mesmo antes de ter a experiência para tanto!

– Meu mestre, não é isso o que me assusta e desagrada, mas sim pensar que estaremos mais separados que juntos, cada um em uma cozinha de um palácio diferente, e nos encontrando no meio do caminho, quando fizermos a troca... como poderei cozinhar sem tuas ordens, meu mestre?

– Da mesma maneira que tens feito, menino! – mestre Perinho tinha olhos sorridentes, enquanto me abraçava, feliz. – Ou não percebeste ainda que eu tenho a cada dia deixado a cozinha mais e mais sob tua responsabilidade, e que tens te saído muito bem nesse mister? Além disso, dominas a pastelaria mais que eu, que só me sinto competente para comidas de sal, e sendo a doçaria e a pastelaria aquilo que mais agrada à Sua Mercê Cunha Menezes, certamente estarás mais na cozinha do palácio em que ele estiver do que na outra... que eu ocuparei com tranquilidade, porque já sinto a necessidade do descanso... ai, as costas me doem muito, ultimamente...

A ideia não me agradou muito, mas eu sabia que precisava enfrentar essa promoção, algum dia, e melhor que o fizesse onde pudesse continuar a aprender com meu mestre, o que me trazia certa tranquilidade. O que me chamava atenção, no entanto, era aquilo que eu não compreendera do que se passara no salão antes de nossa conversa, e perguntei ao mestre Perinho o que ali se dera. Mestre Perinho, trazendo-me mais para perto de si, com olhares de esguelha para todos os lados, disse-me:

– Circulam por Vila Rica, clandestinamente, sob o nome de *Cartas Chilenas*, vários versos que criticam o governador, dando-lhe a alcunha de Fanfarrão Minésio, e acusando-o das mais diversas incapacidades, o que o incomoda muito, e tanto que a palavra "fanfarrão" se tornou proibida em sua presença. São versos muito bem escritos, e aparentemente acertam no alvo, porque sua vítima sente seus ataques como se as palavras fossem armas de verdade...

– Mas, e o velho que agrediu ao tal de Gonzaga, usando a palavra proibida? Quem era ele?

– Pois Gonzaga foi o ouvidor de Vila Rica, homem de confiança do governador, e é um excelente poeta. Nasceu em Portugal, e vive aqui faz algum tempo, tendo negócios de mineração, mas sendo bacharel em Leis, o Cunha Menezes o escolheu para ser seu ouvidor. Tem a fama de conquistador, e a moça a quem ele estava fazendo passes é a filha do velho Seixas Brandão, que o interpelou tão duramente; ela se chama Maria Doroteia ou Joaquina, não sei bem... O outro velho, que o aplaudiu, é Cláudio Manoel da Costa, um mazombo formado em Lisboa, rico fazendeiro muito culto e estudado, que também já foi desembargador, mas hoje vive dos lucros de suas terras e minas, dando-se ao luxo de também ser poeta, veja só!

– Pois eu os notei tão abalados quanto o governador, quem sabe pelos mesmos motivos... tanto Gonzaga quanto Cláudio Manoel ficaram lívidos quando a palavra "fanfarrão" foi dita... serão assim tão amigos do governador?

Mestre Perinho me olhou mais profundamente, seu sorriso aberto na face vermelha:

– Menino, acho que tens poderes de observação exagerados! Na Vila Rica ninguém é amigo de ninguém: todos vivem segundo seus próprios interesses egoístas, e a esses nem mesmo a Coroa portuguesa consegue se sobrepor... nestes tempos que correm, a ordem de Lisboa é recolher mais que depressa o máximo de ouro possível, mesmo que para isso seja preciso roubar e piratear a fortuna alheia. Aqui nesta terra vivem da mão para boca, mandando trazer de fora tudo aquilo que não têm, mas de que necessitam para fazer vistas aos que os cercam, mostrando por vezes uma importância e abastança que não possuem, porque essa é a lei da terra! Nas Minas Gerais só progridem as aldeias onde não existe ouro, porque fornecem tudo de que os mineradores necessitam, cobrando dez vezes mais do que seria justo, fazendo com que as riquezas troquem de mão mais amiúde do que deveriam... a cobiça do rei de Portugal é diariamente imitada por todos que aqui vivem, buscando ouro, mais ouro, ainda mais ouro! Parece que, em vez de possuirem o ouro, o ouro é que os possui, e quanto mais acumulam, mais avarentos se tornam... vê se aprendes com o exemplo deles a ser exatamente o oposto do que são, estamos de acordo?

As palavras do mestre Perinho entraram em minha mente não como crítica, mas sim como conselho; de toda forma, eu não sabia por que motivos eu achara exagerada e até inoportuna a reação dos dois doutos senhores, a não ser que eles estivessem envolvidos no caso das *Cartas Chilenas* mais do que pareciam estar.

Começamos na semana seguinte, mestre Perinho e eu, a nos revezar a serviço do governador, nos palácios de Vila Rica e de Cachoeira, próximos o suficiente para não interromper o bom andamento dos trabalhos de governo da capitania, pois Cachoeira tinha clima muito mais aprazível, sem a umidade incomodativa que a tudo impregnava, na capital do ouro. A cozinha em Cachoeira era ampla, ainda que muito escura, e eu fiz por onde equipá-la da melhor maneira possível, criando nela quase uma cópia da cozinha de Vila Rica, para não sentir nenhuma diferença de monta ao trabalhar em uma e em outra. Claro está que organizei uma equipe de ajudantes, que me acompanharia por toda parte, não deixando de nela incluir minha pretinha Jacinta, de cujo tempero íntimo não conseguia mais me desfazer. Daí em diante, minha vida se tornou um ir e vir incessante, e meus encontros com mestre Perinho se espaçaram bastante, ainda que nos encontrássemos pelo menos uma vez por semana para planejar as despensas e os cardápios, na tentativa quase sempre acertada de dar a Cunha Menezes o melhor tratamento possível, de forma a que ficasse completamente satisfeito e nunca tivesse nada a reclamar de nenhum de nós.

Não foram poucas as vezes, durante esse tempo, que encontrei os senhores Gonzaga e Cláudio Manoel, seja no palácio, seja nas ruas de Vila Rica e Cachoeira, tanto nas casas mais ricas, onde passava de vez em quando para dar uma ajuda ou um conselho de cozinha, quanto nos belos e animados bordéis de Vila Rica, casas de diversão onde mulheres de todos os feitios se amontoavam, cedendo seus favores por dinheiro a quem o possuísse e estivesse disposto a pagar. Eu, no mais das vezes sem dinheiro, acabava trocando seus favores por vitualhas e acepipes que produzia com as próprias mãos sempre que tinha ganas de visitá-las, e várias, tornando-se minhas amigas, chegavam a abrir mão dessa recompensa, alegando prazer verdadeiro com minha presença, não fosse eu filho verdadeiro de meu pai e herdeiro legítimo de sua interminável sanha sensual. Os senhores mais grados da Vila Rica frequentavam esses salões alternativos, onde se comportavam da mesmíssima maneira que nos salões da sociedade respeitável, tratando as mulheres da casa com o mesmo enlevo e fidalguia com que tratavam as fidalgas e honestas senhoras de família. Gonzaga recitava muito, poemas de estro romântico, onde dava vida a uma certa Marília, musa que eu o vira louvar no sarau a que comparecera, e que parecia mesmo ser a tal menina da família Seixas Brandão, desde aquele dia trancada atrás dos reposteiros de sua casa, não fosse ela arriscar-se a ser seduzida pelas belas palavras de seu poeta, que nessas liras se cognominava Dirceu, usando todo o seu estro para, emocionando as mulheres da casa, conseguir delas os mais deliciosos momentos possíveis, pois todas se consideravam, já que ele não revelava a verdade, aptas a ocupar o lugar dessa Marília, vestindo-lhe o talhe, os cabelos, a boca de carmim, atrás de cujos lábios fulgurava o colar de pérolas dos dentes.

Cláudio Manoel era flagrantemente um imitador de Gonzaga, ainda que a idade, a falta de cabelos e o talhe atarracado não permitissem uma imitação de qualidade. No entanto, Cláudio Manoel perseguia essa semelhança com sofreguidão, quase competitivamente, beirando o plágio nos versos, criando para si uma cópia da Marília de Dirceu de Gonzaga em suas Dalianas, Eulinas, Violantes, Nises, Lises, Elisas, que sucessivamente endeusava em seus versos de métrica irrepreensível, mas sem nenhuma criatividade digna desse nome. A sensação ao ouvi-los era a de estar reescutando coisa conhecida, e não era apenas eu quem sentia isso: as mulheres a quem ele dirigia os sonetos também bocejavam, ou iam cuidar de seus afazeres em outro canto.

Uma noite, no entanto, estavam presentes em uma dessas casas outros homens, alguns dos quais eu nunca tinha visto por ali, um deles vestindo uma sotaina religiosa, o que indicaria ser um padre, não estivesse agindo de maneira tão abertamente obscena. O outro, de olhos perscrutadores e brilhantes, vestia uma farda de Alferes da Guarda, e estava acompanhado por um escravo muito bem vestido, a quem tratava como um amigo, causando certa estranheza tanto nas mulheres quanto nos outros frequentadores da casa. Junto a eles, estava um outro homem da mesma idade, ar preocupado na face, vestido com mais apuro do que os outros, e todos eles, inclusive Gonzaga e Cláudio Manoel, tinham se reunido em uma roda à margem da festa, conversando em voz baixa, com exceção do Alferes, que dizia o que tinha a dizer alto o bastante para ser ouvido na rua:

— Têm medo da simples ideia de liberdade, não suportam pensar que temos capacidade de ser senhores de nossa própria vida, sem que uma coroa adquirida não se sabe como deva nos ensinar como agir, e a esse preço tão alto! Como se pode enviar para Lisboa o ouro que não possuímos mais? E se é nosso, por que não o usamos aqui, em nosso próprio benefício?

— Companheiro Joaquim José, calma... — o padre estava rindo, abraçado à cintura de uma parruda mulher de tez amendoada. — O que é deles, a eles será dado, e muito antes do que podem pensar...

— Pois a mim, interessa mais salvar o que é meu do que devolver o seu a quem o possui... — isso foi dito pelo homem de face preocupada, suspirando profundamente, como se tomado por grande tristeza. — Estar à mercê dos que nos cobram é sempre pior do que ver os outros sendo cobrados, porque em meu bolso só dói a ausência do que dele tiram, não o que tiram do bolso alheio...

O Alferes sacudiu a cabeça, desacorçoado:

— Silvério, Silvério, não é assim que se faz o progresso da humanidade! Para de pensar só em ti e pensa nos inúmeros outros que também sofrem o que tu sofres, porque é sempre melhor acabar de vez com o sofrimento de todos do que, paliativamente, resolver apenas o problema de alguns...

– Quando dizes isso, nem pareces o dentista que cada vez fica mais famoso, Joaquim José! Pois se tu mesmo trabalhas em um dente de cada vez, salvando-o da melhor maneira possível, em vez de fazer como os tantos outros carrascos que nos arrancam toda a dentadura de uma vez só!

Com essa frase de Gonzaga, todos riram, menos o Alferes que, seriamente, retrucou:

– Mas e é exatamente isso que estou a fazer com Joaquim Silvério, incluindo-o na dentadura para que salvemos todos os dentes... não creio que ele, tendo a boa índole que certamente tem, prefira egoistamente salvar-se sozinho a salvar-se organizadamente junto com todos... não é verdade, Silvério?

Joaquim Silvério deu um sorriso frouxo e amarelo, acenando com a cabeça em concordância, mas seus olhos permaneceram desconfiados e obtusos, como se em nenhum instante acreditasse no que lhe diziam.

Os homens, entre eles o padre, que de todos parecia o mais afeito aos prazeres da carne, acabaram por se retirar para o interior da casa, inclusive o preto que acompanhava o Alferes, e que fora aceito por uma mulatinha de olhos amarelados, com quem embarafustou pelos corredores escuros. Eu fiquei na sala por um tempo, mas como nenhuma das mulheres que ali estava me despertou interesse maior que o normal, preferi voltar para o palácio, onde Jacinta certamente me satisfaria, se não estivesse dormindo.

O palácio do governador de Vila Rica estava às escuras, não fossem os fogachos que brilhavam de tantos em tantos pés, e o ruído das botas de tropeiro nas pedras da escadaria e no corredor escuro ecoavam, enquanto eu me dirigia à cozinha, onde um fogo ainda brilhava. Qual não foi minha surpresa ao ver, sentados à mesa de preparo, mestre Perinho e Francisco de Aviz, conversando gravemente. Meu mestre Francisco iluminou o rosto ao ver-me, e eu me sentei com eles, tomando o café ralo e doce que foi requentado em uma ciculateira na beira do fogo durante todo o tempo de nossa conversa; quando, depois de perguntar-me como eu ia e saber de meus progressos no ofício, meu mestre me questionou sobre meus poderes de observação da realidade, contei-lhe os dois momentos que mais me haviam chamado a atenção em todo tempo que ficáramos separados. Ao falar da noite em que conhecera o governador Cunha Menezes, mencionei minha estranheza pela reação de tantos homens à palavra "fanfarrão", e meu mestre Francisco me esclareceu:

— Pois fica sabendo que o Critilo que escreve as *Cartas Chilenas*, e o destinátario Doroteu, pretensamente vivendo em Chile e Espanha, são na verdade Tomás Antônio Gonzaga e Cláudio Manoel da Costa, dando sinais inequívocos de sua vida clandestina enquanto se beneficiam de seus cargos e riquezas na alta sociedade da Vila Rica. Já pensaste de que maneira se sentiria Gonzaga, ouvidor ligado ao governador, se descobrissem ser de sua autoria as diatribes clandestinas que infestam a capitania? No mínimo passaria pela experiência do baraço e pregão, perdendo importância e valor aos olhos dos poderosos a quem serve...

— Então são falsos, esses homens, meu mestre?

Francisco de Aviz sorriu:

— Pode ser que sim, pode ser que não. A falsidade por vezes é a última defesa da liberdade de um homem; não vês a mim e a teu mestre Perinho? Nossas vidas são como uma cebola de falsidades, em que cada casca é o exato contrário da que a cobria, e por baixo dessa novamente surge a anterior, modificada e apta a ocultar uma sua contrária, cada vez mais profunda. Basta que um homem não seja falso com sua consciência e responsabilidade para que a falsidade se revista de valor insuspeito: ela pode ser a exata diferença entre a sobrevivência e a destruição. Aprende isto, Karaí-Pequeno: no mundo em que vivemos, a capacidade de fingir ser aquilo que não somos muitas vezes é o que nos garantirá a existência. Tu mesmo, em diversas ocasiões, já viste como a mestiçagem traz problemas, e tua sorte é pareceres mais um desses amerabas tisnados de sol do que o mameluco que verdadeiramente és... e a outra ocasião, qual foi?

— Pois acabo de sair dela, mestre Francisco: na casa de mulheres da Rua de Baixo estive em companhia muito interessante...

Quando terminei de contar o que havia presenciado, mestre Francisco me olhou de maneira muito peculiar:

— Fascinante... tenho a impressão de que gravaste em tua mente as exatas palavras que foram ditas, é isso?

— Creio que sim, meu mestre; minha memória não é de todo ruim...

— Ruim? É perfeita! — mestre Perinho ergueu-se a meio da mesa, admirado. — Já tenho visto tantas provas dessa tua perfeita memória que mais prefiro confiar nela que na palavra impressa!

Mestre Francisco me encarou:

— Pois tens mais talentos para aquilo que serás necessário do que eu poderia imaginar: só saber que podes gravar em tua mente as coisas mais complexas, sem necessitar escrevê-las, me tranquiliza enormemente. Presta atenção, Pedro: esses homens que encontraste são um movimento político que pode ter consequências quase inacreditáveis na vida dessas colônias. Vai ser preciso que te unas a eles, criando com eles tanta intimidade que não se neguem a revelar-se a ti, estando também dispostos a ouvir-te, quando tiveres o que dizer-lhes... Deves tornar-te parte de seu movimento, cuidando para que tudo o que façam siga o influxo dos sãos princípios da razão e da ética; tu te sentes capaz disso?

— Sem dúvida, desde que seja capaz de compreender o porquê de teu pedido, meu mestre; ultimamente tenho sentido grande ojeriza por pedidos insustentados, principalmente por parte dos poderosos que só desejam exercer o poder de que são depositários...

Francisco de Aviz se debruçou em minha direção, os olhos rútilos, baixando a voz até que eu mais a pressentisse que escutasse:

— É preciso conhecer a fundo o que esses homens pretendem, e de que maneira seu movimento se une aos diversos movimentos do mesmo teor de que o mundo está prenhe. Os colonos da América do Norte, movidos pelos mesmos motivos, deram um basta à tirania do rei George, e formaram seus Estados Unidos, uma federação constitucional, em uma revolução que foi financeiramente apoiada pelos franceses, à custa de muito dinheiro... e esse dinheiro agora faz falta ao povo da França, que também está sendo movido pelas mesmas ideias de liberdade, igualdade, fraternidade, enquanto mendiga um pedaço de pão. Na França, sem sombra de dúvida, haverá a mesma revolta sangrenta, talvez até mais...

Mestre de Aviz recostou-se na cadeira, fechando os olhos, como se sonhasse:

— Somos a segunda maior colônia real do mundo conhecido, e de todas as partes do mundo, até mesmo da terra do rei George, as ideias de que falo são derramadas sobre os outros homens, dando um sentido às suas vidas. Já ouviste falar dos pedreiros-livres?

A expressão não me era desconhecida, e eu me recordei de uma conversa alguns anos antes em um pouso de tropa, em que um homem se arrepiara todo à simples possibilidade de que trabalhadores na pedra discutissem o poder dos reis e a veracidade de sua fonte divina. Meu mestre Francisco continuou:

— São uma ordem iniciática nascida entre os construtores de templos da Antiguidade, que vem se perpetuando entre eles e os que lhes são próximos em todas as partes do mundo, trazendo à luz pela primeira vez na história da humanidade as ideias da liberdade, apresentando propostas possíveis para alcançá-la. Afinal, a felicidade não é um fim desejado, mas sim uma prática diária, pois só sendo praticada pode ser considerada real e existente; e é exatamente essa prática que os pedreiros-livres defendem, à revelia de qualquer poder que os deseje subjugar, seja ele o dos reis ou o dos príncipes da Igreja de Roma. Ela ainda não existe em nossa terra, mas há muitos de seus membros entre nós, pois se filiaram a ela em Portugal, Inglaterra, França, onde tem força oculta e incalculável.

– Mas se ainda não existe entre nós, que poderá fazer por nós essa ordem de pedreiros-livres isolados e em número tão pequeno? Não precisam dessa ordem para justificar a própria existência?

Mestre Francisco sorriu:

– É preciso não confundir maçons e Maçonaria: ela existe até mesmo onde não está, da mesma forma que uma reunião de alguns de seus membros não a torna concreta. A prática da Maçonaria tem diversas facetas, e cada um de seus membros pode encontrar nela alento e caminho para suas dúvidas e certezas. Mas as ideias maçônicas, estas sim são imutáveis, e onde quer que se apresentem já fazem vislumbrar a presença cada vez mais próxima da Maçonaria...

Não consegui perceber completamente o que meu mestre dizia, mas aceitei o que tinha entendido sobre o assunto, pois essa ordem necessitava de meus serviços em busca da liberdade que lhe era tão cara: eu também tinha pela liberdade uma paixão incomensurável, nascida de minha servidão quando criança, e podia sentir (mais do que entender) a divina volúpia de possuí-la, sendo senhor de mim mesmo, ao tornar-me servo de ninguém.

Meu mestre estabeleceu comigo uma prática interessante: eu deveria informar-me não apenas sobre as ações dos poderosos de nossa vila, mas principalmente sobre os movimentos e atividades dos que lhes eram contrários, e que estariam, pelo que pude entender, sendo a cabeça de ponte da Maçonaria na colônia do Brasil. Para isso, devia estar o mais silenciosamente possível na presença dos que tivessem algo a dizer, buscando uma invisibilidade que me permitisse tudo ouvir sem levantar desconfianças. Tudo o que descobrisse, deveria guardar em segredo e revelar apenas a ele, sempre que estivéssemos juntos, o que se daria mais amiúde, pois ele agora estava pesquisando plantas na região das Minas Gerais, tendo a Vila Rica como centro de suas viagens. O que ele faria com o que eu lhe dissesse, eu não o sabia, mas pressentia que sua ligação com a tal Maçonaria era bem maior do que ele nos dava a entender.

Dessa noite guardo uma lembrança bem viva, pois nela começou uma parte muito interessante de minha vida, exatamente aquela que me deu rumo e objetivo e me tornou esse que hoje sou.

Soube também a identidade do padre que encontrara no bordel da Rua de Baixo: era o padre Oliveira Rolim, proprietário de terras e escravos, com interesses em todos os negócios que pudesse, morador no Serro Frio mas constantemente em Vila Rica, principalmente depois que as reuniões dos que pretendiam a liberdade do Brasil tiveram início. Estranhei, com certeza, as atitudes fesceninas e carnais desse sacerdote, que por força de seu ofício e vocação deveria ser avesso a tudo que fosse carne, valorizando o espírito; mas ele não era o único que assim agia, nessa sociedade em que o prazer sexual era tão malvisto quando desejado, e se tornara tão importante para todos, ou pelo menos a grande maioria, na qual eu também me incluía, que estávamos todos dispostos a comprometer nossa alma imortal para viver as delícias do corpo.

A divisão esquemática entre corpo e alma, se foi inventada por Paulo de Tarso, acabou sendo distorcida por Agostinho de Hipona, que de cambulhada ainda promoveu o livre-arbítrio, a coisa impossível e inútil. Infelizmente, não havendo verdade em nada do que impôs como lei, os seres humanos perseguiam sua própria felicidade da maneira que podiam, ocultando sob o véu da perversão tudo aquilo que era carnalmente saudável e natural. Eu, que desenvolvera minha sexualidade entre os Mongoyós, tive muitos problemas ao vê-la transformada em pecado pelo padre da fazenda de meu pai; mas agora que era senhor de mim mesmo, voltara a ser sexualmente um índio, permitindo que meu corpo se expressasse sem medo nem vergonha nem qualquer temor de um castigo na vida futura. O pior que me poderia acontecer seria depois de morto tornar-me um *kuparak*, já que me era impossível ser aquilo que a metade branca de mim mesmo me impunha. Essa metade branca, contudo, me preenchia com uma racionalidade cada vez mais intensa, que me fazia ser coisa nova, mais que índio e mais que branco ao mesmo tempo, porque da mistura, como nas comidas, os antagonismos sempre geram excelência.

O ano se passou entre cozinhas distintas e visitas aos lugares de prazer onde a política se tornara assunto corriqueiro, e eu ali cumpri minha tarefa de maneira exemplar. Vim também a conhecer o advogado e coronel Alvarenga Peixoto, um dos mais sérios e dispostos combatentes pela causa da libertação da Coroa: foi dele a ideia de aproveitar-se de uma derrama que Portugal exigia, e que seria impossível de satisfazer, dada a virtual pobreza da capitania, para levantar o povo e com isso tomar o poder. Mas nossa surpresa foi imensa, ao chegar à vila a notícia de que Cunha Menezes deixaria de ser nosso todo-poderoso governador, pronto para ser substituído; a notícia nos foi trazida por José Álvares Maciel, recém-chegado da Europa onde andara estudando metalurgia enquanto, na calada da noite e segundo rituais desconhecidos de todos, se tornara maçom, pedreiro-livre, voltando para o Brasil com inúmeras cartas de autoridades maçônicas portuguesas, todas rigorosamente em cima do muro quanto à questão da liberdade para as colônias. Os maçons ingleses, ao contrário, pelo que as cartas mostravam, estavam terminantemente decididos a fazer de nós um mercado exclusivo tão forte quanto o que haviam perdido com a independência dos Estados Unidos, e nos apoiariam em tudo que pudesse ampliar esse mercado, fosse a independência, a república ou até mesmo a abolição da escravatura. Segundo sua maneira de pensar, valia mais um trabalhador assalariado que um escravo, porque o segundo, não tendo posses, não poderia consumir os produtos com que os ingleses ansiavam por nos abarrotar. Para isso os ingleses não hesitariam em fazer uso da Maçonaria como forma de alcançar seus objetivos, inconfessados até mesmo entre maçons.

 Um dos momentos mais interessantes que vivi foi um jantar secreto, para cuja preparação trabalhei na casa que pertencia ao pai de Maciel, logo no Morro do Cruzeiro, antes da entrada de Vila Rica: o pai devia muito à Fazenda, e isso impôs ao filho sua defesa, fazendo-o tornar-se a cada dia mais e mais ativo no movimento, já que voltara ao Brasil exatamente para isso. O próprio Gonzaga também já tinha sofrido desonra financeira nas mãos de Cunha Menezes, o que talvez explicasse sua reação disfarçada em poesia crítica, enquanto oficialmente se mostrava submisso e cortês com seu antigo inimigo. Na verdade, cada um dos homens que ali estavam tinha seus próprios motivos para estar no movimento: até mesmo o Alferes Xavier, de todos o que mais parecia consciente dos verdadeiros objetivos do que faziam, nele entrara movido por vingança, já que Cunha Menezes o tinha preterido numa promoção dentro da Guarda. É verdade, no entanto, pelo que pude perceber, que muitos deles haviam se transformado em verdadeiros campeões da liberdade, e o que neles se iniciara como um movimento de busca por vantagens pessoais havia se transformado em luta por um bem maior e mais importante. Não em todos, infelizmente; muitos lá estavam buscando o que sempre tinham buscado. Queriam as riquezas, a fama, o poder, não importa o preço que tivessem de pagar por isso, e seu objetivo não se transformara, mesmo tendo havido mudança em suas ações.

Incrível como eu conseguia observar essas realidades simplesmente analisando o comportamento de cada um à mesa e durante as conversas sobre os mais variados assuntos. De todos, o mais fascinante era, sem dúvida, o Alferes Xavier: seus olhos brilhavam quando vinha à baila o assunto das liberdades, e os alimentos de excelente sabor que eu preparara ficavam no prato, esquecidos, enquanto ele se impunha sobre os outros, ansiosamente buscando ver nos olhos de seus companheiros a mesma luz fraterna e igualitária que ele lançava pelos seus.

– Não creio que façamos o sucesso de nosso movimento mantendo-o mais secreto do que já é! É preciso que São Paulo e Rio de Janeiro se unam a nós, para que com a força das três cidades mais ricas e importantes da colônia possamos impor nossa vontade de liberdade!

– Secreto? – retrucou Alvarenga Peixoto, sério. – Tornamo-nos um segredo de polichinelo, nos últimos meses! Só falta cairmos no gosto do público para nos tornarmos a moda mais recente, vendo o movimento se esvaziar por absoluto excesso de adesões!

– Não há nada demais nisso, companheiro Alvarenga! – o Alferes se ergueu de sua cadeira. – Já passou da hora de nosso movimento se tornar amplo e irrestrito, tomando todo o Brasil, de norte a sul! Se todos sabem dele, melhor! Quanto mais gente souber e estiver disposta a preencher lugar em nossas fileiras, quando chegar a hora do combate, melhor para todos!

Gonzaga pigarreou:

– O que sabemos é que a derrama virá, e quanto mais cedo chegar, mais cedo levantaremos a colônia! Pelo que soube, as ordens do novo governador incluem o lançamento imediato da derrama, porque é isso que a Coroa quer: eis, portanto, como Maria de Portugal está fazendo por nós aquilo que nós não seríamos capazes de fazer! Ela nos concede a primeira fagulha na detonação do paiol que é o Brasil!

– Bem, havendo derrama, não há como pagar o que se deve, e todo o povo sabe disso! É preciso crer na força da desobediência civil! Quando todo um povo não aceita os desmandos de seus governantes, é seu dever destroná-los, colocando em seu lugar governantes que lhes sirvam, como povo e nação! Nos Estados Unidos da América os governantes estão sendo escolhidos democraticamente pelo povo das antigas 13 colônias, por meio do sufrágio universal... não ter rei não significa que não tenham lei: sua Constituição, como todos que a lemos e pudemos ver, é uma obra-prima de respeito à humanidade!

Os aplausos ao Alferes foram intensos, e Cláudio Manoel disse, meio a medo:

– Só o que poderia nos atrasar seria a desistência de lançar-se a derrama... se a Coroa fizesse isso, estaríamos sem motivo para a rebelião... não é verdade? Aliás, Maciel, tu que és tão bem informado, já sabes quem será o novo governador das Minas Gerais?

José Álvares Maciel sorriu, com ar vitorioso:

– Ainda não posso revelá-lo, companheiros, mas posso garantir-vos a todos que será um nosso grande aliado, mais disposto a unir-se a nós que à causa dos realistas. Ele estará de nosso lado em todos os momentos, e poderá ser-nos muito útil, quando chegar o momento de estabelecermos o Império do Brasil!

Os murmúrios de curiosidade se ergueram; afinal, esse segredo entre conspiradores não fazia o menor sentido, na opinião dos que não sabiam o que desejavam saber, enquanto quem o sabia fazia disso grande exibição de poder. Maciel era um bom homem, no entanto, e se não disse nenhum nome, praticamente desvendou o segredo, que logo se tornaria conhecido de todos:

– É um grande homem, fundador da Academia de Ciências de Lisboa, iluminista... e maçom! Sinceramente, a tomar por suas ideias, e por sua história de enfrentamento do poder do reino, ninguém o diria português! Atravessamos o Atlântico juntos, no mesmo navio, e viríamos juntos para Vila Rica, se ele não tivesse de cuidar de sua mulher, adoentada, ficando com ela no Rio de Janeiro. Mas dentro de poucos dias, logo no início de julho, aqui estará, e poderemos contar com ele em todas as nossas manobras. Não conheço ninguém que possa ser-nos mais útil que esse homem, e dentre nós é o único que, com a devida vênia, tem em si aquilo de que precisaríamos em um imperador do Brasil!

A surpresa na assembleia não foi menor que a minha, tirando chapas do forno enquanto esticava os ouvidos para a conversa da sala. O Alferes Xavier disse, com voz entristecida:

– Imperador? Maciel, cuidei que tu fosses republicano... enganei-me?

– Xavier, cada coisa em sua devida hora: primeiro a liberdade, que só pode acontecer se nos tornarmos um Império tão poderoso quanto a metrópole! Depois, aí sim, quando todo o Brasil estiver unido, decidiremos pela República!

Mais triste ainda, o Alferes disse:

— Decidiremos, quem, Maciel? Em uma república quem decide é o povo, não esse pequeno grupo... quando lhes permitirmos voto, teremos de aceitar sua vontade, qualquer que seja ela, mesmo que não estejamos de acordo... a democracia tem dessas coisas... eu pessoalmente creio que a primeira providência que teremos de tomar será libertar os escravos, para que se unam a nós e...

— Xavier, queres que fiquemos na miséria? Como viveremos sem os escravos que trabalham? São os geradores de nossa riqueza; abrir mão deles é pior que qualquer derrama!

O temor de Cláudio Manoel era verdadeiro: sendo ele mesmo grande proprietário de terras e escravos, sentia na pele a possibilidade da perda de qualquer parte de sua fortuna. Maciel, no entanto, o acalmou:

— Fica tranquilo, Cláudio Manoel; a abolição da escravatura, se vier, não é para já: o Império do Brasil ainda precisará de seus escravos por um bom tempo, e será muito gradativamente que os incluiremos entre os cidadãos do Império. Ninguém que pretenda libertar-se está disposto a perder sua mão de obra; os estadunidenses, por exemplo, perceberam isso muito rapidamente, e continuam com mão de obra escrava e suas terras e negócios, mesmo depois da independência... por que agiríamos diferente deles?

— Porque somos melhores homens que eles! — o Alferes deu um murro na mesa, fazendo tremer a baixela. — Devemos seguir-lhes o exemplo, mas aperfeiçoando seus equívocos, em vez de repeti-los! Somos todos homens iguais, independentemente da cor da pele ou do continente de origem! Por que essa diferença artificial entre nós?

— Não exageremos, Xavier. Não existe essa igualdade que tu defendes. Da maneira como ages, em breve estarás querendo que também as mulheres tenham direito a voto...

A gargalhada foi geral, menos da parte do Alferes, que ficou na cabeceira da mesa olhando seus companheiros como se os visse pela primeira vez. Depois que o riso diminuiu, disse, em voz bem baixa:

— E por que não? Não são elas a outra parte de nós, talvez a melhor parte? Não são nossas mães, mulheres, companheiras? Tu não darias o direito de voto à tua própria mãe, Maciel?

— Claro que sim, porque sei que ela votaria exatamente como eu lhe dissesse para votar... as mulheres não têm consciência nem capacidade para negócios ou política, Xavier! Precisam ser guiadas o tempo todo, para que não corram o risco de perder-se... acalma-te, Xavier! Não exageremos, ora pois!

O Alferes sacudiu a cabeça, como se não cresse no que ouvia; depois, sentando-se novamente, tomou um grande gole da taça de água à sua frente, enquanto Maciel continuava:

— Já falei com o novo governador sobre nossos planos; ele ainda não aderiu a eles diretamente, porque pretende ver de que maneira o movimento já cresceu e se espalhou na colônia. Não tenho dúvida de que o fará, quando perceber até onde já chegamos. E se lhe oferecermos uma posição importante no novo Império do Brasil, talvez a de imperador, para a qual parece ter sido talhado sob medida, não rejeitará nenhuma de nossas ofertas. Temos nele um grande aliado, podeis crer, companheiros! E sem dúvida, graças às suas ligações com a Maçonaria de Portugal e da Inglaterra, todo o apoio dos pedreiros-livres de todo o Universo!

— E se não houver derrama, por que deveríamos rebelar-nos contra a metrópole? — era Joaquim Silvério, seu eterno ar de preocupação flagrante no rosto escuro. — Não seria melhor que continuássemos súditos de Portugal, a arriscar-nos a ser senhores de um Império sem poder?

— Pretende roer a corda antes da hora, Silvério? Que mania...

Com essa frase de Gonzaga, o Alferes se ergueu, colocando sobre os ombros a capa colonial que estava sobre o enconsto de sua cadeira:

— Companheiros, já me vou; o Rio de Janeiro me espera, pois tenho reunião com o vice-rei para apresentar-lhe o projeto de canalização que preparei; aproveitarei a viagem para medir nossos apoios na capital da colônia e quem sabe aumentar o número de nossos aliados entre os amerabas descontentes.

Alvarenga Peixoto se ergue, preocupado:

— Xavier, cuida de tua língua no Rio de Janeiro; olha bem o que dizes e a quem dizes. Não coloques o movimento em perigo...

O Alferes, cobrindo a cabeça com o capuz da capa, para não pegar a friagem da madrugada que já ia alta, disse:

— Acalma-te tu também, Alvarenga, nada pode me acontecer de mal; aquilo pelo que luto é a verdade, e contra a verdade não há argumentos! Boa noite a todos, até mais ver!

O Alferes saiu pela porta, e Alvarenga disse:

— Ele crê no poder da verdade mais que no dos poderosos, que não se interessam por ela; nenhuma verdade impedirá que nos torturem e matem, se assim o desejarem. Ele devia ser mais discreto.

— De certa forma, ele cumpre um papel que nenhum de nós tem coragem para viver: o de propagandista da ideia de liberdade — Maciel sorria, enlevado. — Por mais exageros que cometa, a ideia da liberdade já é fruto maduro, pronto para colher, e ele simplesmente o mostra aos que não o conseguem ver.

Silvério, erguendo-se também, disse:

— Se ele estiver disposto a dar o pescoço por nós, livrando-nos da forca, por mim não há problema; o problema está em saber que a corda estará em todos os nossos pescoços, se ele não se calar...

Ouvindo essa frase, Cláudio Manoel ficou branco como cera, os lábios cianosos, e passou a mão entre o pescoço e a gola, como se esta o apertasse. Gonzaga, mais bêbado que sóbrio, dormitava na cadeira, decerto sonhando com sua Marília, pelo sorriso que lhe vinha aos lábios. Alvarenga, vendo isso, ergueu-se também, e disse:

— Enquanto Gonzaga sonha com sua musa, eu vou ao encontro da minha. Adeus, companheiros...

Os outros também se ergueram, e Maciel os acompanhou, pois seu pai apenas cedera a casa para o encontro, sob o disfarce de um jantar fechado entre amigos, retornando todos para suas residências, alguns em lugares afastados da Vila Rica. Eu, acostumado a andar, deixei a casa algum tempo depois, tendo arrumado minha bagagem em uma bruaca bastante grande, deixando-a por conta dos escravos do pai de Maciel, que a levariam para a cozinha do palácio, onde cheguei uma meia hora depois, um pouco ofegante pelo ritmo que tinha imprimido à subida das ruas desertas e escorregadias. O cheiro de Jacinta no olfato de minha lembrança era impulso mais que suficiente para esse passo acelerado, mas se ela não estivesse disponível, alguma outra me serviria. Recordei-me subitamente de meu pai, o insuportável Sebastião Raposo, dizendo que o cheiro das negrinhas lhe sabia melhor que o das índias, e me preocupei: estaria eu me tornando uma cópia dele?

Quando entrei na cozinha, encontrei meu mestre Francisco de Aviz, de pé ao lado do fogão, bebericando de uma caneca de folha o café que permanentemente estava requentando na beira do fogão, já adoçado com a rapadura escura que as escravas moíam para ser usada como doce das bebidas. Ele ia e vinha pelas estradas das Minas, e sendo conhecido de todos no palácio de Vila Rica, já entrava e saía como se fosse de casa. Sendo esse meu trato com ele, imediatamente lhe disse de onde vinha e o que vira e ouvira. Ele não ergueu os olhos da caneca, escutando-me atentamente, mas sem me olhar, como se em sua mente estivessem passando outras coisas que não as que eu lhe dizia. Terminei de narrar minha noite e também me calei, observando-o, e ele finalmente saiu de seu mutismo, como que acordando:

— Interessante o que me contas, Pedro; quer dizer que o fidalgo que viajou de Portugal para cá na companhia de José Alves Maciel é quem será o novo governador? Fascinante... bastaria que conhecêssemos a lista de passageiros da nave que o trouxe para desvendar esse mistério...

— Ele disse que é um fidalgo iluminista e maçom, fundador da Academia de Ciências de Lisboa...

Francisco de Aviz franziu o sobrecenho.

— Isso reduz ainda mais nossas possibilidades: os fundadores dessa Academia foram quatro: Domingos Vandelli, o duque de Lafões, o abade José Correia da Serra e Luiz Antônio Furtado de Castro, dos Furtado de Castro do Rio Mendonça e Faro, nascido no Campo de Santa Clara, em Lisboa, e que é hoje, por herança de família, o sexto Visconde de Barbacena. Todos foram protegidos do marquês de Pombal, e graças a isso enfrentaram acusações de "jacobinismo" por parte dos ministros conservadores que o sucederam, passando maus bocados nas mãos da polícia de Pina Manique... ainda bem que tiveram na família real um apoio incalculável...

— Na família real? Mas quem na casa de Bragança apoiaria afilhados de Pombal?

Francisco de Aviz sorriu, olhando-me pela primeira vez:

— O príncipe dom João, que por incrível que pareça também foi discípulo de Pombal... por mais que a rainha Maria o considere "representante do Diabo", seu próprio filho o tem em altíssima conta, protegendo a todos que com ele privaram de intimidade... mas continuemos nosso raciocínio: o duque de Lafões é velho, Correia da Serra é abade, Vandelli é cientista e sem nobreza; só nos resta o Visconde de Barbacena, que reúne idade, linhagem e conhecimentos para exercer a função... se eu fosse jogador, apostaria nele como sendo o próximo governador dessas terras... ainda mais por ser aparentado de Martinho de Melo e Castro, hoje primeiro-ministro de Maria de Portugal. Formou-se em química, e foi certamente nesse curso que se tornou amigo de Maciel, que também tirou diploma nessa matéria. Mas tem mais: é amigo de Rodrigues Macedo, o maior banqueiro dessas Minas Gerais, e sobrinho do vice-rei, que hoje domina toda a colônia de seu palácio no Rio de Janeiro!

Meu mestre de Aviz se ergueu, batendo os fundilhos.

— Não me resta mais nenhuma dúvida: o próximo governador das Minas Gerais já é o Visconde de Barbacena! Quem viver, verá!

— Então, a revolta de Minas é garantida, meu mestre; pelo que o Maciel disse, e pelo que tu me revelaste, Barbacena já é parte da conspiração!

Francisco de Aviz me olhou profundamente, e depois disse:

– Isso é o que veremos a seguir: aguardemos... seria de esperar que, por ser maçom, se unisse incondicionalmente aos que também o sejam... mas, havendo maçons e maçons, isso nem sempre é verdade. Só o tempo dirá de sua adesão a esse movimento tão rico de ideias, mas tão pobre de certezas, pelo menos por enquanto... O que precisamos é que te tornes o mais presente possível nesse movimento, para que possamos saber de tudo o que se passa e, na exata medida das necessidades, colaborar com aquilo que é justo e perfeito...

Meu mestre tinha razão; só me tornando íntimo dos conspiradores é que eu poderia saber o que pretendiam e, informando a meu mestre, ajudá-los na realização de seus desejos. Em minha maneira de ver, a liberdade significa nada mais que ter o absolutamente necessário para que sejamos aquilo que devemos ser, possuindo exatamente tudo que deveríamos possuir. Para isso, cada homem deve tornar-se senhor de si mesmo, explorando dentro de si todas as suas possibilidades, e eu o reconhecia no mais profundo de meu ser, por ter sido servo e conseguido me libertar, apenas para tornar-me responsável por mim mesmo, tornando-me dono de meu próprio destino.

Pus-me então a pensar como faria para ser o mais íntimo possível dos conspiradores, que ali em Vila Rica já eram muitos, e na região das minas de ouro e diamante ainda mais, notando que o fato de cozinhar para eles nunca seria suficiente para isso, já que a função de cozinheiro em nada me valorizava a seus olhos, sendo ofício subalterno, a seu ver; mas que o fato de estarmos juntos em sua outra vida clandestina, a dos bordéis, aceita como veladamente satisfatória pela sociedade, seria território no qual acabaríamos por desenvolver camaradagem suficiente para que confiassem em mim e não se furtassem a revelar seus planos. Eu não tinha nenhuma dúvida quanto a isso, nem quanto ao objetivo positivo de meu mestre; reconhecia nele, tanto quanto nos conspiradores, o desejo sincero de liberdade, talvez maior até mesmo que o dos mais ativos defensores dela, e por minha própria índole libertária, não me furtaria nunca a qualquer movimento nesse sentido.

Foi assim que, sempre que a noite chegava, buscava nas ruas mais escuras da Vila Rica o bordel em que os conspiradores estivessem, já que era neles que preferiam reunir-se, para não levantar nenhuma suspeita quanto a seus atos. Tornei-me, dessa maneira, figura corriqueira, havendo até mesmo um dia em que, tendo ficado fora de combate por causa de uma febre passageira, fui saudado por Gonzaga com espantosa familiaridade:

– Oh, cozinheiro, onde estiveste nesses últimos dias? Sentimos tua falta entre nós... quando podes cozinhar de novo para essa alegre companhia, completando em nossa boca os prazeres que essas senhoras nos dão no resto do corpo?

Foi assim que me tornei leva e traz de meu mestre, tornando-me indispensável para os conspiradores, que quase todos os dias faziam uma coleta entre si, juntando moedas para que eu, com o máximo de minha arte, pudesse alimentá-los de maneira excelente, dando-lhes o mesmo passadio que o governador, cada vez mais turrão e mal-humorado, também tinha em sua sala de refeições. Mestre Perinho e eu nos havíamos tornado uma máquina de alimentar perfeitamente azeitada, e nos últimos tempos só nossa capacidade de criar delícias com os ingredientes mais simples, já que até mesmo o governador estava passando por dificuldades momentâneas em matéria de finanças, era o que lhe dava algum prazer, e nós insistíamos nisso, para que de nossa parte não houvesse nenhum motivo de desdouro ou insatisfação, como víamos acontecer cada vez mais amiúde com todos que dele se aproximavam. A perda do poder, que já era de conhecimento de todos, ainda que não soubessem quando se daria, pairava sobre ele como uma nuvem de miasmas, envenenando-o com a desatenção de seus fâmulos, a cada dia em menor número nos salões de seu palácio. Talvez por isso tenha decidido passar a maior parte do tempo no palácio de Cachoeira, onde navegava para lá e para cá em seu barquinho de pesca: isso deixara Vila Rica sem sua supervisão, e eu preferi ficar nela, para poder estar em contato cada vez mais próximo dos conspiradores e seus planos. Para mestre Perinho, Cachoeira era bem melhor: sendo menos úmida que Vila Rica, atacava menos o lumbago que por vezes o mantinha derreado sobre o catre, na sala contígua à cozinha, dando ordens aos gritos e tornando a vida de seus auxiliares em um verdadeiro inferno, pelo qual se desculpava tão logo melhorasse e voltasse ao normal. Por isso, foi ficando por lá e eu em Vila Rica, o que servia sobremaneira aos planos que eu deveria seguir. Era 11 de julho quando a cidade se animou, e seus habitantes correram todos para as janelas, portas, varandas e alpendres, porque alguém gritara que aí vinha o novo governador das Minas Gerais, o que nos agitara além da conta.

Um tempo novo se avizinhava, e nenhum de nós conseguia presumir quanto: a chegada desse fidalgo português traria tantas mudanças que qualquer opinião imutável logo se tornaria tolice, absurdo ou coisa pior. Quanto pior, isso ainda estávamos por ver, e certamente veríamos, se não morrêssemos antes.

Capítulo XII

No dia 11 de julho fomos todos reunidos na frente do palácio de Vila Rica para conhecer o novo governador, que acabou mesmo por ser o Visconde de Barbacena, como Francisco de Aviz havia deduzido. O exército de serviçais se colocou no alto da escada que o governador subiria, depois de atravessar a multidão reunida nas ruas, mais por curiosidade que por respeito. De toda forma, havia uma certa esperança nessa troca de guarda: Cunha Menezes, nos três anos que esteve na Vila Rica, tornara-se odiado por todos, sendo muito claro que sua mudança quase definitiva para Cachoeira acontecera por falta de segurança na capital da capitania. Além disso, diziam as más línguas, lá ele tinha tempo e tranquilidade suficientes para femininamente entregar-se a prazeres vis com seu guarda-costas, um cruel e boçal gigante chamado Jeunot, que fora motivo de espanto e ira desde o dia em que chegara a Vila Rica: eu, no entanto, sequer tocava nesse assunto com meu mestre Perinho, não apenas para não constrangê-lo, mas principalmente porque a forma como cada um decide ter seu prazer não é assunto de meu interesse, por mais que a curiosidade natural me fizesse querer saber.

Foi uma transmissão de poder muito estranha, porque o antecessor não se encontrava no palácio na hora de entregar ao Visconde os adereços e atributos de seu cargo, nem para receber a carta d'El-Rey que Barbacena trazia em canudo de cabedal selado com as armas da corte. A Guarda fez continência, o povo aplaudiu, e o próprio Barbacena leu o documento real, com sua voz educada e profunda; em um primeiro relance, não me pareceu tão mau quanto Cunha Menezes, talvez por ter uma certa educação de berço, o que ficou patente em sua forma de tratar a todos que chegaram a entrar no palácio, para o beija-mão de praxe, já que ali ele representava El-Rey, no caso a rainha Maria I, em cujo nome João de Bragança havia assinado os documentos.

No salão do palácio, onde eu pela primeira vez vira Cunha Menezes, a fila do beija-mão incluía todos os homens grados de Vila Rica, entre eles os conspiradores com quem andava privando a cada dia mais. Estavam todos com seus melhores trajes, alguns com cabeleiras empoadas, comendas, joias, espadas à cinta, seguidos por suas mulheres exageradamente enfeitadas, de tal forma que a cerimônia parecia mais circo que política. Ao lado de mestre Perinho, fixei meu olhar em todos eles, na esperança de perceber o que esse governador seria, pela forma como os tratasse. Pelo que via, havia uma enorme chance de que Barbacena fosse exatamente o aliado de que a conspiração necessitava para tornar-se invencível.

Em minha mente havia a noção de que uma conspiração precisa dar frutos tão logo seja planejada, porque a demora em realizá-la vai tornando cada vez mais difícil sua concretização, pelos motivos que todos sabemos. É necessário ser rápido como as nuvens de tempestade, juntando-se em tempo muito curto, para que o violento choque entre elas produza trovões tão altos que sejam ouvidos em toda parte; qualquer atraso nesse processo desmancha a tormenta, e o esforço se perde. Essa conspiração de Vila Rica, a exemplo de uma outra que já acontecera ali 50 anos antes, demorava muito a deflagrar-se, e cada dia de atraso no lançamento da derrama era um dia de atraso no projeto da revolta, que se tornava ruína mesmo antes de ser erguida. Meu mestre Francisco de Aviz tinha me dito isso, e eu começava a também me preocupar com a demora.

Barbacena era jovem, tinha nariz levemente aquilino, olhos verde-escuros, cabelos mais lisos que encaracolados, penteados com cuidado por sobre a fronte e as orelhas: o peito estava carregado de medalhas e comendas, símbolos não apenas de sua importância aristocrática, mas principalmente de seus feitos a serviço de seu rei e seu país, dos quais esse momento em especial parecia ser o coroamento, assim como o vice-reinado o era para seu tio. A mulher, os filhos, tinham todos um ar apagado e cansado, principalmente ela, pálida e com olheiras, certamente resto da doença que a acamara no Rio de Janeiro. Naquela cidade havia andaços de febres de todos os tipos, e se esta apenas a debilitara, havia outras que deixavam os corpos com as mais diversas tonalidades, vermelha, amarela, derreando os homens e as mulheres e muitas vezes matando-os.

Gonzaga, Cláudio Manoel, Alvarenga, estes todos se comportaram dignamente e com imenso respeito ao cargo de Barbacena, prestando-lhe vassalagem com grande altivez. Até o padre Rolim, contrabandista emérito, faces roliças e ventre pronunciado, sungou a batina para curvar-se demais à frente de seu governador, seus olhinhos vivos indicando as manobras de sua mente, certamente pensando em levar alguma vantagem com essa demonstração de submissão pública. Já Álvares Maciel, escandalosamente feliz, ficara para trás, deixando-se ser descoberto pelo governador e chamado à frente por ele, em uma impressionante exibição de amizade acima e além dos protocolos: quando se cumprimentaram, depois que Maciel fez a curvatura de praxe, Barbacena o ergueu, apertando-lhe a mão de uma maneira que não me pareceu comum, e logo depois beijando-o na face esquerda, o que gerou imenso burburinho entre a audiência. Os dois se olharam profundamente, como se estivessem mutuamente reconhecendo algum segredo que os unisse, e Maciel se curvou mais uma vez, tudo isso em absoluto silêncio, as palavras sendo inúteis para expressar o que sentiam. Gonzaga e Cláudio Manoel, vendo isso, sorriram com superioridade, como se também dividissem este segredo, e eu, um tanto invejoso, fiquei pensando que coisa seria essa que unia tantos homens de maneira tão especial, dando-lhes o ar de herdeiros de alguma missão específica que somente a eles coubesse. Naquele momento fiquei imaginando se o que os unia não seria essa tal Maçonaria de que Francisco de Aviz me falara: apesar de nenhum deles ser pedreiro de verdade, quem sabe o traço de união entre eles não seria essa poderosa Ordem secreta que derrubava reis e libertava colônias?

Depois da cerimônia oficial, quando os convidados já se retiravam, foi a vez dos serviçais, entre os quais meu mestre Perinho andando com dificuldade e curvando-se com mais dificuldade ainda, e eu. Barbacena nos tratou bem, mas foi extremamente ríspido com os escravos; mais tarde, na cozinha, Perinho me perguntou:

– Então, o que achaste de teu novo senhor? – antes que eu respondesse, ele mesmo deu sua opinião. – A mim não agradou: um homem que seleciona a quem tratar bem ou mal simplesmente por causa de sua classe social ou cor da pele, fazendo diferença entre homens livres e escravos, não pode prestar. Não viste a empáfia no trato com os negros? Ah, aristocratas... nunca mudam... esses senhores cujos parentes nem mesmo o Senhor do Universo sabe quem foram... já dizia um antigo mestre, o mesmo que me ensinou a cozinhar: "A aristocracia tem três fases: a da superioridade, a do privilégio e a da vaidade. Quando a primeira acaba, ela degenera na segunda e se extingue na terceira". Em qual dessas fases estará nosso Barbacena?

Eu o ouvi em silêncio, porque minha mente estava mais preocupada com a tal Ordem de pedreiros-livres que parecia superior a tudo que eu já conhecera, até mesmo a aristocracia que Perinho criticava. De minha parte, a curiosidade era saber como esses homens se dariam quando em seus momentos íntimos: se houvesse nessa Ordem esse poder que ela alegava ter, nenhuma aristocracia ou igreja seria mais forte que ela, e a liberdade estaria garantida por sobre a face da Terra. Homens que se beijavam como irmãos, homens que se comunicavam em silêncio por meio de um segredo qualquer que os tornava diferentes dos outros, homens capazes de virar o mundo de cabeça para baixo simplesmente usando a união de suas ideias, não importa quem fossem ou de onde viessem, isso me parecia ser fascinante, quase tão maravilhoso quanto o ato de alimentar, que era o combustível de minha alma.

Entrando em minha alcova, tive um choque: ouvia a respiração e sentia a presença de Jacinta, mas, mesmo erguendo a candeia, não consegui vê-la sobre nosso colchão. Minha pele ficou fria, meu coração disparou, porque o maldito dom que Deus me impusera dava novamente sinais de si: tanto tempo fazia que ele não se manifestava que eu me sentia como se dele tivesse me livrado permanentemente. Sentei-me ao lado dela, e só seu vulto transparente, como que feito de fumaça, se mostrava a meu olhar. Eu sentia seu amor, seu desejo, mas em mim perpassava um bafio de morte, porque dentro de poucas horas, sem sombra de dúvida, ela estaria morta. Não tive sequer ânimo de penetrá-la, ficando a seu lado, acariciando sua pele e seus cabelos, enquanto ela suavemente relaxou e ronronou para dentro de um sono muito profundo, que finalmente me infectou, caindo eu também no sono.

Acordei na manhã seguinte aos gritos, e quando percebi não era só eu quem gritava, mas sim as mulheres no pátio interno do palácio. Enfiei as chinelas nos pés, e quando cheguei as lajes de pedra vi uma cena impressionante: Jacinta caída ao chão, sua barriga arredondada retalhada duas vezes de lado a lado, esvaindo sangue e vísceras, enquanto os escravos da casa seguravam um negro forte que urrava de desespero, uma imensa peixeira firmemente presa na mão de dedos esbranquiçados pelo esforço. Eu via com todos os detalhes, caída ao solo de pedra, a figura daquela que tanto prazer me dera, o que significava apenas uma coisa: ela já não vivia mais, como seu desvanecimento na noite anterior havia me antecipado.

O negro era um quilombola fugido, seu antigo companheiro, que voltara ocultamente para vê-la, cheio de saudades, recebendo dela a notícia de que não o queria mais, porque tinha encontrado em mim o homem de sua vida. Desesperado, o quilombola não hesitou, avançando sobre ela e passando-lhe a faca em X na barriga, fazendo com que o sangue dela espirrasse sobre suas vestes encardidas. Jacinta não sofrera mais que alguns instantes, disseram as outras mulheres que ali estavam: arquejara três vezes e se fora, enquanto o sangue gorgolejava cada vez mais fracamente para fora de seu corpo.

Os homens de Barbacena levaram o assassino de Jacinta para outro lugar, enquanto ele lhe gritava o nome com angústia cada vez mais alta. Eu, covardemente, só me aproximei dela depois que ele já não estava mais no mesmo lugar que nós. Passei a mão sobre sua fronte, vendo-lhe os entreabertos olhos vidrados, espantando as moscas que já vinham se banquetear sobre sua pele, enxugando as gotas de suor que teimavam em surgir por baixo de seu turbante. Mesmo na morte ela continuava tão atraente quanto sempre fora, e em meu egoísmo sem fim só conseguia pensar em como teria daí em diante o prazer que só ela vinha sendo capaz de me dar...

A vida se complicou, a partir desse dia: meu dom de ver a desaparição de quem estava por morrer voltou com toda a violência, fazendo-me percebê-lo até mesmo em gente com quem não tinha nenhuma ligação. Ia andando por uma rua e, de repente, alguém à minha frente se transformava em fumaça, não me deixando a menor dúvida que em breve tempo estaria morto e enterrado. Deprimidíssimo, falei sobre o assunto com Francisco de Aviz, o único que conhecia essa minha capacidade, e que me tranquilizou o quanto pôde:

— Se o Senhor Rei do Universo te dotou com esse dom, algum motivo para isso Ele deve ter: nada acontece por acaso, tudo tem um sentido na ordem geral das coisas, ainda que esse sentido na maior parte das vezes nos escape...

— Mas eu não desejo esse dom, meu mestre! É insuportável! Não pretendo ter conhecimento da morte alheia, porque nada posso fazer quanto a ela!

— Já o tentaste, para ter assim tanta certeza?

Fiquei calado, porque a pergunta de meu mestre me pegou de surpresa, e ele continuou:

– Como sabes que teu dom não será exatamente o de permitir que salves algumas vidas, exatamente essas de quem a morte se aproxima, fazendo-te saber disso? Experimenta, da próxima vez que isso acontecer, avisar àquele que percebes desvanecer-se. Quem sabe não será exatamente esse conhecimento o que ele necessita para escapar da Magra?

Tentei, segundo as instruções de meu mestre, avisar às vítimas translúcidas sobre seu destino próximo, esperando ansiosamente que, uma vez sabendo do que lhes esperava, voltassem a ficar sólidos, livrando-se da sentença. Não funcionou: o segundo deles, um açougueiro por cuja loja passei a caminho do palácio, ficou tão irado com minha intromissão extemporânea em sua vida que se pôs a gritar em altos brados, depois a tossir, a gorgolejar, dando uivos de dor e finalmente caindo ao chão, quando eu finalmente pude vê-lo, a face violácea, os olhos tortos e injetados de sangue, uma espuma sanguinolenta nos cantos dos lábios, morto como um prego de porta. Senti-me, nessa ocasião, como o causador de sua morte, já que o súbito ataque de ira o fizera explodir por dentro: se eu nada tivesse dito, quem sabe ele não teria sobrevivido? Eu não o poderia saber; o véu que cobre o futuro é tecido com misericórdia, e nada se adivinha ou se conhece por antecipação. Minha capacidade de perceber a morte próxima de alguém não vinha em tempo hábil nem suficiente para que eu pudesse mudar-lhe o futuro; isto só se faz com ações conscientes, mesmo que elas nasçam de uma intuição poderosa e incontrolável. Por isso segui minha vida, orando todas as manhãs ao Senhor Rei do Universo, como meus dois mestres haviam me ensinado, para que nesse dia nada me fizesse saber sobre o futuro de quem quer que fosse, livrando-me da responsabilidade de conhecer aquilo sobre o qual nenhuma ascendência tinha.

No palácio a vida seguia cada vez mais trabalhosa: assim que Cunha Menezes abandonou o palácio de Cachoeira, indo terminar seus dias em lugar incerto e não sabido, mestre Perinho retornou de vez à cozinha do palácio de Vila Rica, derreado dos quartos, cada vez mais curvado e incapacitado para o serviço pesado, permitindo que eu, seu fiel discípulo, tomasse finalmente todas as decisões sobre a alimentação da casa, que se modificou sensivelmente. Barbacena era profundamente português em seus hábitos, e levou tempo até que as comidas da terra lhe soubessem bem. Os pães voltaram a ser feitos com farinha de trigo, trazida por preço escorchante em grandes barricas, mas eu, certo de que não duraria para sempre, comecei a misturá-la com a farinha de milho que nos era tão comum, criando uma nova forma de fazer pães para a mesa do governador e sua família, o que muito agradou a todos, principalmente quando, tentando disfarçar o sabor do milho, eu recheava os pães com talhadas do branco queijo mineiro, que derretiam ao calor do forno e depois, retomando sua textura natural, acabavam por criar um sabor inacreditavelmente novo. Barbacena estranhou isso uma vez, da segunda aceitou com nariz torcido, da terceira comeu sem reclamar, e em um dia em que não coloquei essa boroa sobre a mesa, reclamou, exigindo-a.

Tentando coisas sempre novas para agradá-lo, acabei por procurar uma farinha que fosse fina o bastante para que essa boroa de queijo, quase sempre uma pedra de tão compacta, ficasse o mais leve possível, mas pouco consegui, já que por mais que peneirasse a farinha de trigo ou a de milho, o resultado era sempre pesado demais. Um dia, visitando uma casa de farinha, onde tinha ido comprar a farinha grossa de mandioca para os virados de praxe, já que as tropas que chegavam com minhas encomendas precisavam de pasto para seu primeiro estirão, vi, em uma chapa ao fundo, alguém que estava ressecando o leite ralo que saía do espremimento das raízes raladas, e que esse leite logo se transformava em uma farinha fina e suave, como aquela que entre os Mongoyós se usava para fazer beijus. Imediatamente, movido por impulso, comprei uma boa quantidade dessa farinha fina, quase um polvilho, como o que os fidalgos usavam para empoar seus rostos e cabeleiras, e em minha cozinha, tentando dar-lhe textura suficiente para ir ao forno, descobri que precisava juntar-lhe não apenas o queijo desmanchado, mas também uma boa dose de gordura, além de outros ingredientes. Depois de diversas tentativas descobri que podia fazer o que inventara de diversas maneiras: com ovos, com leite, com água fria, com queijo macio ou duro, com sal e até com açúcar. De toda forma, o que mais agradou a Barbacena foi o do tipo mais simples: água, sal, manteiga batida, queijo curado desmanchado com as mãos e polvilho de mandioca, formando uma massa que eu trabalhava em pequenas bolas grudentas e colocava numa chapa no forno, até que crescessem e corassem. O cheiro era indescritível, e eu me acostumei a fazê-los duas vezes por dia, para o desjejum e para o chá da tarde do palácio. Por vezes pareciam carolinas como as que o *Don des Comus* descrevia, porque alguma coisa na mistura as fazia crescer bastante, deixando dentro delas um espaço de ar que as tornava muito mais saborosas; mas o governador as amava quando saíam do jeito mais típico, grandes, densas, saborosíssimas.

Pouco tempo passou até que o governador, aparecendo inesperadamente na cozinha, dirigiu-se a mim, com ar disfarçado:

– Com que então és tu o cuca que já preparou diversos jantares para amigos meus? Tive dessas comezainas notícias maravilhosas, principalmente por causa de tua discrição, que me interessa muito. Serias capaz de, com a mesma discrição, preparar um jantar fechado para que eu receba os mesmos amigos para quem já cozinhaste?
– Meu senhor, basta que ordenes e eu o farei; sou vosso servidor...
Barbacena sorriu, colocando-me a mão sobre o ombro:
– No caso não pretendo ordenar-te nada, mas sim contar com tua colaboração: será preciso que ninguém saiba desse encontro ou, pelo menos, que nenhuma notícia dele ultrapasse os limites da sala onde se dará. Não haverá guardas nem serviçais, apenas um grupo de companheiros que se reunirão para discutir assuntos de seu interesse, por sobre alimentos de qualidade e sabor. Como já participaste de outra reunião desse tipo, tua presença não será incômodo para nós, porque pelo que me informam está muito próximo de nós, simpatizando com nossos assuntos e opiniões.

O governador, estranhamente, nesse caso me tratava como a um dos seus: poderia ter me ordenado, ameaçando-me com castigos se eu não fizesse o que me mandava fazer, mas preferiu me adular, o que me causou estranheza. De toda forma, continuei agindo como um seu servidor, obedecendo a suas ordens e planejando um jantar que, não ficando na história, ficaria pelo menos nas mentes dos que dele participassem. Recomendei que ele acontecesse depois das 22h, quando a cidade já estivesse adormecida em si mesma, e que um salão que havia no porão do palácio fosse usado para isso. Eu mesmo montaria a sala, prepararia os alimentos e os levaria até a mesa, com pratos de serviço simplificado, de forma que a comida não atrapalhasse a conversa. Escolhi vinhos suaves, frutados, e uma disposição de grande mesa quadrada que permitisse uma conversa franca e sem cochichos paralelos; tudo isso fui organizando de maneira muito discreta, para que o serviço da casa não fosse prejudicado. Só revelei o pedido do governador a meu mestre Perinho, que muito me ajudou na decisão sobre os pratos a fazer, fingindo de nada saber. Meu outro mestre, Francisco de Aviz, estava fora de Vila Rica, em mais uma de suas intermináveis viagens de pesquisa e estudos, das quais voltava carregado de ervas, plantas e inúmeras garrafas e caixas das mais diversas seivas e sementes, que usava na confecção de suas meizinhas. Ele certamente gostaria muito de saber que os conspiradores a quem eu observava teriam o glorioso acréscimo do governador dessas terras, certamente para implementar seus planos, transformando-os em realidade.

Foi assim que, em uma noite de sexta-feira, o palácio de Vila Rica já dormia quando os comensais, embuçados todos, começaram a chegar, entrando por uma porta do porão, na parte traseira do palácio, e seguindo um corredor iluminado por tochas, até a sala de teto baixo onde seu jantar com o Visconde de Barbacena seria servido. Quando entrei na sala, para colocar a comida sobre o móvel de onde os comensais se serviriam à vontade, notei a presença de muitos dos conspiradores conhecidos, com exceção do Alferes, que certamente ainda não retornara do Rio de Janeiro, para onde fora na última vez em que o vira. O Visconde ainda não tinha descido, deixando para fazê-lo quando todos tivessem chegado, o que decerto lhe seria informado.

Estavam todos usando as roupas escuras que eu só vira em Álvares Maciel, decerto por causa de sua estada na Inglaterra, onde o negro se tornara sinônimo de elegância e importância: nesse caso, contudo, ficavam todos muito bem, porque nas sombras daquele porão, vestidos de negro, iluminados por velas de libra colocadas a cada passo, a reunião tomava ares de grande importância, principalmente pela seriedade das faces e gestos com que os presentes estavam revestidos. Quando o governador entrou na sala, todos se ergueram, mas ele, com um gesto magnânimo, quase senhorial, mandou que se sentassem, perguntando:

– Já estamos todos aqui?

Alvarenga Peixoto, os negros cabelos amarrados em cadogan, disse-lhe:

– Governador, faltam apenas alguns de nós, que devem ter sido atrasados pelas chuvas que hoje caíram na região.

– Aqui não temos títulos, cidadão Alvarenga – Barbacena sorriu, superior. – Aqui somos todos iguais. Tratemo-nos por "irmão", "cidadão" ou "companheiro": isso nos equilibrará. Comecemos a refeição, deixando o assunto que a provocou para depois que já estivermos satisfeitos.

Antes que se erguessem, eu fiz questão de servir ao governador, mostrando a ele de que maneira poderia servir-se das carnes frias e quentes, da canjiquinha e das costelinhas, dos pedaços de galinha assada, montando um prato individual bastante cheio, mas que não dificultasse o comer. Era uma nova maneira de serviço que estava na moda na França: os alimentos, já cortados e bem arrumados sobre as salvas de prata, ficavam por sobre um móvel chamado de *buffet*, e cada conviva deles se servia à sua própria vontade. Para ocasiões como essa, em que serviçais eram dispensáveis, não me parecia haver forma melhor: mas, para manter a primazia e a importância do governador, eu o servira, segundo sua vontade, colocando em seu prato exatamente o que e o quanto ele desejou. Os outros, vendo seu exemplo, fizeram o mesmo, ordenadamente, servindo-se em silêncio recheado de exclamações de prazer antecipado. O governador foi o primeiro a comer, deliciando-se com os ossos do lombinho de porco feito no suco dos limões galegos e acompanhado de carapicus, as almôndegas de paca com molho de sapucaias, um jacu recheado com castanhas-do-pará que estava verdadeiramente saboroso, além dos grelos de bananeira refogados, que com tudo iam bem: os molhos encorpados dessas comidas, derramados por sobre o contorno de canjiquinha, tornavam-na perfeita para sustentar cada colherada, e houve mesmo quem, inquieto, houvesse por bem tomar os alimentos com as mãos, à moda caseira, rindo-se muito uns dos outros por causa das faces brilhantes de gordura. Era uma alegre companhia, e mais alegre e surpreendente ficou quando, pela porta do salão, entraram o Alferes Xavier e meu mestre Francisco de Aviz, ambos cobertos pelas capas de viagem, batendo a lama em pó dos cabelos e das botas.

Eu nunca imaginara que meu mestre e o Alferes se conhecessem, mas depois, pela conversa, percebi que se haviam encontrado em algum ponto do caminho de volta para Vila Rica, e se tornado íntimos durante a viagem. Quando se perceberam indo para o mesmo lugar, ficaram felizes com a coincidência, chegando juntos ao banquete. Maior surpresa tive, contudo, quando Barbacena, erguendo-se de seu lugar, dirigiu-se ao Alferes e, abraçando-o como os irmãos se abraçam, beijou-o por três vezes nas faces, começando pela esquerda, sob os aplausos cadenciados dos outros presentes. Depois, dando o braço esquerdo ao Alferes, Barbacena trouxe-o para o seu lado, pedindo uma cadeira para seu irmão e, quando o Alferes se sentou, foi até o *buffet* e serviu um prato para o Alferes, exatamente como eu fizera com ele. Os outros convivas estavam boquiabertos com a inesperada fidalguia do Visconde, mas de todos o mais constrangido era o Alferes, como sempre totalmente avesso a qualquer tipo de privilégio. Quando Barbacena se sentou, ao lado do Alferes, que começou a comer de olhos baixos, disse:

– Não sabeis quanto tempo esperei por esse reencontro. Foi... quando? Lisboa, setembro de 87? Eu era membro do conselho, e assinei de próprio punho o pedido de licença por um ano que o Irmão fez à corte, garantindo-lhe esse direito porque, nessa época, eu já tinha sido designado secretamente como governador e capitão general das Minas Gerais. Eu também o levei pessoalmente à nossa soberana Maria I, a quem ele apresentou seu projeto de canalização das abundantes águas do Rio de Janeiro. Como ficou isso, meu irmão?

O Alferes baixou a colher, e com voz ainda baixa, disse:

— Acabo de chegar do Rio de Janeiro, onde entreguei o projeto ao ouvidor geral Pereyra Cleto, que já tinha dele uma cópia, enviada pela rainha Maria, com pareceres favoráveis dos conselheiros Vaz de Carvalho e Francisco Silva. Garantiu-me que vosso tio, o vice-rei, estudará com muitos bons olhos o projeto de canalização, pretendendo dar-lhe um parecer positivo, e que ele certamente será implementado, com vistas à saúde e progresso daquela bela cidade marítima...

Barbacena, sorridente, pôs-lhe a mão no ombro e disse aos outros:

— De tudo nessa viagem do Alferes a Lisboa, o mais impressionante foi a imediata empatia que aconteceu entre ele e nossa soberana: quando ela o recebeu em audiência, estava acometida de fortíssima dor de cabeça, daquelas que a fazem gritar, mas assim que o Alferes dela se aproximou, pôs-se a fitá-lo com olhar interessado, mostrando-se afável como nunca a tínhamos visto, conversando com ele de maneira civilizadíssima e aceitando suas propostas de urbanismo com imensa alegria. Falou-lhe inclusive de suas dores de cabeça, e o Alferes recomendou-lhe um chá de amoras que ela, imediatamente, mandou ser preparado nas cozinhas, para tomá-lo ainda em sua presença... tu te recordas disso, Maciel?

— E como o esqueceria? Pois se foi a meu pedido que meu parente Paula Freire de Andrada conseguiu a permissão para que o Alferes fizesse essa viagem! Eu o acompanhei por toda a Europa, e fui o tradutor da conversa que tivemos com o Thomas Jefferson... mas de tudo, o mais impressionante foi a cerimônia de iniciação de nosso Irmão, tendo como padrinho nada menos que o Visconde, aqui presente! É verdade que ela foi feita por comunicação, já que nenhuma Loja estava disposta a receber-nos em prazo tão exíguo, mas o Alferes é hoje um Irmão pedreiro-livre, com todos os direitos e deveres que esse grau lhe impõe!

— Teu parente Andrada, que de mim não gostava nem um pouco, só passou a tratar-me bem depois que me soube maçom... — o Alferes sorriu, suavemente. — Sendo meu oficial superior, quase não me permite a licença de viagem... mas agora não vê a hora de me saudar como Irmão! É uma pena que em Vila Rica haja tantos maçons sem haver Maçonaria... não conseguimos ainda ter aqui sequer uma Loja...

— As conversas com Thomas Jefferson é que não me desceram pela garganta... — quem assim falou foi o desconfiado Silvério dos Reis, um permanente muxoxo em seus lábios finos e descorados. — Que motivos ele pode ter para não insistir com seu governo no apoio à revolta dessa colônia? Tem medo de quê?

— De que aconteça a seus Estados Unidos o mesmo que está acontecendo ao reino da França... — Gonzaga olhava fixamente para o copo de clarete. — A casa dos Capetos, para enfraquecer a Grã-Bretanha, decidiu apoiar a liberdade norte-americana, e para isso gastou o que tinha e o que não tinha e que hoje lhe faz muita falta... o povo da França vai se rebelar contra seu rei, movido pelo pior de todos os motivos: a fome! E os Estados Unidos, sustentados pela realeza francesa em seus esforços de liberdade, hoje apoiam os que pretendem derrubar seus antigos financiadores... não é grotesco?

Barbacena bateu com a colher no copo que lhe estava à frente, erguendo-se de maneira muito ereta, e pigarreou antes de se dirigir aos outros convivas:

— Companheiros, conhecidos e desconhecidos, se estamos aqui todos juntos, certamente estamos unidos por uma causa comum: a liberdade dessas colônias!

Meu mestre Francisco se ergueu, com uma leve curvatura da fronte:

— Senhor governador, com a devida vênia, antes que me tome por um intruso, devo dizer-vos que sou Francisco de Aviz, físico, barbeiro e pesquisador, e também um irmão em vossa luta contra o despotismo de meus compatriotas de Lisboa! Vossa Senhoria não me conhece, mas aqui há dois que podem dar notícias de minha forma de ser e pensar: o Alferes Xavier, de quem me tornei amigo em viagem, e vosso cozinheiro Pedro Raposo, a quem conheço desde menino.

Essa frase me tirou das sombras em que eu me ocultava, e me colocou junto aos convivas, como se eu fosse um igual a eles; foi nesse exato momento que, sentindo-me também um conspirador, até mesmo pela presença de meu mestre de Aviz, me permiti aderir de corpo e alma aos desejos que ali se expressariam.

Barbacena, com um sorriso, curvou-se para Francisco de Aviz e depois continuou:

— A liberdade dessas colônias depende exclusivamente de nossos esforços direcionados... eu, aqui onde me veem, tenho tudo a favor de que se crie nessas terras um novo Império, maior e mais rico que aquele do qual todos viemos, de uma maneira ou de outra. Portugueses, mazombos, amerabas, somos, todos que aqui estamos, lutadores pela liberdade, unidos em nome dela. De minha parte, aceito qualquer papel que me queiram dar, e prometo fazer do poder de meu cargo uma arma contra os tiranos d'além-mar, os mesmos que destruíram meu padrinho e mestre, o inesquecível marquês de Pombal!

Álvares Maciel saltou, erguendo o copo como em um brinde:
— Bravo! É disso que precisamos, um novo Império que possa rivalizar-se com os carcomidos poderes do Velho Mundo, uma nova casa imperial que possa fazer frente aos envelhecidos senhores de anteontem! Nos Estados Unidos da América do Norte só não ergueram um novo império à moda inglesa porque o general Washington, seu rei escolhido, é um homem sem filhos, por isso preferindo a república, para a qual foi eleito presidente. Aqui onde estamos, nada nos impede, no entanto, de erguer uma nova Casa Real autenticamente brasileira! Viva o Novo Império do Brasil! Viva Sua Majestade Luís I do Brasil!

Esse brinde não foi acompanhado por todos: mesmo entre os conspiradores havia diferenças irreconciliáveis, como a que os fazia hesitar entre uma Monarquia constitucional, à moda inglesa, ou uma República, à moda dos estadunidenses, e a questão da escravatura também era problemática entre eles. Mas mesmo Maciel, que parecera ser adepto das soluções mais radicais, agora parecia estar francamente a favor da solução imperial. O Alferes Xavier, com um sorriso de desalento nos lábios, ergueu o copo, dizendo:

— Se for para termos uma família real, por que não a que já nos possui, com a qual estamos mais que acostumados? Afinal, seria fascinante haver no mundo dois impérios na posse de uma mesma Casa Real...

Um choque perpassou a todos; o que o Alferes disse era impensável, inaceitável, impossível! Mas a incredulidade deu lugar à dúvida: por que mudar? Foi isso que Silvério disse:

— Meia mudança não seria tão boa quanto uma mudança inteira, companheiros! Se vamos nos rebelar, por que não seguir a moda americana? Uma República, na qual todos pudéssemos ocupar lugares de destaque sem precisar ter sangue azul...

— Para isso terias de ser eleito, Silvério... ganhar o voto de todos que estivessem registrados como cidadãos de nossa República, dependendo do cargo que desejasses ocupar... — Alvarenga Peixoto ria cinicamente. — Infelizmente, para ti, em uma República não existe o cargo de imperador, que deve ser o que te interessa, pois não?

Todos riram, o que fez Silvério ficar lívido, e depois fechar a cara, amuado; o Alferes, sempre solidário, disse-llhe:

— Não te agastes, Silvério; essa decisão já não está mais em nossas mãos, mas sim nas mãos do destino... as escolhas que fizemos, as propostas que implementamos, a divulgação de nossas ideias, tornou a revolução pela liberdade do Brasil uma realidade maior que podemos perceber. Eu, de minha parte, por mais republicano e liberal que seja, até aceito a ideia de um Império brasileiro, mas apenas se for um novo Império, com homens completamente novos em seu comando. Nesse sentido, apoio a ideia de fazermos de nosso irmão Visconde o futuro soberano de nosso país. Ele mesmo, iluminista que é, sabe o valor da liberdade, e muito em breve estará a nosso lado na luta pela República... não é verdade, meu Irmão?

O Visconde de Barbacena ficou olhando para todos, calmamente; depois, erguendo-se novamente, disse:

– Companheiros, Irmãos, podeis contar comigo incondicionalmente. Não há o que eu não faça por vós, e não o faço pensando em glórias nem títulos. Pelo que Maciel me informou, necessitamos simplesmente de um fato que deflagre a revolta, da mesma maneira que, nas colônias inglesas, o afundamento da carga de chá em Boston deu início ao conflito que criou os Estados Unidos da América. Não tenho mais nenhuma dúvida de que, assim que eu deflagrar a derrama, exatamente como me foi ordenado pelas cortes de Lisboa, não apenas Minas Gerais, mas todo o Brasil se levantará e se revoltará. Precisamos apenas preparar o levante da melhor maneira possível, para que, quando eu decretar a derrama, a notícia nos encontre a todos muito bem preparados para a luta final. Isso, a meu ver, deve ser feito com imenso cuidado e sigilo, para que nenhum dos oficiais lusos tome conhecimento do que estamos planejando.

– Se o Visconde me permite, creio que isso será impossível... – Silvério estava meio amuado. – Como bem o disse Alvarenga, nosso segredo já é um segredo de polichinelo, em grande parte graças à divulgação desbragada que o Alferes Xavier tem feito de nossos movimentos e planos. Na última vez que estive com ele no Rio de Janeiro, notei que fomos seguidos o tempo todo por beleguins muito mal disfarçados...

– Pois se estivesses comigo dessa vez, certamente terias tido momentos de terror, pânico... – o Alferes sorriu, o olhar rutilante. – Chegaram mesmo a falar diretamente comigo, pedindo-me informações sobre os assuntos que tenho discutido onde quer que possa. E se queres saber, tenho a certeza de que os conquistei para nossa causa... o que tenho feito em toda parte, arrebanhando apoios e amealhando correligionários. Alguém precisa se arriscar no ampliamento de nossas bases, e eu não me eximo dessa tarefa, porque nenhum temor me domina: a verdade triunfará!

– O Alferes crê no triunfo indiscutível de nossa causa, sem dúvida... – Francisco de Aviz falou em voz calma e pausada, chamando a atenção de todos. – Infelizmente, as vitórias e triunfos dependem de mais que nossa simples vontade, e a melhor vitória é aquela que se alcança sem perder nenhuma vida...

O Alferes retrucou:

— Vitórias fáceis, vitórias baratas, não são dignas do nome de vitórias: as únicas que valem a pena são as que resultam de lutas duras!

— Nem sempre, Alferes Xavier; a verdadeira vitória é o sorriso do Grande Arquiteto do Universo. Quando ele sorri, em vez de comiserar-se pela destruição violenta dos inimigos, eis a verdadeira vitória... Onde não se consegue impor sempre se pode persuadir, não é verdade? Uma palavra gentil, um olhar suave, um sorriso bem colocado, podem realizar milagres e gerar maravilhas. Dentro de todos os corações humanos existe uma dose do melhor tipo de orgulho, aquele que se revolta contra as tiranias. Elas podem nos obrigar, mas nunca conseguem nos fazer respeitá-las...

O Alferes sorriu, o olhar esgazeado, como sempre acontecia quando o assunto da rebelião tomava esse rumo mais filosófico:

— Pode ser que sim, pode ser que não, companheiro; qualquer busca pela verdade começa pela pequena verdade que lhe é possível, até alcançar a maior e mais divina verdade de todas. Cada um de nós faz exatamente aquilo que lhe cabe, nesse processo...

— Isto é verdade: todos fazemos nosso papel, inclusive os maus, a quem só interessa sua própria verdade, mesmo que fira a verdade de todos os outros. A vida é, portanto, um processo pelo qual cada um de nós, fazendo sua parte, glorifica mais e mais o Grande Arquiteto... sigamos, pois, nosso rumo, cumpramos nossa missão, crendo sem hesitar que a verdade absoluta depende integralmente daquilo que todos fizermos.

— Todos, inclusive os maus, não é mesmo? — o Alferes sorriu, olhando Francisco de Aviz. — Que cada um faça a sua parte, portanto...

Saímos daquela reunião altas horas da madrugada; nela cada um expressou claramente sua crença na liberdade da colônia, assumiu sua parte na revolta que se avizinhava e se dispôs a lutar para que o resto das possessões portuguesas na América se unisse a nós, porque tão mais fortes seríamos quanto maiores e mais unidos estivéssemos. Seria uma pena, segundo entendi, que Maranhão e Grão-Pará de nós se separassem, formando um reino exclusivo em sua região, e que as capitanias próximas à linha do Equador, seguindo-lhes o exemplo, fizessem o mesmo, assim como a parte mais ao sul, aquele território onde a própria língua dava sinais de mistura tão acentuada com o castelhano que melhor se sentiriam se fossem parte de um imperio próprio, mais espanhol que português. Isso, segundo nosso Alferes, não poderia acontecer: era preciso que nosso percurso se dirigisse perpetuamente para a união de todos os territórios onde a língua portuguesa era falada, substituindo o colonizador português pelos amerabas aqui nascidos, estes que ainda não sabíamos como chamar, se brasilianos, brasilienses ou brasileiros, depois de nossa inabalável vitória. Império ou República, seríamos uma nova raça, e nos tornaríamos Brasil, como os costumes já vinham cada vez mais nos chamando, nos séculos que separavam a viagem dos primeiros portugueses que aqui chegaram e esses dias que estávamos vivendo.

Ocupado com os trens de cozinha, depois da reunião terminada, saí para o lado de fora do pátio, tentando receber em meus ossos cansados pelo trabalho um pouco do sol que logo romperia a camada de nuvens. Acocorei-me à porta, olhando a Vila Rica que começava a acordar, já havendo pelas ruas alguns de seus habitantes, ocupados cada um com seus próprios afazeres.

No rumo da Igreja de São Francisco de Assis, ainda exibindo sinais de sua construção, três escravos, carregando embrulhos consideráveis, subiam a ladeira, parando de quando em vez para tomar fôlego. Olhando-os com curiosidade, fiquei intrigado com o fardo que o do centro levava, maior que os outros dois e que se mexia como se tivesse vontade própria. Quando passaram à minha frente, percebi que era um homem de cor bem morena, que ao falar gesticulava com braços atrofiados e mãos quase completamente deformadas, enquanto as pernas permaneciam dobradas de tal forma que ele dificilmente poderia apoiar-se sobre elas. Os três escravos riam muito do que esse homem-fardo lhes dizia, e ao passar pela balaustrada sobre a qual eu me debruçara, vendo-me, todos me saudaram com bonomia, principalmente o aleijado, que virando a cabeça gritou em minha direção:

– Olá, cozinheiro! Como andam as brasas de teus fogões?

Surpreendido pela figura do aleijado, hesitei um pouco, o que os levou a um imenso frouxo de riso, e a mais uma frase do aleijado, atado às costas do mais forte dos três escravos:

– Brasas fracas, se demoram tanto assim para acender-se... acorda, ó cozinheiro!

As risadas cresceram, e foram diminuindo com a distância que seu percurso punha entre nós; acompanhei-os com o olhar até que desapareceram atrás das obras da igreja que eu nunca tinha visitado. Fiquei muito curioso, sem entender que raios um aleijado faria tão alegre sobre as costas de um escravo: os que conhecera, não na tribo, já que os aleijados entre os Mongoyós eram todos mortos ao nascer, mas sim nas estradas e cidades da colônia, eram sempre sujeitos mal-humorados e de péssima índole, comportando-se como se o Universo lhes fosse inimigo ou devedor, incapazes de uma risada ou brincadeira. Este, ao contrário, era um aleijado curioso, o mais original que eu já encontrara, e assim que pude livrar-me de meus afazeres, depois de uma soneca pela tardinha, galguei a mesma ladeira que os vira percorrer e entrei na igreja onde eles tinham entrado, tentando descobrir quem ele era e por que agia daquela maneira.

O aleijado estava sobre um andaime baixo que cercava um bloco de pedra cinzenta, arrastando-se sobre suas tábuas de um lado a outro, enquanto com um cinzel amarrado ao cotoco da mão esquerda e um malhete ao da mão direita, feria um imenso bloco de pedra que estava à sua frente, que ia lentamente se transformando na portada de uma das capelas, com formas tão belas e naturais que era como se a pedra sempre tivesse sido daquele jeito, e ele apenas a estivesse libertando. Daquela pedra bruta e disforme começava a emergir uma obra de arte tão sublime que meus olhos se encheram de lágrimas, simplesmente prevendo o que ela seria quando estivesse pronta. O mais impressionante, contudo, era a agilidade do aleijado, que com a força dos braços musculosos saltava de um lado para outro, arrancando lascas da pedra e dela libertando a santa que esculpia, e tudo isso em meio a chistes e risadas que dirigia aos operários que ali labutavam, transformando a obra da igreja em um lugar iluminado pela alegria divina, tornando-o muito mais que um simples canteiro de obra, onde homens se esfalfavam para ganhar seu sustento ou obedecer às ordens de um seu proprietário ou patrão.

Eu fiquei ali, no meio do pó de pedra, dos risos e gritos, das marteladas e brincadeiras, descobrindo que além de cozinha existia um outro mundo e um outro ofício tão belos quanto os meus, com o qual se erguiam os infinitos lugares onde os seres humanos adoravam cada um a seu próprio deus, e que só muitos anos depois descobri serem o reflexo exato de um lugar idêntico que cada um de nós pode erguer dentro de si mesmo, onde estaremos sempre em absoluta comunhão e identidade com aquilo que para nós existe de mais sagrado. O aleijado comandava esse universo em construção com imensa alegria, e eu percebia nele o mesmo amor e a mesma dedicação que já encontrara em todos os homens que aprendi a admirar até esse momento de minha vida, e que ainda encontraria em vários outros, no decorrer dela.

Em um determinado momento de minha observação, exatamente quando um dos operários o chamou de "Mestre Aleijadinho", sendo atendido com alegre presteza, ele me viu no umbral da porta, e abrindo um sorriso ainda maior, acenou com as duas mãos entrevadas, chamando-me. Aproximei-me, tomado de imensa estranheza: nunca havia encontrado ninguém que se permitisse ser chamado pelo nome de seu defeito sem se agastar com isso. Esse aleijado era realmente um tipo muito diferente de todos que eu conhecera: e ele, percebendo meu espanto, disse-me:

– Chama-me de Aleijadinho; como é teu nome, cozinheiro?

Disse-lhe meu nome completo, sem esconder o nome Mongoyó do meio, que raramente revelava a quem quer que fosse; mas esse aleijado me transmitia tanta confiança que sequer pensei nesse detalhe, e minha boca se abriu sem que minha vontade a controlasse. Com o tempo, percebi nele o talento de extrair de todos, apenas baseado em uma confiança inexplicável, o máximo de verdade; aleijado como era, ninguém o temia, e graças a seu espírito positivo todos terminavam por se revelar a ele da melhor maneira possível.

Foi o que aconteceu comigo: em menos de um quarto de hora já estava contando ao Aleijadinho a maior parte de minha história, que ele seguiu com grande interesse, fazendo as perguntas mais certas e perspicazes possíveis, enquanto agia sobre a pedra, detalhando curvas, rugas, dedos, unhas, com precisão infinita. Em uma pausa que fiz, disse-me:

– Compreendo tão bem o que sentes, cozinheiro... eu também sou mestiço, isso que chamam de mulato, de um tipo diferente do teu, mameluco. Meu pai era um mestre de obras português, que se engraçou por minha mãe, uma sua escrava, e daí nasci eu, que meu pai sempre tratou como filho verdadeiro, ao contrário do que te aconteceu. Foi ele quem me indicou o caminho do trabalho com as mãos, como forma de liberdade, principalmente quando a Vila Rica começou a se desenvolver por causa do ouro e dos diamantes, e a exibição de devoção se tornou apanágio dos enricados, cada um tentando ser mais escandalosamente cristão que seu próximo.

– Impressionante que a religião sirva como fonte de orgulho; eu já tinha visto disso em muitas partes...

– O problema do mundo não é a riqueza, mas sim a exibição dela, cozinheiro... Pois bem: ingressei na equipe de trabalhadores de meu pai, e muito cedo me interessei pelo trabalho em madeira dos artesãos vindos da corte, começando por imitá-los, e logo me tornando capacitado a tirar da madeira minhas próprias ideias. Isso fez com que meu pai me desse a oportunidade de viajar pelas cidades da colônia, e eu fui até a capital do vice-reinado, lá aprendendo as técnicas da pedra... no final de minha estada no Rio de Janeiro, a cidade foi tomada por uma epidemia de zamparina...

Os olhos do Aleijadinho se turvaram, mas ele continuou:

– Não faz nem 20 anos... eu tinha 40, e já era conhecido como um bom santeiro, escultor, entalhador; e exatamente quando já tinha me decidido a mudar de vida, por causa do que lá me aconteceu, fui apanhado por essa doença que me fez ficar assim.

O Aleijadinho ergueu as mãos completamente deformadas, onde as ferramentas se mantinham amarradas por tiras de couro acolchoadas com tecido.

– Terrível: a cidade inteira estava tomada por essa febre, da qual eu tentei fugir o mais rápido possível. Na última noite que passei na estalagem onde dormia, deixei um incensário com benjoim e cânfora fumegando a noite inteira, para me livrar dos miasmas que causavam a febre. Não adiantou; no meio do caminho de volta para Vila Rica já estava tomado por ela, e quando cheguei aqui passei mais de 20 dias sobre uma cama, quase não conseguindo respirar. Um físico barbeiro disse que eu estava com sífilis, outro que eu tinha púrpura, houve até quem fugisse de mim, alegando medo de se contaminar com a febre que não cedia. Quando me ergui do leito, comecei a ficar com dificuldade crescente para mover os pés e as mãos, e eles foram se atrofiando e engelhando. Olha para essa mão...

O Aleijadinho ergueu a mão esquerda, arrancando dela com os dentes as tiras de couro que nela prendiam o cinzel de ferro: quando tudo caiu ao chão, ele a mostrou para mim, e foi com um choque que percebi que nela faltavam pelo menos quatro dedos. Ele, no entanto, sorria.

– A dor do entrevamento desses dedos era tão forte que um dia eu tive de cortá-los, usando esse mesmo cinzel que aqui vês, para poder prosseguir em meu trabalho sem muito sofrimento. Muita gente, ao ver minha mão sem os dedos, teve a certeza de que eu estava leproso, e fugiu de mim... Mesmo meus Irmãos me abandonaram, alegando que eu não tinha mais a integridade física necessária para ser considerado Irmão deles... agora, ajuda-me a prender de novo o cinzel em seu lugar...

Enquanto o ajudava a reatar o cinzel a seu cotoco de mão, minha face deve ter sido de extrema incompreensão, porque ele me olhou, sorridente, e disse:

— Não, cozinheiro, não são irmãos de sangue: são os Irmãos que recebi quando me tornei pedreiro-livre, alguns dias antes de apanhar a febre que vem me destruindo pouco a pouco. Sabes o que são pedreiros-livres, não sabes?

Acenei que sim, e ele continuou:

— Como a doença me impede de andar, mover as mãos, replicar os sinais de reconhecimento que os pedreiros-livres usam entre si, eles se recusam a me aceitar como sendo seu Irmão, por mais que eu revele meu conhecimento sobre a Ordem.

O Aleijadinho suspirou:

— Coisas de quem leva mais a sério as regras e aparências que as verdades e a essência; se eu fosse um dissimulado, que conhecesse os sinais e toques, eles me aceitariam entre eles sem nenhuma hesitação. Como esses sinais me são impossíveis, por minha condição física, me rejeitam... mas creio que o fazem mais por eu ser mulato e aleijado que por qualquer outro motivo. São esses os problemas de uma terra onde existem maçons mas não existe Maçonaria, prova cabal de que Maçonaria e maçons são coisas bem diferentes uma da outra, e não se confundem...

Pronto para retomar seu trabalho, o Aleijadinho se ergueu para o andaime, com a força dos braços musculosos, e me disse:

— De toda forma eu os respeito como Irmãos, principalmente esses que pretendem fazer dessas colônias uma país livre e soberano! Ah, se eu pudesse estar entre eles! Até mais ver, cozinheiro! Volta sempre!

Saí da Igreja de São Francisco como se estivesse andando sobre nuvens; nunca imaginei que fosse possível o que ali vira. E com o correr dos dias, sempre que podia, ia até o sítio em que as obras se davam, pegando-me a conversar com o Aleijadinho, admirando não apenas sua força de vontade e capacidade de superação de seus próprios males, mas principalmente sua sabedoria e bom humor: como acontecia com meu mestre Francisco de Aviz, nenhuma palavra era por ele desperdiçada. Em uma dessas conversas recordei que ele dissera que ficara doente exatamente no momento em que decidira mudar de vida, por causa do que lá lhe acontecera, e o questionei sobre isso, sendo recebido pela clareza de seu olhar fixo no meu:

— Entre os mestres portugueses que lá conheci, havia muitos que faziam parte da Ordem dos pedreiros-livres, assim chamados para se diferenciar dos que extraiam pedras das pedreiras, trabalhando nas que eram fixas. Esses artesãos de grande talento eram todos capazes de, tomando nas mãos um bloco de pedra recém-saído da pedreira, dele extrair uma obra de decoração ou escultura tão perfeita que mais parecia ter surgido dessa maneira. Foi ali que eu desenvolvi a necessidade de trabalhar sobre a pedra, porque a madeira eu já dominava. Quanto tempo perdi, quantos calhaus desperdicei, até consegui compreender que sem trabalhar a pedra de meu espírito, nada conseguiria da pedra sobre a qual aplicava meu cinzel...

O Aleijadinho sorriu, como se recordasse de um fato profundamente engraçado:

– Fui estroina, boêmio, mulherengo durante a maior parte de minha vida; nada permanecia em mim por mais que alguns instantes, e eu logo abandonava, fosse trabalho, diversão, amores. Ganhei muito dinheiro, e ele ficou todo pelas tavernas, porque metade dele gastei com bebidas e mulheres, e a outra metade desperdicei em coisas sem nenhum valor!

Rimos ambos, e ele continuou:

– Pode parecer chiste, mas era assim que eu me sentia, até o dia em que dois mestres escultores me tomaram pela mão e me fizeram ver que o que eu desperdiçava era meu talento, não meu tempo nem meu dinheiro. Nunca os esquecerei: são os amigos que mais tarde vim a reconhecer como Irmãos, João Gomes Baptista e Francisco Xavier de Brito. Eles não só me treinaram na arte de trabalhar a pedra, mas também no desenho, na arquitetura, na arte do ornamento em pedra e madeira, e principalmente na capacidade de revelar na pedra do mundo aquilo que se passa na pedra de meu espírito. Quando se revelaram pedreiros-livres, eu já estava impregnado pela beleza de que a Maçonaria é feita, e foram eles que me revelaram seus segredos e me fizeram um seu igual, um seu Irmão, comunicando-me os graus na intimidade de nossas vidas de pedreiros. Graças a esses dois Irmãos eu pude perceber o que estava desfazendo com minha vida, e pela Maçonaria decidi tornar-me o melhor homem que pudesse ser...

Sorrindo, o Aleijadinho olhou para as próprias mãos deformadas:

– Como vês, não aconteceu como eu desejava, mas em meu leito e delírios, compreendi: se minha decisão já era a de ser o melhor homem que puder ser, por que desistirei de meu intento? Simplesmente porque meu físico se deteriorou? O que é um homem, sua capacidade física ou aquilo que ele tem dentro dele? Decidi persistir em meu intento, a despeito de minhas dificuldades, e superar até mesmo os entraves da doença, para me tornar aquilo que aprendi a querer ser. A força dos inúmeros homens que, como eu, foram pedreiros, nos séculos que nos antecedem, trabalhando a pedra de suas almas para tornar feliz a humanidade, é que tem me sustentado nessa vida muito difícil que levo. A cada dia sinto que meu corpo se torna mais precário, mas isso me faz insistir, porque minha arte se aprimora dia a dia, a despeito do que meu corpo se mostra incapaz de fazer. Mas até essa arte seria pequena, se por trás dela não houvesse o universo de conhecimentos que a Maçonaria nos dá, e com os quais nos transformamos para sempre... há uma Grande Obra em meu futuro, e eu serei capaz de realizá-la, de qualquer maneira, dando testemunho da glória e da beleza de que é feito o trono do Grande Arquiteto do Universo!

Essas frases grandiloquentes, que em qualquer outra boca soariam exageradas, eram tão convincentes e reais na boca do Aleijadinho que eu comecei a invejá-lo por estar trilhando esse caminho brilhante, a despeito de suas incapacidades físicas. No caso dele, pelo que contou de sua vida pregressa, a doença não era mais que o resultado dela, tornando-se a penalidade que ele pagava por sua autoindulgência, ou por sua constante negação da própria saúde. Como ele mesmo me disse um dia:

— As doenças podem ser fontes de tristeza e melancolia para as mentes mais fracas, mas o que é dolorido para o corpo pode ser lucrativo para o espírito. Uma doença sempre nos traz à mente nossa própria mortalidade, e quanto mais estivermos empenhados nas alegrias e nos prazeres do mundo, mais nos puxa pela orelha e nos traz de volta para o verdadeiro sentido de nosso dever.

Essa noção de dever me impregnou de tal forma que me pus a pensar nela durante a maior parte do tempo: por mais que Francisco de Aviz, Perinho ou até o Aleijadinho me expusessem objetivos ou me impusessem tarefas, eu não reconhecia, dentro de meu próprio espírito, nenhum dever específico e singular, que eu e apenas eu pudesse realizar. Trabalhava de sol a sol, envolvia-me em negócios que dificilmente poderiam ser chamados de meus, cumpria as tarefas dadas, e só, mas em nenhum momento sentia em meu interior o chamado de algum desígnio mais alto, ou de alguma tarefa cuja realização fosse meu verdadeiro papel neste mundo. Com isso, ganhei uma nova consciência de mim mesmo, e enquanto as realizava, sem hesitar, questionava-me incessantemente: "O que é que estou fazendo aqui?".

Mestre Perinho, cada dia mais entrevado pelas dores nas costas, que o levaram até ao uso de um cajado como sustentação, disse-me em um dia especialmente aziago, quando lhe abri o coração:

— Karaí-pequeno, a vida é mesmo assim: mesmo sendo judeu de nascimento, acabei devoto de um santo cristão, também originalmente judeu como eu, e que fez da dúvida sua mais importante qualidade: Tomé. Com ele aprendi que só a dúvida ensina, e que a fé cega sempre será apenas a ferramenta dos ignorantes, escolhida por eles exatamente por ser a melhor forma de ocultar a própria ignorância. Os que não se filiam às hostes dos ignorantes acabam vivendo melhor que eles, porque as dúvidas preenchem em seu espírito exatamente aquele buraco que a fé nunca consegue preencher nos outros. A dúvida é uma escola muito mais verdadeira que a fé...

De dúvida em dúvida, persisti em meu ofício de cozinheiro, de certa forma me transformando em dois: aquele que fazia o que eu fazia e aquele que observava e criticava o que eu fazia, chegando às vezes ao ponto da exaustão, por medo de que tanta contradição interna acabasse por me paralisar. Nenhum de meus mentores, Francisco de Aviz, meu mestre Perinho, ou o invejável Aleijadinho, conseguia mostrar-me o rumo a que esse diálogo interno me levaria, mas todos eram unânimes em me considerar um homem feliz, por estar desenvolvendo em mim mesmo aquilo que tantos outros sequer sabiam o que seria: a consciência. Na volta de uma de suas viagens, Francisco de Aviz, na cozinha do palácio de Vila Rica, me disse:

— Se um homem começa sua vida cheio de certezas, certamente se encontrará cheio de dúvidas; mas se ele se satisfizer em trabalhar suas próprias dúvidas, encontrará certezas suficientes para ser feliz...

— É possível, meu mestre; mas por que a cada dúvida satisfeita surgem dezenas de outras?

— Cada dúvida satisfeita se junta às tantas outras certezas que já se enraizaram dentro de ti, Pedro, não percebes isso? O exercício da dúvida é o que mais enriquece o espírito humano: quando se une à livre investigação dos fatos, de maneira honesta e franca, sempre leva ao estabelecimento da verdade, e cada verdade encontrada se une às outras que já achaste, erguendo-se como a parede leste do templo, de que a dúvida é apenas o vestíbulo. Como entrar no templo da sabedoria sem passar pela dúvida? As verdades ganhas pelo exercício da dúvida são permanentes, e nunca se apagam; já aquelas que recolhemos das mentes alheias, sem exercitar a nossa, não são nossas verdadeiramente, mas apenas emprestadas, por prazo determinado.

— Meu mestre, quero tanto crer no que me dizes... mas há dúvidas que me perseguem durante horas, dias, semanas, e para elas não encontro lenitivo, pois cada uma gera tantas outras que por vezes parecem não me caber na cabeça, como já te disse... não haverá fim para tantas questões?

Francisco de Aviz sorriu, abraçando-me.

— Nunca, se verdadeiramente te transformares em um homem de verdade... existe um método de aprimoramento pela dúvida, que requer apenas tua atenção para os detalhes. Sempre que te propuseres uma dúvida, aprende a distinguir dentro dela o que se sustenta e o que não faz sentido. Não distinguir o que deve ser distinguido, assim como confundir o que não deve ser confundido, costuma ser a causa de todos os grandes equívocos da humanidade. Quem nunca duvidou, não pode crer; a crença só se sustenta como resultado da livre investigação da verdade, e nunca pela imposição de algum dogma religioso ou político...

— Pois então, meu mestre, explica-me os últimos acontecimentos, ou melhor, revela-me os resultados das decisões tomadas na última reunião rebelde de que participamos... desde lá não vi mais nenhum movimento, seja no palácio, seja na Vila Rica. Os participantes da reunião, parece que adormeceram, não é verdade?

Francisco de Aviz fechou o cenho:

— Tudo se tornou um grande mistério desde aquele dia, e a permanente ausência de contato entre os participantes tem gerado mais desconfianças que ações. Cada um parece estar seguindo seu próprio roteiro, agindo como se os outros fossem capazes de ler-lhe os pensamentos e adivinhar-lhe os próximos passos. Falta de planejamento, triunfalismo insensato, pouca solidez de propósitos; como pretender achar posições sólidas entre homens que, com raríssimas exceções, têm pretensões rigorosamente antagônicas ao que professam nas reuniões, por conta de seus papéis na sociedade dessas colônias? O próprio Barbacena, que esteve conosco, expressando claramente sua adesão ao projeto, tem demonstrado cada vez menos vontade de participar de outras reuniões; entre ser imperador de um projeto duvidoso e ser governador do que existe e é real, o que achas que ele escolherá? Entre trair suas opiniões expressas e trair a si mesmo, como achas que ele se decidirá?

Um silêncio gelado se intrometeu entre nós, e eu me arrepiei ao perceber o pouco que havia de firme ou verdadeiro nas coisas que ouvira, e que tanto me haviam encantado: eram apenas delírios de grandeza ou heroísmo da parte dos que ali estavam, mas que nenhuma dose de ação real lhes impunham. E eu havia sido parte disso, arriscando meu próprio pescoço, que ao analisar segundo a experiência da história, seria um dos primeiros a ser cortado, porque a justiça desses tempos sempre escolhia os menos poderosos para exercer-se. Por isso perguntei a meu mestre:

— Não se salva ninguém, daquelas reuniões?

— O que queres dizer com "salvar-se"? Salvar-se para lutar no dia seguinte, salvar-se para apenas sobreviver, da melhor maneira possível, ou salvar-se como prova de lisura e honestidade de propósitos? A que te referes? Os homens que aqui temos são de dois tipos: há os revolucionários, tanto teóricos quanto práticos, e há os delirantes, que se imiscuem em tudo que lhes pareça diferente, quase sempre apenas pela novidade que o diferente lhes traz. Raríssimos entre eles, em ambos os campos, têm solidez de pensamento bastante para persistir na coisa descoberta, uma vez familiarizados com ela; buscam sempre mais, ou outra coisa, que lhes sirva de combustível para mais um dia de crença na própria capacidade de mudar o mundo. Infelizmente, nunca compreendem, ou compreendem tarde demais, que enquanto não mudarem a si mesmos, o mundo não mudará!

Depois dessa conversa, observando a quem me caísse sob os olhos, percebi que a imensa maioria vivia em estado próximo ao do sonho, olhos perdidos, como que olhando para dentro de si mais que para o mundo que os cercava, e nada encontrando de valor, porque olhavam para o lugar errado de suas mentes. Entre estes, os que mais me chamavam a atenção eram os conjurados, que viviam suas vidas em rigoroso individualismo, agindo segundo seus próprios desejos mas, pelo que pude notar, certos de estar fazendo aquilo que a revolta necessitava que fizessem. Não havendo outra liderança que não a do Alferes Xavier, com sua ausência momentânea o movimento se esfacelava, ficando cada um por sua própria conta.

O mais curioso era haver na Vila Rica tanta gente envolvida no movimento: se eu levasse em conta todos os que se orgulhavam de pelejar pelo Novo Império do Brasil, superariam em muito a população da vila. Gente de todos os cantos afluíra para a vila pelos mais variados motivos, entre eles a oportunidade de fazer riqueza e alcançar prestígio, e a conjuração cada vez mais pública se mostrava excelente oportunidade para se valorizarem como mazombos, os novos habitantes de um Império independente, exibindo com orgulho sua filiação ao movimento que certamente lhes daria a posição de destaque que sempre havia buscado. Só aguardavam a decretação da derrama, fato essencial para que a vitória se iniciasse.

No palácio, o Visconde de Barbacena estava cada vez mais isolado, por sua própria vontade: passava grande parte de seu tempo viajando entre sua morada oficial e o palácio de Cachoeira, pousando apenas uma noite em cada um, e logo retornando para o outro; com isso, alegava falta de tempo para reuniões e audiências, escapulindo delas com sofreguidão intencional. Cada uma dessas pequenas viagens envolvia uma preparação imensa, tornando-se uma verdadeira caravana, recordando-me muito meus tempos na tropa. Na cozinha do palácio de Vila Rica, pude me dedicar a produzir os pratos mais interessantes e saborosos, já que a gula era o único lenitivo para os momentos de tensão e dúvida pelos quais Barbacena andava passando. Eu era tanto seu cozinheiro quanto seu companheiro de revolta, e quando assumisse seu papel de imperador do Novo Brasil certamente manteria o cargo oficial em suas cozinhas; o que me aconteceria, no entanto, se a revolta falhasse e fosse derrotada? Era tarde demais para pensar nisso: eu já estava envolvido até o pescoço, e por isso decidi conhecer da melhor forma possível o que se passava nas casas dos outros conspiradores, buscando, pelo conhecimento dos fatos, a segurança que me parecia tão exígua. Chamei uma de minhas auxiliares de fogão e leito e pedi-lhe que, em uma de suas saídas, conversasse com as mucamas das casas dos homens grados de Vila Rica, vindo depois me contar o que lá se passava.

Ela fez melhor: quando entrei na cozinha do palácio, depois de um soninho pós-prandial, havia nela várias mucamas, escravos de libré, auxiliares de cozinha, pajens, serviçais de todos os tipos, cores e tamanhos, reunidos por Fátima, minha auxiliar. Ela, com sua tez quase azul de tão negra, e seu traseiro esculturalmente belo, os organizara em fila, para que me informassem pessoalmente sobre tudo que eu desejava saber:

– Mestre Pedro, não tenho boa cabeça para guardar o que me contam, e achei melhor trazer o povo para revelar de viva voz o que vosmecê quer saber... posso servir um café e um queijo?

Nesse momento tive uma revelação: era isso o que me cabia fazer, organizar as informações dadas pelos serviçais de forma a tudo conhecer sem que houvesse sinais de espionagem ou que os vigiados percebessem que o estavam sendo. Serviçais, somos sempre invisíveis: nossa pouca importância social nos faz desaparecer no cenário, como móveis e utensílios, e aquilo que um conspirador não revelaria conscientemente nem a seus próprios companheiros acaba por ser exposto inconscientemente na frente dos serviçais, que sob todos os pontos de vista não existem nem estão lá. Eu poderia, a partir desse instante, conhecer tudo o que se passava na intimidade das casas gradas da Vila Rica; bastar-me-ia assimilar as informações desagregadas que os serviçais me dessem, organizando-as de maneira inteligente e racional. Nem meu mestre Francisco de Aviz, que me dera a missão de tudo conhecer para que o conhecimento pudesse ser usado de forma coerente, imaginara isto: uma corporação de escravos e empregados a serviço da verdade, colhendo as informações existentes para que eu, um cozinheiro mestiço, as organizasse e entregasse a quem de direito.

Fiquei deslumbrado com as possibilidades: organizar um serviço de informações não oficial, a partir de tantos informantes irregulares, era com certeza uma novidade, não apenas nas colônias, mas talvez no mundo, e eu tomei a pulso o empenho de transformá-lo em realidade. Afinal, quem sempre sofria as decisões tomadas pelos poderosos eram exatamente os que a eles serviam, de uma forma ou de outra, sem ter nenhuma ascendência sobre suas decisões ou os resultados delas. Parecia haver uma certa justiça nesta possibilidade; quem sabe essas informações não se tornassem ferramenta essencial para que esse povo pudesse tornar-se dono de seu próprio destino, como alguns de nós já o haviam feito individualmente? Se eu pudesse estabelecer esse sistema de coleta e organização de informacões, sempre com vistas a uma maior liberdade para quem vivia escravizado, por que não fazê-lo? Conhecer a fundo o pensamento de quem nos governa é fator essencial no controle de sua tirania; o conhecimento é, sem sombra de dúvida, a mais poderosa arma contra os desmandos dos poderosos que nos oprimem e nos sufocam.

Organizei a partir daí um sistema de observação dos homens importantes da Vila Rica, notando com surpresa que todos estavam de uma maneira ou de outra envolvidos na revolta, que o Alferes Xavier chamava de "restauração", com toda a paixão de que era capaz. Havia desde o Visconde de Barbacena, governador das Minas Gerais e possível futuro soberano do Império do Brasil, até o português Domingos Abreu Vieira, um coronel que não fazia nenhuma ideia daquilo em que se metera. Pelo menos de dois em dois dias, o grande grupo de serviçais se reunia em minha cozinha, mas quando isso se tornou por demais chamativo, pedi que me viessem procurar de um em um, nos horários os mais díspares possíveis, preferencialmente naquelas horas em que, por hábito ou condições de clima, os habitantes da Vila Rica se enfiassem em suas alcovas para dormir ou descansar.

Sem meu mestre Perinho, mourejei por mais de uma semana, preparando para o Visconde de Barbacena a consoada do Natal de 1788, que discuti longamente com ele e sua senhora, pois, sendo o primeiro Natal de sua vida em terras coloniais, pretendiam com esse banquete dar sinais não só de riqueza e poder, mas principalmente de civilização e metropolitanismo. Os da terra deveriam embasbacar-se, como me disse o próprio Visconde, cenho franzido, um tanto aéreo, como se em sua mente estivesse passando de tudo, menos o cardápio do banquete.

Desejavam, a princípio, uma consoada eminentemente portuguesa, como era seu costume, mas eu os fiz ver que não só nos faltariam determinados ingredientes, mas que seria de muito bom tom a realização de um banquete à brasileira, com o qual boquiabriríamos os locais, não só pela variedade e criatividade, mas também pela quantidade de comida, o que seria impossível em uma ceia portuguesa. Acederam, finalmente, e dois dias depois lhes apresentei o cardápio planejado, vendo nos dois as primeiras bocas abertas desse evento.

O Visconde e sua senhora haviam me pedido para planejar um banquete para cem pessoas, que convidariam entre as famílias mais importantes da região, onde havia importâncias de todos os quilates, principalmente nesses tempos pré-derrama, onde cada um se dividia entre a necessidade de ocultar a própria riqueza e a vontade de mostrar-se rico como realmente era. Equilibrei os pratos de maneira a ter tanto novidades ou nostalgias de Portugal quanto as vitualhas e delícias que já se tinham tornado tradição nas Minas Gerais: para começar, quatro sopas, de carne de vaca, de galinha, a famosa curraleira e a indefectível sopa mineira. Logo depois, quatro assados: um quarto de vitela com a geleia de seu próprio mocotó, um lombo de porco gordo assado com pinhões, um jacu refogado aos tomates e uma imensa tainha que eu estufei em vinho branco. Para ficar no meio da mesa de Natal preparei quatro leitões assados à mineira, duas pacas assadas no espeto giratório, um lombo de veado à moda de seu caçador, o pernil de outro porco assado na grelha por sobre as pacas, dois perus assados à moda do Rio de Janeiro e seis pratos de tutu de feijão, uma iguaria inacreditável que era de criação rigorosamente vila-riquense, onde se misturava o feijão batido e apimentado, temperado com a fina farinha de mandioca da terra. Da tradição portuguesa da consoada natalina preparei, a pedido da Viscondessa, uma pá de cordeiro estufada, uma bandeja de coxas de galinha fritas na gordura, pombinhos tenros guisados com creme de limão galego, passarinhos diversos que foram assados e, depois de crocantes, regados com molho branco, grandes camarões de rio guisados no alho e uma imensa omelete de conhaque francês, às fatias. No lugar dos entremeios, apresentei almôndegas de vaca, língua de vaca acompanhada de carapicus, assados de carneiro em sua própria banha, rins de carneiro guisados à inglesa, biftéques de lombo de porco, e junto deles um guisado de seus miúdos, assim como muitas linguiças de porco preparadas à moda do Brasil. Em volta dessa imensa mesa havia dois queijos da terra, um queijo flamengo e duas bolas de cheiroso queijo londrino, com facas para quem deles quisesse servir-se. Tinha também preparado vários empadões: dois de bacalhau, que em minha mão ficara suave como se fresco fosse, quatro de galinha, dois de pitus um pouco menores que os outros que guisara e dois de mocotó de vaca, que foram os primeiros a se acabar. E aí apresentei os pratos de caça da terra, todos aos pares: macacos, inhambus, frangões recheados, patos de criação com marmelos, pombos fritos à moda de Parma, papagaios com arroz, duas imensas travesas de lambaris fritos com queijo.

Em uma outra mesa, ao lado, estava o serviço de doces e sobremesas: vários *blanc-mange* feitos com tenros peitos de galinha, tortas de beijo, de requeijão e imperial, toucinhos do céu, pudins de gemada, de batatas e de nata, geleias de laranja, de marmelos e a adorada malaguenha, assim como também arroz-doce à mineira, várias compoteiras de cristal eslovaco cheias até a borda de doces em calda variados e dez pratos grandes com doces secos e quitandas mineiras. Nada disso durou mais que o tempo de ser comido: parecia que um bando de gafanhotos havia tomado o salão de banquete e, em menos de duas horas, bem contadinhas, já nada mais havia na sala que restos desse banquete, e um sem-número de convidados dando sinais de satisfação e empanzinamento. Eu, cansado e sem forças para mais nada, fui até o fogão e me preparei, com o caldo de um dos peixes e a fina farinha de beiju, uma tijela de mingau, idêntico ao que minha mãe me havia dado, por meio do qual eu me reconhecia capaz de alimentar a humanidade com minhas próprias mãos.

Passei o dia seguinte derreado sobre a encherga, em minha alcova, minhas forças esgotadas, e só retomei meu interesse no mundo quando soube que na casa de Paula Freire de Andrada haveria uma reunião de todos os envolvidos, para que fossem tomadas todas as decisões finais sobre a revolta. Isso me interessava, e muito: finalmente haveria algum movimento ativo em relação ao que se havia decidido, e que parecia tão iminente. Pelo que me haviam dito, a reunião seria no dia 26, à noite, e eu deixei recados para que meus informantes estivessem comigo logo no dia 27 pela manhã.

Minhas esperanças foram completamente frustradas, na tarde do dia 27: o que me contaram foi uma saga de desatenção, desinteresse e desperdício. Para começar, apenas seis dos valorosos combatentes da independência compareceram à reunião: Álvares Maciel, o padre Rolim e o outro padre do movimento, mais radical que ele: o vigário Carlos de Toledo e Mello. Lá estavam também o dono da casa, o Alferes Xavier e o atrasado porém imponente Alvarenga Peixoto, desculpando-se por estar jogando gamão na casa de Cláudio Manoel, sendo esse o motivo de seu atraso. Os seis presentes, certamente tentando superar seu pequeno número com propostas de intensa rebeldia, decidiram esperar pela derrama no máximo até fevereiro, como havia sido combinado com o Visconde, da última vez em que o viram: nesse momento deflagrariam o motim. Já que Barbacena não dera o ar de sua graça em mais nenhum encontro, sua posição ficou prejudicada, e os seis impulsivamente decidiram que no dia do motim a primeira providência dos Dragões seria decapitá-lo, como prova de destruição da Monarquia, daí em diante proclamando uma República brasileira e independente. Paula Freire foi contra, segundo a cozinheira que me revelou os detalhes, entrevistos por trás de um reposteiro: ele não achava que qualquer crime ou punição serviria à causa da revolta, e que, quanto menos violência houvesse, melhor para todos. Afinal, Barbacena nunca se colocara contra o movimento, sendo seu fiel avalista, pois de seu decreto de derrama dependia o iniciar-se de tudo. Discutiram muito sobre uma possível abolição da escravatura, ideia do Alferes que não foi sequer levada em consideração pelos outros; afinal, grande parte da riqueza deles, senão a totalidade dela, era formada por peças de suas senzalas, gente de força que poderia ser vendida a qualquer momento, transformando-se em moeda sonante.

    Enquanto essa reunião acontecia, os outros conjurados estavam cuidando de seus afazeres, todos certamente mais importantes que o destino das colônias: Cláudio Manoel da Costa ficara fazendo a contabilidade de sua banca de advogado, Gonzaga cuidara de seu enxoval de casamento, pois tinha conseguido tornar-se noivo de Maria Doroteia e já estava com os proclamas expostos no adro da igreja. Toledo Pisa dormira cedo, e Joaquim Silvério dos Reis passara a noite andando de um lado para outro, certamente pensando em seus negócios. Os outros aderentes ao movimento, cada um deles por seus próprios motivos, deixaram em segundo plano essa importante reunião, porque para eles neste exato momento, sem que percebessem, os negócios pessoais haviam se tornado mais importantes que a vida dessa nova nação que sonhavam erguer. Em determinados momentos, o egoísmo nos corrói e domina, tornando-nos insensíveis ao destino dos projetos coletivos e cegos às necessidades de nossos iguais, como se deles não fizéssemos parte ou não fossem de nosso interesse ou responsabilidade. Dizemos buscar a verdade, a justiça, a liberdade, mas no fim das contas estamos buscando exclusivamente a nós mesmos: o Universo só se move por interesse, mas quando esse interesse é exclusivamente pessoal, ele se move de maneira menos perfeita.

Uma coisa porém é certa: os seis que se reuniram passaram de um patamar a outro, em seu anseio de mudança. O que propuseram naquela noite, mais que uma mudança ou uma revolta, era uma revolução no mesmíssimo sentido radical da americana do Norte, e provavelmente tão sanguinolenta quanto. Duvido que os faltosos, caso lá estivessem, tivessem subscrito as propostas daquela noite: mesmo os serviçais mais inteligentes e versados nos assuntos políticos, graças ao que eu lhes explicava, tiveram grande dificuldade de entender o que ali se passara. Eu mesmo, não querendo crer em tanto radicalismo, duvidei do que ouvia e compreendia, e tremi por dentro.

Se pelo menos meu mestre Francisco de Aviz ali estivesse, para que eu lhe relatasse o que sabia e tentássemos compreender o que se passava... mas ele andava mais uma vez pelas estradas das Minas Gerais, pesquisando as plantas e os animais, aprendendo com a Natureza aquilo que era de valia para as criaturas. Perinho estava cada vez mais entrevado, com dificuldade de erguer as costas acima de uma certa altura, e de tão curvado que ficava sua bengala foi diminuindo até se tornar quase a metade do que originalmente era. Ele se arrastava entre sua alcova e a cozinha do palácio de Cachoeira, e de cada vez que eu o visitava o encontrava em pior condição física, ainda que sua mente permanecesse ágil e seu humor não fosse tão ruim quanto deveria. Acabei por recorrer ao Aleijadinho, que continuava na Igreja de São Francisco, realizando sua obra magnífica, e que nunca perdia nem a energia nem o brilho pessoal.

Um outro mulato mais jovem e mais alto conversava com ele, e me foi apresentado:

— Este, cozinheiro, é o mestre Athayde, o melhor e mais fabuloso pintor, desenhista e dourador dessa Vila Rica... tem feito obras lindas, e eu o subcontratei para decorar o interior dessa igreja, assim que estiver pronta para isso.

O mestre Athayde tinha um aperto de mão forte, e assim que me cumprimentou, voltou sua atenção para o Aleijadinho, continuando o que dizia:

— Como lhe disse, não pretendo nada a não ser continuar minha obra: em um país de mestiços, como somos, ficar pintando santinhos loiros e de olhos azuis é uma hipocrisia sem sentido. O que vejo nesse teto é coisa mais importante – Athayde ergueu os olhos para o forro escuro da igreja. – Uma perspectiva exagerada, fazendo as paredes ficarem mais altas do que são, e uma visão do céu azul, como se não houvesse teto, com nuvens, estrelas e os mais belos astros do Universo. E no meio disso tudo, a corte celeste, onde os habitantes da Vila Rica poderão reconhecer-se a si mesmos, já que seus traços e cores de pele serão em tudo e por tudo os traços e cores de pele do povo dessa Vila Rica.

— E com isso arranjarás um enorme problema para ti e para mim... não percebes que os poderosos de Vila Rica fazem questão de ser uma cópia fiel de suas origens europeias, até mesmo aqueles que, como nós, são misturados? Olha aqui para o cozinheiro Pedro: tem em partes iguais o sangue dos europeus e o dos índios naturais da terra. Pergunta-lhe então: se pudesse escolher, o que seria, branco ou índio?

Os dois me olharam, e eu fiquei mudo; essa questão me surgia pela primeira vez, já que eu nunca tinha pensado nela. Não me parecia que houvesse uma escolha possível: eu era o que era, e nada me permitiria optar por uma de minhas partes, em detrimento da outra, mas a dúvida do Aleijadinho encontrou terra fértil dentro de mim, tornando-se parte de minha vida desse momento em diante, porque comecei a pensar se seria possível tornar-me apenas aquilo que desejasse ser, abrindo mão do que não me interessava.

Athayde não cedeu em nenhum momento:

— Minha arte é o que é, e esses santos de cara lusa que a metrópole nos impõe certamente têm menos a ver com a realidade que as faces e os modos do povo desta terra. Não tenho como enganar os que olham minha obra, porque preciso mostrar-lhes a realidade, ainda que travestida de pintura sacra; aliás, creio que estamos no mundo para isso, compadre... tu também não hesitas em colocar nos maus e criminosos as faces dos que te desagradam...

O Aleijadinho deu uma imensa gargalhada, sacudindo-se todo:

— E por que não o faria? Quero apenas me divertir com eles, que sofrem profundamente ao ver revelado em público exatamente aquele aspecto que mais tentam ocultar. Meus grupos em madeira, a Paixão, a Crucifixão, tem faces de gente verdadeira, e cada um cumprindo na obra de arte exatamente o papel que exerce no mundo real, para que a compreensão do que aquilo significa seja perfeita... diversas vezes já fiquei oculto, observando as reações dos que lá estão retratados. Não existe paga maior do que vê-los cair na realidade do que significam, porque eu não dou ali minha opinião, mas sim a opinião pública, aquela que nasce do bom senso e não tem como ser ocultada. *Vox populi, vox dei...*

— A voz do povo não é a voz dos sacerdotes que nos pagam, essa é a verdade... vai ser duro convencê-los da correção de nossas intenções, se os que os sustentam se irritarem com nosso trabalho... e mesmo assim, insistirei: aprendi faz tempo que se rebelar contra as tiranias é a maior prova de obediência a Deus que existe!

A frase sobre a rebelião, dita pelo mestre Athayde, poderia perfeitamente estar inscrita nos papéis e ideias dos revolucionários de Vila Rica, de quem não tinha notícias faz tempo: alguns deles, no exercício de suas funções e atribuições, segundo seus desejos e necessidade, compareceram diversas vezes ao palácio, para conversar com Barbacena. Lá estiveram, entre outros, o ouvidor Gonzaga, Cláudio Manuel, os médicos Barbosa Lage e Amaral Gurgel, além dos membros da Câmara Municipal de Vila Rica, entre os quais não havia concordância sobre a necessidade ou não de aplicar-se a derrama, conforme a Junta Real da Fazenda havia ordenado a Barbacena, sendo esse o motivo que o trouxera às colônias como governador. Para os revoltosos, a derrama tinha de acontecer, porque a tirania comezinha de todos os dias não era suficiente para gerar as reações de que dependiam; mas Barbacena, no sentido verdadeiro da palavra, até mesmo por ser maçom, não era o tirano clássico, contra o qual fica fácil rebelar-se. Eu podia perceber, de cada vez que o encontrava, o torvelinho de decisões paradoxais e opostas que lhe ia na mente: estava mais voltado para si mesmo que para o mundo, e a indecisão se tornava a cada dia seu natural, não conseguindo nem mesmo escolher o que comer e beber, quanto mais como agir em relação aos anseios políticos dos que o cercavam.

Houve um dia muito marcante entre esses, e foi quando Joaquim Silvério dos Reis apareceu no palácio para jantar com o governador, pois ambos eram sócios de João Rodrigues de Macedo, o banqueiro de Vila Rica, com quem todos os revoltosos, uns mais, outros menos, estavam envolvidos. O clima de mistério que cercou esse jantar foi tanto que eu mesmo, diferentemente de outras ocasiões, decidi servi--lo com minhas próprias mãos, ficando na saleta ao lado do pequeno salão onde a comida seria servida, de forma a poder ouvir tudo sem ser visto por ninguém. Tinha certeza de que dali sairia coisa importante. Fiz com que os pratos, uma vez saídos do fogão, fossem colocados sobre um aparador, à moda francesa, de forma que pudessem ser exibidos em toda a sua beleza antes de voltar para a saleta e ser servidos, diretamente nos pratos que seriam postos à frente dos dois comensais, que certamente se distrairiam com seus assuntos durante o jantar, como era o hábito em Vila Rica. Foi uma acertadíssima decisão, graças à qual muitos males puderam ser grandemente diminuídos: o que descobri serviu à causa da liberdade, e esta sempre requer dedicação intensa, e quanto mais absoluta, melhor. A data, nunca mais me esqueci: 13 de março de 1789.

Servi a ambos, colocando seus pratos à sua frente, e o assunto de que falavam parecia tão importante que sequer notaram minha presença. Enchi-lhes as taças de vinho e me afastei, fechando a porta da saleta, mas permanecendo com os ouvidos colados a ela, para nada perder da conversa.

– Havendo a derrama, o maior prejudicado será nosso amigo Macedo: sendo o principal banqueiro de Vila Rica, responsável pela Casa dos Contos, terá de enviar à metrópole tal quantidade de ouro que será forçado a acionar todos os seus devedores, inclusive nós, governador.

– A conspiração, esse segredo que todos conhecem, ainda não chegou oficialmente a meus ouvidos. Malheiro do Lago, que sabes quem é, já denunciou essa revolta a meus ajudantes, mas o fez oralmente, e eu posso não tomar conhecimento do que ele disse, por não haver registro formal da denúncia. Temo apenas que essas informações cheguem a Lisboa antes que eu tenha como agir, sendo forçado pelo poder real a fazer o que não nos interessa. Preciso encontrar uma forma de não decretar a derrama, alegando preocupação com a pobreza generalizada das Minas Gerais, o que me trará apoio popular, sem sombra de dúvida. Difícil será convencer Lisboa disso. Dependem dos fundos que eu vim recolher, e sem eles nem eu nem as Minas Gerais valemos muito.

– Governador, minha preocupação é apenas a derrama; depois de Macedo, sou o maior devedor do erário público, e não tenho como fazer frente aos desejos dos beleguins do rei. Entrei na conspiração única e exclusivamente para livrar-me do pagamento, mas com a chance cada vez maior de que a revolta não aconteça, fiquei preocupadíssimo. Já amortizei 50 contos de réis da minha dívida de mais de 200. Arrecadei o que pude de meus devedores, mas a cada dia o ouro e as pedras se tornam mais escassos, e com o custo de vida pela hora da morte, não tenho de onde tirar o resto de minha dívida. Nosso amigo Macedo, olhando por esse ângulo, estaria em pior situação do que eu: mesmo sendo rico, deve pelo menos 20 vezes mais que eu ao erário, e sendo banqueiro terá de cobrar de seus devedores, entre eles vossa senhoria e eu. Não temos de onde tirar o que devemos, não é verdade, governador?

Barbacena tomou de um só gole o vinho que eu pusera em sua taça; depois, a comida intocada no prato à sua frente, colocou a cabeça entre as mãos, desacorçoado, ficando assim um tempo até voltar a falar:

– O problema é meu ouvidor, Gonzaga, que trabalha ao mesmo tempo para Lisboa e para a revolta: aos dois lados, por motivos específicos de cada um, interessa a derrama e mais nada, e ele assim age sob a desculpa de estar sendo fiel e obediente às ordens da rainha Maria, sem que ninguém possa acusá-lo de qualquer outra coisa.

Silvério atirou o talher sobre a mesa:

– Gonzaga me persegue desde os tempos de Cunha Meneses; este me deu o direito de antecipar-me na cobrança de tributos, e Gonzaga foi o maior inimigo dessa permissão, apresentando-me ao povo como um fariseu cruel e injusto, ao mesmo tempo em que se vendia como magistrado incorruptível. Se eu soubesse antecipadamente que ele estava envolvido nessa conspirata, nunca teria me aproximado dela; não confio em nada que envolva esse maldito Gonzaga! Só permiti a violência quando a dívida corria risco! E ele me acusou de tomar os mínimos bens dos pais de família, impedindo-os até mesmo de seguir trabalhando!

– Pois minha preocupação é outra, Silvério: além de perder a fortuna que aqui venho fazendo, também posso perder o cargo e a vida... pois se vim de Lisboa com o fim determinado de lançar a derrama, para novamente encher as burras d'el-Rei, como posso deixar de fazê-lo? Preciso ter motivo muito forte para isso, de forma a que fique incólume e o cavaleiro da situação, por mais que as vozes mesquinhas tentem me acusar do que quer que seja... eu nunca deveria ter comparecido à reunião dos revoltosos; isso ainda me será muito prejudicial...

– Sem derrama, não haverá revolta, e sem revolta eu continuarei devendo quase 200 contos de réis ao fisco, ou ao Macedo, o que vem a dar no mesmo, já que ele assumiu o controle de minhas dívidas, para aliviar-me...mas a revolta que se preconiza não será nada parecida com o que a sonham os delirantes dessa vila! Vai ficar restrita a duas ou três localidades com tradição revoltosa, e se espalhará no máximo pelo território das Minas Gerais, sem conseguir em nenhum momento o apoio do resto da colônia... e eu, além de devedor, me tornarei revoltoso, perdendo a fortuna e a vida... que dilema, meu governador, que dilema...

Eu, em meu canto atrás da porta, a tudo ouvia, e me sentia tão mobilizado por esse dilema quanto os dois, com uma agravante: eu não conseguia compreendê-los em sua totalidade, principalmente o governador, que tantos préstimos de fraternidade havia feito na reunião dos revoltosos, e agora agia de maneira egoísta, sem pensar em tantos outros que ali estavam e que, de certa maneira, neles confiavam. O caso, certamente, requeria uma manobra arriscada por parte de Barbacena, e da decisão que ele tomasse dependia o sucesso de seus Irmãos pedreiros, e até mesmo suas vidas, pelas quais ele, como representante de Maria I, tinha toda a responsabilidade. A escolha de Barbacena era agora crucial, e de sua decisão sobre a derrama dependia tudo, inclusive sua própria segurança; ah, se o Alferes estivesse em Vila Rica! Tudo seria diferente: ele tinha a capacidade de, pela palavra e pelo olhar, convencer a quem quer que fosse de agir da maneira mais correta, mesmo que essa correção viesse a prejudicá-lo. A revolta de Vila Rica estava com seus dias contados, para o melhor ou o pior, e isso só o tempo diria.

O jantar terminou quase em silêncio: Barbacena mais uma vez mergulhou em seu mutismo quase ausente, e Silvério, tomando uma ou duas copas de vinho a mais, resmungava para consigo mesmo, fazendo muxoxos. Ficamos os três em silêncio, cada um por seus motivos, até que Barbacena, erguendo-se de seu lugar, despediu-se de Silvério, dizendo:

– Preciso dormir; quem sabe durante a noite não me venha alguma ideia que me tire desse dilema? Se eu encontrar alguma solução, e precisar de ti, Silvério, mando buscar-te onde estiveres... combinado?

– Sem dúvida, governador; vossa senhoria pode encontrar-me na casa do padre Rodrigues da Costa, onde pousarei esta noite, antes de retornar para a Ressaquinha, uma de minha fazendas. Amanhã ainda estarei por aqui.

Os dois se separaram, cada um indo em direção à sua própria noite de insônia, e eu me retirei para minha alcova solitária, depois de trancar a sala de refeições, para que os criados cuidassem de sua limpeza na manhã seguinte, bem cedo, antes que o governador se pusesse de pé. Cansado como estava, logo dormi, ansioso pelos acontecimentos dos dias seguintes, que certamente nos tirariam do impasse tenebroso em que nos encontrávamos.

Na manhã seguinte, fui acordado por uma das negras de minha cozinha, dizendo-me que o governador tinha visitas e exigia uma fornada de meus pães de queijo. Ergui-me rapidamente, indo para a cozinha separar as bolinhas da massa já preparada, colocando-as no forno bem quente, e, assim que ficaram prontos, arrumei-os em uma salva e levei-os eu mesmo para o salão de refeições, onde Barbacena sempre tomava seu primeiro café da manhã, pois o segundo, na hora da primeira merenda, ele o tomava com sua esposa e seus filhos. Ao entrar, percebi-o acompanhado pelo banqueiro Rodrigues de Macedo, e para minha maior surpresa, alegre, animado, um ar de extrema confiança na face rosada e sorridente, como se a noite tivesse sido de sono reparador e uma solução divina lhe tivesse caído dos céus sobre a cabeça preocupada.

Macedo também sorria, de maneira sub-reptícia, como era seu costume, e eu subitamente percebi que Barbacena encontrara nele essa solução divina: o banqueiro, seguramente, havia chegado bem cedo ao palácio, trazendo na algibeira uma proposta que satisfez ao governador. Sobre a mesa, uma resma de papéis rabiscados com números e contas mostrava uma grande cifra escrita com força, sublinhada por três vezes, com três pontos de exclamação no final, como sinal de alívio e regozijo. Recuei, saindo do salão, mas deixando a porta entreaberta, para poder ver o que lá dentro se passava. Ali, naqueles papéis, estava o que tornara Barbacena tão rápido e completamente feliz, e ele demonstrou essa felicidade avançando com apetite sobre a salva, esquecendo-se até mesmo de oferecer alguma coisa a seu convidado, que se mantinha tranquilo, pacientemente aguardando a palavra do governador, como se dependesse dela. Barbacena estava eufórico, comendo um pão de queijo após outro, e depois enchendo por si mesmo uma caneca de café bem doce, que derramou dentro da goela em um só gole. Macedo o olhava, placidamente, e quando Barbacena lhe fez um gesto com a mão, apanhou um dos pães de queijo e o mordeu delicadamente entre os pequenos dentinhos de roedor, enquanto Barbacena lhe dizia:

– Acredita, amigo Macedo, foi Deus quem te trouxe até aqui! Estranhei tua chegada tão cedo, logo depois do pôr do sol, e quase mando te expulsar do palácio... mas quando me apresentaste essa proposta tão coerente, minha vida novamente se transformou no paraíso que sempre foi... Tu resolveste o maior dilema de toda a minha vida...

– Os amigos, estamos no mundo para nos ajudarmos mutuamente, Luís: e eu espero que, ao te entregar esse plano que te permitirá amealhar para a rainha Maria tudo o que desejares sem correr nenhum risco, te recordes de que fui eu quem te auxiliou, e me permitas não só manter o que me pertence mas também ganhar um pouco mais, como de praxe entre banqueiros...

– Somos mais que amigos, Macedo, somos sócios! O fato de me teres adiantado os fundos necessários para que me tornasse junto contigo senhor de riquezas nessas Minas Gerais nos une indelevelmente, para todo o sempre... como podes pensar que eu te trairia?

Macedo, seus longos e finos dedos avançando sobre mais um pão de queijo, sorriu, enlevado:

– Meu caro Luís, as maiores e piores traições acontecem sempre no seio benfazejo da mais profunda amizade, e por isso doem tanto... mas nesse caso nossa amizade é maior que qualquer traição: estamos unidos como gêmeos univitelinos, tão semelhantes que não se pode saber quem é um, quem é o outro, e se um correr risco de vida, o outro também morrerá, não é verdade?

Barbacena se ergueu, colocando as duas mãos sobre a mesa, olhando fixamente para Macedo:

– Meu amigo, meu sócio, podes crer em mim: estamos juntos nesse transe até o fim, e juntos nos safaremos de todas as dificuldades interpostas em nosso caminho! Já mandei preparar emissários para ir até o Rio de Janeiro explicar nosso plano a meu tio, o vice-rei, que se encarregará de justificá-lo com a corte, em Lisboa... e hoje mesmo a Vila Rica conhecerá minha decisão sobre a derrama...

– Cuida então, Luís, de dizer a teu tio que o plano é todo teu, e que tu o urdiste sozinho; isso não apenas te valorizará aos olhos dele, mas te livrará de teres de explicar meu papel nessa história... peço-te que me esqueças, que meu nome nem mesmo seja aventado em nenhum dos lados do negócio; continuaremos sócios, mas de hoje em diante ocultos, para nossa própria vantagem...

Barbacena estendeu a mão, que Macedo apertou firmemente, como se estivessem selando um pacto definitivo; quando Macedo se dirigiu à porta, afastei-me rapidamente, mas ainda pude ouvir o banqueiro dizer:

– Quanto aos apoios, fica tranquilo, Luís: eu mesmo me encarrego de conseguir de membros da conspiração as denúncias oficiais da mesma, para que nossa posição esteja resguardada. Quanto mais rápido desqualificarmos os traidores, menos a palavra deles valerá, ao se voltarem contra nós. Faz tua parte que eu farei a minha...

Macedo deixou o palácio, um sorriso de sabedoria no rosto, e durante todo o dia inúmeros mensageiros entraram e saíram da sala de despachos do Visconde, levando documentos e partindo em todas as direções; os mais importantes deles tomaram o caminho para o Rio de Janeiro. Nessa mesma tarde a Vila Rica foi tomada de surpresa pela divulgação do decreto governatorial que suspendia a aplicação da derrama, arrancando de inúmeras gargantas um urro de alívio, e até comemorações extemporâneas pelas ruas, inclusive da parte de alguns envolvidos na revolta, que assim se eximiam de participar dela sem nenhum esforço ou decisão pessoal.

No dia seguinte, no entanto, quando o palácio do governador divulgou a notícia de que uma revolta contra a corte de Lisboa havia sido denunciada por três de seus participantes, arrependidos de seus atos e desejosos de voltar ao aprisco protetor da rainha Maria I, um arrepio de medo tomou toda a cidade, envolta em espessa bruma. Sendo a justiça real esta que já conhecíamos, ninguém, nem eu mesmo, estava livre de ver-se apanhado por ela, com as consequências de costume.

Capítulo XIII

O clima na Vila Rica se tornou insustentável: não havia quem não se sentisse vigiado ou espionado até mesmo por seus parentes mais próximos. Havendo em todos o desejo de escapar do domínio de Portugal, todos estavam mais ou menos próximos a essa revolta de conhecimento geral, mas da qual nesse momento ninguém se assumia como parte ativa, nem mesmo como simpatizante. Eram pais e filhos que se entreolhavam desconfiados, maridos e mulheres que não se falavam, senhores e servos que não se comunicavam uns com os outros, porque uma denúncia como as que haviam sido feitas configurava crime de lesa-majestade, e ninguém na Vila Rica se considerava capaz de enfrentar o poder real, mesmo a distância, ainda que esse poder real lhes fosse quase sempre daninho.

Na manhã do dia 16, acordando estremunhado, dei de encontro com um Perinho que não consegui enxergar: era o sinal de sua morte próxima, e minha alma se confrangeu. Eu ouvia sua voz, sentia sua presença, mas não o via, e o prenúncio de sua morte iminente me destroçava por dentro. Nossa última conversa foi feita mais de silêncios que de palavras, e eu não sabia o que fazer: devia avisá-lo, ou deixar que passasse para o outro lado na benfazeja inconsciência que é o maior bem de todos, menos meu? Limitei-me a servir-lhe o café da manhã, fingindo o tempo todo que o estava vendo, guiando-me pelo som de sua voz, até o instante em que, ouvindo o barulho de sua queda, lentamente o percebi caído ao chão, as mãos na cabeça, um fio de sangue escorrendo de seu nariz rubicundo, os olhos injetados e a língua se projetando entre os dentes. Meu mestre da cozinha estava morto, sua pele lentamente se tornando cerúlea e amarelada, e as eternamente presentes moscas já começando a pousar em sua carne morta, cada vez em maior número, como se algo na natureza as informasse sobre a existência de um cadáver fresco, e elas acorressem a ele como garimpeiros se atiram na direção de uma mina de ouro.

O enterro foi digno e discreto, e eu me permiti deixar que minha barba um tanto rala crescesse desse dia em diante, como vira os irmãos da Trindade fazerem com a morte de sua mãe: reconhecendo entre eles e Perinho essa irmandade em um mesmo deus, prestei-lhe a homenagem que sua tradição parecia exigir, como se ele fosse meu próprio pai. Quando Francisco de Aviz chegou a Vila Rica, alguns dias depois, e me viu de barba crescida, imediatamente soube que seu irmão e amigo havia passado de vivo para morto, sem que eu precisasse dizer-lhe nada; cobriu a cabeça com um manto que sempre trazia em sua matula e proferiu a incompreensível oração dos mortos que eu, ouvindo-a uma só vez, nunca mais esqueci:

— *Yitgadál veytcadásh shemê rabá. Bealmá de verá chir'utê veiamlich malchutê veiatsmach purcanê vicarêv mashichê...*

Houve entre nós mais silêncios que conversa, nos momentos que se seguiram; cada um se enfiou em suas próprias lembranças de Perinho, mantendo-o vivo através delas, e levando a vida daí em diante com a sombra de sua presença por sobre nossas cabeças. No dia seguinte, Francisco de Aviz também parou de se barbear, e por um tempo abandonou suas viagens de pesquisa, permanecendo a meu lado, para que nos apoiássemos mutuamente nesse transe.

Nosso assunto preferido era a revolta fracassada:

— Podes ter certeza, Pedro, que o principal motivo desse fracasso foi a divisão dos revoltosos entre Monarquia e República; não percebendo que essas duas formas de governo são violentamente opostas, tentaram juntar partidários das mesmas em um mesmo grupo, sem perceber que essa era a melhor forma de dividi-lo. Nos últimos tempos, a maioria dos revoltosos se desinteressou do assunto, como tu mesmo percebeste, exatamente por não haver consenso entre eles, seja sobre a forma de governo, seja sobre os detalhes desse governo que viria...

— Mestre Francisco, mas foi exatamente graças a Tiradentes que isso se deu: ele fez com que a ideia da República se somasse à da independência, tornando impossível a convivência entre independência e Monarquia, se é que ela é possível. A meu ver, a suprema folia de pretender criar no Brasil uma nova casa real, sem que aqui haja qualquer resquício de sangue nobre, ou o que quer que isso signifique, mostra uma razoável incompetência para a independência.

– Posso dizer-te com certeza, Pedro: não há nenhuma solidez de princípios nesses homens, com exceção de um ou dois. Até mesmo os maçons entre eles se mostram pouco libertários, pouco afeitos à ideia de igualdade e quase incapacitados para a fraternidade. Ah, se houvesse verdadeira Maçonaria na Vila Rica! Certamente estariam agindo de forma bem diferente... A impressão que tenho é a de que se juntaram à Ordem apenas para conseguir realizar seus objetivos pessoais, pensando mais em usar o poder da Maçonaria do que colocar sua força pessoal a serviço dela... Por exemplo, tu acreditarias que Macedo é maçom? Pois é, e tem se apresentado como tal a inúmeros Irmãos envolvidos nesse processo, sempre para com isso alcançar alguma vantagem ou lucro.

Ficamos calados por um momento, até que eu, temendo pela resposta, perguntei:

– E agora, meu mestre, com essas denúncias, o que sera de nós?

– Teremos certamente o mesmo fim da revolta: seremos desmontados, desqualificados, destroçados e destruídos, para que os poderes discricionários d'El-Rei se mantenham íntegros sobre essas colônias. Cuidemo-nos, pois, Pedro: em breve poderemos ser chamados a responder à Justiça, que se encarregará de punir os mais fracos, protegendo os mais fortes, como é de seu costume...

Uma vida emprestada foi o que restou a todos: Barbacena, não obstante seu plano de salvação pessoal, ainda esperou por uma palavra de seus companheiros revolucionários, que desde 26 de dezembro não davam sinal de vida. Gonzaga tentou cooptar vários dos revoltosos para instaurar de qualquer maneira uma Casa Real das Minas Gerais, mesmo sem a derrama como pretexto, e como isso também lhe interessava, Barbacena esperou cinco dias, depois da denúncia de Silvério, que fazia de Gonzaga o cabeça da revolta, impondo-lhe as mais terríveis ideias criminosas e de lesa-majestade.

No dia 25 de março, sem notícias de nenhum conspirador, Barbacena enviou a seu tio, no Rio de Janeiro, a denúncia de Silvério dos Reis; sei disso porque estava em sua sala no momento em que floreou cuidadosamente sua assinatura na carta com que acompanhou os documentos, entregando-a ao mensageiro que já a estava esperando. Daí em diante, o que vinha sendo inação se transformou em espera angustiada: não havia ninguém na Vila Rica que não aguardasse temeroso os resultados das denúncias, até mesmo o próprio Barbacena, que precisava do apoio de seu tio para justificar o não cumprimento das ordens que trouxera de Lisboa. Se a denúncia não fosse levada a sério, ele certamente estaria em maus lençóis; não cumprir uma ordem expressa da Casa Real era uma traição pior que qualquer revolta, e ele temia mais do que tudo perder seu *status* de governador e homem de confiança da Coroa. No entanto, por maior que fosse sua ansiedade, a presença melíflua de Macedo o tranquilizava: o banqueiro diariamente, às vezes duas vezes por dia, o tomava pelo ombro, cochichando em seu ouvido, dando-lhe de alguma maneira a certeza de que não haveria nenhuma represália por parte de Portugal.

Sem a presença de Perinho, meus afazeres se oficializaram: tornei-me o mestre cozinheiro do governador, acompanhando-o em todos os seus trajetos entre a Vila Rica e Cachoeira do Campo, passando quase tanto tempo na estrada quanto nos tempos em que estivera na tropa. Isso, ao contrário do que seria lógico, me aliviou profundamente, e só sentia falta dos encontros com o Aleijadinho, que se espaçaram muito, na exata medida do tempo que Barbacena passava indo e vindo de seu palácio de férias. Os ingredientes de que eu necessitava para realizar as comezainas de sempre não me faltavam: mesmo imersos em um profundo clima de ansiedade, tropas iam e vinham entre a Vila Rica e o resto das colônias, mantendo repleta a ucharia dos dois palácios, ainda que no resto da região a penúria cada vez parecesse mais pesada. Todos os momentos de dissensão e ansiedade causam carestia, e esse não era diferente; mas ao governador não faltavam fundos para satisfazer seus desejos, portanto eu, sempre que podia, dividia as sobras das refeições com os pobres que ficavam nos fundos do palácio, esperando por elas, de certa maneira devolvendo ao povo da Vila Rica e de Cachoeira as riquezas que Barbacena gastava com seu próprio sustento.

O Alferes já estava no Rio de Janeiro desde antes da denúncia feita por Silvério, mas os dois se haviam encontrado na estrada, cada um indo em uma direção diferente, porque o Alferes se sentira obrigado a continuar sua defesa da revolta, arrebanhando no Rio de Janeiro o máximo de apoios que pudesse, enquanto Silvério, às voltas com seus próprios afazeres e preocupações, permanecia na estrada, visitando tanto suas fazendas quanto a do padre Manoel da Costa, onde sempre pousava quando estava entre Cachoeira e a Vila Rica. Em uma conversa com o Aleijadinho, eu relatei esse fato, e ele me disse:

– Há uma grande possibilidade de que Xavier não saiba da denúncia; Silvério é dissimulado o suficiente para não ter dado a ele nenhum sinal de seus intentos, e com toda a certeza o Alferes continua no Rio de Janeiro agindo por uma revolta que já está sob o controle do vice-rei.

– Mas Silvério também foi ao Rio de Janeiro, camarada; o Visconde o intimou a repetir a denúncia de viva voz para seu tio, o vice-rei, confirmando e oficializando as informações de março. Quem sabe o Alferes já não tenha sido preso? Ainda ontem, e estamos no fim de abril, vi a tropa de Silvério retornando do Rio de Janeiro pelo caminho das Minas... o vice-rei não costuma perder tempo...

O Aleijadinho jogou longe o cinzel:

– Ah, se o Alferes conseguisse fugir para cá antes de ser apanhado pelos beleguins... juro que o ocultaria nas pedreiras de Santa Rita, onde ninguém entra, e ninguém o encontraria! Lá é o último degrau em que um homem pisa antes de perder sua humanidade, e ficam tão cobertos de pó de pedra que se torna impossível reconhecer a quem quer que seja, no meio do trabalho... Como eu, transformam-se lentamente na pedra que extraem, e ela lhes penetra o corpo pelos poros, nariz e boca, até que enrijeçam por dentro e por fora, tornando-se tão imóveis quanto ela...

A ideia de salvar a vida do Alferes, ocultando-o no meio das pedreiras de Santa Rita, nunca mais saiu de minha mente, e eu a revelei a Francisco de Aviz, em um de seus retornos à Vila Rica, uns dois dias depois dessa conversa com o Aleijadinho. Francisco de Aviz, a barba cada vez mais crescida, me olhou tristemente.

– Pedro, estamos tentando reunir as forças da Maçonaria para salvar a vida do Tiradentes; de todos os que participam disso, é verdadeiramente o único que merece seguir vivendo, porque em nenhum momento traiu nem a seus companheiros nem a seus ideais, o que é raro... Por azar nosso, o Brasil até hoje só tem maçons, e não Maçonaria, e isso dificulta seriamente nossos esforços. Tenho certeza de que o maior peso do cutelo oficial cairá sobre o Alferes, que sempre foi o porta-voz das ideias de liberdade, e que outros sofrerão, sim, mas de maneira até suportável, comparativamente com o castigo do Tiradentes.

– E não teríamos como avisá-lo, para que fuja e se oculte?

– O Tiradentes não é tolo: a essa altura, já deve ter percebido a trampa que se forma à sua volta, e sem sombra de dúvida fugirá. O problema são os soldados do vice-rei, que também não é nenhum imbecil, e certamente pensa tão rápido quanto qualquer um de nós. O que me preocupa, mais que isso, é a integridade dos que aqui estamos; com toda a certeza haverá prisões em massa, mas pelo jeito os que aqui vivem se sente alheios a essa possibilidade, de certo pensando que isso nunca se dará com eles, por serem homens grados e ricos... Esquecem que nada agrada mais aos poderosos do que apanhar um rico em pecado: tomar-lhe as riquezas, confiscando todos os seus bens, é coisa que lhes dá grande prazer e lucro...

Tive uma ideia:

– Mestre Francisco, e se for exatamente esse o motivo pelo qual Barbacena aceitou cancelar a derrama? Não estaria ele esperando que os bens confiscados sejam mais vultosos que os impostos devidos?

Francisco de Aviz me observou com curiosidade, sorridente:

– Começas a entender muito bem as manobras do poder, Pedro: talvez seja essa a solução que Macedo apresentou a Barbacena, permitindo-lhe agradar a corte mais pelos resultados da desobediência que pela obediência fiel e menos rendosa... Macedo, de quebra, ainda se livra de perder suas riquezas; difícil vai ser salvá-lo, porque sua participação na revolta é por demais conhecida.

– Ele certamente conta com isso, mestre de Aviz: a conversa que ouvi entre ele e o governador bate direitinho com essa possibilidade... ele disse claramente a Barbacena: "espero que me permitas não só manter o que me pertence, mas também ganhar um pouco mais, como de praxe entre banqueiros"... Que bom safardana!

– Ele se move apenas pelo lucro, Pedro, como costumam fazer os homens desta terra, sem entender que a única maneira de ganhar muito é nunca desejar ganhar muito. O verdadeiro rico não é aquele que tudo possui, mas sim aquele que nada mais cobiça, da mesma forma que pobre não é aquele que pouco tem, mas sempre aquele que muito deseja...

– Eu entendo, meu mestre; às vezes o melhor jeito de ganhar é perder, e com certeza Macedo perderia toda a sua riqueza em troca de sua vida...

– Fala somente por ti e por mim, Pedro, não por Macedo... dele podemos esperar tudo...

Em 17 de maio, data inesquecível, fui convocado para servir uma ceia tardia a um visitante que chegara ao palácio, estando já reunido com o governador. Preparei uma salva com carnes frias, pães e queijos, porque a essa altura da noite o lume já estava mais para frio que para quente, e não haveria como lhe elevar a temperatura sem também aumentar a impaciência de Barbacena. Entrei na saleta que ficava ao lado do pequeno salão onde Barbacena recebia seus convidados especiais, e lá vi um padre desconhecido, a batina coberta até a cintura pelo mesmo barro vermelho que lhe empastava a face e os cabelos, os olhos esgazeados. Barbacena andava de um lado para o outro, ansiosíssimo, e quando coloquei a salva à frente do padre, ele imediatamente se atirou sobre seu conteúdo, só se recordando de benzer-se e orar quando já estava com a boca mais ou menos cheia. Servi-lhe uma taça de vinho e, a um sinal do Visconde, saí da saleta, de costas, fechando a porta. Claro está que não a fechei totalmente, ficando na saleta com o ouvido encostado à fresta que deixara, e que me permitiu ouvir toda a impressionante conversa, que fez dessa noite um redemoinho de ações ao mesmo tempo racionais e emocionais, pois ela me levou a fazer o que deveria ser feito sem que em nenhum momento eu perdesse de vista objetivos maiores e ao mesmo tempo mais profundamente afetivos. A vida real costuma ser, para a maioria dos homens, um compromisso perpétuo entre o ideal e o possível, mas eu sentia que em mim, depois de saber o que soube, não poderia haver limitações práticas nem temores, por mais fundamentados que fossem. Era minha a responsabilidade de agir, porque dessas ações dependia a continuidade de muitas vidas, e se eu desgraçadamente nunca conseguisse avisar os que morreriam de seu passamento iminente, pelo menos poderia cancelar algumas participações na maxambomba giratória que os levaria ao patíbulo, sem que eles pudessem fazer qualquer coisa quanto a isso.

O padre estava realmente faminto, e com a boca cheia, disse:

– Irmão governador, nesses sete dias matei ou estropiei pelo menos quatro cavalos... tinha de trazer a notícia o quanto antes, por causa de nossos compromissos...

O Visconde sentou-se a seu lado, vivamente interessado:

– Sete dias do Rio até aqui? Isso nunca aconteceu antes... É bom que o tenhas feito; mesmo não podendo dar sinais oficiais de conhecimento, já posso me preparar para começar a prender os que estão em Vila Rica, e que ainda não sabem da prisão do Alferes...

Xavier preso! E com exceção de nós três, naquele momento, na Vila Rica ninguém mais sabia da verdade, que mudava sensivelmente as condições históricas, como Francisco de Aviz gostava de dizer. Se eu pelo menos pudesse lançar um aviso a todos... mas com a cidade em estado de emergência, como já estava, de que maneira eu poderia fazê-lo?

Barbacena continuou, enquanto o padre se empanturrava:

– Tenho apenas que te agradecer pela ajuda, irmão Lourenço; poucos homens teriam o desprendimento necessário para pôr a vida em risco e matar-se tanto quanto às montarias, para que eu pudesse saber dos fatos em primeira mão. Gonzaga ainda ontem aqui esteve tentando fazer-me recordar da tal Casa Real do Brasil, para a qual ainda conta comigo... pobre coitado! Agora só me resta preparar-me para, assim que a notícia chegue à Vila Rica, prender todos os envolvidos, sem nenhuma exceção, cuidando para que em seus depoimentos não nos prejudiquem... só temo pela segurança do Alferes...

— Quanto a isso o irmão governador pode estar tranquilo: ele está apenas preso, e todos os que o cercam sabem que não devem tocar nem mesmo em um fio de sua cabeleira. Tudo vai depender do rumo que os depoimentos e inquéritos tomarem, para que o crime de lesa-majestade não se configure e todos possam escapar com vida.

— A Coroa não é tola, e está muito bem aconselhada por seus ministros: até mesmo o príncipe João, que em breve se tornará regente da própria mãe, sabe que, ao ser firme, mais vale ser piedoso que cruel. Em um caso desses todas as ameaças de morte podem subitamente receber um magnânimo perdão real e, conhecendo os homens como conheço, sei que ao ser perdoados todos erguerão suas vozes em saudação ao reinado que os salvou da morte... que é o que interessa à Coroa: a adoração de seus súditos... Nosso problema é salvar-nos a nós, que estamos envolvidos nisso muito mais do que a Coroa aceitaria...

— Se o irmão governador agir com presteza, certamente estaremos livres disso; na medida do possível, não haverá ninguém que ouse acusar o governador das Minas Gerais de participante em um movimento contra si mesmo. Basta que façamos com que o processo corra aqui na Vila Rica, e não no Rio de Janeiro, onde existem forças que não podemos controlar. Aqui, temos o domínio de tudo, e qualquer um dos revoltosos que ousar assacar aleivosias contra o governador merecerá exatamente a pena capital que mais teme; isso, certamente, os calará quanto à participação de vosmecê...

Barbacena suspirou profundamente e disse:

— Pelo que conheço dos mensageiros montados de meu tio, temos pelo menos dois dias até que a notícia chegue até nós; ninguém consegue, como o irmão Lourenço conseguiu, fazer esse percurso em menos que nove ou dez dias, e nesses dois dias que faltam podemos nos preparar para deflagrar as prisões, mantendo incomunicáveis os envolvidos, até mesmo entre si. Se o Rio de Janeiro não me enviar tropas fiéis, estarei em maus lençóis, porque todos os comandantes de tropas da Vila Rica estão envolvidos na revolta... Espero sinceramente que meu tio perceba isso, e me envie as tropas fiéis de que necessito para manter a ordem e impor a lei aqui nessas brenhas... e agora vamos dormir, irmão Lourenço. Mandarei que preparem uma alcova onde o irmão descanse, antes de voltar para o Caraça, e amanhã continuaremos nosso planejamento de segurança...

O governador se ergueu abruptamente, dirigindo-se à porta que eu fechei rapidamente, recuando e derrubando uma salva de prata, que ao cair ao chão soou como um fortíssimo sino, no silêncio da madrugada. Barbacena abriu a porta em um repelão, e eu só tive tempo de me ocultar nas sombras de um aparador, a cabeça oculta entre os braços. Senti que ele examinou longamente o ambiente da saleta, não me vendo, até voltar para o pequeno salão onde estava, dali saindo com o padre para outra parte do palácio, deixando-me no escuro, trêmulo de medo e apreensão.

Chegara a hora em que eu, envolvido na história, tinha de tomar uma atitude por minha própria decisão, por ser o único que podia fazer chegar aos outros envolvidos a notícia sobre a prisão do Alferes Xavier. Fui para minha alcova, pensando no que poderia fazer, e dei de cara com minha capa colonial pendurada em um prego, por detrás da porta. Movido por uma ideia ainda sem forma, busquei em uma de minhas bruacas a batina que Perinho usara e que eu guardara como lembrança de nossos tempos na aldeia. A veste era uma sotaina marrom e grande, com capuz tão volumoso que me ocultaria o rosto; se por sobre ela vestisse a capa colonial, estaria tão oculto e diferente de mim mesmo quanto possível e, na medida em que fosse rápido, conseguiria avisar o máximo de pessoas envolvidas, para que tomassem suas medidas de segurança, precavendo-se.

Não me restava muito tempo: vestindo as duas roupas, uma sobre a outra, saí pelo corredor da cozinha e, nos fundos do palácio, tomei posse de uma cavalgadura que ali estava, jogando sobre ela apenas um baixeiro e, montando-a, saí o mais silenciosamente possível pelas ruas da Vila Rica, rezando para que nenhum soldado da guarda me detivesse. O lugar mais próximo era a casa de Cláudio Manuel, e para lá me dirigi, batendo com violência na janela da cozinha, atrás da qual eu podia ver um lume aceso. Depois de um tempo, a janela se abriu e alguém falou:

– Quem esta aí?

Reconheci a voz de Cláudio Manoel, que estava com uma chaleira de água quente nas mãos, decerto preparando alguma compressa para seus antrazes, como sempre fazia. Afinei a voz, tornando-a infantil, e sussurrei:

– Acautela-te e prepara-te! O Alferes Xavier foi preso no Rio de Janeiro. Queima todos os papéis que possam te comprometer e, se possível, foge da Vila Rica!

O calvo Cláudio Manoel ficou boquiaberto, a chaleira esquecida na mão, olhando aparvalhado para meu vulto, e eu imediatamente, sem repetir a mensagem, recuei, sendo seguido por alguns chamados feitos em voz cada vez mais preocupada:

— Quem é? Quem te disse isso? Volta... quem é? Senhora, por caridade, volta...

Desci outras vielas, açulando a montaria o mais que podia, naquelas ladeiras de pedra tão escorregadia, e fui para a casa de Gonzaga, o desembargador da cidade. Lá chegando, toquei à porta dos fundos, por detrás da horta, e quando uma escrava me atendeu, perguntei-lhe por seu patrão, ao que ela me respondeu:

— Nonhô Tomás num tá... quer deixar recado?

— Onde posso encontrá-lo?

— Deve de tá na casa do Vasconcelos, aqui perto... nhanhã quer entrar?

Um atraso insuportável: mas a mucama me parecia esperta, e portanto lhe disse:

— Quando teu senhor chegar, avisa a ele que o Alferes Xavier foi preso no Rio de Janeiro, e que ele se cuide, para não ser preso também!

Assim dizendo, fui para a casa de Diogo de Vasconcelos, advogado e afilhado de casamento de Gonzaga, a quem queria muito bem e apoiava em todas as ações políticas na Vila Rica. Cheio de filhos, Vasconcelos era respeitadíssimo na comarca. Eu estava me arriscando demais: a qualquer momento uma patrulha poderia me encontrar, e eu estaria desgraçado para todo o sempre, e por isso decidi que Vasconcelos seria meu último visitado, quer eu encontrasse Gonzaga, quer não. Com certeza, três avisos iguais recebidos no mesmo instante teriam o efeito desejado por mim, alertando os revoltosos e permitindo que se precavessem.

Na casa de Vasconcelos já havia algum movimento, porque o dia se aproximava: esgueirei-me pelo lado da casa e, batendo em uma janela de primeiro andar, vi uma luz que se movia na parte de cima, e logo depois a figura de Vasconcelos a gritar:

— Quem bate a essa hora?

Não havia no advogado nenhum temor, exatamente por causa de seu ofício, que muitas vezes era necessário no breu da noite, resolvendo algum problema emergencial. Estiquei-me sobre a montaria, sussurrando em sua direção:

— Quero falar com Gonzaga... ele está?

Vasconcelos deu um sorriso cínico e me respondeu:

— Nao, minha filha, Gonzaga já partiu para sua casa... se correres, ainda o pegas a caminho... tens muita pressa de falar com ele?

Vasconcelos certamente pensou que eu era uma mulher em busca de Gonzaga por motivos fúteis, e por isso falei mais alto, com a voz mais esganiçada ainda:

– Não posso voltar a procurá-lo, por minha própria segurança! Avisa a ele, o mais depressa possível, que o Alferes Xavier foi preso no Rio de Janeiro, e que Barbacena está preparando a prisão de todos os seus companheiros... não pode haver hesitação, Vasconcelos! Avia-te!

Vasconcelos ficou boquiaberto: eu quase senti seu olhar me verrumando as costas, enquanto me afastava em trote veloz, o mais rápido que as pedras do calçamento permitiam. Na primeira esquina me livrei da capa e da batina, dobrando-as e colocando-as à minha frente sobre o cachaço do animal, ficando com meu traje de sempre sem o casaco, e por isso sentindo o frio da manhã, que permanecia úmida mesmo com o sol que já se abria às minhas costas. Minhas botas estavam molhadas. Meu cabelo estava empastado de suor por causa da corrida, coberto pelo capuz da sotaina, e meu corpo coçava pelo calor e peso da capa colonial, que eu não usara desde que me fixara na Vila Rica, e certamente estava mais suja do que seria aceitável até nas cidades mais porcas.

Quando virei a esquina da ladeira que ficava à frente do palácio do governador, dei de cara com uma patrulha; o mais forte dentre eles segurou meu cavalo pelo focinho e me perguntou:

– O que fazes de pé a essa hora?

Minha cara de surpresa, e meu ar desgrenhado, fizeram com que um outro risse e dissesse:

– Estás bêbado?

Imediatamente fiz cara de idiota e dei um sorriso do mesmo tipo, arrancando deles uma gargalhada geral. O chefe largou meu cavalo e me disse:

– Vai levando, pinguço...

Com um tapa na anca de meu cavalo, ele o pôs em movimento, e eu exagerei o desequilíbrio, dando-lhes a certeza de minha ebriedade. Estava livre, e me dirigi para o palácio, fazendo o caminho inverso que fizera, indo da cavalariça para minha alcova, e de lá para a cozinha, com meu jaleco de cozinheiro, sendo recebido pelo movimento de todos os dias, porque organizara a cozinha do palácio de tal modo que ela podia perfeitamente ir em frente sem mim.

Minha missão nesse transe estava cumprida, segundo minha consciência me levara a agir. Eu deixara avisos onde pudera, e só os muito pouco competentes não os levariam a sério; mas essa possibilidade existia, e agora só me restava esperar o desenrolar dos acontecimentos, sem dar sinais de minha participação, guardando-me para o dia seguinte. Sem dúvida, seríamos todos muito mais felizes se nos preocupássemos em ser aquilo que verdadeiramente somos tanto quanto nos empenhamos em nos disfarçar; mas na maior parte das vezes, nessa sociedade em que vivemos, só nos resta usar as máscaras convencionais. Se mantivermos a honestidade com nossa própria consciência, nosso verdadeiro caráter estará preservado, principalmente para aqueles que souberem ler nosso mais profundo coração.

Uma das dúvidas que me ficara na mente era sobre a qualidade dos maçons envolvidos. Pelo que me haviam informado, cada um desses homens se unira a seus outros iguais exatamente pelas qualidades, na luta contra as tiranias, os erros, os preconceitos, valorizando antes de tudo a justiça e a verdade, propugnando três coisas que me soavam sublimes: liberdade, igualdade, fraternidade. No entanto, com as últimas atitudes que observara, passei a nada compreender sobre as ações dos maçons; com as raras exceções de praxe, os que conhecia estavam todos mais interessados em seus próprios negócios que no bem da humanidade, e isso como que os degradava a meus olhos, tornando-me um tanto incrédulo quanto a seu poder ou capacidade de modificar a realidade segundo os altos conceitos que a Maçonaria apresentava como suas exigências essenciais.

Com Francisco de Aviz fora da Vila Rica, em lugar desconhecido, e sem formas de contatar os revoltosos que conhecia, tive de recorrer a informações dadas por seus serviçais, das quais muito pouco aproveitei, pois, não podendo revelar o que sabia, tinha de questioná-los com muito cuidado para não me entregar como quem revelara a novidade a seus patrões. Foi então que percebi que a informação que eu dera não tivera nenhum efeito: seguiam suas vidas como dantes, sem se precaver ou ocultar-se. Os dois dias que nos separaram da revelação oficial da prisão do Alferes, e da loucura controlada em que a Vila Rica se transformou, foram em tudo e por tudo idênticos a todos os outros, fazendo-me acreditar que meu esforço tivesse sido em vão.

No dia seguinte, ao pôr do sol, uma tropa de cavaleiros fardados atravessou a Vila Rica, vindo em direção ao palácio do governador: o bulício de sua chegada, as altas vozes dos mensageiros que eles tinham protegido na estrada desde o Rio de Janeiro, o inesperado dos acontecimentos interromperam imediatamente o serviço do palácio, assim como de toda a vila. Barbacena fez questão absoluta de divulgar aos quatro ventos a prisão de Xavier e também de Silvério, no Rio de Janeiro, e que seu tio, o vice-rei, estava enviando tropas para protegê-lo enquanto ele fazia rodar a máquina da lei e prendia os revoltosos, coisa que começou a fazer imediatamente, auxiliado por esse pequeno batalhão que ali estava. A vila tornou-se palco de escândalos sucessivos; era como se ninguém soubesse que havia uma revolta, e que a revelação dessa verdade os tomasse de surpresa. A hipocrisia como forma de defesa: já vi muito disso, nos mais diversos momentos, mas nunca deixo de sentir engulhos. Não foram poucas as vezes em que até mesmo eu, por melhores que fossem minhas intenções, também agi assim, e talvez essa seja a razão pela qual tanto me enojo.

As prisões foram acontecendo de maneira constante e incessante: a cada dia houve dois, três, quatro aprisionados com escândalo em suas casas ou oficinas, havendo até o caso de alguns que, sendo militares, participaram dessas prisões a mando do governador para, no dia seguinte, se verem na posição de acusados, sendo levados de mãos atadas para a cadeia da Vila Rica. Só aí é que se começou a falar do embuçado da Vila Rica, e a cada prisão sempre havia quem se arrependesse de não ter levado a sério a informação dada por ele, ou seja, por mim. Muitos falavam que teria sido uma embuçada, e houve até quem dissesse que, pelos acontecimentos cada vez menos lógicos, havia grande chance de que o embuçado fosse o próprio marquês de Barbacena, porque houve quem o tivesse visto sair do palácio a cavalo...

A arraia miúda foi caindo, e mesmo durante essas prisões a Vila Rica ainda mantinha um simulacro de vida normal: o próprio Gonzaga, que seria preso a 23 de maio, alguns dias antes visitou seu governador, pedindo-lhe uma licença emergencial para casar-se, já que a ordem de dona Maria I ainda não havia chegado, e Barbacena o recebeu com muita civilidade, dando-lhe oralmente a permissão que ele buscou. Nenhum dos dois revelou na conversa a que assisti, enquanto os servia, qualquer temor ou ameaça: foi um encontro civilizadíssimo e breve, e nenhum dos dois tocou no assunto da revolta mineira, da independência brasileira ou da prisão do Alferes Xavier. Para todos os efeitos, nenhum dos grandes envolvidos seria preso nem interrogado, porque isso poderia trazer para Barbacena enormes problemas; mas, como ninguém sabia o que estava se passando entre Xavier e seus carcereiros, uma nuvem de dúvida continuava pairando sobre a Vila Rica, e enquanto não houvesse notícias seguras das ações do vice-rei, estaríamos todos vivendo com tempo emprestado, simplesmente esperando os fatos que nos cairiam por cima com toda a força de que a realidade é capaz.

O Aleijadinho estava sendo minha única sustentação, nesses dias; sua mente ágil e capaz configurava na pedra tudo aquilo que ele pensava ou considerava importante ver revelado, e em cada uma de suas obras havia inúmeros sinais de suas ideias, seus conceitos de vida, até mesmo dessa Maçonaria que lhe era tão cara.

– Há segredos e segredos entre os homens, cozinheiro: alguns são pessoais, outros são coletivos e, destes, os mais importantes são aqueles que nos unem em prol de algum objetivo maior. A Maçonaria é isso, e tem sido de imensa importância para o mundo, porque foi em seu seio que nasceu a necessidade de lutar pelos três maiores bens que a humanidade deseja: a liberdade, a igualdade e a fraternidade. Em um mundo em que ainda se acredita no poder divino de reis e sacerdotes, tem sido de imensa ousadia pretender que todos os homens sejam iguais, e que apenas seus méritos pessoais na busca da felicidade possam distingui--los uns dos outros...

– Bem, mestre pedreiro, eu não estranho nada disso: fui criado entre os Mongoyós, e lá não existe nada que sirva para distinguir um homem do outro, a não ser aquilo que só ele seja capaz de fazer, e que sirva de exemplo ou adjutório aos que o cercam... Minha experiência entre os brancos, pelo contrário, foi a de imensa crueldade e violência, com uns se sobrepondo aos outros mediante seu poder discricionário. Por isso, creio que posso entender com mais facilidade o que seja a Maçonaria; já experimentei liberdade, igualdade e fraternidade, sentindo sua ausência na própria carne, e conheço seu valor real. Só que ainda não compreendo bem a forma pela qual trabalha.

O Aleijadinho, sem parar de traçar sobre o bloco de pedra-sabão a obra que só ele sabia como ficaria, continuou me esclarecendo com as luzes de sua sabedoria:

– Vê por exemplo a independência das colônias inglesas, que hoje se chamam Estados Unidos da América: sem as ideias da Maçonaria, e a organização de propósitos e princípios que ela disponibiliza, nossos irmãos do Norte não teriam conseguido nada de sólido, e talvez hoje estivessem em situação muito pior do que antes, sob o jugo de um rei ganancioso e sem compreensão dos fatos. Aquilo que a Maçonaria lhes deu, por meio de nossos símbolos e alegorias, serviu para que compreendessem que existe uma maneira justa e perfeita de viver em coletividade, e que os desejos de alguns nunca podem se sobrepor às necessidades de todos. Quem se filia à Maçonaria só pode fazê-lo se acreditar piamente em fazer feliz à humanidade, como um todo, abrindo mão de suas ilusões de grandeza pessoal e seus delírios de poder, tornando-se capaz de agir sempre em benefício da humanidade, ainda que com um simples gesto, quase despercebido. Na França está acontecendo o mesmo, mas, como são movidos mais pela fome que pelo desejo de liberdade, duvido muito que consigam algo de positivo. Derrubar o rei não porá nenhuma comida em suas barrigas, e o sangue derramado não será capaz de matar sua sede.

– Nisso o mestre pedreiro tem razão: a fome é péssima conselheira... falo por já tê-la experimentado, e sei o que ela me gerou dentro da mente, enquanto me corroía as entranhas...

– Já me disseram que uma fome bem administrada é a parte mais poderosa da liberdade, mas qual de nós pretende senti-la em troca de ser livre? Eu não, por certo, a não ser que as consequências da fome de hoje sejam mais satisfatórias que um simples saciamento dos apetites...

Sorrimos, ambos:

– Era a isso que os revoltosos da Vila Rica se referiam em seus discursos, não era, mestre pedreiro? Uma fome puramente filosófica, sem nenhuma consequência em seus estômagos mais ou menos recheados...

– A fome filosófica às vezes dói mais que a física, cozinheiro; mas quem experimentou esta sabe bastante bem diferenciá-la da primeira. Em todo caso, a fome dos desvalidos do mundo dói mais que a nossa própria, quando satisfazemos nossos apetites filosóficos com o verdadeiro conhecimento. Não existe prazer maior que o conhecimento... por que ris, cozinheiro?

– Meu mestre, há muitos outros tão grandes ou até maiores que esse...

O Aleijadinho gargalhou:

– Sem dúvida, o sexo e a fome, apetites animais com grande possibilidade de nos dar prazer... mas o prazer do conhecimento é a cada dia mais duradouro, enquanto que estes.... acorda, cozinheiro!

A visão de mundo do Aleijadinho, muito parecida com a de meu mestre Francisco de Aviz, cada vez mais afastado das Minas Gerais, foi o que me sustentou durante esse tempo de ansiosa espera. Barbacena continuou comendo meus pães de queijo, sem sequer me olhar quando o servia. Não sei se isso acontecia porque ele não queria me mostrar que já trilháramos juntos os mesmos perigosos caminhos, ou se efetivamente não se recordava de mim; nós, serviçais, sempre desaparecemos aos olhos de nossos senhores e, quanto mais importantes se consideram, menos nos veem, o que, em certos casos, pode ser uma bênção dos céus.

Gonzaga foi preso em 23 de maio, e Alvarenga no dia seguinte: mantidos em cárcere privado na própria Vila Rica, aguardaram o momento de seus depoimentos em sua própria cidade. Barbacena, certamente seguindo os conselhos de Macedo, resolvera montar sua própria devassa provinciana, antes que a sede do vice-reinado decidisse fazê-lo, tirando-lhe o controle dos fatos e depoimentos, certamente por medo de ser acusado com a verdade. Não foram poucas as noites em que Barbacena trilhou o mesmo caminho no tapete de sua sala íntima, andando para lá e para cá, sem casaca, o colete desabotoado, os pés em chinelas de couro macio, arrastando-as em ritmo constante e obsessivo. Cláudio Manoel, amigo e advogado de Gonzaga, entrou imediatamente com um pedido de vistas do processo que prendera seu amigo, e foi surpreendido pela inexistência de ações legais e registradas: as prisões de Gonzaga e Alvarenga, assim como a de muitos outros menos importantes, aconteceram ao arrepio da lei.

Barbacena não foi de todo incompetente, nesse transe: prendeu seus antigos companheiros de revolta com lentidão exasperante, na certa esperando que a cada nova prisão a anterior fosse esquecida, e os prisioneiros se tornassem seres sem existência real na mente da Vila Rica. Esta, aliás, tem sido a mais perfeita manobra da justiça em nossas terras: os processos são tão lentos e morosos que, quando chegam a seu termo, ninguém, nem mesmo os envolvidos, ainda se recorda do motivo pelo qual nele tinham sido envolvidos. Cláudio Manoel tremia e suava, na frente de Barbacena, apresentando-lhe os papéis em que pedia a soltura de Gonzaga, que Barbacena rejeitou, dizendo:

— Não sou o juiz da comarca, senhor Da Costa; não me cabe desqualificar as ordens dele, emanadas do governo da Vila Rica.

— Mas, Visconde, vós sois o governo das Minas, a ordem foi dada por Vossa Senhoria... por que prender um membro do Conselho da Vila Rica, que tem pouso conhecido e não pretende fugir, pois precisa cumprir suas obrigações para com o povo desta terra?

— Não insista, Da Costa! — Barbacena gritou, fuzilando Cláudio Manoel com o olhar. — Não me cabe impor às leis d'el-Rei minha vontade pessoal! Elas devem ser seguidas e cumpridas sem hesitação... mas podes crer que nesse momento é bem melhor que o conselheiro esteja preso aqui na Vila Rica que em uma masmorra da sede do vice-reinado!

Cláudio Manoel ficou mais lívido ainda, ao ouvir a palavra "masmorra": sua idade real estava mais aparente que nunca, como se estivesse envelhecendo segundo a segundo, sofrendo as ideias negativas que as palavras de Barbacena lhe impunham. Ele respirou fundo e insistiu, a voz cada vez mais trêmula:

— Governador, por Deus, somos todos homens do mesmo valor e importância, e todos estamos juntos nesse acontecimento infeliz... prender a um de nós é acusar a todos... Vossa Senhoria não percebe isso?

Barbacena ficou apoplético:

— Tu estás me ameaçando, Da Costa? Tu ousas me comparar a esses traidores? Quem tu pensas que eu sou e que tu és? Sai daqui! Já!

Havia medo em ambos, e nisso se igualavam, apesar de suas atitudes serem diametralmente opostas; eu, simples serviçal, permaneci parado à porta. Quando Cláudio Manoel deixou a sala, em uma trêmula reverência que quase o jogou ao chão, Barbacena colocou a face entre as mãos, ocultando-se da realidade por um instante. Eu, percebendo seu momento de desespero, por conhecer-lhe os motivos, recuei pé ante pé e, chegando de volta à cozinha, mandei que uma serva levasse a ele a bandeja que eu tinha preparado. Nessa mesma noite Macedo o visitou, e passaram horas de portas fechadas, confabulando; falavam tão baixo que eu não pude perceber o que diziam, e logo desisti de vigiar o governador, temendo por minha própria vida.

Assim como os revoltosos, eu, que também estava entre seu número, me preocupava, achando que a qualquer momento minha cozinha seria invadida e eu, manietado, seria jogado em uma cela escura e lá esquecido, enfrentando fome, sede, maus-tratos e morte. Com certeza essa preocupação atrapalhou meu ofício: nunca antes tantos feijões queimaram, tantos bolos solaram, tanto sal ou falta dele foi notado, e tantas reclamações chegaram a meu conhecimento, deixando-me mais preocupado ainda, porque, entre ser preso e perder a posição que tinha, já não conseguia reconhecer o que seria pior. O *Don des Comus*, que Perinho havia me dado, parecia ser o único companheiro fiel e tranquilizador: por seu intermédio, eu comecei sonhar com minha própria cozinha, feita a meus moldes, na qual prepararia, à moda dos restaurants de que a França ultimamente andava cheia, as melhores comidas possíveis para os homens e mulheres que nele entrassem, sendo meu próprio dono e senhor, sem servir a ninguém por obrigação e salário, mas servindo a mim mesmo, segundo meus próprios desejos e vontades. Essa autonomia me parecia ser a delícia das delícias, e certamente me enriqueceria e tornaria famoso, porque minha arte culinária se tornaria exemplo para todos, como já acontecia em França com Carême, um mestre de cozinha que começara tão baixo quanto eu, abandonado em uma taberna por seu próprio pai, daí em diante galgando os degraus do sucesso sem hesitação, graças a seu imenso talento para alimentos e sabores.

Gonzaga foi interrogado e depôs nos dias 5 e 6 de junho, sem que o conteúdo de seus depoimentos se tornasse conhecido de quem quer que fosse. O mês de junho trouxe outras prisões: a de Toledo Pisa em 24, colocado à disposição da justiça em cela isolada na cadeia da

Vila Rica, sem que ninguém com ele pudesse falar; era assim que Barbacena se cuidava para que seu nome não fosse aventado em nenhum depoimento, pois certamente preparava uma manobra perfeita para que nenhum dos prisioneiros pudesse ou quisesse delatá-lo. Macedo, seu conselheiro nessa situação, vinha ao palácio até três vezes por dia, e os dois, trancados na sala íntima do governador, garatujavam inúmeras operações matemáticas em pedaços de papel que depois jogavam ao solo, amassados e rasgados. Com certeza, estavam calculando de que maneira a derrama seria substituída com vantagem pela apropriação legal dos bens dos conjurados, dando a Portugal um tanto a mais do que antes esperava receber, gerando perdão para Barbacena, porque nada justifica mais uma desobediência que o lucro que ela possa trazer.

Isolados nas Minas Gerais, Barbacena e seus juízes cuidavam intensamente de sua devassa provincial, para que fosse suficiente na acusação dos que devessem ser acusados, resolvendo o caso com rapidez; mas uma ordem de seu tio, o vice-rei, começou a desmanchar seus planos tão bem urdidos. Os prisioneiros deveriam ser levados imediatamente para o Rio de Janeiro, onde seriam interrogados pelos juízes da corte, já que o caso era claramente de lesa-majestade, não podendo ficar nas mãos de um simples tribunal de província. O processo das Minas Gerais, portanto, se somou ao da sede do vice-reinado, tornando-se submisso a este, e os homens que estavam abrigados sob a sutil hospitalidade da cadeia da Vila Rica foram todos levados sob forte guarda para a capital do vice-reinado, sem que daí em diante qualquer notícia tivéssemos deles. A coisa tinha ficado mais séria do que todos esperavam, e até Barbacena se tornou mais preocupado ainda com seu futuro, enviando mensageiros quase diariamente ao Rio de Janeiro, para ser informado e cuidar de sua própria segurança.

Em uma noite bem escura e chuvosa, tomando um café na cozinha, ouvi rasparem a porta; olhando para fora, vi o vulto curvado de Francisco de Aviz, olhos arregalados por uma urgência sem tamanho. Estando só, abri para que ele entrasse, e seu andar claudicante mostrou-me que alguma coisa não ia bem:

– Fecha a porta, Pedro... ninguém pode saber que estou aqui!

Depois de obedecer, fechando também a porta interna da cozinha, avivei o lume. Meu mestre estava irreconhecível: barbado, sujo, os cabelos malcuidados, as roupas enlameadas, assim como as botas, a pele enegrecida pela poeira de incontáveis estradas; mas de tudo o pior era seu ar desacorçoado, o olhar que não se fixava em nenhuma parte, a boca entreaberta, como se o nariz não lhe levasse ar suficiente aos pulmões, as mãos trêmulas retorcendo-se sem parar:

– Estou em fuga, Pedro; vim do Rio de Janeiro por caminhos que nunca pensei que existissem, porque só nessas brenhas poderei me ocultar antes de ser apanhado pelos guardas do vice-rei... quando prenderam o Tiradentes, começaram a vigiar todos que tiveram contato com ele... a situação vai se complicar, pois qualquer um que não possa garantir sua fidelidade ao regime pode ser jogado nas masmorras do vice-rei e lá desaparecer, sem que ninguém conheça seu fim. Eu, como sabes, sou judeu, jesuíta e maçom, coisas que isoladas já me garantiriam sofrimento... imagine-as juntas! Não posso arriscar-me mais em lugares onde o braço do rei alcance, e por isso vou me esconder nos cafundós desses brasis, o mais longe que minhas pernas e saúde o permitirem. Mas as missões que eu tenho a cumprir não podem ser deixadas de lado, e para isso preciso de ti...

Fiquei frio como a geada, o sangue fugindo de meu rosto e mãos; meu mestre de Aviz ia pedir-me que fizesse aquilo que eu não desejava, e eu não poderia recusar-lhe o pedido, pois a ele devia não só minha vida, mas também o que ele me ensinara e me fazia ser quem sou. O conhecimento que ele me dera seria meu poder, mas só depois que fosse usado; madeira só é combustível quando acesa, e o conhecimento também só se torna poder depois de posto no fogo. Chegara a hora de atirar-me à fogueira e, como os três discípulos de Daniel, dela sair íntegro e sem chamuscaduras. Nessa hora eu não sabia o que fazer nem se o conseguiria fazer, mas a fidelidade que ele me ensinara me fazia olhá-lo e, por trás do cansaço e desgaste, perceber que ali estava alguém por quem eu tudo faria, da mesmíssima forma que ele tudo fizera por mim. Acalmei-me e o ouvi, sem dar sinais do que me ia dentro do peito.

Francisco de Aviz, sentado, fitava o chão, um imenso cansaço curvando-lhe os ombros; sem me olhar, disse:

– Meu irmão Antônio Lisboa, o Aleijadinho, com quem tens tido tantas conversas, já tinha mencionado a existência das pedreiras de Santa Rita, onde só mesmo quem precisa vai morar. Sendo um lugar abandonado por todos, menos os que lá estão, parece-me bom o suficiente como esconderijo momentâneo. Além do mais, sendo pedreiras, posso exercer na prática a profissão que minha condição de maçom me impõe, experimentando o trabalho real na pedra física, para ver se também se reflete na pedra de meu espírito...

Por algum motivo, que nesse instante não soube compreender, essa ideia de fuga para as pedreiras ficou indelevelmente marcada em minha mente. Ajudei meu mestre a arrumar sua matula de viagem, e pela manhã eu mesmo o levei até o Aleijadinho. Os dois se saudaram com imenso carinho, como irmãos que se amassem muito, e quando retornei ao palácio, deixei os dois em diálogo franco e profundo, não sem uma ponta de inveja de minha parte.

Barbacena não se recordava de mim a não ser como seu cozinheiro: na reunião em que estivéramos juntos, ele certamente estava tão preocupado com as possibilidades que a independência das colônias lhe traria que não me vira. Para ele, como para todos os outros grandes homens que conheci, eu nunca deixaria de ser apenas um de seus serviçais; como naquela reunião eu também servira de preparador da ceia que comeram, em sua mente aristocrática permaneci no patamar exclusivo da criadagem, apenas um ponto acima dos escravos caseiros, mas vários furos abaixo do degrau que ele ocupava. Mantive-me, portanto, em meu humilde lugar na cozinha e no serviço, pois Barbacena fazia questão de viver cercado por todos os luxos que seu cargo e posição exigiam. Não era fraterno, não era igual, e cada vez me convencia menos de que acreditava realmente na causa da liberdade.

Cláudio Manoel da Costa visitou o palácio de Cachoeira várias vezes, nervoso, suando em bicas, exigindo audiências com o governador que lá se mantinha quase o tempo todo, e em todas elas insistia em saber por que o Alferes e o Ouvidor haviam sido presos e enviados para o Rio de Janeiro, e de que maneira estavam sendo tratados. Falava como representante legal deles, e em uma destas vezes eu o vi, insistindo em expor as leis que regulavam as prisões e os processos legais:

– Senhor governador, não é assim que se age! Existem normas legais para a prisão de suspeitos, e nem eles nem o processo podem ser aleatoriamente transferidos da comarca onde o crime foi pretensamente cometido!

Barbacena comia e bebia, alheio a tudo que Cláudio Manoel lhe dizia, como se ele ali não estivesse. Nesse momento, o advogado e eu estávamos reduzidos a simples adereços do ambiente, por motivos em tudo e por tudo diversos. Quando a comida terminou, Barbacena tomou o último gole do vinho que lhe restara na taça e, limpando a boca com o guardanapo de linho rendado, olhou para Cláudio Manoel pela primeira vez:

– Advogado, a decisão não é nem minha nem tua: é do vice-rei, que pressentiu o crime de lesa-majestade e transferiu o processo e as investigações para a sede do vice-reinado. Os que lá estão sendo investigados e dando seus depoimentos o fazem sob a proteção do vice-rei, com todos os seus direitos respeitados, na medida do desejável.

— Governador, um processo é um processo e não pode ser dois: ou todos são presos, interrogados e julgados aqui na Vila Rica, ou são todos transferidos para o Rio de Janeiro, onde o processo legal correrá, cessando o dessa comarca. Pelo que sei, ainda há gente presa pelo mesmo motivo aqui na Vila Rica, sendo interrogada e mantida presa por um processo que efetivamente já não existe mais! Ou o governador faz cumprir a lei e os transfere para o Rio de Janeiro, ou os liberta, encerrando essa ilegalidade imediatamente!

Barbacena deu um murro na mesa:

— O advogado não me enfrente nem me arroste! O poder d'El-Rei não tem medidas, se essa for a vontade real! O vice-rei o representa, e eu obedeço ao vice-rei, sem hesitar! O advogado pretende enfrentar a vontade d'El-Rei, enfrentando-me? Guardas!

Durante alguns instantes ficamos hirtos, aguardando, e subitamente dois guardas do governador assomaram à porta, apenas para ouvi-lo gritar:

— Recolham esse advogado à cadeia de Vila Rica, por desacato à autoridade do governador!

Os dois guardas também hesitaram, mas logo se puseram um de cada lado de Cláudio Manoel, tomando-o pelos cotovelos com alguma violência. Ele tentou sacudir-se, mas as garras militares o mantiveram firmemente seguro. Barbacena disse-lhe:

— Hoje mesmo assinei tua ordem de prisão nesse processo de traição, advogado, e tua visita me poupou o serviço de mandar buscar-te em casa. Com mais esse desacato, podes contar com uma boa temporada atrás das grades!

Cláudio Manoel foi sendo arrastado pelos braços, os calcanhares marcando o chão, gritando o tempo todo:

— Não sou o único, meu senhor! Tu também pagarás o preço de tua rebeldia e desobediência! A verdade chegará a El-Rei sem faltar nem mesmo um detalhe, e aí tua hora chegará! Eu falarei tudo! Tudo!

— Calem-no! Calem-no já! Recolham-no ao xadrez!

Cláudio Manoel foi retirado da sala, e Barbacena caiu na cadeira, tomado de violentos tremores, a face entre as mãos. Eu, não desejando chamar a atenção dele sobre mim, afastei-me silenciosamente, recolhendo-me à insignificância de minha cozinha, onde me pus a tremer de medo, como se o medo de Barbacena me tivesse infeccionado.

Na manhã, percebi que na frente do palácio de Cachoeira uma guarda de honra se formava, e que ela só esperava o governador. Na certa se dirigiriam a Vila Rica para dar continuidade ao processo ilegal que lá acontecia, longe dos olhos do vice-rei, que também se tornara responsável pelo mesmo processo, só que em uma comarca diferente. O que me chamou a atenção, contudo, foi ver ao lado deles o banqueiro João Rodrigues de Macedo, severamente vestido, a quem Barbacena, quando montou em seu cavalo ajaezado, deu imensa atenção. A partida foi imediata, e a comitiva tomou o caminho da Vila Rica em passo acelerado; certamente iam até lá tomar depoimentos dos conspiradores presos, garantindo que nenhum deles ousasse acusar a quem quer que fosse. A ameaça de Cláudio Manoel não era nem mesmo velada: ele a fez de viva voz, e com testemunhas; Barbacena não devia estar muito tranquilo com isso.

Era a noite do 2 de julho, logo após o jantar, e eu produzi uma imensa fornada de pães de queijo, os preferidos de Barbacena, que chegara ao palácio transtornado, depois de mais uma ida à Vila Rica. Eu precisava saber o que lá ocorrera que tanto o abalara, e usei o artifício da comida para aproximar-me da sala onde ele conversava com o onipresente banqueiro Macedo. Sua sala íntima também ficava no segundo andar do palácio de Cachoeira, e para lá me dirigi, sobraçando grande e cheirosa bandeja: ela seria minha desculpa, se acaso fosse apanhado bisbilhotando onde não devia.

Quando me aproximei da porta, ouvi a voz do banqueiro, atravessando a porta fechada, e me regozijei por estar ele nesse dia falando tão alto, pois assim não precisaria me curvar para, colando a orelha na madeira da porta, escutar aquilo que ele dizia:

– Assim não é possível, governador! Tu nos colocaste em situação insustentável! Se eu não tivesse em meu bolso e sob minhas ordens os meirinhos e escrivães do processo, nesse momento tu também já estarias em uma das imundas celas da fortaleza, fazendo companhia a teus companheiros de sedição!

– Mas, Macedo...

– Ouve-me, Luís... pois se nem pareces ser da família do vice-rei! Assim como tu e ele, eu também estou nas colônias para cumprir as ordens de Mello e Castro, o primeiro-ministro, e por mais que desejemos mudanças, devemos obediência a ele! Basta que um mero detalhe do depoimento que ouvimos chegue a seu conhecimento, e estaremos ambos reduzidos a lixo!

– Ouve-me, por favor, Macedo...

— Ouve-me tu, governador! Hás de perder teu cargo e teu título por causa de tuas péssimas escolhas! Não sabes com quem te metes?

A situação estava feia para Barbacena, pois Macedo ficava cada vez mais irritado: e minha curiosidade se multiplicava. Quem teria deposto, e o que teria dito, que tanto abalara a fleuma dos dois senhores? E por que Macedo se impunha de tal maneira sobre o homem mais importante das Minas Gerais, como se ele fosse o governador e Barbacena, um simples serviçal de seus desejos?

Barbacena falou, suavemente:

— Eu pretendia apenas me unir a meus Irmãos de Ordem, porque com isso me tornaria mais importante do que já sou... o amigo Macedo pensa que ao me tornar imperador do Brasil eu viraria as costas aos que me ajudaram?

— Tu existes para servir aos reis de Portugal, depois a mim, e só depois a ti mesmo! Lembra-te sempre disso... E agora, o que faremos? O advogado está irredutível, e por mais que lhe rogássemos que mudasse seu depoimento, insistiu em colocar-te no meio da sedição!

— Cláudio Manoel conhece a lei, Macedo, e sabe que nem mesmo com delações escapará dela...

— Não sejas imbecil! Não percebes que o destino de Cláudio Manoel não me interessa, mas sim o nosso, porque pode respingar em nós o veneno da traição? Os outros mantiveram silêncio sobre nossa participação no negócio; por que não ele? Quanto às delações, o primeiro delator de todos, este tal de Silvério, já está em liberdade, flanando pelas ruas do Rio de Janeiro, como combinaste com ele... não ouves o que eu te falo: crês que deverias então libertar a todos os traidores que prendemos e deixá-los à solta, na esperança de que se calem?

— Não foi isso que eu disse, Macedo...

— O que dizes ou deixas de dizer não tem nenhuma importância! O que importa agora é nos livrarmos desse depoimento perigosíssimo, e isso nos custará muito dinheiro e poder, porque teremos de nos curvar ao que existe de pior em nossa sociedade para apagar essa nódoa, e de cada vez que nos envolvemos com o rebotalho ele nos infecciona com sua degradação!

— Macedo, meu amigo, se confiasses em mim e deixasses a meu cargo a solução desse problema, por certo eu...

— Tu meterias os pés pelas mãos ainda mais do que já fizeste, Luís, e nos tornarias focos do escárnio público em dois tempos! Ou queres me convencer de que tens o estofo suficiente para, com tuas próprias mãos, dar um fim ao recalcitrante que nos ameaça?

Minha pele esfriou, como se fosse de mim que falavam; então Cláudio Manoel cumprira a promessa feita impulsivamente e depusera com muitos detalhes, disposto a levar consigo para o outro lado da vida todos que pudesse envolver. Um depoimento oficial é coisa séria e, pelo que o banqueiro dizia, só lhes restava desqualificar o depoimento de maneira definitiva: a palavra dos mortos pode perfeitamente perder valor, assim que eles deixam de existir. Era com isso que o banqueiro contava: se tivesse feito com que Cláudio Manoel mudasse de ideia antes que seu depoimento se tornasse parte dos calhamaços do processo, estaria tudo salvo, mas, pelo que eu percebia, depois de tudo, só a morte do advogado daria um fim às denúncias que ele fizera. Sem arrependimento e mudança de declarações, Cláudio Manoel não sobreviveria.

— Macedo, pretendes apagar o depoimento?

— Pretendo apagar o depoente, governador! Se ele permanecer vivo, mesmo que mude de ideia hoje, a qualquer momento pode reverter sua decisão e contar tudo o que renegou, prejudicando-nos ainda mais! Cláudio Manoel tem de morrer, senão leva tudo a breca! Se o tratarmos com essa severidade, duvido que qualquer outro ouse pensar em te delatar como parte da conspirata!

— Mas como se pode fazer isso, meu amigo?

— Somos o dinheiro e o poder, com os diabos! Quantas vezes já não tive de usar meu dinheiro para livrar-me de um possível inimigo? É assim que se age, Luís: antes que um inimigo pense em sê-lo, já me livro dele! Tenho cá meus métodos, e farei uso deles ainda hoje! E tu deves fazer o mesmo! Que cheiro é esse?

Os pães de queijo! O perfume que deles se evolava me delatara! Dei dez passos apressados para trás, ficando a meio caminho do corredor, e quando a porta se abriu eu estava longe o suficiente dela para que ninguém pudesse me acusar de ter ouvido a conversa. Barbacena tinha a face transtornada, mas quando me viu relaxou o esgar e disse ao banqueiro:

— É meu cozinheiro, pessoa de toda confiança... experimente, amigo, um desses pãezinhos... do jeito que ele os prepara, parecem ter vindo dos céus...

Estendi a bandeja a Macedo, que desconfiadamente pegou um dos pãezinhos, abriu-o em duas metades, olhando com curiosidade para dentro delas, cheirando-as, como se fossem veneno. Depois, pegando um pedaço pequeno, jogou-o na boca e mastigou-o, e sua face se iluminou, enquanto dizia:

— Muito bom... muito bom, mesmo... de que são feitos?

Enquanto os dois, governador e banqueiro, finalmente aplacados, davam cabo da bandeja de pães de queijo, eu me retirei, com reverência, e fechei a porta. Como os prazeres do físico são capazes de modificar de imediato toda e qualquer dissensão entre os homens! Ao deixá-los na sala, estavam felizes, alegres, empanturrando-se de pães de queijo e certamente esquecidos do que os levara até ali e da maneira como vinham se tratando até que eu chegasse. Quem se torna escravo dos prazeres da barriga raramente se liberta deles, pois seu poder, como eu já notara, é impressionantemente grande, capaz de mudar o caráter, a disposição e até os mais arraigados hábitos de quem quer que seja; nesse caso, isso me seria útil, e em vez de voltar para a cozinha ou meu leito, saí do palácio e fui até a beira do lago artificial, para pensar no que faria, e como salvaria a vida de Cláudio Manoel, se tivesse a oportunidade para isso.

Era na Vila Rica que tudo estava acontecendo, e eu precisava estar lá o mais rápido possível. Não podia ficar isolado em Cachoeira, sem saber como servir à causa da revolta; foi então que urdi um plano bastante funcional. Como a ucharia e a despensa do governador em seu palácio de verão estivessem bastante vazias, pedi-lhe permissão para ir até a Vila Rica e de lá trazer aquilo de que ele necessitava para seu sustento e prazer. Barbacena nem tugiu nem mugiu: fez-me um aceno de concordância bastante vago e logo depois do almoço, tendo deixado por conta das boas mucamas de Cachoeira o passadio do Visconde, me atirei para a Vila Rica, montado na primeira alimária que pude encontrar, e que era uma mula dura de quartos e de passada insegura.

Lá chegando, deixei o animal no Palácio do Governo e saí pelas ladeiras da vila, indo até a Casa dos Contos, que Macedo cedera para ser a prisão dos suspeitos, colaborando com a lei e ao mesmo tempo mantendo controle sobre tudo que lá se passava. Dei a volta pelo lado de trás da construção, até encontrar uma grade que dava para as celas, e me pus a chamar por Cláudio Manoel. Logo uma voz me respondeu:

– Quem chama pelo advogado?
– Quem me responde?
– Sou eu, Toledo Pisa...

Respirei, aliviado: era um conhecido, e pude me apresentar a ele, que me saudou:

– Olá, cozinheiro, que te traz aqui tão tarde?
– Coronel, meu coronel, nem sei como te dizer isto: Barbacena e seu tio vão mandar matar Cláudio Manoel, por causa do depoimento que ele lhes deu hoje. Ouvi toda a conversa e, se não o trucidarem hoje,

certamente o farão amanhã, antes que os depoimentos sejam incluídos no processo!

— Pelo trono do Senhor, isso não pode ser! É preciso que todos saibam do crime que o vice-rei e seu sobrinho querem cometer contra nós! Cláudio Manoel? Acorda, homem! Querem te matar!

Em poucos instantes, dentro das celas, as luzes das lamparinas se acenderam, tornando a parede da prisão enfeitada. O coronel continuou gritando:

— Levanta-te, Cláudio Manoel, e defende-te! O vice-rei quer te matar! E vai fazê-lo ainda hoje, se não tomarmos alguma atitude!

Duas janelas adiante, no mesmo cubículo do coronel, uma lamparina começou a agitar-se entre as barras da janela, e a voz de Cláudio Manoel se fez ouvir:

— Auxílio! Auxílio! Aqui d'El-Rei! Querem matar-me! Auxílio!

Andei alguns passos na direção da cela de Cláudio Manoel; desgraçadamente, porém, quando lá cheguei, só consegui ver a lamparina que se movia de um lado para outro, sem que nem a mão nem o braço nem a figura de Cláudio Manoel estivessem visíveis. Era meu maldito dom que me garantia: Cláudio Manoel não passaria incólume por esse transe, e já podia considerar-se morto. Sua voz me pedia ajuda, e quando sua mão sem substância visível me pegou pelo punho, desvencilhei-me com verdadeiro terror, saindo de seu alcance e correndo pela ladeira acima, até chegar ao palácio de Vila Rica, onde me abriguei, desesperado de pavor.

Meu objetivo não teve bom termo: Cláudio Manoel estava marcado para morrer, e por minha experiência, morreria no máximo em 24 horas, sem que eu tivesse qualquer poder para mudar essa verdade irrecusável. Eu fugira da Casa dos Contos não por medo dos guardas, mas simplesmente por medo da verdade que me fora esfregada na cara: Cláudio Manoel ia morrer e eu nada poderia fazer quanto a isso. Meu dom tinha a maldição do conhecimento, sem me dar nenhum poder de mudar o futuro já escrito.

O dia seguinte passou sem acontecimentos dignos de nota: voltei para Cachoeira, cozinhei como sempre, e no outro dia, 4 de julho, levando os pães de queijo para o café de Sua Excelência o Visconde de Barbacena, junto com sua família, fui testemunha da chegada do banqueiro Macedo, que fez uma larga reverência com seu chapéu e disse:

— Está feito!

Barbacena ficou hirto, a boca entreaberta, um brilho de choro começando a empanar-lhe os olhos arregalados. Depois se recompôs, dando um profundo suspiro, e fechou os olhos, como se quisesse apagar de sua vista os que ali estavam; mas antes disso me viu, e um brilho de reconhecimento perpassou por sua face, provavelmente porque eu também estava profundamente emocionado. Cláudio Manoel, com certeza, já estava morto, e era essa a notícia que o banqueiro havia trazido, causando em cada um dos presentes uma reação diferente: eu, por mais que tentasse manter-me isento como se de nada soubesse, tenho a certeza de que dei sinais claros de minhas emoções, naquele instante.

Saí da sala o mais rápido que pude e, assim que me livrei de minhas obrigações, arrumei um jeito de ir até a Vila Rica, alegando falta de víveres; lá chegando, dirigi-me à Casa dos Contos, andando cada vez mais devagar, como no paradoxo de Aquiles e a tartaruga, desejando que cada passo meu tivesse a metade do tamanho do anterior, e eu nunca chegasse a meu destino. Cheguei, no entanto; um guarda que estava na frente do arco de entrada me viu, pôs-se em posição de sentido, baioneta calada, e me disse:

— Não podes chegar perto daqui, rapaz... isso agora é uma cadeia...

Fingi-me de tolo:

— Sei disso, meu senhor, mas minha mulher tem aí dentro um parente de quem não tem notícias faz tempo... o senhor oficial poderia dar-me um adjutório?

O soldado raso encheu-se de brios ao ver-se confundido com um oficial; aproximando-se de mim, perguntou:

— Quem sabe eu mesmo não posso dizer-te? Sei de tudo que se passa aí dentro...

Fiquei duro de medo, por um instante, e depois, percebendo que de nada adiantaria meu silêncio, disse:

— É o advogado Cláudio Manoel da Costa...

O guarda arregalhou os olhos, fez um muxoxo com a língua e me falou:

— Ih, rapaz, a coisa não é boa... esse homem morreu esta noite, pobre coitado... parece que se suicidou, mas também há quem ache que foi "suicidado"... imaginem se alguém consegue enforcar-se a si mesmo sem subir em lugar alto e de lá se atirar para ficar pendurado pelo pescoço! O pobre esganado apareceu ajoelhado no chão, com os cordões das ceroulas passados debaixo do queixo e atados às barras das janelas, que lhe chegavam no máximo à altura do peito, e mesmo assim completamente morto... de madrugada ouvimos muitos gritos vindos de sua cela, como se estivesse tendo um sonho muito mau, mas quando o despiram para encomendar o corpo, estava coberto de feridas e equimoses... eu cá comigo não tenho nenhuma dúvida, não se suicidou, foi "suicidado"... e à força, depois de apanhar muito... dei-te uma boa informação, rapaz? Quanto vale?

Minha garganta estava fechada, um nó de choro quase me sufocando; tirei da bolsa algumas moedas grandes, e passei-as ao guarda, que as colocou no bolso, sem olhar para trás, voltando para seu posto e agindo como se eu nunca tivesse estado ali. Mais tarde, na cozinha do Palácio do Governador, onde me abriguei, só pensava no mandante do assassinato do advogado, cujo único crime tinha sido desejar a liberdade para muitos, e me fechei em mim mesmo, pensando no caminho que minha vida tinha percorrido até aí, e nas inúmeras maneiras como ela poderia se desenvolver daí em diante. O mandante a essa altura já esquecera do que ordenara, pois estava livre de qualquer ameaça por parte do morto: os depoimentos já teriam sido rasgados, queimados, substituídos por outros que lhe fossem mais benéficos, e daí em diante a lei real seria ainda mais rígida, porque contaria com todo o medo que a morte de um dos revolucionários causaria em todos os outros. Em mim esse medo era imenso: eu não tinha nenhum estofo para enfrentar prisões, torturas, morte violenta, e por maior que fosse minha coragem, ela nunca tinha realmente sido posta à prova. Eu só esperava que nunca o fosse, pois eu não me reconhecia capaz de chegar a limites desse tipo.

Daí em diante meu mundo se limitou a minhas próprias obrigações: eu passei a me mover com extremo cuidado, e cada vez mais, sem deixar de observar as atividades de meus amos, para entender seus motivos e conseguir perceber as consequências de seus atos, livrando-me delas antes que acontecessem. O Visconde de Barbacena também entrara em mutismo quase total, voltado para seu próprio interior, como se estivesse purgando um remorso insuportável, e nem as visitas constantes do banqueiro Macedo, que cochichava em seu ouvido, o braço passado sobre seu ombro como se fossem amantes, dizendo inúmeras coisas que, se não o convenciam, pelo menos não tinham dele nenhuma rejeição imediata. Alguns dias depois desses acontecimentos, Barbacena mandou avisar-me que estaríamos de volta à Vila Rica dentro de dois dias, e que voltaríamos definitivamente a seu palácio oficial, para dele não mais sair.

O caminho foi áspero e lento, sem grandes acontecimentos, só se interrompendo quando, a meio do caminho para a Vila Rica, Barbacena tomou a decisão intempestiva de voltar para Cachoeira, deixando para chegar na sede de seu governo quando lhe desse na veneta, como se temesse a responsabilidade que o cargo de governador lhe trazia. Mensageiros trilharam mais uma vez as quatro léguas que nos separavam da Vila Rica, levando aviso de que o Visconde permaneceria ainda algum tempo em Cachoeira, para ficar o dia inteiro olhando o lago artificial com olhar perdido, como fez durante todo o tempo que lá passamos. Meu espírito se confrangia com a paralisia a que estávamos condenados: meus amigos presos, morrendo sob a tirania dos que lhes eram superiores, e meu amo ali, olhando as águas de um lago falso, como se meditasse sobre assuntos do mais súbito interesse, mas ao invés disso apenas sendo lentamente corroído pelo medo que o recobria com sua capa fria. Eu queria agir, ao contrário dele, mas decerto não pretendia apenas me debater.

Precisava dar notícias do que sabia a meu mestre Francisco de Aviz, que estava nas pedreiras de Santa Rita, oculto da crueldade humana entre os trabalhadores da pedra. Era um belo estirão de seis léguas, que eu levaria pelo menos dois dias para atravessar, e mais dois para retornar ao lugar onde estava; como ocultar de Barbacena os quatro ou cinco dias em que estaria fora da cozinha do palácio, ainda mais com meu amo nesse estado depressivo em que se encontrava, para o qual tudo colaborava e fazia crescer?

A oportunidade se apresentou quando o Visconde, subitamente, decidiu ir ao Rio de Janeiro; fiz o impossível para sumir de suas vistas, esperando que não se recordasse de mim para acompanhá-lo em uma cansativíssima viagem. Ele decerto queria ou precisava acompanhar de perto os interrogatórios da outra devassa, que já não estavam mais sob sua alçada, mas sim sob a mão cruel e pesada do vice-rei. Quando vi a comitiva de Barbacena desaparecer na estrada, peguei um burrico emprestado do hortelão do palácio e me dirigi para as pedreiras de Santa Rita de Cássia, onde meu mestre Francisco de Aviz estava homiziado. Bati as seis léguas em quase um dia inteiro de marcha acelerada, parando apenas para dar água e pasto ao burrico, que trotava seguro e em ritmo constante. No cair do dia cheguei ao lugar, que desde longe já se mostrava coberto por uma constante nuvem de pó de pedra, fazendo-me arder os olhos e causando-me uma tossezinha amarga que não me deixou senão alguns dias depois que saí dali definitivamente.

Como foi difícil encontrar meu mestre: ele já estava da mesma cor esbranquiçada, a tal da cor sem cor, que igualava a todos os que ali viviam e trabalhavam, disfarçando-os no ambiente de tal modo que, se não fosse o movimento ou a cor dos olhos, não seriam vistos. Eram homens-pedra, cobertos de talco cinzento, restos de sua labuta insana, seja extraindo os grandes blocos das pedreiras, recortando-os em pedaços maiores, destinados a obras de vulto, seja aparelhando pequenos blocos de pedra, para obras de cantaria ou outros usos caseiros e decorativos. Na Vila Rica tudo era feito com essa pedra, até mesmo as panelas, que retinham o calor tanto quanto as de ferro, e que no caso de cozidos de peixe davam resultado infinitamente melhor que as outras. O crepúsculo que caía rapidamente também não me ajudava, e quando as pequenas lamparinas de óleo foram acesas, o mundo brumoso da pedreira se tornou um nevoeiro mágico, pintalgado aqui e ali por imensas rodelas de brilho amarelo, que se moviam como estrelas no infinito Universo.

Pus-me a gritar o nome de meu mestre, e depois de algum tempo ele me respondeu; segui o som de sua voz, sempre gritando, e acabei por encontrá-lo sentado à beira de uma choça, passando na face um pano molhado que revelou seus traços envelhecidos e cansados.

— O trabalho na pedra não é para qualquer um, Pedro: depois desses dias aqui, entendo verdadeiramente por que a Maçonaria se tornou mais Especulativa que Operativa... e acredito que todos os Irmãos da Ordem deveriam pagar seu preço, recebendo salário em uma temporada entre as pedras verdadeiras, para compreenderem na carne o que significa o trabalho na pedra bruta de que tanto se orgulham... e finalmente se tornarem maçons em toda a extensão da palavra...

Antes de dar-lhe as notícias que trazia, quis saber como ele estava vivendo, e ele me contou:

— Além de quebrar pedras, tento ajudar a saúde dos que aqui vivem; tu não imaginas, Pedro, quantas doenças a pedra causa naqueles que trabalham com ela. Respiram mal, perdem fôlego, tossem desesperadamente, porque seus pulmões tentam livrar-se do pó que a tudo recobre e em tudo penetra, antes de se tornarem pedra eles mesmos. Exorto-os a todos a usar panos grossos e molhados sobre a boca e o nariz, para impedir o máximo possível a entrada do pó em seus organismos, mas isso nem sempre funciona, e os que já estão envenenados por ele podem no máximo esperar passivamente a morte por sufocamento. Receito a todos eles inúmeras receitas expectorantes, para que se livrem do pó que se acumula em suas vias respiratórias, mas isso é só um paliativo... O ideal seria que deixassem esse lugar, ou trabalhassem menos tempo por dia. Infelizmente, isso é impossível, porque dependem de cada minuto de trabalho para ganhar seu sustento... Uma situação muito embaraçosa, e quase sem solução a curto prazo...

— Mas por que não abandonam esse ofício e vão em busca de outro?

– Nem sempre isso é possível ou depende da vontade pessoal, Pedro... da mesma forma que entre os maçons especulativos, também há os que são trazidos até aqui por seu talento ou por uma incontrolável necessidade interna, que os coloca entre as pedras e os une a elas de maneira tão intensa que não saberiam viver sem isso... a vida é feita de talentos e vocações, e se sem os primeiros as segundas de nada valem, sem estas os talentos restarão para sempre intocados, como se não tivessem existido, fenecendo após algum tempo. É preciso unir talentos e vocações em um só instrumento, contando ainda com a sorte para que se desenvolvam a contento e glorifiquem seu possuidor. Isso acontece muito por aqui: há homens que nasceram para o trabalho na pedra, tendo com ela tal indentidade que é como se pedra e homem fossem uma coisa só...

Eu tinha uma dúvida antiga, e expressei-a a meu mestre:

– E o dom, mestre de Aviz? O que é isso?

Meu mestre me olhou profundamente e me perguntou:

– Teu dom se manifestou mais uma vez, não é? Vamos, dize-me: quem foi que viste desaparecer, antecipando a própria morte?

Com a alma apertadinha, como se estivesse revivendo os acontecimentos em toda a sua crueza, revelei a meu mestre o que vira e experimentara na Casa dos Contos. Quando lhe contei a conversa que ouvira entre Barbacena e Macedo, lágrimas de pesar imenso começaram a correr-lhe pelas faces abaixo, marcando trilhas em um rosto quase mais pedra que carne, e mesmo assim mais humano que muitos que eu recentemente encontrara. Ao lhe dizer da experiência de sentir o aperto de uma mão que não via, tendo a certeza da morte de Cláudio Manoel, senti seus braços passados em volta de meus ombros, sustentando-me, pois agora quem chorava era eu, e minhas lágrimas amargas finalmente conseguiram me aliviar. Depois de um silêncio benevolente, Francisco de Aviz me disse:

– A tirania não tem limites, e sobrevive exatamente no egoísmo de quem a pratica... meu Irmão Cláudio Manoel merecia mais respeito, nem que fosse pela centelha divina que lhe habitava o peito. Agora sua alma está de volta ao Rei do Universo, que a criou e deu... Mas sua história não há de permanecer oculta por muito tempo. Como ficaram os outros?

– Não sei, meu mestre; não retornei mais à cadeia, e por isso não sei qual tenha sido sua reação ao acontecido. Eu é que pergunto: como estarão os outros?

Meu mestre me segurou as mãos:

– Esses "outros" já são mais de 80 pessoas, Pedro... enquanto estiveste de volta em Cachoeira, as tropas do vice-rei se encarregaram de prender a todos que lhes caíssem nas mãos, seja porque efetivamente estão envolvidos no movimento, seja porque houvesse algum desafeto, tentando fazer deles um degrau para seu próprio sucesso; ele os denunciou, sem provas mais consistentes que um depoimento cruelmente urdido... As prisões já diminuíram em número, mas ainda não acabaram, porque cada confissão feita no Rio de Janeiro tem seus reflexos aqui, e basta que um nome surja em algum testemunho para que o pobre nominado seja carregado para a prisão. Eu e alguns poucos outros escapamos porque não temos indentidade conhecida nem estamos ao alcance dos beleguins do vice-rei. A verdade é uma só: dessas prisões nada de bom sairá: tudo que se inicia pelo medo acaba em vilania, e quanto mais demorar o período de prisão, maiores as chances de que os acusados se tornem delatores uns dos outros, perdendo o mínimo de respeito próprio que ainda possuírem.

– E cada um que souber do "suicídio" de Cláudio Manoel estará permanentemente com medo de que o mesmo lhe aconteça... Quem pode manter-se íntegro em tal situação?

– Alguns poucos, que dão mais valor à sua dignidade que à sua sobrevivência... sabes que de todos o único até hoje que tudo nega e nada confessa é o Alferes Xavier? Tem grande força de espírito, esse Alferes... vai ser preciso grande esforço da Maçonaria, se quiser salvar-lhe a vida, porque um homem desses não se pode perder...

Eu dormi essa noite na cabana de meu mestre, tossindo ambos, cada um de um lado do aposento humilde e enevoado. Pela manhã, saímos juntos, e enquanto meu mestre dava uma consulta ali mesmo no caminho que levava à pedreira, adiantei-me e fui ver o lugar onde ele estava trabalhando. Uma montanha cortada em imensos degraus, parecendo que gigantes a usavam como escada, e entre eles inúmeras figuras minúsculas, movendo-se em azáfama incessante, tudo recoberto pelo pó de pedra cinza esbranquiçado, que pairava no ar como nevoeiro, tampando até mesmo o sol, apenas uma rodela de prata no céu também cinzento, sem mais brilho que uma lamparina de azeite. O nariz e a boca imediatamente se ressecavam, dando vontade de tossir, e a cada tomada de fôlego lá ia para dentro uma imensa quantidade do pó finíssimo, o que aumentava ainda mais a tosse. Segui o exemplo de meu mestre, molhando na água de uma barrica um pano sujo que ali encontrei, e colocando-o sobre a face, deixando apenas os olhos de fora, o que melhorou minha respiração, mas não resolveu meu problema.

Havia muitas famílias trabalhando na pedra, e os homens, mesmo sendo maioria, não dispensavam a presença de mulheres e crianças, cada um em uma função específica, porque aquilo que cerca o trabalho na pedra é tão importante quanto o trabalho ele mesmo, e as famílias que se unem em torno desse trabalho certamente chegam a resultados melhores. Perfurar pequenos túneis no lugar exato de cada trecho da pedreira, enfiar neles as cunhas de madeira molhada que, ao se expandir, racham a pedra, formando os degraus, cortar os grandes blocos em blocos menores à custa de martelo e cinzel, e daí em diante, até que muitos objetos de pedra estivessem disponíveis para quem deles precisasse, era um ciclo constante, do qual todos particpavam, nem que fosse trazendo água para as cunhas, arrastando os blocos de pedra para seu destino, quebrando-os em pedaços cada vez menores ou polindo os objetos resultantes de sua escultura, até conseguir acabamento belo e suave. O calcário que em Santa Rita se encontra, ao ser trabalhado produz um pó muito fino, que muitas vezes é usado como talco. Na Vila Rica, em ocasiões festivas, muitos homens e mulheres de posses empoavam suas cabeleiras com esse pó, depois de lavado e peneirado, e se a pedra é fácil de ser trabalhada, sua resistência é grande. De tudo, o mais difícil é entender-se com a pedra: quando um homem demonstra ter com ela essa identidade, sendo capaz de entendê-la e saber onde ela deseja ser quebrada, torna-se um pedreiro melhor, porque sabe respeitar o desejo da pedra, que acaba se comportando como um ser vivo e possuidor de vontade própria.

Acabei experimentando, ao lado de meu mestre, aplicar o cinzel à pedra, e se falhei durante as primeiras tentativas, logo percebi onde manter a firmeza e onde preservar a leveza de gestos, e que tanto o cinzel quanto o martelo teriam de ser extensões de minhas mãos, da mesma maneira que as facas e as colheres eram extensões de mim mesmo quando eu cozinhava. A pedra-sabão, escorregadia por causa do pó que produzia, era macia e leve, parecendo tudo menos pedra, e essa facilidade tornava ainda mais difícil alcançar o resultado desejado, porque ela tem características individuais que se exibem a cada pedaço, a cada instante, mutavelmente pedra, como se fosse a carne da terra, dando de si aos homens para que com ela eles alimentassem sua necessidade de beleza. Essa era a identidade entre a pedra e eu. Ah, se todos fôssemos como essa pedra! Duros e ao mesmo tempo suaves, resistentes e ao mesmo tempo fáceis de moldar, capazes de cumprir inúmeras funções sem perder nossa característica pessoal, servindo ao mundo com o melhor de nossa capacidade, para poder servir a nós mesmos...

Um dia inteiro se passou, e eu quase perdi a noção do tempo, porque esse trabalho na pedra, em que pese ter praticamente me destroçado as mãos e esgotado a força de meus braços, foi extremamente gratificante, e nele eu me esqueci de mim mesmo, a ponto de não saber mais se era dia ou noite, porque a bruma de pó em que a pedreira estava envolvida diluía de maneira quase absoluta a luz natural, tornando-a baça e difusa, e foi só quando as lamparinas começaram a acender-se em todo o terreno que percebi que haviam passado muitas horas, e que precisava comer.

Meu mestre me recebeu de volta em sua cabana, onde nos lavamos da melhor maneira possível, e com um pedaço de carne de sol que ele deixara tomando sereno, coberta por um pano bastante limpo, realizei uma fritura saborosa, usando o caldeirãozinho de que nunca me separava, cortando a carne com a faca toledana que o gaúcho havia me dado na viagem ao Sul, e usando como tempero os alhos e cebolas que meu mestre mantinha pendurados em résteas por sobre seu fogãozinho de lenha. O sabor desse arroz com carne e temperos me foi muito bem-vindo: eu me sentia novamente em posse de minha própria capacidade e meu próprio prazer, cozinhando por minha própria vontade exatamente para quem me dava gosto cozinhar. Contei a ele os sentimentos que experimentara no trabalho da pedra, e meu mestre sorriu:

– Pedro, muito poucos conseguem essa identidade com a pedra logo em seu primeiro contato: a maioria leva algum tempo para desenvolvê-la, mas alguns são capazes de, em um simples olhar, perceber-lhe os veios e entender de que maneira trabalhá-la, para que a vontade da pedra e a sua se tornem uma só. Muitos dos que aqui estão, inatamente, possuem essa capacidade, e de maneira geral são os que trabalham na pedreira ela mesma, separando dela os grandes calhaus que depois fragmentaremos. É um trabalho muito difícil, e requer grande conhecimento e atenção, porque não é pequeno o número dos desatentos que perderam pernas, braços e até a vida debaixo de um desses blocos. Os que as arrastam pelo terreno, os que as carregam sobre os carros de boi, fazendo o trabalho menos qualificado, são sempre os que não demonstraram nenhuma capacidade de contato íntimo com a pedra, e lidam com ela como se ela fosse sua inimiga.

– Meu mestre, é fácil ser inimigo da pedra. Difícil é ser amigo dela: eu, com apenas um dia de trabalho, me sinto esgotado, dolorido, ferido, e certamente nada produzi...

Francisco de Aviz sorriu:

— Aí é que tu te enganas, Pedro; produziste, e muito, porque geraste dentro de ti uma intimidade com a pedra que nunca mais se perderá, e se algum dia em tua vida precisares recorrer a ela, como forma de ganhar teu sustento, já sabes que serás bem recebido, e que poderás recorrer a isso sem temor de seres infeliz em tua escolha.

Eu não imaginava que isso se daria com tanta rapidez: na manhã seguinte, antes de me preparar para partir de volta, fomos surpreendidos pela chegada de Januário, um dos três escravos do Aleijadinho, que ao me ver, suspirou aliviado, com a mão no peito:

— Sinhô cunzinhêro, foi Deus que le botou aqui! Meu patrão mandou que eu vinhesse procurar dotô Francisco, para discubrí onde mecê andava! Na Vila Rica tá tudo na sua captura, por órdi do Barbacena! Já riviráru sua cafua, jogânu tudo na rua, e os sordádo tão batendo perna pela vila intêra... meu patrão mandou dizê que mecê num volte mais lá!

— Mas o Visconde foi para o Rio! Que ordens são essas?

Meu mestre de Aviz me pediu calma:

— Na certa teu nome apareceu em algum depoimento, e o Barbacena se recordou de ti, o que, junto com uma ordem de prisão, te transforma em um procurado pela justiça... foi o Senhor Rei do Universo quem te fez vir até aqui; se estivesses na Vila Rica ou em Cachoeira, já estarias preso na Casa dos Contos ou a caminho do Rio de Janeiro!

Eu continuava sem entender:

— Mas quando saí de lá ele é que estava a caminho do Rio de Janeiro! Ninguém faz uma viagem dessas de ida e volta tão rápido!

— Alguma coisa deve ter acontecido que o fez retornar sobre os próprios passos... Mas isso não é mais problema teu, Pedro. Não percebes que deixaste de ser parte da vida do Visconde no momento em que te tornaste procurado? Estás agora por tua própria conta, e de teus amigos, da mesma forma que eu. Somos ambos fugitivos da justiça, melhor dizendo, da injustiça, e nosso dever é sobreviver a isso da melhor maneira possível, para que no futuro, quando a injustiça terminar, possamos ser testemunhas de nosso tempo.

Era isto: meu mestre tinha para o caso mais estofo do que eu, que não me sentia nem um pouco à vontade perdendo meu posto de cozinheiro do governador das Minas Gerais e me transformando em fugitivo. Estar à margem da sociedade sempre me incomodava muito, principalmente porque eu reunia todas as características que nessas colônias significavam ser posto de lado: era mestiço, nascido nas colônias, tinha ofício subalterno, nenhuma patente ou título, nenhuma riqueza em terras ou bens. Se me transformasse em um revel da justiça, além de tudo que já me desqualificava aos olhos dos poderosos, me tornaria um pária, igual apenas a outros párias, meus iguais. Talvez esta fosse nossa maldição mais trágica: seríamos para sempre duas sociedades, a dos párias e a dos poderosos, a dos pobres e a dos ricos, a dos claros e a dos escuros, da mesma forma que ainda éramos a dos portugueses e a dos brasileiros, com os amerabas, os nascidos nas colônias mas que se consideravam portugueses, no meio do caminho, como fiéis de uma balança. Éramos feitos da mistura de tantos fatores que reduzir nossos conflitos a apenas dois deles, ainda que fossem os mais escandalosos, me parecia uma simplificação um tanto exagerada: multirraciais, multiformados, dessa mistura com certeza nascia nossa força de sobrevivência, já que ela era a característica que mais nos impunha nosso verdadeiro talento, que é nossa infinita adaptabilidade. Por meio dela estaríamos para sempre unidos, não pelas semelhanças que eventualmente tivéssemos, mas apesar de nossas diferenças, que não eram em nenhum instante suficientes para nos separar definitivamente.

    Tornei-me, portanto, mais um dos que faziam parte daquela massa amorfa de homens da cor de pedra, mourejando dia após dia sobre os calhaus e rochas da natureza para deles extrair outras coisas possíveis. Meu caldeirãozinho, por puro desgosto de minha parte, ficou esquecido em um canto, e eu nunca mais cozinhei, pelo menos durante o tempo em que paguei minha pena como pedreiro de verdade nas pedreiras de Santa Rita de Ouro Preto.

    Isso não significou que a cozinha tivesse saído completamente de minhas preocupações: enquanto trabalhava na pedra, ganhando meu sustento da maneira mais simples e direta, suando sobre as rochas de pedra-sabão, comecei a pensar cada vez mais na possibilidade de vir a ter uma cozinha ideal. Meu mestre Francisco de Aviz, ao ver-me sempre tão entretido durante o trabalho, me questionou sobre o que me andava na mente, e eu lhe revelei meu sonho. Meu mestre, tão coberto de pó--de-pedra quanto eu, sorriu, e me disse:

– Na mesma época em que Salomão erguia o Templo de Yahweh em Jerusalém, havia em Roma um arquiteto chamado Marco Vitrúvio, autor de uma belíssima obra chamada *De Architetura*, onde define a arte da construção de prédios segundo três conceitos essenciais: *utilitas, venustas, firmitas*.

— Mestre Francisco, *utilitas* é utilidade, *firmitas* é firmeza, mas nunca ouvi a palavra *venustas*...

— Significa beleza, Pedro, e vem de Vênus, a deusa de quem se dizia ser a mais bela de todo o Olimpo. Para Vitrúvio, nada deve erguer-se sobre a face da terra se não possuir estas três características essenciais, a utilidade, a beleza e a firmeza, e eu não conheço nada que seja mais próximo dos conceitos do Rei do Universo ao realizar a Criação do que essa ideia de Vitrúvio. Entre as obras que ele ergueu, baseado nessa proposta, estão os teatros romanos, herdeiros em linha direta dos teatros gregos, onde as emoções do povo eram expostas com evidente vantagem para todos, cada uma delas em seu devido lugar, e sempre organizadas em relação a essa utilidade, beleza e firmeza que Vitrúvio considerava essenciais. Quinhentos anos depois um outro arquiteto, Giulio Camilo, a partir das regras e descrições de Vitrúvio, propôs o Teatro da Memória, uma construção inefável que cada um de nós pode erguer dentro de si mesmo, na qual a mente se organiza e ordena ideias e pensamentos de forma inabalável, para que nunca se percam. Tudo que o homem ergue no mundo precisa antes ter uma versão em seu espírito, e quanto mais esse espírito estiver organizado, melhores serão o homem e suas obras.

Desse momento em diante, no interior de meu espírito, a princípio sem perceber que o fazia, e segundo os três conceitos de Vitrúvio, comecei a erguer a cozinha de meus sonhos, detalhando-a de tal maneira que, a partir de um certo ponto, era como se existisse realmente, e eu a visitasse segundo minha vontade, trabalhando nela enquanto quebrava pedras no mundo exterior, sendo operário em duas obras concomitantes, a do mundo exterior e a de meu espírito. Fui erguendo essa cozinha ideal com tudo de que ela precisava para ser perfeita: fogões, fornos, panelas, utensílios, cada parede, cada lajota, cada prego na madeira das prateleiras, cada rebite nas peças de metal, e tudo em seu devido posto, tão rigorosamente colocado ali que ali parecia ter nascido, em ordem, seguindo os conceitos de utilidade, beleza e firmeza de Vitrúvio que meu mestre me revelara. A cada dia eu acordava para passear pelo já existente e planejar o erguimento do que ainda não havia: em pouco tempo a cozinha já estava praticamente pronta, e em uma de suas extremidades se abria uma porta para o nada, pois eu nada havia pensado sobre o que haveria depois daquela porta, pela qual os alimentos sairiam e as salvas e travessas retornariam vazias, depois que o alimento que elas continham tivesse sido consumido... era isso! Faltava-me a consequência natural de uma cozinha, o salão de comer, onde os convivas ou clientes de minha cozinha se recomporiam, restaurando as próprias forças, com prazer suficiente para que o alimento não lhes preenchesse apenas o estômago, mas também o espírito e a mente, tornando-os melhores do que eram antes de ali entrar. Quando esse salão se ergueu, decorado, aconchegante, elegante e cheio de cor, luz e vida, logo depois daquela porta, minha obra estava completa.

Eu erguera meu restaurante em meu espírito, e só me faltava darlhe um nome, pois sua utilidade e beleza eram indiscutíveis. A firmeza de que ele necessitava para existir só poderia ocorrer quando eu copiasse no mundo material aquilo que em meu espírito já era obra completa e acabada. Uma noite, conversando com meu mestre antes de dormir, revelei-lhe em detalhes a obra de minha mente. Ele me ouviu com imensa emoção, e quando terminei, segurou minhas duas mãos já calosas nas suas também endurecidas, e disse:

– Pedro, nunca fui tão feliz em toda a minha vida: nada justificaria mais minha existência que ver que as sementes que plantei caíram em terreno fértil e dão bons frutos. Nunca precisei dizer-te nada mais do que uma única vez, porque tua capacidade de entender e avançar é imensa, e sempre superas todas as minhas expectativas, dia após dia. Isso que ergueste dentro de ti é teu templo interior.

– Não, meu mestre, o que eu imaginei nada tem de religioso... é apenas um restaurante, nada mais... o sonho longínquo de um cozinheiro...

– Não confunda o que é sagrado com qualquer religião existente, Pedro; antes de ser religioso, cada um de nós precisa ter dentro de si um lugar onde o diálogo com aquilo que nos é mais sagrado seja franco e livre. Se teu templo tem o formato de uma casa de pasto, ou restaurante, como tu o chamas, isso é responsabilidade exclusivamente tua, e nem por estar livre dos adereços materiais de que as religiões se revestem é um lugar menos sagrado, para ti. Recordas-te do que eu te disse? "Tudo que o homem ergue no mundo precisa antes ter uma versão em seu espírito, e quanto mais esse espírito estiver organizado, melhores serão o homem e suas obras." Teu espírito organizou esse lugar sagrado segundo teus conhecimentos e emoções, e se dentro de ti ele tomou a forma que tomou, em muitos outros ele toma a forma de um teatro, como se deu com Camilo, ou de uma biblioteca, de um castelo, até mesmo de um templo como tantos que existem, e muitas vezes, em muitos de nós, é apenas um lugar da Natureza, real ou imaginário, que cumpre esse papel. O que importa é que nele estejas capaz de dialogar com Deus da melhor e mais íntima maneira possível. Não importa sob que forma teu

Deus se apresente ou de que maneira tu prestes homenagem a Ele; isso só serve para aqueles que, necessitando mais do poder que da verdade, precisam impor seu Deus aos outros, crendo que seu Deus pessoal é o único digno de ser adorado por todos. Se para ti Deus se manifesta entre panelas e alimentos, essa é a forma pela qual Ele fica íntimo de ti, e ninguém tem nada a ver com o que é exclusivamente teu.

    Fiquei impressionado, e disse isso a meu mestre, que me retrucou:
— Impressionado estou eu, Pedro, com a riqueza de detalhes que colocaste nessa obra de teu espírito: por mais que te conheça e admire, nunca pensei que chegarias a tal ponto com tanta rapidez. Nem todos somos capazes de tanta concentração, principalmente quanto aos detalhes, e pelo que vejo esse lugar que ergueste com tua imaginação está justo e perfeito, sendo mais uma prova de que na mente do homem existe uma partícula de Deus. Só Deus e a imaginação são oniscientes, onipresentes e onipotentes, e essa é a maior prova de que Deus nos fez à sua imagem e semelhança.

    Nesse dia, e nos dias seguintes, tive a certeza de que o que eu diligentemente construíra dentro de meu espírito um dia se configuraria exatamente igual no mundo material, e com isso pude aquietar minha ansiedade, aprendendo a esperar pelo momento certo. Algum tempo depois disso, um dos outros escravos do Aleijadinho veio até mim, trazendo-me o que restava de minhas posses na alcova que eu ocupara no palácio da Vila Rica: meus ajudantes, vendo que eu não retornaria mais, se encarregaram de guardar meus pertences, e um deles fez chegar às mãos do Aleijadinho aquilo que era meu, pois, se nada daquilo fosse verdadeiramente meu, nunca voltaria à minha posse. Folheei longamente o *Don des Comus*, revendo minhas anotações e percebendo que ele se entranhara de tal maneira em minha mente que o restaurante que eu inventara era uma cópia fiel de tudo o que ele preconizava: eu não pretendia nunca mais me afastar desse livro, pois nele sempre encontrava alguma coisa a mais, que não vira nas vezes anteriores, e que me surpreendia como se eu o lesse pela primeira vez.

    Com a tranquilidade que isso me deu, pude dedicar-me ao trabalho na pedra com mais vagar e interesse, percebendo que conseguia entender de que maneira a montanha se formara, como meu mestre me explicara, e também a melhor forma de extrair dela os grandes blocos sem falhas nem rachaduras internas, que o Aleijadinho nos encomendara para uma obra que faria na Igreja de Congonhas do Campo. Era trabalho para a posteridade, e ele, em um dia em que veio nos visitar, explicou de que maneira pretendia realizá-lo, e o que diria com ele:

– Vou deixar em pedra minha visão de homem, de brasileiro e de pedreiro-livre, sobre todos os fatos que aqui estão ocorrendo. Doze profetas para embelezar o adro da Igreja de Congonhas do Campo, e em cada um deles deixarei minha marca e minha opinião sobre os tempos cruéis que estamos vivendo. Quem sabe no futuro alguém venha a compreender a mensagem que neles inscreverei, e quem sabe essa mensagem não seja essencial para a definitiva conquista da liberdade que tanto desejamos?

Francisco de Aviz lhe disse:

– Se vais esculpir 12 profetas, posso ajudar-te: conheço-os a todos, e também suas profecias. São os homens que formaram meu povo, com sua visão de futuro perfeitamente unida à vontade do Senhor Rei do Universo, que por meio de suas palavras nos deu esse gosto pela liberdade que nunca perderemos, por maiores que sejam as vicissitudes em nosso caminho...

– Pois aceito, e com muito gosto! Não poderia inventar a verdade que desconheço, e se tiver em ti, meu irmão, quem a conheça e ensine, minha obra se engrandecerá. Como vês, estou a cada dia mais entrevado, mas sempre que aqui vier encomendar os blocos de pedra de que precisarei falaremos sobre o assunto, e eu te garanto que tuas informações estarão todas perpetuadas na pedra de que os ergueremos! – o olhar do Aleijadinho brilhava. – Tenho cá comigo que poderei usar esses profetas para cumprir mais do que a tarefa que me encomendaram!

– É este o papel do artista, meu irmão: mergulhar no mais profundo de si mesmo, para de lá extrair a resposta para os enigmas que a humanidade desconhece e sofre... meu povo, infelizmente, está proibido de traçar a figura humana, mas quem tem essa liberdade certamente consegue revelar muito mais verdade sobre os homens. Nenhuma obra de arte tem apenas uma maneira de ser compreendida: são como cebolas que vamos descascando, revelando cada vez uma nova cebola em seu interior, em tudo igual e ao mesmo tempo diferente da primeira. Se eu puder ser-te útil nessa obra, conta comigo...

– Ambos me serão úteis: tu com teu conhecimento do assunto, e Pedro com sua capacidade de escolher os melhores blocos de pedra para cada um dos profetas. Se eu souber de antemão aquilo que farei, poderei selecionar os blocos, separá-los e guardá-los, até o dia em que, de dentro deles, possa tirar a obra que já está lá dentro...

Acompanhei, nos meses que se seguiram, o esforço de memória de Francisco de Aviz, buscando recordar dos textos sagrados de sua religião, onde os profetas estavam todos vivos e atuantes, suas palavras ainda acesas e em movimento, para que cada uma das estátuas do Aleijadinho pudesse ser a mais poderosa exibição da força e poder que haviam recebido de seu Deus, dos quais eram depositários e transmissores para os que os ouviam. Ele não só fez uma lista de 12 profetas, como também selecionou de suas palavras aquelas que melhor os definiam e apresentavam, e quando o Aleijadinho retornou a nosso convívio, sem que das vezes anteriores Francisco de Aviz lhe tivesse dito qualquer coisa, meu mestre apresentou-lhe uma encorpada lista de profetas, com detalhes sobre suas vestes e hábitos e também com as frases que deles escolhera para que a obra de seu irmão tivesse ainda maior significado.

Enquanto Francisco de Aviz explicava ao Aleijadinho aquilo que o norteara para escolher 12 profetas entre os 17 disponíveis na Israel do Velho Testamento, eu fiquei ao lado, minha mente absorvendo cada detalhe da conversa, as palavras e ideias enraizando-se dentro de mim a tal ponto que cada estátua, como se viva fosse, iniciou seu lento percurso de pedra bruta até obra de arte, ocupando o átrio do lado de fora de meu restaurante ideal, ornamentando as escadas pelas quais se chegava até ele, saudando a ninguém a não ser eu mesmo nessa aproximação, pois minha obra ainda era somente minha, e somente palpável pela divindade de meu interior. A cada instante da conversa mais um detalhe dessas estátuas se configurava dentro de mim, e chegou o momento em que já estavam prontas e acabadas, olhos brilhantes, estátuas vivas e de rostos tão conhecidos quanto o meu próprio. E um deles era o mais conhecidos de todos; nesse momento tive uma das maiores surpresas de minha vida, quando o Aleijadinho nos disse:

– Com certeza, farei desses profetas a minha luta contra a tirania... Meus companheiros de revolta aqui na Vila Rica serão perpetuados por meio dessas estátuas, e por mais que os mecenas de Congonhas desejem ver neles os homens santos de seu interesse, eu aproveitarei para neles traçar a face dos que, como nós, lutam pela liberdade, pagando com a própria vida! O que me dizes sobre Jonas, por exemplo, me dá a certeza de que nele traçarei a face do Alferes Xavier!

No espaço exclusivo de minha memória, onde meu lugar ideal se erguia, era a face do Alferes que ocupava a cabeça do profeta Jonas, aquele que o grande peixe havia engolido e vomitado, para que aprendesse a não recusar a missão que Deus lhe confiara. Era assim que eu via o Alferes, um homem tomado por seu próprio dever, capaz de tudo para não perdê-lo de vista. Meu mestre Francisco de Aviz, os olhos marejados, leu alto a frase que escolhera para Jonas:

— "Engolido pelo monstro, fico três dias e três noites na barriga do grande peixe. Depois, venho a Nínive." Senhor Deus do Universo... Será esse o fim do Alferes? Depois de passar tempo medido no ventre da prisão, será trazido a essa Nínive mineira, como se fosse o vômito das cadeias d'El-Rei? O que me levou a escolher essa frase?

— Olha para nós, irmão Francisco! Somos três peças essenciais na execução de qualquer obra de importância: a sabedoria, a força e a beleza! Tu conheces a verdade, Pedro fornecerá os materiais, e eu darei forma final a nossas ideias... e juntos seremos tão imbatíveis quanto a tríade do templo de Jerusalém, Salomão, Hiram de Tiro e Hiram Abiff... Ou achas que é por acaso que essa obra nos caiu nas mãos exatamente neste momento de nossas vidas?

O Aleijadinho se ergueu sobre os cotocos de suas pernas atrofiadas, levantando os braços deformados para o céu:

— Não vês que essa é a minha última obra, meu irmão, e que depois dela eu nada mais farei? A cada dia se torna mais penoso viver, meu irmão... minha alegria está se transformando em ódio e remorso... tenho de criar essa obra antes que a vida me transforme no homem amargo que não desejo ser! Quando eu tiver me transformado naquilo que não sou, só poderei revelar o lado cruel e envenenado de meus modelos, porque eu mesmo estarei cruelmente envenenado por dentro... E a missão divina que recebi estará por conta do adversário, esse mesmo Satã que a cada dia me come mais um pedaço da alma... O maldito!

Meu mestre e eu, em um impulso, abraçamos a forma entrevada do Aleijadinho, e juntos choramos copiosamente: pelos que já perdêramos e ainda perderíamos, pela liberdade que a cada instante se tornava mais longínqua, e por nós mesmos, paralisados naquele lugar como a pedra que nos cercava. O choro foi bom e nos lavou as três almas, reforçando em cada um de nós a noção do dever a cumprir e nos permitindo compreender com maior profundidade o que deveríamos fazer.

Nossos dias passaram a decorrer assim: de cada vez que nos encontrávamos, meu mestre explicava ao Aleijadinho o que significavam os detalhes e as coisas de seu povo, para que as estátuas se revestissem da mais pura verdade. O artista, desenhista de imenso talento, traçava com carvão sobre qualquer superfície o que lhe ia na mente, sendo corrigido muito de vez em quando por Francisco de Aviz, e eu media em minha mente esses desenhos e detalhes, determinando com precisão a forma bruta que cada bloco teria, para que dele saísse a obra perfeita que nossa missão exigia. O Aleijadinho, percebendo que nossa vida nas pedreiras não era nada fácil, nos pagava semanalmente um salário de ajudante a cada um, o que nos livrava de termos de esgotar nossas mentes e corpos na excessiva labuta diária, como antes. No entanto, meu mestre e eu mantínhamos contato diário com a pedra viva, para que nossos espíritos e mentes pudessem lapidar-se ao mesmo tempo em que a lapidávamos, como era costume entre os antepassados dos pedreiros-livres, antes que se tornassem apenas lapidadores da pedra de seus próprios espíritos.

Um dos mais interessantes momentos desse trabalho foi a exigência que meu mestre fez de que todas as estátuas portassem *tefillin*, coisa que nem eu nem o Aleijadinho conhecíamos ou sabíamos o que fosse. Meu mestre, com sua paciência usual, nos explicou:

– A Torah exige que nos protejamos, para que nossas orações da manhã sejam livres de todo pecado e mal; o texto sagrado diz: "E tu os atarás como um sinal em teu braço, e também na frente de tua cabeça entre teus olhos". Para isso, meu povo criou pequenas caixinhas de couro, com longas fitas do mesmo couro, que atam ao braço esquerdo e ao alto da cabeça, onde se inicia a linha do cabelo. Dentro dessas caixinhas está um pedaço de pergaminho com várias orações da própria Torah, de quatro trechos da Torah onde essa *mitzvah* é mencionada, colocadas em contato com o corpo nesses dois pontos exatamente para que não percamos a pureza de nossas intenções durante as orações obrigatórias. Esses santos homens que tu estás esculpindo têm de trazer *tefillin* em seus corpos, até mesmo para simbolizar sua santidade...

– Isso não vai dar certo; ninguém comprenderá o que fazem os profetas com caixinhas no alto da cabeça e nos braços, e certamente vão querer que as extirpe... mas afinal, o que quer dizer essa palavra *tefillin*?

– Quer dizer filactérios, do grego *philaktérion*, significando dístico, divisa... A tradição exige que aí estejam... ainda que isso sirva para gerar desconfiança, porque ninguém pretende acreditar que os profetas eram judeus...

Eu tive uma súbita inspiração:

– Meu mestre, se quer dizer divisa, não poderiamos fazê-las maiores?

– Como assim, Pedro?

– Pergaminhos com coisas escritas são nossos conhecidos... Os profetas não podem estar segurando pergaminhos de tamanho natural, para que neles o Aleijadinho esculpa as frases que meu mestre escolheu? Ninguém estranhará que os profetas estejam exibindo pergaminhos onde escreveremos suas palavras proféticas, não é verdade? E a exigência dos filactérios será, de certa maneira, satisfeita...

Meu mestre e o Aleijadinho se entreolharam sorridentes, acenando um para o outro com satisfação. Desse dia em diante o Aleijadinho incluiu em todos os seus desenhos um pergaminho desenrolado onde a frase que Francisco de Aviz escolhera para signficar cada profeta seria escrita em latim, para que seu significado não estivesse de todo perdido. Eu, a cada dia que chegava ao lugar de onde cortaria as pedras para as 12 estátuas, me deixava levar pela intuição, e meus pés acabavam por me dirigir ao lugar onde, sem sombra de dúvida, o bloco de pedra perfeito me aguardava, bastando apenas que eu o medisse e marcasse com cinzel as suas dimensões, previamente combinadas com o Aleijadinho. E daí em diante era só perfurar os pequenos buracos onde as cunhas de madeira molhada inchariam ao sol, até que a pedra, forçada de dentro para fora, rachasse no lugar certo, separando-se do veio mãe, depois sendo levada com extremo cuidado ao depósito onde aguardaria transporte.

Era assim que trabalhávamos, em perfeita harmonia, descobrindo gradativamente as coisas que justificariam nossa obra, cada um dando o melhor de si para que nossa tarefa se revestisse de toda a glória de Deus, mas sendo também uma homenagem aos homens que conhecíamos e que nesse momento estavam sob o jugo dos poderosos, experimentando em sua carnes e mentes as torpezas da injustiça legal, da qual só escapáramos por ter fugido antes que nos apanhassem. As notícias nos chegavam esparsas e sem muitos detalhes, e as melhores eram as que alguns maçons do Rio de Janeiro enviavam para o Aleijadinho, em correspondência cifrada, dando notícias dos desdobramentos da devassa. Uma dessas notícias foi a de que o Alferes Xavier, no quarto interrogatório pelo qual passara, havia confessado e assumido sozinho toda a responsabilidade pelo movimento, livrando os outros da culpa ao declarar que planejara a revolta por motivos puramente pessoais, e que ninguém tinha colaborado com ele nessa sedição, porque não encontrara em todo o Brasil homens dispostos a fazer a revolução. Era Jonas assumindo sozinho a missão que seu Deus lhe dera, finalmente se dirigindo a Nínive para enfrentar seu destino sangrento. Francisco de Aviz franziu a testa com essas notícias.

– Não é possível que esse homem de imenso valor venha a ser o único culpado de tudo, e que pague sozinho pelos atos de todos os outros! As Ordenações Filipinas exigem a morte por esquartejamento para crimes de lesa-majestade, e ele será o único a sofrer esse cruel suplício? Os outros não têm hombridade suficiente para assumir seus atos e morrer com ele? Nossos Irmãos em Portugal precisam fazer alguma coisa!

— Irmão Francisco, acalma-te: tenho certeza de que o Alferes sabe o que faz! — o Aleijadinho também estava bastante preocupado. — E nossos Irmãos, tanto no Rio de Janeiro quanto em Lisboa, já devem estar tomando as providências necessárias para salvá-lo, assim como aos outros Irmãos aprisionados pelo vice-rei. Ou o Irmão Francisco não acredita no poder sub-reptício da Ordem? Pois se temos gente nossa até mesmo dentro da família real!

— Não é possível, Irmão! Esse processo está se arrastando exatamente para que o povo se esqueça dos motivos que o causaram, de forma a condenar e executar sem criar nenhuma celeuma... E quando a sentença for transformada em realidade, ninguém sequer se recordará dos motivos pelos quais foi decretada!

— O defensor dos acusados está fazendo um bom trabalho, meu Irmão. Espera e confia! Todos os embargos foram emitidos, e ele recorre até mesmo ao nome do Santo Ofício ao pedir a transformação da sentença de morte em cárcere perpétuo, para todos!

Francisco de Aviz respirou fundo, acalmando-se:

— Meu Irmão tem razão; é preciso acreditar no poder do Rei do Universo sobre a bondade humana e a clemência dos poderosos. O Alferes é bem-visto na corte, principalmente pela rainha Maria, com quem esteve em longa conversa; e seu filho João, que já é o regente de facto, ainda que não de jure, foi discípulo de Pombal, e certamente tem entre seus colaboradores Irmãos que lhe alertem sobre o movimento de Vila Rica e seus verdadeiros objetivos. De todo modo, temos que agir; posso pedir-lhe que faça chegar a esses Irmãos que lhe enviam correspondência algumas cartas que devem ser entregues em mãos determinadas na corte de Lisboa? É preciso que façamos tudo que estiver a nosso alcance para salvar as vidas de nossos Irmãos!

Nos dias que se seguiram, meu mestre Francisco de Aviz escreveu inúmeras cartas que o Aleijadinho, levando-as consigo, fez serem encaminhadas aos destinatários no Rio de Janeiro e em Lisboa. Meu mestre nada me revelou de seu conteúdo, por serem correspondência secreta entre pedreiros-livres, por meio da qual pretendiam modificar o destino de um de seus Irmãos, aprisionado e a ponto de ser condenado à morte. Na verdade, segundo ele me disse, lutava para que todos os inconfidentes fossem libertados com o mínimo de danos à sua integridade, pois, sendo maçom, era naturalmente contra a pena de morte. E as cartas talvez tenham sido importantes de alguma maneira, pois quando nos chegou a notícia de que o vice-rei havia sido subitamente substituído

por um outro nobre vindo de Portugal, o conde de Resende, a quem caberia a aplicação da sentença dos conjurados, meu mestre sorriu e disse:
— Estamos agindo... esse retorno súbito a Portugal tem motivos que não se explicam naturalmente. Dizem que está doente, mas é difícil crer nisso... E dar-lhe o título de conde de Figueiró não é prêmio, como parece, mas sim castigo por serviços mal prestados à Casa Real. E mais do que isso: sem seu tio, o Visconde de Barbacena logo perderá o poder que ainda tem... Ah, se ele se decidisse a participar do salvamento do Alferes!
— Talvez meu mestre possa fazê-lo ver a razão: quem sabe um chamado maçônico não o faça reconduzir-se ao caminho justo?
Francisco de Aviz me olhou longamente, cofiando a barba que já lhe ia a meio do peito:
— Sabes que podes ter razão, Pedro? Agora que a devassa não é mais problema dele nem de seu governo, pode estar livre para agir maçonicamente, como dele sempre esperamos... Creio que vou enviar-lhe uma carta, cuidando para que não saiba de onde ela chega; não nos interessa ver Santa Rita invadida por beleguins do governador à nossa procura, não é verdade?
— Mas, e se ele decidir agir junto com os pedreiros-livres, como meu mestre fará para não correr riscos desnecessários?
— Aprende, Pedro: na Maçonaria agimos secretamente, e muitas vezes o Irmão que está a nosso lado não sabe o que estamos fazendo. É preciso que cada um de nós aceite sua missão e dela execute aquilo que lhe for possível executar, dando o melhor de si, na esperança de que os outros também façam o mesmo. O Rei do Universo espera apenas que nenhum de nós se exima da tarefa que lhe foi confiada. A mim cabe a tarefa de alertar o Visconde para seu papel na salvação de nossos Irmãos; a tarefa dele, nesse transe, ele a executará sem que eu tome conhecimento, a não ser dos resultados dela, quando acontecerem. Tudo depende da consciência e responsabilidade que ele encontrar dentro de si: quem decide a vida dele é ele mesmo.
Não sei se foi à custa disso, ou se o próprio tempo, em sua passagem inexorável, amaciou as arestas com que a Vila Rica andava coberta; pelo que ouvíamos falar, a vida lá tornara a ser benevolente e suave, e o Visconde, antes tão enervado pelos acontecimentos, aparentemente se tranquilizara, voltando a seus hábitos diários, cuidando de seus negócios e dos negócios da Vila Rica, enquanto aguardava a sentença final do processo a que dera início e no qual pelo menos um já morrera. Nas pedreiras de Santa Rita, meu mestre e eu continuamos trabalhando para

o Aleijadinho, que a cada dia de visita nos parecia mais entortado, as pernas e braços atrofiando-se, mas a mente cada vez mais ágil e mais apressada:

– Não posso deixar nada inacabado, meus irmãos... Tenho de realizar minha obra, que já tenho toda na mente, nos desenhos que tracei, e de cada vez que olho os blocos separados para realizá-las, vejo com todos os detalhes o que elas serão. É preciso que as 12 peças de pedra-sabão estejam disponíveis, para que eu imediatamente comece a trabalhar nelas; não quero comer nem dormir, e se pudesse implantar as ferramentas em meus braços disformes eu o faria, para não precisar abandonar a obra nem por um instante. Pedi que meu amigo Athayde cuide dos detalhes arquitetônicos que defini como base para essas estátuas, e, assim que estiver tudo pronto, começarei a colocar em seus devidos lugares os profetas da liberdade!

Um dos motivos mais interessantes dessa paz a que me referi era a insensata competição entre os juízes mineiros e os do Rio de Janeiro, pois no dia seguinte à morte de Cláudio Manoel, tinham chegado à Vila Rica o desembargador Coelho Torres e o ouvidor Marcelino Pereira Cleto que, mesmo tendo ordens expressas do vice-rei, encontraram grande dificuldade na pessoa do governador Barbacena, nada disposto a ceder os resultados de sua devassa mineira aos homens da justiça do Rio de Janeiro. Ciúmes, nada mais, ampliados por interesses específicos de cada grupo de juristas, a tal ponto que o escrivão Manitti avisava a todos os prisioneiros em Vila Rica que nada declarassem aos da devassa do Rio, sob pena de se complicarem. E Barbacena, afinal, conseguira escapar ileso. Com a morte de Cláudio Manoel não havia mais ninguém que o acusasse, e ele acabou por produzir três cópias de sua própria devassa, enviando uma delas oficialmente ao vice-rei no Rio de Janeiro, e as outras duas, por caminhos diferentes e disfarçados, a Lisboa, tranquilizando-se tanto em relação à rainha quanto ao Ministro Mello e Castro, que o colocara no posto que ocupava.

As notícias continuavam chegando ao Aleijadinho, e ele sempre trazia as cartas que recebera, lendo-as para Francisco de Aviz; quando eu estava junto deles, tenho certeza de que suprimia alguns trechos que não eram de meu interesse, por serem conversa exclusiva de maçons. Mas tudo me diziam sobre Mello e Castro, o ministro de Maria I, que tomara como missão divina o combate intimorato a toda e qualquer rebelião que falasse de liberdade, igualdade e fraternidade; afinal, essas eram as ideias que estavam transformando a França em um lugar extremamente hostil para reis e aristocratas, e era exatamente onde essas três palavras, juntas, mobilizavam as mentes e espíritos de maneira quase incontrolável. Mello e Castro, claro está, era avesso a qualquer coisa de maçons, principalmente por serem eles os que haviam abrigado e protegido Pombal, quando souberam de sua queda; mas dentro da corte havia muitos maçons, e a Maçonaria de Portugal, sabendo da existência de Irmãos na revolta brasileira, certamente havia tomado a pulso a ideia de salvá-los a todos da morte, exibindo o poder da Ordem acima e além de qualquer poder temporal ou religioso. Era isto que Francisco de Aviz e o Aleijadinho esperavam: que o poder da Maçonaria, tão temida por tantos, fosse suficiente para salvar as vidas daqueles a quem ela abrigava sob seu manto de segredo.

As sentenças seriam passadas pela corte, e a chegada delas ao Brasil dependia do calendário de navios: esse ano estava bem no início, e havia um interregno nessa época, por causa das calmarias do Atlântico, o que sempre atrasava a chegada e a partida de naves até logo antes da primavera. Eu não duvidava de que as sentenças já estivessem de posse dos juízes, porque não desejariam mais perder tempo, uma vez que todos os testemunhos tinham sido tomados e todos os embargos interpostos e negados. Era preciso apenas marcar o dia em que a sentença dos infiéis seria proferida, para que a aplicação das penas não tardasse. Nenhuma notícia nos chegava, no entanto, o que podia ser útil na elaboração de uma forma de salvarmos as vidas dos réus nesse processo tão volumoso quanto confuso; mas, ao mesmo tempo, a demora nos angustiava e se interpunha entre nossa vida e nossas ações, pairando sobre nós como uma neblina de pura dúvida. Se houvesse salvação, ela já estaria de posse dos juízes, por causa do tempo necessário. Mello e Castro teria conseguido a assinatura da rainha Maria nessas ordens de sentença e enviado os documentos ao Rio de Janeiro, para que estivessem de posse dos juízes do vice-reinado no momento exato em que a sentença dos conspiradores fosse proferida.

– Nossa esperança é que o príncipe João se torne regente o mais rápido possível, porque a saúde mental de sua mãe está em franco declínio, e ela não tem mais condições de assumir o controle de seu reino. Tempos estranhos, estes: o rei George de Inglaterra também tem dado sinais de loucura cada vez mais fortes... será um sinal divino do fim das aristocracias?

O Aleijadinho tinha vindo junto com mestre Athayde visitar-nos; a preocupação desse outro artista com a saúde de seu amigo era emocionante, e ele cuidava do Aleijadinho com o desvelo de um filho responsável por um pai doente. Francisco de Aviz, sorrindo, respondeu-lhe:

– Meu irmão, a vontade do Senhor Rei do Universo é insondável, mas essa vontade depende exclusivamente das escolhas que todos fazemos para manter Sua obra de pé. Se alguns de nós fizermos as escolhas erradas, todos certamente pagaremos o preço por elas: mas as escolhas certas, sem sombra de dúvida, nos colocam em um caminho reto e direto para nossos fins, mesmo que a princípio pareçam tortuosos e intransponíveis. Precisamos agora é tomar conhecimento do que está sendo feito para salvar nossos Irmãos e amigos. Não tenho nenhuma dúvida de que a Maçonaria quer e pode salvá-los, e com certeza já devem estar movendo céus e terras para conseguir o que nos interessa. Inclusive, é preciso pensar que uma sentença real leva pelo menos dois meses para chegar a essas colônias, e portanto qualquer decisão que tenhamos de enfrentar, a essa altura já foi tomada, assinada, registrada e chancelada. O destino de nossos amigos e Irmãos pode muito bem estar na pasta de algum mensageiro, em um navio a caminho do Brasil; se a sentença for de morte, para a corte de Lisboa os réus já estão mortos, enquanto vivem aqui com tempo emprestado pela distância, apenas aguardando que se realize aquilo que já é fato em Lisboa...

O que a corte decidia já era verdade absouta, mesmo antes que a colônia recebesse a notícia, mas muitos acontecimentos se privilegiavam dessa lacuna temporal para ir empurrando com a barriga uma situação, antes que, de fato, a decisão da corte a tudo mudasse. A nós não restava mais do que esperar, vivendo de acordo com nossas possibilidades, tentando nos antecipar aos acontecimentos da melhor forma possível, e aceitando os fatos da realidade assim que eles se apresentassem, pois a realidade é irrecusável, não importa o quanto nossos desejos tentem modificá-la.

Passei, sem saber que o eram, meus últimos dias nas pedreiras de Santa Rita, cuidando dos três últimos blocos de pedra para os profetas do Aleijadinho, Jonas, Daniel e Joel, que seriam as representações em pedra do Tiradentes, de Gonzaga e do pobre Cláudio Manoel, conforme havíamos decidido em nossa última reunião. Passei pelo menos duas semanas extraindo da pedreira os blocos que me pareciam perfeitos, pois ao olhá-los era como se eu visse em seu interior as figuras que o Aleijadinho delas libertaria, vivas e vibrantes como se fossem os próprios homens que representariam. Foram dias de trabalho extenuante, mas finalmente consegui com que os três blocos de pedra fossem recolhidos ao depósito, para ser levados a Congonhas o mais rapidamente possível. Nessa noite, deitei para dormir com a satisfação do dever cumprido, como se tivesse encerrado uma parte de minha existência ao concluir essa tarefa. Não estava de todo enganado. No dia seguinte, ao acordar, meu mestre me disse:

— Pedro, prepara-te; creio que mais uma vez nos separaremos, e não sei por quanto tempo. É preciso que tu cumpras uma missão importantíssima, porque não há mais ninguém que a possa cumprir a não ser tu. Se eu pudesse, iria em teu lugar, porque a responsabilidade é minha; mas já sei que estou visado e que meu nome surgiu em várias diligências feitas nas Minas Gerais e em São Paulo. O teu ainda não é do conhecimento de ninguém, e por isso vai te caber o ônus da missão. Deposito em ti toda a minha confiança, e a confiança dos Irmãos pedreiros, porque sei que muito em breve serás um de nós; mas tudo depende de tua vontade e da tua decisão de ajudar-nos. Queres?

Eu devia muito a Francisco de Aviz, e não podia recusar um seu pedido, mesmo que minha vida corresse risco, ou até se tivesse que transformar minha rotina em momentos inesperados de aventura e perigo; era o que eu devia a ele, por tudo que me havia dado e possibilitado, permitindo que eu me transformasse de bugre menino em um homem capaz de ganhar seu próprio sustento, vivendo de meu talento e de minha vocação. Aceitei tudo sem hesitar, por ser meu dever para com quem tudo me havia dado. Ele me instruiu sobre o que fazer e como agir, e eu decorei com a ajuda de minha memória perfeita todos os passos de minhas ações.

Por isso, dias depois, barba grande e roupas simples, integrei-me a uma tropa que saía de Santa Rita para o Rio de Janeiro, deixando para trás a pedreira onde vivera por tanto tempo, aprendendo um novo ofício e conhecendo um pouco mais aquilo que me ia na alma. Infelizmente, conhecer não é compreender, e se eu já me sabia o bastante, me entendia muito pouco, os conflitos de minha formação avolumando-se a cada dia, apodrecendo e se deteriorando como frutas esquecidas dentro de uma gaveta. Mesmo assim, meu impulso de ir em frente nunca se perdeu: qualquer caminho que se mostrasse à minha frente era digno de ser seguido, mesmo que depois de pouco tempo se mostrasse apenas como um atalho sem fim determinado, requerendo que eu voltasse sobre meus passos para retomar a estrada principal de minha vida, como se o atalho não tivesse existido. A tropa levava uma carga de farinha de mandioca para ser enviada à corte, e eu a ela me integrei como madrinheiro e cozinheiro, retomando vagarosamente a lida dupla do feijão diário, enquanto trilhamos a Estrada Real até o Rio de Janeiro.

No Porto da Estrela já nos esperava uma urca de bom tamanho. Meu prazer em estar pela primeira vez indo visitar a capital do vice-reinado era maior e mais importante que qualquer coisa, já que mesmo em meus tempos de tropeiro só viera até esse Porto da Estrela, por não ser permitida a presença de tropeiros nem bruaqueiros na cidade.

A baía era fulgurante, e naquele dia de sol brilhante até os botos marinhos nos saudavam, saltando a nosso lado. O chefe da tropa estava à proa da nave, e subitamente gritou para o capitão:

– Por que estamos nos afastando da cidade, que vejo ali à nossa esquerda?

O capitão da urca, meio sem jeito, disse:

– Mano velho, a lei manda que viajantes das tropas mineiras sejam desembarcados nos trapiche do Brás de Pina, que por causa disso já se chama de Cais dos Mineiros...

O chefe tropeiro ficou quase apoplético:

– Trago encomendas para o vice-rei! Por que não posso saltar na frente do palácio dele? Estás me tomando por parvo, capitão?

O capitão não gostou; enfiando seu chapéu na cabeça o mais fundo que pode, disse:

– Sinto muito, senhor amigo do vice-rei: se soubesse desse seu desejo, não o teria aceitado em meu barco. Não tenho permissão para atracar no cais do Carmo, e se o fizer, causarei grandes problemas a esse vice-rei que tu dizes ser tão teu amigo, e que defende com unhas e dentes a organização das viagens e atracamentos em sua cidade... Afinal, cada um de nós tem seu território definido, e da mesma forma que não admitimos que ninguém invada o nosso, não podemos invadir o alheio, não é verdade?

Que momento ridículo! O chefe da tropa debatendo-se entre a exibição de poder e a obediência aos ditames da lei, e nós todos parados no meio da baía, balançando com a marola meio violenta, aguardando a solução. Foi a pior possível: o chefe, fazendo um sinal a dois de seus tropeiros, exatamente os maiores e mais mal-encarados, mandando que ficassem ao lado do capitão para obrigá-lo a atracar na frente do palácio do vice-rei, o que ele fez, imensamente contrariado, sendo extremamente mal recebido pelos trapicheiros daquele lugar, e logo se vendo em meio a uma imensa confusão envolvendo marinheiros, estivadores de todas as cores e tamanhos, curiosos que acorreram à beira do cais para ver o que estava acontecendo, e finalmente alguns guardas de polícia, que já se aproximaram da turma erguendo e abaixando seus porretes no formato de um cabo de enxada. Alguns tiraram os sabres da bainha e, usando-os de lado, passaram a vergastar com eles as costas dos envolvidos. Foi minha primeira experiência com o Rio de Janeiro, e com o passar do tempo vim a perceber que todas as relações nessa cidade se davam assim: com familiaridade e desrespeito excessivos, tudo que se buscava era esmagar os que ficavam por baixo, curvando-se aos que estavam em cima, sem perder a mínima chance de vergastá-los, se ninguém estivesse olhando.

Não importa para onde eu olhasse, via uma natureza luxuriante, aqui e ali ocultada por construções de diversos feitios e cores, de estilo interessantíssimo, entre as quais circulava uma multidão também muito colorida, vestida nos mais diversos graus de riqueza e pobreza, chegando às raias do exagero e da indigência. Em uma fonte em formato de pirâmide à beira do mar formava-se imensa fila para apanhar água, e as pessoas nelas se tratavam com intimidade desconcertante, aos gritos, com risadas exageradas e sem dar a menor atenção à tarefa que ali os levara. Do lado direito, sob um arco que dava entrada a uma rua mais ou menos estreita, estavam jogados ao chão uma série de homens de cor escura, trajados com quase nada, manietados por correntes de ferro, estendendo a mão aos passantes. Eu nunca vira pedintes assim submetidos, e quando perguntei quem eram, me disseram:

– São os presos da cadeia pública. A intendência de polícia não tem nenhuma obrigação de alimentá-los, e como só os que têm família conseguem quem lhes traga comida, os solitários, abandonados e sem família nem dono são colocados na rua para pedir esmolas, única maneira de conseguirem comer...

Achei que o cheiro ruim que eu sentia vinha desses prisioneiros, mas quando cruzei os outros grupos de pessoas que ali se juntavam, percebi que todos cheiravam mal, uns mais, outros menos, e que a cidade em si era geradora de enorme fedentina. Logo entendi por quê, ao ver que diversas pessoas, sem nem mesmo se preocupar se seriam vistas, urinavam nos cantos das paredes. Um homem agachado, pelo tempo que levou de calças arriadas, certamente fazia ali suas necessidades mais sólidas, e de uma janela de segundo andar alguém esvaziou um urinol cheio, respingando sujeira em quem passava por baixo; esse reclamou aparentemente apenas para manter o hábito, seguindo daí em diante sem se abalar, como todos os outros. Aí estava a melhor prova de que a sujeira é apenas uma coisa colocada no lugar errado, e que só a falta de senso comum leva as pessoas a se sentirem tranquilas em meio ao erro e à sujidade.

Andando em direção ao palácio do vice-rei, onde pretendia pedir trabalho, percebi que nada gerava interesse nos passantes, cada um preocupado com seus próprios afazeres, e que esse largo era um exemplo completo e acabado da cidade em que eu estava. Relações sociais e pessoais completa e totalmente baseadas em individualismo e desrespeito ao próximo eram o que eu via, e ao lado disso o hábito constante de levar vantagem em tudo, passando por cima até mesmo da própria dignidade, se fosse preciso. De princípio não gostei disso, mas com o passar do tempo fui percebendo que na capital do vice-reinado só havia essa forma de sobrevivência, e que todos os bons sentimentos e atitudes estavam completamente superados e esquecidos, não levando a nada que eu gostasse ou não disso, porque meu gosto pessoal nenhum poder tinha a não ser sobre mim mesmo.

A cozinha do palácio, para onde me dirigi depois de atravessar o Largo do Carmo, e onde entrei pedindo licença da maneira mais educada possível, parecia mais a cozinha da casa de Sebastião Raposo, em que a Preta pontificava por dentre a sujeira, que a da casa dos Rodrigues da Trindade, na Vila de Rio de Contas, onde a velha Idalina fazia questão de ordem e limpeza, sendo essa provavelmente a melhor das razões para o sublime sabor que seus pratos possuíam. Ali no palácio do vice-rei a bagunça imperava, e mesmo que os pratos fossem apresentados a ele de maneira decorativa e atraente, eu tinha certeza de que o sabor seria muito melhor se não estivessem engordurados e mal temperados, como fruto da desorganização que ali imperava.

Nessa cozinha, onde entrei procurando trabalho, recordei de meu mestre Perinho na cozinha dos Rodrigues da Trindade, em Rio de Contas, quando exibiu destreza com a faca, cortando rapidamente em cubos a manta de toicinho que lhe caíra nas mãos e deixando boquiaberta a velha Idalina, que imediatamente o aceitou entre suas panelas e facas. Pedi licença a uma bela cafusa que ali estava, lavando uma cesta cheia de quiabos e, com minha faca toledana, cortei-os em rodelas de igual tamanho, rapidamente, a faca ficando quase que invisível, tal a rapidez com que eu a movimentava, passando-a rente aos nós dos dedos, enquanto empurrava os vegetais para a frente, até que tudo estava transformado em um monte de quiabo pronto para ir ao fogo, transformando-se em iguaria nas mãos de quem soubesse aproveitá-los. A negra de quem eu tomara os quiabos me olhava com interesse maior do que o dos outros, e eu logo percebi que, se ali viesse a trabalhar, não sofreria pela falta de companhia de cama; já a portuguesa que era cozinheira chefe, antes boquiaberta com minha ousadia, mas agora satisfeita com minha rapidez, disse-me:

– Pois, se quisesses, poderias ocupar o lugar de um ajudante que tive de mandar embora, por lerdeza... tua rapidez com a faca me seria muito útil. De onde vens?

Pensei em me apresentar como cozinheiro do palácio do governador da Vila Rica mas, pensando bem, vi que não deveria fazê-lo, por ser um risco insustentável. Disse que vinha das Minas Gerais, onde cozinhara na casa de um contratador de diamantes e ouro, português exigente e que fazia questão de bom passadio à moda europeia, mas que me cansara disso e decidira ver a vida na capital do vice-reinado. A cozinheira me olhou, séria:

– Não pretendes tomar-me o lugar, pois não? Não ficaria nem bem ter-se um homem a cozinhar para o vice-rei... Aqui só temos oportunidade para ajudantes, não para cozinheiros... Se quiseres ser ajudante, muito bem; se não, boa sorte e adeus!

Mostrei-me submisso e agradecido, olhos baixos, o chapéu de tropeiro sendo enrolado e amassado entre as mãos nervosas, e a cozinheira ficou satisfeita. Eu precisava estar o mais perto do poder que pudesse, para cumprir a missão que Francisco de Aviz havia me dado, e esse golpe de sorte me colocara exatamente no lugar onde eu poderia ser-lhe mais útil: o palácio do vice-rei, que agora já não era mais o tio de Barbacena. Foi-me designada uma enxerga no porão do palácio, em uma das diversas alcovas que os arcos de sustentação do mesmo definiam, sob a qual eu coloquei minha matula de tropeiro, onde estava meu caldeirãozinho de ferro, velho companheiro de estradas, e o *Don des Comus*, livro santo de meu ofício, ao qual eu recorria sempre que fosse preciso. Eu tinha conseguido entrar onde queria, e agora só me faltava perseguir meu objetivo com tranqullidade e precisão.

De toda forma, assim que fui integrado à cozinha do palácio, e já estava à vontade, pedi permissão à cozinheira para visitar os mercados da cidade e conhecer aquilo de que se dispunha para fazer comidas, sem que ninguém soubesse que meu objetivo verdadeiro era o de colher notícias dos revoltosos presos, e levá-las a meu mestre Francisco de Aviz, que com elas saberia o que fazer. Dirigi-me ao mercado que ficava na frente do largo, à beira do mar, e logo que o atravessei, dirigi-me ao molhe, olhando para a baía à minha frente. Chegar à Ilha das Cobras, onde eram mantidos os prisioneiros, não seria difícil: ela ficava mais ao norte do Largo do Carmo, onde estava o palácio do vice-rei, e no molhe logo abaixo do chafariz da pirâmide, onde os barcos também vinham pegar água, havia inúmeras embarcações de aluguel, sempre dispostas a qualquer serviço. Complicado seria chegar até os prisioneiros: pelo que sabia, havia ordens estritas de impedir que qualquer um deles tivesse contato com o mundo exterior a suas celas, impedindo-os não só de se comunciarem entre si, mas principalmente com aliados que estivessem do lado de fora, atrapalhando as investigações e o processo. Pensando assim, e vendo no molhe ao lado do chafariz um jacá recheado de cajus maduros, de perfume inconfundível, comprei-os com uma ínfima moeda que trazia e, embarcando em uma chalupa que me aceitou, disse-lhe:

– Leve-me à Ilha das Cobras...

O chalupeiro era um jovem de tez escura, tanto pelo sol quanto por sua própria natureza, músculos fortes e jeito descansado, e logo embicou a chalupa para a Ilha das Cobras, a pouca distância do molhe. O vento era bom, e singramos o pedaço de mar que nos separava da Fortaleza de São José, que Bobadela havia erguido como baluarte de defesa contra invasões marítimas, mas que era quase sempre usado como prisão para os inimigos do regime. Quando fomos nos aproximando do cais da ilha, um grupo de soldados, cercando um gordo oficial, aproximou-se de nós, com os sabres erguidos. Eu imediatamente levantei o jacá dos cajús, de cheiro fortíssimo; na face do oficial um sorriso se instalou, e ele fez um sinal com a mão para que nos aproximássemos. Encostamos a chalupa, e ele disse:

– Estás a vendê-los? Por quanto?

– Senhor oficial, não vendo cajus, mas posso dá-los de presente se Vossa Senhoria me permitir visitar um parente muito querido que está preso aí dentro... a quem eu não vejo faz muito, muito tempo...

O oficial, nascido em Lisboa, cofiou os bigodes e o cavanhaque, pensando, e depois me disse:

– Deixa ver cá os cajus...

Estendi-lhe o jacá, que ele pegou com as duas mãos, e imediatamente ergueu o pé calçado de bota, colocando-o em meu peito e me empurrando com força para trás, fazendo-me cair no fundo da chalupa. A tropa riu, enquanto ele gritou:

– Gratíssimo pelos cajus, rapaz... quanto a teu parente, reza para que consiga sobreviver à umidade dessa cadeia... boa sorte! E agora, vai-te!

Uma onda de ódio me subiu à face, e o oficial, fechando a cara, empurrou com o mesmo pé a chalupa para fora do molhe, gritando:

– E fica satisfeito por teres perdido só os cajus... a vida custa mais caro!

A tropa permaneceu rindo, enquanto as lágrimas de ódio me subiam aos olhos. O chalupeiro ergueu a vela triangular e logo nos afastamos do molhe; espantei-me após algum tempo, ao ver que o chalupeiro não estava retornando ao cais de que saíramos, mas sim dando a volta na ilha, afastando-se dela como se estivesse indo para outro lugar. Quando já estávamos fora do campo de visão dos soldados, ele embicou novamente para a ilha, traçando uma curva para o leste e passando por trás dela. Pouco tempo depois já estávamos vendo os contrafortes da prisão, com pequenas janelinhas gradeadas no alto, ele costeou as pedras escarpadas e encostou-se por baixo delas, dizendo:

– Esses galegos e marotos pensam que mandam em nós, e que só nos resta obedecer-lhes... Mal sabem que não somos nem seus escravos nem seus súditos, ora pois... O comércio com os prisioneiros se faz por esse lado da ilha, e se quiseres podes subir por aquela trilha que ali vês, chegando quase ao nível das janelas gradeadas... pergunta por teu parente, e logo te dirão em que cela ele está... é sempre assim que fazemos...

Agradeci ao chalupeiro, mas mais ainda à Providência Divina que me fez estar exatamente no meio de uma disputa antiga que só me ajudou. Saltei nas pedras e subi a trilha estreita e escarpada, gritando logo abaixo da janela mais proxima:

– Ó da cela? Onde encontro o Alferes Xavier?

De dentro veio uma voz gritada:

– Está nesse mesmo quinto cubículo, mas na cela número três... essa é a sete... anda mais para tua esquerda e daqui a duas grades encontrarás o Alferes... boa sorte!

Avancei mais um pouco e voltei a gritar:

– Xavier? Alferes Xavier?

Depois de um tempo a voz do Alferes veio de dentro da cela:

– Quem me chama? É amigo?

Minha voz se embargou de emoção: o Alferes estava vivo, e não me parecia em mau estado. Disse-lhe quem era, e pude sentir a alegria em sua voz:

– O cozinheiro! Como estás, meu camarada? O que fazes nesta cidade? Abandonaste o serviço de Barbacena?

– Meu mestre Francisco de Aviz me enviou a ti, para saber como vives e de que maneira te podemos ajudar... só nós, nas Minas Gerais, ainda estamos preocupados com os companheiros da revolta: os outros fingem que nada aconteceu, que ninguém foi preso, e se forem questionados, certamente dirão que de nada sabem...

– É o medo de envolver-se no julgamento... sabes como é a vida: todos querem ir para o céu, mas ninguém quer morrer...

– Sofrem de absoluto temor de que algum de vós os revele como parte da conspiração... quem se cuida sobrevive, pensam eles, e estão dispostos a tudo para sobreviver a esse transe...

– De minha parte podem ficar descansados: não sou nem delator nem traidor, e se tivesse de revelar os nomes dos que como eu pensam em um Brasil livre e soberano, perderia nisso mais da metade do tempo de minha vida, porque somos muitos... mas mesmo nossos companheiros mais queridos e ativos? Não creio que tenham perdido seu empenho... tens notícias de Cláudio Manoel?

Nao soube como dizer-lhe, e me calei. Meu silêncio certamente o tocou, porque sussurrou:

– Não me digas que é um dos que fingem nada saber... não posso crer nisso!

– Pior, Alferes: está morto... suicidou-se, ou foi assassinado na cela em que estava preso, na Casa dos Contos... – o imenso silêncio dentro da cela me causou espécie. – Não sabias disso, Alferes?

A voz do Alferes saiu da cela como se saísse de um túmulo:

– Não, cozinheiro, eu de nada sabia... aqui eles nos mantêm rigorosamente ao largo do mundo, e proíbem que até mesmo os guardas falem conosco. Eu não imaginava... mas não é pior, cozinheiro: pior seria se nos tivesse traído... Por que o mataram?

– Ele depôs e revelou a participação de Barbacena na revolta... E isso era insuportável, como deves prever...

– Pelo Trono do Arquiteto... como podem agir assim? Matar um ser humano, ainda por cima Irmão, só para manter o poder? Que vergonha sinto de ter Barbacena como meu padrinho...

– O plano foi do Macedo, Alferes; esse banqueiro, sim, está por trás de tudo o que acontece na Vila Rica...

– Um canalha para quem a riqueza pessoal vale mais do que qualquer outra coisa... Tu sabes que ele se envolveu conosco só para garantir-se como o homem mais rico do Brasil, não sabes? Fico abismado em perceber o poder que canalhas desse tipo ainda possuem...

Ficamos em silêncio por um tempo, e o Alferes o quebrou:

– Tens visto Francisco de Aviz?

Contei-lhe do lugar onde meu mestre se ocultara, e do apoio que o Aleijadinho lhe daria, mantendo-o nas pedreiras de Santa Rita até que o perigo passasse. Xavier suspirou:

– Ah, se me fosse dada essa chance! Eu me embrenharia nos matos da Vila Rica, me homiziaria com os quilombolas, me esconderia nas tribos dos índios que ainda restam por lá, e nunca mais ninguém teria notícias desse tira-dentes, a não ser que o Brasil se tornasse finalmente livre! O Brasil há de ser livre, cozinheiro, mesmo que para isso tenhamos de morrer todos!

Um grito do chalupeiro me chamou a atenção: olhei para o alto e vi dois guardas no teto da fortaleza, olhando quase em minha direção. Não podia arriscar-me mais; sem dizer nem mesmo um "até mais ver", saltei de onde estava para o mar, afundando nas águas escuras e logo depois vindo à tona, sendo apanhado pelo chalupeiro e erguido até o barco, que logo depois fez uma volta sobre si mesmo, seguindo para o continente.

Durante a queda e no espaço de tempo em que fiquei dentro d'água, recordei-me depois de muitos anos da queda na cachoeira, em minha aldeia natal, e também das seis alminhas que saíram de mim e me sustentaram até que eu começasse a me transformar em um *kuparak* e desistisse de morrer. Tanto tempo se passara e eu aparentemente já deixara de ser um Mongoyó, entrando no mundo dos brancos e me tornando um deles. A busca por uma identidade pessoal me trouxera até aqui, e atos e acontecimentos como esse me enlaçavam com meu passado e minha vida pregressa, presente e por vir, ao mesmo tempo em que me colocavam em um círculo de tantos homens e mulheres com quem eu estivera e ainda estaria, formando uma teia contínua de ligações, sem as quais minha vida nada seria. Curiosidade sobre o que o futuro me traria, eu tinha muita, e nos anos seguintes, de cada vez que se deu um acontecimento inesperado como esse, eu me recordei do tênue momento em que fiquei suspenso entre o céu e o mar, como uma pintura de mim mesmo.

O chalupeiro, de apelido Cabrêa, se tornou meu amigo naquele momento; sua risada, quando eu me acomodei no fundo da chalupa, molhado e pingando, foi como que uma libertação:

– Moço, não precisava se arriscar tanto... Eu só avisei que os guardas ali estavam, mas eles nada fariam contra o moço... Os guardas estão acostumados a ver gente de barco negociando com os prisioneiros, e de vez em quando até se aproximam para também negociar, porque se tivessem que viver de acordo com a lei, estariam todos muito infelizes... O moço teve sorte: ali onde mergulhou há pedras pontudas de imenso perigo. Não sei como o moço soube exatamente onde saltar para poder sair inteiro...

– Eu sou meio índio, Cabrêa, e desde menino salto dentro de qualquer água, por mais escura que seja...

— O moço é meio índio e meio branco, e eu sou meio índio e meio preto, e com certeza é esse sangue misturado que nos ensina as coisas que os brancos puros não sabem...

Duante a viagem de volta, Cabrêa me contou como se davam os negócios entre prisioneiros e barqueiros, sob a supervisão dos guardas, que levavam grande vantagem nisso, sempre amealhando uma parte do que se negociava, fosse em espécie ou em dinheiro. Combinei com ele que, sempre que precisasse voltar à Ilha das Cobras, contaria com sua ajuda, principalmente no trato com os venais carcereiros, a quem ele conhecia todos. Saltei no molhe e com surpresa vi a barca do vice-rei e ao lado dele o banqueiro João Rodrigues de Macedo, severamente vestido, a quem o vice-rei dava imensa atenção. A partida foi imediata, e a barca se dirigiu para a mesma ilha de onde eu acabara de chegar: certamente iam até lá tomar depoimentos dos conspiradores, garantindo que nenhum deles ousasse acusar a nenhum homem importante do governo. Impressionante a semelhança entre esses grandes poderosos e os guardas da Ilha das Cobras: tanto uns quanto outros se privilegiavam da situação em que estavam para alcançar vantagens e segurança, perpetuando-se no cargo não para exercê-lo com o máximo de sua capacidade, mas para continuar tendo cada vez mais vantagens nesse exercício. Sendo as coisas como eram, eu precisaria mais uma vez me organizar, montando na capital do vice-reinado, enquanto lá estivesse, um sistema de informações que pudesse ser útil aos revoltosos, quem sabe salvando-lhes as vidas.

De volta ao palácio, depois de passar pelo mercado, visitei a ucharia onde todos os gêneros alimentícios eram guardados, além dos vinhos e outros acepipes. O toma-largura que era responsável pelo lugar me olhou muito desconfiado, mas quando eu lhe disse que era o novo ajudante da cozinheira chefe e que tinha trabalhado para um contratador nas Minas Gerais, amansou e me exibiu seu território de poder, as imensas uchas cheias até a boca de grãos e farinhas, as cestas de palha regurgitando vegetais e frutas, as prateleiras de madeira velha abrigando incontáveis garrafas empoeiradas, seladas com lacre vermelho e o timbre do vice-rei. Palitando os dentes muito escuros, o toma-largura disse:

— Aqui mando eu, mas se quiseres participar dos negócios podemos combinar uma fatia tua. É assim que faço com todos: se me trouxeres quem pretenda comer e beber o mesmo que o vice-rei come e bebe, reservo para ti uma parte do que me pagarem. Um pedido que eu faça ao vice-rei facilita muito a aquisição de mais do que necessitamos, e como tudo que é demais está sobrando, só nos resta desfazer-nos do que é demais, claro que tendo algum lucro nisso. Estamos combinados, rapaz?

Fiquei impressionado com caradurismo do toma-largura, mas nada disse, porque sabia que ele me poderia ser bem útil, enquanto eu ali estivesse. O uso do que era propriedade alheia como se fosse coisa própria parecia ser um hábito muito comum na capital do vice-reinado, e agir ao arrepio da lei era talvez a coisa mais costumeira que se podia achar nessa cidade onde nada era o que realmente deveria ser, e ninguém agia como dele se esperava. De onde vinha isso? Eu até hoje não consegui descobrir, mas certamente os conflitos entre dominadores e dominados, nessa colônia luxuriante, geraram essa fluidez de atitudes, em que a aparência da sociedade é uma e a verdade essencial dela, o exato oposto da aparência.

Na cozinha, naquela mesma tarde, fui apresentado à cafusa de nome Mercêdes, que me tratou com grande familiaridade, graças à nossa herança comum de índios, e mais tarde, à noite, me arrastou para um desvão do prédio e literalmente abusou de mim, se é que o prazer de que fomos depositários pode ser chamado de abuso. Daí em diante, tornei-me seu brinquedo noturno, o que me ajudou muito em minha sobrevivência dentro do palácio, porque eu precisava saber a verdade, e isso vinha antes de tudo, a não ser de meu próprio prazer.

Fui-me imiscuindo na vida intrapalaciana, se é que aquela casa ampla e mal construída merecia o nome de palácio: na verdade, o nome oficial era Casa do vice-rei, mas o próprio José Luis de Castro, conde de Resende, insistia em chamá-lo de "meu palácio", levando todos os que com ele conviviam ou se privavam de fazer o mesmo. Homem de feições finas, cabelos permanentemente empoados, lábios que eram um simples corte em sua face sempre altiva e orgulhosa, o vice-rei era por natureza um desconfiado de tudo e todos, invariavelmente trancando as portas de onde estava e cuidando para que ninguém lhe ouvisse as conversas. Ninguém de importância, é claro: orgulhoso como era, também para ele os serviçais não existiam, eram móveis e utensílios de seu palácio, e portanto nem mesmo eram percebidos quando estavam em sua presença. Era com isso que eu contava para poder conhecer os fatos que me interessavam, e por isso fui me disponibilizando para o serviço de carregar bandejas, travessas e jarras de vinho para as refeições e banquetes do conde, tornando-me figura tão constante nos corredores do palácio quanto o era na cozinha e na cafua de Mercêdes, seu delicioso perfume de mulher perfeitamente capaz de pôr-me a cabeça à roda, quando de mim se aproximava.

Em poucos dias, graças a meus talentos de cozinheiro e meu serviço impecável, me tornei figura indispensável na cozinha do vice-rei, e sendo este meu objetivo, fiquei feliz por tê-lo alcançado em tão pouco tempo. Não fiz nenhuma questão de receber dinheiros altos, o que certamente ajudou a cozinheira chefe a embolsar uma boa parte do que estava reservado para ser meu salário, não sem antes dividir esse lucro inesperado com o toma-largura, que era quem se resonsabilizava pelo serviço de cozinha do palácio. Eu estava exatamente onde deveria estar, e a primeira parte de minha missão estava cumprida. Só me restava agora saber quando a sentença dos revoltosos da Vila Rica seria decretada publicamente, para conhecer-lhes as penas e o destino, e poder, de alguma maneira, lutar por sua liberdade e vidas.

Em 16 de abril de 1792, chegaram ao Rio de Janeiro os mensageiros da rainha Maria, agora representada por seu filho o príncipe João, já que tinha ficado irremediável e definitivamente louca e sem nenhuma condição de exercer o governo nem tomar decisões de Estado. Na sala de audiências do vice-rei os mensageiros foram recebidos com toda a pompa e circunstância, pois traziam a palavra da corte e do agora príncipe regente, sobre o assunto que era o mais importante de todos: a sentença dos revoltosos, a ser passada tal como decidida pelos juízes da corte, em Lisboa, e finalmente à disposição das colônias. Nós, do serviço da casa, como acontecia em ocasiões desse tipo, nos perfilávamos pelas paredes da sala, atentos e sérios, porque o vice-rei precisava de testemunhas para seu poder de representante real, e quem mais à mão que os empregados e escravos da casa? Nós lhe dávamos o reconhecimento imediato de seu poder, representando da maneira mais direta o povo das colônias, que nunca entrava no palácio, mas do qual havíamos saído e sobre o qual se fundamentava todo o poder do vice-rei.

A sala estava cheia, portanto; e eu fiquei atento a todas as reações do senhor de nossos destinos, assim que recebeu as cartas de Lisboa, lacradas oficialmente com o selo de Sua Majestade a rainha Maria, onde estavam as sentenças defintivas que se tornariam o fim de meus companheiros das Minas Gerais. O vice-rei abriu a carta que lhe era destinada, em que Lisboa dava as ordens de ação para o caso: junto dela havia dois imensos documentos lacrados, com o selo dos tribunais reais, que eram a sentença, e que imediatamente seguiriam para os tribunais do Rio de Janeiro, para que os juízes do caso tomassem conhecimento delas e as fizessem chegar ao conhecimento dos réus e de seus representantes, o quanto antes. Subitamente, a corte tinha pressa.

A face do vice-rei passou por inúmeras variações, enquanto lia a carta com suas instruções: seu rosto se iluminou e ensombreceu diversas vezes, à medida em que os parágrafos se sucediam, porque para os poderosos nada existe de pior que cumprir ordens de alguém mais poderoso que eles, principalmente quando essas ordens não são sua vontade pessoal, mas sim uma imposição vinda de cima. Ele também riu algumas vezes, durante a leitura, como se estivesse se divertindo muito com aquilo que os tribunais reais haviam decidido. Eu fiquei observando suas reações, tentando por meio delas perceber o que lá estava escrito, pois sem saber o que havia sido decidido, pouco poderia fazer para a salvação de meus companheiros.

O vice-rei terminou a leitura, olhou em volta da sala algumas vezes e disse:

– Enfim, a Coroa portuguesa toma a decisão sobre os infiéis que a tentaram fazer perder sua joia mais preciosa, a colônia das Minas Gerais! Serão todos tratados como manda a lei, duramente, implacavelmente, ainda que sempre nos reste a esperança na clemência de Sua Majestade... mas os verdadeiramente merecedores de castigo o receberão sem demora! Guardas! Acompanhai os mensageiros de Lisboa aos tribunais, para que tomem conhecimento da sentença proferida com o aval de Sua Majestade!

Os murmúrios na sala eram todos de concordância e aprovação: fâmulos e áulicos existem exatamente para isso, sustentar o poder de seus senhores pelo simples expediente de concordar com eles em todas as ocasiões possíveis. Eu, de minha parte, calado estava e calado fiquei, e quando a sala se esvaziou, indo cada um de nós para seu lado e para seus afazeres, achei um jeito de sair do palácio e andar pelo Largo do Carmo, olhando à minha esquerda a Ilha das Cobras, onde os prisioneiros já estavam todos, sem saber do destino que lhe era reservado. O que eu poderia fazer?

A justiça portuguesa era capaz de tudo, principalmente para impor ordem às suas colônias; eu precisava ir até a Fortaleza de São João, para avisar meus companheiros que sua sentença já estava decretada e que o desenlace não demoraria. Tive de esperar o fim do serviço, a preparação para a comida do dia seguinte, a lavagem e limpeza dos pratos e utensílios, e já era alta madrugada quando, fugindo de Mercêdes, saí para o largo, que estava quieto debaixo de um céu brutalmente estrelado.

Andei pelo molhe, meio que intuindo corpos que se contorciam nas trevas, e quando percebi estar na frente da chalupa do Cabrêa, chamei-o em voz sussurada, algumas vezes; a lâmpada de bordo aumentou seu brilho e a cabeça do chalupeiro apareceu por detrás do pano sujo que tampava a pequena cabine onde ele dormia. Quando me reconheceu, abriu um sorriso e disse:

– E então, cozinheiro? Precisa de mim? Olha que a hora é alta e as autoridades ficam profundamente preocupadas com quem anda nas ruas a essas horas...

– Cabrêa, meu meio irmão índio, preciso de teus serviços com muita urgência... tenho de ir até a Ilha das Cobras para salvar a vida de um amigo muito chegado...

Cabrêa esfregou os olhos, ergueu-se espreguiçando e me estendeu a mão:

– Mostra aí o indulto...

– Mas que indulto, homem?

– Ah, não tens um documento de indulto? Nada feito, sujeito: de noite ninguém se acerca da ilha, nem que for o vice-rei ele mesmo, e ainda mais sem um documento de indulto ou uma ordem superior...

Saltei dentro da chalupa e sacudi-o pelos ombros:

– Escuta, Cabrêa: acabei de ouvir no palácio que vão matar nossos amigos, e temos de avisá-los antes que isso aconteça...

Cabrêa se desvencilhou de mim e coçou a cabeça:

– Não sei a que "nossos" amigos te referes, ó mano, porque eu mesmo não conheço ninguém que lá esteja preso... Mas, se o que queres lá fazer render algum negócio de que sobre um pedacinho para mim, até me arrisco, dependendo do tamanho desse pedacinho... Aprende, mano, e isso vale até entre amigos, como nós: no Brasil tudo é pertmitido, a não ser que atrapalhe os negócios...

Mesmo preocupado como estava, não pude deixar de rir, ainda que amargamente; os hábitos da cidade em que eu estava fazia alguns dias já iam se tornando familiares para mim. Pesquei na bolsa algumas moedas e tilintei-as na direção de Cabrêa, que ficou acordadíssimo, e mais ainda quando eu lhe disse que de onde aquelas tinham vindo havia muitas mais por vir.

A chalupa lentamente deixou o molhe, dirigindo-se à massa escura da Ilha das Cobras, que mais pressentíamos que víamos, e que só se tornou verdadeira quando as pequenas luzes de suas guaritas ficaram próximas de nós. Cabrêa deu a mesma grande volta para leste, contornando a ilha, e quando chegamos a seu lado de trás, percebemos que lá havia vários barcos ancorados, alguns de velas abaixadas, a maioria sem nenhum sinal de vida a bordo. Pessoas andavam pelas pedras pontudas, e quando eu comecei a galgar o caminho estreito que levava às celas, passei por muitos que lá faziam eu já sabia bem o quê, uma boa parte deles vestidos com as fardas dos carcereiros, e pelo jeito as moitas do caminho a essa hora da noite sempre se transformavam em leitos de prazer. Eu me recordava da janela da cela do Alferes Xavier, e para lá me dirigi, chamando seu nome. Ele reconheceu minha voz e me saudou:

– Olá, cozinheiro; o que te traz aqui tão tarde?

– Alferes, meu Alferes, nem sei como te dizer isto: a sentença dos revoltosos já chegou de Lisboa, e não deve ser coisa boa, pelo jeito como falou o vice-rei. O que terão decidido os juízes portugueses?

O Tiradentes ficou em silêncio por um tempo, e depois falou:

– Quanto aos outros, não sei... mas eu com certeza devo sofrer toda a fúria da justiça lusa: em meu último depoimento, e olhe que depus 60 vezes, vendo que nada se atava nem desatava, assumi plena e total responsabilidade por tudo, para que isso se decidisse de uma vez e meus companheiros pudessem ter uma chance de livrar-se. Já faz quase dois anos, e aqui fiquei aguardando o resultado de minha ação. Se a sentença chegou, não tenho dúvidas de que vão executar-me; não pertenço ao grupo dos poderosos das Minas Gerais, não sou influente, não tenho nenhuma família importante que possa lutar por mim, minha fama nunca ultrapassou as fronteiras das Minas e no máximo de São Paulo, quem sabe, com benevolência, do Rio de Janeiro. Sou o homem típico das colônias de Portugal, cozinheiro, e para eles minha luta pela liberdade soa apenas como mágoa e ressentimento, porque eu nada alcancei em minha vida que não fosse por meu próprio esforço e sem dar atenção aos paramentos da glória cortesã...

– Mas, Alferes, por que fizeste isso? Por que ser réu confesso, se com isso decretas tua sentença de morte?

– E que outra coisa eu poderia fazer? Delatar e culpar a meus companheiros de revolta, como tantos dentre eles certamente fizeram? Ou espojar-me ao solo, chorando e pedindo a clemência da corte?

A palavra "clemência" me fez lembrar da frase do vice-rei, e eu disse ao Alferes:

– O vice-rei também falou nisso, Alferes: disse que ainda havia esperança na clemência de Sua Majestade... o que ele quis dizer com isso?

Novo silêncio, e a voz do Alferes saiu de dentro da cela profundamente aliviada, surpreendendo-me, porque eu não tinha pensado nesse fato:

– Se o vice-rei falou em clemência, deve haver um documento secreto de perdão, transformando a sentença de morte em degredo, como de hábito nas questões que envolvem a vida nas colônias... Mas ele será guardado até o final último, e seu uso ou esquecimento dependerá exclusivamente da vontade dos juízes ou do vice-rei.

 Claro! A decisão de clemência teria sido tomada na mesma data da promulgação da sentença, e os documentos teriam chegado juntos ao Brasil. Como eu não percebera isso, antes? O Alferes continuou:

 – Eu, que sei não merecê-la, não tenho nenhum motivo para rogar por ela; mas os outros, ah! Estes certamente pagarão um preço altíssimo para consegui-lo...

 – E que preço será esse, Alferes?

 – O mais alto de todos: sua dignidade... Eu não perderei a minha, como não a tenho perdido em nenhum momento de meu tempo nessa prisão. Fui tão bem tratado como alguém pode sê-lo em uma cadeia de Sua Majestade: imagina que me ofereceram navalhas e sabão para que me barbeasse, mas eu só fiz questão de manter a mínima higiene do banho. Minha barba tem a idade exata de minha entrada nessa fortaleza, e eu não pretendo perdê-la a não ser para ser executado, como de costume com os condenados à morte, a quem não deixam nem um fio de cabelo em todo o corpo. Até lá, ela é a lembrança perfeita de meu tempo sob o jugo de meus algozes...

 – Foste torturado em algum momento, Alferes?

 O Alferes riu:

 – Que maior tortura existe para os fracos que a ameaça da morte, cozinheiro? Já eu não a temo, e em nenhum momento ousaram ameaçar-me com mais do que a possibilidade de ter meus ossos esmagados quando ainda vivo, no patíbulo, na hora da execução. Mas isso fica em um de meus futuros possíveis, e portanto em nada me ameaça; eu aprendi a viver o momento presente em toda a sua plenitude, sem recordar do passado nem temer o futuro. Ninguém me tocou um dedo que fosse, cozinheiro; não creio que algum dentre eles tivesse essa coragem... Ainda mais que tratei as dores de dente de muitos deles, sempre em completo silêncio e sem receber nada por isso... Não lhes causei nenhuma dor insuportável... Por que desejariam fazer o mesmo comigo? O próprio carrasco de Sua Majestade, o negro Capitânea, a quem eu já conhecia, por ter-lhe uma vez implantado um dente que comprou de um seu vizinho, sabendo que eu estava aqui, veio ver-me, para que lhe extinguisse uma cárie. Fiz meu serviço com as ferramentas que me deixaram manter comigo, e ele me agradeceu muito, como da primeira vez. A vida sempre continua, cozinheiro, e nem mesmo a morte tem qualquer poder sobre ela, como um todo...

A proximidade entre um carrasco e sua vítima me fizeram arrepiar, como se estivesse tomado de febre. Era impressionante pensar que havia contato tão íntimo entre eles, e que um dia se encontrariam pela última vez no patíbulo, onde o carrasco extinguiria a vida do condenado. O Tiradentes o tinha livrado de uma ou duas dores, durante sua vida, e o Capitânea, por sua função, acabaria por inflingir-lhe a última e mais terrível delas.

— Alferes, se houvesse um jeito de salvar-te... Os maçons certamente o estão tentando...

O Alferes riu:

— Seria um embate momentoso, cozinheiro: o poder absoluto, tirânico e conservador contra a liberdade, igualdade e fraternidade dos pedreiros... Mas não creio nisso. Se o fizerem, serei tomado por grande surpresa, porque não vejo até agora nenhuma possibilidade de ser salvo, a não ser que Sua Mejstade ela mesma se recorde de nossa audiência e se apiede de mim... O que não creio seja possível... Não te apoquentes, cozinheiro; eu viverei e morrerei aquilo que me for destinado, sem sofrimento, porque sempre soube que havia consequências terríveis para meus atos. Vai em paz, cozinheiro...

Fiquei calado, mais uma vez. O Alferes também tinha ficado em silêncio, e a noite estrelada nos protegia a distância, enquanto vivíamos o momento que nos era disponibilizado por nossas próprias vidas, suspensos entre o instante anterior e o próximo. Eu nada mais tinha a dizer-lhe, e ele já estava em paz consigo mesmo. Era difícil deixá-lo a sós, sabendo que essa talvez fosse a última vez em que o veria, e eu não tinha mais nada a dizer-lhe, a não ser adeus, o que acabei não fazendo, minha voz embargada. Não tentei nem mesmo vê-lo, para que não desaparecesse a meus olhos, garantindo-me estar à beira da morte, como sempre acontecia por causa de meu amaldiçoado dom, como acontecera com Cláudio Manoel, sua mão sem substância visível apertando-me o pulso enquanto a lanterna se balançava como se pendurada por um fio invisível. Afastei-me devagar, deixando-o em sua cela, respeitando seus últimos momentos de vida. Desci para a água, onde Cabrêa me esperava; zarpamos em silêncio e com a ajuda de um remo poderoso, que logo nos colocou ao largo da ilha, em direção ao molhe. Quando chegamos ao cais, tudo estava como dantes no Largo do Carmo: calma, silêncio e escuridão, como de costume nessa cidade em que tudo se ocultava sob uma aparência fingida de paz e quietude, mas era sempre tempestade subterrânea, pelo que eu podia perceber.

Eu nada realizara: o Alferes Joaquim José da Silva Xavier estava à beira da morte, e por minha experiência, morreria no máximo em 24 horas, sem que eu tivesse qualquer poder para mudar essa verdade irrecusável. E eu fugira da ilha não por medo dos guardas, mas simplesmente por medo da verdade que me fora esfregada na cara: o Alferes também ia morrer, e eu nada poderia fazer quanto a isso.

No palácio do vice-rei, o responsável último por essa morte, ocultei-me em meu leito, e na manhã seguinte, sem querer passar por mau pagador, fui até Cabrêa, que ao me ver, me disse:

– Desde ontem os guardas da fortaleza proibiram o trajeto e a abordagem de barcos pelo lado do mar, atrapalhando a vida de tantos... Isso, claro, não durará muito... só até que o acontecimento seja esquecido, e logo as coisas voltarão a ser como dantes...

– Cabrêa, não fiz nada do que pretendia fazer... mas vim aqui pagar-te o frete...

Cabrêa fez um sinal com a mão, dispensando as moedas:

– Mano, se tivesses tido sucesso, eu até te cobraria, mas sendo as coisas do jeito que foram, fico sem jeito de pôr preço no serviço... façamos assim: tu ficas me devendo e um dia acertamos, fechado?

Um aperto de mão selou nosso trato e reforçou nossa amizade. Cabrêa, retecendo uma corda bastante velha, seguiu falando:

– Da próxima vez, buscaremos toda a aparência da coisa oficial, para que entres na prisão e executes tua missão com o máximo de facilidade... Existe aqui no Rio um falsificador, por alcunha Belo Senhor, que consegue forjar qualquer documento que seja necessário. Uma vez traçou uma ordem de soltura tão bem feita que dom Fernando José de Portugal quase se convenceu de tê-la escrito ele mesmo, de próprio punho... vive sendo preso, quando denunciado, mas assim que é solto por falta de provas, é mandado para Salvador até que esqueçam do caso, e volta a praticar sua arte tanto lá quanto aqui. Alguém muito importante certamente o protege, pois nessa cidade não há quem não precise de seus serviços, e ele continua sendo útil a muitos, senão a todos. Quando quiseres entrar na cadeia e dela sair sem problemas, avisa-me: eu te levo ao escritório do Belo Senhor e ele se encarrega de dar-te aquilo de que precisas, fechado?

Nada mais me chocava: nessa cidade tudo era possível, e o contubérnio entre o poder da lei e os que se colocavam à margem dela era vergonhosamente explícito, de tal forma que os poucos que pretendessem agir dentro dos limites legais sempre se encontrariam dominados e vencidos pelos que, agindo ao arrepio de tudo que era bom e correto, impunham sua vontade pessoal, com o beneplácito dos venais defensores da legalidade. Era melhor que eu me mantivesse o mais afastado possível desse tipo de coisa, porque minha natureza não se sentia apta a mergulhar nos desvãos do crime, e quando tive de fazê-lo, algum tempo mais tarde, mesmo com a boa motivação que me levou a isso, ainda não sei se não seria melhor que agisse corretamente, aceitando os resultados dessa correção estoicamente, quaisquer que fossem eles.

Na noite seguinte houve grande movimento de barcos e chalupas no molhe à frente do palácio, e a grande barca oficial, engalanada com inúmeras lanternas, recebeu uma tropa inteira de soldados portugueses, armados até os dentes, que se perfilaram no convés enquanto a embarcação se dirigia para a Ilha das Cobras. Fiquei esperando sua volta, e quando ela foi chegando ao molhe, todos pudemos ver os prisioneiros da fortaleza algemados e acorrentados uns aos outros, cercados pelos guardas de cara fechada. Alguns dos pobres homens manietados, quase todos meus conhecidos, choravam convulsivamente, pois nenhum deles conhecia seu destino, mas todos pressentiam que dali nada sairia de bom. Era o poder real mostrando suas garras afiadas, levando-os para a cadeia pública em passo arrastado, exibindo-os ao povo que estava no largo, que atravessaram em direção ao prédio da cadeia, sendo seguidos durante algum tempo pelo povo, que logo se desinteressou do fato e preferiu voltar a seus afazeres, sem entender que ali se desenrolava um drama de proporções gigantescas. Em um balcão do palácio, o vice-rei observou a passagem dos prisioneiros sem mover um músculo sequer, transformado em estátua de si mesmo, até que sumiram no fundo do largo, seguindo pela Rua Direita, quando bateu firmemente com a mão espalmada na balaustrada de seu balcão, como que marcando o fim de uma tarefa, e retirou-se para seus aposentos.

No grupo dos prisioneiros eu só não vira Tomás Antônio Gonzaga, e temi por sua vida: a desaparição de preso tão importante nesse desfile, que era mais uma demonstração de força por parte do vice-rei, me causou preocupações. Teria ele sido "suicidado" como Cláudio Manoel da Costa? Eu precisava saber; talvez não tivesse observado a presença de Gonzaga, e me estivesse enganando. Segui-os junto com alguns outros curiosos, pela Rua Direita, mas parei quando vi na porta de uma taberna escura um negro alto e forte, que se pôs a chorar desesperadamente ao ver passar o Alferes, manietado. O negro entrou na taberna e, jogando várias moedas sobre o balcão de madeira sebosa, gritou:

– Tenho de beber até cair!!!! Não quero nem lembrar meu nome!

Ao que o taberneiro lhe disse:

– Se estás desgostoso da vida, Capitânea, melhor que tomasses veneno... Amanhã terás muito trabalho, pois dessa vez enforcarás por atacado!

Era o carrasco do vice-rei, o negro Capitânea, que se oferecera para ser o executor das sentenças de morte em troca da própria vida, e que conhecia o Tiradentes, pelo jeito muito mais do que gostaria. Fiquei em dúvida se parava por ali para vê-lo embebedar-se, e quem sabe conseguir algo de importante do meio de sua embriaguez, ou se seguia o terrível cortejo de prisioneiros até a cadeia pública da Rua Direita, que era para onde se levava os condenados à morte, para leitura da sentença e últimos preparativos para a execução da mesma. O taberneiro pôs-lhe à frente uma garrafa de barro e um púcaro, que o Capitânea desprezou: colocando a boca no gargalo da garrafa, bebeu até que o líquido de cheiro forte lhe escorresse pelos cantos da boca, e gritou para o taberneiro:

– Mais uma!

Estava certamente tomado por grande emoção, o carrasco, e eu, envergonhado, saí da taberna, onde tinha parado a meio corpo, para não vê-lo ser objeto de riso dos outros frequentadores. Quando cheguei de volta à rua, o cortejo de prisioneiros já ia longe, e não me adiantava mais segui-los pois, por mais que corresse, não conseguiria alcançá-los antes que entrassem na cadeia pública. Por isso voltei sobre meus passos, dirigindo-me de volta ao palácio do vice-rei, onde me esconderia, até de Mercêdes, porque não me restava nenhuma vontade de ter prazer, na situação em que me encontrava. Eu só desejava desaparecer, e, como o Capitânea, também não queria nem mesmo recordar meu nome.

Pois foi exatamente meu nome que ouvi, saído da boca de um de três homens que vinham na direção contrária, com passo apressado, envoltos em capas espanholas e com grandes chapéus desabados sobre o rosto. O que me chamara correu em minha direção, pegando-me pelos ombros e dizendo:

– Pedro, sou eu! Francisco de Aviz!

Ali estava meu mestre querido, a face novamente barbeada, vestido como médico, acompanhado de dois homens também bem vestidos, ambos com a gola branca que era de uso dos advogados, e meu mestre, depois de abraçar-me, os apresentou a mim:

– São os Irmãos Oliveira Fagundes e o poeta Cruz e Silva; Fagundes é o defensor de nossos amigos, o poeta é um dos juízes da

devassa, e vão fazer-me entrar na cadeia como seu escriturário, para que eu ouça a sentença... Precisamos fazer de tudo para salvar nossos Irmãos acusados!
— Nada mais importante que isso! — o poeta e juiz era muito veemente.
— Salvaremos os Irmãos como prova do poder da Maçonaria!
— O que precisávamos agora era encontrar seu carrasco, para que vejamos o que pode ser feito, se nada mais der certo...
A mão da Providência Divina dava outro sinal de sua existência: eu não apenas, por acaso absoluto, encontrava meu mestre e seus Irmãos de Ordem, como era exatamente aquele que podia ajudá-los:
— Pois está a dois passos dessa esquina, meu mestre, ali naquela taberna da Rua Direita, bebendo até cair...
Francisco de Aviz ergueu seus olhos para o céu:
— Bendito sejas Tu, Eterno, Rei do Universo... Vamos, Pedro! Leva-nos até ele! Encontrar-te foi uma bênção, mas maior ainda é a bênção de encontrarmos por teu intermédio aquele a quem estamos procurando desde essa manhã!
Enquanto nos dirigíamos para a taberna, meu mestre me disse:
— Pedro, tive de deixar a pedreira e vir até aqui, seguindo os desígnios da Maçonaria: a Ordem conta comigo para tentar salvar nossos Irmãos, e eu devo fazer minha parte. O que me cabe, farei; o que cabe a outros, espero que também o façam. Quanto a ti, foi o Rei do Universo que me fez mandar-te para essa cidade: se aqui não estivesses nesse exato momento, talvez nunca encontrássemos esse pobre carrasco a quem estávamos buscando... Sentemo-nos aqui, enquanto meus dois Irmãos juristas conversam com ele, tentando passar por cima dos eflúvios do álcool...
Ficamos em outra mesa da taberna, enquanto os dois Irmãos tentavam conversar com o Capitânea, sendo eles e nós muito mal atendidos pelo taberneiro, o que não era privilégio nosso; parecia que os fregueses o incomodavam, e se pudesse os jogaria a todos para fora de seu estabelecimento. Mestre Francisco notou isso:
— Vês? Ele não faz a menor ideia de que o dinheiro que ganha vem desses fregueses a quem trata tão mal... E se um dia os fregueses o abandonarem, não vai entender por que subitamente ficou sem dinheiro, acusando a sorte ou o destino pela vida que estará levando...
— Pois em meu restaurante, quando eu o abrir, mestre, será tudo a favor da freguesia: são eles que me sustentarão, portanto...
— Um homem precisa aprender a pensar, falar e agir em uma mesma linha reta e sem desvios, Pedro; homens que pensam uma coisa,

falam outra e agem de uma terceira forma, que nada tem a ver com as duas primeiras, são escravos de suas paixões e vontades, sem nenhuma ascendência sobre elas... Não ter domínio sobre as próprias paixões, como faz o taberneiro, ou vícios, como faz o carrasco que ali vemos, os torna escravos daquilo que têm de pior, pois em vez de preencher a própria alma com alegria, deixam que a tristeza a tome por inteiro, e daí em diante sua vida será feita de ódio, incompreensão, intolerância e desespero.

Os dois Irmãos da lei subitamente se ergueram da mesa e, tomando cada um deles o gigante negro por um dos braços, levantaram-no, dirigindo-se à saída; meu mestre, vendo isso, ergueu-se também e, jogando moedas sobre o balcão, gritou:

– As despesas estão pagas, taberneiro, e vai também um agrado pelo belo serviço que nos prestaste...

Meu mestre disse isso com sinceridade, mas naquele ambiente de discórdia a frase soou extremamente irônica, e os fregueses restantes riram do taberneiro, enquanto saíamos. Do lado de fora, Cruz e Silva disse:

– Por obséquio, deixem-nos resolver o que devemos; quanto menos vós souberdes sobre nossos planos e ações, mais seguros todos estaremos. Até mais ver, Irmão de Aviz! Até mais, rapaz... E que o Grande Arquiteto do Universo nos livre e guarde a todos!

Os dois Irmãos da Ordem seguiram pela Rua Direita, enquanto meu mestre e eu os ficamos vendo sumir na escuridão, quebrada aqui e ali por uma lanterna ou candeeiro de luz muito fraca. Meu mestre disse:

– Pedro, não preciso pedir-te silêncio sobre tudo quanto aqui se passou, não é verdade? Se conseguirmos salvar nossos irmãos, o segredo terá sido fundamental, para que o poder de Portugal não se sinta outra vez ameaçado pela Maçonaria... Queres encontrar-te comigo amanhã, na frente da cadeia pública? Veste-te de maneira discreta e limpa: se me for possível, far-te-ei também entrar nela, para acompanhar-me nesse transe...

Concordei, e me despedi dele; mas na manhã seguinte, infelizmente, não deu para cumprir o combinado, porque a cozinheira chefe se viu às voltas com o inusitado pedido do vice-rei de que ela lhe preparasse um peixe à holandesa, coisa que ela nunca tinha feito. A cozinha estava em polvorosa, com todos aos gritos, tentando decifrar o pedido do senhor da casa, que se não fosse satisfeito, muitos problemas traria. Vendo-a quase desesperada para cumprir a ordem do vice-rei, e sem poder sair do palácio, corri até minha cafua e, procurando no *Don des*

Comus, encontrei a receita completa do peixe à holandesa, que decorei, indo de volta para a cozinha, como quem nada quer. Aproximando-me dela, disse-lhe baixinho:

– Senhora dona cozinheira, creio que posso ajudar; se bem me lembro, já preparei um peixe desses para meus patrões nas Minas Gerais, e posso dizer-te como se faz... A senhora gostaria disso?

A cozinheira gostou do que eu lhe disse, principalmente porque eu o fiz em segredo; a única coisa pior que não fazer o peixe à holandesa seria não saber como fazê-lo, o que, para uma cozinheira de seu porte, era vergonha e das maiores. Comecei dizendo-lhe em voz baixa o que devia fazer com o peixe, e ela repetiu alto o que eu lhe dissera, como se estivesse dando as ordens a que todos deveriam obedecer, e daí em diante foi assim que ela preparou o peixe à holandesa que eu lhe ensinei, sem revelar a ninguém minha participação no caso:

– Ó Mercêdes, escama bem esse peixe aí, coloca-lhe sal por dentro e por fora e deixa que descanse um pouco, enquanto buscamos um alguidar fundo onde caiba sem dobrar. Ó rapariga, tu aí, enche esse alguidar com metade de água fria e metade de leite...Ó Mercêdes, amarra esse peixe para que não se desmanche, e coloca-o de molho na água com leite... Quem me traz a panela comprida de cozinhar peixe? É essa mesmo... Coloca-a sobre o fogo, ó rapaz, e podes pôr-lhe dentro o peixe, deixando antes que escorra a água de leite onde ele descansou... Agora que já está dentro da panela, enche-a de água fria até a metade do peixe, ó Mercêdes... E depois completa com leite até que o peixe fique todo coberto... Cozinhem-me batatas, por Deus, que elas servirão para cercá-lo! Alguém me separe raminhos de salsa fresca, imediatamente, para colocá-los entre as batatas cortadas às metades! E tu, rapaz das Minas, que pareces tão interessado no prato, ficarás com a responsabilidade do molho holandês: derrete manteiga fresca em banho-maria, e quando estiver com a aparência de molho, ajunta-lhe pimenta moída... e sal... e noz-moscada... e sumo de um limão! E bate bem com esse batedor de ovos, para que fique aerado e leve... e pronto! Aí está o maldito peixe holandês que o vice-rei vai comer; basta jogar o molho por cima, misturando com as batatas e mandá-lo para dentro do bucho... E que lhe saiba bem... E se não gostar, que viaje até as Holandas para ver se por lá encontra melhor!!!!!

Durante a execução do prato, que levou mais ou menos uma hora, eu me esqueci completamente do encontro que deveria ter tido, totalmente concentrado em minha tarefa, e quando a Sé do Carmo tocou o meio-dia, dei um salto de susto: a essas alturas, a sentença dos prisioneiros já devia ter sido lida... Logo que pude, saí da cozinha e, seguindo pela Rua Direita, fui andando até onde já havia ajuntamentos de gente: a cadeia pública costumava aglomerar pessoas em momentos como esse, porque a curiosidade popular pela desgraça alheia sempre foi uma das marcas dessa cidade. O público na porta da cadeia estava agitado e barulhento, e quando cheguei; peguei pedaços de conversa: "serão todos enforcados", "só livraram o pescoço dos padrecos", "o Rei é cruel mas é justo", "amanhã teremos função na Polé", "há de ser uma festa, com tantos enforcados de uma só vez".

A morte se aproximava velozmente dos revoltosos da Vila Rica; até mesmo os que haviam sido instrumentos adicionais e sem qualquer responsabilidade na conspirata tinham sido perpetuamente degredados para as colônias na África, para que nunca mais retornassem ao Brasil. El-Rei havia exterminado a ideia de liberdade, e o Brasil, se dependesse dele, nunca deixaria de ser aquilo que já era: colônia.

De repente, de dentro da cadeia pública, um grito de alegria e alívio, que ninguém do lado de fora entendeu, até que um homem chegou até a sacada da Câmara, no segundo andar do prédio, e gritou:

– El-Rei perdoou! Estão todos livres da forca, menos um! Todos perdoados, menos um!

O povo no Largo comemorou o perdão com vivas a El-Rei, como se isso não tivesse sido planejado com extrema antecedência: a impressão de acontecimento inesperado que se dava era cuidadosamente executada pelos oficiais da justiça régia, segundo os desejos de Sua Majestade. A multidão se regozijava, mas eu só pensava naquele único homem que não tivera perdão. Certamente seria o Tiradentes, que não tivera medo de assumir sua responsabilidade pelos fatos processados, e se encarregara de livrar a todos os seus companheiros, à custa de sua própria vida, depois de 60 depoimentos em que mantivera sempre a mesma versão honesta e sem acusações.

Pela porta lateral da cadeia pública, vi sair meu mestre Francisco de Aviz, usando a gola branca de advogado, o semblante carregado, os olhos vermelhos. Ele estivera na leitura da sentença, e ao me ver, apressou o passo e me abraçou, escondendo a face em meu ombro, até que a violenta emoção de que estava tomado se tornasse mais suportável:

– Foi como temíamos, Pedro: depois de uma noite interminável de terror e ansiedade para os acusados, na escuridão da cadeia pública, percebendo a vida do lado de fora, os juízes entraram na sala e leram a sentença, na qual todos seriam enforcados e esquartejados para exibição pública. Os gritos de pânico, os pedidos de perdão, as manifestações de desespero, as acusações mútuas cruzaram o ar da sala da cadeia. Alguns dentre eles ficaram paralisados, como se não acreditassem que a sentença lhes fosse destinada.

– E Gonzaga, meu mestre? Também estava lá?

– Foi o único a quem pouparam da noite de terror: ficou na Ilha das Cobras, aguardando a sentença sem se deslocar, por ter pai desembargador em Lisboa...

– Mas e esse perdão que o oficial anunciou da balaustrada? Como foi?

– Foi exatamente como temíamos que fosse: no meio do desespero dos condenados, o juiz puxou de dentro de sua pasta de cabedal um outro documento tão alentado quanto o primeiro, e passou a lê-lo, como se o tivesse recebido naquele instante... Era o perdão real... a alegria dos acusados foi imensa, e soltaram todos juntos um enorme grito de alívio, que ressoou em toda a cadeia...

– E quem não foi perdoado, meu mestre? Quem?

Francisco de Aviz me fitou, os olhos novamente se marejando:

– O Alferes...

Minha esperança, que era pouca, se destroçou; o Alferes sabia que assim seria. Meu mestre prosseguiu:

– Foi o único que não foi perdoado, mas também o único a quem nem a sentença nem o perdão mobilizaram: passou a noite inteira acalmando os ânimos de seus companheiros de infortúnio, e chegou a admoestar Maciel, que gritou estar abjurando da Maçonaria e se entregando nas mãos salvadoras de Cristo, para não ser enforcado... Como se isso pudesse salvá-lo mais que a decisão antecipada d'El-Rei... Quando a sentença foi lida, manteve-se ainda calmo e lúcido, enquanto os outros reagiam irracionalmente, das mais diversas formas... Mas quando o perdão foi subitamente lido, também permaneceu calmo e sério, chegando a parabenizar seus companheiros, que sequer notaram que ele não tinha recebido o perdão e que seria executado... Nessa hora, cada um cuida de si, e vários se ajoelharam ao solo, agradecendo a Deus por ter feito, faz mais de dois meses, com que El-Rei decidisse perdoá-los... O Alferes ficou ao lado das comemorações, e muitos o abraçaram, sem perceber que estavam abraçando a um morto...

Meus olhos também se encheram de lágrimas:

– Meu mestre, ele sabia o tempo todo que era isso que se daria... Ele mesmo me disse, quando o vi pela última vez; não tendo nada acima de seu próprio verdadeiro valor pessoal, certamente seria aquele sobre quem a força da lei cairia... E agora?

— Não tive notícias nem de Cruz e Silva, que não compareceu à leitura, nem de Fagundes, que lá estava, como advogado dos réus, mas nada me disse. Como agora todos os olhos da lei se voltam para o Alferes, dificilmente poderemos tentar qualquer forma de salvá-lo, mesmo que seja ilegal... mas não perca a esperança, Pedro: ela é verdadeiramente a última que morre.

— A coragem me falta, meu mestre; não creio que poderei assistir ao enforcamento desse homem... quando ele se aproximar de mim, e seu corpo e forma lentamente desaparecerem de minha vista, já estará morto, ainda que caminhando. Eu não vou suportar; tudo o que desejo é livrar-me desse dom maldito, que em nada me enriquece mas em tudo me desagrada... Por que tem de ser assim, meu mestre?

— É preciso que o vejamos sofrer a tortura final, Pedro, e tu pelo menos não a enxergarás em toda a sua crueza, graças a esse dom de que te queres livrar. Mas é preciso que enfrentes o momento: a realidade tem formas muito claras de livrar-nos da tristeza, e uma delas é exatamente ser enfrentada, porque os delírios da fantasia são sempre muito piores que a realidade ela mesma. Eu te recomendo que uses a pouca coragem que tens e enfrentes o suplício do Alferes; vais ver como é muito menos terrível do que aquilo que te passa na alma, quando pensas em enforcamento. Nada supera a imaginação humana, quando ela se torna faculdade, em vez de qualidade; nossas dores, assim como nossas alegrias, devem tudo à nossa imaginação, e imaginar o mal o torna mais terrível do que ele realmente é, assim como nenhum prazer é tão poderoso quanto aquele que vivemos em nossa mente... Acostuma-te, Pedro; enfrentar essa realidade será teu dever para contigo mesmo. E agora, adeus; assim que o enforcamento se der, volto para Santa Rita, porque nossa missão aqui já está realizada, e eu vou na frente para acompanhar os pedaços esquartejados do Alferes em seu caminho final pelos lugares onde ele viveu e agiu... Quem sabe não seja eu que lhe darei a última sepultura, reajuntando seus pedaços de forma a que seu corpo esteja novamente inteiro e em paz?

Meu mestre e eu nos abraçamos, sem saber se algum dia nos veríamos novamente; eu não pretendia voltar às Minas Gerais, onde não fora nem um pouco feliz; meu talento de cozinheiro seria novamente empenhado na alimentação dos mais simples entre os mais simples de meus conterrâneos. Eu retornaria à tropa, quem sabe para conhecer outras terras, outros lugares, outros brasis: meu caldeirãozinho voltaria a ser fonte de alimento, produzindo feijão saboroso como se fosse a cornucópia da Cocanha, esse país de sonhos onde as fontes vertem leite e vinho, as frutas caem das árvores direto nas bocas de quem debaixo delas se deita, e os leitões, já assados, correm pelas ruas gritando "vem me comer!".

Não disse a ninguém, no palácio do vice-rei, que estava de partida; minha matula era tão pequena que não dava sinais de ser bagagem. Mercêdes pressentiu alguma mudança em mim, porque insistiu em dormir comigo nessa noite, e seu perfume meio negro e meio índio me acalentou enquanto eu tentava controlar meus temores e aguardava o nascer do sol, esperando ser homem o suficiente para assistir ao enforcamento do Alferes. Ao romper do dia, ergui-me, sabendo que a essa altura o Alferes já teria sido acordado, já teria sido completamente raspado e barbeado, e que seu corpo glabro como o de um recém-nascido já vestia a alva camisa branca feita com 11 varas de pano simples, que o carrasco lhe entregaria depois de pedir-lhe o perdão e dele receber, segundo a tradição, a moeda de cobre como pagamento pelo terrível favor que lhe prestaria. Fiquei imaginando em que estado estaria o Capitânea, que na noite anterior se embebedara, tentando esquecer-se de que seria o algoz de quem lhe livrara da dor; eu, no lugar dele, estaria morto de remorso.

Não tive como escapar: as cogitações de meu mestre Francisco de Aviz me tomavam por inteiro, e eu realmente não poderia nem deveria fugir da realidade, por mais terrível que ela fosse ou por mais forte que sentisse o desejo de fugir. O fato dessa morte seria estabelecido por meu testemunho, mais do que pelas histórias que dela contassem nos anos que se seguissem. Como diria Francisco de Aviz, os fatos são os argumentos do Rei do Universo, e é sempre bom recebê-los como são, sem pervertê-los nem entendê-los mal. Era meu dever assistir e tentar compreender o que via.

Quando cheguei na porta da cadeia pública, carregando minha matula, sem ter me despedido de ninguém, o cortejo da punição já estava na rua, seguindo em direção ao Largo da Lampadosa, também chamado de Largo da Polé. Iam atravessando as ruas, seguidos por uma multidão de curiosos de todos os tipos: as janelas e as sacadas estavam enfeitadas com colchas e mantilhas das mais diversas cores, transformando aquilo em um dia de festa, porque o vice-rei havia ordenado que se comemorasse com alegria a execução de um traidor de Lisboa. As pessoas reagiam de todas as formas possíveis à passagem do condenado, completamente raspado, vestindo a longa camisa de 11 varas com capuz, as mãos que seguravam um crucifixo de madeira amarradas por uma grossa corda, cuja ponta o negro Capitânea ia puxando, caminhando à sua frente. Havia reações dos mais diversos tipos: risos de alegria e de mofa, irritação, tristeza, piadas sem sentido jogadas ao ar, choro e ranger de dentes, e até quem se ajoelhasse à passagem do condenado, tocando-lhe a bainha da alva como se ela fosse o manto de algum santo. Um oficial de justiça vestido de negro, usando a gravata branca que o povo chamava de "bacalhau", ia logo atrás do Alferes lendo a sentença em voz monótona e gritada, mas cheia de rancor, acentuando a ofensa do que ali se passava. Os soldados em traje de gala cercavam o Alferes, e logo atrás do batalhão iam alguns irmãos da opa, pedindo esmolas para suas irmandades, que mandariam rezar missas pela alma do condenado.

Com um choque, subitamente, percebi que estava vendo o Alferes: meu dom, que se manifestava exatamente em momentos como esse, não estava ativo, sem que eu soubesse o porquê disso. Exatamente nessa morte que me era tão importante o maldito dom não funcionava; eu enxergava o Alferes em toda a sua materialidade, e ele nem mesmo ficava embaçado aos meus olhos. Esfreguei-os com força, e olhei de novo: o Alferes continuava lá, andando lentamente pelas ruas, sendo apupado e aplaudido, ouvindo o que lhe dizia o frade que caminhava a seu lado. O Alferes estava ali, e eu o via, como nunca acontecera antes: ia morrer, e não desaparecia a meus olhos. Deus, em sua infinita bondade, me tinha livrado de meu maldito dom, e eu finalmente estava livre do que me era profundamente negativo; podia de agora em diante viver como um ser humano comum, sem antecipar a morte de ninguém, sem me preocupar por não poder salvar a vida de quem já estava marcado para morrer, como até esse dia acontecera. Eu me tornara um homem como todos os outros, sem ter nada que eles não tivessem, e como eles sabendo da existência da morte, mas sem nenhum acesso à sua verdade ou sua hora.

O cortejo chegou à frente da Igreja da Lampadosa, e o Alferes estacou; o padre que o acompanhava se debruçou para ouvi-lo, e os dois, lado a lado, entraram na igreja, seguidos de perto pelos soldados. Capitânea não largava a corda que atava as mãos do Alferes, levando-o atrás de si como se fosse um guia de cego, e quando o Alferes se ajoelhou na frente do altar, de cabeça baixa, orando, e recebendo a bênção do padre, ficou ao lado, também de cabeça baixa, sem nada dizer.

Quando saíram, o Largo da Polé, logo ao lado da igreja, estava apinhado de gente, menos em um grande círculo que uma guarda de soldados mantinha aberto, tendo o cadafalso em seu centro. A escada que levava a ele tinha pelo menos 20 degraus de altura, e quando o Capitânea os subiu, puxando o Alferes, o Tiradentes foi surgindo sobre as cabeças da multidão como um sol que nasce, revelando-se a todos vagarosamente. Eu também o via, e minha esperança de estar definitivamente livre de meu maldito dom se transformava em certeza. Deus queria que eu enxergasse com todos os detalhes a morte do Tiradentes, para dela dar notícias aos que viessem depois de mim, e para isso me livrara do talento inato e sem sentido ou utilidade com que me dotara, ao me pôr no mundo.

O Capitânea começou a preparar o condenado, que só pedia que ele fosse rápido, sem um pingo de sangue no rosto; passou-lhe a corda de nó muito elaborado pelo pescoço, arrumando-a na parte de trás por dentro da alva, e colocando o capuz por sobre ela, de forma que só víamos a parte da frente da laçada debaixo do queixo do Alferes, e o nó de 12 voltas saindo por trás de sua veste.

O Capitânea, em voz baixa, pediu-lhe perdão pelo que ia fazer, como de costume, e o Alferes, abraçando-o, disse:

– Oh, meu amigo, deixa-me beijar-te as mãos e os pés...

Sem hesitar, o Alferes ajoelhou-se e beijou as mãos e os pés de seu carrasco, que ficou hirto, como que paralisado. Nessa hora o frade do Convento de Santo Antônio, que os seguia como confessor, subiu ao cadafalso para pregar:

– Se é a curiosidade que aqui vos conduz, retirai-vos! Somos pó e ao pó retornaremos! Implorai a Deus a piedade divina para vós, assim como para esse pobre condenado, cuja alma devemos salvar com orações e rezas. Oremos o credo, meus filhos!

Assim que o confessor e o Alferes começaram a rezar o credo, acompanhados pela multidão, a um sinal do oficial da tropa, o corneteiro e os tamborileiros deram um toque triplo, e a tropa, sem perder sua ordem, colocou-se em forma de triângulo, cercando a forca por três lados, todos encarando o condenado, que já estava por sobre o alçapão por onde seu corpo cairia. O Alferes, ao ver esse movimento da tropa, teve um momento de emoção muito forte, correndo os olhos pela multidão; quando me viu, deu um meio sorriso, e exatamente nesse momento o Capitânea, abrindo o alçapão a seus pés, fê-lo cair por ele, ao som do grito gutural da multidão. Não satisfeito com isso, o Capitânea pulou-lhe nas costas, retesando a corda, e os dois desapareceram pelo buraco, enquanto a corda vibrava sem cessar, até que parou, e o Capitânea surgiu pelo buraco, persignando-se e dizendo ao confessor:

– Está feito.

Os tambores e cornetas soaram, o padre se persignou, sendo imitado por grande parte da multidão, dizendo-lhes logo após:

– "Nem por pensamento detraias teu rei, porque as mesmas aves levarão tua voz e publicarão teus juízos"... Eclesiastes, capítulo 10, versículo 20!

O comandante da tropa, subindo rapidamente os degraus do cadafalso, leu para o povo, com forte sotaque de Lisboa, o discurso que tinha preparado para esse momento:

– Amados camaradas, magnatas e povo desses estados: lembrando-nos quanto é notório a todos o amor e maternal cuidado de nossa augusta, pia e fidelíssima soberana, em ter perdoado aqueles ímpios, inobedientes e indignos rebeldes aos deveres de súditos portugueses, foi tal sua benevolência que resolveu fossem todos isentos da pena última, exceto pelo malvado cabeça da rebelião intentada. Por essa graça especial, e nunca pensada a todos como fiéis vassalos de uma tão amável rainha, devemos influir em nossos corações e gravar em nossos ânimos o reconhecimento de sua imensa bondade para que, respeitando-a e amando-a, como filhos lhes demos aqueles vivas que merece, guardando-lhe perpétua fidelidade.

Pôs a mão na aba do chapéu e a tropa, perfilando-se, gritou a uma só voz:

– Viva! Viva! Viva!

Nesse momento, o Capitânea desceu os degraus do patíbulo e, entrando por debaixo dele, de lá retirou o corpo do Alferes, sua veste branca suja de poeira e lama, a face de olhos arregalados muito mais escura do que era quando em vida, decerto por causa do sangue que ali ficara retido com o enforcamento. A multidão reagiu a essa visão, mas o Capitânea logo lhe jogou o capuz da alva por sobre a face. Uma carroça da tropa aproximou-se do local: sem pedir ajuda a ninguém, o Capitânea jogou o corpo sobre a palha de sua traseira, cobrindo-o com um cobertor sujo que lá estava para esse fim; a carroça se dirigiu para a Casa do Trem, no Arsenal, onde o corpo seria esquartejado, e seus pedaços enviados para os lugares onde o Alferes houvesse feito seu triste comércio, vendendo revolta e sedição a quem deveria obedecer.

Eu a tudo assisti, as lágrimas me correndo dos olhos sem cessar: era a primeira morte que via em toda a sua plenitude desde que recebera o dom, e estava cheia da crueldade que leva homens a matar outros homens, escudando sua covardia na lei e transformando sua pátria no assassino que não têm coragem de ser pessoalmente. Eu estava tomado por fortes e contraditórias emoções: ao mesmo tempo em que chorava a morte do Alferes, cujo único crime tinha sido desejar a liberdade para todos, regozijava-me por ter finalmente ficado livre do maldito dom que tanto me incomodava. A morte do Alferes, sendo a primeira que eu via sem que o morto desaparecesse à frente de meus olhos, seria certamente a primeira de muitas a que eu assistiria como um homem comum, sem nenhuma particularidade ou dom especial a marcar-me a experiência. A carroça foi lentamente se afastando na direção do Arsenal, e eu, caminhando pela beira d'água, dirigi-me ao Cais dos Mineiros, de onde parti para reiniciar minha vida em mais uma temporada como madrinheiro de tropa, reduzido à simples tarefa de alimentar quem precisava ser alimentado, enquanto em minha mente o templo perfeito de meu restaurante sonhado ganhava muitos outros detalhes, tornando-se mais que perfeito, restando-me apenas erguê-lo com ingredientes materiais, assim que chegasse a hora. Era um templo tão belo quanto o que o Tiradentes erguera dentro de si para a liberdade, e eu só desejava que o meu me fosse mais benfazejo e agradável que o dele lhe tinha sido.

1792-1799
Na Cidade do Salvador

Capítulo XIV

Reduzi-me à expressão mais simples que pude, tentando apagar-me da face da terra, pela primeira vez na vida, sendo um homem rigorosamente comum. Não estava na tropa por nenhum acaso, como antes, mas dessa vez por minha própria vontade, tendo me oferecido a vários tropeiros mestres no Porto da Estrela, até que um deles se interessasse por minha experiência e meu jeito de ser: chamava-se Antônio da Guerra Brandão, era de Catas Altas do Sincorá, e viajava entre o Rio de Janeiro, Minas e Bahia, sem estadias prolongadas em nenhum desses lugares, transportando o que desse e aparecesse. Sua casa era a estrada, como ele mesmo dizia, e não se sentia bem em nenhum lugar onde pusessem um teto sobre sua cabeça ou um chão de tábuas sob seus pés. Ficamos em boas relações quase imediatamente, pois ele também era um desses tipos misturados de que o Brasil ia se fazendo, com características de todos os povos que nos formaram desde que fomos invadidos pelos portugueses que se dizem nossos "descobridores". Sua característica principal, contudo, era a alegria: não se aporrinhava com nada, e passava por todas as alternativas e acontecimentos com o mesmo sorrisinho leve de sempre, escanchado sobre sua mula ruça, os pés com as solas para a frente, na ponta das pernas esticadas, pitando intermináveis cigarros enrolados em palha, dentro dos quais colocava qualquer fumo que encontrasse em suas andanças.

Tonho da Guerra, como ele preferia ser chamado, fugia de cidades o máximo que podia: nada lhe agradava mais que a liberdade e a solidão da natureza intocada do Brasil, e como eu também andava em busca dessa solidão e liberdade pessoais, nós nos entendemos bastante bem, e mais a cada dia. Conversar, não éramos muito disso, mas cada coisa que nós dizíamos tinha valor indiscutível, e ficava marcada em nós como mais uma base para nossa amizade, que se tornou imensa nos cinco anos em que convivemos na estrada, até que a morte o levasse. Isso me deu tempo de pensar muito, tanto em mim mesmo quanto nas pessoas e território que me cercavam.

A Estrada Real, com o correr dos anos, já não era a única alternativa de viagem para as tropas do Brasil: o peabiru, caminho dos índios que ligava o litoral do Atlântico ao do Pacífico, unindo tribos aparentemente sem nenhuma identidade, começou também a ser trilhado por todos que pretendiam abrir novas rotas de comércio dentro da América, porque, se havia uma necessidade ou uma possibilidade de negócio, lá deveríamos chegar sem maiores dificuldades. Grande parte da Estrada Real se confundia com o peabiru, porque é sempre mais fácil trilhar um caminho já existente do que produzir um a partir do nada. Os próprios bandeirantes, como meus parentes Raposo ou os Rodrigues da Trindade, haviam se privilegiado do conhecimento que seus guias índios tinham desse peabiru, simplificando as viagens que faziam ao passar pelas trilhas que incontáveis negócios entre tribos haviam riscado no interior do Brasil. Nas capitanias de Ilhéus e da Bahia, por exemplo, havia inúmeras rotas de comércio já estabelecidas pela tradição, e com certeza em minha vida de tropeiro não tive tempo de conhecê-las todas. Um detalhe interessante eram as feiras que se davam em certas localidades, com dias ou datas marcadas, para as quais todas as tropas se dirigiam, buscando novos negócios ou reafirmando negócios antigos.

Havia inúmeros tipos de tropas circulando pelo território, e as mais antigas delas eram as caravanas de ciganos comerciantes de montarias, isso sem falar nos mascates que viajavam quase sempre escoteiros, arriscando-se na solidão das matas para alcançar um lucro maior. Cruzei com todas elas e todos eles em todos os cantos possíveis, e eventualmente até fazíamos negócios juntos, quando havia interesse mútuo. Os ciganos, sem dúvida, preferiam trocar montarias por coisas que lhes interessassem, claro que sempre levando vantagem: eram mestres em cobrir as bestas que vendiam com uma aparência de saúde e força completamente falsa, que assim se revelava logo que o negócio estava feito e os ciganos longe do enganado. Já os mascates andavam sozinhos pelos caminhos do Brasil, e muitos se confundiam com médicos, estudiosos, garimpeiros e gente de todo tipo, dispostos a viver da melhor maneira possível nessa terra para a qual tinham sido trazidos como degredados, por crueldade e tirania da Coroa portuguesa.

Uma certa alegria me habitou durante esse tempo, por ter me transformado em um ser humano comum, sem nenhum dom que me fizesse diferente dos outros: usava meu talento para cozinhar, procurando em cada feijão de estrada encontrar a perfeição. Comecei a me interessar também pelas comidas que via em minha passagem pelos diversos lugares que cruzei; a capacidade que os homens têm de transformar as coisas mais indizíveis em alimento saboroso sempre me causa espanto e maravilha, e a diversidade de ingredientes que essa terra possui a torna deveras especial entre todas as outras que existem. Cada canto do país, em que pese nossa semelhança de trato no de comer, se destaca por si mesmo por seus ingredientes mais presentes, que acabam modificando o sabor e a experiência de cada prato. Na tropa estamos, como já se sabe, reduzidos apenas a feijão, e de raro em raro um arroz noturno; mas eu acabei por incluir em nossa comida certas conquistas da cozinha gaúcha, mineira e baiana, especialmente o cortadinho de palma que vi ser feito na Vila das Macaúbas, e que não era nada mais que um cacto, limpo de sua superfície córnea e espinhosa e tranformado em ensopado vegetal, uma excelente base para carne-seca ou adicional ao arroz com enfeites. Por incrível que pareça, certos participantes da tropa chegaram a reclamar a ausência desse cortadinho, que uma vez, na falta de palma, fiz com mamão verde, conseguindo resultado bastante parecido e tão delicioso quanto. Brotos de samambaia, cozidos em pouca água, se tornavam ingrediente delicioso para acrescentar a um arroz de tropeiro, e até pequenos brotos de bambu, tratados da mesma maneira e cortados em rodelinhas, se mostravam saborosíssimos. Os ingredientes brasileiros, bem cuidados e tratados, podiam sem nenhum desdouro substituir os difíceis e raros ingredientes europeus, de que só dispúnhamos quando algum navio mais rápido se dignava a trazê-los, e mesmo assim velhos, enfezados e ressecados.

Minha lista de substituições, nesses anos de estrada, foi-se acrescentando de muitas opções: eu olhava para as receitas do *Don des Comus* e iniciava na cozinha de minha mente as experiências culinárias necessárias para encontrar o ingrediente perfeito para substituir um outro que não estivesse disponível. Na natureza do Brasil havia de tudo, e por mais diferentes que os vegetais fossem, havia entre eles alguma identidade de constituição e resultados que os tornava pelo menos primos uns dos outros. Uma vez, na Vila Rica, tive em meu poder alcachofras portuguesas, e de seus corações fiz delicioso prato, guisando-as com manteiga de vaca e suco de limões; como nunca mais topei com elas, busquei na natureza aquilo que me pudesse servir de base para o mesmo prato, e acabei encontrando, além dos talos de inhame e dos palmitos selvagens, o umbigo da bananeira, de aparência e sabor rigorosamente semelhante ao das alcachofras. Isso, que em minha mente se mostrava real e possível, foi fenomenalmente verdadeiro quando tive a oportunidade de experimentar na realidade de um fogo e das panelas com que aumentei minha bagagem de madrinheiro.

Nas cidades mais ao sul, onde abundavam os pinheiros, os pequenos pinhões de suas pinhas, cozidos em água salgada, eram substituto perfeito para as castanhas portuguesas que raramente víamos entre nós, e eu os coloquei na despensa de meu restaurante ideal exatamente na mesma prateleira das castanhas, dando-lhes o mesmo valor e importância que dava a elas. Essa despensa tinha organização perfeita, e nela nada estava alguma vez em falta. Em minha mente, eu de tudo dispunha, e não havia carência ou ausência que meus desejos não pudessem satisfazer.

A tropa de Tonho da Guerra, que cinco anos mais tarde se tornou minha tropa, era sem dúvida a de passadio mais variado nos sertões que cruzávamos, e a exemplo do que eu já fizera quando de minha primeira temporada de madrinheiro, também acabava vendendo o alimento de minha tropa para outros tropeiros com que cruzávamos nos pousos, porque o perfume de minha comida lhes atraía tanto que não conseguiam ficar sem prová-la, acontecendo isso até mesmo com os outros madrinheiros, que a par de sua falta de talento para a arte culinária, não deixavam de ser homens com apetite a despertar por um refogado bem-feito. Houve muitos senhores de pouso que me fizeram a proposta de deixar a tropa e ficar com eles ali onde estavam, cozinhando para todos que por ali passasem, tanto bandeirantes quanto entradistas, como tantos taberneiros do interior haviam feito nos dois séculos que nos antecediam, até que as tropas, imitando as caravanas dos ciganos, se pusessem a caminho com um cozinheiro exclusivo. Agradeci as inúmeras propostas, mas recusei-as educadamente: cada uma delas era o certificado de minha excelência no ofício que eu acabara escolhendo, e que era o que me daria fama e fortuna, como eu a cada dia desejava mais e mais. Nesses pousos mais coletivos, que iam se tornando regra geral a cada ano que passava, verdadeiras cidades se aglutinavam, e se muitas que eu visitara assim tinha começado seu percurso de crescimento, muitas outras, a cada ano, visita após visita, eu via crescendo e se transformando.

Como cruzávamos o Brasil inteiro, de Sul a Norte, para que ninguém me reconhecesse, mantive a longa e desgrenhada barba, e também deixei crescer o cabelo, o que me fez tomar um susto em um dia em que, olhando-me em um caco de espelho, vi a imagem e semelhança de Sebastião Raposo, meu pai, sendo mais moreno que ele, mas com o mesmo porte de *khamakinian* que lhe era peculiar. Isso certamente explica a quantidade de mulheres que de mim se aproximavam, e mais ainda o imenso número das que queriam que eu permanecesse com elas ou as levasse comigo, tendo em mim encontrado tudo aquilo que desejavam. Infelizmente, eu não encontrava nelas nada do que queria, porque ainda havia dentro de mim a figura emblemática de Maria Belarmina, minha meia-irmã, intocável e inalcançável, e que ainda me servia como objetivo e termo de comparação. Nem por isso deixei de me aproveitar do prazer físico que tantas mulheres me deram, pouso após pouso, aldeia após aldeia, vila após vila; infelizmente nenhuma delas era sequer semelhante a Maria Belarmina, cujo nome tantas vezes sussurrei durante o sexo, envergonhando-me profundamente logo após ter gozado. Delas me aproveitei, usando-as, sabendo ter sido por elas também usado, mesmo que seus delírios de futuro não tivessem sido satisfeitos, graças a meu ofício andarilho e viajante.

Cruzei várias vezes a região onde tinha nascido: a Vila de Rio de Contas continuava na rota dos tropeiros, apesar de já não possuir mais a grande riqueza mineral que justificaria esse trânsito. Mesmo assim, ainda era mais rica e poderosa que as vilas em seu redor, porque reunia entre seus habitantes tantos talentos artísticos que era de espantar que todos houvessem se reunido em um mesmo lugar. Em cada casa, em cada casebre, em cada par de mãos, existia uma oficina sempre voltada para a criação de peças artísticas, usando com talento todo o material disponível na região, do simples couro e madeira ao fino ouro e diamantes que ali ainda existiam. Em uma dessas viagens, no Pouso dos Crioulos, logo na saída da vila, em direção ao Brejo de Cima, arranchamos por uma noite, e lá eu revi Mané Lope, ainda rijo, puxando carga em uma outra tropa. Não me dei a reconhecer, mudando minha voz e franzindo o cenho; o velho tropeiro da Chapada, em uma conversa mole e sem rumo, me deu notícias de meus parentes Raposo, que já não havia mais, porque Sebastião Raposo, o velho *khamakinian*, depois de perder para El-Rei o ouro que acumulara, assim como perdera sua mulher para a loucura das folhas da lua, entregara a filha Maria Belarmina a um fidalgo português que lá chegara, emproado e aparentemente rico, fazendo o casamento que tinha planejado, como acreditava.

Nada era verdade: o fidalgo não só era mais pobre que ele, como também mais esperto e perverso, tornando-se, com esse casamento, senhor de todas as propriedades que ali estavam, fazendo com o cunhado Manoel Maurício um acordo tão bem urdido que o velho pai, ao tomar conhecimento dele, teve uma síncope e morreu. A família se perdeu, daí em diante: a mãe de Maria Belarmina, ainda completamente louca, foi assimilada pela família dos Rodrigues da Trindade, de quem era cunhada, morando desde então no porão da casa deles, em frente à Igreja de Sant'Anna. Manoel Maurício, certo de ter feito o grande negócio de sua vida, aparentemente também foi enganado, porque o fidalgo, assim que se encontrou no jeito, desapareceu no oco do mundo, levando tudo que pôde, inclusive a fortuna em ouro que conseguira com a venda da imensa propriedade dos Raposo. O filho cruel, retrato fiel do próprio pai, acabara partindo com o pouco que conseguira salvar, carregando como contrapeso sua irmã Maria Belarmina, a quem o fidalgo abandonara quando retomara seu papel original de grão-senhor. Os dois irmãos desapareceram da Chapada Diamantina, sem deixar destino certo, e foi como se tivessem nunca existido, restando dos Raposo apenas um irmão por nome Antônio, que agora era advogado e membro da Câmara de Rio de Contas, sem nenhum sinal da antiga riqueza ou empáfia, segundo Mané Lope me disse.

Com essas notícias, percebi que não existia mais a herança a que eu nunca fizera jus: o que não era meu agora já não seria de mais ninguém, a não ser dos que se encarregassem de pulverizar pelos sertões a riqueza doente que Sebastião Raposo havia amealhado pelos meios mais torpes. Nunca pensara em mim mesmo como herdeiro de Sebastião Raposo, a não ser nesse momento em que nada do que ele possuíra existia mais. Por sorte, ou por minha própria natureza, eu sempre conseguia manter o dinheiro apenas em minha mente, mas nunca em meu coração.

A preocupação com dinheiro, mesmo assim, tornou-se um tanto constante em minha vida: eu precisava amealhar alguma coisa sólida, para poder sonhar com meu restaurante, que deveria erguer-se desde as raízes exatamente como se configurava em minha mente, e para isso necessitaria de dinheiro em quantidade, porque sem ele eu nada faria. Já tinha decidido: o lugar ideal do restaurante seria a capital do vice-reinado, por causa de sua realidade mais cosmopolita, graças às notícias e viajantes da Europa que ali chegavam todos os dias, tornando-a o lugar ideal para um empreendimento desse tipo. Por isso comecei a amealhar o que ganhava da melhor maneira possível, a princípio em uma contabilidade segura com Tonho da Guerra, e depois, quando percebi que já tinha dinheiro bastante para começar a me preocupar em perdê-lo, junto a meu corpo, em um cinto de couro que mandei fazer e do qual, cada dia mais recheado, nunca me separava. A quantidade de moedas pesava em minha cintura, e dois anos depois o cinto foi substituído por uma canastra de metal que estava sempre sob meus olhos e que eu abraçava para dormir, atando-a a mim mesmo com correias.

Outro hábito que continuei desenvolvendo foi o da leitura: por onde quer que passasse, perguntava se ali havia algum livro que quisessem me dar ou vender, por estar ocupando espaço, e graças a isso encontrei e comprei diversas obras de todos os tipos e assuntos perdidos nas brenhas da colônia, e que me acrescentaram muito conhecimento: por elas paguei muito pouco, é verdade, e menos ainda se pensarmos no que elas me deram. Não havia nesses brasis nenhum interesse por livros ou por conhecimento, e menos ainda quem se dispusesse a falar sobre assuntos variados; por isso me adaptei ao diálogo silencioso com os livros que encontrava, e que também foram ocupando lugar em minha matula, chegando a encher uma bruaca, depois uma bruaca e meia, e logo duas bruacas, forçando-me a adquirir mais uma mula para carregá-los. Tanto na mente quanto nas mulas eu possuía uma cozinha e uma biblioteca, porque graças à minha memória quase prodigiosa me recordava de tudo, nos mínimos detalhes, chegando a reconhecer pequenos arbustos ou pedras à beira dos caminhos que já trilhara, e que me serviam de pontos de referência, verdadeiros marcos territoriais para o desenrolar de minha aparentemente infinita viagem pelo Brasil.

As notícias que nos chegavam da Europa eram fascinantes: na França, por exemplo, movidos por ideias novas e inesperadas, os franceses haviam destronado seu rei e rainha, executando-os em uma nova máquina de cortar cabeças que um médico, também francês, inventara, movido por extrema preocupação com o bem-estar dos condenados à morte. O corte de cabeças, até essa data, era feito com machados muito afiados, mas, dependendo puramente da competência do carrasco, nem sempre o corte se dava de uma só vez, e alguns condenados tinham seu pescoços vagarosamente serrados, até que a cabeça se separasse do corpo, o que certamente causava grande sofrimento à plateia. Daí em diante, emocionados com sua nova conquista mecânica, passaram a guilhotinar a todos que podiam, inclusive os controladores das execuções, até que depois de algum tempo já não existia mais nenhum, abrindo espaço para um corso chamado Nabuglione, ou Napoléon, como preferia ser conhecido, e que ia gradativamente recuperando o reinado francês para si mesmo, tornando-se imperador, coroando-se pelas próprias mãos, sem dar nenhum valor a quem quer que seja, outros reis ou mesmo príncipes da Igreja de Roma, por se considerar superior a todos.

As ideias novas e inesperadas, contudo, eram mais fortes que qualquer corso: tinham libertado as colônias inglesas da América do Norte, tinham influenciado a revolta de que eu participara nas Minas Gerais, estavam fervendo na antiga colônia francesa de Santo Domingo e se tornavam motivo de preocupação para todo o resto dos poderosos do mundo porque, como dizia o Alferes, "quando chega o tempo da liberdade ninguém consegue adiá-la". Entre os livros que ganhei ou adquiri, nesses anos de estrada, estavam muitos em que essas ideias inesperadamente novas de liberdade, igualdade e fraternidade entre os homens haviam surgido pela primeira vez. Um deles era um dos *Tratados sobre o Governo*, de um inglês chamado Locke, o primeiro homem na face da Terra a discutir a doutrina do direito divino dos reis, iniciando um ataque contra o absolutismo dos soberanos, que depois se multiplicou em muitos outros, também disponíveis em minha biblioteca ambulante: Montesquieu, Jefferson, Danton. Nesses homens eu podia ver um imenso amor por seus semelhantes, a quem respeitavam acima de tudo; Locke chegava ao ponto de defender o direito de propriedade, dizendo que "todo homem tem uma propriedade que é sua própria pessoa", e que os governos só podem existir para defender esse direito, porque açambarcar o direito de propriedade individual é tirania.

Foi fascinante ler esses homens, de nomes tão diferentes: Voltaire, Diderot, D'Alembert, Rousseau, sendo este último o que mais intensamente defendia a ideia de que todos os homens são iguais, tanto em direitos quanto em deveres. Havia entre meus livros dois volumes da *Encyclopédie*, que D'Alembert e Diderot haviam organizado, onde se reunia todo o conhecimento de sua época, preparando terreno para as novas ideias, defendendo-as com argumentação imbatível. Voltaire, dentre eles, era o mais terrível quando o assunto era intolerância, principalmente a religiosa, e foi com grande alegria que li, na primeira página de um de seus livros, o nome do proprietário: Tomás Antônio Gonzaga.

Fiquei feliz por ter aprendido o francês com meu mestre Francisco de Aviz, de quem não sabia mais o paradeiro; isso me permitiu conhecer os melhores pensadores de minha época, e suas ideias, tão novas e diferentes que eram capazes de mudar o mundo. Esta era a verdadeira razão pela qual livros eram tão difíceis e raros em nossa terra: dentro deles havia ideias, conceitos, possibilidades de mudar o mundo em todos os sentidos, e era graças a eles que o mundo começara a mudar, o que não interessava a nenhum poderoso.

Havia também uma encadernação de várias cartas copiadas por um mesmo punho, em inglês, com uma tradução para o português feita entre as linhas por uma outra mão, o que me possibilitou entender um pouco mais essa língua tão diferente de tudo que eu conhecia. Depois de ler os documentos federalistas de Publius, enviados para jornais dos Estados Unidos pedindo que o povo das antigas 13 colônias apoiasse a Constituição que a República estava colocando em votação, em meio a uma séria crise econômica que dependia de poderes excepcionais para ser encarada, comecei a pensar se não seria melhor que nós brasileiros também tivéssemos uma república como a que eles haviam construído em sua terra, dando a todos o direito de externar sua opinião e vê-la levada em conta pelos outros. As ideias de Rousseau, de Voltaire, de Locke, ali se mostravam vivas, na prática, configurando-se em uma letra da lei que sustentaria a busca de todos pela felicidade, tornando-se cada vez mais poderosa na exata medida do apoio que conseguisse mobilizar. No fim da encadernação estavam os nomes dos homens que escreveram as cartas assinadas por Publius: Hamilton, Madison, Jay. Logo abaixo deles, em uma letra firme e esparramada, a assinatura daquele a quem eu vira morrer: Joaquim José da Silva Xavier.

Era certamente daí que vinha a defesa tão intimorata que o Alferes fizera da República como forma ideal de governo: havia um pensamento universal que erguia a tocha da liberdade acima de todas as outras. Esse era o pensamento que unia todos esses homens, e agora também a mim, comprometido em meu coração com suas ideias e desejos. Na certa, eu nada poderia fazer, sendo apenas um madrinheiro ambulante pelas brenhas de uma colônia portuguesa esquecida por Deus; mas jurei que, assim que me fosse dada a oportunidade, retomaria o serviço para o qual meu mestre me treinara, amealhando o conhecimento sobre fatos essenciais e tomando minhas decisões de acordo com o que os fatos me mostrassem, pensando no bem de todos tanto quanto no meu próprio. Era um equilíbrio delicado este, entre os desejos da individualidade e os anseios de um grupo, e requeria atenção constante para que nada se perdesse no caminho. Eu tinha de viver da melhor maneira possível, mantendo um olhar permanente sobre mim mesmo, para poder garantir minha relação com os outros e com o mundo onde todos vivíamos; sem isso, estaria reduzido simplesmente ao lado animal de minha vida, vivendo para buscar comida, comendo para continuar vivo.

Atravessei as Minas Gerais várias vezes, de um lado a outro, passando perigosamente perto de onde vivera durante os anos como cozinheiro do governador. Na Vila Rica pude tomar conhecimento do que se dera com os sobreviventes da revolta tão duramente reprimida: o traidor Silvério dos Reis, por exemplo, mesmo tendo colaborado da melhor maneira possível com os poderes constituídos, buscando livrar-se das dívidas e da prisão, entregou-se de corpo e alma à traição, perdendo completamente a noção do perigo. Depois que tudo passou, começou a colher as tempestades que semeou: sua roupa foi rasgada e cravada com punhais na porta de sua casa nas Minas Gerais, onde também encheram o cocoruto de coronhadas, alegando tê-lo confundido com um outro homem; não satisfeitos, colocaram fogo no armazém que ficava debaixo de sua casa, conseguindo muito a custo salvar sua família e suas posses. O povo da Vila Rica e adjacências o injuriava e ofendia em todas as oportunidades, e quando se mudou para o Rio de Janeiro, descobriu que nem lá era benquisto, pois só conseguia se comunciar com um comerciante e dois juízes dos processos que movia contra a Coroa. Vendo que sua situação na colônia era insustentável, mudou-se para Lisboa, onde comprou um título da Ordem de Cristo, sagrando-se cavaleiro pelas mãos do próprio príncipe regente, e logo depois voltando para Campos dos Goytacazes, na capitania do Rio de Janeiro, com o cargo de tesoureiro-mor da Bula. Quando seu protetor, o Visconde de Asseca, o destituiu do cargo, tentou voltar a Portugal, percebendo finalmente que por lá ninguém o desejava, e que o vice-rei não lhe dava permissão para retornar a pedido do próprio príncipe regente, o que o tornou degredado branco, sofrendo todas as penas da lei sem que ela lhe tivesse alguma vez sido aplicada.

Minha maior emoção em todos esses anos, contudo, foi passar por Congonhas, e ver o átrio da igreja quase pronto, com as estátuas dos profetas, feitas pelo Aleijadinho, já em sua posição final. Em cada uma delas eu reconhecia não apenas um dos revoltosos da Vila Rica, trajado como se fosse um dos profetas do Velho Testamento, mas também o trabalho de meu mestre Francisco de Aviz, a ideia impressa em cada filactério esculpido pelo grande artista, e principalmente as pedras que eu mesmo escolhera e separara, dentro das quais já estava cada uma dessas estátuas, esperando apenas que o Aleijadinho desbastasse delas o excesso, libertando a arte para o mundo. Eram, em pedra, a permanência da memória daqueles momentos terríveis e ao mesmo tempo gloriosos, dos quais eu participara sem ter a menor consciência do que significariam para mim e para todos os envolvidos.

Em todas essas viagens, não me revelei nem dei a conhecer como quem realmente era, ocultando até mesmo de Tonho da Guerra minha experiência naquelas plagas: eu não desejava dividir com ninguém minha vida pregressa, enquanto os fatos que a cercavam não tivessem sido totalmente esquecidos ou minimizados pela passagem do tempo e a mudança nas opiniões. A cada dia que passava, eu podia perceber, o mundo se tornava mais e mais governado pelas opiniões dos que agiam sobre ele, e menos pelas leis que a cada dia se tornavam mais obsoletas. O julgamento dos tribunais é fraco perto do julgamento ético dos indivíduos ou das sentenças morais das massas, únicas e verdadeiras defesas da vida sobre a terra. Um dia chegará em que o poder da opinião popular se tornará maior que o poder das armas, e eu só espero que a essa altura os povos tenham se tornado preparados para exercer o poder que lhes cairá nas mãos. Por enquanto não somos nem a sombra do que poderíamos ser, ainda que em meus tantos anos de vida eu tenha percebido um imenso avanço nessa capacidade de lutar pelo que é verdadeiramente importante.

Não foi tudo um mar de rosas, evidentemente: com o aumento dos negócios e viagens, as estradas tropeiras se encheram de bandidos, grande parte deles inicialmente tornada salteadores por não ter o que comer, mas com a continuidade de seu infame trabalho, tornando-se oficiais do assalto, sem pejo nem remorso. Se é verdade que a sociedade prepara os crimes, são necessários os criminosos para perpetrá-los, e se a pobreza é a mãe de todos os crimes, a falta de senso é certamente seu pai. Em uma colônia afastada de toda ideia de lei a cumprir, na qual a Coroa tinha jogado homens dos mais diversos padrões e hábitos morais, e os piores dentre eles eram sempre os que haviam sido designados para os postos de comando, dando com suas ações o exemplo a ser seguido por todos, não poderia ser de outro modo. Onde havia oportunidade para um crime, ele se iniciava timidamente, mas quando não era punido se fortalecia, e acabava por se tornar costumeiro, sem que ninguém contra ele se voltasse, exatamente por causa do costume.

Foi um desses bandos de salteadores que nos atacou logo depois da fronteira com a capitania da Bahia, em agosto de 1797: levávamos tecidos, carne-seca e pólvora para a cidade de Vitória da Conquista, onde eu sempre temia entrar, e na noite anterior à travessia da fronteira pousamos onde a última colina das Minas Gerais terminava, iniciando-se daí em diante um imenso estirão reto como uma coluna de igreja, de quase trinta léguas, ladeadas por palmeiras, jaqueiras e mangueiras, plantadas aos trios, uma depois da outra, decerto por algum senhor de terras que assim o desejara. Uma reta de terra vermelha quase infinita, sem nenhuma característica que diferenciasse uma légua de outra, tornando a viagem uma aventura tão sonolenta que a súbita aparição dos salteadores foi quase uma bem-vinda mudança na rotina.

Tudo começou com uma carroça de tamanho grande atravessada ao meio da estrada, e ao lado dela três homens caídos, como se estivessem mortos. Tonho da Guerra me disse:

– Isso é sobra de assalto: os bandoleiros passaram por aqui e abandonaram as vítimas para morrer à míngua...

Erguendo a mão direita para o alto, Tonho da Guerra estancou a tropa: para nossa surpresa, os três homens que pareciam mortos se ergueram em um átimo, apontando-nos mosquetes de isca, enquanto muitos outros, negros, índios e brancos, saíam de trás das árvores com fuzis e facões nas mãos, cercando-nos a todos, sem nos deixar espaço para que nos movêssemos. Tonho fez um muxoxo:

– Ô, diacho! As vítimas somos nós!

Eram mais de cem salteadores, vestidos de todas as formas possíveis, armados com tudo que lhes pudesse servir: não eram poucas as bordunas exibidas, e alguns dentre eles nos apontavam longas lanças enfeitadas com penas e contas, algumas com pontas de ferro, a maioria apenas de madeira afiada e endurecida pelo fogo. Unidos pela oportunidade do crime, estavam juntos e coesos, desejando apenas uma coisa: aquilo que era nosso, e que certamente levariam consigo, restando-nos apenas esperar que não nos levassem também as vidas no meio do butim. Estávamos a seu dispor, apanhados de surpresa, e o que quer que desejassem fazer conosco, fariam, pois não tínhamos nem o número nem o ânimo necessários para enfrentá-los. O mais espigado deles, e que parecia o chefe, andou até minha mula, madrinha da tropa, e segurando-lhe os arreios, garantiu que nenhum outro animal se movesse: depois, com um sorriso cínico na face, disse:

– Somos homens do Mão-de-Luva... Não quero ver nem um olho piscando, senão...

Tonho franziu o cenho e disse:

– Como assim, homens do Mão-de-Luva? Ele já foi executado faz mais de dez anos, e lá no Macacu, onde agia... estarão os senhores sob as ordens de algum fantasma, tão longe assim de casa?

O chefe riu:

– Cala a boca, tropeiro... Se nos mataram o chefe, ainda somos bastantes para continuar-lhe a obra... Quanto a estarmos longe de casa, seríamos muito estúpidos se lá ficássemos, não é? Aqui ninguém sabe de nós, e como não deixamos sobreviventes, continuarão sem saber...

Era nosso fim: apertei a canastra de folha contra o peito, contando silenciosamente o dinheiro que perderia, ao mesmo tempo em que imagens das duas bruacas cheias de livros me surgiram na mente, tomadas pelo fogo e se extinguindo nele.

Tonho da Guerra adiantou a mula dois passos, dizendo ao chefe dos salteadores:

– Uma pena, camarada: se aqui estivesse o Mão-de-Luva, talvez pudéssemos parlamentar. Eu o conheci quando ainda era o coronel Manoel Henriques, bem antes de tornar-se exímio salteador. Tinha lá seus motivos para isso, coisa que o camarada aqui na minha frente não parece ter... Ele nunca matava seus assaltados, porque deles sempre respeitava a única posse que ninguém quer perder... E os assaltados sempre lhe agradeciam por ter-lhes aliviado de tudo menos dos que lhes era mais importante... A vida...

O salteador fez uma grande reverência, varrendo a poeira com um chapéu imaginário, e disse:

– Pois tenho proposta melhor, cavaleiro, em nome de meu chefe, o coronel Manoel Henriques: vamos nós dois duelar para decidir a sorte de nossas vidas. Se o cavaleiro me matar, todos podem seguir como vieram, deixando com meus homens apenas o dinheiro que porventura carregarem. Mas, se eu matar o cavaleiro, aí tomarei as vidas de todos, além do dinheiro e da carga. Que tal?

Sob o sol ardido daqueles sertões ficamos todos paralisados, esperando a decisão de Tonho da Guerra. Este calmamente desceu da mula e, dirigindo-se ao chefe dos salteadores, apertou-lhe a mão com força, dizendo:

– Feito! É para já?

A grande alaúza dos salteadores se interrompeu a um sinal do chefe:

– Não, agora não: primeiro vamos comer e beber e nos divertir, experimentando aquilo que a vida tem de melhor, para que o duelo tenha substância e motivo...

O acampamento dos salteadores ficava fora da estrada, logo depois de um buritizal denso, que ocultava seus casebres mal enjambrados. Um regatinho passava pelo meio dos buritis dando-lhes água, e eles lá se sentiam em casa, como se aquilo fosse uma verdadeira cidade, organizada segundo as leis. Tonho da Guerra me disse, em voz baixa:

– Madrinheiro, eis a hora em que teu talento será de grande valia: se nos tornarmos amigos desses salteadores, talvez salvemos mais do que simplesmente nossas vidas, e isso sem ter de fazer correr o sangue de ninguém. Pega as mantas de charque que são nossa carga e faz com elas a melhor comida que puderes: eu tentarei dividir com eles o resto da carga, ficando com pelo menos metade dos tecidos e da pólvora, para cumprir nossas obrigações encomendadas. Só depende de ti, agora...
– Tonho, vai ser difícil cozinhar bem com essa ameaça de morte pesando sobre a cabeça!
– Pois esta é tua missão, hoje: fazer o melhor banquete de charque que te for possível, e amansar pelo estômago os maus bofes de nossos ladrões...
Enquanto abria as bruacas e retirava as grandes mantas de charque capazes de alimentar um exército com o dobro do tamanho daquele, recordei-me do castelhano na tropa de João Pinto Martins, que me ensinara a fazer o churrasco de chão, as mantas de carne fresca espetadas em armações de pau, e colocadas enviezadamente de pé por sobre um fogo de brasas muito quentes. O problema era o sal que cobria a carne, entranhando-se nela: eu precisaria pelo menos ferver as mantas, ou derramar sobre elas bastante água quente.
Quando as mantas saíram de dentro das bruacas, exalando seu cheiro característico, os homens em volta me cercaram, querendo todos arrancar um pedaço, e alguns conseguiram, mastigando a carne semicrua com tal gosto que eu percebi que o sal não seria problema, mas sim um tempero muito bem-vindo naquele lugar tão abandonado. Lavei a carne mal e mal com água de um imenso caldeirão que ali estava, onde depois coloquei para cozinhar umas duas abóboras em pedaços, e pegando as mantas, ainda úmidas, nelas enfiei os galhos compridos que tinham ido buscar para mim, organizando as mantas em volta do fogo, de maneira que elas formaram como que uma tenda por sobre a fogueira, da mesma forma que espingardas colocadas em trempe. Logo a gordura das mantas, que ficava para cima e atravessava a carne, amaciando-a, começou a cair no fogo, exalando o cheiro característico que atraiu a todos, enchendo-lhes a boca d'água. Eles tinham pressa, eu não: precisava fazer com que a carne, ainda não de todo ressecada pelo tempo, se tornasse macia e saborosa, e para isso o cozimento era essencial. É verdade que nenhum dos salteadores fazia qualquer questão de sabor ou qualidade: queriam mesmo era matar a própria fome, certamente velha e constante, como eu podia perceber por seus corpos descarnados. A fogueira era permanente ali no acampamento dos

salteadores, e seu calor se mantinha, o que ajudou muito. As mulheres que os acompanhavam, e até algumas crianças, ficavam de lado, observando o movimento, e eu não pude deixar de pensar em quantos daqueles meninos ou meninas permaneceriam para sempre vivendo como bandidos, simplesmente por não conhecer outra realidade que não a do bando de salteadores onde estavam.

Depois de umas quatro horas de fogo, a carne já estava comível, e eu comecei a afastar as mantas mais finas da fogueira, carneando-as em lascas laterais, como o castelhano me ensinara. Experimentei-a: estava firme, mas mastigável, e o sabor de sal, que a mim parecia exagerado, atraía o apetite de todos, que não se cansaram de repetir o alimento, enchendo suas cuias de barro com pedaços das abóboras e tomando grandes goles de cachaça ou água, com certeza para lavar o excesso de sal que lhes invadia o organismo. Alguns dentre eles, principalmente os que tinham cara e jeito de índios, cobriam a carne com farinha, comendo-a com as mãos, rasgando-a entre os dentes.

O sol foi se deitando, as tochas foram se acendendo, e enquanto a escuridão da noite ia se acelerando de leste para oeste, as mantas de carne foram rapidamente sendo exterminadas pelos comensais desse estranho banquete, até que não restou delas nada a não ser restos, que os cachorros do bando disputaram entre latidos e mordidas uns nos outros. Estávamos todos aplacados, e quando o chefe do bando se ergueu da rede onde cochilava, não pensei que ainda se recordasse do combinado com Tonho da Guerra, porque o clima já era de amizade e respeito.

O chefe se aproximou de nós, os tropeiros, que por sentido de sobrevivência tínhamos ficados todos juntos e, seguido de perto por seus lugares-tenentes, parou na frente de Tonho da Guerra, as mãos na cintura:

– Só temos a te agradecer, tropeiro, pelo banquete: foi o melhor de toda a nossa vida. Ter um cozinheiro desses como companhia é coisa dos deuses... pois bom; e quanto a nós? Quando queres que se dê nosso entrevero?

– De minha parte, qualquer dia é dia, qualquer hora é hora... só te peço que não disponhas da vida desses tropeiros que viajam comigo, pois são todos pais de família, responsáveis pelo sustento de um sem--número de pessoas em suas cidades. Responsabilizá-los por meus atos seria o mesmo que eu me decidir a duelar com um de teus asseclas em vez de ti, ou então que, te vencendo, eu começasse a matá-los a todos, em uma escalada sem sentido...

O chefe riu:

— Duvido muito que o conseguisses... Mas o que dizes tem sustância, ainda mais agora que nos deste de presente a mais deliciosa refeição de nossas vidas. Tens mais algum pedido a fazer, antes que eu decida o que achar melhor?

Tonho da Guerra, sempre calmo, disse:

— Que dividamos o butim ao meio: deixaremos contigo metade dos tecidos e da pólvora, e levaremos conosco a metade restante, para cumprir pelo menos uma parte dos compromissos que firmamos em nosso destino. Não te esqueças que levas vantagem: o charque já é todo teu... e eu não tenho mais como dividi-lo...

O chefe pensou um tempo, sem tirar da face o sorriso cínico:

— É possível, é justo, e podemos fazer; mas isso não nos livra do entrevero, não é verdade? Não podemos romper assim um acordo entre homens, feito com toda a consciência do que dizíamos. Que essa divisão mais que perfeita se faça e nada tenha a ver com o resultado do duelo, aceito e garanto; mas do duelo não abro mão.

— De minha parte, nada tenho contra cumprir o combinado, ainda mais quando o resultado dele nenhum mal causará a ninguém a não ser a um de nós, deixando intocadas as vidas dos que nos seguem. Se o duelo pelo duelo te satisfaz, salteador, a mim também não incomoda; aceito o ordálio de Deus, que nos presenteará ou punirá, segundo Sua vontade, expressa por meio de nossa luta.

O chefe gritou para seus homens, reunidos em torno de nós:

— Que todo mundo fique sabendo! Esse homem e eu vamos lutar até a morte, e ninguém deve meter-se entre nós! O prêmio que almejamos é a própria vida, e quem restar de pé se compromete a deixar o outro em paz, não importa quem seja! Se ele morrer, seus homens seguirão em liberdade, se eu morrer, meus homens não reagirão! A morte e a vida são o castigo e o prêmio!

Enquanto os dois atavam suas mãos esquerdas com uma braça de corda, ficando ligados um ao outro até que o desenlace se desse, eu só conseguia pensar como a animalidade se reveste dos adereços da razão para se justificar entre os homens. Não havia nenhum motivo para que os dois se entreverassem daquela forma, pois se respeitavam e se conheciam o suficiente: por que se medir dessa maneira cruel e sanguinária? Podiam perfeitamente apertar as mãos um do outro, desatar o laço que os unia, e seguir cada um para seu lado, no respeito conquistado mutuamente. Havia entre eles, eu podia perceber, esse respeito instintivo que se costuma prestar aos grandes e aos bons, reconhecendo-se mutuamente a própria excelência. O que os levava então a esse enfrentamento sem sentido, se bastaria a vontade de ambos e tudo se resolveria sem que o sangue manchasse o chão?

O entrevero começou, com ambos puxando a corda até seu limite, medindo sua própria segurança, e rapidamente terminou: duas vezes as peixeiras se chocaram uma com a outra e, em um salto, ambos pularam para a frente, espetando-se nas respectivas facas, que no caso de Tonho da Guerra atravessou-lhe a caixa do peito e saiu por trás, rasgando-lhe o gibão. O chefe dos salteadores também não estava melhor: a facada de Tonho lhe cortara algum órgão interno muito sanguinolento, e o líquido vermelho gorgolejava para fora de seu ventre, enquanto ele perdia as forças e se tornava cada vez mais cinzento. Olhamo-nos todos, salteadores e tropeiros: estávamos todos sem chefe, em um inesperado empate sem vitória. O ordálio sem sentido havia nos tornado a todos órfãos, e enquanto a terra vermelha ficava cada vez mais rubra com os sangues dos dois, os salteadores ergueram o corpo de seu chefe, quase morto, levando-o embora para uma das choças. Nós tentamos erguer o de Tonho, não conseguindo, até que dois salteadores vieram em nossa ajuda, e o colocamos sobre uma das bestas da tropa, de bruços, manchando o baixeiro.

Mortes inúteis, com uma agravante: assim que os dois começaram a lutar, eu os vi desaparecer gradativamente de minhas vistas, inesperadamente recuperando meu maldito dom e me comiserando por não estar mais livre dele, como acreditava. Quando ambos se tornaram translúcidos e depois invisíveis, eu soube que morreriam ambos, mas nunca pensei que isso se daria ao mesmo tempo, e que cada um seria vítima e algoz do outro, em um perfeito equilíbrio, até que os vi caídos ao solo e percebi o que se dera. Nada podia ser pior: se Deus, por um instante, no dia da execução, me livrara da visão do Tiradentes transparente, talvez tivesse sido para que eu pudesse valorizar-lhe a morte, por meio de meu testemunho. Ali, no acampamento de salteadores atrás do bosque de buritis, eu recuperava meu dom insuportável e me tornava de novo o arauto da morte alheia, sabendo que o era apenas para mim mesmo, e que isso nem me enriquecia nem me valorizava, mas me tornava novamente aquilo que não desejava ser.

Saímos de lá em segurança, como combinado antes das mortes: os salteadores dividiram conosco a pólvora e os tecidos, sem que ninguém prejudicasse o outro mais do que acertado entre nossos chefes mortos, e enquanto nos afastávamos, ouvimos as carpideiras do grupo começando a prantear seu defunto, o que não fizemos com o nosso: assim que nos vimos a boa distância do lugar sinistro onde tudo se dera, cavamos um buraco bastante fundo e lá colocamos o corpo engordurado de sangue de Tonho da Guerra, cobrindo-o com pedras para que nenhum animal resolvesse desenterrá-lo e dar-lhe fim menos nobre. De todos, eu era o que mais sofria; perdera um bom amigo apenas para descobrir que ainda era capaz de prever a morte, sem nada de útil poder fazer com esse conhecimento.

Não revelei a ninguém nem a existência de meu dom perdido nem sua recuperação; por motivos alheios à minha vontade, tornei-me o chefe da tropa de Tonho da Guerra, da qual até essa data era madrinheiro, asumindo a responsabilidade sobre ela e eventualmente tornando-me seu proprietário. Tonho da Guerra não deixara nenhum herdeiro, e de todos os participantes de sua tropa eu parecia ser o mais responsável e organizado. Os tropeiros confiavam em mim, em meu senso de direção e de negócios, além de gostarem muito de minha comida, e por isso em pouco tempo a tropa de Tonho da Guerra se tornou a tropa de Pedro Raposo, cruzando o Brasil de Sul a Nordeste, em alguns momentos se imiscuindo pelo centro, tendo a oportunidade de conhecer e reconhecer as mais diversas paisagens e realidades, ganhando e economizando dinheiro, colecionando livros e me preparando para, assim que fosse possível, me tornar proprietário do primeiro restaurante do Rio de Janeiro, cópia fiel dos restaurantes de que a capital da França andava cada dia mais cheia.

No começo de agosto de 1798 apanhamos uma viagem para a Bahia, como era chamada a cidade de São Salvador, antiga capital do vice-reinado, sendo naquela época apenas o porto mais importante do hemisfério sul. Os navios de carga preferiam aportar na Bahia que no Rio de Janeiro, porque na Bahia havia mais negócios e mais comércio, gerados pela riqueza do interior. Além disso, estando longe do poder central, os negócios escusos se facilitavam muito, principalmente quando se tratava de compra e venda de escravos: era mais fácil levá-los da África para a Bahia, e de lá para o Rio de Janeiro, do que aportar na capital do vice-reinado um navio vindo diretamente da África com sua carga humana, por causa das fiscalizações. Sempre havia um jeito de burlar as fiscalizações, o que significaria menos impostos e portanto muito mais dinheiro no bolso dos negociantes. Para nós, tropeiros, isso era bom; certas cargas que não dependiam de tempo para ser entregues continuavam sendo transportadas pelas tropas, trilhando os longos e antigos caminhos do interior. Depois da experiência com os salteadores do Mão de Luva, em segunda dentição, resolvemos estar sempre prontos a nos defender, e daí em diante levamos sempre conosco arcabuzes carregados, prontos para acertar o primeiro que nos atacasse, fosse ele branco, negro, índio, cigano, ou até mesmo outro tropeiro menos honesto e desejoso de ampliar seu lucro à nossa custa.

Quando nos aproximamos do Recôncavo, a região que fica delimitada pela baía de mar denominada De Todos Os Santos, a estrada era quase sempre à beira d'água, e o cheiro de maresia nos impregnava, enquanto seguíamos para a travessia de um dos braços do Rio Paraguaçu, onde pousamos em uma aldeia chamada de São Roque. Daí em diante já estávamos na baía propriamente dita, e quando chegamos a Cachoeira, em um outro braço do mesmo rio, encontramos um porto ainda próspero, por onde se escoavam o açúcar e o fumo do Recôncavo, servindo a Salvador como o Porto da Estrela servia ao Rio de Janeiro. Para não perder a oportunidade de conhecer a cidade do Salvador, resolvemos fazer o caminho até lá por terra, trilhando as estradas que lhe ficavam a noroeste, sem perder em nenhum momento a presença do mar, cujo cheiro e vento nos envolveram durante toda a viagem pelo território da Bahia.

Disseram-nos que o melhor caminho para viajar era o que levava à Cidade Baixa, mas que os negócios de qualidade eram feitos na Cidade Alta, e me espantei. Nunca imaginei que as classes sociais de Salvador estivessem tão geograficamente separadas, ainda mais quando percebi que elas se misturavam constantemente, na prática, e que só mantinham a aparência oficial de secessão entre ricos e pobres para preservar as ilusões de excelência dos senhores da terra. Andando por ali, ouvindo as falas e os cantos incompreensíveis em uma dezena de diferentes línguas africanas, pensei por instantes que ali fosse a própria Africa, e que tivéssemos atravessado o oceano sem o perceber. Chegando ao centro da cidade, na Sexta-Feira Santa, vimos uma imensa praça de mercado, em frente a um molhe muito parecido com o do Rio de Janeiro, mas sem os enfeites e adereços de que aquele dispunha. O cheiro de peixe passado era insuportável, principalmente porque logo a seguir dele ficava um imenso charco, um verdadeiro mar de lama, onde havia muitos caçando guaiamuns e mariscos, para ampliar sua dieta tão pouco variada. Em um pedaço calçado com largas lajes de pedra suja um grupo de negros parcamente vestidos, tocando instrumentos de que eu só ouvira falar, dançavam uma dança que mais parecia uma luta, movendo-se com tal rapidez que em certos momentos seus pés e pernas ficavam borrados pela velocidade. Os que não estavam dançando, e que eram sempre dois, ficavam em um semicírculo, batendo palmas e cantando coisas em sua língua, mudando o ritmo e a batida dos tambores e das palmas, enquanto dois instrumentos feitos de corda metálica e madeira marcavam outro ritmo com duas notas muito próximas uma da outra.

Acabamos não perdendo muito tempo naquilo, porque um grito de: "Aliban! Aliban!", saído da boca de outros negros mais afastados, desmanchou a roda e a dança, e em um piscar de olhos os negros se escafederam, alguns até se jogando ao mar e nadando para mais longe do porto. Logo se aproximaram do largo alguns intendentes de polícia, com sabres desembainhados, olhando para todos os lados, mostrando que aquela meio dança, meio luta era proibida e passível de punição.

Nossa carga de tecidos ingleses era para ser entregue em uma barraca que ficava ali naquele largo de mercado, e lá derribamos nossas bruacas, levando as mulas para pastar em um terreiro que ficava à beira da escarpa, no alto da qual se viam igrejas, fortes e algum casario: era a tal da Cidade Alta. Eu tinha de receber o dinheiro pela encomenda, e na barraca me deram a direção do comerciante que a tinha acertado, e que me pagaria. Fui galgando uma ladeira bastante íngreme, delimitada por arcos romanos de grande altura, dentro dos quais muitos haviam feito suas moradas, separando com paredes de taipa os aposentos onde viviam, comiam, dormiam e morriam. Uma enorme fila de carroções puxados a boi e carregados até a borda de mercadorias subiam por essa ladeira, dando muito trabalho aos que os comandavam, talvez por causa disso, como soube depois, tendo tomado o nome jocoso de Ladeira da Preguiça. Engastada na pedra estava uma igreja em construção, onde eu vi muitos de meus companheiros pedreiros mordendo os calhaus com seus cinzéis, sentindo um instante de saudade do que fizera nas Minas Gerais, recordando-me de meus mestres Aleijadinho e Francisco de Aviz.

Havia muita gente morando na cidade do Salvador, provavelmente até mais que na cidade do Rio de Janeiro, e a quantidade de negros de todas as tribos e jeitos era fascinante: por mais que fossem escravos, viviam em liberdade bastante grande, a maioria trabalhando para enriquecer a seus senhores, mas sempre com uma imensa pachorra, o que dava a impressão de que ali ninguém fazia nada que tivesse valor, a não ser descansar e divertir-se, isso quando não estavam dormindo ao sol, onde quer que o sono lhes pegasse. Eu me encantava com a variedade e a diversidade de tons de pele, do bronze mais claro, muito semelhante ao tom de minha própria pele, ao negro mais retinto, e com as cores das poucas roupas que usavam, quase o somente indispensável para não ferir a suscetibilidade dos que os vissem mais desnudos. Era um Rio de

Janeiro sem a aura de responsabilidade que o vice-reinado lhe dava, e que já fora de Salvador, quando Salvador fora capital da colônia.

Segui a ladeira e, dando voltas atrás de um forte muito espraiado que ficava no alto, cheguei a uma outra ladeira muito parecida com aquela que em Vila Rica era encimada pelo palácio do governador, tendo na frente um largo que era usado para o mesmíssimo fim. Lá o poder público havia colocado um pelourinho, em que os criminosos eram exibidos à curiosidade pública, e sendo em sua maioria negros, recebiam o castigo que seus senhores lhes aplicavam. Cercada por casario caiado de branco, todo feito sob o mesmíssimo molde barroco de taipa, pedra lavrada e madeira, dava a impressão de ser uma casa só, dividida em diversos setores. Lá em cima, em um canto à esquerda, ficava a casa do comerciante a quem eu devia cobrar a despesa de viagem, e que se chamava Manuel Faustino dos Santos, por apelido o Lira, como eu soube depois. Incrivelmente, era alfaiate de profissão, e a casa onde morava e trabalhava no Largo do Pelourinho era uma das mais velhas e desqualificadas, mas como ele era o sastre preferido dos homens de posses da Bahia, acabava sendo vantajoso para todos que estivessem ali, a uma pedrada de onde esses homens exerciam seu poder.

Sua casa, na verdade, era o ponto de encontro de todos os alfaiates da Bahia; lá eles se reuniam em uma espécie de guilda profissional permanente, discutindo não apenas seus problemas de ofício, mas também a situação política da terra, a cada dia mais vulnerada pela carestia que reduzia os alimentos em toda a capitania, incapaz de produzir mais do que o açúcar e o tabaco que vendia, sem se recordar que ninguém come tabaco nem se alimenta só de açúcar. Quando cheguei à porta, toquei a sineta, e logo um rapaz de uns 18 anos, rosto sério, me abriu a porta, com ar inquisitivo. Eu lhe disse:

– Manoel Faustino está?

Surpreendentemente, o rapaz me disse:

– Sou eu. O assunto?

Fiquei mudo, e ele riu:

– Não me acredita, tropeiro? Já estou acostumado... entre, por favor. Vosmecê deve ser o portador da carga de tecidos que veio do sul, acertei? Eu estava esperando por vosmecê.

Entrei no vestíbulo sombrio, que levava a uma sala ampla, cheia de mesas de corte e de aprendizes costurando, em silêncio e concentração. Ao fundo, em volta de uma mesa, estavam outros homens, dois deles com fardas de soldados, alguns mais bem vestidos, não surpreendentemente os de pele mais clara, e entre eles um negro que me pareceu familiar, turbante enrolado na cabeça, olhos rútilos. Ele também me fitou, e subitamente eu o revi debruçado sobre uma panela, no terreiro da fazenda de Sebastião Raposo, fazendo uma comida da qual eu nunca mais sentira o sabor: o arroz de haussá. Minha boca se abriu, e durante um tempo minha mente revolveu o passado, tentando lembrar-lhe o nome, até que ele saiu de minha boca como um jato:

– Bak'hir! Não te recordas de mim?

Bak'hir me olhou durante um longo tempo, tentando me reconhecer. Tantos anos depois, seria difícil: eu nada mais tinha a ver com o indiozinho que frequentava a senzala de Sebastião Raposo, e seu ar desacorçoado me trouxe a lembrança das histórias que eu contava, à noite, reunindo em torno de mim um grande número de escravos, que riam profundamente do sotaque português com que eu adornava a voz das antas:

– Fomos companheiros na mesma senzala, Bak'hir, tivemos o mesmo dono, com uma agravante: Sebastião Raposo era meu pai... não te recordas de Rio de Contas?

– Lugar infernal! Mas qual dos filhos és, tropeiro? Eram tantos... e de todas as cores, se bem me lembro...

– Karaí-pequeno... recordas?

O olhar de Bak'hir se iluminou:

– O contador de histórias! Mas te tornaste um homem!

Bak'hir ergueu-se de onde estava e, dando a volta à mesa, veio abraçar-me, com emoção. Depois, olhando-me à distância de um braço, disse:

– Com que então agora és tropeiro! Eu, não: tive de fugir da fazenda, logo depois que teu pai massacrou os índios... quando já não restava mais nenhum sobre quem exercer seu poder, empobrecendo a olhos vistos, começou a exorbitar nos mau-tratos aos escravos, e eu me rebelei... junto com alguns outros, fugimos de lá, atravessando toda a Chapada e acabando aqui na cidade do Salvador.

Meus olhos se nublaram com a lembrança do massacre a que eu tinha assistido, e Bak'hir me abraçou de novo, em silêncio. Manoel Faustino, pegando-me pela mão, levou-me até a cabeceira da mesa, dizendo:

– Se nosso malê te conhece, és boa gente, que ele não se aproxima de ninguém em quem não confie plenamente. Vou apresentar-te os outros membros dessa tertúlia: este aqui é João de Deus do Nascimento, também alfaiate; os fardados são Lucas do Amorim Torres e Luís Gonzaga das Virgens, pretos forros como eu; o tenente ali na beira da mesa é Hermógenes Pantoja, e esses senhores mais claros do que o resto, e mais bem vestidos tambem, são o doutor Cipirano Barata e o latinista Francisco Barreto de Aragão...

– E a mim, não apresentas, Lira? – a frase veio de uma figura que estava na ponta mais escura da mesa. – Só por me chamarem de "pardo"?

– Se teu caráter fosse pardo, Sá Couto, talvez tivesse razão para isso: teu problema é te ocultares sempre nas sombras, Sá Couto...

– Se minha pele fosse mais clara eu não precisaria me ocultar para exercer a cirurgia... Como me garantiu meu mestre Cipriano Barata.

– Exatamente por isso nos unimos, irmão Sá Couto – Cipriano Barata tinha voz muito educada. – Em um mundo ideal a cor da pele não importa, mas sim aquilo que os homens têm por dentro e sua capacidade de contribuir para um mundo mais justo e perfeito. Quantos em nossa sociedade não são brancos de pele e graças a isso realizam as ações mais escuras e torpes? Na metrópole não há negros. Conheces algum maroto desses que nos dominam que seja pelo menos tisnado? Não há: e por isso nos unimos, lutando por liberdade, igualdade e fraternidade entre todos os homens...

Eu já conhecia aquele discurso: era o mesmo de meus companheiros conjurados da Vila Rica, e graças a elas eles haviam se transformado em pó, gerando naqueles que nos dominavam uma sanha corretiva muito maior do que antes. Perguntei ao doutor Cipriano:

– São todos Irmãos-três-pontos?

A gargalhada com que minha pergunta foi recebida ecoou em toda a sala, assustando até mesmo aos aprendizes, que levantaram os olhos de suas costuras. O doutor Cipriano respondeu, com ar divertido:

– Sim, tropeiro, alguns dentre nós somos pedreiros-livres, mesmo que no Brasil ainda não haja Maçonaria: mas na verdade somos filhos espirituais dos iluministas, dos enciclopedistas e dos revolucionários de França.

– Tenho um mestre que também é vosso Irmão pedreiro: o doutor Francisco de Aviz. Devo a ele meu interesse por livros e pelo conhecimento que eles trazem.

A gargalhada se transformou em um "ah" de admiração, e o tenente Pantoja disse:

– Isto é fenomenal: um tropeiro letrado e leitor... Bom argumento contra os que dizem que as profissões se dividem entre dignas e indignas, na exata medida do conhecimento que proporcionam.

Sá Couto me interpelou:

– Esse Francisco de Aviz é o físico itinerante, que anda pelos sertões na busca de remédios milagrosos? Não o sabia pedreiro-livre... Mas ele não esteve na rebelião da Vila Rica?

Não pude esconder uma ponta de orgulho:

– Ele e eu: fomos companheiros dos revoltosos das Minas Gerais. E estávamos no Rio de Janeiro quando o Alferes Xavier foi enforcado.

As imagens brutais do enforcamento do Tiradentes, a face escura de seu cadáver irreconhecível, me voltaram à mente, e um nó se formou em minha garganta, impedindo-me de continuar falando. Era compreensível, pois eu só tinha visto duas mortes em toda a minha vida, a primeira delas sendo a de um índio em minha mais antiga infância, da qual guardava imagens pouco claras, a outra sendo exatamente a do Alferes, que vira com todos os detalhes incruentos e que não se apagaria jamais de minha memória. Quando o nó se desfez, decidi mudar de assunto:

– Se os senhores gostam dos iluministas, tenho-os a todos entre meus livros, que venho recolhendo por esses sertões nos últimos anos de viagem.

Para encurtar a história, depois dessa oferta e do espanto que a seguiu, não me restou nada a fazer a não ser aceitar a hospitalidade do Lira, dispensando minha tropa e comprometendo-nos todos a um encontro, no mesmo mercado onde nos despedimos, daí a dois meses justos. Eu precisava desse descanso, e o reencontro com Bak'hir me soava como uma excelente oportunidade para retomar minha vida pessoal, que se perdera na lida diária da tropa pelas estradas do interior dessas colônias, cada dia menos diferentes umas das outras. Minhas bruacas de livros e de cozinha foram trazidas até a oficina do alfaiate, e na primeira noite em que o grupo se reuniu para vê-los eu pude perceber a alegria quase infantil que sentiam ao entrar em contato com tantas obras impressas, pois no Brasil elas eram raras e até mesmo proibidas. A maior necessidade dos dominadores é sempre manter na mais absoluta ignorância seus dominados, exatamente para que nunca discutam os motivos pelos quais o poder dos primeiros se estabelece sobre eles, e se há realmente razões verdadeiras para que esse poder exista.

Com Bak'hir percorri a cidade do Salvador de ponta a ponta, visitando as mais inesperadas paragens; quanto mais longe do centro nos encontrávamos, mais a paisagem se parecia com a de um país diferente, graças aos hábitos das diversas tribos africanas que a ocupavam, recriando na terra de seus escravizadores uma cópia fiel de sua realidade original, e preservando-a de tal maneira que era bem provável que na África esses hábitos já tivessem se transformado em outra coisa, ao passo que no Brasil eles ainda permaneciam como tinham sido, sem nenhuma distorção. Havia muitos negros forros e de ganho, capazes de trabalhar para si mesmos, e as pequenas comunidades que se agrupavam em torno deles, com seus hábitos alimentares, religiosos e de vida, eram como um oásis de originalidade no qual se abrigavam dos costumes euopeizantes que lhes eram impostos por seu ofício e trabalho entre os habitantes da cidade.

Bak'hir, que vinha de uma tribo haussá, era bastante diferente da maioria dos que haviam, como ele, sido trazidos para essas terras. Sendo muçulmano, e extremamente capacitado a ler e escrever em sua própria língua, o árabe, tornava-se também uma referência respeitável entre os negros de todas as tribos, sendo por eles chamado de malê, palavra derivada do iorubá *im'alê*, que significava "mestre" ou "professor". E ele o era: sua postura altiva e nunca submissa a quem quer que fosse o destacava em qualquer multidão ou grupo, e nascia exatamente da consciência que possuía de seu próprio conhecimento e valor, sensivelmente maior que o de tantos senhores, cuja ignorância só não era maior que a brutalidade com que se moviam pelo mundo. Bak'hir assumia sempre um papel de destaque entre os que o cercavam, exatamente por saber mais do que eles, ainda que nunca impusesse seu conhecimento sobre ninguém: era sua postura, nascida desse conhecimento, que o destacava entre os outros, e os fazia ouvi-lo com maior atenção, exatamente por causa de sua capacidade. Assim ele se tornara uma espécie de mestre do grupo que se reunia na casa do alfaiate Lira, tendo dentro de si noções muito precisas sobre liberdade, igualdade e fraternidade, que descobrira por si mesmo mediante o exercício de sua própria mente, sem precisar beber desse conhecimento em nenuma fonte externa: quando as descobrira em livros da Europa e da América do Norte, foi como se reencontrasse a si mesmo nas páginas que lhe eram mostradas.

– Acredita, Pedro; se me chamam de mestre e só porque assim me consideram...

– Com razão, Bak'hir; a coisa mais rara que existe é um negro como tu falando exatamente daquilo que os negros não possuem, a liberdade...

Bak'hir riu:

– Pedro, eu só falo da liberdade porque a conheço, tenho consciência de mim mesmo e de que essa liberdade é minha, e só sou livre porque sou senhor de mim mesmo, já que não cedo minha consciência a ninguém a não ser eu mesmo. Uma das coisas que faço é sempre resistir a qualquer tentativa de me batizar na fé cristã, transformando-me em um arremedo daquilo que não posso ser, porque, se eu o aceitar, estarei entregando minha consciência ao controle de outro, deixando de ser meu próprio senhor e passando a ser escravo dele e daquilo que ele me impõe. Não importa o que me queiram impor: se não for uma vontade minha, nascida de minha consciência, será uma imposição tirânica sobre minha pessoa, e eu não acredito em escravidão, a não ser para quem se entrega a ela. É por isso que me uni aos homens daquela casa onde nos encontramos; todos, de uma maneira ou de outra, já são livres em suas próprias consciências, e consideram seu dever possibilitar que muitos outros também experimentem isso.

Ouvir a fala mansa de Bak'hir externando esses conceitos tão especiais foi enriquecendo meus dias em sua companhia, e de certa forma me preparando para explorar minhas melhores possibilidades; da mesma forma, quando eu lia para Bak'hir as ideias políticas e filosóficas dos livros que possuía, ele se encantava, emocionando-se até as lágrimas ao perceber que não era o único que pensava daquela maneira, e que a causa da liberdade, que ele sempre identificava com seu próprio destino, era o destino da humanidade, e que em qualquer parte do mundo que ganhasse corpo, gradativamente se tornaria posse de todos que a desejassem:

— Ninguém é mais escravo que aqueles que se iludem em ser livres, agindo segundo as ordens dos que os dominam, pensando estar fazendo o que lhes é natural. Há quem diga que só podem ser livres aqueles que estão preparados para fazer bom uso de sua liberdade... É como se um homem só devesse se aproximar da água depois de aprender a nadar... como isso seria possível???

As ideias de Bak'hir eram assim, livres, novas, expressas em linguagem tão simples que qualquer um poderia entendê-las. Houve um dia em que falamos da conjura da Vila Rica, e ele quase explodiu:

— O sangue me ferve quando penso que a luta pela liberdade é sempre deixada por conta dos pobres, dos desvalidos, dos sem defesa, e que sempre surgem radicais e revolucionários que se arrogam o direito de fazer uso da liberdade possível desses desvalidos apenas para destruí-la ainda mais... Por que nunca sequer pensaram em abolir a escravidão? Para perpetuar seus privilégios? Ou tinham medo de que acontecesse ali o mesmo que está acontecendo em Santo Domingo, onde os escravos dos franceses tomaram posse de sua colônia e lá instalaram uma sociedade igualitária e justa?

— O Alferes Xavier era a favor da abolição...

– Pobre Tiradentes... sem sombra de dúvida ele estava em pleno desacordo com seus companheiros de revolta, hoje todos bem de vida, experimentando o doce poder de que tomaram posse no exílio, e em breve estarão todos de volta ao Brasil, para de novo exercer seu poder sobre nós!

O fogo e as ideias de Bak'hir eram infecciosos: quando ele as expressava de maneira tão coerente, não havia quem não se tornasse adepto delas, e muitos desses adeptos, negros como ele, se uniram ao grupo dos que desejavam a liberdade imediata, tanto na cidade do Salvador quanto no mundo. Os senhores mais grados do grupo, brancos de extração portuguesa, com cargos e ofícios respeitosos, acabavam se tornando porta-vozes das ideias de Bak'hir, mesmo sabendo correr grande risco com elas, porque o poder da Coroa não estava disposto a se deixar vulnerar por mais nenhuma ideia de liberdade e independência. No ano anterior, na Semana Santa, o povo da cidade do Salvador, percebendo que a carestia os deixaria sem comida, atacou uma caravana que levava carne para o palácio do governador dom Fernando José de Portugal e Castro. Dessa atitude de saque desgovernado criou-se, a partir desse dia, uma tradição sem sentido: a qualquer instante em que a população da cidade sentisse falta de algum alimento, imediatamente atacava os estabelecimentos comerciais, deflagrando uma onda de invasões e roubos. Isso tornou Salvador uma cidade em que a segurança estava sempre por um fio, e as relações entre o povo e o poder não se sustentavam mais.

Não havia só homens naquele grupo: havia mulheres também, pretas forras e de ganho que, graças a suas capacidades, tinham ascendido no cerimonial de suas pequenas sociedades, transformando-se em porta-vozes de suas vontades, sem dúvida as mais combativas que a Bahia podia ter. Duas me chamaram muito a atenção, Ana Romana e Domingas Maria do Nascimento, ambas quitandeiras de grande freguesia nas Cidades Alta e Baixa, que trilhavam diariamente, donas de excelente mão para a lida da cozinha, o que me fez dar-lhes mais atenção, extamente por causa de suas habilidades culinárias, desenvolvidas a partir de um talento ímpar, que eu chegava a invejar de tão poderoso que era.

Além disso, eram belíssimas, principalmente Ana Romana, que me parecia mais uma deusa que uma mulher; ao vê-la cozinhando eu me senti no paraíso, já que a cozinha sempre fora o lugar onde meu desejo sexual melhor se expressava, mas ela era altiva e de imensa dignidade. Foi a primeira vez que meu desejo sexual encontrou uma barreira intransponível: Ana me tratava muito bem, mas não se dava ao luxo de deitar-se comigo para que imitássemos o bicho-de-duas-costas, como se dizia na cidade do Salvador. Entrei em desespero: por que exatamente essa a quem eu tanto desejava nada queria comigo? Imagens de uma inalcançável Maria Belarmina se fixaram em minha mente, deixando-me cada vez mais incapaz de encarar a constante recusa de Ana Romana; apesar das duas não poderem ser mais diferentes uma da outra, eu não tinha nenhum das duas, e isso me parecia a mesma injustiça do destino, sem tirar nem pôr.

Quem me esclareceu os motivos de Ana Romano foi Bak'hir, em um dia em que eu estava especialmente desolado pela rejeição que ela me fazia sentir:

– Gente como ela não se envolve com quem não é da mesma raça, Pedro; ela faz questão de preservar a pureza de sua linhagem, que no Dahomé ainda deve ser importante, se alguém de sua tribo tiver resistido à sanha dos que escravizam seus irmãos para fazer fortuna. Na África existe uma guerra constante entre tribos, e cada perdedor, sendo escravizado pelos vencedores, é levado para as costas do mar, onde aguarda que um navio negreiro apareça para comprá-los, trazendo-os para longe de sua terra. Que brancos façam isso, é compreensível; mas que irmãos da mesma cor sejam essenciais para que esse maldito comércio se perpetue, é inaceitável. Só com muita consciência de raça os negros deixarão de ser escravos, mas é essa consciência de seu valor como negra que faz com que Ana Romana não se misture.

Aquilo doeu; era uma pena que a cor da pele fosse tão importante assim para Ana, impedindo que fôssemos felizes, como meu corpo e coração dizia que seríamos; mas ali, na cidade do Salvador, nascia um novo tipo de negro, o negro com consciência de seu valor humano, ainda que equivocadamente estivessem repetindo os mesmos processos de desqualificação do que lhes era diferente, como os brancos faziam com eles. Se havia brancos que odiavam os negros, acreditando-os inferiores ao brancos, acabara por surgir na cidade do Salvador o negro que odiava brancos, acreditando-se superior a todos eles, exatamente por causa da cor da pele. Tendo sido um índio escravizado, eu nunca acreditei que a cor da pele de uma pessoa pudesse significar mais do que isto, a cor da pele de uma pessoa; a variedade com que fomos postos no mundo é a maior das maravilhas, e se alguns decidem escravizar a outros porque sua pele é mais escura, isso nunca será motivo para que a reação seja igual e da mesma força. Será que, se a escravidão fosse invertida e os brancos tivessem sido transformados em escravos dos negros, a crueldade seria menor? Não creio; os seres humanos capazes de crueldade existem em todos os lugares e têm todos os tons de pele.

Mesmo assim, insisti muito: sempre que me encontrava com Ana, deixava bem clara minha paixão por ela, por meu interesse em estar a seu pé, aprendendo os segredos das quitandas que ela fazia com suas belas mãos de dedos longos. Os encontros se davam muito amiúde, porque o grupo que pretendia uma revolução independente e aboliconista na cidade do Salvador a cada dia se reunia mais.

Em uma dessas manhãs, perto da hora do almoço, chegou até a casa do Lira o doutor Cipriano Barata, acompanhado por Francisco Barreto de Aragão, latinista professor de Retórica, a quem eu só tinha visto uma vez, na ocasião em que chegara à casa do alfaiate. Pensei que haveria alguma reunião de emergência, mas ambos queriam mesmo era falar comigo:

— Pedro Raposo, temos um convite a te fazer, e esperamos que o aceites, por seres o homem perfeito para a tarefa que devemos cumprir. Te recordas quando me perguntaste se éramos todos Irmãos-três-pontos?

— Sem dúvida, doutor Barata... E me recordo de tua resposta...

— Pois bem, hoje quem faz a pergunta sou eu: queres ser um Irmão-três-pontos? Tens interesse em tornar-te pedreiro-livre?

Fiquei mudo: nunca imaginei receber esse convite, e por alguns instantes me vi como realmente era, meio índio e meio português, avançando mediante meus próprios talentos, e subitamente à beira de tornar--me membro da mais prestigiosa Ordem secreta do mundo... Não tinha nenhum motivo para dizer "não", apesar de ter dificuldade em dizer "sim", e por isso respirei fundo, transformando a pergunta do doutor em uma pergunta minha:

— E eu posso, doutor? A Maçonaria aceita mestiços como eu?

O latinista Aragão coçou a cabeça, e me disse:

— Pedro, estamos em busca de homens livres e de bons costumes, e isso tem sido difícil de achar nessa cidade da Bahia: os de bons costumes não são livres, e os que são livres têm péssimos costumes. Precisamos fazer com que a Maçonaria finalmente exista em nossa terra, porque os maçons que somos não temos nenhuma capacidade de exercer a Maçonaria em toda a sua plenitude. Precisamos ser muitos mais, até mesmo para poder influir maçonicamente no destino dessas colônias... Se depender dos maçons portugueses ou dos maçons ingleses, permaneceremos para sempre submissos a Portugal. É preciso que a Maçonaria Brasileira seja a mais combativa e revolucionária possível, e agora surgiu uma excelente chance para que isso aconteça!

— Pedro, chegou a Salvador uma fragata francesa chamada *La Preneuse*, mas não aportou em frente à cidade; seu comandante, um Irmão maçom chamado Larcher, preferiu fundear em frente à aldeia da Barra, lá onde fica o Farol, e entrou em contato com alguns Irmãos, avisando que traz documentos oficiais do Grande Oriente de França, e que em seu navio tem uma Loja completa, onde está apto a iniciar maçons segundo os rituais tradicionais. Nosso interesse é grande, e como tu também falas o francês...

— Bem mal, doutor Barata...

— Mas bem melhor que nós, Pedro; conheces a língua, tens experiência revolucionária, estás de acordo com aquilo que pensamos, e és exatamente o tipo de homem de que a Maçonaria Baiana precisa! Tu também és baiano, que diabo! Queres iniciar-te? É uma oportunidade única...

Com pouco tempo de conversa me deixei convencer, porque a oferta me sabia bem, e os dois doutores marcaram para essa mesma noite minha iniciação. Uma chalupa nos apanharia no porto e nos levaria até o navio francês, onde éramos aguardados para que eu fosse iniciado. Passei o dia como que nas nuvens, curioso sobre tudo que se daria, já que nada conhecia dos rituais maçônicos, e, quando o sol começou a se pôr, nos encontramos na chalupa e atravessamos o mar azul da Bahia, em direção ao Farol da Barra. O cheiro de óleo de baleia, com que as grandes lanternas do farol eram alimentadas, se espalhava pela região, e quando enxergamos depois da arrebentação o *La Preneuse*, a chalupa desviou-se para ele, onde abordamos e subimos, não sem antes terem me vendado os olhos com um pano preto, o que quase me fez cair ao mar por não ver os degraus da escada de corda que nos atiraram.

Daí em diante, e até o momento em que a venda me foi tirada, passei a me mover em território desconhecido, limitado apenas pelos ruídos que me cercavam e pelos movimentos que me direcionavam a fazer. Eu sabia estar em uma embarcação, até pelos rangidos da madeira e o movimento causado pelas ondas do mar, mas isso, em vez de me fazer perceber o navio, me fez apenas enxergar com os olhos de minha imaginação um universo sem fronteiras, onde eu traçava um caminho imponderável, controlado pela mão de meu guia em meu cotovelo. Uma corda de enforcado foi posta em meu pescoço, e a partir de certo momento ele começou a me arrastar por ela, fazendo-me recordar do Alferes Xavier em seu último trajeto, o que me fez tremer de medo; foi nesse instante que a voz do doutor Cipriano Barata, pois era ele meu guia, me disse:

— Espera e confia.

Sua voz, em vez de me tranquilizar, me fez ficar mais nervoso ainda: se precisava de minha confiança, certamente algo de muito perigoso e estranho se daria comigo, e eu não me reconhecia preparado para enfrentá-lo. O chão era móvel, fluido, e em vários momentos fui encaminhado para subir imensas escadarias, trilhando longuíssimas distâncias, às vezes dentro de túneis úmidos em cujo chão chapinhei, desequilibrando-me a cada instante, e uma vez saltando em um abismo sem fundo, sendo amparado por braços que não vi. Eram viagens incredináveis, e durante todo o tempo me perguntavam se era minha vontade verdadeira passar por essas provas; nenhuma dessas vezes, no entanto, pude responder de viva voz, porque meu guia se antecipava, falando por mim e dizendo que sim. Quando, em meio ao ritual, me trancaram em uma pequena sala de paredes negras, quase um armário de tão exígua, enfeitada com símbolos desconhecidos, encimados por uma caveira cercada por duas tíbias cruzadas, pensei se não teria caído em algum navio pirata; mas quando percebi que à minha frente estava um testamento que devia preencher, onde era questionado sobre tudo o que devia e possuía, abandonei essa ideia, porque piratas nunca tomam legalmente as posses de alguém. Depois de assiná-lo, voltei ao universo escuro sem tamanho nem medida, e muitas léguas andei entre tempestades, ventos cortantes, entrechoque de espadas, calores de chamas altíssimas. Durante todo esse tempo a única coisa que eu reconhecia como parte de minha vida real anterior a esses momentos era a voz de meu guia, repetindo sempre no mesmo tom:

– Espera e confia.

Não me restando outra coisa a fazer, esperei e confiei. Então, suavemente, sem que eu me apercebesse disso, comecei a sentir à minha volta inúmeras presenças, que aos olhos de minha mente ocupavam completamente o Universo em que o ritual sonoro me colocara. Eram homens de todas as cores, tamanhos, formas, vestidos das mais diversas maneiras, estendendo-se em linha reta e organizada de un lado a outro desse lugar ideal, alguns deles com trajes muito antigos, todos sustentando nas mãos os instrumentos de trabalho na pedra. Ali estavam, à frente de mim, todos os pedreiros que a humanidade tinha conhecido, desde os primórdios da construção de edifícios, passando pelos dias de hoje e continuando para um futuro que eu não via mas sabia estar lá. Compreendi, nesse momento, que existe entre os maçons o laço inextricável da Maçonaria, que nos une a todos a despeito das fronteiras de espaço e tempo, e que somos todos iguais, todos um só pedreiro, e basta o ritual da iniciação para que nos tornemos parte dessa imensa linha de homens dispostos ao trabalho na pedra, não apenas aquela de que o mundo é feito, mas principalmente a pedra que somos por dentro. É essa pedra que, mais do que qualquer outra, nós, os maçons, trabalhamos, na pedreira e oficina de nosso próprio espírito, usando as ferramentas da razão e do conhecimento. O ritual pelo qual eu estava passando me colocava em meu lugar determinado nessa imensa fileira de homens iguais a mim, e a partir desse instante eu nunca mais deixaria de ser um deles, mesmo que abandonasse o trabalho na pedra interna, ou mesmo se tentasse retornar ao estado anterior à iniciação. Nada disso seria possível: o Pedro Karaí Raposo que eu fora já não existia mais, sendo substituído por um novo Pedro Karaí Raposo que a Maçonaria dava à luz nesse instante.

Quando o Mestre que comandava o ritual, ordenando que a venda me fosse tirada dos olhos, me permitiu finalmente ver a Maçonaria, fui inundado de luz, sendo tomado por uma emoção totalmente nova e quase incontrolável, maior e mais forte que todas as paixões e desejos do corpo e da mente que eu já sentira, sustentada por todos os maçons que foram, eram e seriam meus Irmãos, desse dia em diante. É a fraternidade que nos sustenta, é a igualdade que nos torna vivos, é a liberdade que nos justifica a existência, e eu me tornei maçom para sempre.

Estavam ali, vestindo aventais bordados em vermelho, muitos homens que eu conhecia: além dos doutores Barata e Aragão, o tenente Hermógenes Pantoja e uma série de outros homens que eu vira não apenas na oficina do Lira mas também em minhas andanças pela cidade do Salvador, todos sempre em posição de destaque. Os franceses certamente escolhiam com cuidado aqueles que seriam parte da primeira Loja maçônica regular dessas colônias, selecionando só Irmãos dessa Loja segundo conceitos de importância intelectual e social.

O mais incrível de tudo, depois que a cerimônia acabou e eu recebi o carinho e o abraço fraterno de todos que ali estavam, foi perceber que tudo se dera em um espaço mínimo, uma sala triangular na proa do navio, perto dos porões do fundo, que tinha sido separada por não ter capacidade de carga, e que os maçons daquele navio usavam como seu Templo, nele fazendo suas reuniões de Loja em pleno mar. A arrumação e decoração dessa Loja também era muito simples, e cabia toda em um baú de pequeno porte, para que a montagem e desmontagem se dessem sem prejuízo de tempo e os Irmãos pudessem aproveitar suas poucas horas de Maçonaria com o máximo de vantagens. O poder que a Maçonaria tem, com seus rituais, de imprimir em nossa mente e espírito um Universo gigantesco e criativo, é infinitamente superior ao espaço físico que ocupa em seus diversos Templos; eu, que conheci muitos até hoje, sempre me espanto com a imensidão sem limites que a Maçonaria toma dentro de nós, crescendo incessantemente e formulando-se como um Templo Ideal, indo de Norte a Sul, de Leste a Oeste, e do Zênite ao Nadir, ocupando todas as dimensões possíveis da Criação, reservando o Centro do Universo para que cada um de nós, maçons, seja o centro de si mesmo, representando fielmente o Grande Arquiteto na parte que lhe cabe dessa obra sem jaça. E pensar que tudo isso se deu comigo no curto espaço de algumas horas, no porão acanhado de um navio francês, sem que o lugar, a hora ou a nacionalidade dos que me iniciaram tivesse qualquer coisa a ver com o que ali se fazia: cada um de nós, para o espírito maçônico que nos cobriu, o melhor de si que tinha a dar, e o resultado disso acabou sendo, como sempre acontece, maior que a simples soma daquilo que lá se colocava.

No rancho do navio, comemos a frugal refeição de que sua cozinha naval dispunha: carnes frias, bolachas salgadas, uma ou outra fruta que fora comprada pelos oficiais de bordo, e algum vinho de qualidade discutível, suprindo o ágape fraterno que sempre acontece depois de uma sessão de Loja. O comandante Larcher me pediu desculpas por isto, e eu lhe disse:

— Comandante, sendo cozinheiro de profissão, se me tivessem avisado, teria preparado um ágape digno desse nome para todos os Irmãos que hoje ganhei.

— *C'est superbe, mon chér frére*! Tivesse eu o dom de ler o futuro, e agora estaríamos nos deliciando com tua comida. Mas oportunidades não faltarão, *n'est ce pas*? Ainda nos reencontraremos muitas vezes, nessa ou em outra qualquer Oficina do Universo! E *le Grand Architecte de L'Univers* nos permitirá estreitar os laços entre a *Franc-Maçonnerie Française* e essa nascente Maçonaria do Brasil!

Os oficiais do *La Preneuse* e os homens grados da Bahia, todos Irmãos pedreiros, me saudaram diversas vezes com seus brindes aos grandes poderes da Natureza, e quando deixamos o navio, em meio a toda a guarnição enfileirada no tombadilho e três salvas de seu pequeno canhão, retornamos ao Porto do Mercado e de lá ao Largo do Pelourinho, entrando silenciosamente na casa do Lira, onde Bak'hir estudava um pequeno livro escrito em árabe, à luz de uma candeia. Sentei-me a seu lado, cansado e muito emocionado pelos momentos que havia passado ao tornar-me maçom:

— Bak'hir, meu amigo, creio que hoje experimentei coisas que só muito mais tarde conseguirei compreender em toda a sua verdade...

— É assim mesmo, Pedro; tudo que nos abre a possibilidade de contato com o sagrado dentro de nós leva tempo a se estabelecer, mas esse tempo é exatamente o necessário para que o processo se dê de maneira perfeita. Eu creio na verdade de Allah, o deus único, e sendo único, é teu e meu ao mesmo tempo, ainda que O chames por outro nome e a Ele prestes homenagens de maneira diferente da minha. Não pretendo te tornar muçulmano como eu sou, nem pretendo transformar--me naquilo que tu és: somos aquilo que Allah nos fez, e é Sua infinita sabedoria que nos gerou assim tão diferentes um do outro. Se fôssemos ambos iguais, que necessidade haveria de existirem dois de nós?

A mente de Bak'hir era fascinante: racional ao extremo, não se deixava mover emocionalmente por nada, a não ser a luta contra a escravidão, que era seu objetivo constante, e que o levara a se unir aos revolucionários de Salvador, pretendendo uma República radical, onde não houvesse nem senhores nem escravos. Estendendo a mão em minha direção, deu-me um búzio em cuja extremidade havia uma argolinha de ouro, de maneira a poder ser pendurado em uma corrente de relógio, em uma correntinha de pescoço ou mesmo presa à orelha, como já havia visto em muitos:

— Guardei isso para dar-te hoje, Pedro, como presente por te teres tornado maçom: é o sinal de nosso grupo, e contamos contigo na hora do embate final, que está bem próximo... Queres ler o documento que preparamos e que será distribuído por toda a cidade do Salvador?

— Sem dúvida, meu amigo... Tu deverias ter sido iniciado comigo, Bak'hir; tens tudo de que um homem precisa para ser maçom!

Bak'hir deu-me um sorriso triste, estendendo-me uma folha de papel:

— Quando a cor da pele não importar mais, certamente... Mas enquanto eu for escuro, nenhuma Maçonaria me aceita... Não percebeste que nela até agora só existem brancos?

Aquilo ficou em minha cabeça enquanto eu lia o documento do grupo dos Búzios, como já eram conhecidos, ou dos Alfaiates, por causa do lugar onde estávamos. Vinha escrito na linguagem empolada dos doutores Cipriano Barata e Francisco Aragão, meus Irmãos, ambos brancos e importantes, e eu mesmo, se não falasse francês e fosse um pouco mais escuro de pele, duvido que tivesse sido convidado a tornar--me maçom, porque mesmo a Maçonaria ainda sofria dos defeitos das sociedades em que existia, e por mais que desejasse romper os preconceitos e os erros dessas sociedades, ainda era formada por homens que faziam parte dessas sociedades e seguiam seus modos e costumes, por mais que desejassem vencê-los, modificá-los ou extingui-los.

"Está para chegar o tempo feliz de nossa liberdade; o tempo em que seremos irmãos; o tempo em que todos seremos iguais. Homens, o tempo da liberdade para nossa ressurreição; sim, para que ressuscitareis do abismo da escravidão, para levantareis a sagrada bandeira da liberdade. Ó vos povos que viveis flagelados com pleno poder do indigno coroado esse mesmo rei que vós criasteis; esse mesmo rei tirano há de se firmar no trono para vos veixar, para vos roubar e para vos maltratar!"

A linguagem empolada trazia erros de gramática, concordância e escrita quase inacreditáveis, e quando ergui meus olhos para Bak'hir, pretendendo mostrar-lhe isso, ele me estendeu outros panfletos de igual teor, não mais que uma dúzia deles, todos trazendo depois desse texto de abertura uma lista de oficiais e soldados dispostos à luta em defesa da liberdade, e então entendi tudo. Não havendo como imprimir os panfletos, os companheiros alfaiates haviam se disposto a copiá-los de próprio punho, cada um deles trazendo os vícios de linguagem e os equívocos que cada um lhe impusera ao escrever, pela falta de acentos e sinais como vírgulas e pontos, que separassem as ideias segundo sua importância. A pobreza de meios dessa revolta era flagrante, e em tudo se diferenciava da revolta mineira que eu conhecera, porque lá, com a exceção do Alferes Xavier, eram todos senhores bem postos na vida, a grande maioria deles homens de posses e patentes; aqui, não. Aqui éramos povo, gente comum, capazes de tudo para limpar de nosso caminho as iniquidades gerais de que a sociedade das colônias andava prenhe, e quando a mão cruel e tirana d'El-Rei caísse sobre nós, faria um estrago muito maior, porque não havia quem nos defendesse ou falasse por nós. Se na revolta da Vila Rica haviam enforcado apenas o Alferes, por ser pobre e sem valor, aqui seríamos todos enforcados, sem piedade nem perdão real de última hora. Eu precisava esclarecer isso a meu amigo Bak'hir, que fora escravo junto comigo, mas como o faria sem lhe ferir a dignidade? Uma ideia me ocorreu:

– Bak'hir, está ótimo, mas quem os lerá? O povo dessa cidade, a quem esses panfletos se dirigem, é na sua grande maioria iletrado e analfabeto; como tomarão conhecimento do que aqui está escrito?

– Iremos até eles, e os leremos em voz alta... não sabem ler mas sabem ouvir, e o que aqui dizemos vai ao encontro de todos os seus desejos...

— Disso não tenho nenhuma dúvida, Bak'hir; surpresa será se conseguirem entender esse texto, que não foi sequer escrito na língua que eles falam... quem o escreveu foi o doutor Barata ou o doutor Aragão?

Bak'hir me olhou, sério:

— Os dois juntos...

Bati com a mão na mesa, provando meu ponto:

— Pois então? Se é para divulgar a ideia da liberdade, que ela seja expressa em altas vozes e com lógica, e não nesse arrazoado indecifrável que povo nenhum conseguirá entender... Sabes o que acontecerá se um desses panfletos cair na mão dos poderosos da Bahia? Os poderosos conhecem sua própria língua, e não terão nenhuma dificuldade em perceber o que eles trazem!

Bak'hir se ergueu a meio corpo, os olhos brilhantes:

— Nada melhor que isso! Os poderosos da Bahia precisam saber que sua hora chegou, e que o povo da Bahia está disposto a matá-los, se for preciso, em honra de sua própria liberdade!

Uma poderosa intuição me tomava todo o corpo, fervendo em minhas veias, formigando em minhas mãos e pés: era como se eu já estivesse vendo o fim dessa revolta, a reação violenta dos senhores da terra contra o povo desgraçado da Bahia, e eu disse a Bak'hir:

— Por que queres ser o algoz do povo baiano? Não vês que com essa ideia sem sustentação verdadeira só conseguirás matá-los, matando-te a ti mesmo como consequência?

— Tu não leste o que Jefferson escreveu, Pedro? "É verdade evidente por si só que todos os homens foram criados iguais, que todos foram dotados por seu Criador de direitos inalienáveis, e que entre esses direitos estão a vida, a liberdade e a busca da felicidade"! Não te recordas disso? É o direito do povo baiano, é o que o povo baiano terá!

— O povo baiano só terá sangue, morte, violência e destruição! Não consegues ver isso?

Bak'hir vociferou:

— Mas bastou que te tornasses maçom para ficares contra a liberdade do povo?

Eu emudeci; a ideia fixa de Bak'hir o fazia voltar-se até mesmo contra mim. Respirei fundo e lhe disse:

— Não digas isso, meu amigo; ninguém como eu, maçom ou profano, sabe o que te vai na alma, porque o chicote que te mordeu as carnes mordeu as minhas também, e aqui em minhas costas trago as cicatrizes que nunca se apagarão! Ninguém como eu entende teu anseio pela liberdade, porque ambos sabemos que não existe destino que seja mais forte do que ela! É preciso aceitar a verdade, Bak'hir: existe um significado individual que não pode ser esquecido, assim como não podemos esquecer a grandeza do dever a cumprir e o poder de nosso caráter... A necessidade verdadeira, não sabemos ainda como, há de se articular com a liberdade, assim como o indivíduo se articula com o mundo e teus desejos pessoais se articulam com o espírito dos tempos que estamos vivendo! E não precisamos matar os que nos são mais caros para conseguir isso!

Dessa vez foi Bak'hir quem bateu na mesa:

– A liberdade não é fazer o que se quer, mas sim o poder de fazer o que se deve, até mesmo quando o impulso de sobrevivência nos mostra o contrário! Perde teu medo da morte, Pedro! Ele te impede de ser livre!

Pensei nisso por alguns instantes: eu verdadeiramente tinha medo da morte? Não me parecia; uma coisa assim tão natural, necessária e universal como a morte nunca teria sido criada como um mal para a humanidade. Eu temia, sim, mas não a morte: eu temia morrer, o que é coisa bem diferente. A morte não era nem um amigo que eu devesse entreter ou um inimigo a quem eu devesse combater, e no entanto era o ato de morrer que me trazia medo.

– Bak'hir, meu amigo, não é a morte que me impede de ser livre, mas sim esse mundo de homens sem misericórdia por seus semelhantes! Eu não quero para ti o que não desejo para mim, esse desperdício de nossas melhores capacidades simplesmente porque não agradamos ao poderoso do momento, que tem todo o poder de nos matar, se essa for sua vontade! Não podemos agir com mais inteligência, e permanecer vivos para outras batalhas, em vez de nos entregarmos assim manietados nas mãos de quem nos odeia e pode nos destruir?

A intuição me tomava por inteiro, como se eu fosse um tonel que estivesse sendo lenta e inexoravelmente preenchido por ela: dessa vez não havia impotência. Eu sabia que poderia salvar meu amigo Bak'hir, mesmo que ele não o desejasse, e para isso não precisava perceber seu desvanescimento a meus olhos; os fatos me davam a certeza de que tudo iria pior do que pretendiam. Eu o salvaria, custasse o que custasse, como se estivesse salvando a mim mesmo.

De onde vinha essa intuição, que me enchia de capacidade de escolha e decisão? De algum lugar dentro de mim que nunca fora tocado até o momento em que eu enxergara a Maçonaria em toda a sua luminosidade? Seria esse o presente que minha iniciação me concedia, como visão de um futuro de maior sabedoria e conhecimento de mim mesmo e do mundo? Era irrecusável: dentro de mim a intuição, de mãos dadas com a minha razão, se confundia com a fonte de luz que a Maçonaria me revelara, preenchendo-me totalmente e se tornando a melhor parte de mim.

Eu sabia o que fazer: teria de salvar estas pessoas, mesmo contra sua vontade. Minha experiência nas Minas Gerais me dava certeza do fim possível de suas ações, e eu não desejava que nenhum deles fosse morto inutilmente, principalmente Bak'hir, esse amigo a quem eu reencontrara e que ainda tinha muito a contribuir na luta pela liberdade. Se eu permitisse que ele morresse, ou mesmo se deixasse que ele chegasse ao momento onde se desvaneceria à minha frente, nada poderia fazer por ele. Era preciso me antecipar e agir com confiança, e para isso os acontecimentos sempre nos mostram uma boa saída. A Revolta dos Alfaiates, ou dos Búzios, como já vinha sendo conhecida na cidade do Salvador, estava com seus dias contados, e eu não esperaria mais.

Em uma ida ao mercado, andando pela cidade sem muito a fazer, encontrei o tenente Hermógenes, apressado; cumprimentei-o, mas ele só me fez um sinal de mão, seguindo seu caminho, claramente vigiando um homem de trajes finos que caminhava à sua frente, cercado por uma meia dúzia de outros homens de todos os tipos, fazendo anotações dentro de sua pasta de couro. Seguindo-os, logo atrás do tenente, por duas vezes vi dinheiro trocar de mãos entre esse homem e os que o cercavam, até que entraram em uma casa de altos e baixos e o tenente ficou à porta.

Chegando perto dele, saudei-o como Irmão, e ele me respondeu da mesma maneira, ainda que não tirasse os olhos da porta onde desaparecera o homem que ele seguia. Curioso como qualquer um, perguntei-lhe o que fazia:

– Estou vigiando os passos desse meliante do Rio de Janeiro, que de cada vez que cai em desgraça em sua cidade, passa uma temporada aqui em Salvador, até que as coisas esfriem e ele possa voltar para a capital do vice-reinado. Já fez isso diversas vezes, e eu nunca consigo apanhá-lo em flagrante, porque aqui também conta com a proteção de gente importante, que sempre o livra da cadeia...

– Mas é ladrão, contrabandista, assassino?

– Muito pior, Irmão Pedro: é falsificador! – uma luz se acendeu em minha memória, enquanto o tenente continuava. – Não existe em toda a colônia ninguém que seja mais competente na arte de falsificar documentos oficiais, a tal ponto que muitas vezes as falsificações que ele produz são consideradas mais verdadeiras que os verdadeiros papéis...

Não podia ser outro, mas mesmo assim, eu quis me certificar:

– Que nome tem esse pássaro?

– Chama-se José Joaquim, sobrenome desconhecido, mas é chamado de Belo Senhor por seus parceiros no crime...

Minha memória mais uma vez não falhara. O Belo Senhor estava em Salvador. Não dei nenhum sinal de reconhecimento, mas por dentro minha mente trabalhava a toda: um falsificador desse tipo poderia ser-me muito útil, caso a situação dos revoltosos, entre eles Bak'hir, se complicasse. Um projeto de salvação começou a se estruturar em minha mente, e eu, despedindo-me de meu Irmão tenente, afastei-me um pouco, colocando-me de modo a que ele não me visse, esperando que saísse de onde estava e me deixasse o caminho livre. Pelo que eu estava pensando, ninguém poderia saber de meu intento até que ele se concretizasse e resultasse naquilo que eu desejava.

Quando o tenente, saindo de onde estava, movido por alguma necessidade imperiosa, deixou o caminho livre, embarafustei rapidamente pela porta onde o Belo Senhor havia entrado, percorrendo um escuro corredor e chegando a uma sala de fundo também muito escura, onde várias pessoas cercavam uma mesa de escrevente iluminada tanto pelo sol quanto por alguns espelhos estrategicamente dispostos, deixando ressaltada a superfície onde o Belo Senhor trabalhava, com penas, tintas, lacres e uma infinidade de coisas cuja utilidade me escapava. Entrei em uma fila de pessoas que chegava perto dele e, à socapa, fazia seus pedidos, que ele aceitava ou rejeitava sem olhar para o pedinte. Como todos precisavam muito dos serviços dele, acabava sendo apenas uma questão de preço: quem se via rejeitado voltava à carga, oferecendo mais, e o Belo Senhor, com um suspiro de enfado, finalmente aceitava o serviço, anotando todos os dados necessários e marcando um dia para a entrega do documento e da outra metade do dinheiro, porque a primeira metade ele exigia ali, na hora.

Mexi em minha bolsa: eu tinha nela alguma coisa, mas não acreditava que fosse o bastante para cobrir a metade do que ele me pediria, e como dificilmente regateava, eu ficaria em dificuldades. Só me restava o caminho da lisonja, e a melhor delas, sem dúvida, é a lisonja pública, aquela que revela aos outros o valor que o próprio lisonjeado se dá em silêncio, ainda que seja falso. Eu esperava que ele substituísse parte do dinheiro que me cobraria por essa moeda que engrandeceria sua vaidade, sendo a concordância dos outros presentes o apoio de que eu precisava para isso. Eu o teria, sem dúvida, como um pagamento adicional que ele receberia, o que só me ajudaria. Quando estava quase na beira da mesa, faltando duas pessoas para que chegasse minha vez, já havendo muitos outros atrás de mim, percebi a hesitação de quem estava conversando com o Belo Senhor, e disse:

– Amigo, paga e não bufa... nunca terás na vida quem te ajude tão perfeitamente e por preço tão baixo! O Belo Senhor é um verdadeiro artista, e se houvesse justiça no mundo, estaria sendo exposto nos museus e palácios dos ricos, em vez de estar aqui na cidade do Salvador tentando ajudar os desvalidos a combater a iniquidade dos poderosos!

O Belo Senhor ergueu os olhos para mim, encontrando minha face sorridente, em meio aos muxoxos de concordância dos que nos cercavam; antes que sua curiosidade se transformasse em desconfiança, continuei:

– No Rio de Janeiro não há quem não o conheça, e com seu talento inigualável já enganou até mesmo dom Fernando José de Portugal, que chegou a reconhecer como sua própria uma assinatura que esse belo senhor executou em um documento, de tão perfeita que era! Sorte dos baianos que ele esteja aqui: assim poderemos escapulir da fome da Coroa... e nos divertir um pouco com seus esforços inúteis...

Quem ali estava riu, em concordância, e o Belo Senhor permaneceu me olhando, inchado de orgulho que alguém conhecesse seus mais espetaculares feitos e os revelasse publicamente. Estava acostumado a ser tratado como meliante, não como herói nem artista, e aquele momento deve ter sido muito especial para ele, porque me fez um gesto com a mão, para que eu me aproximasse de sua mesa. Avancei, seguro de mim, e apertei-lhe a mão manchada de tinta, dizendo:

– É uma honra, Belo Senhor, uma verdadeira honra...

Uma de suas sombrancelhas se ergue, e antes que ele se pusesse a desconfiar de mim, disse-lhe:

– Há lá fora um tenente da Guarda vigiando todos os teus passos; eu o conheço e sei que deve estar seguindo ordens... te aviso para que te cuides...

O falsificador riu:

– Nunca sei se me vigiam contra mim ou a meu favor... na maioria dos casos essa vigilância se transforma em proteção, porque não conheço ninguém que tenha a coragem de interromper meu trabalho. Quando não sou vigiado pela guarda, preocupo-me com minha própria segurança, mas basta que um deles surja e eu me sinto em casa... Do que precisas?

Agi com intimidade:

– Fica tranquilo, Belo Senhor: eu não tenho pressa. Podes atender a todos esses senhores... eu aguardo...

Foi assim que aconteceu: enquanto o Belo Senhor atendia a seus clientes, eu conversava com ele, cuidando para elogiá-lo e a seus talentos na medida certa, de forma que, quando ficamos a sós na sala, já éramos praticamente amigos de infância. Eu, para ganhar sua confiança, contei-lhe toda a minha vida, inclusive o fato de ser filho bastardo de Sebastião Raposo, de Rio de Contas, na capitania de Ilhéus, e portanto herdeiro de seus bens, onde quer que se encontrassem e eu pudesse neles pôr minhas mãos. O Belo Senhor concordou:

– Ah, Pedro Raposo, meu amigo, se soubesses quantas heranças eu consegui colocar nas mãos do herdeiro certo, usando meus talentos para burlar a lei que ia contra a justiça dos fatos!!! Meus talentos começaram exatamente assim, em notariados do Rio de Janeiro, onde comecei a produzir documentos muito antigos, que davam posse de inúmeras fazendas a pessoas que sem minha ajuda estariam hoje na rua da amargura. Ninguém os contestou, e um belo dia, já sendo bastante famoso, tornei-me fornecedor desses mesmo documentos aos ricos senhores que vinham da terrinha, chegando mesmo a produzir escrituras com a assinatura de um cacique qualquer que lhes tivesse vendido a posse... sabes que houve juízes que as aceitaram?

Rimos muito, e eu lhe contei meu plano: já tinha visto muitos senhores retirarem seus escravos do pelourinho, impedindo danos à sua propriedade e comprometendo-se a castigá-los eles mesmos, se isso se fizesse necessário: quem sabe não estava aí uma boa saída para preservar a vida e a integridade de Bak'hir?

O Belo Senhor riu:

– Nada melhor que a lei, quando a usamos para enganar a própria lei. Se eu te provar dono desse Bak'hir, garanto que ninguém ousará tocar-lhe em um fio de cabelo que seja! Aqui nas colônias vale a lei de Portugal, e uma propriedade é direito indiscutível de seu dono, aí incluído todo tipo de gado, inclusive o gado humano... O que precisaremos são de dois ou três documentos: um que te reconheça como filho de Sebastião Raposo, e outro que, por herança, te dê a posse desse Bak'hir. Uma escritura de compra e venda desse escravo, com o adendo da transferência por herança para ti, seria o ideal, e como estamos na Bahia, fica fácil produzir carimbos, lacres e assinaturas de oficiais da capitania de Ilhéus, porque aqui eles só desconfiam dos papéis que vêm de Portugal ou do Rio de Janeiro. Quanto estás disposto a pagar por meu trabalho?

Fiquei sem saber o que dizer, mas o Belo Senhor, com uma intimidade espantosa, continuou:

— Quando fui meirinho, recebia 25 contos de réis por mês, e fazia trabalho de documentação pelo menos uma vez por dia. Digamos que ele valha um conto de réis: tens aí 500 mil réis para dar-me de adiantamento?

Eu não os tinha, mas contei as moedas, chegando à impressionante quantia de 256 mil réis, juntando tudo que estava em minha algibeira. Meio desolado, disse ao Belo Senhor:

— Aqui só tenho isso, mas em minha bagagem certamente possuo mais: queres esperar por mim, até que eu te traga o que falta? Se assim o desejares, posso trazer-te o conto de réis inteiro, pagos antes que me executes o trabalho...

— Então aproveita e me traz também uma boa vinhaça, que eu trabalho melhor com a garganta lubrificada pelos santos óleos das uvas....

Entrei na casa do Lira em silêncio, não encontrando ninguém, a não ser alguns aprendizes que ressonavam pelos cantos: certamente se encontravam pela cidade do Salvador, espalhando os panfletos indecifráveis com que pretendiam iniciar sua revolta. Fui até a alcova onde tinha dormido por todo esse tempo e, pegando minha bagagem de mão, retornei para a casa do Belo Senhor, não sem antes fazer com que um estalajadeiro do Pelourinho me abrisse sua adega e dela vendesse umas três garrafas do vinho disponível, que a essas alturas não precisava nem mesmo ser bom.

Passei a noite admirando a capacidade artística do Belo Senhor, espantadíssimo com o fato de que ele, quanto mais bebia, mais apto e preciso ficava, recriando com os pobres materiais de que dispunha a aparência exata dos documentos oficiais que me seriam úteis. Pergaminhos, papéis mais ou menos usados, poeira, terra, argila, tintas e penas de diversas cores e tamanhos, batatas usadas para simular carimbos, pedaços de madeira que, com a mão livre, esculpia magistralmente para fazer as chancelas que marcavam os lacres, misturando essas substâncias vermelhas com mais ou menos sujeiras de todos os tipos, para que aparentassem ser velhas ou vindas de longe, espalhando pó e caliça por sobre as folhas já traçadas, e com tudo isso criando uma tal semelhança de realidade que me fazia entender por que o rei Fernando José havia considerado como sendo sua uma assinatura traçada por esse grande artista do crime.

Quando tudo estava pronto, e eram verdadeiras obras de arte, inclusive o documento de batismo que o Belo Senhor produziu, atestando que eu era filho de Sebastião Raposo, paguei-lhe o conto de réis que lhe devia, pelo qual ele muito me agradeceu. A manhã estava nascendo na Praça do Mercado, e assim que pus o pé fora da casa fui apanhado com força por meu irmão, o tenente Pantoja, que me olhou com mais curiosidade que autoridade:

— Meu Irmão, o que fazias aí dentro? Que negócios tens com o Belo Senhor?

Mudo por alguns instante, hesitei; o que deveria dizer? E, principalmente, a quem falaria: ao oficial da guarda ou a meu Irmão pedreiro? Dependendo de quem fosse meu interlocutor, a história mudaria. Eu preferia falar a verdade, e por isso me arrisquei a falar com meu Irmão, um daqueles que eu reconhecera na loja do *La Preneuse*, na noite de minha iniciação, quando recebi a luz e pela primeira vez vi a Maçonaria. Respirei fundo e contei-lhe tudo, principalmente meus temores sobre o fim da revolta que se avizinhava e minha decisão de salvar pelo menos a vida de Bak'hir, se não pudesse salvar a de todos.

Meu Irmão Pantoja a tudo ouviu, de cabeça baixa, sem proferir nem uma palavra: eu não fazia ideia do efeito que lhe causava, mas estava em suas mãos. Quando terminei de falar, Pantoja me disse:

— Tenho os mesmos temores que tu, Irmão Pedro. Nessa manhã a conjura já foi revelada, e as tropas estão nas ruas exatamente em busca dos autores dos panfletos que hoje estavam presos à porta das igrejas mais populares da Bahia. Essa foi a minha última noite vigiando o Belo Senhor: a partir de hoje, estamos todos na captura dos revoltosos, entre os quais nós dois nos incluímos, ainda que o governador não o saiba.

— Mas como começam essas repressões?

— Como sempre... Logo que os panfletos foram pregados nas portas dos 11 lugares escolhidos, o que estava mais próximo, exatamente no Largo do Palácio, foi levado ao governador, que imediatamente ordenou que todos os esforços de todos os batalhões de guarda e de soldados da Bahia fossem dedicados à busca dos culpados. Pelo que eu soube, antes de sair para encerrar essa diligência do Belo Senhor, já foram atrás do Domingos da Silva Lisboa, mulato português e escrevente, cuja letra é por demais conhecida. E agora, o que faremos? Com a lista de militares disponíveis que cada panfleto traz, não será difícil para o governador descobrir quais de seus homens estão envolvidos... Sei que pagarei um preço alto, mas não terrível. Também tenho um irmão no movimento, que por não ser militar, provavelmente sofrerá pena mais dura que a minha...

— E nossos amigos, Pantoja? E nossos companheiros? Que fim levarão?

— Quanto mais escura for sua pele, mais terrível será a ira do governador: o maior medo da Coroa portuguesa, hoje, é que aqui nos brasis aconteça o que está acontecendo em Santo Domingo. Em cada negro que lhes passa pela frente sem rir, enxergam a figura aterrorizante de Toussaint L'Overture, o líder dos escravos da colônia francesa, e não admitirão que nada sequer semelhante se dê por aqui...

— Mas a Maçonaria, Pantoja? Não pode fazer nada por eles?

Pantoja me olhou com um sorriso triste:

— A Maçonaria nada faz, meu Irmão: quem faz são os maçons, a partir daquilo que ela lhes desvenda e revela... e no Brasil, onde existem maçons mas não existe Maçonaria, nenhum poder temos, porque nada ainda aprendemos com ela. A grande maioria de nós pensa que ao se unir à Maçonaria estará se tornando dono de algum dom milagroso, sem perceber que a mudança que ela propõe para cada um é exatamente aquela que já existia ali, dentro de todos, como tendência e possibilidade. O poder da Maçonaria é a soma do poder dos maçons, mas o resultado, podes crer nisso, será sempre maior que a soma dos fatores... E agora, diz: como pretendes agir para salvar Bak'hir, já que não poderás salvar-nos a todos, inclusive a ti mesmo?

— Alguma atitude tomarei, Pantoja, antes mesmo que o abcesso exploda: tens como ajudar-me, indicando algum oficial da Guarda que possa seguir comigo para ajudar-me a capturar meu escravo fugido?

— Farei melhor: vou eu mesmo com minha escolta fazer esta diligência; lá chegando, prenderemos Bak'hir à vista de todos, levá-lo-emos ao juiz de instrução e em dois tempos tu estarás com o negro em tuas mãos, podendo fazer com ele o que bem quiseres!

O sorriso do tenente Pantoja me encheu de esperanças, e ele deu uma ordem aos guardas que estavam próximos, perfilando-os e guiando-os pela Ladeira da Preguiça acima, até que chegamos ao Pelourinho e nos aproximamos da casa do Lira, onde tudo estava silencioso e deserto. Nos enfiamos vagarosamente pelo corredor que levava às alcovas e começamos a ouvir ruídos que me eram bem conhecidos, os da paixão. Alguém estava em plena atividade sexual em uma das alcovas, e quando nos aproximamos do som reconheci a voz de Bak'hir, gemendo guturalmente e dizendo:

— Mexe, mexe...

Não imaginei que Bak'hir, tão sério e persistente nas questões dos negros, fosse capaz de se entregar ao prazer físico, mas depois percebi que, sendo homem como eu, era mais do que natural que o fizesse. Pantoja deu um passo à frente, mas, recordando de meu próprio prazer em momentos iguais a esse, eu o impedi de continuar, porque seria uma indignidade tirar de um homem que seria preso seu último momento de prazer, antes de perder momentaneamente a liberdade.

Os gemidos se avolumaram e apressaram, e com um grito longo, quase um uivo, o gozo veio e o silêncio se fez, entrecortado por respirações profundas. O susto que Bak'hir levaria seria na medida para que os soldados que nos acompanhavam não duvidassem nem por um instante de sua prisão ou de meu poder sobre ele.

O susto, no entanto, foi nosso, quando a cortina se abriu e de lá saiu um dos aprendizes, sungando as calças, e logo atrás dele a cara ainda prazerosa de Bak'hir, sem o turbante, deixando ver em seu couro cabeludo a cicatriz do golpe que recebera quando, ainda na África, se tornara escravo. Pantoja, atrás de mim, não reprimiu um grito sufocado, que chamou a atenção dos dois que estavam na alcova. Bak'hir fixou os olhos em mim, enquanto Pantoja dizia:

– Um pederasta... Meu Deus!

O aprendiz, com lágrimas no olhos, escapuliu para os fundos da casa, sendo seguido de perto por dois dos soldados, que voltaram quase imediatamente, dizendo tê-lo perdido ao pular um muro: os outros dois, firmes em seu papel de guardas, já haviam tomado, cada um, um dos braços de Bak'hir, e Pantoja, de costas para eles, me disse em voz baixa:

– E agora, meu irmão? O que faremos? A sodomia é crime na cidade do Salvador, e ele foi apanhado em pleno delito... eu deveria entregá-lo às autoridades...

Pus as mãos sobre os ombros de meu Irmão, o tenente Pantoja, e lhe disse:

– Nada mudou em meus planos, Irmão: eu continuo disposto a salvar Bak'hir, da forma como combinamos... não te apoquentes; o que não se sabe não incomoda, e nós nada temos a ver com a maneira como cada um tem seu prazer...

– Mas é contra a natureza!

– Se fosse contra a natureza, ela mesma se encarregaria de impedir que acontecesse... não tardemos mais, meu Irmão! Sigamos o combinado, por favor!

Pantoja me olhou por um tempo que me pareceu demasiadamente longo, pensando em sua mente todos os prós e os contras do que faríamos: depois, com um suspiro de aceitação, virou-se para Bak'hir e disse:

– Negro, trouxe aqui teu dono e senhor para levar-te com ele. Eis aqui os documentos oficiais que lhe garantem tua posse. Vamos!

Bak'hir fincou os calcanhares no chão e se manteve onde estava, os músculos de seus braços inchados pelo esforço, a veia da testa saltada como se estivesse à beira de um ataque:

– Não sou propriedade de ninguém, a não ser de mim mesmo! Ele não tem nenhum poder sobre mim! Ele também é...

Um dos guardas, a um sinal de Pantoja, deu-lhe uma bordoada na cabeça que o deixou zonzo e sem fala, e daí em diante o arrastamos para fora da casa, descendo algumas ruas e vielas e indo parar à porta do Juizado, onde exigimos entrada, como era de costume. No caminho, Pantoja me disse em voz baixa:

– Melhor que ele se cale, para não revelar aquilo que não nos interessa; na frente do juiz, apresentaremos os documentos e sairemos de lá o mais rápido possível...

Na sala empoeirada do Juizado, onde estavam dois escrivães e um juiz de peruca muito suja, vestido com um robe por sobre as roupas de casa, em lugar da toga, Pantoja me apresentou como Pedro Raposo, tropeiro e herdeiro de Sebastião Raposo, com documentos que provavam que o negro Bak'hir, da tribo Haussá, descrito com minúcias na escritura de posse que o Belo Senhor havia tão bem urdido, era minha propriedade. Bak'hir, a essa altura, já estava manietado e com um pano amarrado sobre a boca, para que nada dissesse. Eu me fiz de grande senhor, ainda que bastante chucro, olhando o juiz com altivez e exigindo a posse imediata de minha propriedade legal.

O juiz, olhando com curiosidade para o que tinha à frente, não duvidou nem por um instante da veracidade dos documentos: o dinheiro que eu gastara com o Belo Senhor tinha sido muito bem gasto. Sua Excelência, o Meritíssimo, depois de examinar os documentos mais uma vez, recostou-se em sua poltrona e me disse:

– O proprietário tem o direito de exigir a punição pública do negro fujão, antes de levá-lo consigo, e a cidade do Salvador disponibiliza o Pelourinho para isso. Se o dono da peça não quiser ele mesmo aplicar o corretivo, temos também dois ou três negros muito fortes e capacitados, prontos a desempenhar o papel de carrascos para o prisioneiro. Vossa Mercê vai fazer uso desse direito, como exemplo para todos os outros negros?

Em minha mente só passavam imagens de meu próprio chicoteamento, despido à frente de todos, na fazenda de meu crudelíssimo pai. Com arrogância, como se esperava de alguém em minha posição, disse:

– De forma alguma: eu mesmo faço questão de castigá-lo, mas não com chicotes, que doem por um tempo e depois deixam de doer. Ele vai passar por trabalhos muito mais pesados do que alguma vez passou, para aprender quem é e a quem pertence.

O juiz riu, com crueldade e cinismo:

– Muito bem, senhor Pedro: Vossa Mercê sabe direitinho como tratar esses animais. Pode então levá-lo consigo, e só desejaria que todos os senhores de escravos dessa terra fossem assim tão determinados quanto o é Vossa Mercê...

Meu coração estava pequeno, apertado, amarrado como as mãos de Bak'hir, que seguia cambaleante entre os guardas, que praticamente o arrastavam, sem que ele tivesse qualquer possibilidade de ação. Pantoja me perguntou:

– Meu Irmão, temos de sair daqui o mais rápido possível; se alguém perceber que essa diligência foi feita sem ordem de meu oficial comandante, não dou um ceitil por nossas vidas. Para onde o Irmão pretende levar Bak'hir?

Fiquei em baldas, sem saber o que fazer: Bak'hir era um peso morto que logo acordaria, e me daria muito trabalho, até compreender que o que eu fizera fora para salvar-lhe a vida. Isso, se compreendesse e não decidisse abandonar-me e retornar para a conjura baiana, arriscando sua vida em troca de um pesadelo sem fim. Tudo o que eu desejava era sair da cidade do Salvador, se possível mudando-me para o Rio de Janeiro defintivamente, onde abriria meu restaurante, o primeiro das Américas, marcando meu nome nos cadernos de cozinha do Universo, ao lado de tantos outros que já lá estavam. Mas como faria essa viagem, se por terra estaria a cada dia menos perto de meu objetivo, e ainda por cima correndo o risco de perder Bak'hir na primeira curva do caminho?

Os hábitos sexuais dele não me interessavam, principalmente por ter vivido entre os índios, para quem a sexualidade é sempre natural, não importa sob que forma se apresente: se eu não os desejava para mim, sabia que cada um tem sua maneira de expressar seu desejo e prazer, e que essa maneira é pessoal e intransferível, sem possibilidade de tornar-se a de outrem, a não ser que entre elas surja uma identidade tal que se tornem uma só. Eu, naquele momento, me sentia vestido de armadura rutilante, como os heróis dos antigos romances de cavalaria, disposto a salvar a vida de um amigo mesmo contra sua vontade. Sabia que ia ser difícil convencê-lo de que só fizera o que fizera pelo seu bem. Subitamente, olhando meu Irmão Pantoja, recordei-me de minha iniciação no navio *La Preneuse*, da qual ele participara, e de que os oficiais estavam se preparando para, depois dessa temporada na Bahia, seguir para o Rio de Janeiro onde, sob as ordens do Grande Oriente de

França, tentariam iniciar tantos brasileiros quanto lhes fosse possível, oferecendo Maçonaria Francesa antes que os ingleses os obrigassem a aceitar a sua. Com jeito, cuidado e algum dinheiro, eu certamente conseguiria um lugar para mim e Bak'hir na embarcação do comandante Larcher, se ela ainda estivesse ao largo da Barra.

Foi isso que fiz, com o apoio de meu Irmão, o tenente Pantoja, que mesmo com as surpresas que eu lhe havia causado, continuava a meu lado, disposto a tudo para me ajudar, arriscando inclusive a própria patente, se por acaso fosse apanhado em flagrante abuso de autoridade. Eu também me preocupava com ele, pois assim que fosse descoberto como parte da conjura, certamente sofreria danos incalculáveis. Na chalupa que nos levou pelo mar azul da Bahia até o promontório da Barra, onde o mar já era aberto, meu coração não sossegou enquanto não vi a silhueta do *La Preneuse*, ainda fundeado no mesmo lugar de antes. Aproximamos-nos dele e eu, vendo a movimentação sobre o tombadilho com nossa aproximação, ergui-me contra o vento e gritei o nome do comandante:

– *Mon frére Larcher? C'est moi, ton frére Pedro... est'ce que je peu rentrer dans ton bateau, mon commandant?*

Os oficiais, muitos dos quais estavam em minha iniciação, reconheceram a mim e a meu Irmão Pantoja, e imediatamente atiraram amarras e uma escada de corda, para que pudéssemos subir ao tombadilho. Um deles, ao me ver, riu muito, e me disse:

– *Ton accent est véritablement terrible... si je n'avait pas l'experience a Martinique, tu seriez incompris...*

Sem dúvida, meu sotaque francês devia ser insuportável: eu aprendera apenas a ler a língua, e o que falava dela tinha apanhado de orelhada nas poucas ocasiões em que alguém a tivesse usado perto de mim. De toda forma, o francês dos marinheiros também não me parecia em nada com o francês que me fora vendido como pátria sonora de grandes sábios e pensadores, de elegância a toda prova: aquilo ali era um *patois* tão pouco saudável quanto um úmido porão de navio.

Meu Irmão, o comandante Larcher, me recebeu com um abraço fraterno, cerrando o sobrecenho ao ver os guardas carregando um Bak'hir meio desacordado, mas que já começava a dar sinais de resistência: mesmo assim, sem saber do que se tratava, recebeu-nos a todos em sua nave, porque a presença do tenente Pantoja, a quem conhecia bem, garantia sua tranquilidade. Quando lhe contei os motivos dessa inesperada invasão de seu navio, riu, preocupando-se não só com os outros Irmãos a quem conhecia, e que em seu navio tinham formado a

Loja maçônica Cavaleiros da Luz, sob a proteção do Grande Oriente de França, mas também com os revolucionários, cujo levante ele de certa maneira apoiara:

– A crueldade dos colonizadores é conhecida: tem sido a mesma em todas as partes do mundo, até mesmo em Santo Domingo, que a França está perdendo como quase perdeu a si mesma, durante a Revolução! É nosso dever salvar a todos que pudermos!

– Concordo, e assino embaixo – o tenente Pantoja enxugava a testa com um lenço. – E agora, se me permitem, volto para a cidade, porque é lá que preciso enfrentar as ordens de meus superiores da melhor maneira possível, tentando salvar meus irmãos... inclusive o de sangue...

Abracei meu Irmão, sentindo entre mim e ele um laço que nunca se desfaria, atado pela Maçonaria que tínhamos em comum. Ele me disse ao ouvido:

– Tentarei te mandar notícias do que se passa em Salvador: creio que ainda nos veremos antes que partas, porque nesta semana o comandante Larcher vai fazer mais uma iniciação aqui em seu navio, e os novos Irmãos já foram escolhidos... Mas toma cuidado com teu negro: ele há de tentar fugir, para exercer seus nefandos desejos...

– Se ele o fizer, meu Irmão, será por vontade de estar com seus iguais no meio do combate, e nunca por um desejo incontrolável de seu corpo... Até mais ver, meu Irmão!

Meu Irmão Larcher me cedeu um camarote duplo, onde eu deitei Bak'hir sobre a enxerga, não sem antes amarrar-lhe os pés com uma corda bem forte, atando sua ponta ao pé da cama, onde ele não conseguiria alcançar. Era duro fazer isso com um amigo, mas eu sabia que ele reagiria contra mim da pior maneira possível, ao acordar, e só depois que estivéssemos longe de Salvador eu me arriscaria a libertá-lo, deixando que sua vontade própria o guiasse, desde que não fosse para morrer. Não queria degradá-lo nem tratá-lo como se fosse um animal, porque a própria Natureza grita contra qualquer tipo de escravidão. Eu nunca pretendi ser senhor de escravos, nem mesmo de um que me fosse útil, como tantos havia, porque sempre percebi essa relação entre servo e senhor como o mais violento exercício das paixões malignas: despotismo incontrolável por um lado, submissão vergonhosa pelo outro, e já tinha visto que nenhum dos dois lados consegue preservar o melhor de si nessas circunstâncias. A figura atordoada de Bak'hir sobre o leito era digna de pena, mas eu sabia que salvara sua vida, mesmo contra sua vontade, e algum dia ele o compreenderia; quanto aos seus hábitos, não eram problema meu, desde que ele, como eu tinha certeza que seria, nunca tentasse impô-los sobre mim em nenhuma circunstância. Não acreditava que o que ele fazia em sua intimidade tivesse qualquer coisa a ver com suas ações públicas: era um homem inteligente, determinado, tratando a todos que encontrava com a mesma altivez, mesmo quando em função subalterna, e seu valor real era certamente mais importante que tudo.

Fiquei a seu lado, olhando-o com atenção: a pancada que o guarda lhe dera fizera crescer um imenso galo em sua testa, perto da cicatriz descorada que tinha na cabeça, e ele se debatia na cama, balbuciando palavras que eu não conhecia. Coloquei uma compressa de água fria sobre o galo, apertando-o para baixo com minha faca toledana, até que senti que o metal frio o fizera ceder um pouco, e Bak'hir se acalmou bastante.

Nessa mesma noite houve sessão de Loja no *La Preneuse*, e eu participei dela com um avental de Aprendiz que alguém me deu de presente, sem que eu soubesse quem o fizera; os candidatos que esperávamos se reduziram a apenas um, um desembargador de Salvador chamado Francisco da Costa Pinto, que foi iniciado com todos os cuidados e detalhes, permitindo-me pela primeira vez assistir de fora à mesma iniciação pela qual eu tinha passado alguns dias antes. Era impressionante como o ritual criava um universo imenso, fazendo-o surgir naquela sala triangular tão exígua, através da qual o candidato fazia inúmeras viagens, experimentando as mesmas sensações e emoções que eu experimentara quando fora minha vez, e certamente se emocionando tanto quanto eu me emocionara.

Se meu desejo pudesse ser satisfeito, eu iniciaria Bak'hir, para que ele tivesse em mim um verdadeiro Irmão, sem nenhuma diferença entre nós, já que a Maçonaria é uma ferramenta de igualdade e fraternidade entre homens livres; mas sendo esses os tempos que vivíamos, e ainda havendo escravos de cor negra, as Lojas maçônicas não aceitavam nem mesmo pardos, pois poderiam ser propriedade de alguém, e ainda estava longe o tempo em que a abolição seria uma de suas bandeiras mais importantes. Eu, com minha aparência e meus trajes civilizados, em nada lembrava o meio índio que realmente era, e também não tinha certeza de que, sabendo-me meio selvagem, o Irmão Larcher me trataria com a mesma bonomia com que me tratava.

A Loja Cavaleiros da Luz, segundo o ritual que seguia, dava aos brasileiros natos a oportunidade de serem maçons sob uma potência organizada, pois, não havendo ainda Maçonaria Brasileira, a Maçonaria francesa fazia vistas grossas a distância entre dois territórios e assumia como sendo Francesa uma Loja baiana, gerando para os homens grados da Bahia a chance de serem Irmãos maçons reconhecidos em todo o mundo, ainda que não certamente na Inglaterra, com quem tinham uma disputa antiga e secular sobre quem verdadeiramente era Maçonaria reconhecida em todo mundo.

A cerimônia foi bela, intensa, carregada de simbolismo e alegorias, das quais eu não compreendi nem a décima parte. Dentro da mente e do espírito, no entanto, eu as senti como se fossem velhas conhecidas, momentaneamente esquecidas, mas logo se tornando de novo íntimas, porque já eram parte de mim. A Maçonaria teve em mim, logo de princípio, esse poder de desvendar coisas que eu não conhecia mas que, uma vez reveladas, eram como se sempre tivessem sido minhas, pois eu as percebia formadoras de minha mente, carne, sangue e ossos, fonte real de meu surgimento no mundo e combustível da fogueira de minha vida, na qual eu arderia até que as últimas brasas se transformassem em carvões frios. Não sei se isso se dá com todos que entram em contato com a Ordem, mas todos aqueles com quem falei sobre o assunto relataram coisa semelhante: o mais importante, porém, sempre é a sensação de ter finalmente encontrado o rumo da vida, o varal onde penduraríamos daí em diante todas as dúvidas e certezas pessoais, o carreiro pelo qual as rodas de nossa existência seguem firmes como trens em um trilho.

Mandei um positivo buscar na casa do Lira minhas bruacas com equipamento de cozinha e livros, que no dia seguinte me foram entregues no *La Preneuse* com um recado perguntando por Bak'hir, que eu achei melhor não responder: devolvi com um pedido encarecido para que tomassem cuidado e não se expusessem a riscos desnecessários, porque a governadoria da Bahia já lhes estava no encalço. Era o que eu podia fazer sem revelar meus discutíveis atos: Bak'hir, já de volta a si mesmo, mantinha a cara virada para a parede do fundo do beliche, sem reconhecer minha presença nem fazer qualquer movimento enquanto eu não saísse do aposento. Por isso não desamarrei seus pés, mantendo-o confinado aos limites do camarote exíguo; eu tinha medo que tomasse alguma atitude intempestiva, atirando-se ao mar para estar de volta ao que considerava como sendo sua missão. Era duro tratá-lo assim, e eu jurei a mim mesmo que na primeiríssima oportunidade lhe pediria perdão por tudo, esperando ansiosamente que meus pedidos fossem suficientes para que ele reconhecesse minha amizade.

Na segunda-feira seguinte, dia em que a Loja Cavaleiros da Luz mais uma vez se reuniria a bordo do *La Preneuse*, os Irmãos chegaram mais cedo do que de costume, e todos com ar aparvalhado nas faces. Pelo que contaram os Irmãos Pantoja, Barata e Aragão estavam desacorçoados, o tenente um pouco menos, porque eu já lhe havia revelado a possibilidade de fracasso, mas ainda assim a esperança de sucesso continuava acesa em suas mentes e corações:

– Irmão Raposo, uma desgraça: quando prenderam o soldado Luís Gonzaga, descobriram que haveria uma reunião dos conjurados; só não sabiam que seria na casa de meu Irmão Pedro Leão, no dique do Itororó, que o encontro se daria, e mesmo sem a anuência de meu irmão, a quem não encontraram, o Lira e mais João de Deus e Lucas Dantas lá apareceram, e mais Nicolau de Andrade e o José de Freitas Sá Couto, a quem chamavam de Sacado...

O irmão Barata esfregava as mãos, de nervoso:

– Incompetentes! Revolucionários amadores! Saíram convidando a Deus e todo mundo para essa reunião, mesmo sabendo que as prisões já estavam sendo feitas! Quem nos denunciou foram exatamente três desses convidados sem valor, principalmente o ferrador Veiga, cuja denúncia foi secundada pelo cabeleireiro Santa Anna e o soldado Siqueira...

– Irmão Pedro, esse Siqueira esteve conosco no dia da prisão de teu escravo... – o Irmão Pantoja piscou disfarçadamente para mim, a face muito lívida. – Ainda bem que não somou dois com dois... Agora os companheiros de reunião estão todos presos...

– Nem todos, Irmão Pantoja, nem todos! – o latinista Aragão estava possesso. – Como prevíamos, só prenderam os negros e os pardos, deixando livres todos os brancos de alguma importância, como nós! Isso prova que nossa luta é verdadeiramente contra a escravidão dos negros da Bahia, que mesmo quando forros continuam sob a sanha cruel dos poderosos!

– É verdade, Irmão; nenhum dos brancos que estavam entre os 14 que compareceram à reunião foi incomodado pela Intendência – o Irmão Barata tremia de ódio. – Canalhas! Salvando os homens pela cor de sua pele!

O Irmão Pantoja pôs-lhe a mão no braço:

– Pois, Irmão Barata, agradece à Maçonaria essa tua liberdade, e não à cor de tua pele: um dos novos Irmãos que temos, desde a última reunião da Loja Cavaleiros da Luz, é exatamente o desembargador Francisco da Costa Pinto, a quem o governador deu ordens para abrir uma devassa sobre os fatos ocorridos... É ele quem nos está desviando dos investigadores, mas nossos nomes certamente surgirão, a partir dos depoimentos que forem sendo dados... E aí não dependeremos mais dele, e sim daquilo que o governador da Bahia decidir...

O latinista Aragão ergueu as mãos para o céu:

– Pelo menos para isso serve essa Maçonaria desfibrada que aqui nos coube! Salvando aos Irmãos, permitir-nos-á salvar os que não o são mas lutam junto conosco! E agora, o que faremos?

O comandante do *La Preneuse*, nosso Irmão Larcher, aproximou-se e disse:

– *Mes Fréres*, se me permitem, acho melhor cancelar a Loja de hoje, porque não tendes nenhuma possibilidade de desfrutar dela em instante de tão grande comoção: se desejarem passar a noite em meu navio, dar-lhes-ei o melhor de nossas acomodações, para que não precisem correr o risco de ser presos em suas casas, na cidade do Salvador... *c'est mon devoir de Frére...*

– *Merci bien, Frére* Larcher! – o latinista Aragão também tinha suas luzes da língua francesa. – Mas é melhor que enfrentemos a realidade dos fatos, porque nada fizemos que esteja em desacordo com a lei natural! O Grande Arquiteto do Universo há de nós defender!

Os três Irmãos desceram de novo à chalupa que os trouxera até o *La Preneuse*, preparando-se para ir embora dali; o tenete Pantoja, último a descer pela balaustrada, disse-me:

– Eu te mandarei notícias dos próximos acontecimentos, por meio desse chalupeiro que aqui está. Enquanto o *La Preneuse* não partir, conta com informações diárias sobre os desdobramentos da revolta...

De volta ao camarote, encontrei Bak'hir com os olhos fincados na porta por onde eu entrava, sustentando esse olhar por sobre mim com imenso ódio, que lhe fazia pulsar as veias da testa. Eu compreendia: ele se sentia traído por mim, e estando preso em um navio, decerto revivia na mente o tempo desgraçado que passara no negreiro que o trouxera ao Brasil. Sentei-me na sua frente, e vagarosamente lhe contei tudo o que descobrira sobre a revolta, e também o que já acontecera aos que, como ele, haviam se envolvido com ela, sendo de pele escura. Ele sequer piscava; seu olhar gelado me penetrava a alma como uma arma perfurante. Falei durante não sei quanto tempo, tentando fazê-lo compreender as intenções por trás de meus atos, mas foi em vão: sua postura e olhar não mudaram, e quando eu nada mais tinha a dizer, subi para o beliche superior, virando para o canto e tentando dormir. Não foi fácil; de cada vez que me virava, no escuro da cabina, percebia seus olhos gelados sobre mim, perfurando, perfurando, perfurando minha alma quase em desespero.

Quando acordei pela manhã, ele não estava na cabine: havia desfeito os nós que eu diligentemente dera, para livrá-lo do ônus de uma fuga inútil. Arrebanhando as roupas de qualquer jeito, subi para o tombadilho, esperando a notícia de que ele se tinha atirado ao mar, e que eu nunca mais o veria. Por isso me espantei tanto ao vê-lo debruçado sobre a amurada, olhando não o lado de terra, mas o lado aberto para o Atlântico; suas narinas abertas como se estivesse sentindo no vento dos perfumes de África. Em suas faces corriam grossas lágrimas, e eu me aproximei vagarosamente dele, temendo que ao me ver se atirasse ao mar. Suas costas tremiam, e eu coloquei minha mão sobre seu ombro: ele, depois de alguma hesitação, pegou minha mão e, virando o rosto em minha direção, ajoelhou-se a meus pés, bejando as pontas de minhas botas, dizendo:

– Karaí-pequeno, tu me salvaste a vida, e ela de agora em diante é toda tua, para que dela faças o que bem entenderes.

Ergui-o imediatamente; não devia haver entre nós nenhum sinal de servidão, e eu lhe disse:

– Somos amigos, Bak'hir, e foi minha amizade por ti que me levou a salvar-te, mesmo contra tua vontade. Eu é que deveria pedir o teu perdão, porque não soube respeitar tua vontade, passando por cima dela no afã de salvar tua vida. Dela eu só quero que seja longa, para que eu possa me privilegiar de tua amizade sempre que for preciso.

Abraçamo-nos, beijando-nos nas faces, e depois ficamos ambos olhando o mar. Eu, com o olhar enevoado pelas lágrimas que também me haviam caído, disse-lhe:

– Meu medo era que te atirasses ao mar...

– Só se quisesse morrer, Karaí-pequeno... nunca aprendi a nadar...

Essa frase inesperada nos fez vir novamente lágrimas aos olhos, mas dessa vez de riso, e esse riso durou longo tempo. Dois dias depois, quando o *La Preneuse* levantou âncora e singrou o mar aberto ao largo da Baía de Todos os Santos, em direção sul, já sabíamos que os negros da revolta haviam sido extremamente maltratados durante sua captura e prisão, e que o único que se salvara tinha sido um tal Bak'hir, malê retomado por um seu senhor de escravos por nome Pedro Raposo, que apresentara ao juiz da comarca os dcumentos necessários para garantir-lhe a propriedade e a posse do negro. Esses documentos, eu fiz questão de guardar para a eventualidade de uma outra necessidade; dali em diante, Bak'hir e eu nos consideramos ambos livres para iniciar nossa vida na capital do vice-reinado, aquele Rio de Janeiro onde eu já havia estado, mas que dessa vez seria minha morada por muitos anos. Dizia-se que Deus fizera o mundo, e Caim a primeira cidade; em minha mente as recordações desse Rio de Janeiro me davam certeza absoluta disso. Lá, nenhum Abel teria a menor chance de sobreviver a qualquer um de seus irmãos.

1799
Na Cidade do Rio de Janeiro

Capítulo XV

As costas do Brasil eram fechadas a quaisquer navios que por aqui passassem, a não ser as naves portuguesas ou as que Portugal permitisse aportar em nossas cidades; os outros navios, se tentassem lançar âncora em qualquer porto conhecido, seriam imediatamente arrestados, sua carga transformada em riqueza da Coroa, por meio de seus representantes nas colônias. No entanto, como a lei do mar permitia que os navios que estivessem nas costas de qualquer país nele se abastacessem de água e alimento, se houvesse necessidade, o litoral brasileiro vivia cheio de embarcações estrangeiras, cabotando de norte a sul, e fundeando onde lhes desse na veneta, com a desculpa de estar se reabastecendo para seguir viagem. Fora assim que o *La Preneuse* ficara tantas semanas ao largo do Porto da Barra, em Salvador, e assim também parou em todas as baías e enseadas que lhe parecessem seguras, e que o comandante, meu Irmão Larcher, parecia conhecer muito bem: os mapas que trazia, alguns com mais de um século de existência, eram bastante detalhados quanto às rotas e pontos de ancoragem, além de trazer anotações fidelíssimas sobre arrecifes e outras complicações para o tráfego marítimo. Ao cruzar-se em pleno mar, o que não era incomum, navios de diferentes bandeiras faziam como se nada estivessem vendo aproximar-se, às vezes passando muito perto um do outro, e tanto que podíamos ver a barba crescida na face dos marinheiros, se seu comandante não fosse muito exigente com a aparência pessoal.

A viagem foi lenta, porque Larcher parecia ter outros objetivos com ela: não havendo cidades dignas desse nome entre Salvador e o Rio de Janeiro, ele se deu ao luxo de circular por entre ilhotas de todos os tipos, marcando seus limites e suas dimensões, a distância a que ficavam de terra e as facilidades de aportamento seguro que pudessem oferecer. Isso seria muito importante nos anos que se seguiriam, pois Larcher sabia da disputa surda entre França e Inglaterra, ainda mais agora que ambos os países pareciam estar perdendo colônias com muita facilidade. Sendo países oficialmente inimigos um do outro, e Portugal estando sob a proteção da armada inglesa em todo o globo terrestre, franceses e seus navios seriam sempre considerados invasores, dependendo única e exclusivamente da boa ou má vontade dos comandantes das embarcações que os avistassem. Eu sabia que com isso ele preparava um futuro que poderia ser de uma nova invasão, como a que se dera um século antes, mas nada tinha a dizer quanto a isso; os problemas de Portugal, Inglaterra e França certamente não me diziam respeito.

Bak'hir e eu, sem muito a fazer, decidimos apoiar o cozinheiro de bordo, cada um de uma maneira muito pessoal: Bak'hir o fazia porque não tinha como ocupar o imenso tempo de inação que lhe restava, e eu porque pretendia sempre aprender mais e mais sobre a cozinha. Meu restaurante ideal voltara a configurar-se em minha mente, cada vez com mais detalhes, de certa forma se confundindo com o Templo de Salomão, que fora o centro dos rituais de minha iniciação na Maçonaria. Eu comecei a ver, na tela viva de minha mente, a decoração de meu restaurante sendo uma cópia da decoração desse Templo, em cores, formas, adereços, colunas duplas à porta, escadas que levariam ao segundo andar, e o *Sanctus Santorum*, o Debir de minha obra ocupado não pela Arca da Aliança, mas sim por um belíssimo fogão de dimensões gigantescas, quase merecedor de dois querubins que também o protegessem com suas asas projetadas para a frente.

Para realizar meu sonho, eu precisaria de dinheiro, e acreditava ter o bastante em minha caixa de lata, permanentemente presa a meu corpo, porque economizara cada moeda que me caíra nas mãos. Acreditava plenamente em minha capacidade de aplicar com sabedoria esse dinheiro que tinha, e que me parecia muito, porque dele só gastara o conto de réis que pagara ao Belo Senhor para libertar Bak'hir, tendo mantido tudo dentro da caixa, nota sobre nota, moedas arrumadas em pilhas embrulhadas em papel, mas nenhuma contabilidade: eu deixaria para medir a verdadeira extensão de minha fortuna quando ela tivesse de deixar minhas mãos. Meu livros e meus equipamentos de cozinha também eram assim; estavam todos acumulados dentro de suas bruacas de couro branco, forradas com pano grosso de baixeiro e mantidas fechadas com atilhos de corrente metálica, feita na oficina de um certo Mané Leandro, a duas léguas de Rio de Contas, na direção do Brejo de Cima. Minhas fortunas, portanto, estavam guardadas e prontas para ser usadas, assim que chegássemos ao Rio de Janeiro e eu pudesse iniciar minha vida de *restaurateur*, saciando a fome e o apetite de todos quantos entrassem em minha casa, meu restaurante, meu Templo de Mirmidão, como eu já o vinha chamando havia algum tempo. Era preciso, no entanto, encontrar-lhe um nome perfeito, que não apenas significasse o que realmente era, mas também atraísse a freguesia, e decidi folhear alguns de meus livros, guardados no camarote, para ver o que o destino me daria de presente.

Pensei durante algum tempo no destino que a tropa de Tonho da Guerra tomaria, sem minha presença: eu partira intempestivamente, apenas alguns dias antes da data marcada para nosso reencontro e retomada do interminavel périplo comercial pelas estradas do sertão e do litoral. Como acontecera com muitos menos aquinhoados, ao baterem nessas colônias, a maioria tinha seus nomes de família acrescentados de Costas e de Silvas, dependendo de para onde os *reinóis* os tivessem mandado: Silva para os que foram enviados para o interior, Costa para os que ficassem no litoral, como marcas de galé que nunca mais se apagariam de suas peles. Nós tropeiros, assim como os ciganos e os mouros e judeus comerciantes, éramos portanto todos Costa e Silva, porque não havia onde não fôssemos para realizar nosso ofício. Por isso o destino de meus companheiros de tropa não era grande preocupação; eles conheciam o tropeirismo tanto quanto eu, alguns até mais do que eu, e sobreviveriam sem dificuldade, repetindo dia após dia os trajetos que já lhes estavam marcados na alma.

O que mais havia nesses brasis era mesmo degredados, fosse por judaísmo, fosse por ciganagem, fosse por crimes mais terríveis, já que aqui era a colônia penal d'El-Rei, na qual nós, os prisioneiros, faríamos tudo que fosse preciso para supri-lo de riquezas: era nossa prisão perpétua, na qual nosso corpo era a pior das solitárias, da qual só nos livraríamos com a morte. Até os mestiços como eu, mamelucos, mulatos, cafusos, havíamos sido transformados em galés a serviço de Sua Majestade, remando no seco, para sempre.

Por isto meu Templo se ergueria: para livrar-me dessa prisão sem porta de saída, no qual eu realizaria meu dom e meu talento a serviço da satisfação dos prazeres de boca e ventre, deixando de ser escravo d'El-Rei e passando a ser senhor de mim mesmo, como sempre sonhara.

As nuvens se ergueram rapidamente, na manhã em que nos aproximamos da Baía do Rio de Janeiro; ficamos fora da barra, olhando de longe a bela natureza, aguardando a melhor maneira de nos aproximarmos dela. Nas fortalezas em ambos os lados da garganta de entrada, podíamos ver os movimentos humanos, pachorrentos pelo calor, mas seguros de sua defensibilidade. Desde que Douguay-Trouin havia invadido a cidade com seus inúmeros barcos, o Rio de Janeiro havia jurado nunca mais ser apanhado de surpresa por nenhum francês, e meu Irmão Larcher não demonstrava nenhum desejo de experimentar a veracidade desse juramento. A pouca distância de nós, balouçando nas vagas do mar aberto, havia muitos outros navios, com as bandeiras as mais diversas engalanando seus mastros, todos também esperando a oportunidade de deixar em terra suas tripulações, mesmo que para isso tivessem de vencer a nado as correntes da baía. A lei era clara, porque os portos da colônia do Brasil estavam fechados a tudo que Portugal não aprovasse; mas, na prática, não havia o que esses navios não colocassem à disposição dos cariocas, em troca de bons tratos e bom passadio em terra firme.

Quando o sol começou a descer por trás das montanhas verde-esmeralda, começamos a ver imenso movimento de embarcações no meio da baía, singrando em nossa direção. Quando se aproximaram, já com lanternas acesas por causa da escuridão, pudemos ver inúmeros barcos, chalupas, botes, esquifes, embarcações dos mais diversos tipos movidas a remo e a vela, que começaram a cercar os navios, oferecendo comida, água fresca e transporte seguro para terra. Era a proverbial iniciativa dos cariocas passando por cima da lei e tomando-a em suas próprias mãos, para que não atravancasse os negócios. Eu, que já conhecia o jogo, gritei para um chalupeiro que estava próximo:

– Ó, da chalupa verde! Conheces um tal de Cabrêa?

O chalupeiro, mão no ouvido para melhor me escutar, e depois em volta da boca para melhor ser ouvido, disse:

– Ora, pois não? Ancora no mesmo molhe que eu, a uma pedrada do Cais dos Mineiros... deve estar aí em algum lugar...

– Pois navega atrás dele e diz-lhe que o cozinheiro Pedro Raposo está de volta ao Rio de Janeiro e exige navegar em sua chalupa! Se o fizeres, ganhas três moedas...

As três moedas prometidas fizeram o milagre: em menos de meia hora vi aproximar-se de nós a chalupa verde e, à sua cola, o barco de Cabrêa, com sua figura sorridente dando nos remos para navegar mais depressa que o vento em sua vela única permitia. Joguei as três moedas para o chalupeiro que o havia trazido e debrucei-me na balaustrada do navio, olhando sua face mais gorda e seu cabelo raspado com navalha; ele me saudou apertando as duas mãos no ar:

– Cozinheiro! Estás de volta? Conta comigo para o que der e vier, como sempre... Depois de tanto tempo já não recordo mais como anda nossa contabilidade. Sou eu que te devo ou és tu que me deves?

– Eu também não sei mais, Cabrêa, mas de toda forma vamos abrir um novo livro... podes levar a Bak'hir e a mim, mais nossas cargas, para aquela cidade que vemos ali ao fundo, onde de hoje em diante eu passarei a viver e trabalhar?

Cabrêa sorriu, feliz, enquanto descarregávamos as bruacas em sua chalupa:

– Nada me daria mais prazer, cozinheiro... Pretendes te tornar carioca de uma vez por todas?

– Se para viver aqui tiver de ser carioca, por que não? Para quem já bateu perna por meio mundo, a carioquice não traz nenhum problema... Mas preciso, antes de tudo, de um lugar para morar, que aceite Bak'hir junto comigo e não seja muito caro. Conheces algum assim?

– E então não? Ali na Rua dos Ourives, quase no Largo de Santa Rita, onde fica sua igreja, minha madrinha dona Rosa Pereira tem uma casa de altos e baixos, cheia de quartos que aluga para homens solteiros, a maioria deles com escravos que os acompanham. Vamos até lá falar com ela, e certamente te consigo um quarto espaçoso e confortável, onde caberão todos os teus livros e panelas, e teu negro também...

Todos pensavam que Bak'hir era meu escravo, e eu já não encontrava maneira de explicar a diferença entre a servidão e a amizade: o ar impávido de meu amigo, cheio de autoridade, com seu turbante e seu albornoz muito claro, tornavam-no um tipo especialíssimo e raramente visto, porque os poucos haussá do Rio de Janeiro, como mais tarde soube, não se misturavam com ninguém, nem mesmo os outros negros da cidade. Fiz-lhe um pedido mudo de desculpas, e ele me tranquilizou com um gesto, dizendo em voz baixa:

– Sem problemas, meu amigo; não te esqueças que continuo te devendo a vida que me salvaste... Se não compreenderem quem somos, e me considerarem teu escravo, isso não me magoa nem incomoda, porque eu sei o verdadeiro laço que nos une.

O comandante Larcher se aproximou de mim, que estava me despedindo de meus outros Irmãos, e me abraçou e beijou segundo nossos costumes; depois, colocando um papel dobrado em minha algibeira, disse:

— Essa é a lista incompleta dos maçons do Rio de Janeiro; se precisares de algum deles, procura-os e apresenta-te como Irmão. Os que estão sublinhados me conhecem pessoalmente, por isso a eles podes dizer meu nome... *Au revoir, frére* Pedro!

Baixei à chalupa de Cabrêa com uma ponta de saudade em meu coração: havia passado esses meses no *La Preneuse* como se fossem dias feriados, onde não fiz nada que não me agradasse, usando meu tempo não só para cozinhar coisas de mar, mas também fazer novos progressos na Maçonaria, graças às sessões de Loja que aconteciam regularmente, uma vez por semana, nas quais a simbologia e as alegorias de que a Arte Real faz uso foram lentamente se esclarecendo a meus olhos e coração, revelando um Universo totalmente novo e de imensa beleza. Ele se confundia com minha obra-prima, o restaurante que eu decidira fazer nessa cidade, o primeiro das Américas, e assim que me estabelecesse e tivesse onde morar, sairia à procura do lugar ideal onde erguê-lo.

Atravessamos a baía, e aportamos no Cais dos Mineiros, bastante diferente daquele de que eu me recordava, seu molhe ampliado e capaz de abrigar uma infinidade de barcos de todos os tipos; o velho Brás de Pina não chegara a ver no que se transformara seu pequeno ancoradouro, no qual só as tropas vindas de Minas Gerais descarregavam encomendas e pessoas. Agora era quase todo tomado por um grande mercado, no qual as pessoas vendiam de tudo que ali aportava, aos gritos e risadas.

Um grupo de escravos seminus, aparentemente sem dono, descansava sobre um estranho carrinho de rodas de madeira. Quando nos viram chegar com as bruacas tomando mais da metade da chalupa, saltaram em nossa direção, gritando:

— Ô-zi-nêgo faz caréga, nhonhô! Qué qui nêgo faz caréga, nonhô? Paga quantu qué...

As bruacas foram colocadas por Cabrêa sobre o carrinho, que não tinha como ser direcionado: cada vez que precisavam mudar de direção os negros davam um tranco no veículo, colocando-o mais ou menos na direção desejada, que logo depois devia ser corrigida com outro tranco, e de tranco em tranco seguimos em frente, atravessando várias ruas mais ou menos estreitas, nenhuma delas calçada, o que dificultava ainda mais o trabalho dos negros. Bak'hir, a meu lado, caminhava profundamente irritado, e eu não entendi por quê, até que percebi que a alegria jocosa e infantil com que os negros faziam sua brutal tarefa era o motivo de sua ira.

— Imbecis! Não conhecem a própria força, e se entregam com alegria ao que que os degrada... por Allah!

— Calma, Bak'hir... — peguei seu braço, que tremia. — Melhor que sejam felizes em sua inconsciência do que sofrer a certeza de sua desgraça...

Bak'hir me olhou com seus olhos amarelos, seriamente abalado pelo que via:

— Meu amigo, eu te devo a vida, mas não posso te ouvir dizendo isso sem reagir... Nenhuma inconsciência é benéfica, porque é exatamente a partir dela que a escravidão se estabelece! Quem não tem consciência da realidade não tem poder sobre si mesmo... Entregar a própria consciência a alguém, alguma coisa, alguma ideia, sem trabalhá-la intensamente dentro de si, faz com que haja sempre mais um escravo, de alguém, de alguma coisa, de alguma ideia, porque quem não é dono de sua própria consciência será eternamente escravo!

Cabrêa nos olhava com curiosidade, e me perguntou:

— Por que o haussá te chama de "amigo" e não de "senhor" ou "patrão"? Ele não é teu escravo?

— Não, Cabrêa; ele, assim como tu, é meu amigo. Já fomos escravos juntos na casa de meu pai, e a amizade que nos une não inclui nenhuma escravidão...

— Tu foste escravo, cozinheiro? Mas não tens nada de negro na pele...

Foi Bak'hir quem respondeu:

— Mano, os brancos escravizam a todos que podem. Antes de trazerem de África a mim e a meus irmãos, eram os índios dessa terra que serviam de escravos, e ainda hoje continuam sendo escravizados, mesmo que oficialmente não devessem ser... Não é a cor da pele que faz dos homens escravos, mas sim o poder da injustiça que transforma homens nos animais de carga de outros homens.

— Haussá, e o que tu esperas que os escravos façam? Que se rebelem, que desobedeçam a seus patrões, que digam "não"? Isso nunca acontecerá, mano...

Bak'hir sorriu, tristemente:

— Já aconteceu sim, e ainda acontecerá diversas outras vezes, tantas quantas forem necessárias, até que a ideia de escravidão desapareça da face da terra. Quanto mais os escravos disserem "não", menos escravos haverá.

Dessa vez foi Cabrêa quem riu:

– Quem dera, mano... Os escravos dizem "não" o tempo todo, mas tomam logo uma surra e são obrigados a fazer o que lhes mandam. Eu mesmo tive de trabalhar duro para poder alforriar a meu pai e a mim, e quando conseguimos fomos olhados com desconfiança pelos outros negros do porto. Tu pensas que eles ficam felizes ao ver um dos seus libertar-se da servidão? Pelo contrário: passaram a nos olhar como competidores do pior tipo, tratando-nos como se fôssemos traidores, certamente repetindo as palavras de seus senhores...

Bak'hir abaixou a cabeça, desacorçoado.

– Este é o pior dos vícios: a submissão... Assim se destrói a consciência dos homens, quando eles se acostumam à servidão contra a qual deveriam rebelar-se, passando a considerá-la como sendo seu estado natural, sua vocação, sua sina... O pior escravo é sempre aquele que se permite escravizar.

A casa da madrinha de Cabrêa era grande e encardida, de dois andares e com mansardas no teto cambaio, o que indicava que o sótão também era usado. As janelas estavam todas fechadas por gelosias de corte muito miúdo, e eu tive certeza de que por trás delas não havia nenhum vidro que permitisse passar a luz: em seu lugar deviam estar as grossas tábuas que cerravam janelas, mantendo a vivenda em perpétua escuridão e ar viciado. Ele foi me explicando seu amadrinhamento por ela:

– Meu pai e minha mãe foram escravos da madrinha, e eu nasci na senzala dela, em Campos dos Goytacazes. Ela foi dona de muitos escravos, mas eles foram morrendo ou sendo vendidos, e a ela só restou essa casa aqui no vice-reinado, depois que perdeu a fazenda e a riqueza. Manteve alguns escravos para servi-la em casa e muitos na rua, como negros de ganho, mas, como isso não é suficiente para sustentá-la, decidiu dar pensão a homens solteiros, deixando que ocupem os inúmeros quartos da casa, até mesmo fornecendo comida a eles, por alguns réis a mais...

– Mas tua pele é muito clara para um escravo, mano... – Bak'hir retrucou, um sorriso de mofa na face. – Tens certeza de que és filho de teu pai?

Cabrêa deu de ombros:

– Sem sombra de dúvida, ainda que meu pai não seja o marido de minha mãe... Sabes como é, a madrinha tinha muitos filhos e sobrinhos, todos permanentemente dispostos a experimentar as delícias da senzala. Eu, pela idade e aparência, devo ser cria do marido dela...

Após um instante de pausa, caímos na risada os três, sabendo que essa era a melhor forma de superar as idiossincrasias de nossas existências. Entramos na casa, escura como eu tinha previsto, e na primeira sala já demos de cara com dona Rosa Pereira, corpulenta e com imenso buço a sombrear-lhe o lábio superior, cercada por mucamas e meninos por todos os lados, como uma porca recém-parida. Imediatamente me arrependi da imagem, porque dona Rosa abriu um imenso sorriso, fazendo sinal com a mão para que chegássemos mais perto, imensamente afável e benevolente. Cabrêa, ajoelhando-se a meio, tomou-lhe a bênção, apresentando-me como um freguês em busca de lugar para morar, sem mencionar a presença de Bak'hir, que para todos os efeitos seria tomado como meu escravo, ainda que não o fosse.

– Então é cozinheiro, o moço? E onde aprendeu o ofício?

Sem mencionar minha origem mestiça, contei-lhe rapidamente minha vida na tropa e nos palácios onde havia trabalhado; os olhinhos de dona Rosa brilharam:

– Que beleza de vida, a do moço! Andar pelo mundo sem pouso certo, conhecendo de tudo que há para conhecer... Eu, aqui onde o moço me vê, raramente me movo. Tenho imensa dificuldade de andar, por causa das varizes, e só saio de casa uma vez por semana, para ir aqui à Igreja de Santa Rita, que fica perto o bastante para não me incomodar muito. Se fosse mais longe, ah! Eu certamente não a visitaria... Então, o moço veio ao Rio de Janeiro para fazer fortuna?

Nesse exato momento percebi que sim, era boa fortuna aquilo que eu procurava, com essa mudança para o Rio de Janeiro: pretendia destacar-me em meu ofício, quem sabe me tornando tão conhecido quanto os grandes mestres de cozinha franceses, a quem os livros mencionavam com destaque. Era para isso que ali estava, disposto a investir todo o meu dinheiro e meu esforço na realização desse meu sonho, erguendo no mundo material aquele Templo da Gastronomia que a cada dia se tornava mais pefeitamente detalhado em meu espírito, e que eu ergueria em pedra e cal no melhor ponto possível do Rio de Janeiro, onde a frequência fosse intensa e de qualidade.

– Pois no que puder ajudar ao moço, aqui estou... – Dona Rosa continuou, um sorriso real em sua face rubicunda. – Tenho por sina ajudar os que aqui chegam buscando fama e fortuna, com o auxílio inestimável de Santa Rita e das águas milagrosas de sua fonte. O moço será feliz e fará sucesso, na exata medida de sua devoção. O preço não será grande, se o moço não se recusar a dar-me mostras de sua competência na cozinha, pelo menos uma vez por semana... Que tal?

Em pouco tempo acertamos o pagamento pelo quarto, que eu preferi ocupar no espaço da mansarda, já que lá teria mais espaço e ar fresco, pois as janelas encravadas no telhado podiam permanecer abertas, já que eram inalcançáveis por todos os lados. Dona Rosa fez subir nas costas dos negros a carga que eles haviam trazido até ali, e também duas enxergas de madeira com colchões de crina bastante encaroçados, além de algumas colchas de tecido grosso para cobri-los. Bak'hir, ao ser tratado como meu escravo pessoal, não disse nada, e quando eu tentei explicar a verdadeira natureza de nossas relações, fez-me um gesto de rejeição, de forma que deixei o assunto para mais tarde.

Cabrêa achou o lugar bastante agradável, apesar da escada balouçante que unia os diversos andares ao rés do chão, e logo que os negros saíram dali, tendo espalhado as bagagens da melhor maneira possível pelo sotão, convidou-me:

– Vamos sair e olhar a vizinhança? Aqui há lugares muito interessantes, inclusive a fonte de Santa Rita que a madrinha mencionou, e logo aqui atrás fica a Rua das Violas, onde está a maioria das tabernas da cidade... Coisa muito fina, cozinheiro!

A noite caía sobre a cidade, e por sobre os cheiros praticamente naturais que ela possuía, um se destacava, recordando-me as vezes em que passara pelo Farol da Barra, na cidade do Salvador: era o óleo de baleia com que os acendedores de lampiões reabasteciam as luzes da cidade, acendendo-as e gerando no ar o cheiro quase insuportável do óleo queimado, mas com o qual logo nos acostumávamos, pela intimidade forçada. A cidade se tornara menos provinciana, nos anos que eu passara longe dela: os sucessivos vice-reis que nela viveram haviam tentado transformá-la em uma verdadeira metrópole, cópia de sua Lisboa natal em todos os sentidos, e de certa forma haviam conseguido alguma coisa. Mesmo as ruas não calçadas, como a dos Ourives, no trecho em que eu passava a morar, se uniam ao calçamento com paralelepípedos de granito, unidos sobre as ruas à moda portuguesa, algumas com a vala de esgotamento ainda no meio da rua, mas a maior parte delas já com essa vala no meio-fio, logo abaixo do degrau das calçadas em mosaico de pedra portuguesa preta e branca. Nos fundos da Igreja de Santa Rita ficava uma grande fonte, na verdade um poço que se mantinha perfeitamente cheio, completamente cercado por gente que a recolhia nos mais diversos recipientes, pois era não apenas fresca e limpa, mas milagrosa segundo a tradição dos padres do lugar.

Demos a volta por essa fonte e, pelo outro lado dela, fomos entrando na Rua das Violas, coalhada de gente e coberta pela cacofonia das diversas músicas que lá se tocava, umas se sobrepondo às outras, de tal maneira que nenhuma conseguia ser ouvida em sua totalidade, a não ser que se entrasse na taberna onde ela estava sendo tocada. Havia de tudo, mas pricipalmente música de viola, que lá eram usadas em todas as formas e maneiras: violas, violinhas e violões, herdeiras das *vihuellas* espanholas, mas tocadas de outro jeito, com suas cordas dobradas tangidas por palheta de chifre. Havia violas braguesas, mais conhecidas como violas de arame, por causa do material com que eram encordoadas, e também as violas francesas, também chamadas de guitarras pelos que as tinham trazido da Europa. Junto a elas ouvia-se o forte som das violas bastardas, ou violas do perdão, com que a parte grave das melodias e acordes era tocada, sustentando a música agitada e viva que aí se executava, mesmo quando se falava de amores doloridos, na melhor tradição dos romances de cavalaria. Eram lundus e fofas que ali se dançava, na melhor tradição daquilo que Domingos Caldas Barbosa, na corte portuguesa, apresentara aos aristocratas lusos, acompanhando-se com uma viola de arame bem portuguesa, ainda que tocada com inconfundível sotaque brasileiro, pelas síncopas e pontuação herdadas do lundu, mas com a melosidade daquilo que ele mesmo chamara de modas ou modinhas.

Era imensa a presença de ciganos naqueles grupos de músicos, alguns tocando flautas e bombazinas, e um ou dois chorando as cordas de um violino. A mulheres ciganas, com gestos de mão e sapateados muito típicos, erguiam as barras das saias para mostrar os pés calçados de botinas ou tamancos, e a visão de seus tornozelos era suficiente para gerar imensa excitação na plateia. Algumas tocavam pandeiros ou adufes com platinelas, e quando aplaudidas corriam o instrumento com o couro virado para baixo, de forma a poder recolher as moedas que alguns lhes atiravam. Eram chamadas de fados, essas danças, que por vezes se confundiam com as polkas herdadas da Polônia, executadas por ternos de barbeiros, negros de roupa vermelha que, além de sua função normal, se haviam tornado musicistas de orelha, executando de sua maneira as músicas que ouviam aqui e ali, modificando-as sensivelmente e criando com elas novos estilos e novas danças. Em alguns casos, as orquestras de violas se juntavam a esses grupos, unindo o som de suas cordas ao som das flautas, sacabuxas e oboés, nas canções românticas que executavam acompanhando algum cantor de voz muito aguda que também as "chorava", como se dizia entre eles.

Uma verdadeira festa, a Rua das Violas, e as tabernas que nada serviam a seus frequentadores a não ser vinho de barril e bagaceiras de cheiro fortíssimo, acompanhados por pão velho, tremoços e azeitonas de sabor muito amargo, permaneciam cheias e cada vez mais animadas. Na rua havia muitas negras razoavelmente bem vestidas, acenando para os homens e chamando-os para "fazer um anjinho". Uma delas me pegou pelo braço e me disse:

— Ioiô quer fazer um sapatinho com a nega?

Eu não entendi nada, e ela me explicou:

— É assim: a nega faz gostoso com ioiô, ioiô dá um presentinho para nega, a nega compra um sapatinho... Olha como essa lama deixa o sapatinho da nega! Ioiô qué?

Era verdade: os sapatos da mulheres, feitos de pano fino e brilhante, não resistiam ao piso selvagem das ruas cariocas, e por isso em cada esquina havia sapateiros e remendões, prontos a fabricar e consertar os delicadíssimos sapatos femininos, que as negras que se prostituíam, imitando as mulheres mais abastadas, insistiam em usar, para se destacar das que não praticavam esse ofício e que andavam quase sempre descalças.

O lugar me pareceu ideal para uma casa de pasto, um *restaurant*, como se chamava na França, porque ali havia hábito de frequência e certamente também a necessidade de alimentar os corpos; só a bebida e as vitualhas sem substância e de péssima qualidade que eu via sendo servidas não sustentariam ninguém. Por isso, acompanhado de perto por Cabrêa e Bak'hir, trilhei a Rua das Violas em ambas as direções, observando os prédios para ver se algum deles tinha alguma semelhança com o templo que eu já erguera em meu espírito e que em breve seria minha realidade mais concreta. Umas poucas braças adiante, entre dois lampiões, em um pedaço mais escuro da rua, pude ver um antigo armazém, um só piso mas com o pé-direito muito alto, a cumeeira quase da mesma altura que o segundo andar dos sobrados que o ladeavam; quatro portas em arco de cantaria de pedra aparentemente sem emendas davam entrada para o interior, mas de tudo o que mais atenção me chamou foram as duas colunas de granito colocadas entre as portas do centro e as das extremidades, sustentando um frontão triangular sem nenhuma marca distinta. Eram do mesmo tamanho e talhe das colunas que, em minha mente, meu restaurante já tinha; eu me fixei nesse prédio como sendo o ideal para que ali se erguesse meu Templo da Gastronomia, porque uma coincidência desse tipo, como me dizia minha intuição, não podia ser apenas coincidência, e eu falei a Cabrêa:

— Mano, como faço para saber quem é o dono desse armazém?

– Madrinha Rosa deve conhecê-lo; ela sabe tudo que interessa sobre esse pedaço da cidade; quando a encontrarmos, pela manhã, pergunto a ela...

– É aqui que pretendes abrir tua casa de pasto, amigo? – Bak'hir me olhou, curioso. – Não achas o lugar muito pouco luxuoso para um empreendimento como o que queres fazer?

– Bak'hir, meu amigo, um homem precisa arriscar-se pelo menos uma vez na vida, perseguindo seu sonho até que ele se realize, para o mal ou para o bem. Alguma coisa me diz que esse é o lugar onde minha vida se tornará importante... Como posso me negar a ouvir a voz que fala dentro de mim?

– O problema não é ouvir a voz, amigo, mas entender o que ela diz... Nem sempre essa voz interior fala em língua que conhecemos... Mas, se assim o desejas, assim o faremos. E agora, vamos voltar para nosso sótão?

Eu hesitei, mas logo disse a meu amigo:

– Se estão cansados, podem ir; eu ainda vou bater um pouco mais de pernas por aqui, estudando o lugar para ter certeza de meu empreendimento...

Os dois me olharam, cada um com um sorriso diferente no rosto: o de Cabrêa era cínico, o de Bak'hir, intrigado, mas ambos sabendo exatamente o que eu buscava. Fazia tempo que meu corpo não se encontrava com outro corpo, feminino e suave, de perfume exclusivo, com partes tão perfeitamente desenhadas que poderiam até ser confundidas com as flores ou frutos das árvores, esses pedaços de vida que a Natureza criara para mostrar sua força e sabedoria. Eu já não resistia mais aos chamados do que em mim era mais que um desejo, era quase uma vocação, tão forte quanto meu talento para a cozinha, tão poderosa quanto meu dom de pressentir a morte, mas muito mais poderosa e forte que meu dom ou meu talento, porque é nela que eu me percebia mais eu mesmo. Minha existência sobre a Terra sempre se dava de maneira muito mais sensorial que para os outros, e quanto mais eu me misturava com a Natureza, mais tinha certeza de que éramos todos uma só coisa, projeções de uma mesma fonte, cascalho de uma mesma pedra original, aquela que era o umbigo do Universo, primeira emanação do Deus único que a tudo criara, a partir da qual todas as outras coisas eram geradas, em série ininterrupta. A Natureza era o mais verdadeiro de todos os templos, por ser o templo original, exibição inegável de que Deus está em tudo.

Tudo isso permaneceu em minha mente enquanto trilhei um pedaço mais escuro da Rua das Violas, olhando nos desvãos das sombras, à procura de um corpo feminino que me fosse excitante. Uma delas, vestida de branco, com um pano multicolorido enrolado em torno dos quadris e dos ombros, balançava suavemente enquanto me olhava. Foi essa a que causou em meu baixo-ventre aquela sensação de ansiedade tão conhecida, e foi dela que me aproximei. Seu perfume natural me recordou meu pai, Sebastião Raposo, dizendo que preferia as negras porque não sentia mais o cheiro das índias. Era um cheiro forte, de corpo vivo, profundamente excitante, e quando dela me aproximei, já estava mais do que pronto. Ela ergueu as múltiplas saias, nua por baixo de todas elas, e ali mesmo, naquele vão de porta, suas costas apoiadas na pedra cinzenta do umbral, me recebeu inteiro, ficando ambos parados, à espera do momento certo. Sua boca cheirava a cravo, e quando comecei a me mover, vagarosamente a princípio, mas depois com cada vez mais urgência, acompanhou meus movimentos com gemidos surdos e socados, cada vez mais profundos.

A ideia do Deus único que está em todas as coisas permaneceu por sobre todas as minhas sensações, e quando finalmente gozei, uma palavra em grego, e logo depois em latim, explodiu em minha mente: *Pantheon*. Pronto! Ali estava o nome de meu restaurante, de meu Templo da Gastronomia: Deus em Tudo!

Na manhã seguinte, acordando em minha nova enxerga, pensei estar sozinho, quando percebi Bak'hir ajoelhado sobre um tapete, a cabeça entre os joelhos, voltado para o sol que entrava pela janela aberta da mansarda, imerso em profunda oração. Quando ele se ergueu, e me percebeu a observá-lo, disse-me:

– Bom dia, meu amigo. Estava fazendo minha segunda oração do dia.

– A segunda? A que hora levantaste, Bak'hir?

– Assim que o sol se ergueu, pois é ele que marca a direção certa para onde devo me voltar ao orar para Allah. Cumprir as cinco orações diárias é um dos cinco pilares do Islã, de que nenhum muçulmano deve descuidar-se.

– E quais são os outros quatro, Bak'hir?

– Pagar todas as dívidas rituais, perdoando os devedores e auxiliando os que nada possuem; fazer o jejum anual no mês do Ramadan, ficando sem comer do nascer do sol até que ele se ponha; fazer a peregrinação a Mecca, cidade sagrada do Islamismo, onde fica a Kasbah... Mas nada disso teria qualquer valor se eu não acreditasse na existência de um único Deus, que tudo fez e em tudo está. Allah é grande!

— Ainda não tinha percebido em ti esse apreço tão grande pelos rituais, Bak'hir...

— Sem os rituais, o que seria de nós, pobres mortais? Nem mesmo um cisco no olho de Allah... É por meio desses rituais que nossa mente se acostuma a funcionar de uma mesma forma, unindo-se a Allah cada vez mais profundamente.

— Na Maçonaria também temos rituais, e eu também os entendo desta maneira: são uma espécie de exercício que repetimos sem hesitar, cada vez melhor, até que nos acostumemos com eles e eles se tornem parte de nós, regulando nossas relações conosco, com nossos semelhantes e com o mundo em que vivemos.

— Amigo, é nessa intimidade com nossa própria alma que Allah nos invade, e nos tornamos um só com Ele...

Quando descemos, já encontramos dona Rosa ansiosa para falar comigo:

— O moço quer saber de quem é o armazém fechado da Rua das Violas, é do turco Elias, ou melhor, do senhor Elias Antonio Lopes, o maior mercador de escravos desta cidade! Ele possui muitos prédios espalhados pela cidade inteira, a maioria deles usado como depósito de mercadoria viva, ou então de secos e molhados. Quantas posses tem o homem, moço! Só ali em São Cristovão comprou uma quinta maior que as que existem lá em Cascais, no meu Portugalzinho... E mandou um arquiteto inglês fazer-lhe uma casa que é um verdadeiro palácio! O moço tem interesse no prédio? Eu sei onde fica o salão central do turco Elias: é no Valongo!

Movido por meu interesse imediato, pedi-lhe indicações de como lá chegar, e acompanhado por Bak'hir fui em direção a um dos mais terríveis momentos de minha vida, sem saber do que lá encontraria, e nem de que forma aquilo me causaria tanta dor e tanta vergonha de ser homem.

O Valongo não ficava longe de onde estávamos: bastava seguir as ruas cada vez mais enlameadas, em diagonal para o norte, e logo chegamos lá, pisando em terreno inseguro e molhado, aqui e ali marcado por trechos de areia seca, jogada por sobre as maiores poças. O trânsito de pessoas naquela direção era cada vez maior, e ao nos aproximarmos do Valongo um cheiro de carne podre começou insidiosamente a superar todos os outros, inclusive o da forte maresia que era o mais comum de todos. Cheguei a pensar se não estaríamos entrando em uma zona de matadouros, e perguntei a Bak'hir:

— Sentes esse cheiro de carne?

Um transeunte que passava, chapéu desabado e marcas de lama quase até o joelho de suas calças brancas, falou com cinismo:

– No mercado de carne, esperavas o quê? Cheiro de rosas? Dependendo do que estejas querendo comprar, aqui encontrarás a carne mais cara ou a mais barata do mercado...

Fomos caminhando, sem entender muito bem o que nos esperava, e nos aproximamos de uma das construções de que a rua estava cheia: eram todas casas de dois pisos, com a parte de cima marcada por janelas e varandas, e o rés do chão um grande, espaçoso e escuro armazém, dos quais saía o cheiro forte que me chamara a atenção. Quando nossos olhos se acostumaram com o contraste da forte luz solar que ficava do lado de fora, percebemos que o chão se movia. Eram pessoas de todas as idades, acorrentadas umas às outras, suas peles muito escuras marcadas por cicatrizes e feridas, algumas das quais já com cascas acinzentadas. Era deles que saía o fedor insuportável, misto da sujeira em que tinham viajado até ali com as condições absolutamente inumanas em que se encontravam, mas principalmente nascido da transformação desses seres humanos em alguma coisa pior que animais, contra a qual já não tinham mais nenhuma energia restante que os pudesse sustentar e fazê-los reagir.

Bak'hir silenciosamente chorava, grossas lágrimas escorrendo de seus olhos amarelos. Ele passou os dedos sobre minha face e eu vi que também chorava, ambos sentindo na pele, por já termos sido escravos, o mesmo desespero silencioso e fatalista que percebíamos nos que ali estavam. O maldito comércio que podíamos ver, em sua face mais horrível, era o exercício diário e constante das piores paixões humanas: se por um lado gerava a mais degradante das submissões, porque forçada, criava nos aproveitadores o mais incontrolável despotismo, justificado por toda uma sociedade cada vez mais depravada em seus modos e costumes e sem a menor vontade de se sobrepor a essas circunstâncias.

O cheiro ficava cada vez mais forte e, junto com as lágrimas e a profunda tristeza, sobreveio-me um asco insuportável, meu corpo dando sinais do profundo nojo de que minha alma estava repleta: um gosto azedo subiu por meu estômago acima quando percebi que, no segundo andar de cada um desses armazéns, por trás das varandas e janelas, havia casas de família, e que homens, mulheres e crianças não apenas compravam e vendiam seres humanos, mas viviam acima deles suas vidas corriqueiras e até luxuosas, pairando sobre o fedor dos corpos maltratados como se ele fosse alguma coisa levemente desagradável com que logo nos acostumamos, pela familiaridade.

Voltei rapidamente para a calçada e ali, em um canto, coloquei para fora tudo que havia dentro de mim, o estômago tendo espasmos doloridos, até que me livrei do que lá havia, o gosto azedo tomando minha boca e nariz por inteiro, sensivelmente menos desagradável que o fedor da escravidão. Bak'hir me ergueu de minha posição meio agachada e me levou para o meio da rua, em nossa busca pelo armazém do Turco Elias, com quem eu teria que negociar para conseguir usar o armazém que escolhera, e me deixei arrastar por ele. Tudo o que eu desejava, sinceramente, era fugir dali, riscando para todo sempre essa rua de meu mapa, mas tinha uma tarefa a cumprir para com meu futuro. Um sino de som muito agudo começou a soar, e a multidão que flanava pela rua sem objetivo certo começou, cada vez mais celeremente, a mover-se em uma mesma direção, a mesma para a qual Bak'hir me arrastava. O sino nos chamava como para uma cerimônia, e quando vimos estávamos entrando em um imenso armazém, o maior de todos que ficavam naquele lugar, erguido no mesmo estilo do que me chamara a atenção na Rua das Violas, só que muito maior e mais bem iluminado que todos os outros.

Chegando nele, quase abençoei a escuridão dos armazéns menores, porque com a forte e clara do sol que se derramava pelas altas claraboias eu podia ver todos os detalhes cruéis daquilo que apenas vislumbrara até esse momento. A Rua do Valongo, entre morros, terminava uma enseada suja e malcheirosa, mas singularmente incapaz de fazer frente à fedentina humana, e quase à beira d'água, poucas braças apenas, estava o armazém do Turco Elias: ao fundo dele ficava um pequeno molhe de madeira, no qual certamente alguns barcos encostavam, para ali descarregar os objetos de seu torpe comércio, depois de recolhê-los dos exíguos porões dos navios em que tinham viajado até aqui, em piores condições que a carga sem vida. Era pelas largas portas escancaradas que eu podia ver essa enseada, por trás do estrado elevado, ladeado por duas escadas, em cujo centro havia uma meia dúzia de mesas de conferente, ocupadas por caixeiros do negócio, e bem ao centro uma grande cadeira acolchoada de marroquim vermelho, quase um trono. Sobre ela se assentava um homem corpulento, de tez azeitonada, longa barba branca e cabelos encimados por um curioso chapeu cônico chanfrado, também vermelho, de cujo alto saía uma borla negra de seda. Os trajes que usava eram muito orientais, pois por sobre as calças justas, camisa e colete comprido, trazia um roupão de pano de seda muito brilhante, e calçava pantufas também vermelhas de ponta afilada e erguida para o alto, por sobre as meias brancas que lhe iam até os joelhos. Era o Turco Elias, um dos mais ricos homens da colônia, que mesmo com toda a legislação contrária ao tráfico de escravos, que a tantos atrapalhava, não dava nenhum sinal de perda de poder.

Uma série de homens bem vestidos, ainda que seus corpos e atitudes os revelassem tão chucros quanto qualquer um, se reuniam em torno do Turco, que a todos ouvia sem dar atenção a nenhum, como se estivesse imerso em seus próprios pensamentos, os olhinhos porcinos e gelados movimentando-se sem cessar, observando todos os detalhes de seu armazém, principalmente a mercadoria que já ia começar a leiloar. Entre esses homens havia até mesmo alguns negros, que o Turco tratava da mesmíssima maneira que a qualquer um, e que quando o leilão se iniciou, deram lances e arremataram escravos, como qualquer branco que ali estivesse.

Deve ter sido isso que causou profundo ódio em Bak'hir: perceber que havia negros para quem o maior sinal de liberdade e poder era possuir outros negros de pele igual à sua, a quem tratavam da mesmíssima maneira que tinham sido tratados, porque o forro mais bem-sucedido era sempre aquele que podia ter escravos seus, agindo como branco no trato com eles, às vezes até mesmo com maior crueldade, purgando os males que a escravidão lhe houvesse causado tanto no corpo quanto na mente. Meu amigo haussá tremia, mas agora de ódio reprimido:

— Pensei que só na África os negros fossem capazes de escravizar outros negros, Pedro... É insuportável! Será que se a cor da pele fosse invertida, seríamos com os brancos tão cruéis e desumanos quanto eles são conosco?

— Bak'hir, é provável que sim. Hoje, aqui, percebo a verdade absoluta da frase que meu mestre Fracisco de Aviz um dia me disse, falando do fato de ser tratado como sangue ruim, apesar de já ser cristão-novo há mais de três gerações: o preconceito é uma estrada de ida e volta...

Bak'hir rilhava os dentes, os olhos injetados de sangue:

— Negros sem dignidade, imitadores de brancos, incapazes de reconhecer seu próprio valor... Seria preciso separar-nos a todos, para que nunca percebêssemos as diferenças físicas que existem entre nós!

Pensei nisso, e respondi:

— Não creio: a mim me parece mais correto que nos misturemos todos, indo e nos multiplicando, como Deus mandou, até que sejamos todos de uma só cor, pela mistura... Nas pedreiras onde trabalhei éramos todos de uma só cor, a cor do pó de pedra que nos unia a todos, sem exceção... Se isso é possível entre os pedreiros, por que não o seria entre todos os homens?

Antes que Bak'hir respondesse, o sino tocou de novo, em compasso acelerado, deixando no ar um resto de sonoridade, e os negros que estavam sentados ao chão, dos dois lados do armazém, se ergueram, ficando de pé e se deixando ser vistos. A maior parte deles não se moveu por vontade própria: havia homens com pequenos açoites e aguilhões que os açulavam, assustando-os o suficiente para que se erguessem e se tornassem atentos ao ambiente que os cercava, olhos arregalados e sem esperança, a não ser a de ser comprado por um senhor de boa índole que não os destruísse por meio de trabalhos forçados. Estavam todos, homens, mulheres e crianças, vestidos da mesmíssima maneira: um avental de pano azul xadrez miudinho, amarrado às costas, de tamanho apenas suficiente para esconder-lhes as partes. As mulheres, seios à mostra, eram de todos os tipos e conformações, e as meninas que ficavam junto delas, assim como os meninos que se encontravam junto dos homens, estavam mais assustadas do que seria suportável, algumas escondendo o rosto na curva dos braços ou nas mãos. Aqui e ali se via algum sinal de altivez, logo subjugado pelo açoite ou aguilhoada de alguns dos feitores, incapazes de aceitar qualquer atitude que não fosse a obediência pura e simples a seus desejos: escravos existiam para obedecer e servir, e ali começava sua existência sem vontade própria.

O Turco Elias se ergueu de seu arremedo de trono, e vindo à frente, com um porrete nas mãos, gritou:

– Aqui toda mercadoria é boa, e cada peça deve ser paga por seu valor real: enquanto não chegarem ao que considero justo, não encerro os lances... Afinal, paguei bom dinheiro por esses negros e negras, até com risco de perdê-los em pleno mar, e não seria correto prejudicar-me só para agradar a quem quer que seja, não é verdade? Vamos, rapazes!

Os feitores organizaram os escravos segundo sua própria vontade e desejos, de acordo com as indicações do Turco, que continuou se dirigindo à plateia de possíveis arrematadores:

– Já são todos batizados, porque não estou aqui para desobedecer ao papa: assim que chegaram a Paraty e estavam em condições de ser levados para o seio da Santa Madre Igreja, o foram, e só depois da cerimônia é que vieram para cá. Eu não faço como outros comerciantes, colocando-os para andar pelas estradas, desgastando-se a ponto de se tornaram inúteis: trago-os para cá de navio, viagenzinha rápida que não os esgota nem estraga, para melhor servir aos senhores que aqui estão, e é por isso que minhas peças sempre são as mais desejadas do mercado... E vamos dar início ao leilão!

O Turco tomou um grande fôlego, e imediatamente começou a derramar por sobre a plateia uma algaravia quase incompreensível, de ritmo acelerado e de quando em vez interropida por um rápido e grande hausto com que renovava a quantidade de ar dentro do peito largo, imediatamente usada para derramar mais e mais informações ritmadas por sobre a plateia, reconhecendo os arrematadores de valor e praticamente passando por cima daqueles de quem nada esperava:

– Negro de qualidade recém-chegado da África com menos de 20 anos de idade bom de costas pernas fortes dentes claros e completos resistente como um burro cheio de vigor e pronto para servir no eito, ainda não é ladino mas com pouco esforço se torna um, bastando ensiná-lo porque é inteligente e como podem ver tem o olhar vivo e as ventas largas para melhor respirar, se for bem adestrado pode até servir dentro de casa mas isso seria um desperdício porque um negro desses tem lugar de valor em uma boa lavoura de café ou millho, peço por ele a bagatela de 100 mil réis quem dá mais, quem dá mais, quem dá mais, ali na ponta vejo 110 110 110 e o negro vale mais que isso já ouvi 115 115 120 120 125, não me façam desfeita que a peça vale muito e eu não a deixo sair do pé de mim se não for muito bem pago, olhem as coxas musculosas isso tem mais força que um cavalo de tiro e se for usado para cobrir negras parideiras certamente gerará muita prole de valor, 130, 135, 140, estamos chegando perto, vamos, meus senhores, o dinheiro foi feito para gastar, 150 é pouco e isso vale mais abram suas bolsas meus senhores 150 150 160 os senhores estão tirando o pão da boca de meus filhinhos, um negro desses há de ser pai de muitos outros negrinhos que os senhores poderão vender com lucro e tirar o prejuízo dessa compra 170 alguém diz 200? Alguém diz 200? 190, 190 ali para o desembargador, 190, 190, se me derem 200 eu posso pensar em me desfazer dele, 200, 200, 200, 200! Tenho 200! Alguém me da mais, tenho 200, alguém me dá mais, 210, 210, 210, senhor desembargador, não quero fazer-lhe a desfeita de deixar esse negro ir para a fazenda de outro, 250, parabéns, senhor desembargador, esse negro come pouco e vale pelo menos dez vezes o que come em trabalho sendo capaz de cavar 30 covas de mandioca em uma só jornada, quem dá mais, quem dá mais, ninguém dá mais? Olhem que vou dar os lances por encerrados, quem dá mais, ninguém dá mais, ninguém dá mais, dou-lhe uma, dou-lhe duas, dou-lhe três e pronto! Vendido ao senhor desembargador para que dele tire muito bom proveito! Próxima peça, negra Mina de traseiro grande e canelas finas, trabalhadora excelente para o serviço de casa...

O Turco Elias mandava subir, com um gesto, um negro de cada lado do tablado, leiloando machos e fêmeas alternadamente, permitindo a quem estivesse interessado se definir pelos que já estavam nas respectivas filas, preparando-se para dar lances e arrematá-los, se conseguisse. Os arrematadores eram de todos os tipos, e os mais sôfregos acabavam levando para casa não o que desejavam, mas sim aquilo que Elias, com sua verve incomparável e seu malabarismo verbal, lhes empurrava, valorizando em muito aquilo que não era assim tão bom, e deixando para o fim do leilão, para os que lhe eram mais chegados, as melhores peças, cujo destino já tinha predeterminado em conversas com seus compradores mais assíduos.

Bak'hir, trêmulo de ódio, tocou em meu braço e me disse:

— Pedro, eu não suporto mais isso: como se pode organizar de forma tão fria e inumana a venda de gente? Nem mesmo eu, que fui vendido nas costas da África, imaginei que fosse possível haver negócio feito assim, com essa desfaçatez. Te aguardo lá fora, Pedro... Tu vomitaste por causa do cheiro dos negros, eu sou capaz de vomitar por causa do cinismo dos brancos... Homens sem honra!

Não tentei demover Bak'hir de seu desejo: com a ira que se avolumava nele, a qualquer momento seria capaz de perder o autocontrole e reagir contra o que lhe parecia uma crueldade sem limite, e isso poderia atrapalhar meu objetivo verdadeiro naquele lugar, que era conseguir o armazém que escolhera, no qual realizaria meu sonho, para a felicidade de muitos, Bak'hir inclusive. Ele saiu e eu fiquei dentro do salão, apenas mais um homem interessado na compra de outros homens, sem que ninguém soubesse que eu, com minha face azeitonada e meus cabelos negros, estava mais próximo das vítimas que dos algozes.

O leilão demorou algumas horas, e quando a maior parte da assistência já tinha saído, porque adquirira o que lhe interessava ou porque se desinteressara pelo que ali se passava, o salão tomou nova feição: o Turco Elias começou a falar em voz mais baixa, deixando de atrair a atenção dos que passavam na rua, e os homens com que verdadeiramente pretendia negociar, garantindo um lucro inimaginável, o cercaram, para ouvi-lo melhor. Eu fiz o mesmo, e no meio daquela pequena multidão me senti como que disfarçado, porque ninguém sabia quem eu realmente era, e meu interesse era completamente diverso do interesse dos outros. Pelo que pude entender, agora o Turco começara a negociar o que possuía de mais rendoso: as crianças de ambos os sexos, alguns já mais taludos e encorpados, mas a grande maioria formada por meninos e meninas de olhos arregalados, sem nenhuma noção do que estava se passando nem do que o futuro lhes reservava. As vendas agora se faziam em bloco, e a cada grupo de crianças que era levado à frente apenas um comprador de cada vez fazia lance, sem que os outros se movessem, porque essa compra final já estava predeterminada pelo Turco, segundo sua própria conveniência. Era assim que os senhores de escravos formavam verdadeiros criadouros de servos, multiplicando suas propriedades pela cruza entre os mais bem-feitos de corpo, desde que fossem obedientes e capazes de emprenhamentos múltiplos, gerando riqueza cada vez maior.

Depois disso, só restavam os velhos, alguns bem desgastados, mas que mesmo assim foram comerciados a preço vil, tornando-se, aos olhos de quem os arrematara, mais indignos e inúteis do que já eram. Um deles, altivo e espigado, ao ser comprado, foi saudado com imensos gritos de respeito e atenção pelos que o cercavam, e dirigiu-se a seu comprador com tanta dignidade que parecia ser a pessoa mais importante naquela sala. O Turco riu e disse:

— Cuidado com esse, meu senhor; se lhe deres vaza há de tornar-se senhor de tuas propriedades, porque os outros o chamam de rei... O segredo é não lhe permitir nenhum poder entre seus iguais...

— Isto de nada adianta, senhor Elias! — um comprador mineiro, com botas e poncho, ergueu a voz. — Em minhas fazendas há muitos desses reis de Congo e Angola, e os que os assim consideram são capazes de duplicar seus trabalhos para que seu rei não precise se desgastar... Coisa quase inacreditável, mas é verdade: escravos que se esforçam além do necessário para que esses pretos velhos tenham boa vida...

O Turco riu mais forte:

— Pois aqui no Rio de Janeiro a coisa é ainda pior, mineiro. Os negros arrumam jeitos de fazer dinheiro e o economizam para poder comprar a alforria desses velhos, a quem sustentam e protegem como se reis verdadeiramente fossem. A cidade está infestada de reis da África, cada um mais cheio de poder que o outro, e juntam em volta de si tribos inteiras, até porque o que sabem de feitiçaria lhes garante vida longa e boa, à tripa forra! Eu, se pudesse, nem os traria da África, mas meu negócio é como a pesca de arrastão: puxo a rede rezando para que o que venha nela seja rendoso, e vendo tudo o que a rede trouxer, nem que seja para fazer troco... Seja rei ou plebeu, a pele sendo negra, vendo sem hesitar! Se Deus nos deu o poder de sermos melhores que eles, por que não teríamos lucro com isso?

A assistência, agora bem pequena, foi se retirando, ficando no salão quase vazio apenas o Turco Elias, junto com seus conferentes e caixeiros, contabilizando o lucro do dia. Quando me vi sozinho, aproximei-me do tablado e chamei o Turco pelo nome completo, como prova de respeito:

– Senhor Elias Antônio Lopes?

O Turco, preocupado com as moedas que lhe corriam pelas mãos, demorou a atinar que era com ele o chamado; erguendo os olhos, deu comigo ali parado, o chapéu entre os dedos, e disse:

– Por um momento cuidei que não fosse comigo: é tão raro que alguém me chame pelo nome completo... Anda, tropeiro, chama-me de Turco: eu me sinto mais à vontade... O nome verdadeiro ninguém conseguia dizer, e antes que o estragassem de vez, eu o mudei de Antun Eliah Lubbos para Elias Antônio Lopes, e como ninguém me chama assim, a não ser os oficiais de justiça, fiquei sendo Turco, apesar de ser libanês... O que queres, tropeiro? Não compraste nada? Se não queres escravos, posso vender-te carne fresca ou secos e molhados, porque também tenho armazéns de comida... Não vamos ficar sem fazer negócio, não é verdade?

Quando o Turco falou a palavra "comida", eu me senti em casa: ali estava o assunto pelo qual eu tinha enfrentado a desgraça concreta do Valongo, sendo obrigado a observar a crueldade humana em sua pior forma, porque tinha um objetivo pessoal mais importante, que superava tudo o que havia no mundo. Aproveitei a deixa e, ainda humilde, disse-lhe:

– É exatamente a comida que me traz aqui, Turco, mas não o fornecimento de ingredientes. Sou cozinheiro, e quero alugar-te ou arrendar-te o armazém da Rua das Violas, onde farei o primeiro restaurante das Américas! Basta que me digas o quanto custa, e eu te digo se o negócio me serve...

O Turco me olhou, boquiaberto, mas depois seus olhos riram, mesmo que a face permanecesse séria:

– Tua atitude é humilde, mas tuas palavras são tremendamente arrogantes, tropeiro... Ou preferes que eu te chame cozinheiro?

– Cozinheiro está bom, pois é o que verdadeiramente sou... Tropeiro só pelas circunstâncias, mas já fui cozinheiro tanto no palácio da Vila Rica quanto aqui, na casa do vice-rei, não faz muitos anos... Eu não escolhi esse ofício, Turco, foi ele que me escolheu: no primeiro dia em que cheguei perto de um caldeirão alguma coisa aconteceu em minha alma e eu me descobri cozinheiro. Não importa o que me aconteça, é isso que sempre serei, mesmo que precise ser tropeiro ou até mesmo pedreiro, como já me aconteceu: minha alma é a alma de um cozinheiro...

O Turco Elias e seus assessores se entreolharam, cada um mais divertido que o outro, e logo depois o Turco disse:

— Alma, alma... Isso não tem valor para um comerciante como eu. Quero saber de dinheiro, lucros, riqueza... Se me queres alugar o armazém da Rua das Violas, que negócio faremos? Quanto podes pagar-me, se é que podes pagar-me? Que garantias podes me dar, além da alma, que decerto só interessaria ao Diabo, se interessasse? Estás a ver que eu, da maneira como sou, não faço negócios inseguros: se os fizer, é sempre para levar vantagem e ter lucro, e por isso não faço negócio sem garantias... Quais podes me dar?

Fiquei gelado: não conhecia ninguém na cidade, e sem ser meu talento para a cozinha, nenhuma prova poderia dar de que era o que dizia ser. O Turco percebeu minha hesitação, e continuou, mais agressivo:

— Não conheces ninguém que possa ser teu fiador, ninguém que possa responsabilizar-se pela despesa que farás? Não me digas que nessa cidade inteira não existe ninguém que não te conheça... Ou que possa responsabilizar-se por ti...

Pensei: conhecia alguns, mas nenhum que pudesse dar-me fiança nem garantir-me a honestidade e os bons propósitos. O Turco insistiu:

— Não tens casa própria, algum imóvel que possa ser garantia, alguma fortuna, joias... nada?

— Casa própria não possuo, Turco; no momento moro de pensão na casa de dona Rosa Pereira, na Rua dos Ourives...

Quando mencionei o nome de dona Rosa os olhos do Turco brilharam:

— Ah, mas essa é gente muito boa, digna de respeito, e se te aceitou entre seus hóspedes, já ganhaste muito valor a meus olhos... Quem sabe ela não se responsabiliza por ti? Se dona Rosa for tua fiadora, não tenho nenhum problema em tornar-me teu locador... Podes ir falar com ela, cozinheiro: se ela se decidir a te apoiar, não há o que eu não faça por ti... Somos pessoas de bons hábitos e respeito às tradições de nossa terra, e entre nós tudo é possível: com o apoio de pessoa tão importante quanto dona Rosa Pereira, nada será entrave a teus desejos...

Com essa possibilidade a cantar na minha alma de cozinheiro, despedi-me do Turco com uma grande mesura, e saí em busca de meu destino mais almejado. Ao virar-lhes as costas, percebi que davam grandes gargalhadas, e jurei a mim mesmo que os faria rir pelo outro lado de suas bocas, quando finalmente conseguisse ser tudo o que desejava, deixando-os não apenas embasbacados, mas principalmente impressionados com meu talento. Soubesse eu naquele instante as forças surdas e vis que se moveriam à minha volta dali em diante, teria desistido de tudo e decerto fugido da cidade do Rio de Janeiro, para não dar de encontro com o pior de meus semelhantes e de mim mesmo. Não nego que alguma coisa dentro de mim me alertou para as possibilidades negativas de meus atos: mas estava tão cheio de desejos incontroláveis que calei a fraca voz de minha tenra intuição, preferindo ouvir as da vaidade e do orgulho, muito mais belas e agradáveis que as da atenção e do cuidado. Daí em diante, perseguindo a mim mesmo, entrei em uma grossa corredeira desconhecida que me parecia familiar, porque à minha volta, com raríssimas exceções, só encontrei canalhas e bandidos, todos disfarçados pela pátina de seu posto na hierarquia social, conquistado exatamente com as ações mais torpes de que eram capazes, cujo preço seria pago por mim, multiplicado por mil, por milhão, por bilhão, por infinito, degradando-me o corpo e o espírito e quase me destruindo no processo.

Capítulo XVI

Na casa de dona Rosa, não hesitei: fui direto falar com ela, contar-lhe meu encontro com o Turco e ver o que poderíamos arranjar entre nós para que ela me ajudasse a realizar minhas vontades. A madrinha de Cabrêa estava sentada em seu cadeirão estofado, cercada por mucamas e negrinhas, cada uma delas exercendo um mister caseiro, presas aos bordados, às costuras, ao polimento de velhas pratas, e uma delas, diligente e vagarosamente, cortava sobre um alguidar uma manta de toucinho que mais tarde seria posta a derreter para que com a banha resultante pudessem ser preparados os pratos de cozinha que eram ali costumeiros. Nesse exato instante recordei-me do irmão Perinho, na vila de Rio de Contas, dando um poderoso sinal de sua destreza culinária, cortando em um átimo uma manta de toucinho igual a essa, deixando boquiaberta a negra Idalina, de quem por causa disso se tornou amigo. Desejando ardentemente que minha destreza com a faca fosse pelo menos tão boa quanto a dele, arranquei da bota minha toledana de estimação, da qual não me separava nunca, e avançando para a negra velha, sob o susto de todas as mulheres, imitei o irmão Perinho, riscando na gordura branca um xadrez de cortes em duas direções, acabando por passar a faca entre eles e a grossa pele de porco a que estavam unidos, derrubando os cubos no alguidar em apenas duas longas passadas, não mais.

Se a toledana que eu ganhara de um gaúcho fosse maior do que era, teria feito isso em uma só passada, mas mesmo assim causei espanto e forte impressão em todos, principalmente dona Rosa, que me disse:

– Cuidei que o rapaz fosse degolar-me a negra... Com que então vosmecê é ágil com a faca nos trabalhos de cozinha... Nunca vi ninguém preparar uma manta de toicinho com tanta rapidez! Agora só nos resta derrubar esse alguidar dentro do tacho e derreter a banha... Onde vosmecê aprendeu isso?

Contei a ela, em pinceladas rápidas e aventurosas, exagerando os bons momentos e administrando os maus, minha vida, desde que me recordava dela, sem lhe dar nenhum motivo para me desqualificar. Dona Rosa e suas mucamas foram lentamente parando de fazer o que faziam, presas às minhas palavras, que até eu mesmo desconhecia dominar dessa maneira. Não levei muito tempo na narrativa, mas enquanto me aproximava do momento imediatamente anterior ao presente, aquele em que me encontrava com o Turco em seu salão de leilões de carne humana, uma ideia começou a se formar em minha mente, e ao narrar a dona Rosa o encontro que tivera, omitindo minhas sensações e opiniões sobre o cruel negócio que observara, disse-lhe:

– Tudo de que eu precisava, senhora dona Rosa, era de quem acreditasse em mim, e me desse a oportunidade de provar publicamente meu valor e conhecimento. Se pelo menos eu pudesse realizar para o Turco um banquete digno dele e de sua importância, ele certamente teria mais confiança em mim... Duvido que nessa cidade, por mais atualizada que seja, exista algum cozinheiro capaz de cozinhar um banquete digno de um rei, a não ser este seu criado... O que a senhora dona Rosa pensa disso?

Dona Rosa cofiou o queixo, onde despontavam alguns fios de barba, que todos fingiam não perceber; depois, olhando-me com um dos olhos meio fechados, a boca retorcida, disse-me:

– Desde que ele não tenha nenhuma despesa com isso, acho uma excelente ideia... Se vosmecê quiser fazer-lhe esse regalo, por certo o amaciará muito... Mas nem pense em cobrar-lhe pela comezaina, que ele detesta puxar da bolsa quando sai para se divertir. O ideal, vosmecê me permita, seria ir até a quinta dele, ali depois da Igreja do Santo Cristo da Prainha, e lá mesmo lhe preparar um banquete para o qual ele pudesse convidar os amigos e conhecidos. Posso garantir a vosmecê que são todos gente da maior qualidade, de estirpe e valor, a nata da sociedade do Rio de Janeiro, e tornar-se querido deles certamente fará do moço um banqueteiro de imenso valor... Aquilo que o Turco recomenda logo se torna moda irrecusável, e se ele lhe der seu aval, todo o Rio de Janeiro o imitará... Que tal, hem, que tal?

A familiaridade com que dona Rosa me dera cutucões no ventre, ao dizer-me os "que tal", foi acompanhada de um sorriso maquiavélico, desses que só vemos na face de quem acaba de descobrir ou planejar uma novidade muito rendosa. Sorri para ela, concordando, e ela me perguntou:

– O moço tem algum dinheiro que possa investir nesse banquete? Tudo dando certo, há de recuperar multiplicado por mil o que nele gastar... Tem?

Meu cofre de lata continuava bem cheio e pesado, e eu não hesitei em dizer que sim, fazendo dona Rosa sorrir mais largamente:

– Pois lhe recomendo o seguinte: planeje um banquete para 30, não, para 50 pessoas, e que seja digno da realeza europeia! Eu me encarrego de combinar tudo com o Turco... mas faço-lhe uma recomendação: tudo de que o moço precisar, que compre nos armazéns do Turco. Ele ficará mais do que enlevado com isso, sentindo-se valorizado como fornecedor de banquetes e não apenas como negociante de escravos, e certamente ficará mais que disposto a facilitar a vida do moço... Percebe?

Eu percebia: era preciso ganhar o Turco ali onde a vida lhe era mais importante, o bolso. Eu precisava pagar para ter o direito de ser parte dela, e, quanto melhor fosse o pagamento, mais bem tratado eu seria. Corri para minha mansarda e sopesei o cofre de lata, sem querer abri-lo: eu fazia uma ideia bastante razoável do que havia lá dentro, porque somara todas as entradas e saídas durante os anos em que ela me acompanhara, e mesmo sem anotações em papel e tinta acreditava saber bastante bem o que ali dentro havia, mas não a abria para não ter nenhum tipo de surpresa, da boa e da ruim.

Escarafunchando as bruacas de livros de cozinha que colecionara quase sem ver, comecei a folheá-los, na busca do banquete perfeito, do cardápio mágico, da criatividade mais impressionante. Os livros antigos saíam de dentro dela com rapidez, indo quase imediatamente fazer companhia aos que já tinham sido folheados, nos quais eu nada encontrara a não ser linguagem arrevezada e estrangeira, além de pouquíssima instrução sobre o ato de cozinhar. Também o *Dons de Comus* nada me apresentara no sentido do que eu buscava: era mais uma escola de cozinha que uma seleção de cardápios, e se muito me ensinara sobre como cozinhar, pouco me informava sobre o que preparar. Havia que encontrar informações precisas sobre os banquetes da Europa, para dentre eles escolher um que me servisse e pudesse ser realizado em terras coloniais, o que não seria difícil, porque o contrabando de ingredientes era coisa comum nessa cidade, ficando no entanto limitado aos muito ricos, que pudessem pagar o sobrepreço que os contrabandistas lhes colocavam.

Pensando nisso, percebi no fundo da segunda bruaca um volume *in octavo* que me parecia mais bem conservado que todos os outros, e essa promessa de modernidade me atraiu. Abri-o e percebi que era o único de toda a minha coleção que vinha impresso em português, e não foi sem agitação no peito que li sua folha de rosto:

"ARTE DE COZINHA, dividida em três partes: a primeira trata do modo de cozinhar vários guisados de todo o gênero de carnes, conservas, tortas, empadas e pastéis. A segunda, de peixes, mariscos, frutas, ervas, ovos, laticínios, doces, conservas do mesmo gênero. A terceira, de preparar mesas em todo o tempo do ano, para hospedar príncipes e embaixadores."

Estaria ali a solução para meu problema imediato? Continuei lendo:

"Obra útil, e necessária a todos os que regem e governam casa. Correta e emendada nesta oitava impressão. Autor: DOMINGOS RODRIGUES, MESTRE DA COZINHA DE SUA MAJESTADE."

Esse homem decerto sabia do que falava e o que escrevera: nas cozinhas da corte não havia como se servir senão o melhor, e era do melhor que eu precisava:

"LISBOA: na oficina de João Antônio Reis, ano de MDCCXCIV. Com licença da Real Mesa da Comissão Geral sobre o Exame e a Censura dos Livros."

Era recente, pois fora corrigida havia apenas cinco anos, e devia ser boa, porque fora aprovada pela real mesa. Se não tivesse valor para El-Rei, nem teria sido impressa. Folheei-o com sofreguidão, indo quase automaticamente à terceira parte, onde certamente encontraria exemplares de banquetes servidos por esse grande mestre português, não só para a corte portuguesa mas também para todos os homens de importância que a visitassem, vindos dos mais diversos países. Era composto por receitas organizadas a partir dos ingredientes disponíveis e desejáveis, muito similar a um livro de cozinha espanhol escrito por Francisco Martinez Montiño, que eu também possuía, e no qual certamente se baseara, mas tinha verdadeira singularidade na parte em que se organizava por meses do ano, levando em conta as disponibilidades de horta e criação para elaborar as comidas que nos recomendava. Havendo um banquete por mês, ele seria rigorosamente original, por não repetir nada do que viria nos banquetes dos outros meses: e ainda exibia nas folhas seguintes vários banquetes ordinários e extraordinários para qualquer tempo do ano, inclusive as festas religiosas de que o calendário português estava repleto, e também várias receitas semanais para alimentar viajantes pousados ou em trânsito, possíveis de ser facilmente aumentadas ou diminuídas segundo o número de convivas.

Subitamente, às folhas tantas, dei de cara com este título:
"Banquete à francesa extraordinário"

Meu coração bateu mais forte; seria aquilo de que eu precisava? Observei-o com cuidado; mostrava-me dez entradas organizadas, cada uma constando de um prato primeiro e mais dez que o cercariam, com exceção da última entrada, a sobremesa, que era de apenas cinco pratos. Li rapidamente os nomes: não havia ali nenhum ingrediente que eu não conhecesse, pelo menos aparentemente. Só me faltava buscar no interior do livro as receitas correspondentes ao banquete, e calcular de quanto necessitaria para alimentar regiamente 50 convivas, de forma a que se sentissem mais na França que no Brasil, mais cortesãos que colonos, mais aristocratas que plebeus, e daí em diante disponíveis para conceder-me o que quer que eu desejasse.

Alguns livros podem e devem ser provados, outros merecem ser mastigados e engolidos, mas pouquíssimos chegam a ser digeridos com tanto prazer quanto deram ao ser provados e mastigados, porque seus ingredientes se organizam de tal modo que deixam em nós a impressão de que não havia nenhuma outra forma de apresentá-los para nosso deleite. Esse banquete do ARTE DE COZINHA era assim: repetindo e alternando aves e caças, animais de pequeno e grande porte, carne e entranhas, formas e maneiras de cozinhá-los, assá-los, guisá-los e estufá-los, sem que nenhuma se repetisse; parecia querer criar em todos a mais bela das saciedades, aquela que se encontra quando se experimenta de tudo por todos os lados, não deixando de fora nenhuma possibilidade. A impassibilidade seria impossível, frente a tal demonstração de conhecimento do gosto e do prazer que ele possibilitava. Era coisa para os muito ricos porque, como eu mesmo aprendera, os ricos sempre comem quando querem, ao passo que os pobres só comem quando conseguem, e não havia maneira de tratá-los por oposição. Eu seria, porque assim decidira, alimentador dos muito ricos; os pobres pouco me importavam, nesse sentido, porque não seria deles que viria meu sustento, mas sim dos ricos, para quem nenhuma novidade é cara demais, principalmente se, além de nova, for exclusiva. Era aí que eu me destacaria entre os outros do mesmo ofício: pela originalidade, pela singularidade, pela individualidade e principalmente pela ousadia em ser o primeiro a fazê-lo.

Isso tudo que me passava pela cabeça, enquanto planejava o lauto banquete que daria, era a vaidade falando mais alto, o orgulho erguendo sua bela cabeça feia, vagarosa e seguramente distorcendo a visão que eu tinha de meu próprio caminho, mas de tal forma que eu não o percebi até que fosse tarde demais. Bak'hir, que a tudo observava, tentou alertar-me:

– Mas, Pedro, por que vais entregar tua pequena fortuna a essa manobra sem sentido? Quem te garante que é assim que deves agir? Pois se nem conheces essas pessoas, e tens delas a pior opinião possível, o que te leva a querer agradá-las dessa forma tão obscenamente submissa, como se fossem deuses? São apenas homens e mulheres sem valor nenhum: basta despi-los de seus trajes, adereços e riquezas e se tornam iguais ou piores que qualquer um de nós...

Quem disse que eu lhe dei atenção, envolvido que estava em meus planos de sucesso e glória? Era como se sua voz viesse de muito longe, sem força nem poder sobre mim, porque eu me encontrava em estado de graça, à beira de me tornar o mais importante cozinheiro de todos os tempos, aquele que faria em terras brasileiras o primeiro *restaurant* de que se tinha notícia. Dei a ele uma resposta pouco amigável, que envolvia a impossibildiade de fazer omeletes sem quebrar ovos, e Bak'hir me olhou com muita tristeza, como se me desconhecesse, saindo do pé de mim para cuidar de sua vida, sem que eu verdadeiramente o percebesse.

Comecei a analisar o banquete, iguaria por iguaria, e cada uma delas prato por prato, organizando o banquete em minha mente como já fizera com meu *Pantheon*, do qual esse banquete seria a pedra fundamental. A mesa, que deveria ser arrumada com o mais fino linho, a mais bela louça das Índias, os talheres mais requintados, a vidraria mais brilhante, seria primeiro coberta por vitualhas de aperitivo, em quantidade suficiente para exaltar o apetite dos convivas, mas não para saciá-los em demasia: haveria *olla* à moda de França, feita em grande panela de ferro esmaltado com pedaços de galinhas, pombos, coelhos, acompanhados dos diversos vegetais que a tornariam saborosíssima, ainda que dela os convivas só tomassem o rico e transparente caldo. A seu lado, os mesmos coelhos, pombos, galinhas, recheados com a massa de ovos e farinha a que chamavam de alfitetes, ensopados sobre sopa de bolos fritos feitos com a seringa de lata, ou então estufados com alcaparrões ou alfaces, nadando em sopas de queijo, cercados por corações de alcachofras, ou criadilhas de cabrito, ou talhadas de presunto, servindo mais para apresentar alguns dos ingredientes e excitar o paladar que mesmo como alimento, porque viria tudo em pequenos pedaços ou em tigelinhas fundas, permitindo que os convivas de tudo experimentassem sem se perder.

Quando isso estivesse servido e comido, seria substituído sobre a mesa pela segunda iguaria, composta por cinco pratos de vitela (estufada com toicinho e batatas novas) cercados por galinhas em arteletes de massa salgada, perdizes entremeadas de torresmos de porco, lombos das mães das vitelas feitos da mesma maneira que os das filhas (para que a boca comparasse a semelhança e a diferença entre elas), línguas de vitela à mourisca (recheadas de castanhas, cobertas por ovo e pão ralado e depois achatadas e fritas em uma chapa bem quente), criadilhas guisadas com miolos, patos selvagens (mais conhecidos como adens) estufados, perdizes à francesa (recheadas de alho, nozes, cebolas e presunto picadinho) e capões sobre fatias de pão frito com creme, ovos e açúcar, que em certas partes se chamavam de rebanadas ou rabanadas.

A terceira iguaria teria como prato principal uma grande travessa de carne branca de peru desossado, acompanhado por salsichas feitas com a carne escura e o sangue do próprio animal, e no centro dela o maior peru que eu pudesse encontrar, armado como se estivesse vivo, com cabeça, bico, penas e tudo, e à volta pratos de cabeças de cabrito e de vitela recheadas, com a carne tão bem assada que se soltaria dos ossos sem esforço. Para complementar, uma bandeja de galinhas à moda de Fernão de Souza (recheadas com miolos e tutanos dos carneiros e acompanhadas de pequenos pasteizinhos de carne de galinha, a massa muito fina e crocante), frangões enrolados em presunto e fritos aos pedaços, mãos de vitela caravonada à moda dos mouros, com canela e pão torrado, frutas de sertã, envolvidas em massa de farinha de milho, e molhos variados de alcaparrões, azeitonas e queijos, aspargos verdes e brancos e também uma salsa de alface e azedinhas. E pensar que ainda nem estaríamos na metade do banquete...

Para a quarta iguaria teríamos as famosas galinhas em pé que o vice-rei tanto pedia, desmanchadas, cozidas, temperadas, misturadas e depois fritas para servir sobre fatias de pão albardado. À volta eu disporia um estufado de peru, frangões assados com sopa de alfaces, coelhos à moda de João Pires, também servidos sobre fatias de pão com talhadas de limão, e mais presunto lampreado, seu molho escuro feito de farinha torrada em sua própria gordura, mãos de carneiro acompanhadas dos mesmos alfitetes de antes, gigotes de coelho e de perdiz, além de almôndegas de vitela, os três pratos acompanhados de cardos cozidos, e um molho feito de rins de vitela com salsa e alcaparras.

Quinta iguaria: frangões à francesa, recheados de presunto e carne de carneiro, cozidos e depois dourados no forno. Cercando esse prato principal, teríamos línguas de piverada, cozidas em um molho de pimenta, azeite, sal, vinagre e alho, e mais capões à moda dos tedescos, um cabrito no molho de caril, como se fazia nas Índias Orientais, talhadas de vitela à romana, galinhas cozidas com azedas, tutanos de vaca antes cozidos e depois fritos, presuntos, paios e chouriços com molho, oveiros de galinha fritos ao lado de criadilhas com presunto e alcaparras, tudo acompanhado de molho de alcaparrões e salsa.

Chegara a vez de os pombos serem o prato mais importante: a sexta iguaria teria como centro uma imensa bandeja de pombos à moda turca, cortados pela metade, cozinhados com leite e ovos, depois dourados sobre fatias de pão de ló. Cercando essa obra de arte, teríamos uma crostata feita com as fressuras dos cabritos, miolos, rins, coração e miúdos cortados e muito bem temperados antes de ser cozidos e internados na massa, arteletes de carne de vitela, galinha mourisca cozida em vinho e vinagre, com ovos talhados por cima, alguns belos frangões à portuguesa, recheados de carne de vaca moída e bem temperada antes de ser assados, um úbere de vaca recheado com sua própria carne e gordura, e costurado para preservar a forma quando à mesa, um salsichão cozido acompanhado de ervilhas tenras, carne de cabeça de cabrito servida com alfaces e cardos, molhos de alcaparras e salsa, e até um pratinho de cardo com ervilhas, para quem assim os preferisse.

As iguarias iriam se suavizando em progressão, inteligentemente aliviando o esforço físico de quem as comesse. Se eu começasse com pratos mais pesados, como esse banquete pedia, eles se iriam aliviando no decorrer do festim, simplificando tanto a ingestão quanto a digestão: a sétima iguaria, toda baseada em massas e tortas, constaria de pastéis de carne de peito de vaca, bolinhos de farinha e ovos, um folhado francês feito de cardo, o mesmo folhado francês acompanhando pombos também à moda de França, pasteizinhos de galinha, de tutanos, pedaços de frangões albardados, vitela, carneiro, galinhas caravonadas com pão e canela, e fatias de presunto e chouriço para acompanhar, começando a desacelerar a comezaina que eu me propunha a fazer.

A oitava iguaria, seguindo a mesma ideia, aliviava ainda mais o esforço dos comensais, com levíssimas empadas inglesas feitas de carneiro, vaca e pombos, acompanhados de pasteizinhos de Santa Clara e pasteizinhos de tutano, uma coroa real de massa folhada à moda de França, que era uma *olla* meio seca cozida dentro da massa e apresentada com enfeites decorativos da mesma massa, mocotós de cabrito, capões assados em ervas e servidos com seu próprio molho, um outro pastelão de pombos com cardos, adens assados aos pedaços e servidos com sal e amêndoas, e tudo podendo ser comido junto com alfaces e outras ervas que certamente ajudariam a assimilação de tanta farinha.

Daí em diante já entraríamos nos doces, de que os pastéis de Santa Clara da oitava iguaria teriam sido só um discreto vislumbre: a nona iguaria teria em seu centro um manjar-branco, o *blanc-manger* dos franceses ou *blancmange* dos ingleses, para ambos igualmente feito com peitos de frango cozidos e pilados até que se tornassem um creme gelatinoso. Ao lado, um pastelão recheado de siricaia, feita com ovos e passas, pratos de bolinhos de queijo fresco, uma torta de natas, picatostes de pão torrado cobertos com manjar-branco, pastéis de requeijão amarelo em massa folhada e assados ao forno, um prato de frutas da terra cobertas com o manjar-branco e viradas sobre bandeja de prata como se fosse um pudim, peras doces e cerejas, se as encontrasse.

A décima iguaria, logo antes dos licores e café, recomendava cinco pratos de suplicações, coisa que eu não conhecia e da qual não encontrei nem sinal, quando fui procurar nos diversos livros de que dispunha. Devia ser algum doce muito antigo, desses que nem mesmo as famílias mais tradicionais guardam as receitas, e como a décima iguaria era mais simples, decidi substituí-los pelos biscoitos de Savoya de que o Visconde de Barbacena tanto se agradava, produzindo também as amêndoas de carapinha, banhadas em açúcar queimado, os melindres feitos de ovos e açúcar, os biscoitos banhados em calda de açúcar e limões e um prato de Biscochos de la Reyna, especiais para acompanhar o chocolate que as senhoras certamente prefeririam ao café, já que este a cada dia se tornava mais e mais bebida só para homens, quando em companhia mista.

Daí em diante, só me restava calcular quanto de cada ingrediente eu precisaria: não pretendia fazer nenhuma economia, e enquanto me restasse dinheiro na burra, exibiria o melhor de meu talento e capacidade, para tornar-me o melhor de todos. Passei o dia e boa parte da noite em minha mansarda, buscando em outros livros aquilo que a ARTE DE COZINHA não me revelava, e acabando por descobrir tudo, anotando cada receita em papel separado para depois, com ou sem ajuda, calcular a quantidade de ingredientes que me seria necessária. Não pensei nem um momento na possibilidade de que essa ideia não vingasse: eu tinha certeza de que, sendo os homens e mulheres para quem eu cozinharia mais dispostos aos prazeres que aos combates, capazes de perder uma batalha por estar distraidamente recordando o que tinham jantado, acabaria por tornar minha cozinha em sua ermida, a mesa em seu altar, a barriga em seu Deus e eu, sem sombra de dúvida, em seu sumo sacerdote. Era preciso impressioná-los além de suas forças racionais, apelando para seus instintos mais sofisticadamente primitivos, sua intemperança, sua gula extraordinária, fazendo com eles o que minha mãe havia feito comigo no primeiro mingau que me servira: primeiro excitando seu olfato, depois sua visão e só depois disso satisfazendo-lhes o paladar, de forma a que se tornassem meus eternos devedores. Mal sabia eu que as dívidas, de qualquer tipo, não são inconveniências, mas sim calamidades, e que quando se instalam em nossas vidas, ainda que por nossa vontade, entregamos ao credor todo o poder sobre nossa liberdade. Não pagar na data marcada traz vergonha, medo de encontrar o credor e até de falar com ele, gerando desculpas sem sentido nem substância, levando gradativamente à inverdade, depois ao exagero e por fim à mentira, vício secundário que sempre acompanha o de endividar-se. Era na roda-viva desse vício que eu estava entrando, sem conhecer os parceiros que tinha no jogo, mas acreditando-os tão positivamente impelidos a ele quanto eu mesmo era.

Quando Bak'hir retornou à mansarda, alta madrugada, encontrou-me no fim do cálculo de ingredientes: um boi inteiro, dois perus grandes, três vitelas bem novinhas, cinco carneiros com todas as suas partes, nove porcos, 15 capões ou frangões, 36 pombos, 40 galinhas, miúdos a granel, dois barris de farinha de trigo, muitos arráteis de banha e de açúcar, uma quantidade verdadeiramente assustadora de ovos, e mais frutas, legumes, verduras, temperos. Olhando aquilo, Bak'hir só sacudiu a cabeça, dizendo:

— Uma vida de economias não será suficiente: serão necessárias duas, e ainda vais ficar devendo. Por que tanto trabalho, se nem sabes se o Turco vai aceitar tua proposta, aliás, a proposta de dona Rosa? Afinal, foi ela quem inventou esse banquete à tua custa, e eu rezo a Allah para que ela não tenha tanto poder quanto pensa ter; se o Turco não aceitar a ideia dela, estarás livre para buscar uma nova possibilidade, que não te empobreça como exigência inicial... Tomara que nada dê certo!

Irritei-me:

— Bak'hir, se tua vontade for me ver fracassar, podes ir embora! Não preciso de quem esteja a meu lado sempre com admoestações e negatividade, em vez de me ajudar a fazer o que deve ser feito!

Bak'hir mordeu os lábios, como que calando uma frase que não queria dizer, depois, com um grande suspiro, falou:

— Está bem, Pedro; seja como quiseres. Devo-te a vida, e isso me inclui no teu caminho, seja ele qual for. Precisas de ajuda? O que posso fazer por ti?

Pedi-lhe que se certificasse de que eu havia acertado nos cálculos, porque Bak'hir, ainda que não soubesse escrever muito bem o português, conhecia o árabe e a aritmética, e em máteria de números e cálculos era imbatível. Enquanto ele se debruçava sobre meus cálculos, corrigindo-os aqui e ali, fiquei pensando onde seria que se enfiava todas as noites, chegando à mansarda sempre no meio da madrugada, às vezes quando o sol já estava nascendo. Não queria pensar que ele estivesse novamente praticando aqueles atos que pareciam ser de seu agrado, e que eu decidira esquecer, para não criar nenhum constrangimento entre nós nem prejudicar nossa amizade, que estava sempre acima de todas as paixões; só me preocupava com sua integridade, porque na capital do vice-reinado a intendência de polícia era voraz perseguidora de pederastas, e se um negro fosse apanhado enquanto perpetrava o que consideravam como sendo um crime, era justiçado ali mesmo, tendo as partes cortadas e enfiadas dentro da boca, para que quando encontrado, todos soubessem o motivo de sua morte e dele não se condoessem. Eu salvara sua vida na cidade do Salvador, e com isso me tornara responsável por ela, em todos os sentidos, inclusive o de continuar a defendê-la e salvá-la tantas vezes quantas ainda fosse necessário.

Descendo para o rés do chão, encontrei a sala escura ainda vazia: dona Rosa Pimenta pelo jeito ainda não tinha saído de sua câmara de dormir, mas logo a mucama mais velha me revelou seu paradeiro:

— Iaiá Rosa foi na missa e dispois ia passá na casa do Turco... Deve de chegar pela hora das comidas...

Meu coração, aos pulos, ficou saltando entre minha garganta e meus lábios, enquanto eu esperava pela volta de dona Rosa. Quando a sege carregada por quatro escravos de libré foi pousada à porta da casa, em meio ao bulício das negrinhas, eu já estava na calçada, abrindo as cortinas e olhando para a gigantesca madrinha, que lá dentro suava tanto quanto os negros que a tinham carregado de São Cristovão até ali.

— Rapaz, vosmecê estava me esperando? Pois tenho ótimas notícias: o Turco acha a ideia fabulosa, e marcou o jantar para de hoje a uma semana. É tempo suficiente? Vosmecê me diga, porque vai ser festa do padroeiro São Jorge, de quem o Turco é devoto, e ele acha a ocasião perfeita para que vosmecê demonstre o talento que tem... Os convidados que vão à quinta dele nessa data são gente da maior importância, a nata da sociedade do Rio de Janeiro, como eu já tinha dito a vosmecê...

Espero que vosmecê não faça nenhuma economia; para agradar a essas pessoas é preciso servir do bom e do melhor!

Minha alma, repleta de alegria, quase não ouviu o que dona Rosa disse: eu queria sair dali imediatamente, arrebanhar os ingredientes do banquete que faria e começar a prepará-lo sem demora, aplicando nessa obra o melhor de mim. Ela parecia estar tão animada quanto eu mesmo, como se antegozasse minha vitória pessoal, e ao mesmo tempo muito preocupada com o desenrolar dos acontecimentos:

— Só conheço vosmecê de ouvir falar, por meu afilhado Cabrêa: o rapaz diz que é rapaz da cozinha, mas eu nunca provei de sua comida. Pelo amor de Santa Rita, minha padroeira, não me faça passar vergonha na frente do Turco! Se vosmecê não for capaz de dar-lhe o que prometeu, avise agora, e eu encontro uma forma de eximi-lo do combinado, porque também estarei me livrando de imensa responsabilidade...

Eu não tinha o que lhe dizer, a não ser tentar mostrar minha competência:

— Senhora dona Rosa, se pensa assim, só me resta preparar-lhe o prato que desejar e seja de seu agrado. Depois de comê-lo, ainda hoje, se achar que mereço essa oportunidade, daremos sequência ao combinado. A senhora crê que possa ser? Basta dizer-me imediatamente o que deseja comer, e eu lhe darei a maior experiência de gosto e sabor de toda a sua vida...

Dona Rosa me fitou, os olhinhos apertados, como se tentasse enxergar-me melhor; depois, com um suspiro, ergueu os olhos para o céu e gemeu:

— Ah, quem me dera comer umas boas talhadas do queijo de porco à moda inglesa que uma vez experimentei, quando ainda era donzela, na casa de um parente afastado, no Porto... Vosmecê sabe fazê-lo?

Não sabia, mas disse que sim, sem hesitar; daquilo dependia meu futuro, e decerto encontraria a receita em algum dos inúmeros livros que possuía. Dona Rosa, antegozando o sabor que lhe ia na memória, fez-me um sinal de que partisse para realizá-lo sem demora, e eu o fiz: subi como uma ventania as escadas até a mansarda onde dormia, e fuçando entre os livros de cozinha que estavam espalhados pelo chão, acabei encontrando a receita em espanhol, no já muito gasto *Arte de Cocina, Pastelaria, Vizcocheria y Conserveria*, escrito por Montiño, que tinha sido cozinheiro dos três Felipes, reis de Espanha. Lá encontrei a receita do *Queso de Cerdo a la Inglesa*, que me recordava de ter lido por alto, e que teria de fazer passando por cima de uma exigência essencial: os três dias de escabeche que as peles da cabeça do porco necessitavam para tomar gosto na vinha d'alhos, um pré-cozido a frio para que ficassem tenras e dóceis ao mastigar. Sem fazer isso, teria de selecionar e cozinhar as peles mais tenras em água fervente com salitre e vinagre, para que se desmanchassem o suficiente. As carnes, estas eu colocaria na forte infusão de sal, salitre, pimenta, coentro, noz-moscada, serpilho, louro, sálvia, cebolinhas picadas com o sumo e as cascas dos limões mais ácidos que conseguisse encontrar.

A cabeça de porco foi fácil de achar, porque logo ao pé da casa de dona Rosa ficava um porqueiro que, sem me fazer esperar muito, voltou lá de dentro com duas belíssimas cabeças de bácoros jovens, o que me facilitaria em muito o trabalho: eram menores que as de um porco normal, mas sua pele depois de lavada mostrou uma bela coloração rósea, e os pelos eram muito fáceis de raspar, o que fiz barbeando-as com a minha toledana de estimação. Em um alguidar bem grande que a cozinheira de dona Rosa me disponibilizou, desmanchei as duas cabeças, separando-as em peles e carnes, colocando as primeiras já cortadas em pequenas tiras para ferver sobre o fogão de lenha em um caldeirão de ferro, tendo antes selecionado as mais tenras e macias delas, enquanto as carnes que eu separara foram postas na vinha d'alhos que eu também preparei. Os ossos, não me desfiz deles; o tutano que ficava em seu interior decerto seria grande fonte de sabor, e no cozimento final, quando a forma de queijo estivesse pronta para sua última aventura sobre o fogo. Por isso, aferventei rapidamente os ossos, quebrando-os com cuidado e aproveitando todo o tutano que encontrei dentro deles, reservando a massa escura e olorosa, que mais tarde, quando as peles estavam macias o suficiente, pedi que a mucama mais forte socasse no grande pilão de fazer paçoca, até que a gelatina de que eram feitas se desmanchasse e elas se tornassem matéria muito pastosa. As carnes já estavam bem encharcadas de tempero, e foi, então, a vez delas, amarradas dentro de um pano muito limpo, serem cozidas em água, misturada com vinho branco que mandei buscar em uma tasca da Rua das Violas, a mistura líquida temperada com cenouras e cebolas espetadas de cravos-da-índia, um amarrado de ervas de tempero que os franceses chamam de *bouquet garni*, sal a gosto e o tutano dos ossos que encorpou o caldo, deixando-o grosso e muito cheiroso.

Quando percebi que as carnes já estavam cozidas, misturei-as com a matéria pastosa dentro do pilão e, socando-as eu mesmo até que perdessem um pouco de sua rudeza, apanhei uma forma de fundo redondo que encontrei abandonada por ali, e que me parecia bem no formato do queijo inglês feito em Stilton, que eu só vira uma vez, no palácio do vice-rei, e nela arrumei a mistura em camadas alternadas com as línguas que eu também despelara e cozera suavemente, cortando-as na diagonal em pedaços finos. Os resto da carne, fiapos que haviam sobrado em volta dos ossos quebrados, também coloquei na mistura, junto com dois peitos de galinha desfiados que encontrei dentro de uma panela. Tampei a forma bem justa, amarrando sua tampa de folha com um pano de pratos, e coloquei dentro da panela onde havia cozinhado as carnes, porque o caldo que ali estava, se houvesse interesse, até poderia ser usado como base para uma deliciosa e perfumada sopa.

Na hora do jantar, aguardado por dona Rosa com verdadeira ansiedade, apresentei-lhe o queijo de porco já frio, sobre folhas de alface e rodelas de pão escuro torradas sobre uma chama; quando o fatiei, e nele não havia resistência maior que a de um queijo já maduro, o perfume que se evolou da massa três vezes cozida trouxe-me saliva aos cantos da boca. Dona Rosa arregalou os olhos, estendendo o prato de bordas douradas e já meio desbeiçado; quando viu as três talhadas elegantemente dispostas à sua frente, fatias marmorizadas e brilhantes com manchas de cor que variavam do branco pérola ao vermelho carmim, esqueceu-se até mesmo de rezar, como fazia antes de receber qualquer alimento, e ao colocar na boca o primeiro pedaço e mastigá-lo, pôs as mãos no peito, fechando os olhos, dos quais escorreram duas lágrimas. Depois, olhando-me, disse:

– Rapaz, vosmecê me levou de volta à minha infância... Era esse mesmo o sabor do queijo de porco de que me recordava! Ai, minha santa mãezinha, que falta me fazes!!!

Algumas horas de trabalho haviam feito o milagre: dona Rosa se tornara minha admiradora e defensora, conquistada pelo sabor do queijo de porco que eu lhe recriara, improvisando da melhor maneira possível o que não tinha tempo para deixar que a Natureza fizesse. Com certeza minha intenção ao cozinhar havia sido transferida para o prato, e ela o comeu com sofreguidão, o paladar aguçado pela saudade, a mente e o coração subitamente dispostos a tudo em meu benefício, passando daí em diante a agir como se minha madrinha fosse.

Nesse mesmo dia saí em campo para reservar e adquirir os ingredientes de que ia precisar para o banquete de São Jorge, na quinta do Turco Elias. Bak'hir me acompanhou, e quando nos vimos na rua, puxou-me pelo braço, dizendo:

– Se queres bons vegetais, legumes e verduras, vem comigo: conheço os melhores fornecedores de tudo o que vais precisar. São todos escravos com hortas das quais tiram seu sustento, vendendo as sobras da collheita para quem estiver interessado nela, principalmente outros escravos que não comem as comidas costumeiras nessa terra...

Estranhei:

– Mas escravos negociando com outros escravos, Bak'hir?

Meu amigo sorriu:

– E por que não, Pedro? Nem todos comemos o que a maioria come, principalmente nós, os crentes em Allah: para nós, não existem carne de porco nem peixes cascudos, e tudo deve ser preparado com respeito a preceitos muito antigos, que o próprio Anjo de Allah repassou para Ismael, quando nosso antepassado ainda morava na casa de seu pai, Abraão. Isso nos levou a produzir alimentos só para nossa gente, produzindo os alimentos de que necessitamos, plantando e criando, e até mesmo pescando, porque se os cariocas não são acostumados a comer o peixe que se acumula nos mares e rios à nossa volta, nós, os verdadeiros crentes, praticamente só temos os peixes como opção, quando não aparece carne de cabrito... Além disso, é preciso fazer dinheiro, Pedro, para realizar os objetivos a que nos propomos; por isso vendemos o que produzimos mais barato que os comerciantes oficiais, de modo que os irmãos que precisarem fazer compras possam economizar alguns trocados sem que seus amos percebam...

– Isso não deve agradar aos comerciantes oficiais...

– Nem um pouco! Mas somos cuidadosos em nossos negócios, e alguns senhores até participam deles, levando uma boa parte dos lucros gerados por seus escravos: não é muito comum, mas acontece... No mercado, para onde estamos indo, a maioria dos vendedores é mulher, porque os homens temos maior capacidade de enfrentar o eito, mas somos péssimos nos negócios de compra e venda... e elas são fenomenalmente boas no que fazem, servindo como intermediárias até mesmo com os negociantes que vêm da África e que nos trazem as coisas que só lá são encontradas. Eu mesmo estou aguardando um Quram que me faz muita falta...

– E o que é um "curam"?

– Al-Quram, que os infiéis chamam de Alcorão, livro sagrado dos crentes em Allah, e que serve como guia para todos os aspectos da vida dos islamitas, como eu. Mas da África vem de tudo, inclusive os objetos de culto para as tribos que acreditam em uma miríade de deuses, cada um mais visceral que o outro. Somos um mercado muito forte, Pedro, e tu terás a oportunidade de ver-nos em ação, para comparar nosso trabalho com o dos brancos...

— Mas se é assim, acho que vou comprar tudo com teus compatriotas...

Bak'hir me interrompeu o passo, segurando-me o braço:

— Não recomendo: uma das coisas mais importantes que dona Rosa te disse foi que deves comprar o máximo possível nos armazéns do Turco, e essa é a grande prova de interesse que ele espera de ti. Ele não quer apenas ganhar um banquete, Pedro, ele quer cada vez mais aumentar os próprios lucros, e espera ansiosamente que tu não frustres sua vontade de enriquecer à tua custa... Façamos o seguinte: o pesado, as carnes, os ingredientes que vêm de fora, as farinhas, os enfeites, deves comprar com o Turco, e de tal maneira que ele se sinta plenamente recompensado, amaciando tua vida futura. O que podes comprar conosco serão certamente os vegetais e os produtos da terra, porque o Turco não se importa com nada disso.

No mercado em frente ao Cais dos Mineiros, que tinha sido propriedade do Brás de Pina, enquanto tinha a concessão de pesca de baleias na Baía da Guanabara, além do engenho de açúcar que ainda existia em suas antigas terras, o novo arrendatário, Pedro Quintela, tinha começado a erguer um mercado de bom tamanho, para aproveitar-se do movimento de tropeiros e viajantes que ali desembarcavam, vindos das Minas Gerais; foi ali que Bak'hir me apresentou inúmeras mulheres de sua crença, todas elas muitíssimo bem vestidas, com a parte inferior da face oculta nas dobras do turbante que lhes envolvia a cabeça, e que com ele falavam uma língua que ele depois me revelou ser o árabe. Todas o tratavam com muita deferência, e os poucos homens que circulavam entre as barracas, quase sempre obedecendo às ordens das mulheres, se curvavam profundamente à passagem de Bak'hir, chamando-o de *malê* e de *sheik*. Ao que tudo indica, era uma comunidade isolada dos outros negros, e Bak'hir me esclareceu:

— Nenhum de nós que foi escravizado na África admite perder sua identidade tribal, Pedro; e como somos filhos das mais diversas crenças, preservamos da melhor maneira possível aquilo em que fomos criados, para que nunca deixemos de ser quem realmente somos. Eu não pensei que houvesse islamitas como eu aqui nesta cidade, porque sempre me disseram que haussás e nagôs só tinham sido levados para a cidade do Salvador; mas, quando comecei a procurar, encontrei uma enorme comunidade, cuja face mais aparente é esta que estamos vendo aqui, no mercado. Olha ali um *murabit*, que o povo do Brasil chama de marabuto, preparando amuletos de proteção com pequenos trechos do Quram, e seu trabalho nunca termina, porque a grande comunidade do Islã Negro se desenvolve e protege pelo silêncio. Continuamos sendo quem sempre fomos, porque o que nos mantém vivos é a tradição que respeitamos e vivemos.

Eu sorri:

– Então é com eles que estás, naquelas horas em que desapareces de minhas vistas, Bak'hir?

– Enquanto a humanidade não estiver pronta para conviver com a diferença entre os homens, só nos resta unir os que são iguais e sobreviver entre eles pela tradição e os costumes... Mas o que temias, Pedro? – meu rubor foi revelador, e Bak'hir compreendeu, ficando também envergonhado. – Então é isso? Não te preocupes, Pedro; sem dúvida sou como sou, porque assim sou, mas perfeitamente capaz de ser melhor do que sou, se essa for a minha vontade. Se for preciso abrir mão de meu prazer para realizar aquilo que me interessa, faço-o sem nenhum problema, até porque, de cada vez que cedo a meus impulsos, me arrependo...

– Já eu não sou nem um pouco capaz de controlar meus impulsos: em vez de ser senhor de minhas vontades e paixões, torno-me escravo delas... Mas tenho contigo uma semelhança: também me arrependo, e muito...

– Como se diz entre meu povo, o melhor do arrependimento é cada vez errar menos...

– Pois eu sempre soube que o melhor do arrependimento é parar de pecar... qual das duas ideias é a certa, Bak'hir?

– Aquela que nos for possível...

Graças a Bak'hir e sua importância entre os muçulmanos negros do Rio de Janeiro, consegui encomendar os melhores vegetais de que faria uso, que me seriam entregues onde eu determinasse e no dia que eu desejasse, para que estivessem absolutamente frescos e tenros. Dali, porque tudo ficava perto o suficiente para que não precisássemos de outro veículo a não ser nossos próprios pés, fomos até os matadouros do Turco Lopes, na praia de Santa Luzia, ao pé do Convento da Ajuda, onde o fedor de carne em decomposição e sangue misturado com a terra chegava a ser quase tão forte e enjoativo quanto o dos armazéns de escravos do Valongo. Ali eu verdadeiramente entendi a frase do passante que me dissera: "Dependendo do que estejas querendo comprar, aqui encontrarás a carne mais cara ou a mais barata do mercado...". Os animais eram abatidos sem nenhuma preocupação com limpeza, e eu, depois de encomendar um boi inteiro, dois perus grandes, três vitelas bem novinhas, cinco carneiros com todas as suas partes, nove porcos, 15 capões ou frangos, 36 pombos, 40 galinhas, miúdos a granel, tudo com as respectivas gorduras, decidi que tudo seria lavado e muito bem lavado em água corrente, para que a lembrança do cheiro de sujeira não me estragasse o prazer de cozinhar. Ali, ao contrário do que ocorrera com os amigos de Bak'hir, tive de pagar imediatamente uma boa quantia, de nada adiantando dizer que estava comprando alimentos para um banquete na casa do Turco Elias. Bak'hir se encarregou das contas, e eu somente abri meu cofre de lata, deixando que ele apanhasse o necessário, não sentindo grande diferença no peso, e portanto não me sentindo menos rico do que ainda me considerava. Bak'hir, é claro, anotou minuciosamente as despesas, para que pudesse dar conta de meus gastos sem que restasse sobre eles qualquer dúvida.

A entrega das carnes e dos adicionais seria feita na própria quinta do Turco, três dias antes do dia de São Jorge, e eu me encarregaria de transportá-las até lá, certamente por mar, já que Cabrêa se colocara à minha disposição: ele ancoraria na beira da praia de Santa Luzia, e de lá levaríamos os animais abatidos para a praia de São Cristóvão, muito próxima à propriedade do Turco Elias.

Não foi fácil como eu pensei, mas acabou dando-me um imenso prazer cuidar de meu primeiro banquete desde seus primórdios: fosse eu um sujeito menos otimista, certamente teria tremido e desistido, assim que as dificuldades começaram a se interpor entre mim e minha obra. No entanto, claramente decidido a dar esse primeiro passo na construção de minha vida futura, não cheguei nem mesmo a me irritar com o que acontecia, considerando tudo como acontecimentos fortuitos, que deveriam ser superados da melhor maneira possível, para que nada empanasse o brilho do que eu me decidira a realizar. De acordo com o Turco, a quem avisei de meus passos com todos os detalhes, acabei por mudar-me por três dias para a quinta, em cuja cozinha me abanquei, sendo inicialmente olhado com desconfiança tanto pelas portuguesas quanto pelas negras, mas logo depois, graças a meu bom humor e carinho para com tudo que usasse saias, tornando-me presença agradável para todas elas, principalmente depois que perceberam que a quantidade de comida que eu prepararia seria mais do que suficiente para alimentar os convivas, os criados, o pessoal de serviço, toda a senzala e, caso conseguissem, uma boa parte dos familiares dos que ali trabalhavam.

Era assim que se cozinhava no Rio de Janeiro: qualquer refeição tinha de alimentar não apenas os que a comeriam oficialmente, mas todos os que deles estivessem próximos, inclusive agregados e escravos. De um banquete como esse comeriam todos: os convivas, seus serviçais, os serviçais da casa, os escravos, os passantes e eventuais mendigos que cruzassem o caminho das comidas, e até mesmo aqueles que, em casa, aguardavam por um guardanapo recheado com as vitualhas que tivessem sido preparadas para o bródio. O que me parecia excesso era uma forma de partilha socialmente bastante justa: todos se aproveitariam do que eu cozinhasse, e em vez de aplacar os desejos e a gula de 50 escolhidos, alimentaria quase o quíntuplo disso, sem contar com os restos que iriam para os cães e porcos. A cornucópia de benesses alimentares se estendia por imensas linhas, às vezes atravessando toda a cidade para satisfazer o gosto de alguém que nem mesmo esperava por isso, mas era apanhado de surpresa por um sabor absolutamente novo e de qualidade quase inacreditável.

Nos três dias que passei na Quinta da Boa Vista, como era conhecida, pude perceber o luxo e a riqueza com que o Turco se cercava, dando à sua família uma qualidade de vida que poucos monarcas tinham, pelo mundo: o prédio havia sido inventado por um inglês chamado John Johnston, de fama como arquiteto em sua terra, e recomendado ao Turco por amigos da Europa. Não houve nenhuma economia: a casa-quinta foi feita com o que havia de melhor, e o que não existia nas colônias tinha sido trazido de fora, muitas vezes no tombadilho dos navios negreiros que serviam ao Turco, e sem dúvida os materiais eram mais nobremente tratados que os escravos. Ficava no alto de uma pequena elevação, cercada por inúmeros terrenos vazios, que se estendiam até as montanhas do maciço do Grajaú. Parece que tudo era propriedade do Turco, e o que ele ainda não comprara, já tinha apalavrado, tornando-se senhor de tudo que sua vista alcançava. A mim o que interessava mesmo era a cozinha, que o Turco mandara equipar com o que de melhor havia, mesmo que lá se cozinhasse uma comida sensaborona e mal preparada, indigna do equipamento que ele possuía. Estava em minhas mãos mudar essa realidade, encantando-os com minha saborosa arte.

Na noite da festa eu estava em pandarecos, seja por causa do incessante esforço físico de controle de tudo que se preparava, seja pela ansiedade que me tomava mais e mais a cada instante. Quando o sol começou a descer atrás das montanhas a oeste da quinta e os escravos de libré começaram a acender os lampiões que cercavam todo o terreno, pontilhando-o de luzes, o Turco veio até a porta da cozinha, coisa que nunca fazia: respirou o ar perfumado pelos inúmeros sabores e odores do banquete, e depois apenas me perguntou:

– Como não falamos de vinhos, o que beberemos? Água pura das fontes?

Quase me apavorei, mas logo recordei da maxima de Brillat-Savarin sobre os vinhos e a comida: "Uma refeição sem vinho é como um dia sem sol". Olhei bem firme para o Turco, e lhe disse:

– Meu senhor, sendo o anfitrião, esta é vossa tarefa nesse banquete: escolher os melhores vinhos em vossa adega, para que eles possam servir a vossos convidados como servirão a meus pratos. Só posso vos recordar que, assim como a ordem de minhas dez iguarias, eles devem ir dos mais temperados aos mais vaporosos, e destes aos mais perfumados... Posso contar com vosso apoio nesse assunto?

O peito do Turco se encheu de orgulho: todos os homens poderosos e ricos que conheci partilham da mesma mania, desejando acreditar-se conhecedores de vinhos, e quanto menos compreendem do assunto, mais fazem por onde se mostrar sabedores acima de todos os outros. Com um sinal, ele chamou seu vinhateiro, o velho que cuidava de sua enorme adega, repetindo a ele as duas frases de Brillat-Savarin que eu dissera, como se fossem de sua própria lavra. Não me abalei, e ainda lhe falei:

– Senhor Elias, muito grato por ter me esclarecido sobre o assunto, com vossa imensa convivialidade: aquele que recebe seus amigos e nada faz por eles, não mereceria ter amigos... Os vossos são verdadeiramente bem aquinhoados em matéria de amizades. Contando com vossos favores, não precisam nem mesmo de um rei a quem prestar tributo!

Eu tocara o Turco Elias exatamente na corda que mais o faria ressoar: quando coordenei o serviço da primeira iguaria, todos os convivas já em volta da grande mesa do salão principal, ouvi-o dizendo o que eu lhe dissera, dessa vez com suas próprias palavras:

– Sou vosso anfitrião, meus amigos: se nada fizer por vós, não vos mereceei... e os vinhos que escolhi casarão perfeitamente com as iguarias que hoje vos servirei. Sentemo-nos, por obséquio; o banquete vai começar!

Durante as três horas e meia que o serviço do banquete durou, não tive tempo para nada, nem mesmo para comer: era preciso que tudo saísse a contento, em ordem irrepreensível, e enquanto as bandejas e salvas saíam da cozinha repletas de delícias, a ela voltando quase vazias, eu só cuidava para que nada ecapasse de meu controle, chegando a saltar na direção de um escravo que por pouco não derrubou uma imensa bandeja, exatamente aquela que continha o peru recheado e decorado; salvei-a por pouco, quase um milagre.

Da senzala, logo ao pé da cozinha, soava um canto melancólico e repetitivo, acompanhado por tambores lentos e tão graves quanto as vozes que o entoavam. Quando perguntei a uma das cozinheiras negras o que era aquilo, ela me disse, o olhar perdido:

– É a kubanza, que os brancos chamam de banzo; sempre chega o dia em que a gente sente falta do lugar em que nasceu. É nessa hora a kubanza acontece, e às vezes até mata...

Eu entendia bem demais a kubanza, pois ela também me assaltava sempre que eu, incapaz de fazer alguma coisa, me entregava à melancolia, e subitamente me encontrava imerso nela, olhando a verdade por uma poderosa luneta, que trazia mais e mais perto a escuridão de minha vida, tornando mais que real a realidade fria. Nos últimos tempos, em que minha vida se tornara um torvelinho de ações cada vez mais frenéticas, eu não tivera oportunidade de sentir nada disso, mas me recordava com precisão dos momentos em que, trilhando os caminhos do sertão à frente das tropas em que vivera, bastava que uma nuvem mais carregada cruzasse o céu para que eu me voltasse para dentro de mim mesmo e me percebesse melancólico e assustado com o futuro. Naquele momento, no entanto, impulsionado pelas ações que devia executar, a tristeza passava a meu largo, e o canto triste dos escravos quase me deixava feliz, porque eu desconhecia a estranha armadilha que os fatos e os que se pretendiam senhores deles começavam a preparar para mim.

As bandejas iam e vinham, e dali em diante se tornaram alimento para todos os que enchiam a cozinha, indo depois para a senzala, onde as vítimas da kubanza a cada instante ficavam mais deprimidas, porque o alimento da rica mesa do Turco lhes dava a exata dimensão da diferença entre eles e seus senhores. Como se poderia crer que a Providência Divina tivesse nos colocado no mundo para que alguns usassem relho e esporas, enquanto a grande maioria estivesse condenada a ser animal de sela? Em nossa sociedade, o fim desejado era marcar de forma rigorosamente absoluta as diferenças entre os seres humanos, e qualquer instrumento que garantisse essa diferença, fosse ele a riqueza ou a força, era sempre bem-vindo pelos que se consideravam superiores.

Quando a décima iguaria foi finalmente servida, e eu pude sentar-me em um banquinho ao pé do lume, as panturrilhas doloridas pelo esforço e a tensão, percebi que vencera: do salão chegavam até nós as risadas e as conversas cada vez mais animadas, que eram sinal seguro de que a comida lhes servira como disponibilizador de prazer e alegria e que eu cumprira minha parte no trato, enquanto na cozinha os serviçais e escravos também estavam animados, sorridentes, como reflexo da felicidade que preenchia o salão brilhantemente iluminado. Havia ali uma felicidade que, de uma forma ou de outra, estava sendo partilhada:

o problema da felicidade, sem dúvida, não era que ela existisse, mas que alguns homens, em vez de simplesmente desejar ser felizes, insistiam em ser mais felizes que os outros, já que no fundo de suas mentes e espíritos, sempre acreditavam que os outros eram mais felizes que eles.

O grande salão estava repleto de felicidade, ainda que ela não fosse a mesma para todos, e quando o Turco veio pessoalmente à cozinha buscar-me para que eu fosse apresentado a seus convidados, eu me senti recoberto de infinita glória: era preciso que ele, o dono da casa, pudesse glorificar-se pela oportunidade que me dera, como se tivesse tudo sido ideia sua, apropriando-se indebitamente do que não era seu, pois só cedera a casa e os vinhos, e agora se fazia inventor de tudo. Não importava: eu só desejava que aquele banquete me permitisse seguir em frente com minha vida, auferindo de cada um aquilo que me pudesse ser útil nesse percurso, e certamente me tornando o maior de todos os cozinheiros, graças a meu talento e à oportunidade que me deram.

Enquanto cruzávamos o corredor que ligava a cozinha ao grande salão, o Turco me pegou pelo cotovelo e disse:

– Rapaz, nem mesmo sei teu nome completo... Como posso apresentar-te a meus amigos e convivas?

Foi com muito orgulho que lhe disse meu nome:

– Pedro Raposo, Turco, às vossas ordens...

O Turco franzou o cenho:

– Raposo? Temos hoje outros dois Raposo em nossa companhia... Mas vamos, que chegou a hora em que o artista será aplaudido por quem lhe experimentou o talento!

O salão era uma belíssima vitrine de joias e luzes, e tudo brilhava intensamente: louças, faqueiros, vidros, roupas, arrecadas, cabelos, faces e sorrisos, enquanto a rica companhia se esmerava em divertir-se, aproveitando os eflúvios de sabor que a comida e o vinho lhes haviam deixado nos corpos. Em uma cadeira bem grande, perto da cabeceira da longa mesa, pude ver a face rubicunda de dona Rosa Pereira, a causadora de tudo isso, que me olhava com o orgulho e o desvelo de uma verdadeira mãe, e que me acenou, quando me curvei em sua direção, antes de fazer o mesmo na direção dos outros convivas.

O Turco me pegou pelo cotovelo e, com um largo gesto, apresentou-me aos convivas, dizendo:

– Os sabores quase inacreditáveis que hoje experimentamos foram obra desse fenomenal cozinheiro, esse verdadeiro artista dos cheiros, cores e sabores. Guardem seu nome, que certamente será muito conhecido depois que inaugurar, em imóvel de minha propriedade, o primeiro *restaurant* do Rio de Janeiro: Pedro Raposo!

Nesse exato momento, em que todos me aplaudiam, eu fixei meu olhar nas duas únicas pessoas que não o faziam, e todos os ruídos de homenagem se apagaram de meus ouvidos. Um homem e uma mulher, ambos ricamente vestidos, me observavam pasmos, porque eu lhes trazia à memória um tempo em que não vivíamos mais. Minha face certamente ficou tão lívida quanto a deles, e o homem se ergueu a meio da cadeira, sendo contido pela mão da mulher, que o prendeu à mesa, com força, ambos sem tirar seu olhar de mim. Não percebi ninguém, enquanto o Turco me levava em volta da mesa, para que conhecesse seus amigos e convidados, e quando chegamos ao lado desse homem e dessa mulher, disse:

– Eis aqui, meu cozinheiro, os que têm o mesmo sobrenome que tu: meus amigos e companheiros de negócios, os irmãos Manoel Maurício e Maria Belarmina, da Casa de Importação Irmãos Raposo, ao lado da minha, na Rua do Valongo...

Eu apenas não desejara reconhecê-los, mas suas faces me eram profundamente familiares: Manoel Maurício, meu irmão por parte de pai, ainda tinha o mesmo ar soberbo e voluntarioso de que eu me recordava, ao olhar em seus olhos e lembrá-lo desventrando um indiozinho, na noite de sangue e fumaça, e me fixava hirto, a taça mal pousada sobre a mesa, da qual bebeu um longo gole, sem em nenhum instante tirar de mim os olhos negros e cruéis.

Eu só o percebia na periferia de meu olhar: como sempre, estava mesmerizado por Maria Belarmina, ainda mais bela que quando eu a vira pela última vez, pois mesmo por sob os exagerados enfeites, rendas e arrecadas que lhe cercavam as mãos e o rosto, como cercavam os de todas as mulheres daquele momento, ainda era a mais linda que eu já vira em minha vida, e toda uma lembrança de nossa infância me assomou, minha face passando da lividez ao rubor, fazendo-me temer por minha saúde, tal o calor que me subiu às faces, o coração saltando vigorosamente no peito. Minha irmã ainda tinha sobre mim o mesmo poder de sempre, e mesmo em momento tão difícil, meu pênis deu sinal de vida, começando a enturgecer-se, sem que eu pudesse nem desejasse controlá-lo. Era minha maneira física de reconhecê-la como a fêmea das fêmeas, a mulher perfeita, aquela por quem todos os amantes esperam, e que neles substitui tudo o que existe, comida, bebida, ar, artes, música, anseios, tornando-se mais poderosa que a própria alma que as adora, provavelmente acima do próprio Deus que as tenha criado.

Por sorte ou acaso, ninguém percebeu o que se passava entre nós três: o Turco continuou me conduzindo em volta da grande mesa, apresentando-me aos convivas satisfeitíssimos, e eu, mesmo fazendo por onde permanecer com a figura de Maria Belarmina em meu campo de visão, tive várias vezes que me curvar para este ou aquele, perdendo-a de vista e temendo que, quando me erguesse, ela tivesse desaparecido.

Não sei como saí do salão, ao ser galantemente dispensado pelo Turco, que me cobriu de elogios apenas para que seus convivas o reconhecessem como importante, por ter em sua posse aquilo que nenhum deles tinha: um artista-cozinheiro, como os mais viajados já tinham ouvido dizer que existiam na Europa. Em minha mente só existiam duas coias: o supremo bem, representado por Maria Belarmina, e o mal absoluto, com a face escura e pesada de Manoel Maurício, ambos meus meio-irmãos, a quem estava ligado por laços indissolúveis enquanto estivéssemos vivos, e até mesmo depois disso, porque os vestígios do sangue não se apagam quando alguém morre.

Sentado à beira do fogão, enquanto alguém me enchia uma caneca de água fresca, coloquei as mãos sobre a face, suspirando fundo e deixando que o pranto me corresse livre, tanto por alívio quanto por surpresa: todos acreditaram que eu estivesse emocionado pela experiência culinária que havia sido tão grande sucesso, pois nada acontecera no banquete que de qualquer forma o empanasse. Ninguém sabia, a não ser meus dois meio-irmãos, que o momento tinha sido de imensa violência emocional, inesperadamente ocorrido por uma manobra do destino. Eu, que sempre considerara o destino apenas uma turva desculpa para cada erro que eu mesmo cometesse, não admitia que ele existisse, nos momentos em que me percebia forte e até virtuoso, porque a consciência é o que nos guia em todos os nossos caminhos sobre a Terra, enquanto Deus provavelmente nos observa, se tiver vontade. Essa ideia de destino não é mais que o tenebroso fantasma que aprendemos a invocar para silenciar a primeira e destronar o último, mas nesse caso que lhes conto era como se houvesse sobre os três um fantocheiro que nos viesse lentamente guiando uns na direção dos outros durante os últimos anos, cuidadosamente escolhendo esse instante tão improvável para que nos déssemos conta de que continuávamos ligados por laços indeléveis, poderosos e em sua maioria desconhecidos: eu só podia falar dos meus, e mesmo assim covardemente, sem coragem para enfrentar aquilo que tinham de mais proibido e que me parecera não existir, enquanto não me fora esfregado na cara nem provara sua persistência.

Meu mestre Francisco de Aviz me ensinara exatamente o contrário: que os pensamentos levam aos propósitos, que os propósitos levam à ação, que a ação forma os hábitos, que os hábitos formam o caráter, e que o caráter determina nosso destino. Era isso o que eu esperava que fosse verdade, ainda que tivesse sido apanhado de surpresa por um duplo enfrentamento que não desejava repetir em hipótese alguma. Se a figura de Manoel Maurício era uma que não pretendia mais ver à minha frente, a de Maria Belarmina novamente voltara a ser aquela sem a qual eu não poderia viver; infelizmente, uma não existia sem o outro. Restava-me apenas seguir vivendo como sempre, aguardando para ver de que forma os acontecimentos se dariam.

Saindo dali, alta madrugada, fui diretamente à Rua das Violas, em busca de alívio para meu incontrolável desejo por Maria Belarmina, cada vez mais presente dentro de meus calções, e não uma nem duas, mas três mulheres de faces rigorosamente inexistentes foram necessárias para que eu me desse por momentaneamente saciado e pudesse me arrastar pelas escadas acima, na pensão de dona Rosa Pereira, até encontrar em minha mansarda a dura enxerga de palha, nela saltando para um sono sem sonhos mas carregado de pesadelos, fielmente velado por Bak'hir, cuja face preocupada eu via sempre que despertava de um deles, para logo a seguir dormir novamente e novamente despertar assustado.

Na manhã seguinte, retomando minha existência de todos os dias, dessa vez disposto a tudo para tornar-me o primeiro *restauranteur* do Rio de Janeiro, acordei disposto a seguir os passos que me levariam a isso, com uma agravante: no fundo de minha mente uma voz dizia: "Vamos, coragem! Busca antes de tudo aquela que te excita! Toma aquela que te agrada, satisfaz-te com ela, vive o prazer imediato! É só isso que interessa, o prazer, e mais nada!".

O Aleijadinho também me havia ensinado muitas coisas interessantes, nesse sentido: sendo praticamente impossibilitado de contatos amorosos, teve filhos e mulheres que o desejavam, mais por sua mente arguta e seu espírito alegre, que pelo seu corpo deflagrado pela zamparina. Uma vez, em que eu o observava preparando as formas para sustentar um arco de pedra, disse-me:

— Essa forma só fica aqui durante um tempo, até que o arco se consolide, e depois é posta de lado. Os prazeres descontrolados são como essas formas: se servirem para consolidar um hábito daninho, em breve serão postos de lado, e o hábito se tornará o inferno de tua existência...

Maria Belarmina tinha sido o hábito mais daninho de minha vida, enquanto eu era pequeno, e com o correr dos anos havia mergulhado em um razoável esquecimento, passando a ser apenas uma pálida sombra do que fora; mas o encontro nesse banquete, e o conhecimento de que estávamos ambos vivendo na mesmíssima cidade, trouxeram de volta tudo o que ela fora, dando-lhe papel de destaque no teatro de meus pensamentos, fazendo com que ela se confundisse com tudo, até mesmo meu *Pantheon*, sobre cuja imagem adejava com seu sorriso e beleza. Nessa hora, pressenti que seria esta a única maneira de valorizar-me a seus olhos, tornando-me figura de destaque, da qual ela se orgulhasse de ser irmã, ainda que meu desejo quisesse dela coisa bastante diferente.

Foi pensando nisso que me dirigi a dona Rosa Pereira, sendo por ela recebido com imensa alegria:

— Ora, vejam quem está aqui! O grande cozinheiro! Que grande sucesso, hem, rapaz? Vosmecê deu grande sinal de vida, ontem, na quinta do Turco! Que sabores, que perfumes, que delícias! Se vosmecê for capaz de manter esse nível de cozinha no restaurante que quer abrir, está garantido como o melhor do mundo!!!

Agradeci os elogios, mas minha curiosidade era outra:

— Será que o Turco também ficou satisfeito?

— Pois vosmecê não notou a felicidade do homem? Estava como um pai recente, de quem tivesse nascido o mais belo dos filhos...

Eu, desejando na verdade saber o que Maria Belarmina tinha achado de mim, insisti:

— E os convidados, também pensam o mesmo?

— Pelo que pude notar, sem dúvida! Vosmecê foi muitíssimo feliz, ontem à noite... E creio que já pode contar não só com a liberação do armazém, mas principalmente com o apoio e o crédito do Turco, o que não é pouca coisa: nessa cidade, com a importância que tem, a palavra do Turco é lei! Era bom que vosmecê fosse visitá-lo o mais rápido possível, para que a lembrança do sucesso de ontem não diminua nem se apague; creio que hoje, o quanto antes, vosmecê deve procurá-lo para fechar negócio com ele! Eu, se fosse vosmecê, não esperaria nem mais um instante!

Exortado dessa forma tão animada, saí da casa e me enfiei pelas ruas e vielas daquele lado da cidade, indo em direção ao Valongo, onde temia mais do que tudo não uma recusa da parte do Turco, mas sim o encontro com meus dois meio-irmãos que, como ele dissera, tinham sua casa importadora de seres humanos bem ao lado de seu armazém. Não esperei por ninguém, nem Bak'hir nem Cabrêa, que já estavam por conta de seus afazeres e não tinham dado sinal de si naquela manhã tão tensa quanto auspiciosa. Minha experiência, pouca mas intensa, já me fizera perceber que, por falta de autocontrole, muitos homens perdiam suas vidas em combate constante às dificuldades que eles mesmos engendram, tornando o sucesso impossível por sua própria falta de compreensão das coisas, enquanto outros, às vezes muito menos aquinhoados pela Natureza, traçam seu caminho e alcançam seus objetivos simplesmente pelo uso da paciência, da equanimidade e do autocontrole. Belas palavras, mas a imagem de minha irmã permeava tudo, e eu tanto temia quanto desejava vê-la, ainda que só mais uma vez.

O Grande Arquiteto do Universo costuma dar-nos aquilo tudo que Lhe pedimos, e por isso devemos ter muito cuidado com a expressão de nossos desejos: nem bem entrei na Rua do Valongo, pelo lado do mar, e logo vi, no segundo andar do armazém que ficava ao lado do estabelecimento do Turco, a figura clara e vaporosa de Maria Belarmina, debruçada em sua balaustarda, olhando o horizonte. Dela me ocultei, por impulso, descendo a aba do chapéu e me esgueirando até entrar na penumbra fedorenta em que o Turco estava. O salão estava vazio, mas eu nem o percebi: em meus ouvidos uma voz gritava o nome de Maria Belarmina, quase me tornando surdo aos ruidos do mundo. Por que eu não me dava a mostrar, se era ela a quem eu mais desejava ver? Minha alma estava se dilacerando entre todas as minhas vontades e desejos, mas uma cosia eu sabia: teria de me tornar muitíssimo valioso para poder ver nos olhos dela a admiração pela qual ansiava, e se ela viesse acompanhada de um desejo tão forte quanto o meu... Apaguei essa ideia da mente; não havia como praticar tamanha iniquidade com gente de meu próprio sangue.

O Turco, ao ver-me, abriu um sorriso e os braços, dizendo:

– Eis o grande Pedro Raposo, cozinheiro dos reis! Nunca em toda a minha vida tive tanto prazer em uma janta! Segundo meus convidados, foi um banquete para ficar na história do Rio de Janeiro, pois nem no palácio do vice-rei se come daquele jeito! Se eu pudesse, teria um desses todos os dias, ainda que minha saúde acabasse por se deteriorar em meio a tantos prazeres... Hoje a comida de minha casa há de ser intragável, por tua própria culpa... E levaremos semanas, quem sabe meses, até nos acostumarmos de novo com os gostinhos do dia a dia, que nada têm de parecido com aquilo que nos proporcionaste...

Os escreventes e feitores do Turco me olhavam com admiração: não era sempre que seu patrão se permitia elogiar alguém, e menos ainda dessa maneira tão derramada. Eu só pude agradecer-lhe com uma mesura, e ele continuou:

— Eu daria tudo para que tu cozinhasse para mim todos os dias, porque esse mundo que me mostraste é simplesmente fenomenal... Não queres abandonar por uns tempos essa ideia de restaurante e ser meu cozinheiro chefe?

A face do Turco estava ansiosa, e eu temi por meu empreendimento: teria de ser muito diplomático para escapulir dessa armadilha servil em que ele me queria colocar, garantindo minha independência e liberdade, e além de tudo fazer isso com sua colaboração. Dei meu melhor sorriso, e disse:

— Não tenho espírito para servir a um só amo, senhor Elias: essa é exatamente a razão pela qual eu decidi abrir um restaurante, onde a cada instante surgem novos clientes, novos desafios... Eu gosto da variedade que o mundo pode me oferecer. Mas existe uma imensa possibilidade de trabalharmos juntos: quem sabe o senhor Elias não aceita ser meu sócio nesse empreendimento?

O Turco me assustou, batendo a mão na mesa, o olhar em chamas:

— Não tenho sócios! Só empregados ou escravos... E olhe lá!

Gelei: eu tinha arriscado tudo com minha proposta, e tive de corrigi-la da melhor maneira possível, enquanto o Turco olhava para seus livros de contabilidade, como se eu não estivesse lá:

— Perdoai-me, senhor Elias, mas tenho por vós imenso respeito: esse é o verdadeiro motivo pelo qual não posso ser vosso servo, ainda que isso fosse a benesse mais desejável por todos, inclusive por mim, se fosse mais velho e menos ousado... da maneira como sou, em breve estaríamos à turras um com o outro...

— Então, por que me pede sociedade em seus negócios?

Engoli em seco e continuei, rezando para que minha manobra funcionasse:

— Vossa presença, senhor Elias, será para mim a coisa mais importante: sem vossa presença benfazeja, decerto todas as comidas queimarão, todos os vinhos avinagrarão, todos os clientes pedirão fiado, e é por isso que preciso de vossa presença nesse empreendimento. Sei que vos ofendi com a menção a uma impossível sociedade, mas se pelo menos puder contar com a vossa bênção... Sem ela, nada me será possível.

Com essa frase, dei-lhe minha melhor imitação de desalento, abrindo os braços e olhando para o chão, como se estivesse desacorçoado, e na verdade estava a ponto de ficar. O Turco tirou o casquete vermelho, coçou a cabeça, e por fim me disse:

— Dona Rosa também está muito preocupada, e por acaso disse-me o mesmo, que sem minha bênção esse negócio não sai: mas agora tem que sair, porque já o anunciei a todos os meus amigos, no banquete de ontem, e nada me desagrada mais que passar por exagerado... Em que armadilha tu me puseste, hem, Pedro Raposo? Como posso te impedir de ser o melhor cozinheiro do Rio de Janeiro, se eu mesmo te nomeei assim?

Fiquei calado, e subitamente o Turco caiu em imensa gargalhada, dando-me um safanão e dizendo:

— Ora venha de lá um abraço, Pedro Raposo... Vou fazer-te um bom precinho pelo arrendamento do armazém, com o aval de dona Rosa, mas exijo que tu pendures na parede em frente à porta um retrato meu que mandarei pintar, porque nesse caso o que mais desejo é ser teu patrono, e que todos no Rio de Janeiro saibam que o primeiro restaurante da terra existe por minha causa... Estamos acertados?

Se o velho Turco fosse Satanás em pessoa, dando-me sucesso e fama em troca de uma de minhas alminhas imortais, eu também não tremeria nem recuaria do negócio, porque o que me interessava acima de tudo era poder ser quem eu desejava ser, erguendo-me acima da ralé da cidade e me destacando até mesmo entre os que se consideravam melhores que eu, ainda mais agora que Maria Belarmina havia ressurgido e fazia com que meus sonhos de glória se tornassem ainda mais subidos do que já eram. Foi assim que acabei entrando no assunto que, nesse dia, me interessava mais que todos:

— Achei curioso, Turco, que houvesse entre teus amigos duas pessoas com o mesmo sobrenome que eu. Sabes de onde eles vêm?

— Os irmãos Raposo? Pois é, Pedro, são gente muito rica do interior da Bahia, dois órfãos que se tornaram comerciantes de escravos faz pouco tempo; recordo-me claramente do dia em que iniciaram seu negócio por aqui. Como seu cabedal de peças para leilão e venda a princípio não era da melhor qualidade, os dois decidiram trasformá-los em escravos de ganho, colocando-os para trabalhar nas ruas e trazer dinheiro para seus senhores, enquanto não se firmavam. Com isso, acabaram por possuir um imenso exército de escravos de ganho e de aluguel, negócio que ainda lhes traz bastante dinheiro no dia a dia, quase tanto quanto o da venda de escravos, que logo depois se tornou sua atividade principal. Seus escravos de ganho ainda trabalham por toda a cidade, e alguns deles são alugados por quem não os possua, para que possam usufruir de seu verdadeiro lugar em nossa sociedade sem precisar trabalhar.

— Interessante... olhando-os de relance pensei que eram marido e mulher... então, são irmãos?

O Turco deu um sorriso cínico, que me enfiou uma farpa no coração:

— Não és o primeiro a pensar nisso... Muitos dentre nós também se confundem ao vê-los juntos, porque nada têm de semelhante, fisicamente falando. A moça, com sua beleza, tem sido um ímã para os ricos e poderosos dessa cidade, mas por enquanto prefere permanecer solteira, e como tem inúmeras escravas de ganho que trabalham para ela de sol a sol, não precisa de nenhum casamento para sustentar-se, e além disso o irmão a protege dos avanços dos interessados como se fosse um verdadeiro amante... Há alguns homens de grande poder que insistem em revelar-se como sendo seus preferidos, inclusive o vice-rei ele mesmo, mas como não existe nenhuma prova do que dizem, é melhor aceitá-la como o que ela é, uma independente e rica proprietária de escravas, às quais explora da melhor maneira possível, amealhando a cada dia uma pequena fortuna... E tornando-se cada vez mais um inalcançável objeto de desejo para os poderosos dessa cidade. Ficaste encantado com ela, pois não? Todos ficam, até percebê-la completamente fora de seu alcance... Mas conta-me: se também vens da Bahia, não serias parente deles? Não creio que, além dos Raposo Tavares de Sao Paulo, exista outra família com esse sobrenome.

Nesse momento me recordei dos documentos que o Belo Senhor tinha produzido para que eu pudesse libertar Bak'hir: entre eles havia a certidão de batismo, que eu exigira fosse preenchida com os dados mais reais, inclusive os nomes dos padrinhos e dos pais. Lá estava o nome de Sebastião Raposo como meu pai, e por um instante pensei se isso não me poderia ser vantajoso, nessa negociação. Assim pensando, disse ao Turco:

— Tudo é possível, senhor Elias; mas quando lhe trouxer meus documentos para que assinemos o contrato de arrendamento do armazém, Vossa Excelência terá detalhes mais seguros sobre quem eu realmente sou, e juntos poderemos destrinchar essa possibiidade de parentesco entre mim e os irmãos Raposo... Como faremos para concretizar nosso acerto?

Marcamos para o dia seguinte na casa de dona Rosa, em deferência à sua saúde e incapacidade de locomoção; os advogados do Turco lá estariam, com os contratos prontos, e eu me entregaria de corpo e alma a meu objetivo, colocando-o à frente de tudo que me pudesse ser útil nessa realização, porque dela dependiam meu futuro e meu prazer. E eu passei a noite desse dia anterior imerso em mim mesmo, antegozando os prazeres que teria quando me tornasse o homem importante que pretendia ser.

No meio da madrugada, movido por uma súbita lembrança, levantei do catre e remexi em minhas bruacas, nas quais achei o *Don de Comus*, e dentro dele os documentos que o Belo Senhor havia feito para mim em Salvador. Lá estava a verdade sobre meu nascimento, ainda que os documentos não fossem verdadeiros: eu era filho de Sebastião Raposo e de mãe índia falecida, nascido na Vila de Rio de Contas em 1773, tendo como padrinhos de batismo Antônio Bernardes Rodrigues da Trindade e a Senhora Sant'Anna, ali representada por Henriqueta Rodrigues da Trindade. Junto a essa certidão estava a escritura de compra de um escravo haussá por nome Bak'hir, trazendo a descrição do mesmo nos mínimos detalhes, inclusive a cicatriz enviezada sobre o crânio, e no fim do documento, com outra letra, a transferência de posse do mesmo escravo para mim, Pedro Karaí Raposo, tropeiro de ofício, como herança recebida depois da morte de meu pai. Tudo ao mesmo tempo falso e verdadeiro, e se a falsidade é fácil e a verdade difícil, ambas se misturavam nesses documentos, revelando-me mais do que eu pretendia e ao mesmo tempo dando-me a certeza de ser quem eu verdadeiramente era, para que os que me conhecessem nunca duvidassem de mim. Era com isso que me apresentaria aos advogados do Turco, era com isso que faria minha vida, era com isso que combateria qualquer manobra de Manoel Maurício, era com isso que ficaria ainda mais próximo de Maria Belarmina. No fundo de minha alma e minha mente, minha intuição recém-descoberta me dizia: "Cuidado! Se te afastares dele, ficarás cada vez mais longe dela, mas se te aproximares dela, estarás mais perto dele do que nunca!".

Quando, na manhã seguinte, exibi meus documentos ao Turco e a Dona Rosa, ambos se entreolharam com cumplicidade que não me passou despercebida: os advogados do Turco eram homens profundamente orgulhosos, como se a fortuna de seu patrocinado lhes pertencesse, e os dois notários que ali estavam com timbres e sinetes para chancelar as assinaturas e os contratos eram extremamente subservientes a todos que lhes parecessem poderosos, ficando mais dominados pelos advogados que pelos verdadeiros donos do negócio. Enquanto assinávamos os papéis, registrando também nossas assinaturas em um livro de firmas que os notários haviam trazido, dona Rosa observou:

– Mas que bela letra tens, rapaz! Mais bela que a minha própria, que passei anos a fio debruçada sobre os livros de caligrafia que nossa família preservava como arte doméstica... Vosmecê deve ter estudado muito!

Contei-lhes a história aos arrancos, para que não conseguissem perceber os brancos que ela possuía, exatamente naqueles pedaços onde não me interessava revelar a parte negativa de minha vida. A escola dos jesuítas virou a escola familiar dos Raposo, sem revelá-los como empregados do pai cruel, minha fuga passou a acontecer depois da morte desse pai, sem contar-lhes de que maneira isso se dera, e eu me tornei tropeiro por vontade própria, sem que nem o destino nem as desgraças tivesem qualquer papel no percurso de minha existência. O Turco disse:

– Deve ser a mesmíssima família, sem dúvida... A semelhança entre tu e meu amigo Manoel Maurício, principalmente na cor dos cabelos, é imensa. Quem sabe não serão primos de um ramo mais afastado?

Não concordei nem discuti: o assunto ficaria melhor se não fosse tornado matéria de interesse alheio. Eu me encarregaria de revelar o parentesco na hora em que me fosse útil, exatamente para não assustar ninguém com minha presença, e se nunca tivesse de revelá-lo, melhor seria: minha vida se daria segundo minha vontade expressa, e nunca por meio de ligações familiares, mas sim por causa daquilo que eu fizesse com meu talento e minha vocação.

Saímos da casa de dona Rosa acompanhando o cortejo do Turco, que desviou para o armazém da Rua das Violas onde, sem nem mesmo diminuir o passo, entregou-me as chaves, dizendo:

– Dou-te três meses de carência para que possas começar a fazer dinheiro: só então começarás a me pagar o que me deves. Em meus armazéns terás crédito, assinando algumas notas promissórias que pagarás quando estiveres tendo lucro; quero proteger teu negócio para proteger o meu. Isso fica entre nós, para que a cidade não pense que o Turco amoleceu... E em menos de uma semana já te mandarei o retrato que deves colocar na entrada de tua casa de pasto: é preciso que todos que nela entrem saibam que foi minha vontade que fez acontecer aquilo...

Ao abrir as portas do armazém, emperradas devido à falta de uso, entrei em um espaço amplo e escuro, que no fundo era cortado pela luz que atravessava os buracos do telhado. A porta da extrema esquerda, igual às outras, se abria para uma escada tão balouçante quanto a da casa de dona Rosa, e a parte de cima, também escura, ia até o telhado dos fundos, que parecia ser um quintal que tinha sido recoberto para aproveitar melhor o espaço. Lá eu faria a cozinha, longe o suficiente do salão de comer, e ventilado o bastante para não misturar os cheiros dos alimentos nos narizes de meus clientes. O *Pantheon*, o belo Templo de Comus e Mirmidão que eu ergueria nesse espaço, já estava se organizando em minha mente, automaticamente se modificando para se adaptar ao espaço sem deixar de ser aquilo que eu inventara e haveria de fazer para minha própria glória. Decidi mudar-me para a parte de cima, onde dormiria e viveria durante as necessárias obras e também depois que o *Pantheon* estivesse em pleno funcionamento; o olho do dono é que engorda o gado, e meu rebanho de prazeres teria sobre ele meu olhar imutável e imóvel. Sentando-me a uma das janelas da parte de cima, que abri para deixar entrar a luz e o ar, tomei do *Don de Comus* e passei a decidir como e o que faria primeiro, de forma a ter um verdadeiro restaurante, erguido naquele lugar de uma só vez e para todo o sempre.

Nele Marin, o autor, dizia que a culinária é uma espécie de alquimia, onde se usa tudo que for necessário para produzir a quintessência, misturando os ingredientes mais improváveis para fazer, por exemplo, uma panelinha de caldo insofismável, a partir de duas libras de vitela, uma libra de presunto, uma galinha inteira, tutano, cebolas e cenouras ou nabos. Segundo ele, esse caldo, feito com ingredientes e mistura alquimicamente transformados não apenas pela ação do fogo e da manipulação, mas principalmente pelo tempo e a alma do cozinheiro, tornar-se-ia o Quinto Elemento, a imponderável matéria-prima da qual era feito o Universo, e que se recriaria em cada fogão alimentado pela dignidade e a paciência do buscador. Para tanto, era preciso dispor de um laboratório de trabalho onde o fogo reinasse e as ferramentas, cadinhos, materiais e água estivessem sempre disponíveis, para ser usados a qualquer momento, e de preferência sendo os melhores que se pudesse encontrar: a cozinha moderna, *nouvelle cuisine*, como ele a chamava, requeria essa concentração de esforços, equipamentos e ingredientes para gerar o melhor do melhor, dando aos que o comem uma experiência celestial por meio de suas papilas gustativas.

Eu teria de erguer por meus próprios meios esse lugar ideal, Templo e Laboratório, cujos resultados seriam colocados à frente dos que os comeriam, encontrando neles uma resposta excepcionalmente positiva, que serviria não apenas de recompensa mas de propaganda, porque seria sua opinião que me traria outros comensais. Haveria de tê--lo coberto de beleza, para que ao entrar nele os convidados soubessem estar entrando em ambiente diferente de seu dia a dia, no qual viveriam como deuses por alguns instantes, nunca mais se esquecendo disso. E eu seria o deflagrador dessa coisa inesperada e divina, por meio da alquimia que realizasse em minhas panelas e seus pratos. Por isso iniciei imediatamente os preparativos para que o *Pantheon* se tornasse realidade o quanto antes.

De tudo que precisava ser feito, com certeza o mais trabalhoso e que tomaria mais tempo seria a bateria de cozinha, as panelas, potes, caldeirões, tachos, todos os recipientes necessários a uma cozinha verdadeira e que deveriam ser feitos de metal, principalmente o cobre, em que os maiores mestres eram sem dúvidas os caldeireiros e latoeiros ciganos, espalhados por toda a cidade desde a Rua do Cano até o Largo da Polé, e de lá até o Campo de São Domingos, onde cultivavam a Senhora Sant'Anna em um altar especial da igreja dedicada ao mesmo santo. Se eu trilhasse aquela rua com seu nome, certamente encontraria um ou mais latoeiros ciganos que me produziriam as peças de cobre dourado para a cozinha de meu restaurante, não só para que eu nelas cozinhasse, mas principalmente para que a cozinha tivesse aquela beleza com a qual eu sonhava desde muito. Bak'hir, meu eterno companheiro e conferente, preocupado com meu dinheiro, se dispôs a me acompanhar, segurando a lata que era meu cofre e se dizendo capaz de defendê-la com a própria vida, se fosse preciso. Andando dois passos atrás de mim, concedia-me o ar de próspero negociante, apesar de minha juventude, e quando a Rua da Vala se tornou Rua dos Ciganos, e as cores das colchas e xales pendurados nas janelas se tornaram mais fortes e vivas, o som da bela música que eu sempre ouvia na Rua das Violas tomou o ar, e as faces saudavelmente escuras de olhos muito brilhantes, que os ciganos mantêm não importa sua idade, se puseram a surgir de todos os lados, em todas as janelas e vãos de porta. Os *gadjé*, como eles chamavam a todos que não fossem ciganos, dificilmente passavam por ali: mas eu, com meus trajes ainda muito tropeiros, acompanhado por um haussá de turbante e camisolão, certamente lhes causei tal estranheza que só ficaram me olhando, sem me dizer nada. Uma mulher muito velha, que vinha andando em direção contrária, a face enrugadíssima pela velhice, estendeu-me a mão e perguntou:

– *Buena-dicha, gadjé?*

Disse-lhe baixo que não, ao mesmo tempo em que lhe colocava entre os dedos algumas moedas que ela agradeceu bem alto:

– *Babanão*, o moço fez um agrado à *suêla*... o *Duvél* te proteja!

Por um momento a voz da velha cigana me levou de volta ao dia de meu batismo, na Vila de Rio de Contas, quando outra velha cigana me lera o destino nas mãos e me dissera coisas em sua língua, que eu ainda não compreendia mas nunca mais esquecera, sendo sempre capaz de repetir as frases exatamente como as ouvi. Tudo retornou à minha memória com tal ímpeto que foi como se eu tivesse atravessado o abismo dos tempos e caído em meu passado, tal a semelhança de cheiros e cores que me cercavam: os homens e mulheres da Rua dos Ciganos, vestidos de maneira tão particular, estavam mais próximos de minha natureza que quaisquer outros que eu tivesse conhecido, e entre eles eu me sentia verdadeiramente em casa.

Em um vão de porta, um cigano de cabelos negros escorridos e presos por um lenço vermelho amarrado por trás, uma cicatriz pronunciada cortando-lhe os lábios em diagonal, trabalhava o cobre, sentado em um mocho e martelando a folha de metal sobre um tripé de sapateiro, que ele usava como moldador da peça. Era impressionante sua rapidez e capacidade: em alguns instantes, a folha que eu vira estender-se lisa por sob seu martelo transformou-se em uma jarra marchetada, à qual só faltava a asa para ser perfeita. A seu lado havia várias de mesmo estilo e tamanhos diferentes. Era esse o artesão de que eu precisava, e me aproximei dele, dizendo-lhe:

– Latoeiro, preciso de panelas de cobre. Se estiveres disposto a fazê-las, pago-te bem.

O cigano nada me disse, nem me olhou: continuou de cabeça baixa como se não tivesse me ouvido, martelando o metal sem mudar de ritmo. Repeti a frase, e nada; aproximei-me mais, caso ele fosse duro de ouvidos, e falei mais alto o que já dissera duas vezes. O resultado foi o mesmo: nada. Não titubeei: pus-lhe a mão no ombro, mas antes que lhe dissesse qualquer cosia, ele ergueu a cabeça e me fitou com chispas no olhar, um ódio milenar e infinito me perfurando, o martelo erguido no ar como se fosse descer sobre minha cabeça, e certamente desceria, se não fosse o grito que alguém deu do lado de dentro da porta:

– Paco! *Descovella-te d'otém! No seas migêque!*

Uma jovem cigana saiu ao sol, e tudo parou: olhamo-nos com o ar entrando bruscamente em nosso peito, e lá ficando, preso, enquanto nossas bocas se abriam e não se fechavam. Ela era uma visão de perfeição absoluta, e minha mão se estendeu lentamente em sua direção, não fosse ela desaparecer em pleno ar, como os tantos moribundos que eu havia visto em minha vida; em meu coração eu jurei que esta eu não veria morrer, porque sem ela minha vida não teria sentido.

Ela me olhou da mesmíssima forma, paralisados os dois, sua mão indo até o pescoço, onde estava pendurado um relicário encravado de pedras cor de romã, com uma grande bolha transparente em uma das faces. A moça cigana abriu o relicário, com imenso cuidado, e lá de dentro, como num sonho, saiu o anel de cabelos que a velha bata me tomara em Rio de Contas, como paga por revelar meu destino sem que eu soubesse porque, e eu reconheci nos cabelos em sua mão a mesma cor avermelhada, o mesmo ondulado que permanece em mim até hoje: a moça tomou delicadamente o anel de cabelos, erquendo-os e comparando-os com os que estavam em minha cabeça, e então sorriu, dizendo com voz clara, brilhante e maravilhada, um delicioso acento estrangeiro nas consoantes:

– Minha avó mandou me avisar que tu virias...

Capítulo XVII

Diz-se que a paixão é cega: mas dizer o mesmo do amor é uma mentira. Nada mais sensitivo nem agudo de visão que o amor, capaz de discernir, nas piores condições possíveis, o amor do outro. Sempre pensamos que podemos amar sozinhos, e que somente nós somos capazes de amar, que ninguém amou assim em tempos idos, ou que ninguém algum dia será capaz de amar como amamos hoje. E no entanto existe imensa diferença entre o amor dos homens e o das mulheres, não por causa de nossa dessemelhança física, mas por sermos opostos e complementares, somando amores para gerar um amor maior: e não existe verdadeiramente nada mais sagrado nessa vida que o primeiro momento de consciência do amor, o primeiro bater de suas asas, o primeiro sopro de vento entre as almas, pronto para purificá-las ou destruí-las.

Foi o momento que todos desejam viver, aquele em que um raio cai entre duas pessoas, iluminando-as intensamente em todos os detalhes, e essa impressão permanece na retina mesmo depois que o raio se apaga, durante muito, muito tempo, até que se impregna na memória e dela no corpo, de forma a nunca mais ser esquecida. Se a primeira luz tem em seu rompante muito de paixão impulsiva, o amor, principalmente por parte das mulheres, se torna racionalmente enraizado com muita rapidez, porque elas sabem reconhecer a diferença entre amor e paixão, sem nunca se enganar quando o primeiro acontece. Já ouvi muitos narrarem assim seu primeiro momento de amor verdadeiro, e muitos mais que se penalizam de nunca tê-lo experimentado dessa maneira. Não importa, qualquer maneira de amor faz sentido, mesmo se um dia se degradar ou desqualificar, empurrado pelas vicissitudes da existência, e vale sempre a pena amar, mesmo que a muitos reste apenas a memória quase apagada de um simples momento de amor, porque essa fagulha é mais do que suficiente para movê-los pela vida inteira até que ela chegue a seu fim.

Quando percebi, a cigana e eu estávamos cercados por seus compatriotas, e Bak'hir se colara às minhas costas para proteger-me, enquanto aquela gente colorida e escandalosa falava em sua língua arrevezada, a mesma com que a cigana respondia a suas dúvidas e questões. Para eles uma profecia dita por uma poderosa *bata* tem o mesmo peso que as Escrituras têm para os cristãos: vivem suas vidas movidos por esses espasmos de conhecimento místico, que os empurram daqui para lá sem que eles em nenhum momento ousem desafiá-los. Eu nada entendia, mas ela subitamente me perguntou em minha língua:

— O que minha avó te deu em troca desses cabelos?

Em minha mente a complicada frase da *bata*, feita de palavras em português e em *kalé*, ressurgiu como se eu a estivesse ouvindo exatamente naquele instante, bastando-me apenas repetir o que ela me dizia:

— Entre *kañan* e *kachardin* nasceste, entre *cabipe* e *bajin* crescerás, entre *caben* e *choripen* viverás, sempre caindo, sempre levantando, sempre *meriñando*, sempre renascendo. Tua arte exercerás entre *bravalones* e *bareiros*, e tua *baque* sempre estará oculta pelo *brichindón* de um *juquér* e uma *juvacanin*. Mesmo assim serás protegido pelos *kralines* desse mundo, porque tens a marca do maior de todos, o *Duvêl* ele mesmo. De ti os *gadjé* terão inveja, a ti as *gadjinas* nunca deixarão *suêlo*: és muito melhor que os *quirdapanin* que agora te possuem. E *kaicón*, quando chegar a hora em que uma voz aí dentro diga: *Jála-te*, e tiveres de *meriñar* pela última vez, serás *chucá-jandón*. *Cadén* nunca sobrará, *cabén* nunca faltará. Essa é tua *baque*, meu *chavôn* sem medo algum...

Um dos ciganos, boquiaberto, derrubou sobre mim uma imensa quantidade de frases em sua língua, sem que eu compreendesse nada, e por isso ergui a mão, rindo e dizendo:

— Um instante, meu camarada: não te entendo assim como não entendo as frases que eu mesmo disse. Só as decorei, porque me pareceram importantes demais para ser esquecidas, e como sempre as repito, para não esquecê-las, espero não tê-las deformado por incompetência... mas aquele anel de cabelos ali é meu, tirado no dia da festa de Sant'Anna, na Vila de Rio de Contas, no interior da Bahia... E se alguém puder me esclarecer o que a cigana me disse, traduzindo as palavras que eu não conheço...

A cigana, sem tirar os olhos dos meus, me disse:

– Isso é muito fácil: basta que repitas calmamente o que minha avó te disse e eu traduzirei... Com a ajuda de todos, claro, porque muitas das palavras que ela usou já não se usam mais, tendo se transformado em outras... Vamos, repete o que ela te disse, e eu traduzo passo a passo...

Nesse dia, olhando fixamente para a cigana que me encantara, sem temer que fosse apenas mais um dos encantos de que dizem ser capazes as ciganas, finalmente soube o destino que a *bata* lera em minha mão, no dia em que me determinara o futuro e o encontro com sua neta:

– Entre vergonha e tristeza nasceste, entre mentira e pouco-caso crescerás, entre comida e trapaças viverás, sempre caindo, sempre levantando, sempre morrendo, sempre renascendo. Tua arte exercerás entre ricos e poderosos, e tua felicidade estará sempre oculta pelo tempo mau de um desonesto e de uma endiabrada. Mesmo assim serás protegido pelos imperadores deste mundo, porque tens a marca do maior de todos, Deus ele mesmo. De ti os que não são ciganos terão inveja, a ti as que não são ciganas nunca deixarão só: és muito melhor que os *reinóis* que agora te possuem. E amanhã, quando chegar a hora em que uma voz aí dentro te diga "vai-te embora", e tiveres de morrer pela última vez, serás homem muito sábio. Dinheiro nunca sobrará, comida nunca faltará. Esta é tua sorte, meu filho sem medo algum...

Finalmente eu sabia o que o futuro me reservava, porque até onde eu podia ver, a velha cigana não errara: eu realmente nascera entre vergonha e tristeza, crescera entre mentira e, pouco caso, e até esse dia vivera entre comidas e trapaças, de todo o tipo. Se minha arte seria daí em diante exercida entre ricos e poderosos, como ainda não fora, melhor para mim: era exatamente isso o que eu desejava, porque só assim meu *Pantheon* seria possível, e se os imperadores do mundo me tomassem como seu protegido, graças a Deus, nada me agradaria mais. Só não entendia os motivos da inveja dos não ciganos nem a sofreguidão de suas mulheres: eu nunca as buscara entre eles, fazendo meu caminho de prazeres exatamente ali onde vicejavam os rejeitados do mundo, e não pretendia destacar-me entre eles, mesmo que me pedissem isso. Quanto ao desonesto e a endiabrada, eu não queria saber quem eram, apesar de minha intuição fazer passar-me pela mente as imagens daqueles de quem eu desconfiava. Mas eu certamente já morrera muitas vezes, de cada vez em que alguém se tornara transparente a meus olhos, porque a morte de cada um é a morte de todos, e sendo de todos, também é a minha.

O mais desagradável era saber que o dinheiro nunca sobraria: pode ser nosso empregado fiel, se o soubermos usar, mas se não soubermos se torna uma amante cada vez mais exigente, como o Aleijadinho um dia tinha me dito. De toda forma, com a capacidade que o dinheiro tem de representar tantas coisas, não amá-lo seria tornar-me incapaz de amar qualquer outra coisa. Esquecer as verdadeiras necessidades pode ser uma moderação um tanto fraca, mas conhecer o verdadeiro valor do dinheiro e saber sacrificá-lo ao dever ou à elegância costuma ser uma bela virtude. Eu não tinha dinheiro para me arrogar de sua posse, nem para guardá-lo onzeneiramente até que apodrecesse, como acontece com todas as coisas guardadas além de seu tempo: ele era a ferramenta com a qual eu comprava aquilo de que meu prazer necessitava, nunca sendo um fim em si, mas apenas um meio de alcançá-las. Não me incomodava que o dinheiro não sobrasse, porque a comida nunca faltaria, e para um cozinheiro não existe mundo melhor que esse em que a comida nunca falta, mesmo que o dinheiro seja curto.

Os ciganos continuavam me cercando, já agora me olhando com alguma benevolência, tratando-me como um presente que sua avó lhes tivesse dado, dispostos a me incluir em suas vidas na exata medida de meu valor para suas crenças. Uma profecia que se cumpre depois de apenas 25 anos não vale menos que uma que leve milênios para se cumprir, e pela proximidade costuma parecer mais importante que as gigantescas e universais, essas que dentro de si arrastam povos, deuses, mudanças cataclísmicas e castigos infernais. O cigano latoeiro, mais calmo, aproximou-se de mim, perguntando:

– Que panelas desejas?

Estava em bom caminho: tinha levado comigo o Martinez Montiño, que trazia pranchas em que um artista desenhara tudo de que uma bateria de cozinha necessita, e mostrei-o a ele, que o folheou longamente, coçando a cicatriz dos lábios. Depois me perguntou:

– Posso ficar com este livro, para saber de tudo e não deixar nada de lado? Não sei ler língua de *gadjé*, mas as gravuras me bastam...

– Não há nenhum problema: desde que o uses para te guiar na feitura daquilo que te encomendo, podes até ficar com ele para sempre. Eu já o conheço de cor, Paco...

O latoeiro e todos os que nos cercavam deram um "oh" de espanto, como se eu tivesse adivinhado o nome de Paco por artes incompreensíveis, sem saber que eu ouvira a cigana dizer-lhe o nome, para interromper o caminho inexorável do martelo sobre minha cabeça.

Eu precisava agora saber o dela, e perguntei-lhe, observando seus cabelos tão negros e ondulados, soltos por sobre os ombros e indo até a cintura:

— E tu, minha menina, como te chamas?

— Sara, como minha avó, aquela que te cortou o anel de cabelos... Nossa tribo é bem antiga nesses brasis, e usamos o sobrenome Das Noites, por ser esse o horário em que sempre viajamos, quando estamos na estrada, cada família em seu *vurdón*...

Nessa hora, de dentro da casa soou um grito agudo e alto, e de lá de dentro saiu uma mulher mais velha, lenço amarrado à cabeça, lanhando as faces com as unhas e gritando:

— O *gadjé* veio tomar-me a filha! Eu sabia que esse dia ia chegar! *Te merel muri chei*! Que ela morra amanhã! *Adam chava chuz*! Sai daqui, *gadjé*! A mãe de meu marido não tinha esse direito, amaldiçoar a própria neta para que ela se tornasse mulher de um *gadjé*! Uma *putcharava* dessas não se impõe a quem se ama! *Bing tasser tutti*! Que o Diabo te estrangule, *gadjé*!

Aparentemente desesperada, a mulher sapateava de raiva, olhando-me como se quisesse me matar, erguendo várias vezes dois dedos abertos e cuspindo entre eles, quase me acertando os pés; as outras mulheres mais velhas, todas como ela com lenços cobrindo os cabelos, seguravam-na pelos braços, não deixando que ela se jogasse ao chão, como parecia pretender fazer, e também me dirigiam olhares amargos, apertando os olhos para que seu semblante parecesse mais perigoso, esticando o queixo e repetindo as palavras ciganas que eu não decifrava, mas sabia perfeitamente o que queriam dizer...

A ciganada se dividiu: os mais jovens se colocavam abertamente a meu favor, enquanto os mais velhos se punham do lado da mãe de Sara, deblaterando contra a profecia da velha *bata*, que a eles parecia mais uma maldição que uma bênção. Bak'hir não se afastava de mim, temendo por minha vida, e a mãe de Sara começou novamente a gritar:

— Olhem para ele! Olhem para o *gadjé*! Quem disse que é ele o homem que a *bata* profetizou? Olhem o preto do lado dele! Que homem de valor anda com um *caiardon* desses ao lado? *Gadji gadjensa, calli callensa*: *gajos* com *gajos*, ciganos com ciganos! É essa a nossa lei, *Kris Calli*! *Hin, hi, hum*! Foi, é, será!

A Rua dos Ciganos se tornou uma alaúza sem nome, com os que estavam dentro das casas saindo para a calçada e imediatamente escolhendo um dos lados na questão, defendendo-o como se daquilo dependesse sua vida, e isso foi aumentando sem dar sinais de fim até que da casa em frente à qual eu me encontrava, temendo que decidissem agredir-me por ser apenas um *gadjé*, saiu um homem de tez muito morena, compridos cabelos e longa barba completamente brancos, em um impressionante contraste com seus olhos muito escuros e penetrantes; na mão trazia uma espécie de bengala que podia ser usada como cajado ou porrete, e eu esperei ansiosamente que esse último uso não me encontrasse em seu caminho. A chegada desse homem, queixo erguido e ar altivo, silenciou a turba. Ele olhou para todos, um por um, inclusive Bak'hir e eu, e afinal perguntou, sem se dirigir a ninguém em particular:

– Que *pasó*?

A alaúza recomeçou, e ele observou atentamente tudo o que diziam, como se estivesse entendendo cada frase e cada argumento, e subitamente ergueu o cajado, gerando imediato silêncio, dizendo à mãe de Sara:

– Mas, Jarusa, muito me admira tua gritaria contra os *gadjé*: esqueceste que também eras *gadjina* antes que Francêz te encontrasse e te trouxesse para viver na Kumpania Calli? De onde vem tanta ira contra os *gadjé*, Jarusa, se tu mesma foste uma deles? Eu fui teu *peliche*, e fiz o ritual do *gade* em teu *chichi*, para que tivesses o lençol sangrento a mostrar... E foi assim que te tornaste uma de nós... Passamos a vida sendo rejeitados pelos que não são como nós: por que deveríamos imitá-los? Não basta que mintam sobre nossa vida, acusando-nos de ser comerciantes de escravos, enquanto eles é que vendem e compram outros seres humanos? Agora somos nós que vamos nos tornar tão preconceituosos quanto eles? O que tens contra teu povo original, Jarusa? Só és *callé* por adoção, e quando Francêz te escolheu e tu te dispuseste a seguir nossa *chara*, foste aceita como uma de nós, sem hesitação... Teu sangue se misturou ao dele e pronto! Já eras *callé*! E não havia nenhuma profecia nem *baque* te revelando, como acontece com este *gadjé* aqui... O que temes?

A velha Jarusa ficou pálida, mas não perdeu a pose: arrancou o lenço da cabeça, despenteando os cabelos grisalhos e longos, sacudindo as pulseiras e batendo os pés no chão:

– Não me envergonhes, Manolo das Noites, *falatuk*! Eu me rasgo toda aqui na frente desse povo! Jogo meu *dicrô* ao chão e arranco meus cabelos! *Hai sheli*, eu juro que se esse *gadjé* chegar perto de minha filha, eu me mato! Uma *gadjina* pode tornar-se *callé*, um *gadjé*, nunca! Minha filha morre, mas não se mistura com o sangue do *gadjé*!

O velho Manolo das Noites, chefe daquela Kumpania, ficou quase roxo de raiva: a desobediência da velha Jarusa era demais para sua autoridade. Avançando rapidamente, agarrou-a pelos cabelos e disse-lhe:

– Ata imediatamante teu *dicró* e cobre essa cabeleira, *juvahanin*! Aqui mando eu, e se insistires nessa tolice será mais fácil te mandar embora do que rejeitar o *gadjé* da *bata* Sara! Se tiveres de morrer para que isso se dê, que morras! Eu mesmo me encarregarei de passar-te a *sarda* no pescoço! E agora, cala-te e vai para dentro! *Jallate, nachenelachi*!

Acompanhada pelas mulheres que a sustentavam, a velha Jarusa se arrastou para dentro da casa, ainda aos gritos, que já eram sensivelmente mais baixos do que tinham sido antes que o velho aparecesse.

Enquanto tudo isso se dava, como que imantados um ao outro, Sara e eu permanecíamos calados, os olhos grudados, inexoravelmente atraídos e tentando perceber pela simples força do olhar o que ia dentro de cada um. A bagunça à nossa volta era apenas pano de fundo para nosso encontro prometido, e enquanto os ciganos discutiam o que fazer conosco, já sabíamos o que se daria: estávamos juntos, não importado o que se desse nem a reação que pudéssemos causar.

Quem rompeu esse elo mágico entre mim e Sara foi o velho Manolo das Noites, colocando a mão em meu braço e fazendo com que eu, pela primeira vez desde que ali chegara, olhasse para outra pessoa que não Sara:

– Pois bem, *gadjé*: estamos em um impasse. Minha neta viveu sua juventude inteira esperando pelo *gadjé* que viria casar-se com ela, como profetizou sua *bata*, e o sinal seria o anel de cabelos negro avermelhados. Ninguém de nossa família queria acreditar que esse dia chegaria, mas chegou. Todos os sinais foram satisfeitos: és *gadjé*, o anel de cabelos é mesmo teu, e nos colocaste em difícil encruzilhada... Ou vivemos de acordo com aquilo em que acreditamos, preservando o que somos, ou abrimos mão daquilo em que cremos, deixando de ser o que temos sido durante tantos séculos... Tens ideia do que isso significa?

Respirei fundo: eu também não sabia bem o que estava acontecendo, mas com certeza era mais poderoso que nós todos que ali estávamos.

– Meu senhor...

– Chama-me Manolo...

– Pois bem: Manolo, eu só posso presumir o que se passa, mas aqui, dentro de meu coração, eu sinto um laço inextricável que me une à tua neta, e me sinto como a criança que fui no dia em que a velha Sara me leu a *baque*, em troca do anel de cabelos que eu lhe dei. Essas coisas não são corriqueiras, por isso têm tanto poder quando acontecem; em meu caso, além da *baque*, a velha Sara concedeu-me um dom insuportável, do qual eu nunca consegui livrar-me. Quem sabe não seja esse o pagamento pelos anos de espera, até que o encontro entre mim e tua neta se desse?

Manolo das Noites me olhou profundamente, e depois fez o mesmo com sua neta, que corou até a raiz dos cabelos, baixando os olhos; eu, percebendo seu constrangimento pela revelação do que lhe ia na alma, também fiquei constrangido, corando junto com ela. O velho cigano percebeu isso: pegando palha e fumo em sua bolsa de cinto, começou a enrolar um cigarro de palha, acendendo-o com uma binga de metal e silex, dando-nos tempo para que nos recuperássemos. Quando deu a primeira baforada, olhando-nos a ambos, já refeitos do constrangimento, disse:

— Algumas certezas eu tenho: tu realmente pareces ser o *gadjé* que a *bata* Sara reservou para nossa neta, e por mais que a profecia signifique um rompimento de nossas tradições, devemos levá-la em conta, por ser a vontade de uma poderosa *callé*, capaz de ler no Universo e na Natureza os sinais do futuro. Romper tradições milenares costuma trazer muito perigo, mas o progresso só acontece quando elas são substituídas por alguma tradição nova, com vantagens... Olha esses homens que nos cercam: somos o *Kriss Calli*, tribunal dos ciganos, e só nós podemos decidir questões que envolvam tradição e rompimento... Tenho apenas uma pergunta a te fazer, tropeiro...

— Chama-me de Pedro, Manolo das Noites...

Manolo riu:

— Pois muito bem, Pedro; aceitas a decisão do *Kriss Calli*, qualquer que seja ela, até mesmo se significar a rejeição da profecia da *bata* Sara e a proibição de qualquer contato entre tu e minha neta?

Olhei para Sara, e em seus olhos vi a mesma urgência e temor da perda que certamente estavam nos meus: o que nos unira de maneira inesperada não me parecia digno de menos que uma luta ferrenha para ser defendido, e eu estava disposto a essa luta. Alguma coisa dentro de mim reconhecia o poder do encontro com essa mulher morena, tornando-me radical na defesa do que me era mais caro:

— Não, Manolo; eu só aceito o que estiver de acordo com a profecia da *bata*. Se houver qualquer tipo de proibição que me impeça de fazer o que deve ser feito, eu simplesmente passarei por cima dela e agirei da maneira que acho que devo agir. Não sou cigano, mas estou disposto a tudo para defender meu destino...

Os velhos se entreolharam, sem dar sinais de qualquer opinião, e Manolo se ergueu, dizendo:

– Pois bem, o *Kriss Calli* vai se reunir, sob a proteção do *Duvél* e da Santa Sara Kali, para decidir o assunto. Espera por nós, Sara? Faz companhia ao tropeiro... Com a defesa da honra que faz parte de nossos costumes...

Os velhos ciganos entraram na casa, e eu fiquei de frente para Sara, olhando-a com o mesmo encantamento de antes: Bak'hir, percebendo isso, dirigiu-se para a calçada onde Paco observava atentamente as gravuras do Montiño, e se pôs a examinar a obra do latoeiro.

Sara baixou os olhos, erguendo-os logo depois, desafiadoramente, como se estivesse lutando contra as ordens milenares que recebera de seu avô: não nos tocamos, mas o calor que emanava de nossos corpos quase fazia com que o ar tremulasse entre nós, da mesma maneira que acontece nas estradas ensolaradas do sertão, produzindo as miragens de poças, lagos e rios onde eles não existem. Eu via essa água correndo entre nossos corpos, intuindo que ficaríamos molhados um pelo outro, quando nos tocássemos, e que todo o meu passado, todos os prazeres sentidos, todos os desejos contidos, teriam sido apenas um prelúdio para o que se prometia entre nós dois. Disse-lhe:

– Tu não conheceste tua avó, claro... Quem te contou o que ela disse?

– Meu avô Manolo: foi ele quem recebeu das mãos e dos lábios dela as palavras e o relicário, ordenando-lhe que revelasse a todos o meu futuro e que ninguém tentasse ir contra a vontade do *Duvél*... Por isso a comoção quando aqui chegaste...

Sentamo-nos no meio-fio, lado a lado, sem nos olharmos, mas sentindo o calor de nossos corpos, enquanto nos dávamos a conhecer um ao outro. Eu narrei, aos arrancos, minha história, sem omitir nenhum detalhe, enquanto Sara me contava sua infância transitória, cruzando os caminhos do Brasil em todas as direções, crescendo entre os negócios legítimos e não tão legítimos assim, as brincadeiras em cada acampamento e a estranheza que sentia por não ter, como as outras meninas da tribo, nenhum noivo prometido:

– Todas já estavam determinadas para esse ou aquele, mas a profecia da *bata* Sara me mantinha em uma redoma de estranheza e solidão, protegida e à espera do *gadjé* que me estava prometido... Que coisa boa te recordas de tua infância?

Tive de pensar muito, até me lembrar das noites que passara contando histórias aos escravos de meu pai, na fazenda em Rio de

Contas: eram certamente os momentos mais ricos de felicidade que eu conhecera, e a eles se somavam as horas de estudo com os jesuítas, principalmente Francisco de Aviz e o irmão Perinho, que me haviam dado conhecimento e ofício. Contei isso a Sara, que ficou com a voz trêmula, e me disse:

— Eu não sei nem ler nem escrever: se para um menino *callé* os estudos são praticamente inúteis, imagine para uma mulher... Temos destino predeterminado assim que nascemos, mas eu fiquei livre disso, por causa da profecia de minha *bata*. Só aprendi a ler a *buena-dicha* nas mãos dos que podia, porque observei os sinais que se repetiam em suas palmas e os comparei com o que as outras mulheres diziam, e muitas vezes tive de recorrer a esse talento, quando a caravana ficou pobre, sem *lovén*... Conheço tudo sobre a vida *callé*, mas sempre fiquei à margem dela, sem verdadeiramente participar.

— Se quiseres, eu te ensino a ler e escrever: é fácil. Mas não me disseste a coisa boa de tua infância, como eu te disse a minha...

Sara apertou-me a mão, disfarçadamente, olhando de lado para Paco, entretido com as gravuras do Montiño, enquanto Bak'hir nos olhava de soslaio, como se estivesse preocupado com nossa segurança. Eu, pelo contrário, não tinha nenhuma preocupação: naquele momento estava no céu, livre de todos os trabalhos e aflições, esquecido de meu futuro e satisfeito com meu passado, na companhia dessa mulher que me fazia sentir o que eu nunca tinha sentido.

— É verdade que me ensinas a ler? Verdade verdadeira sem *fahri-pe*? Olha que sou capaz de ir até o inferno para te cobrar a promessa...

Apertei-lhe a mão de volta, virando a cabeça para olhá-la; ela tinha os olhos brilhantes, como se tivesse chorado de felicidade, e me falou:

— O que mais me dá saudade é a dança da *Piraña*... Sempre que eu podia, pedia para que a dançássemos, e sempre queria mais e mais, ficando triste quando tínhamos de parar de rodar...

Sara soltou minha mão e, pondo-se de pé à minha frente, começou a dançar, ao mesmo tempo menina e mulher, meneando os quadris e fazendo todos os gestos que a *Piraña* lhe exigia:

— Chora, chora, chora, *piraña*, volta a chora-chorar, *piraña*, põe a mão na cabeça, *piraña*, põe a mão na cintura, *piraña*, faz um requebradinho, *piraña*, um sapateadinho, *piraña*, pega na mão de todos, *piraña*, diz adeusinho ao povo, *piraña*...

Eu já tinha visto, na Rua das Violas, ciganas dançando dessa maneira, com os mesmos gestos, meneios de quadris, os braços erguidos acima da cabeça enquanto os dedos estalavam, os tacões dos sapatos marcando o ritmo no chão, a saia levemente erguida por uma das mãos, quando não rodopiavam: mas a dança infantil de Sara me causou tal impressão que tive de tirar o chapéu e colocá-lo no colo, ocultando o escandaloso efeito que ela me causara no baixo-ventre. Paco, deixando de lado o Montiño, pôs-se a bater palmas em ritmo cadenciado, trauteando uma melodia estranha com os lábios cerrados, e Sara acentuou os giros e taconeios, por vezes tornando-se apenas um borrão, tal a velocidade com que dava voltas em torno de si mesma. Subitamente, batendo palmas em contratempo com seu irmão, Sara veio avançando em minha direção, cantando:

— A *piraña* foi à missa, *piraña*, a saia dela caiu, *piraña*, eu estava perto dela, *piraña*, e a *piraña* não me viu, *piraña*...

De dentro da casa saiu outro homem, com um violão magro e escuro ao peito, que começou a fazer soar com as pontas dos dedos, em rápidos arpejos rítmicos, que se completavam com as batidas no corpo do instrumento e se somavam às palmas e taconeios, que agora já eram repetidos por outros homens e mulheres que tinham se aproximado de nós. Eu, para disfarçar meu mal-estar, pus-me também a bater palmas, e de repente estávamos todos envolvidos na música e na dança de Sara, cercados pelo círculo cigano de arte, que crescia e se tornava cada vez mais vivo, como uma cobra que tivesse mordido o próprio rabo e coleasse consigo mesma. Quando Sara me estendeu sua mão, ergui-me e fui para o meio da roda, acompanhando seus movimentos e deixando que meus quadris se soltassem, circulando em torno dela ao mesmo tempo em que ela o fazia à minha volta, olhos nos olhos, os corpos separados menos pela distância que pelo calor que aumentava quando nos aproximávamos um do outro, como uma febre da qual cada um fosse o causador e a vítima. Já não era mais a dança da *piraña* que dançávamos, mas sim uma música de sons ácidos e gritos guturais, que entrava pelo organismo e o fazia pulsar. Ali, na Rua dos Ciganos, ao mesmo tempo em que encontrava a mulher de meus sonhos e minha vida, eu me entregava ao prazer de ser como ela e seus ancestrais, gente livre e solta, sem raízes nem âncoras, que mesmo morando em uma cidade continuavam mantendo seus hábitos e costumes seculares, sem perder nem uma gota da independência que lhes era tão cara e pela qual pagavam o mais alto dos preços. Perguntei a Sara, enquanto dançávamos:

— É o peixe que cantamos?

— Não, *gadjé*: a *piraña* dos ciganos vem do *Calé pirar*, que quer dizer sair, ir embora. Como sempre estamos de partida, somos todos *piraña*s...

Nesse instante compreendi o que me unia a esse povo tão colorido e alegre: eu também era *piraña*, eu também até esse dia vivera indome embora, partindo de onde estava em direção ao que não conhecia, experimentando qualquer estrada do mundo, como se soubesse que no final dela estava o arco-íris da bem-aventurança. Recrudesci meus movimentos e giros, tendo grande prazer na tontura que me assomava a cada pirueta, porque sabia que o ponto fixo de todas elas era Sara, a cigana que o destino me prometera e que já era minha, não importando o que seus parentes decidissem. Mais uma vez, sem entender bem por quê, eu me sentia em casa.

Quando o *Kriss Calli* saiu de onde tinha se reunido, encontrou-me tão integrado e feliz entre os ciganos quanto um cachorro no lixo, rindo e dançando, minhas velhas botas de tropeiro sapateando no calçamento malfeito da rua. O sino da Igreja de São Domingos, que ficava no campo do outro lado, tocou exatamente nessa hora, e quando a música parou, todos os ciganos se descobriram, alguns deles se ajoelhando em uma perna, enquanto os mais velhos, que estavam a descoberto, enfiaram respeitosamente seus chapéus na cabeça. Eu não sabia a quem imitar, e foi preciso que Sara me fizesse um sinal disfarçado para que eu tirasse meu chapéu e ficasse de cabeça baixa, aguardando o final da contrição. O velho Manolo disse em voz alta:

– *Ô Duvél havo kerd as i p-huv, he savore só odoi hi odoleshke, kai ehi o rai andro upruno Duvél, he andri p-huv tele, na besel-andre Kanguer, Kerde e e manusengre vastentsa!*

Sara, a meu lado, traduziu a oração:

– O Deus que fez este mundo e todas as coisas que nele existem, sendo Senhor do Céu e da Terra, não habita em nenhum templo feito pela mão do homem!

Eu fora aluno de jesuítas, que, mesmo sendo cristãos-novos e mantendo viva sua origem hebraica, eram obrigados a conhecer como ninguém os livros do Novo Testamento; aquilo que Sara me disse, já que minha memória nunca falhava, estava nos Atos dos Apóstolos, em um sermão do torturado Estevão, e servia como justificativa perfeita para a vida nômade. Se nem mesmo Deus habitava em uma casa ou templo, mas sim no mundo e em cada uma de Suas criaturas, não havia nenhum motivo para agir ao contrário d'Ele. Deus estava espalhado pelo mundo como essência de Sua Obra, e suas criaturas, quanto mais se espalhassem, mais próximas a Ele estariam. Eu conseguia compreender isso melhor do que ninguém, tendo passado a maior parte de minha vida nos caminhos do mundo, viajando e dormindo com o céu como único teto sobre minha cabeça, e agora que encontrara a mulher que me fora prometida, como meu coração dizia, com ela ficaria para sempre.

Manolo das Noites, voltando-se para mim, disse:

– Seria melhor que conversássemos a sós, Pedro...

Olhei para Sara, e disse-lhe:

– Não; o que tiver de acontecer, acontecerá a mim e a ela, e é melhor que saibamos logo como será nossa vida de hoje em diante.

A face de Manolo estava séria, mas seus olhos sorriam:

– O *Kriss Calli* não exige isso: basta que o homem decida, e a mulher o segue...

Olhei novamente para Sara, sentindo seu apoio incondicional:

– Não, Manolo; se fomos prometidos um ao outro, juntos seguiremos de agora em diante. A única tradição que nos interessa é aquela que nós dois fizermos, de agora em diante... Com nossos filhos e netos e bisnetos...

Os outros homens se assustaram, alguns reagiram com um susto, outros com um riso nervoso. Manolo franziu o sobrecenho:

– Só mesmo um *gajo* pensaria assim... E estaria disposto a tudo para ter o que lhe interessa... Não compreendes os problemas que essa igualdade te trará? Mulheres nunca devem se erguer acima de seu próprio pedestal... Principalmente as *calin*... que por tradição conhecem muito bem seu lugar...

– Pois eu só espero que Sara conheça seu lugar a meu lado, assim que sairmos daqui, juntos...

– E quem te disse que podes sair daqui junto com ela, *gajo*? Não sabes o que o *Kriss Calli* decidiu... Nossa lei é dura, mas é lei, e tratamos os *gajos* da mesma forma que os *gajos* sempre nos trataram: *a liri es Crayi micobó a liri es Callé*... A lei dos reis destrói a lei dos ciganos... portanto...

Eu estava tomado de grande força de vontade, disposto a qualquer coisa para ter o que queria, e me sentia capaz de enfrentar até mesmo um batalhão de praças para ter a mulher que a profecia me dera.

– Manolo, não te compreendo: se crês tanto assim na tradição, por que pretendes negar aquilo que tua própria mulher te revelou? Vais rejeitar o destino em nome de quê? Eu sou o *gadjé* da profecia, Sara e eu nos queremos, e sairemos daqui juntos, de uma maneira ou de outra...

– Do jeito que defendes essa profecia, até parece que o *callé* és tu e não eu...

O tempo parou, sob o sol que se punha, e subitamente Manolo, abrindo um largo sorriso, passou-me o braço pelos ombros e disse:

— Eu nunca passaria por cima da verdade revelada por uma *purañi*, ainda mais sendo ela minha *romi*. Já houve outros raros casos como esse teu, entre nós: e em muitos deles nos arrependemos por ter expulsado o *gajo*, que acabou nos roubando a *chaí* para todo o sempre. Para mulheres *gadjinas* é mais fácil tornar-se *calin*, mas para os homens, se não for impossível, é proibido, a não ser... A não ser que se torne *vortako kamalé*, amigo querido da família. Para não perder em definitivo a filha, aceitamos perdê-la por um tempo, e aceitamos a devolução se não houver felicidade entre os dois; mas, havendo amor e felicidade entre os dois, o laço do sangue se transforma e se enriquece. Façamos o seguinte: se queres mesmo a moça, tens de pagar por ela. Quanto tens na bolsa que possa até servir de dote?

Olhei para Bak'hir, que apertou meu cofre ao peito, seus olhos me dizendo que não; mas eu estendi a mão para ele e, sacudindo a lata, que estava cheia de moedas, fiz com que os olhos dos ciganos se arregalassem, e disse:

— Se tiver de pagar um dote pela moça, dou-lhes tudo que possuo: nada vale mais do que ela para mim... Querem agora?

Eu estava endemoninhado, disposto a tudo para me mostrar melhor que qualquer um; ergui a lata sobre a cabeça e me dispus a jogá-la ao solo, para que as moedas e notas se espalhassem pela rua e os ciganos gananciosos tivessem de se ajoelhar a meus pés para apanhá-las... Em meu peito uma ira imensa borbulhava: então eles pretendiam desclassificar assim a mulher de minha vida, transformando-a em simples objeto de um negócio escuso, e isso gerara em mim uma imensa arrogância, já que eu estava certo e seguro de estar seguro e certo, e faria qualquer coisa para que isso ficasse patente a todos.

Uma mão gentilmente me tocou o braço, e eu, olhando para o lado, dei com os olhos de Sara, enevoados e amorosos, enquanto sua boca sorria tristemente, dizendo-me:

— Calma, meu *gadjé*: já somos um do outro, não importa o que aconteça. Se quiserem te cobrar por mim, não pagues.

Manolo, subitamente, deu uma imensa gargalhada, apertando-me novamente pelos ombros:

— Bravo, *gajo*! Era isso que eu queria ver! *Me voliule samovoin murri vida naiaver*, na vida só se tem um grande amor, e os dois acabam de encontrá-lo! Nada tem mais poder que o amor, nem as tradições, nem o sangue, nem a morte, nem o *trito ursitori*, os três demônios ciganos, um que é bom, um que é mau e um que os equilibra... Se ambos desejam unir-se, não há o que eu possa fazer... Fosse outra a história, e eu a expulsaria da *Kumpania Calli*, por estar se entregando a um *gajo* sem nem uma gota de sangue *caló*! Mas a *bata* Sara, que foi minha mulher, era poderosa e nunca errou: se te pôs entre nós, algum motivo existe, e não podemos interromper o percurso que ela traçou para nosso futuro. Deverias dar graças ao *Duvél* por nunca ter havido a promessa de Sara a um outro *callé*... De toda forma, temos de seguir as tradições: quando existe algum impedimento para o casamento, só resta aos amantes fugir, e retornar depois de três dias com as favas contadas e a união consumada, porque aí não resta mais como reagir... O pai de Sara, meu filho Francêz, morreu faz alguns anos, e sendo eu o homem mais velho da família Das Noites, tenho a responsabilidade paterna por ela. Como sou chefe dessa *kumpania*, minha responsabilidade aumenta, e é exatamente por isso que te digo: em casos como esse é preciso ustilar a *pastesas*, roubar com habilidade, e *k-o vast, borik-o grast*! Dinheiro na mão, noiva no cavalo!

Sara deu um salto, a mão me apertando o braço:

– Pedro, se deres um tostão que seja ao meu *dada*, juro que te espanco! Não sou mercadoria para ser nem vendida nem comprada, e só faço aquilo que quero! E se acreditas mesmo que nascemos um para o outro, como a *bata* te revelou, vamos embora daqui agora!

– Sara, minha filha: tua avó era *chuvani*, e te legou não apenas o destino mas também seus dons: eu nunca ousaria ir contra ti... Que pareces demais com ela para que eu me sinta à vontade... – Manolo estava com a face corada pelo riso, e também verdadeiramente emocionado, como se revivesse momentos inesquecíveis de sua vida. – Vamos, filha: segue teu *gadjé*... Se ele for homem de respeito e crença, te trará de volta daqui a três dias, para que eu reconheça o enlace dos dois...

Manolo abraçou a neta, que derramou um rio de lágrimas em seu ombro; depois, afastando-a de si pela distância dos braços, olhou-a bem no fundo dos olhos e lhe disse:

– *Mail falil ekchauk anô, dydike ekgunô perdo gabenza*!

E ao ver que Sara corava e baixava os olhos, envergonhada, ele me olhou e disse:

– Mais vale um filho na barriga que um baú cheio de ouro! A responsabilidade pela nossa fortuna agora é toda tua, Pedro... Foge com ela, para que possamos ficar aqui em desespero, chorando a perda de nossa filha, sem saber se ela, daqui a três dias, estará de volta, para ser novamente recebida entre nós... Vamos! Foge!

Retornei sobre meus próprios passos pela Rua dos Ciganos, acompanhado por um silencioso Bak'hir e uma Sara amedrontada, pois raramente saíra de seu território e certamente se incomodava com os olhares que os transeuntes lhe davam. Eu lhe oferecera minha mão, e ela apoiava em mim sua palma suada e trêmula. Éramos certamente um curioso desfile: o mameluco vestido de tropeiro, com botas, chapéu e capa, sustentando a mão de uma jovem cigana, sem véu e de olhos baixos, acompanhados por um negro vestido à moda árabe, que carregava uma pesada lata nas mãos, como se dela dependesse sua vida.

Cruzamos o caminho de volta entrando alternadamente em ruas à esquerda e à direita, traçando uma diagonal até a Igreja de Santa Rita, onde Bak'hir me parou e perguntou:

– Pedro, para onde pretendes levar tua moça?

– Para a casa onde moramos... Achas que dona Rosa Pereira se incomodará com isso?

– É claro que sim! Ela só aluga aposentos para homens solteiros, acompanhados no máximo por um ou dois escravos... Já a ouvi dizer várias vezes que sua casa de pensão é um lugar distinto e honesto, sem nenhuma semelhança com qualquer lupanar... E sendo tua moça uma cigana, a decisão de dona Rosa será reforçada pelo preconceito, e ela certamente nos jogará pelas escadas abaixo, acompanhados de nossa bagagem... Isso se nos deixar subir para apanhá-la...

Desacorçoado, olhei para os lados, sem saber para onde ir nem o que fazer: tirara Sara de sua casa e clã, e agora não a podia deixar ao relento... Ela mantinha os olhos baixos, tremendo cada vez mais, e eu me preocupei com ela, desejando ardentemente abraçá-la, mas não podendo fazê-lo por estarmos em plena rua. Rodei em volta de mim mesmo, a casa de dona Rosa logo ao pé de nós, atraindo-me pela impossibilidade de lá entramos e ficarmos, como eu pensara. Duas mucamas se abanavam à porta da casa, com um tabuleiro de manuês e de cocadas para vender aos passantes, e de repente, pela porta, saiu Cabrêa, o afilhado de dona Rosa, a quem eu não via fazia algum tempo, com seu andar gingado de marinheiro, indo em direção ao porto. Chamei-o:

– Adeus, ó Cabrêa!

Ele se virou, deu-me um sorriso, e o Universo novamente se reconstruiu, cheio de esperança: se havia alguém que poderia resolver nosso problema seria esse Cabrêa, homem cheio dos expedientes, conhecedor de todos os desvãos e segredos da cidade onde morávamos.

Ao nos ver, Cabrêa se voltou em nossa direção e, abraçando-me, cumprimentou de maneira mais formal Bak'hir e Sara, olhando-me com curiosidade. Eu lhe disse:

— Essa é minha noiva, Sara das Noites, e foi Deus quem te pôs em nosso caminho, Cabrêa...

— Nossa contabilidade continua aberta, cozinheiro, e vamos ter que traçar novas entradas nas colunas do dever e do haver, para mantê-la ativa... O que posso fazer por vós?

Contei-lhe, por alto, a história da profecia e a decisão do *Kriss Calli*, deixando que eu fugisse com Sara para devolvê-la daí a três dias, e que agora não tínhamos para onde ir. Se ele pudesse fazer alguma coisa por nós...

Cabrêa coçou a gaforinha, olhando para um lado e outro, os pés se esfregando na terra; depois, colocando a mão em meu ombro, me olhou nos olhos e disse:

— Na casa da madrinha vai ser impossível, como já deves ter entendido... Se não te incomodares... Não, seria demais dizer-te isso... Ainda mais com a moça a teu lado... Não podes ir morar no segundo andar do armazém que arrendaste do Turco?

Assustei-me com meu próprio esquecimento:

— É verdade... Onde andava eu com a cabeça? Pois se tenho em cima do armazém aposentos bastante amplos e claros... De toda forma, não posso meter-me lá assim, de afogadilho: seria preciso arrumar os aposentos, transformando-os em uma casa de família...

Bak'hir meteu-se na conversa:

— Assim que te tornaste mais de um, tua cabeça deixou de ser a de antes, Pedro, mas com certeza, se me permitires, creio que posso arrumar tua casa com o mínimo de que ela precisa para ser moradia, e tão logo estiver equipada, para lá te mudas com tua moça...

Era uma excelente ideia, mas não era bem o que eu pretendia.

— Meus amigos, preciso de três dias de abrigo imediato para mim e Sara; a casa onde moraremos depois de casados será a casa de nossa família, certamente o segundo andar de meu restaurante. Mas hoje, imediatamente, temos de ter onde dormir e nos abrigar do sol e da chuva, e não sei onde poderemos fazer isso...

Cabrêa teve um lampejo, os olhos brilhando:

— Se quiseres trocar de lugar comigo, posso dormir em tua mansarda na casa da madrinha, e tu dormes com tua moça em meu novo barco; lá temos tudo de que duas pessoas podem precisar para passar uns dias, juntas... O que achas?

Olhei para Sara, e ela, amedrontadamente, fez um sinal de concordância. Quando olhei de volta para Cabrêa, ele sorria, abertamente:

— Que bom! Faz anos que não sei o que seja dormir em terra firme! Com certeza vou estranhar a falta de movimento... Achas que consegues passar três dias em um remanso da baía em que costumo ancorar, a defesa dos ventos e procelas? Olha que a vida do mar não é para todos...

— Cabrêa, esqueceste que foi no mar que nos encontramos, por duas vezes? Já estou acostumado... E tu, Sara, tens experiência no mar?

A voz de Sara era um fiapo:

— Minha família veio para o Maranhão de navio, atravessando o mar desde Lisboa, em vez de cumprir o degredo em Angola. Eu já viajei duas vezes pela costa, uma vez que nossos cavalos foram roubados e ficamos sem outra alternativa... Era pequena, ainda, mas tenho certeza de que o mar não me incomoda...

— Então, faremos assim! — a voz de Cabrêa era a mais animada que eu me recordava de já ter ouvido. — Eu levo o casal de escaler para meu barco novo assim que disserem "vamos". Lá sempre tem alimento e água, porque eu nunca sei quando vou ter de zarpar nem que tempo ficarei fora, mas amanhã mesmo passo por lá para ver como estão indo, e levar umas frutas frescas, que devem estar faltando...

— E eu, Pedro, se for do teu agrado, preparo a casa em cima do armazém...

— ... do restaurante...

— ... do restaurante, está bem, para que daqui a três dias, quando finalmente retornares já casado, tenhas para onde levar tua mulher, que agora já é tua nova família... Prometo gastar um mínimo do que ainda resta de tua fortuna, e deixar tudo nos trinques, para que Sara não tenha nenhum trabalho... Quando lá chegares, encontrarás tua bagagem arrumada: a de Sara, onde está?

— Eu não trouxe nada, fora a roupa do corpo e minha *quísia*, sem a qual nenhum cigano anda... — Sara puxou de dentro do cós da longa saia uma bolsa feita de couro macio, atada com cordões, e presa a um cinto que ela trazia junto ao corpo. — Aqui trago minha fortuna pessoal, com a qual posso atravessar qualquer fronteira... É assim que agimos: a verdadeira fortuna é aquela que se pode carregar sem chamar a atenção de ninguém...

— Que diferença de tuas bruacas de livros e de cozinha, hem, Pedro? — Cabrêa riu com muito gosto. — Mas, com certeza, é com ela que farás tanta fortuna que serão necessárias milhares de quísias para carregá-la de lá para cá... Então, aceitas minha proposta? Trocas teu catre na mansarda da madrinha por três noites em meu barco novo?

Logo depois, Sara e eu já estávamos no escaler de vela que Cabrêa agora usava como apoio para sua nova chalupa, maior e mais espaçosa, ancorada a uma distância suficiente da praia da Gamboa para impedir o acesso a nado. O dia estava ensolarado, a brisa constante, e ao longe algumas baleeiras perseguiam três ou quatro baleias com seus escaleres a remo, bem no meio da baía. O mar estava calmo, dando um balanço bastante suave à chalupa novinha em folha, com uma colorida cobertura de lona grossa por sobre a parte íntima, ao lado do mastro com a vela quadrada que Cabrêa sabia usar tão bem, manobrando a embarcação com uma facilidade invejável. Depois que ele a ancorou no lugar certo, soltando as duas poitas de pedra, uma em cada ponta da chalupa, colocando-a de frente para a praia, vimos no alto do Morro do Livramento as cabras que pastavam em grande número, saltando por sobre as rochas. Era uma pintura viva, e o cheiro da maresia nos impregnava de saúde e alegria. Cabrêa se despediu de nós e se foi, costeando em direção ao Valongo e ao Cais dos Mineiros, e de repente Sara e eu estávamos sós em meio à bela natureza de mar e terra, cercados pelo silêncio.

Era um momento de verdade absoluta, nossa primeira intimidade real, sem que ninguém nos observasse nem vigiasse. O silêncio entre nós quase podia ser apalpado, e Sara perdeu completamente o jeito, ficando de olhos baixos e sem conseguir me olhar, como tínhamos feito antes. Eu compreendia: provavelmente essa era a primeira vez que ela ficava a sós com um homem, e com os estranhos fatos que nos haviam unido, essa experiência devia ser mais complicada ainda, para ela. Para mim era surpreendentemente diferente de tudo o que eu já vivera; depois de tantos anos movido exclusivamente pelo impulso sexual mais primitivo, percebia em meu coração a existência de alguma coisa diferente, uma espécie de chama que esquentava mas não queimava, e se queimasse, com certeza não causaria dor. O físico respondia imediatamente à proximidade com ela, mas o coração criava uma espécie de acolchoamento entre o desejo e sua expressão, como se não fosse possível tratá-la da mesma maneira que sempre tratara às outras mulheres que conhecera. Esperava apenas que ela percebesse isso, que sentisse que era em tudo e por tudo muito especial para mim, que eu não a confundia com nenhuma outra que já tivesse conhecido, e que mesmo a obsessão infantil por Maria Belarmina, ainda presente em minha mente, não tinha o brilho de uma vela perto de seu fulgor.

Acabamos por nos sentar à popa da embarcação, um ao lado do outro, meu braço gentilmente pousado sobre os ombros de Sara, e sua mão entrelaçada com minha mão esquerda, pousada em seu colo, tranquilos e tão à vontade como se estivéssemos em nossa própria casa, ou em um daqueles cenários de jardim ao luar que os amantes sempre parecem preferir. Nada dissemos: as palavras pareciam coisa pouca demais para revelar o que nos ia no peito, e ali permanecemos, olhando o sol que lenta mas seguramente ia se pondo por detrás das montanhas, enchendo o céu de rosas e laranjas cambiantes. Era o Paraíso Terreal, como tantos viajantes haviam descrito essa terra ao aproximar-se dela, ainda mais para mim, pela primeira vez tomado pelo prazer de estar ao lado de uma mulher que parecia me completar em todos os sentidos, e sentindo da parte dela a mesma constatação: éramos exclusivamente um do outro, Adão e Eva de nosso próprio Éden, balançando suavemente sobre as águas da baía. Eu não pretendia ser expulso desse Paraíso; minha curiosidade sobre a Árvore do Conhecimento, nesse caso, era nenhuma. Se eu tentasse conhecer Sara como a tantas outras tinha conhecido, unindo nossos corpos em prazer antes que nos tornássemos verdadeiramente marido e mulher, estaria buscando apenas multiplicar nossas dores, tornando-nos tão párias para os *calló* quanto já seríamos naturalmente para os *gadjé*, cheios de preconceitos contra o povo cigano.

Isso era o que eu sentia, e isso foi o que Sara me disse:

— Pedro, tenho medo do que possa acontecer conosco: já vi muitas de nós serem rejeitadas pelo próprio noivo que as desvirginou antes do casório, simplesmente porque, na hora do *gade*, não havia sangue para mostrar... E eles se sentiriam diminuídos em desposar uma mulher que não era mais pura. As que assim são consideradas, normalmente se casam com algum *quirdapanin*, um *gajo* que não seja cigano nem se importe com virgindade... Mas perdem o respeito da *kumpania*, deixando de ser aceitas até mesmo por seus parentes. Eu não desejo isso para mim; já sou olhada com estranheza por estar prometida a um *gadjé* desde nascida, e se ainda por cima tiver de passar pela vergonha de um *gade* sem sinais de sangue... Tu me entendes? Não é que não te ame nem te deseje, pelo contrário! Mas se pudermos dar a todos eles o sinal claro de nosso respeito mútuo, creio que seremos mais felizes... O que achas?

Ela me tirara as palavras da boca: eu ia propor a Sara que aguardássemos até depois de nosso casamento oficial para que nos tornássemos um do outro, porque não desejava que ela, dentro de mim, se confundisse com tantas outras sem face nem perfume, de que me recordava vagamente e sem detalhes. Eu a beijei com carinho e delicadeza, olhando-a nos olhos e concordando com ela.

— Como quiseres, Sara; o que sinto por ti vai além de meus desejos de homem, e eu não pretendo te confundir com nenhuma outra. Se acreditas que podemos estar juntos durante três dias sem ceder aos impulsos do corpo, é isso que faremos, e enquanto tu mesma não me disseres que queres ser totalmente minha, sem barreiras nem qualquer tipo de proibição ou censura, não te tocarei além do que me permitires. Está bem assim?

O sorriso de alívio na bela face morena de Sara foi como um bálsamo em meu coração; pela primeira vez na vida, eu passava por cima de meus desejos e vontades mais prementes e os projetava para o futuro, tornando-me pacientemente capaz de esperar o momento certo para cada um deles, em vez de tentar satisfazê-los de imediato, como era meu costume. Alguma coisa em Sara extraía de mim esse lado melhor, que eu nem mesmo sabia possuir, e a diferença entre paixão e amor, entre desejo e felicidade, ficara clara em meu íntimo, mesmo que eu não a pudesse expressar em palavras.

Há mulheres com esse poder, o de extrair de seus homens a melhor parte daquilo que os forma, e não por acaso são sempre aquelas que sentem como suas as dores de seus amados, que preferem refletir a alegria deles que sentir a própria, que se regozijam com as honrarias que eles recebam em vez de desejá-las para si, que tanto mais brilham quanto maior for o brilho de seus companheiros, que diligentemente lhes ocultam os males até mais do que a seus próprios, e que abrem mão de todo o seu eu por meio dos sentimentos de bondade, doçura e devoção para com aqueles a quem amam. Não encontro melhor maneira de descrever Sara, pois a senti assim em nossos primeiros dias juntos, e essa sensação só se firmou e se concretizou com o passar do tempo, por meio das benesses e vicissitudes de nossa vida em comum, e que não foram nem poucas nem curtas.

Os três dias que passamos juntos na chalupa de Cabrêa foram um intervalo de perfeição absoluta em nossas vidas: não choveu nem uma vez, o céu não se cobriu de nuvens em nenhum momento, a não ser no pôr do sol, quando elas serviram para colorir o horizonte com as mais belas cores da Natureza, as estrelas se moveram lentamente pelo céu tão negro quanto possível, a lua cheia girou à nossa volta sem em nenhum momento ocultar sua face branca e luminosa, e a baía onde a cidade do Rio de Janeiro lusitanamente se erguera foi verdadeiramente abrigo e encantamento. Ah, se o povo que ali habitava quisesse saber das maravilhas que os cercavam, certamente as tratariam com mais amor e menos confiança; mas vivendo exclusivamente preocupados cada um com seu próprio umbigo, na destrutiva prática do daninho individualismo que era seu costume mais arraigado, perdiam a visão do Paraíso onde estavam. De lá não seriam expulsos por nenhum anjo com uma espada de fogo, porque, quando olhassem, já não lhes restaria nenhum Paraíso, destruído até as raízes por sua falta de respeito a si mesmos.

Nas 72 horas de nosso convívio exclusivo, dormimos pouco e conversamos muito. E Sara falou mais do que eu: para mostrar-se como realmente era, em vez de contar sua própria história, contou-me a história de seu povo, do qual era fruto direto e sem enxertos, preservando em si não apenas o que sabia, mas principalmente os gestos, modos e costumes atávicos que trazia em sua herança física, na qual ainda deveria haver pelo menos uma gota do sangue do primeiro cigano a abandonar as planícies da Índia e se dispor a correr o mundo inteiro, tendo apenas o céu como teto e a língua como pátria. Eu a olhava embevecido, marcando sua face em minha mente de tal forma que ela se tornou quase uma segunda natureza minha, e as *paramishas* de seu povo, histórias preservadas de boca a ouvido durante séculos, foram se entranhando em mim ao mesmo tempo que sua figura, seu talhe, o belo movimento de seus lábios, braços e pés, se tornava permanentemente queimado em minhas retinas, como um sol de poder infinito em sua luz maravilhosa.

Eu estava realmente embevecido: a capacidade de contar histórias que Sara revelava era mais do que comum, era um talento inato; e eu, que também fora contador de histórias quando jovem, me encantei com sua verve, com as histórias de guerras e negócios, de vendas e de roubos, de escravidão e de liberdade, cada uma delas em um tempo mais antigo que o outro, misturando romanos, celtas, egípcios, caldeus, ingleses, húngaros, persas e hindus, com uma característica comum a todas, o eterno movimento para a frente, sem nunca retornar sobre os próprios passos, indo sempre em frente, sempre em frente...

— Sara, pensei aqui agora se os romani como tu não seriam herdeiros do Judeu Errante, aquele que foi condenado a vagar pela terra sem descanso, por não ter permitido que o Cristo descansase em sua porta...

Os olhos de Sara se encheram de lágrimas, e ela me disse:

— Isso não é o pior que dizem de nós, Pedro: há quem nos acuse de, sendo bons trabalhadores no metal, termos sido os que forjaram os quatro cravos com que o Cristo foi crucificado, vindo daí a maldição que nos obriga a andar sem descanso por toda a terra...

— Mas, meu amor, alguma coisa não está certa: o Cristo foi crucificado com três cravos apenas...

Sara sorriu, e me disse:

— Vou dizer-te em tua língua o mais belo poema de nosso povo, o primeiro que aprendemos ao começar a falar o *calló*, e que te servirá de explicação... Assim diz a lenda: quatro cravos foram forjados pelos soldados de Roma para fazer morrer o Redentor dos Homens. Uma Filha do Vento, que atravessava a colina em seu caminhar pelas estradas do mundo, roubou um deles, que os soldados não viram. E assim o Redentor foi crucificado com três cravos somente, porque do quarto cravo os ciganos se serviram para comungar com a dor do Redentor. Assim diz a lenda...

Foram muitas as *paramishas* que Sara me narrou, cada uma mais bela e curiosa que a outra: a lenda do tempo em que os ciganos tinham terras no Egito, dadas a um tirano em troca da vida de suas mulheres e filhos, os ursos que se tornavam parte das *kumpanias*, sem que ninguém soubesse explicar o que unia ciganos e ursos, as falsas acusações de roubo de crianças, quando na verdade eram as filhas dos *gajos* que, não tendo o que fazer com seus filhos bastardos, os deixavam na beira dos acampamentos ciganos para que fossem por eles criados, as disputas e trapaças entre Deus e o Diabo, a história de que eram descendentes do faraó Ramsés, morto afogado quando Moisés fechou o Mar Vermelho por sobre os exércitos egípcios, sendo essa a razão pela qual os ciganos nunca mais tiveram nem rei, nem senhor, nem chefe, e até mesmo que o Cristo, em seus 40 dias no deserto, na verdade estava nas tendas dos Filhos do Vento, com eles aprendendo toda a arte dos milagres que fizeram dele *Chau le Dieuleske*, o Filho de Deus. Mitos, lendas, histórias com fundamento e sem fundamento, mas todas elas vivas como se tivessem acabado de acontecer, mostrando o valor do povo cigano e de toda forma deixando claros os motivos pelos quais eram nômades e não admitiam ser de outra forma, mesmo que as circunstâncias os fizessem fixar-se aqui ou ali durante algum tempo. Assim passamos o tempo, namorando, abraçados, com todo o carinho possível entre duas pessoas que se desejam mas não chegam às vias de fato por decisão própria. Não foi fácil para nenhum dos dois, mas soubemos nos conter, em nome de alguma coisa maior que ambos.

Quando os três dias se passaram, Sara e eu tomamos de volta o bote de Cabrêa e, saltando no Cais dos Mineiros, trilhamos nosso caminho de mãos dadas até entrarmos na Rua dos Ciganos, onde fomos recebidos com surpresa e uma certa animosidade. A cada passo que dávamos em direção à casa de Manolo das Noites, mais gente nos cercava e caminhava a nosso lado e atrás de nós, dizendo coisas que eu não comprendia, mas que Sara sentia muito, passando por todas as alternativas de raiva e vergonha. Eu a protegi da melhor maneira possível, caminhando seguro e firme, até que nos encontramos à frente da casa dos Das Noites, à frente da qual o mesmo *Kriss Calli* nos aguardava, como se dali não se tivessem movido desde o dia em que os deixáramos. A gritaria foi aumentando, as faces ficando mais agressivas, e quando chegamos à porta da casa, a mãe de Sara já estava aos berros, rasgando as roupas e se descabelando. Eu protegia Sara como podia, temendo pela vida dela, até que Manolo das Noites, seus rutilantes olhos verdes me fuzilando, ergueu o cajado e silenciou todas as vozes, dizendo:

— Então, *quirdapanin*, já usaste e abusaste da moça e agora que ela já é mulher vens devolvê-la, por não teres mais interesse nela? Rompeste a *lacha* da menina e agora não a queres mais? Só por sermos ciganos achas que nossas mulheres são todas *lubhini*? Leva-a contigo, pois nós não a queremos mais!

A confusão recomeçou, mas dessa vez fui eu quem a interrompi, erguendo meu braço e gritando:

— Sou um homem de respeito! A moça está inteira e intacta exatamente como quando saiu daqui! Durante os três dias que passamos juntos eu a respeitei como se fosse minha mãe ou minha irmã! Ela está intocada, pura, virgem como quando saiu daqui! Essa é a verdade!

Os muxoxos de descrença se ergueram, mas logo foram desaparecendo, porque Sara sustentava o olhar de todos os que a miravam, o queixo erguido em desafio, e vagarosamente os olhares de descrença foram se transformando em faces de surpresa e até de alegria, mais da parte dos homens mais jovens que das mulheres mais velhas, a princípio, mas logo depois Sara foi cercada pelas mulheres e moças que lhe fizeram perguntas em sua língua, recebendo respostas que a cada instante as faziam mais felizes, até que entraram para a casa, desaparecendo dentro dela, enquanto eu ficava de pé, sem mover um músculo, como se esperasse uma sentença. Por trás de mim ouvi a voz de Paco, o irmão de Sara, dizendo:

— Se falaste a verdade, fica tranquilo; nada vale mais para um *callé* que a verdade comprovada... Agora elas estão lá dentro examinando a *chichi* de Sara para ver se tem algum sinal de ter sido penetrada. Fala-me a verdade, *callé*: minha irmã está mesmo intacta?

— Como quando saiu daqui; eu a amo, Paco, e tenho por ela o maior respeito. Ela será minha mulher, a mãe de meus filhos...

Paco, sem que eu esperasse, subitamente saltou em minha direção, dando-me um abraço tão apertado que eu pensei que fosse sufocar. Ao mesmo tempo, dentro da casa, gritos de alegria soaram, e as mulheres saíram todas para a rua, cercando Sara, envergonhadamente aliviada. A mãe dela, a escandalosíssima Jarusa, veio até mim e, beijando-me as mãos, disse:

— *Manusch cai siles ratlachô, thi rojavel*! O homem é justo, de boa índole, e não mentiu! Não se pode esperar outra coisa de um afilhado da Cigana Velha, a avó do Filho do *Duvél*, a Senhora Sant'Anna! Minha filha está pura como quando saiu de meu ventre! Esse *gadjé* vale mais que um *latacho* ladrão! A *bata* Sara sabia o que dizia quando o escolheu para ser marido de minha filha! É nosso *phral*, somos todos *phrala*, e ele de agora em diante é meu filho muito amado!

Manolo das Noites, cofiando a longa barba branca, os olhos muito vivos, tomou-me em seus braços e disse:

— Eu tinha certeza disso, *gajo*: quando te desafiei foi exatamente para ver se eras capaz de preservar a honra de uma mulher em vez de te entregares ao desejo mais simples... Não és um *quirdapanin* sujo como todos os outros que conheço, esses que pensam que todos os ciganos somos ladrões e que todas as ciganas são putas da mais baixa qualidade... Minha mulher tinha toda razão, e quantas vezes eu me abespinhei com ela, de cada vez que essa história do *gadjé* que se casaria com Sara vinha à baila... com tudo e por tudo, o melhor é saber que, ao entregar Sara a um *gajo*, não perdemos uma filha, mas ganhamos um amigo fiel. Muitas de nosso povo já nos abandonaram, preferindo o amor de seus maridos às tradições de nossa raça... Esse é seu *baque*, sua sina, mas é dessa maneira que nosso sangue cigano se perpetuará para sempre nesses brasis, nem que seja às gotas! Se nos mantivermos puros, melhor, mas se tivermos de nos misturar para cimentar a nova raça que aqui se constrói, talvez seja exatamente este o nosso papel...

— Manolo, eu sou filho de português com uma índia aqui nascida; já imaginaste que bela mistura serão os filhos que Sara e eu tivermos?

Manolo riu, feliz:

— Tu és o primeiro brasileiro de verdade que aqui encontro... A primeira raça original que essa terra produziu é exatamente a tua, e com teu tom de pele e esses cabelos quase cacheados, facilmente passarias por um de nós, principalmente por causa da esquisita cor de teus olhos. Somos muitos os que aqui chegamos, nesses anos de degredo e fuga, e se por vezes nos confundiram com os cristãos-novos que também vieram a dar por aqui, é porque nos desrespeitam igualmente, os de

Lisboa... Éramos nove famílias ciganas degredadas pela acusação falsa do roubo de uns quintais de ouro, e aqui chegamos os Das Noites, os Ramos, os Do Reino, os Rabello, os De Aragão, os Fraga, os Laços, os Cabral, os Curtos, e até mesmo um conde de Cantanhede, que nos espalhamos por esses brasis, tentando manter nossa pureza de sangue do jeito que deu, quando não deu, nos misturamos da melhor maneira possível, mesmo que com isso tivéssemos de perder os laços de tradição que nos uniam... É preciso sobreviver, Pedro, sobreviver a qualquer custo, nem que seja desaparecendo entre as gentes do mundo para não chamar a atenção sobre nós... É por isso que me sinto feliz em saber que vai se cumprir a profecia de minha Sara, e que nos cafundós da Bahia ela soube te escolher como o *gadjé* que será pai dos filhos de minha neta. Eu te agradeço do fundo do coração, e de hoje em diante nunca mais te chamarei nem deixarei que te chamem de *gajo*: será de hoje em diante nosso *gadjikané*, aquele que ama os ciganos e a quem os ciganos também amam!

Na semana que se seguiu, minha vida se tornou um redemoinho de acontecimentos: ao mesmo tempo em que me preparava para o casamento formal com Sara, segundo as tradições *callé*, cuidava junto com Bak'hir e Cabrêa do sobrado onde moraria com Sara depois de casado. A família dela tinha quase exigido que eu me mudasse para a casa dos Das Noites, mas eu expliquei que meu ofício exigia observação e presença constantes, e que Sara teria mais conforto ficando comigo na Rua das Violas que se ambos nos apertássemos ainda mais ali na Rua dos Ciganos. Paco e Jarusa nos acompanharam até lá, e quando Paco viu o espaço inferior, que eu transformaria em meu restaurante, ficou encantado:

– Esse lugar é lindo, cunhado! Uma casa de pasto aqui poderia ser uma obra de arte. Tu sabes que nós, ciganos, somos mestres em enfeites e decorações, tanto por dentro quanto por fora, e se me permitisses, eu teria enorme prazer em ajudar-te a deixar esse espaço mais lindo do que tu mesmo o imaginas! Conheço todos os que são bons artesãos em pintura e enfeites, aqueles que sempre fazem os arcos triunfais e montam os altares e palanques para as festas religiosas da cidade... Se quiseres minha ajuda, além das panelas que te farei, e que são meu presente de casamento para minha irmã, posso conseguir que esses manos venham trabalhar comigo para que tua casa de pasto fique pronta o mais rápido possível... Muitos deles também são *callé*, como eu, e não se negarão a te ajudar, ainda mais sabendo de quem serás marido...

No andar de cima, a partir dos móveis muito simples que Bak'hir havia comprado, Jarusa e Sara montaram uma verdadeira tenda cigana, com panejamentos de todas as cores e tipos, lanternas de folha recortadas com os mais diversos motivos, almofadas e cortinados tão coloridos que eu até temi ser impossível dormir ali, tal a profusão de cores e enfeites com que Jarusa nos cercara. Eram os hábitos de sua *kumpania*: as casas dos ciganos sempre acabavam por perder as paredes e os tetos, transformados à custa de muitos panejamentos em réplicas de suas tendas tradicionais, com detalhes de todos os países orientais pelos quais tivessem passado em seu caminho até o Novo Mundo. Entrar em uma dessas moradas era atravessar diversos ambientes e túneis de cores e enfeites variados, passando de um para o outro como se estivéssemos atravessando infinitos mundos que se cruzassem e tocassem, sem que nenhum deles tivesse nada a ver com os que lhe estavam próximos, a não ser a tradição dos panos por sobre a cabeça e os tapetes sob os pés descalços. O mais interessante, contudo, eram os perfumes que dali se evolavam: a cada passo que eu dava pelo que seria nossa casa, passando pela sala e pelos quartos, tendas ligadas a tendas, os olores iam variando e me tomando de emoções diversas, cada uma delas quase me recordando um fato ligado àquele cheiro, mas que me escapava da memória assim que outro perfume o substituía em minhas narinas. Nossa casa era muito especial, e quase nada tinha a ver com as moradas que eu conhecera em minha vida: mesmo com todos os panejamentos, era arejada e clara, as janelas permanentemente abertas para a luz solar do Rio de Janeiro, com suas sombras cambiantes e que viajavam de lado a lado dos aposentos em um caminho eternamente repetido.

Não tínhamos cozinha, é claro, porque morando em cima do que seria meu restaurante, mais uma seria inútil. No grande espaço abaixo de nossa casa, ao descer, encontrei Paco e Bak'hir riscando no chão com cacos de telha as medidas do que deveria ali ser feito, e que eu tantas vezes descrevera a Bak'hir, com a mesma profusão de detalhes que ele repassava a Paco, fazendo com que os olhos de meu cunhado brilhassem, refletindo o manancial de ideias que lhe iam no cérebro. Ao fundo já estava determinado o lugar do grande fogão de lenha, quase uma cópia do fogão da casa dos Rodrigues da Trindade, em Rio de Contas, o primeiro que eu vira, mas ao mesmo tempo com uma chapa de ferro bastante grande, no mesmo estilo daquela que o irmão Perinho, meu mestre de cozinha, havia carregado nas costas até a aldeia dos jesuítas. Haviam separado o lugar das grandes bilhas de água, e sob um telheiro meio cambaio ficariam as tinas de lavagem de pratos e talheres, porque nada fere mais o senso do apetite que equipamento sujo e engordurado, principalmente se trouxer sinais de outra comida que não aquela que se vai comer com eles. O salão tinha lugar para abrigar muitas pessoas, e eu planejara mesas redondas de vários tamanhos, para que os convivas pudessem sempre estar de frente uns para os outros, de modo que as conversas e os prazeres da mesa pudessem atravessar o espaço entre eles de forma direta, olhos nos olhos. Havia planejado fazer em um dos lados do salão espaços mais reservados, de forma que certos convivas, não desejando ser vistos juntos, pudessem dividir até mesmo o prazer da mesa sem sofrer o assédio dos olhares alheios. Para isso contaria com grandes cortinas de pano escuro e pesado, correndo com facilidade por todo esse lado do salão, de forma que, não havendo necessidade de nenhuma privacidade específica, esses espaços pudessem integrar-se facilmente ao resto. Ao fundo, separando o salão da cozinha, ficaria um grande balcão de alvenaria e madeira, cujo topo deveria ser uma pedra bastante lisa, sobre a qual os pratos já prontos pudessem ser dispostos sem se atravancar antes de ser levados às mesas, e caso eu decidisse um dia por servir refeições à nova moda inglesa, com todos os pratos dispostos à vista dos convivas, que deles se serviriam à vontade, esse balcão pudesse fazer as vezes de *buffet*, como os franceses estavam chamando os móveis usados para esse fim.

Era preciso que esse salão tivesse em tudo e por tudo um ar de absoluto luxo e riqueza, porque para o público que eu pretendia atingir a aparência luxuosa e rica era essencial, já que só sairiam de casa para comer em um ambiente que lhes oferecesse aquilo com que não estavam acostumados: afinal, o trivial diário todos já tinham em suas casas, e o que eu pretendia era possibilitar-lhes um banquete real, de cada vez que cruzassem as portas do *Panthéon Restaurant*, nome que estaria escrito em sua fachada por sobre as portas de entrada, através das quais todos poderiam ver as luzes, louças, cristais e talheres brillhando, os negros e negras de serviço muito bem trajados e todos treinados à exaustão, para que nada saísse errado, a azáfama da cozinha, ao fundo, servindo como prova atraente do que ali se fazia, os perfumes dos alimentos se misturando pelo ar e chegando até a Rua das Violas, onde encantariam os passantes e os atrairiam para dentro, em cada vez maior número.

Ao mesmo tempo, sem que eu percebesse, a cerimônia de meu casamento com Sara estava em pleno andamento: havendo tradições a ser cumpridas, e talvez até por eu não ser um *callé* de nascença, mas agora apenas de adoção, seria necessário que todos os detalhes fossem seguidos com imensa presteza e perfeição, nos trajes, na decoração, nos rituais, de forma a que não restasse em ninguém qualquer dúvida sobre a veracidade daquela união profetizada tantos anos antes por uma poderosa *bata*. Como no *Panthéon*, tudo dependia exclusivamente da aparência, que em nada deveria ferir nem o senso estético nem as tradições das cerimônias desse tipo. Ela se daria em dois dias, e se no primeiro Sara se vestiria de branco, virginalmente, para que o sangue do *gade* pudessse ser exibido a todos, como prova de sua pureza e de meu respeito, no segundo dia ela já estaria coberta de vermelho vivo, sendo aquele em que a comitiva seguiria atrás dos noivos até sua morada, onde finalmente o casamento se consumaria, longe dos olhares de todos. As duas festas seriam uma só, contínua, as mesas sempre repletas de comida, e os convidados por ali ficariam, acordados, dançando, comendo, bebendo, deitando-se para descansar onde achassem espaço, erguendo-se assim que o sono lhes desse trégua e estivessem novamente aptos à diversão e aos folguedos. Foi assim que Jarusa e Manolo me explicaram o que se daria, e se em outros lugares as *Kumpanias* nunca encontravam padres cristãos que aceitassem sua presença na igreja para celebrar o sacramento do matrimônio, no Rio de Janeiro isso acontecia sempre na Igreja de São Domingos, a mesma que ficava no extremo do Campo dos Ciganos e em cujo altar de Sant'Anna os *callé* prestavam sua homenagem de praxe à Cigana velha, como eles a chamavam. A cerimônia seria simples, porque o padre não se sentia à vontade para ser visto dando o sacramento do casamento a um casal de ciganos, e por isso foi marcada para as primeiríssimas horas da tarde, aquelas em que, depois do almoço e tomados pelo calor meridiano do trópico, os habitantes da cidade se refestelassem em suas redes e catres para a indefectível sesta, esvaziando as ruas e as igrejas. Dessa maneira o cortejo cigano, sem grandes dificuldades nem estranheza, poderia seguir por toda a Rua dos Ciganos, desde a casa dos Das Noites, onde se realizariam as festividades, até a Igreja de São Domingos, lá se dando a bênção cristã aos noivos, que mesmo sem ela estariam casados, sendo essa a vontade das famílias e havendo entre os *callé* ritualística suficiente para que o enlace fosse considerado válido.

    No dia do casamento, eu fui logo cedo para a casa dos Das Noites, tendo recebido de dona Rosa Pereira um adeus muito profundo e lamentoso, além da promesssa de que, se lhe fosse possível e a saúde lhe permitisse, iria a São Domingos ver seu querido rapaz enlaçar-se com a cigana. Saindo de lá com toda a minha bagagem, deixei-a com Bak'hir, que se encarregou de mandar levá-la para a Rua das Violas e ir encontrar-me nos Das Noites assim que pudesse; pedi-lhe que também me levasse convites para Cabrêa e para o Turco Elias, únicas pessoas que eu conhecia na cidade, e que certamente iriam a meu enlace, quanto mais não fosse pela curiosidade e a novidade do casamento cigano, que até para mim mesmo era raridade desconhecida.

Eu estava à beira de transformar-me de homem solteiro em pai de família, com as respectivas responsabilidades que esse estado civil me traria, impondo-me uma nova vida, em tudo e por tudo diferente da que eu vivera até então. Seria daí em diante um homem casado, dono de meu próprio negócio, certamente um sucesso, e o futuro me parecia sorridente e cheio de maravilhas indiscutíveis, com seu indefectível cortejo de riquezas, filhos, amigos fiéis, admiração popular e reconhecimento público de minha excelência como homem e como cozinheiro. Foi com esse espírito alegre e benevolente que me ergui pela manhã, e ele não se apagou nem uma vez nos dias que se seguiram, porque a felicidade parecia estar definitivamente instalada em minha vida.

Os futuros parentes, assim que entrei na casa, me envolveram em abraços e carinhos, levando-me para um quarto onde me vestiram de noivo, com calças de tecido branco muito justas, um par de botas de salto alto e couro brilhante, uma camisa de pano de seda branca com mangas bufantes, que foi colocada por dentro da calça e recebeu na cintura uma faixa de tecido vermelho que me cercou o ventre à moda espanhola, e mais um colete de veludo negro todo enfeitado com moedas de ouro e botões de madrepérola formando desenhos inacreditavelmente belos e intrincados, além de muitos colares e anéis de ouro no pescoço e nos dedos. Com minha tez azeitonada, fiquei mais parecido com um cigano que muitos dos verdadeiros *callé* que me cercavam, e quando me levaram para a rua, lá já estava organizado um cortejo de gente vestida no rigor da moda cigana, coloridíssima e brilhante, todos ataviados com lenços, chapéus e penteados armados com imensos trepa-moleques de tartaruga, e cada um exibindo da maneira mais escandalosa todas as joias e riquezas de que fosse possuidor, como forma de atrair para os noivos todos os tesouros e fortunas do Universo no momento do enlace. Havia quatro madrinhas, mas somente duas nos seguiram: as outras duas permaneceram dentro da casa, preparando a câmara nupcial onde a prova do *gade* seria feita para exibição pública. Bak'hir, com sua tez negra e um turbante maior do que o que normalmente usava, caminhava logo atrás de mim, com ar sério e compenetrado, dando-me com sua presença um valor maior do que eu tinha, porque era raro o cigano que possuísse escravo, ainda mais um escravo com a aparência imponente de Bak'hir, meu amigo de todos os momentos e para todas as horas.

A pequena igreja de São Domingos ficou cheia, com o cortejo se espalhando pelos corredores laterais, onde ficavam as capelas dos santos, e até mesmo no adro, onde alguns curiosos se chegaram, para tentar participar do que lhes parecia uma festa sem igual, por causa da música, dos cantos e das palmas dos que nos seguiam com trovas, chamadas *kambulins*, alusivas à data e ao momento:

– O Tempo pediu ao Tempo, que o Tempo tempo lhe desse, para fazer com seu tempo tudo que o Tempo quisesse... Se souberes compensar sagrados extremos meus, tu verás os meus caprichos se confundirem com os teus... Sonho contigo dormindo, sonho contigo acordado, sonho contigo falando, sonho contigo calado... Vem cá, minha formosura, meu delicado jasmim, não sei como a dura sorte quis que fosses para mim...

A cerimônia do casamento foi simples e rápida: o padre de São Domingos não tinha nenhuma vontade de ser apanhado por alguma autoridade eclesiástica maior que ele dando o sagrado sacramento a ciganos, que eram tão mal considerados quanto os judeus ou mesmo os cristãos-novos, sangue ruim: mas os convidados, mesmo sendo todos ciganos, souberam responder a todas as rezas e rituais no mesmo latim que os cristãos usavam, erguendo-se e ajoelhando-se como mandava o costume, agindo por vezes mais cristãmente que muitos dos que frequentavam as igrejas do Brasil. A troca das alianças foi feita graças às duas madrinhas, que ladeavam uma Sara coberta de véus brancos e tinham em suas mãos tudo de que os noivos pudéssemos precisar para que a cerimônia se desse. Os papéis de casamento foram apresentados e só eu os assinei, como marido e senhor daquela que agora já era minha esposa, pelo menos aos olhos do Deus triste e descarnado que nos olhava da cruz sobre o altar-mor. Os 14 padrinhos, do lado de fora da igreja, nos aguardavam, e o cortejo se organizou mais solenemente que antes, comigo e Sara de braços dados, caminhando em meio a um círculo dos mais próximos, que nos protegiam e ao mesmo tempo nos exibiam aos que encontrávamos na rua, entre cantos e danças cada vez mais animados.

Ao chegarmos à casa dos Das Noites, estranhei ao ver os 14 padrinhos se deitarem em fila, um ao lado do outro, à frente da porta, de forma que Sara e eu, para nela entrar, tivemos de saltar sobre eles, e a cada salto éramos saudados com vivas e outros gritos de alegria. Assim que os saltávamos, eles se erguiam do chão e se organizavam em fila atrás de nós, entrando na sala regiamente decorada, onde o *Kriss Calli*, Manolo das Noites à frente, com seu cajado, nos aguardava, sério e compenetrado. Agora sim, começariam as verdadeiras cerimônias de meu casamento, e eu, que já era quase um cigano de adoção, graças à profecia da velha *bata*, passaria por algo que nenhum *gajo* poderia sequer pretender conhecer: a entrada cerimonial em uma tribo cigana, pelos laços indissolúveis do casamento segundo suas tradições mais arraigadas e importantes.

O primeiro dia da festa é da mulher, o segundo do homem, e só depois disso é que os dois podem festejar juntos, inclusive partilhando o leito de sua casa pela primeira vez. Para essa festa vieram ciganos de todos os lugares possíveis, chegando em grande quantidade não só das paróquias mais afastadas do Rio de Janeiro, mas até mesmo de outras províncias, todos querendo conhecer o *gadjé* da famosa profecia, o *gadjikané* que tinha sido prometido pelo *Duvél* para casar-se com a neta de Manolo das Noites, rompendo uma tradição tão antiga quanto arraigada. Parece que eu era o primeiro *gajo* em muitos séculos a ser aceito dentro de uma *kumpania* como marido de uma *callin* legítima, e nem mesmo nos outros países pelos quais haviam passado havia notícias disso. Eu era a novidade, e sentado ao fundo da sala, ao lado de Sara, sobre dois verdadeiros tronos recamados de tecidos brilhantes, eu me sentia uma curiosidade de circo, sendo observado por todos e percebendo seus comentários à socapa, sem saber o que diziam ou pensavam sobre mim.

O mesmo grupo de tocadores de guitarra e violas recomeçou a pontear seus instrumentos, gerando movimento entre os convivas, iam começar as danças, das quais eu só participaria no segundo dia, por ser este dedicado exclusivamente à glória de Sara, minha mulher. Ela, ao levantar-se, foi seguida por seus padrinhos e pelas duas madrinhas que não tinham ido à igreja, todos carregando alvos lençóis de linho que estavam sobre um móvel da sala, iluminados por quatro tochas muito fortes, enquanto as meninas mais novas jogavam cestas e cestas de pétalas de flores brancas sobre ela. Os velhos do *Kriss Calli*, tendo Manolo à frente, mandaram que eu me erguesse e os seguissse para dentro da casa, logo atrás de Sara e seu cortejo, atravessando as alas que os convidados formaram, entre cochichos e sorrisos.

Quando cheguei à porta da câmara nupcial que haviam arrumado para a ocasião, percebi que quatro dos padrinhos seguravam cada um dos lençóis, e que o quinto lençol, o mais enfeitado de todos, com rendas e passamanarias, ficou na mão da mais velha das madrinhas. A cama, forrada de colchas de damasco e brocado, tinha em seu centro uma alva toalha branca sobre a qual Sara se sentou, antes de deitar-se. Os padrinhos, cada um com um lençol em uma das mãos e uma vela acesa na outra, abriram os panos e os seguraram com os braços para o alto, formando um quadrado em volta da cama, que as velas iluminavam sem que quem estivesse de fora pudesse ver nada do que ali se passava. A madrinha que segurava o quinto lençol entrou nesse espaço reservado, com cuidado suficiente para que nenhum dos padrinhos visse nada do que ali acontecia, e todos ficamos aguardando algum sinal. Este foi dado por Manolo, quando a Igreja de São Domingos, logo seguida por todas as outras da vizinhança, começou a tocar o Angelus: eram seis horas da tarde, e Manolo disse com voz bem alta:

– Sob a proteção da Cigana Velha, que se inicie o ritual do *gade*!

A outra madrinha também entrou no espaço formado pelos quatro lençóis erguidos, pelos quais só percebíamos as sombras de quem estava lá dentro, e deu para perceber que as roupas de Sara eram erguidas de forma que suas pernas e ventre ficassem expostos. A sombra da madrinha mais velha se debruçou sobre ela, com o dedo esticado, e pelo que pude perceber enfiou-lhe o dedo na vulva, causando-lhe um grito sufocado. O silêncio era sepulcral: a madrinha voltou a forçar, arrancando de Sara um grito mais alto, e a madrinha enxugou as mãos no lençol com que tinha entrado nesse espaço reservado. Sara se recompôs, e a madrinha, erguendo um dos lençóis esticados, saiu do quadrado formado por eles, gritando:

– Cumpriu-se o *gade*! Sara era *paxivalin*, era donzela! Eu mesma rompi-lhe a *lacha*! Eis a prova, eis as flores de sangue, *bluma rati*!

No centro do lençol havia uma mancha de sangue vivo, ainda com os sinais dos dedos da madrinha, que os limpara nele, e todos os ciganos presentes e os que estavam no resto da casa irromperam em uma alegria tão imensa que eu cuidei que a casa fosse cair. Fui abraçado, beijado, cumprimentado, como se tivesse recebido o mais valioso dos presentes, e as garrafas de vinho iam sendo abertas uma depois da outra, aos brados de *Mistôs*! *Mistôs*! Logo a seguir as violas e os violões de sete cordas começaram a pontear ritmos cada vez mais ágeis e rápidos, as mulheres a dançar fandangos de taconeios cada vez mais fortes, e as castanholas soando junto aos saltos dos sapatos e botas, porque elas todas dançavam aos giros e meneios, enquanto os homens ficavam ao lado, batendo palmas, marcando o ritmo da formas mais sincopadas possíveis, cantando trovas cada vez mais apaixonadas e belas, e se iam substituindo uns aos outros, seja nos instrumentos, seja nas vozes, enquanto os fandangos se transformavam em serra-bahias e anus, no qual os versos todos obedecem ao mote que diz que "o anu é passo-preto, só faz casa no capão", e depois em candieiros e guabirobas, até que os homens começaram a juntar-se a seus pares, dançando com elas o baile do caboclo do sul, com gestos tão sensuais que eu me pus a sentir imensa saudade de

Sara. Exatamente nesse momento ela apareceu na porta do salão, toda vestida de branco, segurando a toalha de linho, também manchada de sangue, que veio entregar em minhas mãos, sendo aplaudida por todos os presentes, e dizendo-me em voz baixa:

– Te agradeço a paciência, meu homem: soubeste esperar por mim, e teu prêmio logo virá. Aguarda por mim mais um pouco...

Eu tentei me erguer, para dançar com ela, mas Manolo me segurou na cadeira, dizendo:

– Fica-te quieto, *gadjikané*! Hoje quem dança para ti é tua mulher... Amanhã tu dançarás para ela! *Callés*, vamos, mais *Dilliá Kelimaske*, mais música de dança, que agora finalmente a noiva vai dançar o *Rola-Mendengo* para seu marido!

Eu já tinha visto Sara dançar, exatamente no dia em que a conhecera, mas nunca pensei que ela pudesse ser mais sensual e feminina do que eu já vira: quem sabe o fato de já ser uma mulher casada, de ter superado a barreira da virgindade, de estar entre amigos e parentes, em uma festa tão importante, a tenha liberado para ser cada vez mais bela e mais feminina, deixando a todos não apenas boquiabertos com sua beleza e maleabilidade, mas certamente também com alguma inveja de mim, o *gajo* que lhe colheria a flor do amor assim que estivéssemos juntos em nossa casa e leito. Era para mim que ela dançava o *Rola-Mendengo* naquela noite, e logo foi cercada pelos pares que enchiam a sala, repetindo-lhe os gestos, como se ela fosse a sacerdotisa de algum culto muito antigo, comandando o ritual de sua deusa e sendo imitada pelos acólitos da mesma, recolhendo do Universo as energias mais poderosas da vida, aquelas que a fazem ser contínua e nunca cessar, indo do chão ao grão e dele à mais alta árvore, indo do amor ao sexo e dele às novas gerações que se criam e repetem, enchendo o Universo com as criaturas de Deus por meio do prazer com que Ele nos presenteou, exatamente para que nunca deixássemos de imitá-lo, criando e multiplicando a humanidade como Ele nos ordenara.

O lençol com a *bluma rati*, a flor de sangue perfeitamente desenhada em seu centro, fora colocado do lado de fora da janela, para que todos os que se aproximassem da casa pudessem vê-lo e se regozijar pela felicidade do casal e das famílias. Já a toalha branca, com a marca sangrenta no centro, foi colocada em um pequeno cofre, e este posto a meu lado, junto de uma garrafa muito velha, envolvida em um lenço vermelho e enfeitada com correntes e berloques de ouro. Ao lado de cada cadeira estava um punhal de cabo enfeitado, colocado com todo cuidado sobre uma almofada vermelha, onde também havia uma taça e um pedaço de pão. Eu fiquei ali, embevecido, olhando o corpo de Sara, enquanto ela me encantava ainda mais com a magia de seu corpo ágil, cujas formas eu apenas adivinhava por debaixo do vestido branco de enorme saia e muitas anáguas, e em minha mente já ia se formando a figura de minha mulher a meu lado, ambos experimentando o prazer dos prazeres sem que nada houvesse no Universo que nos pudesse impedir.

A madrugada chegou, o sol nasceu, e nada indicava que a festa tivesse fim, nem mesmo quando o sol começou a esquentar a sala, derramando-se nela pelas janelas entreabertas. Na grande mesa coberta de comidas, que nunca paravam de chegar da cozinha, havia um imenso pão aberto e escavado, onde todos os convivas, ao entrar, deixavam seus presentes para os noivos, em dinheiro ou em joias, e pelo que eu podia ver o pão já estava transbordando, derramando suas riquezas pela borda. Muitos dos convidados, puxando uma cadeira e afastando os pratos à sua frente, colocavam a cabeça entre os braços por sobre a mesa e dormiam a sono solto, mesmo com toda a música e cantos à sua volta. Alguns, acordando subitamente, tomavam de sua faca, cortavam mais algum naco de carne ou pedaço de pão, comiam, bebiam uma taça de vinho, e imediatamente voltavam a dormir, na mesma posição de antes.

Curioso era perceber que havia dois lados perfeitamente definidos na festa: um deles era claramente o lado da noiva, seus parentes mais próximos e amigos mais chegados, e do outro lado da sala outros ciganos, também muito animados, com os quais não se misturavam, mesmo quando as danças aos pares aconteciam. Não havia entre eles nenhuma animosidade, no entanto: era como se houvesse no meio da sala uma linha imaginária que os dois grupos nunca cruzavam, e que apenas a noiva, em seus bailados solitários, se atrevia a atravessar, acompanhada pelas palmas, gritos, cantos e trovas dos que estavam do seu lado, sendo que os outros se mantinham mais comedidos, ainda que animados.

Sei que dormi ali, sentado na grande cadeira almofadada de vermelho, ao lado da cadeira vazia de Sara, que ainda dançava à minha frente quando cerrei os olhos, e continuou dançando em meus sonhos enquanto eu os tive. Acordei estremunhado mais ou menos por volta do meio-dia, e a festa não dava nenhum sinal de que algum dia terminaria, porque os convivas continuavam dançando, as violas e violões ponteando, os cantores trovando e improvisando, as comidas saindo de dentro da cozinha e sendo consumidas, como se ainda fosse o início das festividades e o casamento nem mesmo tivessse se iniciado. A única diferença que havia era que Sara não estava mais na sala, com seu vestido branco de movimentos tão fluidos quanto a espuma do mar: ao me ver acordado, Manolo das Noites abriu um sorriso e disse:

— O noivo volta ao mundo dos vivos! É preciso vesti-lo de acordo!

Pela primeira vez vi movimento no grupo que não incluía os parentes de Sara: eles se dirigiram para mim, com alegria estampada nas faces, e me levaram para o mesmo quarto onde eu havia trocado minhas roupas para a festa. Lá, sobre o leito, estavam um traje de veludo negro e uma imensa camisa de seda vermelho-sangue; as calças do traje eram curtas e incluíam meias brancas com borlas vermelhas onde se amarravam às pernas, por sob os joelhos, e sapatilhas muito rasas. Na cintura me ataram uma faixa do mesmo pano de seda com que era feita a camisa, de mangas bufantes, e amarraram meus cabelos para trás, atando-os em *cadogan* e depois colocando-os dentro de uma pequena rede, que logo ocultaram com um lenço também vermelho, cobrindo minha cabeça e amarrado acima da nuca. O efeito devia ser bom, porque todos sorriram com alegria, e um deles me disse:

— Aqui estamos porque, sendo de uma *Kumpania* diferente da família da noiva, faremos o papel de teus parentes, entregando-te a ela como se fôsssemos teus pais e teus irmãos. Só depois disso poderemos nos misturar ao resto dos convivas, porque com o casamento a família de Sara e a tua passam a ser uma só!

Puseram-me na mão uma taça e vinho temperado com canela e outras especiarias, que me encheu o corpo de um fogo nunca antes sentido, apagando-me como que por milagre todo o cansaço, deixando-me renovado: senti minhas faces afogueadas e, levado por meus parentes substitutos, entrei na sala, onde fui saudado por todos com gritos de alegria:

— *Vortako kamale*! Nosso amigo querido volta para se tornar nosso parente pelo sangue!

Fui empurrado para o meio da sala, e não sei se por causa da música cada vez mais animada ou se pelo efeito do vinho que havia tomado ainda em jejum, meu corpo foi tomado por uma imensa vontade e energia, e eu me pus a dançar, sapateando como havia visto os outros fazerem, e de repente até mesmo repetindo alguns passos das danças de meus parentes índios, de que eu me recordava nas cerimônias a que assistira quando menino. Meu corpo dançava sozinho, respondendo aos apelos dos acordes e ritmos que os músicos e cantores, e eu me movia quase que contra minha própria vontade, tomado por um frenesi de alegria e prazer, porque em cada rosto que ali estava eu via a mesma alegria. Havia, no entanto, alguma coisa a mais: eu tinha sido aceito nessa comunidade tão fechada, graças a uma profecia de uma velha *bata* que me lera a sorte, concedera-me o dom que era quase uma maldição, e preparara sua própria neta para ser minha esposa, rompendo todas as tradições daquele povo para que ele pudesse sobreviver. Só a mistura nos faz fortes, como diziam os chefes dos Mongoyós: vivíamos em duas tabas diferentes, tínhamos dois chefes diferentes, mas nunca nos casávamos entre nós, buscando mulheres na outra taba, de forma a enriquecer o sangue pela mistura que era essencial, por vezes até mais importante que a sobrevivência dessa ou daquela tradição. A humanidade só cresce e se multiplica quando se mistura, pelo sangue, pelo sêmen, pela convivência entre os diferentes, pelo conhecimento e aceitação daquilo que nos parece estranho por não ser igual a nós, pelo reconhecimento de uma fraternidade que nos une por meio de tudo que temos igual, apesar de tudo aquilo que temos de diferente e que nem por isso nos torna menos irmãos. Como Sara dissera, eu também era *piraña*, eu também era um andarilho das estradas, comerciando como os ciganos pelas trilhas e carreiros do Brasil, provavelmente pisando nos mesmos lugares em que eles tinham pisado pela primeira vez muitos anos antes de mim, chegando e indo embora para poder chegar e ir embora tantas vezes quantas fosse preciso. Não havia mais nenhuma diferença entre nós: eu os aceitara e tinha sido aceito por eles, e minha dança era a melhor prova que eu podia dar naquele momento, permitindo que minha alma movesse meu corpo da maneira que lhe fosse mais conveniente, tornando-me tão *callé* quanto os tornava a todos *gadjé*s, e todos filhos da mesma fonte de luz e vida, para a qual não existe diferença entre as coisas, porque todas as coisas são feitas da mesma única luz que a tudo permeia e em tudo penetra.

Quando Sara entrou na sala, estava completamente mudada: seu vestido era vermelho, do mesmo vermelho sangrento de minha blusa, rebordado com pequenas moedas de ouro e pingentes de alguma pedra brilhante, que soltava fagulhas a cada um de seus movimentos. Os cabelos, antes soltos, agora estavam atados e cobertos por um lenço também vermelho e enfeitado com as mesmas moedas e pedrarias, porque ela agora, sendo uma mulher casada, tinha de cobri-los com o *dicrô*, o mesmo lenço que todas as ciganas casadas eram obrigadas a usar para se destacar das solteiras, tanto em casa quanto na rua: seus cabelos soltos eram agora um privilégio de seu marido, e só eu poderia vê-los quando estivéssemos a sós.

Nada me interessava mais do que isso: em meu peito um vulcão acumulava pressão para explodir assim que estivéssemos juntos em nossa própria cama, e a cor vermelha de que estávamos recobertos só servia para acentuar esse desejo, que eu também lia nos olhos dela. Começamos a dançar juntos, e a música foi ficando cada vez mais frenética, mais rápida, mais incontrolável, até que subitamente parou, deixando-nos sozinhos no meio da sala, olhos nos olhos, a respiração ofegante, os corpos colados um ao outro pelo suor que nos encharcava, e antes que ali mesmo arrancássemos nossas roupas e nos enfiássemos um dentro do outro à vista de todos, como era nossa vontade, Manolo das Noites nos pegou cada um por um punho e, amarrando nossas mãos com o lenço vermelho que envolvia a velha garrafa de vinho, entregou os dois punhais a dois membros do *Kriss Calli*, que juntaram nossos punhos e os cortaram cada um com seu punhal, através do lenço, misturando nosso sangue entre os punhos e deixando a marca dos dois cortes no lenço, que não foi desatado enquanto não tomamos cada um um gole do vinho muito velho que estava na garrafa:

Manolo das Noites, sorrindo, me disse:

— Sabes que garrafa é essa? Minha mulher, Sara, a roubou na mesma noite em que te conheceu, naquela aldeia do interior, e mandou que a guardássemos para ser a garrafa de teu casamento com a neta dela... Todas as famílias ciganas guardam durante anos, desde o nascimento, garrafas de vinho ou de conhaque para cada um de seus filhos homens, exatamente para que sejam usadas na noite de seu casamento. Como não eras cigano, ela pensou em tudo, e mandou que essa garrafa fosse mantida intacta até o dia em que tu e Sara se tornassem marido e mulher... E por isso hoje a abrimos, *gadjikané*! Tu e Sara agora são um só, e ela se tornou tua *sheenedra*, tua irmã de sangue! Repitam comigo: *sinheladamanques*!

— *Sinheladamanques*! Pertences-me!

— E agora junto comigo: *Kay ô kay avriável, kyias mange lelêbeshel*! Onde o sol se levanta, estarei com meu amor! *Kay ô kam tel'ável, kiya lelákri me beshêv*! Onde o sol se põe, lá estarei com meu amor!

— *Efté thiei slubeng*! As sete chaves do destino estão a serviço dos dois. *Ê julí que raila chavêthi spoul evitza*! A mulher que não tem filhos passa pela vida e não vive! Estão casados, pela bênção do *Duvél*, e asssim ficarão enquanto a vontade dos dois for essa. Tira teu *bailaco*, minha filha, e beija teu marido...

E enquanto Sara afastava o véu vermelho que lhe cobria a face, beijando-me com todo o ardor possível, todos os *callé* ali reunidos gritaram juntos a frase que encerrava todas as cerimônias e daria ínicio ao cortejo que levaria a mim e a Sara até em casa, atravessando grande parte das ruas da cidade até a Rua das Violas, onde moraríamos daquele momento em diante. Era uma frase imponente, e dita em voz grave por todos, antes de atirarem seus chapéus para o ar, em saudação, marcou-me muito:

– *Cana vurrí tiçá olondi au murrô cadê vurrí tinromé*!

Dali saímos em comitiva, alguns montados em cavalos ajaezados, outros em pequenas carroças puxadas por burricos, traçando o mesmo caminho que me levara da Rua das Violas até a Rua dos Ciganos, pela primeira vez, refazendo-o como marca de nossa mudança de estado. O braço de Sara em meu braço, nossos passos nas pedras das ruas calçadas e na lama das que não o eram, acompanhados pela música dos que nos seguiam, tornaram aquele início de noite um momento inesquecível. Na Rua das Violas, que também estavam cheias de ciganos, quando o cortejo se aproximou, todos os que estavam nas tabernas e casas de pasto saíram para a rua, saudando-nos, e os músicos que ali estavam se uniram aos do cortejo, tocando as melodias que nos cercaram até mesmo depois que subimos as escadas ao lado do armazém, à porta do qual, como um gênio benfazejo, Bak'hir nos aguardava. Foi ele quem destrancou a porta, e eu o abracei, agradecendo-lhe pela amizade, o que o fez baixar os olhos, envergonhado.

Sara e eu subimos sozinhos as escadas, atravessamos os aposentos decorados por ela e sua mãe com os panos, as luzes e os perfumes de sua gente, e só ao nos deitarmos na cama foi que me recordei de perguntar-lhe o que queria dizer aquela última frase que todos tinham proferido antes que a cerimônia terminasse. Sara, muito séria, tomou-me o rosto entre as mãos e, antes de beijar-me, traduziu:

– Quando o pão e o sal não tiverem mais sabor, então não haverá mais amor entre os dois...

Impossível: em meu coração sabia que meu amor por Sara nunca terminaria, e só podia temer que o dela, caso eu não fosse o homem que ela merecia ter como marido, se apagasse com o correr dos tempos. O futuro me parecia flamejantemente poderoso, e eu só esperava que essas chamas não nos incendiassem e nos consumissem, como pareceu acontecer quando nos entregamos um ao outro não sei quantas vezes, de maneira tão intensa e completa que praticamente nos transformamos em um só ser, feito de amor e desejo, prazer e satisfação, como se aquilo fosse um brinquedo novo do qual nunca conseguíssemos nos cansar. O que dissemos um ao outro nem nós mesmos recordamos, mas não foram juras infundadas: a descoberta mútua de que nosso amor também era físico nos fez crer mais ainda na profecia da velha *bata* que nos colocara um no caminho do outro, para que fôssemos felizes sem que nada no mundo pudesse empanar nossa felicidade, a não ser que cada um de nós, desatento e mal acostumado, não importa por que motivo, permitisse que seu lado pior viesse à tona, enlameando a água cristalina de nosso amor e destruindo nossas vidas tão belas.

Antes de dormir, ouvindo a serenata que os ciganos faziam sob nossa janela, recordei-me de parte da sorte que a *bata* tinha lido em minha mão:

– Tua arte exercerás entre ricos e poderosos, e tua felicidade estará sempre oculta pelo tempo mau de um desonesto e de uma endiabrada. Mesmo assim serás protegido pelos imperadores deste mundo, porque tens a marca do maior de todos, Deus ele mesmo.

Esta era a única esperança que me restava na vida: a proteção do *Duvél*, porque os homens e mulheres do mundo não protegem ninguém, nem a si mesmos.

Capítulo XVIII

Durante um bom tempo, minha vida foi de felicidade extrema, no prédio da Rua das Violas, cujo andar de baixo ia lentamente se transformando em meu restaurante, assim como na parte de cima Sara e eu vivíamos nossa vida de casados em harmonia mais que perfeita. Paco realmente conhecia não apenas seu ofício de latoeiro, ou *kalderash*, como se dizia entre os ciganos, mas também toda a arte do uso dos metais batidos ou marchetados para decorar um lugar; e o que não conhecia, sabia onde encontrar ou quem soubesse fazer. Sendo o Rio de Janeiro um lugar de inúmeras festas religiosas e profanas, era preciso haver decoração e enfeites para todas elas, e uma série de moradores da cidade, conhecedores das artes da pintura, modelagem, escultura em papel *machê*, técnicas de panejamento e dobraduras de tecidos, além de terem muita informação sobre o que estava correntemente na moda na corte e na Europa, haviam se tornado os enfeitadores da cidade, os artesãos que sempre encontravam serviço, seja nas igrejas, seja nas casas, palácios, festas de adro ou de praça. Entre eles, havia uma expressão muito importante: *dernier batêau*, ou seja, último navio, significando que aquilo que realizavam havia chegado no último navio que ali aportara, sendo a mais recente novidade em todos os sentidos, porque o espaço de meses entre a moda europeia e sua imitação nos trópicos dependia exatamente daquilo que o último navio trouxesse. A proibição de ancoramento para navios não comissionados pela corte de Lisboa, como já contei, era estrita, mas os que ficavam fora da barra eram os que verdadeiramente traziam as coisas mais interessantes, principalmente os franceses, inimigos políticos dos portugueses, mas a quem os coloniais imitavam em tudo, mais até que aos ingleses que lhes disponibilizavam o que vinha de fora, por causa de seu acordo de exclusividade comercial com os portugueses.

Os artesãos cariocas sempre encontravam trabalho, nem que fosse decorando com festões de frutas e flores a parte de cima das paredes das casas de moradia mais simples, que não abriam mão dessa forma de decoração, a não ser que fossem realmente muito, muito pobres, vivendo em casas sem eira nem beira, quanto mais tribeira. A estes não restava muito a fazer que não fosse lutar pelo pão de cada dia da melhor maneira possível, vivendo da mão para a boca sem nenhuma certeza quanto ao que comeriam no dia seguinte. Não seria para estes que meu restaurante funcionaria: eu me interessava mesmo era pelos que, dispondo de dinheiro e desejosos de ser parte da elite, precisassem ser vistos em uma casa de pasto de qualidade irrepreensível, completamente diferente das tabernas e estalagens que pontilhavam a cidade e o Brasil. Pretendia dar-lhes uma experiência sensorial inesquecível, à qual ficassem sempre desejosos de reencontrar, voltando à minha casa e tornando-se meus fregueses constantes, não apenas por causa da qualidade dos alimentos, mas principalmente pelo luxo e o tratamento senhorial pelo qual estariam cercados quando em meu estabelecimento. O que me manteria com sucesso seria esse desejo de retornar, de experimentar mais uma e mais outra vez aquilo que se conhecera e que os encantara.

Claro está que para isso eu precisava de dinheiro, e meu cofre de lata já não estava tão pesado quanto antes. O que me ajudou muito foram os presentes em dinheiro que haviam recheado dois pães durante as festas de meu casamento, e que imediatamente coloquei sob os cuidados de Bak'hir, com sua contabilidade infalível e impecável. Paco trazia os artesãos, Bak'hir mandava comprar os materiais de que precisariam, e eles imediatamente começavam a trabalhar, cortando madeira, moldando frisos com papel molhado e goma de farinha, pintando e dourando, corrigindo pequenos defeitos de construção com panejamentos muito bem dispostos, produzindo um ambiente de beleza e conforto inegáveis.

Era preciso começar a trabalhar o quanto antes: o prazo de três meses de carência que o Turco me dera, em sucessivas reuniões com ele, foram esticados para seis, e depois para nove, até que o ano de 1800 estava quase virando nossa esquina, e o *Panthéon* ainda não estava nos trinques, como eu pretendia. Eu não podia esperar mais: um novo século se aproximava, e eu deveria ser a grande novidade desse novo século, para que meu nome e o nome de meu restaurante se fixassem na mente de todos os que por ele passassem e nele entrassem, movidos primeiro pela curiosidade, depois pelo prazer, e finalmente pela necessidade de satisfação de seus desejos.

É verdade que quem espera ter sucesso deve manter as paixões em fogo brando e as expectativas no gelo: mas eu, por minha própria maneira de ser, confundia o tempo todo o sucesso com a fama, sem entender a diferença básica entre as duas coisas: de que me adiantaria tornar-me conhecido de gente a quem eu não conhecia e com quem não me importava nem um pouco? O que eu desejava, na verdade, era ser bem-sucedido em meu empreendimento original, porque desse sucesso viria minha verdadeira fama, e nunca me passou pela cabeça que se pode ser famoso tanto positiva quanto negativamente, e que a fama cobra um preço constante para ser mantida, uma vez deflagrada. Afinal, que ambição é essa que nos leva a desejar a fama tanto assim, buscando sempre saber o que o mundo pensa e diz sobre nós, procurando permanente aprovação nas faces alheias, e sempre ansiosos sobre o efeito do que dizemos ou fazemos, terminando por gritar cada vez mais alto em busca do eco de nossas próprias e solitárias vozes? A fama, e não o sucesso, é o pior dos mentirosos, porque acaba por merecer respeito: mesmo dizendo inverdades, quase sempre acerta no alvo, mais especialmente quando ressalta não as qualidades, mas sim os defeitos dos homens e de suas obras.

Compramos mesas e cadeiras, a maioria usada, mas que mandamos reformar, talheres e louças vieram de navio, e grande parte chegou aos cacos ou enferrujada pela viagem; os copos de vidro fino que eu pretendia ter tiveram de ser substituídos por outros de vidro mais grosso, esverdeado e impuro, que eu consegui mandar fazer ali mesmo na cidade, por um vidraceiro que conhecia a arte da moldagem do vidro pelo sopro. Não ficaram lindos, mas eram pelo menos originais: ninguém possuía copos como os meus naquelas colônias. As toalhas de linho que eu adoraria ter eram difíceis de achar, e só as consegui quando descobri que muitas famílias as haviam trazido de Portugal mas, por absoluta falta de oportunidade, não as usavam; ajudado por Sara, que era excelente negociante, consegui arrematar muitas, a maior parte enfeitada com rendas da Madeira e acompanhadas por guardanapos, coisa rara até então no uso diário da colônia.

O mais difícil foi estabelecer um *menu* que pudesse mostrar toda a minha excelência como cozinheiro, sem deixar de lado os ingredientes disponíveis na terra, e que não eram grande coisa. Só encontrávamos galinhas raquíticas, patos de peito magro, porcos cevados na sujeira dos chiqueiros mais imundos, cuja carne tinha de ser muito cozida e lavada para perder o bafio de lixo que lhe ficava entranhada, e alguma carne de boi, quando acontecesse de aparecer, porque não era todo dia que se matava bois no Rio de Janeiro; não havendo como guardar a carne sem que se estragasse no calor, só se sacrificava um desses animais quando havia freguesia suficiente para comprá-lo todo, inclusive couro e chifres, o que não acontecia todo dia nem com regularidade. No Matadouro à beira do Passeio público, com duas grandes portas para a baía, era comum ver os magarefes derramando os restos de suas matanças na água do mar, o que empesteava o ar com os miasmas misturados do sangue, dos restos de vísceras e da maresia que, quando o vento vinha do mar para a terra, pousava por sobre a cidade como uma nuvem de mau cheiro, levando os governantes a pensar seriamente em levar os matadouros para bem mais longe assim que fosse possível.

Já em matéria de vegetais e de peixes eu estava bem servido: os negros, principalmente os da comunidade haussá a que Bak'hir pertencia, cuidavam carinhosamente do produto que vendiam, e sendo estes alimentos quase que os únicos permitidos por sua religião, eram tratados com requintes religiosos de limpeza, para não ferir preceitos nem tradicões do Quram, no qual se baseavam em todos os sentidos.

Eu teria, portanto, de agir como os *traiteurs* e *restaurateurs* da França, onde a gastronomia e a preparação dos alimentos já tinham se tornado uma arte, enchendo de requintes a comida que os italianos lhes haviam ensinado, acrescentando-lhes creme e luxo: a cada dia eu teria de decidir o cardápio que serviria a meus fregueses, tentando após algum tempo criar pratos habituais que se repetissem pelo menos uma vez por semana, para garantir a presença em minha casa dos que deles gostassem pelo menos quatro vezes por mês. Para que isso acontecesse, no entanto, seria preciso que o serviço do *Panthéon* fosse rigorosamente diferente do que existira nas tabernas e estalagens do Rio de Janeiro, a maioria delas ali mesmo na Rua das Violas, servindo pratos sem nenhum requinte ou limpeza, bebidas de procedência bastante discutível, e algumas até oferecendo hospedagem em cafuas asquerosas e sem nenhuma ventilação, onde quem mais se sentia à vontade eram os percevejos, pulgas, baratas e ratos de que esses estabelecimentos eram infestados, e nos quais só um viajante muito desavisado se arriscaria a pousar.

Bak'hir, um eterno conferente, fez as contas, e me informou:

– Existem no Rio de Janeiro, entre estalagens e tabernas, 17 casas de pasto: o *Panthéon* será a 18ª. E se não tiver grandes diferenças das outras, acabara sendo levada em tão má conta quanto elas, principalmente no que tem a ver com serviço e limpeza.

Eu tinha verdadeira ojeriza a esta expressão:

– "Casa de pasto"! Quem te disse que o *Panthéon* será uma "casa de pasto"? Será um *restaurant*, onde os comensais, como bem diz o próprio nome, restaurarão seu bem-estar e até mesmo sua saúde por meio da ingestão de pratos bem preparados, servidos em ambiente fino e que não lhes agrida os sentidos! O ser humano não pasta, o ser humano come! Quem pasta são os ruminantes, animais de quatro estômagos e sem capacidade de digerir a relva de uma só vez! Não vamos nos confundir, Bak'hir! Em meu restaurante não serviremos de forma alguma as comidas pesadas e sem qualidade com que os cariocas estão acostumados a se empanturrar em suas casas... Se assim o fizermos, eles acabam ficando nelas para comer, em vez de sair para nos conhecer! Temos de ser diferentes de tudo o que já existe, se quisermos nos destacar!

– Desde que não sejamos tão diferentes que não nos reconheçam... – Bak'hir tinha sempre alguma preocupação com que vulnerar meus sonhos. – Alguma coisa eles precisam reconhecer, quanto mais não seja para comparar com o que já conhecem e decidir que aqui aquilo tem melhor sabor ou é mais bem feito... Concordo contigo quanto ao serviço e à limpeza, mas temo que o cardápio que planejas seja tão exótico que não seja nem mesmo considerado comida...

– Eu os conquistarei pelo sabor, Bak'hir, exatamente porque o que eles comem todos os dias não tem gosto de nada... Feijão, farinha, banana... no almoço e na janta... Isso vicia...

– Todo vício começa como experiência, hábito ou costume, e depois fica impossível de ser combatido... tu terás muito trabalho pela frente, porque antes de convencê-los sobre a excelência do sabor de tua comida, vais ter de livrá-los do vício daquela com que estão acostumados... Mas conta comigo, como sempre: estou aqui a teu serviço, e preciso te dizer que o dinheiro está quase no fim, e ainda temos de contratar os serviçais da cozinha e do salão, mandar fazer-lhes os uniformes, comprar os ingredientes e os vinhos para encher a despensa e preparar a festa de inauguração. Teus concorrentes aqui da Rua das Violas já até deixaram de se preocupar com tua presença entre eles, porque demoramos tanto a abrir nossas portas que eles juram que isso nunca acontecerá...

Por mais que me doesse, eu sabia que Bak'hir, como de costume, era a voz da verdade e do bom senso. Eu perdera muito tempo e gastara muito dinheiro e energia com um detalhismo incontrolável; mas valera a pena, porque o salão do *Panthéon*, decorado pelos artífices e artesãos que Paco conhecia e reunira, tinha ares de palácio real, com suas colunas de cartão perfeitamente moldadas, sobre as quais brilhavam lanternas de cobre e vidros coloridos, refletindo-se no teto, sobre o qual os artistas haviam pintado um céu com todas as suas cores, indo desde o crepúsculo até o alvorecer, com brilho solar de um lado e lua e estrelas na outra extremidade, o balcão de madeira barata transformado em carvalho velho, graças ao *vieux-chêne* com que o carpinteiro o havia tingido, antes de bruni-lo com laca e poli-lo com cera de abelhas, e logo depois os enfeites de cobre que Paco, com seu martelinho mágico, conseguiu incrustar no móvel, deixando-o mais belo que qualquer coisa que eu já tivesse visto em minha vida. Manolo das Noites, de sua própria casa, tirou dois grandes espelhos retangulares que tinha conseguido não sei onde, algumas dezenas de anos antes, e os deu de presente para o restaurante; eu os coloquei à frente um do outro, de cada lado da entrada, de forma que o salão se multiplicasse em três para cada um que nele entrasse, e logo acima, em um arco triangular que havia sido feito de madeira e lona pintada, parecendo verdadeiro mármore, coloquei o grande retrato do Turco Elias, em uma espantosa moldura de rádica que difícilmente teria semelhante. A figura do Turco, com seu fez vermelho ao alto da cabeça, as longas barbas e cabelos brancos, a *narghillah* fumegante nas mãos, e ao fundo um apanhado de texturas e tapeçarias, era quase que a de um deus, provavelmente o Deus em Tudo que *Panthéon* simbolizaria para o estabelecimento.

Encontrei na Rua de Santa Rita, a uma pedrada da casa de dona Rosa Pereira, um francês chamado Riviére que fazia o pão de trigo à moda da França. Custava caríssimo, porque o trigo era importado da Europa, e ele o servia a pouquíssimos conhecedores na cidade, exatamente aqueles que, tendo a oportunidade de visitar Paris, ali haviam conhecido seus cafés e neles experimentado o pão de crosta crocante e miolo macio, que se servia barreado de manetiga também importada, porque era proibido fazer manteiga na colônia, devendo o Brasil usar somente a manteiga inglesa que chegava em grandes barris, na maior parte já rançosa pela viagem. Café, pão, manteiga, por vezes um pedaço de queijo fresco feito em Minas, valeriam por uma refeição, como eu sabia por experiência própria de meus tempos na Vila Rica; mas o pão que esse francês fazia, e que o povo acostumado ao sabor da farinha de mandioca estranhava, deveria ser servido na mesa do *Panthéon*, acompanhando os pratos, para que deles se pudesse aproveitar até mesmo a mais ínfima gota de molho, costume criado pelo rei Luís XIV, o desdentado, que a tudo molhava e encharcava em caldo para melhor deglutir. Combinei com ele, por um preço exorbitante, é verdade, o fornecimento de pães franceses para o *Panthéon*, e ele me garantiu que, se me enviasse uma fornada de três em três dias, bastaria guardá-los em lugar arejado e escuro que não mofariam nem endureceriam como os pães caseiros que estávamos acostumados a comer, e que, se mesmo assim dessem qualquer sinal de idade, bastaria esquentá-los à frente do fogo, que logo se tornariam outra vez frescos, como se tivesem sido assados naquele mesmo dia.

Bak'hir coçava a cabeça, tentando organizar as saídas e entradas de dinheiro, principalmente porque as primeiras eram constantes, e as segundas ainda não haviam começado; não sei o que teria feito se Sara não tivesse puxado de sua *quísia*, a bolsa cigana onde trazia seu tesouro pessoal, sempre guardado junto ao corpo, dela tirando duas ou três pesadas pulseiras de ouro muito puro, que me deu para vender, dizendo:

– Não existe mais meu nem teu, marido: existe apenas o nosso. Se precisamos comprar as roupas dos serviçais, que assim seja... E se precisares de mais, enquanto houver o que tirar da *quísia*, conta com ela.

Cocei a cabeça, sem jeito:

– Não pretendia começar assim minha vida de casado contigo, Sara; queria te dar o melhor, e já estar rico para dar-te tudo que mereces... Porque tu mereces muito, muito mais do que podes crer...

– Tenho a ti, marido, e isso é o que me foi prometido pelo *Duvél*; se ele já me concedeu o que me foi prometido, que mais posso desejar?

Foi assim que os uniformes dos serviçais do *Panthéon* foram comprados, que arrumamos tudo para a inauguração, que aconteceu exatamente no dia 2 de janeiro de 1800, data redonda e graúda, porque me senti na obrigação de perpetuar o clima de festa que a passagem do século havia criado na cidade. Os ingredientes, estes tive de conseguir nos armazéns do Turco, os únicos onde ainda me restava crédito, pelos quais paguei caro; quando lá cheguei, o Turco estava com seu humor um tanto mediano, e ao me ver, suspirou fundo como quem pensa "lá vem ele de novo pedir-me mais favores...". Eu, bastante sem jeito, lhe disse do que precisava e ele, sem hesitar, abriu a gaveta à sua frente e, tirando dela um monte de papéis, estendeu-os para mim, dizendo:

– Para que não precisemos desconfiar um do outro, assina aqui essas promissórias, que eu mando avisar nos armazéns que te forneçam tudo de que precisares... E assim que a conta estiver fechada, e meus caixeiros me avisarem de quanto foi, preencho as promissórias com a quantia certa e pronto! Estaremos seguros... E não te esqueças de que a partir da tua estreia já começas a me pagar o aluguel do armazém, pois não?

Nada pude fazer a não ser assinar as promissórias em branco e esperar que o humor do Turco não estivesse tão ruim na hora em que me fosse cobrar a dívida, ou mesmo escrevê-la em números e por extenso nas notas promissórias extremamente enfeitadas, certamente feitas em Portugal, onde havia imprensa para realizar esses trabalhos. Saí de lá com o chapéu na mão, bastante desacorçoado, porque até esse dia meus acertos com o Turco tinha todos sido feitos no fio da barba, na confiança entre dois negociantes de mesmo nível, como eu pensava que fôssemos; mas nesse momento me senti reduzido a nada, tratado como um necessitado qualquer, porque verdadeiramente o era, e nada nos desagrada mais que a verdade negativa quando se nos é revelada dessa maneira.

Sem mais a fazer, passei a noite de Ano-Novo na casa de Manolo das Noites, deixando por conta de Bak'hir e seus conterrâneos as últimas arrumações e detalhes: as comidas que necessitavam de preparo antecipado já estavam todas em suas vinhas d'alho, em seus alguidares de tempero e molho, limpos, cortados, descascados, as folhas das saladas cortadas e de molho em água com bicarbonato de sódio, como ordenavam Boulanger e Beauvilliers, para preservar-lhes cor e frescor no dia seguinte, os temperos e cremes todos separados em pequenas vasilhas perfeitamente organizadas sobre a grande mesa de cozinha que se articulava com o *buffet* de serviço, sobre o qual brilhavam os talheres, os pratos, os copos, perfeitamente lavados e limpos, aguardando a hora de ser colocados sobre as toalhas das mesas. Pouco aproveitei da festa de Ano-Novo: minha cabeça estava em outra passagem, a que eu mesmo faria de cozinheiro a *restaurateur*, assim que chegasse a noite do dia seguinte, dando o primeiro passo em minha nova vida de sucesso na capital do vice-reinado. Se soubesse despertar o interessse dos convivas que sabiam da abertura de minha casa de pasto, como insistiam em chamar os lugares onde se podia comer, quem sabe o vice-rei ele mesmo não se tornasse meu freguês, dando-me com sua presença o aval de qualidade de que eu precisava, para ser verdadeiramente dono de um restaurante e não de uma taberna ou estalagem como as que nos flanqueavam...

No dia seguinte comecei cedo a preparar os pratos que formavam um cardápio substancial mas bastante despretensioso, fundamentado em uma *blanquette de veau*, ensopado das melhores carnes de boi que eu pude conseguir, acompanhados de batatinhas inglesas que eu tivera grande dificuldade em selecionar, pois tinham sido guardadas em lugar claro e junto de cebolas, o que prejudicara o sabor de ambas; havia também galinhas assadas ao fogo com um molho de vinagre doce que me parecia poder tornar-se a especialidade da casa, de tão saboroso que deixava a carne das aves, amaciando-as e transformando-as em coisa quase irreconhecível para os paladares acostumados com o sabor rústico das galinhas caseiras. Com os porcos, carne que era de consumo quase que diário entre os habitantes daquela terra, eu preparara um *pétit salé*, os melhores e mais saborosos pedaços da carne escura dos leitões, em cuja gordura eu a salgara e fritara, acompanhando-a com vegetais torneados, como recomendava o livro de Domingos Rodrigues, e também de lentilhas cozidas, já que não havia encontrado nada que se parecesse mais com os *pétit pois* de que a receita original exigia o uso. Para os que tivessem boca para coisas do mar, e que não eram muitos, eu deixara preparados os filés de namorado fresco para ser salteados, na hora de servir, em manteiga inglesa, limão e sementes de coentro, e para aqueles que desejassem se recordar dos sabores de sua santa terrinha, uma grande panela de bacalhau com batatas, cenouras, pimentões e cebolas, boiando em azeite de olivas. Como mandava a nova moda dos cafés vienenses, doces de massa de seringa fritos em manteiga e adoçados com canela e açúcar, para acompanhar as xícaras da bebida que escolhessem. Os vinhos, eu os tinha em boa quantidade: tintos para as carnes, brancos para os peixes, e moscatéis para as sobremesas, e também queijos frescos e curados, caso alguém desejasse complementar sua refeição dessa maneira.

 Eu estava seguro de minha própria capacidade e criatividade, e por isso, ao contrário de todos que me cercavam, não acordei pela manhã com qualquer sinal de nervosismo ou apreensão. Bak'hir, quase cinzento de tão pálido, somava seu nervosismo ao de Sara, que orava sem parar para sua adorada Santa Sara Kali, pedindo que as três Santas Marias do Mar protegessem o empreendimento e nos dessem o sucesso que merecíamos. Eu não duvidava dele nem por um instante, minha confiança em meu próprio talento era quase soberba. Eu treinara com cuidado a todos os serviçais tanto da cozinha quanto do salão, e eles sabiam exatamente como agir em cada caso, porque eu acreditava tê-los previsto a todos.

 Quando a noite começou a cair e os acendedores de lampiões marcaram seu caminho pela Rua das Violas, queimando o óleo de baleia e enchendo o ar com seu odor peculiar, muitas das tabernas e estalagens que ali havia já estavam cheias, aparentemente de gente que queria saber o que aconteceria com meu restaurante, e se eu me tornaria um atrativo para o lugar, do qual poderiam acabar se privilegiando, ou se lhes roubaria a clientela, como temiam que acontecesse sempre que alguém abira um negócio qualquer a seu lado.

Subitamente, sem que eu soubesse de onde nem como, as caleças, cadeirinhas e casais a passo lento e bem vestidos surgiram nos dois extremos da Rua das Violas, dirigindo-se em nossa direção. A mais luxuosa das caleças parou à nossa frente, dela saltando o Turco, com traje de festa, acompanhado pela mulher e as filhas, e logo atrás dele alguns dos convidados que eu já conhecera na quinta onde ele morava. De uma cadeirinha carregada por quatro fortíssimos negros de libré, suado e bufando, saltou dona Rosa Pereira, arriscando sua vida nas ruas da cidade para outra coisa que não fosse sua exclusiva visita às igrejas. Estavam todos impecavelmente vestidos, e até mesmo Manolo das Noites e mais alguns velhos do *Kriss Calli*, vestidos no rigor da moda do século XVIII, com trajes de veludo negro e perucas empoadas, saltaram de cavalos à frente do *Panthéon*, preenchendo o salão com suas figuras especialíssimas, e servindo para gerar ainda mais diversidade na festa, em que havia gente com roupas de todos os tipos, alguns já no rigor da moda que se avizinhava com o novo século, mas a grande maioria ainda vestida como no século que apenas terminara, porque as modas, mesmo as mais decisivas, chegavam sempre com atraso e levavam mais tempo ainda para ser assimiladas nessa cidade esquecida por Deus, certamente pela distância que O separava dela.

Foi uma noite maravilhosa, dessas que nem encomendadas saem tão perfeitas: a mistura de convivas, o ruído das conversas, a alegria que pairava no ar, e os murmúrios de admiração e prazer pelo serviço, a qualidade e o sabor dos pratos, trouxeram até a porta do *Panthéon* gente que, não tendo a coragem de entrar, ficou boquiaberta à porta de meu estabelecimento, como se por uma fresta dos portões do céu estivesse observando o Paraíso, sem que nenhum anjo com espada de fogo às mãos os viesse dali expulsar.

Por sorte, levando em consideração os conselhos de Bak'hir e de Sara, eu fizera comida mais que suficiente para três dias de serviço, e mesmo assim, quando algumas mesas já começavam inacreditavelmente a ser ocupadas pela terceira vez, já se conseguia ver o fundo das panelas, e eu temi que em algum momento antes que tudo terminasse eu tivesse de tomar o centro do salão e dizer, desolado: "Senhoras e senhores, a comida acabou"... Foi exatamente aí que os últimos convivas começaram a se erguer de seus lugares, alguns deles pagando a conta com dinheiro vivo, que Sara, por trás do balcão, se encarregava de guardar no mesmo cofre de lata que era tradicionalmente nosso tesouro. Ninguém na grande mesa do Turco Elias pôs a mão nem em notas nem em moedas; sentindo-se quase dono da casa, até por ele ter seu próprio retrato na parede do vestíbulo, e tendo sido convidado de honra, apenas me saudou com bonomia, tirando o fez que lhe cobria os cabelos brancos, suprema prova de prestígio, pois ele nunca o tirava para ninguém. Eu agradeci sua benevolência com uma reverência, mas pensei comigo mesmo em como fazê-lo, daí em diante, pagar pelo que consumisse, nem que fosse sob a forma de promissórias que eu depois cotejaria com as outras que eu mesmo assinara em sua presença.

Pelas contas de Bak'hir, a noite de inauguração deu prejuízo, mas eu não esperava outra coisa; é preciso gastar dinheiro para fazer dinheiro, e aquele que eu tinha vinha sendo gasto no investimento em minha própria vida. O dia seguinte, sendo sábado, dia em que naturalmente todos gostavam de sair à noite, por ter no domingo uma oportunidade de dormir um pouco mais do que de costume, também teve boa frequência, com gente que eu nunca vira, mas que me parecia bem de vida, pela qualidade de suas roupas, claramente compradas no estrangeiro ou então feitas por alfaiates de primeira linha, em vez daqueles que alinhavavam mal e porcamente pedaços de pano apenas para cobrir os corpos dos que os procuravam. O cardápio se repetia, com a inclusão de mais *petit salé*, o prato de porco que havia sido o grande sucesso da noite anterior; o bacalhau quase não fora pedido, e eu o servi novamente, porque sendo requentado no dia seguinte toma muito mais sabor e textura, e dessa vez foi muito requisitado, acabando exatamente quando a maior mesa da casa novamente se encheu com a comitiva do Turco Elias, dessa vez formada por outros de seus amigos. Nenhum dos dois grupos incluía meus dois meio-irmãos, a quem eu efetivamente pretendia deslumbrar: parece que, sabendo de minhas intenções, retiravam de minhas mãos a oportunidade de superá-los, ou então não se interessavam por comida feita fora de casa, o que costumava acontecer com a maioria das pessoas da cidade. Dessa vez, quando o Turco Elias se preparou para ir embora, Sara aproximou-se dele com cuidado e uma reverência, apresentando--lhe uma folha onde estava escrita a despesa de seus convidados. Olhou--me como se seus olhos emitissem facas afiadas, e depois, tirando do bolso do colete um toco de lápis muito usado, rabiscou qualquer coisa na nota, erguendo-se e saindo de lá com a mesma empáfia com que entrara, só que dessa vez sem me saudar. Ele reconhecera a dívida, ainda que uma nota de restaurante nem de longe se assemelhasse às promissórias oficiais que me fizera assinar; eu contava com sua mínima honestidade, na hora de acertarmos nossas vidas financeiras.

Como eu vim a perceber exatamente no domingo, quando esperava receber uma enxurrada de clientes e o *Panthéon* permaneceu às moscas, nesse dia ninguém comia fora de casa: prefeririam ficar à vontade com seus trajes de dormir, manducando o que lhes caísse nas mãos, a ter de se vestir para gastar dinheiro em uma tasca qualquer. Comer na rua, como se dizia nesse tempo, não era costume de ninguém, e sendo a cidade pequena o suficiente para que todos morassem mais ou menos perto dos lugares onde exerciam suas tarefas, era mais fácil voltar para casa na hora do almoço, e depois dele até arriscar uma pequena sesta, do que se arriscar em qualquer lugar só para não ficar com fome. Durante a semana, o jantar em família era de lei: o chefe da casa em uma das cabeceiras, a senhora na outra, os filhos espalhados em ordem de idade e tamanho entre eles, e mais agregados, escravos, mucamas, em um arremedo de corte como ouviam dizer que se fazia em Lisboa, refletindo o poder das famílias que ainda eram o grupamento mais poderoso da cidade.

Foi uma semana difícil: cada vez que alguém se aproximava da porta eu corria a recebê-lo, mas raros entravam, provavelmente assustados pelo luxo que o *Panthéon* exibia, e que parecia afastá-los em vez de atraí-los. Durante a noite, enquanto as tascas, tabernas e estalagens à minha volta ferviam de gente, canções e risos de alegria, nós ficavamos desertos, os lampiões acesos fazendo brilhar todos os cantos da casa, os serviçais impecavelmente vestidos em posição de sentido, esperando que se enchessem as mesas que permaneciam vazias.

Na sexta-feira o fenômeno do dia da estreia se repetiu: muita gente, vestida no rigor da moda, começou a chegar ao *Panthéon* assim que o sol se pôs e os lampiões da rua se acenderam, e vivemos novamente momentos de glória, em que pesem os estranhos pedidos, perguntas e rejeições de parte da freguesia: – Não tem farinha? Onde estão as bananas? O que é esse tal de chocolate que estão tomando ali naquela mesa? Por que as comidas têm nome francês, se não estamos na França? Esse porco é fresco? Não me ofereça peixe, que não estamos na Quaresma! Que folhas são essas em meu prato, se eu não sou coelho? – Havia um estranhamento generalizado quanto ao jeito francês de meu restaurante: eu insistia nesse tipo de serviço, por saber que era o melhor e o que mais prazer daria aos convivas, por mais afastado que estivesse do jeito brasileiro de comer, que era chucro e deseducado, para dizer o mínimo.

Mais tarde, quando se acabaram as funções nos dois teatros da cidade, a Ópera Nova que tinha sido do padre Ventura e agora estava sob os cuidados de Manoel Luís Ferreira, e o Presépio, onde havia bailaricos públicos misturados a pequenas representações teatrais de fundo religioso e profano, muitos dos casais grados da cidade passaram pelo *Panthéon*, porque lhes havia sido dito que na França e em Londres, depois de uma ópera no teatro, era de *bon-ton* jantar-se em um *restaurant*, e como o meu era o único da cidade, lá apareceram quase todos. Houve até mesmo fila de espera na porta, e algumas mesas foram ocupadas até quatro vezes, no final da noite. No sábado seguinte foi como no anterior: muita gente, inclusive uma nova comitiva do Turco Elias, dessa vez contando com a presença de meus dois meio-irmãos, Manoel Maurício com seu eterno ar de enfado, que apenas beliscou e bebericou do que lhe foi servido, sem nenhuma vez olhar em minha direção, e Maria Belarmina, com um vestido de rendas e os cabelos em bandós, rindo muito alto das coisas que lhe dizia o filho do vice-rei, que se sentara a seu lado e demonstrava ter com ela uma intimidade acima e além do cavalheirismo. Por mais que minha alma se confrangesse com a presença dos dois, mantive-me profissionalmente sério e em dar nenhum sinal de emoção, e de cada vez que a figura de Maria Belarmina ocupava meu campo de visão, eu imediatamente olhava para Sara, linda atrás do balcão, a face afogueada, cuidando de tudo com o mesmo carinho com que vinha cuidando de mim. Manoel Maurício ainda me causava um amargo ódio, que logo amainava, porque ele já não tinha mais nenhum poder sobre mim, e sendo eu um homem que prestava serviço ao público em geral, não poderia nem deveria me permitir qualquer manifestação de agrado ou desagrado por quem, em última análise, seria o cliente que me sustentaria. Quando a noite terminou, com inúmeras garrafas de vinho por sobre a mesa do Turco Elias, ele fez questão de gritar pela conta, assinando-a com o mesmo floreio da semana anterior e saindo pela porta aos risos, sem sequer olhar para dentro. Já havia um pouco mais de dinheiro em caixa, ainda que não muito, e por isso mesmo decidimos não abrir no domingo, sabendo que a casa ficaria vazia e só nos daria despesas inúteis.

Passamos o domingo sozinhos em casa, sabendo que Bak'hir, em um quartinho dos fundos do restaurante, também estava descansando da estafa que os dois últimos dias nos haviam dado; eu continuava animado, mas Sara demonstrava alguma preocupação:

– Pedro, não vamos conseguir sustentar a casa só com dois dias de funcionamento por semana... O que entra não compensa o que se gasta, e como nossas dívidas são grandes, por mais que eu separe uma boa parte para poder cuidar delas, ainda nos resta muito pouco. A semana dos empregados custa muito, e se reduzíssemos o pessoal conseguiríamos um pouco mais de folga... Não queres pensar nisso?

— Sara, não posso pensar nisso: se com o pessoal que temos já estamos assoberbados de trabalho nos fins de semana, imagina se não os tivermos conosco! Sozinhos não conseguiremos fazer com que a casa funcione!

— Mas todas as outras casas de pasto do Rio de Janeiro funcionam com pessoal reduzido, às vezes só o dono da casa e sua mulher, dividindo-se no serviço, tendo no máximo um ou dois caixeiros para ajudar no que for preciso... Por que precisamos desse exército de gente, tanto na frente do balcão quanto atrás dos fogões?

— Porque é assim que se faz! — eu estava irredutível em meu projeto. — Se eu quisesse ser como os outros, teria aberto uma taberna, uma estalagem, uma casa de pasto como qualquer outra! O que fiz foi abrir um restaurante como os que existem na França, coisa de qualidade para gente de qualidade... A freguesia existe, Sara: ela apenas ainda não sabe que nós existimos! Temos de resistir, para que o nome do *Panthéon* se espalhe pela cidade e eles se acostumem à nossa maneira de ser. Existe gente com dinheiro nessa cidade, e quem tem dinheiro gosta de luxo, gosta de ser bem tratado, gosta de boa comida... Eu tenho tudo isso para lhes oferecer, só nos falta juntar-lhes a fome com a vontade de comer!

— Então, vamos diminuir os hórarios de trabalho do pessoal, para que só venham aqui na sexta e no sábado, os dois dias em que o *Panthéon* realmente funicona! Por que manter as portas abertas se ninguém entra?

— Porque não funciona assim! Um restaurante tem de estar sempre aberto, sempre disponível para servir qualquer freguês que nele entre, sem dar nenhum sinal de desatenção... Se fechamos as portas durante a semana, hão de pensar que não estamos mais funcionando, e se um dos clientes de sexta ou sábado achar isso, não sairá de sua casa para nos frequentar nos dias em que estava se acostumando a fazê-lo! É complicado, mas não pode ser de outro jeito!

Sara tentava de todas as formas superar minha teimosia:

— Mas, Pedro, então vamos reduzir o pessoal e os gastos nos dias em que ninguém aqui entra, para acumular capacidade para os dois dias em que o *Panthéon* realmente funciona! Não estamos sendo inteligentes... O desperdício com alimentos que os quatro dias vazios nos causam é maior até mesmo que o dos dois dias em que funcionamos a todo vapor...

— Não há outro jeito, Sara: imagina que um cliente resolva nos dar seu beneplácito em uma quarta-feira, e aqui chegando encontre a casa fechada ou a despensa vazia... O que vai pensar de nós? O pior! E com certeza nunca mais retornará! Vamos insistir, minha mulher: é preciso que eles se eduquem para poder usufruir do que podem ter de melhor, gastando seu dinheiro conosco em vez de desperdiçá-lo em outro lugar... Temos de ter paciência! Tu verás: este fim de semana será melhor ainda que os dois últimos, e haveremos de criar neles o hábito de nos frequentar mais vezes por semana... Só precisamos aguentar mais um pouco, até que isso aconteça e a fortuna nos sorria! Leva tempo fazer freguesia, principalmente em um negócio novo como o nosso... Mas com certeza, quem aqui vem sai satisfeito e nos recomenda... É assim, vagarosamente, de boca em boca, que se faz a fama de um restaurante!

Sara suspirou, desacorçoada:

— Só espero que isso aconteça antes que nos transformemos em mendigos, Pedro; quando começarmos a pagar o que devemos, ficaremos sem um tostão furado, e se ninguém mais nos der crédito, estaremos na falência!

Fiquei furioso:

— Não admito que me digas isso! Tens de me apoiar, e não me dizer coisas desse tipo! O *Panthéon* é nosso negócio, e tem de dar certo, de qualquer maneira! Como podes pensar em falência? Temos de pensar em sucesso, em fortuna, em coisas boas e positivas! O povo do Rio de Janeiro ainda comerá os pratos finos que fabrico! Não é possível que prefiram a gororoba de suas cozinhas nojentas! Eu lhes dou o melhor, e eles hão de aprender a reconhecer a diferença entre o que eu ofereço e o que estão acostumados a comer!

Sara calou-se, assustada com minha veemência, e eu mesmo parei de falar, porque as coisas que ela me dizia, apesar de soarem coerentes e verdadeiras, não eram o que eu precisava nem desejava ouvir. Minhas esperanças todas estavam colocadas naquele lugar que eu construíra, primeiro em minha mente, com todos os detalhes, e depois na realidade da matéria, aproximando-o tanto da perfeição que eu imaginara que por vezes me parecia estar em um sonho. Eu ainda não compreendera que do mundo das ideias para o mundo da matéria existe um caminho longo, complicado e obscuro a ser percorrido, e vivia mais no desejo ilusório de meu sonho que na aceitação e na compreensão da realidade tal como ela se apresentava, sem querer dar o braço a torcer quanto aos fatos. Eu sempre imaginava uma determinada realidade e seguia em busca dela, sem esmorecer, mas também sem levar em conta as possibilidades negativas que todas as coisas trazem dentro de si, por serem parte do mundo e não da imaginação, que é sempre divinamente perfeita. A maldade dos homens, contudo, também chega às raias da perfeição, quando se dispõe a destruir aquilo que por algum motivo lhes incomoda.

Diz-se que o ridículo é o único e verdadeiro teste da verdade, ainda que a verdade nunca sirva para testar o rídiculo, pois nós só o usamos quando queremos iludir, distorcendo, e em vez de jogar uma luz clara sobre o assunto, passamos por cima dele uma cortina que, ocultando-o em parte, mostra apenas naquilo que tem de menos valioso e de mais criticável, dando a quem entra em contato com ele, por nosso intermédio, uma única visão, a nossa, flagrantemente preparada para desqualificar, ainda que o faça de maneira inteligente e até engraçada. Matar com um sorriso nos lábios causa o mesmo efeito que matar com um esgar de ódio; o que importa é que a morte acontece, e é definitiva, como costuma acontecer com todas as mortes. No caso, a morte daquilo que se construiu com carinho e esperança dói profundamente mais até mesmo que a morte física, como se fosse um filho, um pedaço de nós que estivesse sendo extirpado, e mais ainda quando as faces à nossa volta riem dessa amputação a frio, sem que nos reste qualquer esperança de ressurreição.

Na terceira semana, quando chegou a sexta-feira, aguardamos com ansiedade a chegada dos clientes que certamente entrariam por nossa porta, assim que o sol começasse a se pôr, garantindo-nos a semana. No entanto ele se pôs, os lampiões se acenderam, a rua se encheu de gente, e ninguém cruzou nossa porta; os poucos que por ela passavam, olhavam para dentro, cochichavam alguma coisa uns com os outros e, rindo muito, se afastavam de nós, deixando-nos cada vez mais vazios. Eu não compreendia: o perfume das comidas que saía de dentro do *Panthéon* era suficiente para erguer um cadáver de sua cova, caso lhe alcançasse as narinas. Nada aconteceu, porém: os que passariam à frente de nossa porta começaram a atravessar para o outro lado da rua, sempre rindo, com um ar de mofa em suas faces jocosas e cruéis, e de vez em quando alguns se juntavam na outra calçada e, ouvindo alguma coisa que alguém lhes dizia, riam muito e saíam da frente do *Panthéon*, repetindo aquela coisa que os fizera rir e os fazia continuar rindo.

Quando já eram 2h, e os serviçais sem serviço cabeceavam de sono, decidi apagar os lampiões internos e mandá-los todos para casa, pedindo que estivessem de volta no sábado, quando eu esperava que a frequência novamente se recompusesse; quem sabe não tivesse acontecido algo na cidade que os tivesse impedido de vir até mim, uma festa religiosa, algum preceito que eu não conhecesse, um hábito de que ninguém tivesse me avisado. Eu me recusava a acreditar que alguma frase maldosa me estivesse tirando a possível freguesia, porque nenhuma frase maldosa, por mais poderosa que seja, pode ter esse poder.

Eu me enganara completamente: a língua, que serve como auxiliar do pensamento, às vezes se torna seu mestre, porque o estilo e a ironia a tornam bífida como a das serpentes, e tão venenosa quanto elas. Era assim no Rio de Janeiro, uma cidade que costumeiramente recorria à ironia para dizer as verdades e as mentiras que lhe interessava divulgar, e desenvolvera a arte do maldizer sob a forma da graça fácil da trova rimada, urdida com cuidado e zelo para a princípio alcançar não só o fim de divertir, mas também o de ferir cada vez mais profundamente, pela repetição, o objeto da ironia. Usava-se todo tipo de figura de linguagem para alcançar esse objetvo, sendo a rima obrigatória, preferencialmente bem encontrada e inesperada, ao lado do trocadilho, o calembur, o triques-troques, em que a semelhança sonora das palavras gerava um duplo sentido mais poderoso que o verdadeiro significado da mesma, porque só depois de revelado é que se percebia haver ali naquela expressão alguma coisa oculta, mas tão óbvia que imediatamente era reconhecida como tal, causando admiração e riso, e sendo repetida à exaustão, quanto mais inteligentemente óbvia fosse, por dar ao que o fazia ou o repetia a aparência de ter mais inteligência que os que o cercavam, exibindo o Universo como uma perpétua caricatura de si mesmo, pela burla e contradição daquilo que pretende ser, destroçando todo o respeito possível e, em meu caso, me arruinando completamente, sendo constantemente dita durante muito, muito tempo, mesmo quando a ocasião já tinha passado e quase sido esquecida.

Fui a vítima perfeita, porque era o alvo perfeito para a flecha envenenada de seu autor: no sábado, tão abandonados quanto na sexta-feira, mas ainda tentando manter a dignidade e a esperança na chegada dos clientes, vi um grupo de jovens que se aproximava, fazendo mesuras a umas tantas senhoras menos jovens que, de quando em vez, se permitiam caminhar pelas ruas à noite, simplesmente para mostrar-se menos damas do que efetivamente pretendiam ser, ainda que mantivessem a aparência de protegidas por estar em companhia de homens protetores e capazes. Cada um deles troçava de todos os outros, e por um instante, vendo-os tão felizes e sorridentes, desejosos de agradar a suas damas, tive a esperança de que entrariam em minha casa, para dentro dela se deliciar com as vitualhas que eu lhes serviria, e que lhes causariam tanto e tamanho prazer que, decididos a perpetuá-lo, nunca mais deixariam de visitar-me.

Ledo engano: um dos rapazes, provavelmente o mais canalha dentre eles, ao ver-me à porta do *Panthéon* com um sorriso convidativo, parou à minha frente, fazendo com que o grupo estacasse e, tirando o chapéu bicorne em uma exagerada mesura, disse a quadrinha dupla que já era de conhecimento de todos na cidade, mas que eu só ouviria naquele momento:

– Cozinheiro que fundaste um *restaurant*
(como se chamam essas coisas lá na França),
pesei-te o estro e a arte na balança,
vendo afinal que tudo era coisa vã:
acostumados à cozinha coimbrã,
que nos formou o apetite de ameraba,
posso dizer-te onde o francesismo acaba:
se é *restaurant*, o que nos serve é resto ou rã...

A gargalhada com que a trova dupla foi recebida foi como uma pedrada em meu peito, tamanho o choque que me causou: creio ter recuado dois ou três passos, e só não caí de costas ao chão porque atrás de mim estavam Sara e Bak'hir, que me sustentaram. Minha face, dando todos os sinais do abalo que a ironia me causara, os fez rir mais ainda, e a visão da rua se turvou, porque meus olhos se encheram de lágrimas. Finalmente chegara a meus ouvidos aquilo que havia encerrado a vida de meu restaurante mesmo antes que ela se iniciasse. Era aquilo, aquela frase maliciosamente urdida o que me destruíra nos dois últimos dias, e eu só pensava em quem teria sido o artífice da crueldade rimada e metrificada que, usando o preconceito existente contra o hábito francês de comer rãs e a semelhança da palavra francesa com duas palavras portuguesas somadas, transformava meu estabelecimento em depósito de lixo e pântano habitado por batráquios.

Essas maldades inteligentes, no Rio de Janeiro, costumavam espalhar-se com muita rapidez, e tanto mais quanto mais inteligentes e cruéis fossem, porque o espírito dos habitantes da cidade é feito de humor e acidez em partes iguais, sendo usado permanentemente para, por meio da verve que lhes é natural, criticar e ressaltar os defeitos daquilo que lhes pareça merecedor de injúria. Era meu caso: algum mal-estar minha existência lhes causava, e desse mal-estar nascera a maldade, o comentário ofensivo, de que todos ririam menos eu, porque significaria a morte de meus sonhos. Eu desejara ser diferente, para destacar-me, e essa diferença significara exatamente a ofensa que ninguém aceita: para o vulgo, é preciso ser igual, sempre igual, nunca se destacar, porque a inveja sempre se foca em quem se destaca, e o sucesso será sempre uma ofensa pessoal a quem não o faz nem alcança. Eu dera o passo maior que a perna, e isso chamara a atenção daqueles que só se arrastavam em eterna igualdade de despropósitos, nunca aceitando que alguém se eleve acima de sua condição naturalmente baixa, preferindo derrubar aquele que voa em vez de com ele também aprender a voar.

 Subi as escadas que levavam ao segundo andar, sem nem mesmo sentir os pés sobre os degraus que rangiam: dentro de meus aposentos, joguei-me ao leito, tomado de súbito desespero e percebendo que mais uma vez tinha sido derrotado, e que nunca poderia pretender ser mais do que era, mameluco, mestiço, tropeiro, brasileiro e nada mais. Todos os momentos negativos de minha vida voltaram de roldão à minha mente, e eu me vi preso à masmorra de uma vida sem futuro, girando no círculo vicioso e viciado da esperança mordida pelo fracasso, obrigado por meu próprio nascimento a nunca poder ser mais do que era, mesmo que esse fosse meu desejo mais forte.

 Não pretendo descrever os fatos que daí se sucederam, porque qualquer um pode intuí-los, já que eu perdera o empenho em minha obra e não tinha nenhuma capacidade para salvá-la. À Sara e ao Bak'hir, meus fiéis companheiros de infortúnio, restou apenas encerrar os negócios, dispensar os serviçais, pagando-lhes o devido com aquilo que havia na caixa, e fechando as portas do armazém, da lixeira, do pântano em que a maldade dos cariocas havia transformado minha casa, desistindo permanentemente daquilo que era minha única possibilidade de vida.

 Claro está que restavam dívidas, a maior delas com o Turco Elias, e eu não pretendia ficar com o nome sujo na praça, até mesmo porque sem ofício e sem crédito não há quem possa viver, a não ser da caridade pública, coisa que não me interessava. Eu haveria de pagar-lhe réis por réis aquilo que lhe era devido, descontando os jantares que ele me devia, encerrando nossa conta da maneira mais perfeita possível, não importa quanto tempo levasse para fazê-lo. Depois de dias, conseguindo finalmente me erguer do leito onde rolara de um lado a outro, sem conciliar o sono nem verdadeiramente estar desperto, dirigi-me à Rua do Valongo, e humildemente atravessei a porta principal do armazém do Turco Elias, completamente cheio de compradores e vendedores de escravos, que se amontoavam como animais no grande salão à vista de todos. Era uma repetição do primeiro dia em que lá estivera, mas dessa vez eu apenas desejava colocar um fim em nossos negócios, buscando apagar de minha vida aquele momento de imenso ridículo, que me transformara na piada da cidade em vez de me tornar seu ídolo. Aguardei o fim do leilão, ficando impressionado com a quantidade de escravos alforriados que compravam outros escravos, percebendo que não era a cor que determinava a posse de um ser humano por outro, mas simplesmente o dinheiro e a disposição de comprar e vender, e que o dinheiro só tem valor para alguns porque tem valor para todos, ainda que esse valor nada tenha a ver com o verdadeiro valor de cada ser humano.

Quando o leilão terminou, aproximei-me do Turco Elias, que, reconhecendo-me, abriu um sorriso malvado, dizendo:

– Com que então, cozinheiro, como vão os restos e as rãs de teu estabelecimento?

Seus caixeiros riram com gosto, e eu fiquei calado, esperando que a piada parasse de fazer efeito, para dizer-lhe:

– Senhor Elias, aqui estou para combinar uma maneira de fecharmos nossas contas e encerrarmos nossos negócios.

Foi com imenso espanto que ouvi dos lábios do Turco a frase que a princípio não compreendi:

– Não temos nenhum negócio juntos, cozinheiro: para falar a verdade, a mim tu não deves mais nada...

Durante o pequeno instante em que a frase ecoou no salão, tive um laivo de esperança na caridade humana, pois quem sabe o Turco, reconhecendo meu desespero, tivesse decidido perdoar-me as dívidas e nada me cobrar; mas o que ele disse logo depois foi o golpe final em toda e qualquer esperança que eu pudesse ter:

– Tive uma boa oferta e vendi todas as tuas dívidas: a mim, tu não deves mais nada, porque o que eu teria de receber de ti já está em meu cofre, até com algum lucro e vantagem... Tens de acertar tua vida com teu novo credor, que é quem te cobrará o devido, porque, além de vender-lhe as tuas dívidas, vendi-lhe também o armazém onde montaste teu negócio de comidas, e de agora em diante é com ele que deves acertar teus negócios. Eu não tenho mais nada a ver contigo, entendeste?

No fundo de minha mente eu já sabia a resposta que ele me daria, porque não existe dois sem três, e quando se perde uma parte, tudo está perdido. Eu percebia com clareza a manobra que o destino havia organizado para prejudicar-me, porque desconfiava claramente de quem seria meu novo credor, o único com quem tinha dívidas antigas de parte a parte, nunca cobradas nem quitadas. Mesmo assim, com a última gota de esperança que me restava no reservatório do peito, perguntei-lhe:

– Então, a quem devo me dirigir para pagar o que devo?

Assim que fiz a pergunta, arrependi-me, porque já sabia a resposta, tal como me fora revelada pela *bata* ainda na Vila de Rio de Contas, em troca de um anel de cabelos e de um maldito dom:

– Fala com os irmãos Raposo, aqui nessa mesma rua: foi o senhor Manoel Maurício quem demonstrou interesse em livrar-me do armazém e do prejuízo, e, como me fez uma oferta muito boa, muito acima de qualquer coisa que eu pudesse imaginar, aceitei-a. De agora em diante, é com ele que deves te entender. Adeus, cozinheiro...

Era verdade: a profecia da velha cigana concretizava mais uma de suas partes, exatamente aquela que dizia que minha felicidade estaria sempre oculta pelo tempo mau de um desonesto e de uma endiabrada. Meus meio-irmãos, certamente por ideia de meu inimigo de sempre, Manoel Maurício Raposo, haviam tomado posse de minha pessoa e de minha vida, mais uma vez. Eu novamente me tornara escravo dos Raposo, mesmo havendo entre nós laços indeléveis que impediriam qualquer possibilidade de submissão: ele certamente me cobraria com juros de sangue a dívida que acreditava ter comigo, iniciando pela destruição de minhas posses materiais, depois destroçando todas as minhas oportunidades de trabalho e vida, e finalmente esmagando minha vontade, liberdade e alma entre seus dedos, para que meu sangue escorresse por eles como escorrera o sangue da criança que ele empalara com sua espada, no dia do massacre dos Mongoyós, do qual somente eu escapara.

Ali estava o artífice de minha desgraça, e eu não duvidava que tivesse perdido algumas horas de sua vida tecendo com cuidado a quadrinha dupla que me destruiria, ou talvez tivesse gasto bom dinheiro encomendando-a a algum dos pelintras que faziam a vida vendendo seu talento de poetas a quem pagasse mais. Ao ver-me em boas condições, sofrera, e decidira abreviar seu sofrimento substituindo-o pelo meu, porque não havia no Universo nenhum lugar onde os dois pudéssemos ser felizes ao mesmo tempo, enquanto vivêssemos: ou um ou outro teria felicidade, e sempre à custa da infelicidade que impusesse ao inimigo, porque éramos opostos defintivos e absolutos, não havendo nenhuma forma de nos combinar, mas existindo muitas capazes de nos separar e destruir. Nesse momento a primazia do golpe era dele, porque tinha o poder e a capacidade de dá-lo, e eu, infelizmente, não possuía nada com que me interpor a seus ataques. Ele se tornara meu amo e senhor, tanto quanto se nosso pai me tivesse deixado de herança para ele, e se ele decidisse transformar-me em seu escravo de ganho, mantendo-se em malemolente inércia enquanto eu me mataria para sustentá-lo, não havia nada que eu pudesse fazer para que isso não acontecesse.

Caminhei a esmo pela cidade que me rejeitara e ridicularizara, sem saber para onde ir; não tinha capacidade para enfrentar meu credor e inimigo, pois entre nós havia um imenso desejo de morte, e qualquer enfrentamento entre nós poderia resultar em crime. Não podia também voltar para casa, porque me faltava coragem para revelar a Sara e a Bak'hir a armadilha em que me haviam feito cair, e eu não pretendia deixá-los ver-me assim, derrotado.

Em minha alma só havia um desejo verdadeiro, o da vingança, que se alimentaria de si mesma até encontrar a delícia final do crime contra quem me ferira, saciando-me com seu desespero, como ele deveria estar saboreando o meu, rindo do que me causara e mantendo cada vez mais abertas as feridas que me fizera no peito e na alma. Com isso, ele acordara o que havia de pior e mais demoníaco em mim, tornando-me em meu próprio tormento enquanto não me satisfizesse, e mesmo assim temendo o retorno do golpe, para novamente me fazer destrutivo, buscando a satisfação que nunca encontraria. É assim que a vingança se torna o prazer abjeto de uma mente abjeta.

Eu me tornara novamente escravo, mas não daquele a quem odiava: o que me escravizava, e o faria ainda durante muitos anos, era o ressentimento que eu ocultara por trás das promessas de felicidade que eu mesmo me havia feito. Daí em diante, seria esse ressentimento que me guiaria, como nunca antes, e raras vezes depois, até que eu finalmente entendesse suas razões e conseguisse dar-lhe seu verdadeiro valor, reconhecendo o meu próprio, em tudo e por tudo diferente do valor que as riquezas ou as vinganças possuem.

Capítulo XIX

Movido por ressentimento e desejos de vingança, acabei por transformar-me em um homem muito diferente daquele que vinha sendo desde que me entendi por gente: onde havia garrulice, surgiu um mutismo quase contagioso, levando quem estivesse a meu lado a também ficar em silêncio, por absoluta falta de reação de minha parte ao que quer que fosse dito. Nenhum assunto me interessava porque nenhum assunto estava dentro do escopo de minha vingança e meu ressentimento. O que eu desejava, mais do que tudo, era responder com violência inaudita aos simples atos de Manoel Maurício, a quem, para nunca mais dizer-lhe o nome, passei a chamar de "O Adversário", e a cada ação dele (não foram poucas) eu me preparava internamente para responder a ela assim que tivesse a oportunidade, construindo dentro de mim uma imensa lista de crimes e pecados a que ele deveria responder logo que eu pudesse atacá-lo. Nesse momento, eu nada podia fazer: estava de mãos atadas, e logo que pude contar a Sara e a Bak'hir o que acontecera, com voz cada vez mais baixa e envergonhada, os dois, sem nem mesmo combinar o que fosse necessário, recolheram todos os pertences que poderiam ser chamados de nossos e imediatamente os fizeram transportar para a casa de Manolo das Noites, na Rua dos Ciganos, onde nesta noite Sara e eu dormimos, deixando vazio e trancado o armazém da Rua das Violas, completamente equipado para ser um restaurante, mas que nunca mais o seria, porque isso ali se tornara vergonhoso e digno de pena.

Eu de nada cuidei; minha mente só tinha em si uma ideia, a da vingança, que eu deveria preparar com extremo cuidado, paciência e precisão, de forma a não permitir que o Adversário pudesse reagir: se tivesse de ser vencido, que o fosse integralmente, de preferência morrendo no processo, para que eu pudesse rir à beira de sua cova. Uma única ideia ocupava todos os espaços de minha mente, e eu me tornara mais escravo dela que de qualquer outra coisa: a sensação era a de que todo o Universo enlouquecera e eu, o único são entre a multidão de loucos, em breve seria por eles obrigado a ser retirado do convívio com a humanidade, para que ela pudessse viver em paz. Em mim, contudo, estava a certeza absoluta de que só eu sabia o que deveria ser feito, e o faria, assim que tivesse em mãos todos os dados necessários para conhecer cada vez melhor o Adversário, percebendo-lhe a fraqueza que ele não sabia ter, e atacando exatamente nesse calcanhar de Aquiles, nessa moleira de criança, nessa fenda entre dois ossos que permite o acesso direto e imediato ao coração, interrompendo-lhe o movimento.

Enquanto eu agia dessa maneira, Sara e Bak'hir cuidavam não apenas de mim mas também de meus problemas: quando os oficiais de justiça chegaram à Rua das Violas, já não nos encontrando por lá, tomaram posse do prédio e de tudo que nele havia em nome do novo proprietário, não sem antes adiar a diligência por pelo menos uma semana. Explico: a profissão de oficial de justiça era, de maneira geral, exercida por ciganos, que nela viam uma forma de tomar importância perante os senhores do poder, e também de proteger a seus irmãos de sangue e nomadismo de muitas ações cruéis e sem sentido, isso desde o tempo das primeiras expulsões de ciganos em todos os países pelos quais haviam passado. O cargo de oficial de justiça, como o de publicano ou de coletor de impostos no Livro Santo, era encarado com grande reserva, e pouquíssimos homens aceitavam a função, não fosse ela desonrá-los e torná-los desagradáveis aos olhos de seus iguais. Para os ciganos, contudo, que já eram olhados atravessadamente por toda a sociedade, o cargo interessava, porque além do estipêndio razoável que garantia mensalmente, lhes permitia contato com o poder, dando-lhes conhecimento antecipado de causas que muitas vezes serviriam para prejudicá-los, de certa maneira lhes permitindo, quando a ocasião se apresentava, agir de maneira caridosa e protetora, ganhando as bênçãos daqueles a quem, para salvar, alegavam não ter encontrado e por isso não ter citado, às vezes por anos a fio. Os pobres eram, de maneira geral, muito protegidos pelos ciganos da justiça, assim como seu próprio povo, enquanto os possuidores de bens sempre eram tratados com o rigor da lei, dando aos chefes desses oficiais a certeza de que eram homens honestos e perfeitamente cumpridores de seus deveres.

Como Sara me contou, o oficial que viera comandando a diligência era um cigano da tribo Sinti, por nome José Dionísio, bastante jovem mas de cabelos prematuramente grisalhos, e com o nariz sempre vermelho por conta de uma ou outra bagaceira que tomava para refrescar-se entre diligências. Na Rua das Violas alguém lhe informou que não havia mais ninguém no prédio, e que provavelmente, sendo o cozinheiro fujão casado com uma cigana, deveriam estar ocultos entre eles, para fugir às suas obrigações legais, como os ciganos ladrões sempre faziam. José Dionísio não tugiu nem mugiu: depois de sete dias de tentativas infrutíferas, mandou que os beleguins que o acompanhavam rompessem as trancas das portas e depois, acorrentando-as com cadeados de sua propriedade e lacrando-as com documentos assinados pelo competente juiz, tomou posse delas, tornando-se fiel depositário da edificação e de tudo que nela havia, até que seu verdadeiro dono, corrido o prazo legal do processo, pudesse dela tomar posse. Isso, segundo ele mesmo disse, lhe daria tempo de entender o processo e seus motivos e, de acordo com seu senso de justiça muito particular, tomar a decisão acertada quanto ao que fazer, de forma a proteger os necessitados sem facilitar a vida dos que não passavam por nenhuma necessidade.

Enquanto ele encontrava Sara junto a seu avô, na Rua dos Ciganos, buscando informar-se do que realmente acontecera, para poder agir dessa maneira protetora, eu estava mais uma vez no Valongo, oculto entre as sombras dos armazéns e dos montes de lixo, observando a vida no salão dos irmãos Raposo, com seu térreo cheio de negros maltratados e sujos, gemendo de fome e doenças, enquanto no andar de cima, pelas varandas de cortinados abertos, era possível ver aposentos iluminados pelo sol, ouvia-se risos e cantos, e percebia-se movimento pelas sombras nas paredes. Não poderia haver maior contraste: enquanto na senzala urbana que era o andar térreo do armazém havia desgraça e crueldade, no andar de cima parecia estar-se em outro país, onde tudo fosse felicidade e alegria. Com meu chapelão desabado, a barba por fazer e o pesado e escuro capote de tropeiro, o mesmo sob o qual me ocultara tantas vezes em momentos difíceis, eu observava o território do Adversário, não apenas para conhecer-lhe os hábitos e costumes, prevendo-lhe as ações com antecedência, mas também para ver o quanto Maria Belarmina, que me parecia pouco versada nas maldades do mundo, estava sendo ou não usada por ele na realização de seus sujos negócios. Com meu coração de menino apaixonado, que era o coração que batia em meu peito quando o assunto era Maria Belarmina, eu esperava poder salvá-la da crueldade forçada de seu irmão e libertá-la para que vivesse feliz longe dele, quem sabe perto de mim. Se nesse momento a imagem de Sara me viesse à mente, eu simplesmente a colocaria de lado, porque nada tinha a ver com o assunto em pauta: eram coisas antigas, pessoais, com as quais ela nada tinha a ver. Em mim esses mundos não se misturavam, e o antigo e o novo se mantinham separados em compartimentos estanques, nunca se cruzando, como se eu efetivamente fosse duas pessoas. Naquele momento, contudo, a pior delas estava no poder: era meu lado ressentido, perverso, cheio de mágoas, profundamente desejoso de vingança, não importa sob que forma, e ao mesmo tempo tão doentiamente apaixonado por uma meia-irmã que já não sabia se o que me levava ao Valongo era o desejo de vingar-me do Adversário ou a vontade de ver Maria Belarmina, porque as duas coisas se confundiam em minha mente cada vez mais enfraquecida pelo desespero de ter perdido o que perdera.

Passava horas e horas oculto entre os dois armazéns, perto de um monturo de lixo, olhando o movimento no estabelecimento, de onde entravam e saíam mais escravos do que seria possível abrigar naquele espaço, enquanto que várias escravas mulheres, uma vez chegadas ao lugar, eram levadas para a parte de cima do prédio, certamente para servir como mucamas ou negras de cozinha. Quando a noite caía, eu retornava para a Rua dos Ciganos, atirando-me ao leito, sem conciliar o sono, o olhar fixo nos panejamentos do teto, enquanto imagens e planos de vingança me tomavam a mente sem deixar espaço para mais nada.

Imagino o quanto isso deve ter sido difícil para Sara, prometida a um *gadjé* por uma profecia de sua avó, apenas para sofrer aquilo que vinha sofrendo em minha companhia. O que eu lhe prometera, a vida de delícias e felicidade, não vinha cumprindo, preso no rodamoinho de minha própria mente: mas ela continuava a meu lado, tratando-me com o mesmo desvelo e carinho de sempre, ficando à porta da casa quando eu saía e me aguardando no fim da tarde, quando eu retornava para mais uma noite insone. Nunca me perguntou o que eu fazia quando estava fora de casa, certamente presumindo que eu estivesse em busca de um novo sustento para nós dois, sem perceber que a ideia fixa de vingar-me do Adversário era o único motivo pelo qual eu ainda me movia. Bak'hir aparecia todos os dias para ver-me, como ela dizia, e só me encontrou algumas vezes, quando veio no fim da noite, contando que estava abrigado com sua comunidade haussá no caminho para a antiga fazenda dos jesuítas, que ficava muito longe da cidade, mas que mesmo assim não deixaria de visitar-me, pois eu continuava sendo o dono de sua vida. Eu nada disse, porque nada tinha a dizer, minha cabeça tomada por uma única ideia, a de vingança e derrota do Adversário, todo o resto me parecendo inútil e desinteressante.

Em um desses dias de vigília, decidi ficar no Valongo até mais tarde, para ver o que acontecia depois que o horário de negócios terminava, e de que maneira o Adversário e Maria Belarmina viviam essas horas de descanso, se é que para eles haveria descanso. Todos os dias, quando o sol se punha, a casa parecia animar-se ainda mais, ao mesmo tempo em que o armazém dos escravos entrava em quietude, perdendo a agitação desagradável que o caracterizava durante o dia. Eu não tinha avisado em casa sobre meus horários, mas mesmo assim decidi permanecer por ali, buscando entender de que maneira o Adversário vivia, como ele agia, e de que forma eu poderia livrar Maria Belarmina de sua influência nefasta. Meu problema não era com ela, mas apenas com ele, e eu duvidava que ela tivesse conhecimento das barbaridades que ele vinha fazendo contra mim. Em minha mente ela continuava sendo o anjo que sempre fora, e ele era o Demônio que tomara assinatura contra mim, capaz de qualquer coisa para prejudicar-me e destruir-me.

Quando o Valongo ficou escuro, porque lá não havia iluminação de rua, e luz só a que se derramava das poucas moradias que lá havia, algumas até muito ricas, percebi movimento na escada lateral do armazém que vigiava: com risadas e bobagens ditas em língua arrevezada, desceu por ela um grupo de negras muito bem vestidas e perfumadas, cada uma mais enfeitada que a outra. Quando olhei para seus trajes, desconfiei do que fossem, e tive certeza absoluta ao ver-lhes os pés, calçados com sapatilhas de cetim de todas as cores, enfeitadas com fitas no mesmo tom das que lhes circundavam as rendas do peitilho e das anáguas: eram todas prostitutas, negras de ganho que faziam dinheiro para seu patrão simplesmente vendendo seu corpo. Eu já as conhecia, porque sempre fazia uso de seus serviços, enquanto não me casara, e na Rua das Violas não havia vão de porta em que eu não tivesse me escorado para meter-me dentro de uma delas até gozar, mas desde que me casara e decidira trabalhar duro para erguer o *Panthéon*, nunca mais pensara nisso e nem mesmo percebera sua presença entre os passantes da rua. Custavam barato, uma ou duas moedas, não mais que isso, e algumas eram verdadeiramente belas e sensuais, o perfume que usavam se misturando deliciosamente ao cheiro natural de seus corpos, cada uma destacando com suas vestes e gestos aquilo que tinha de mais interessante ou chamativo, fosse a boca, os olhos, os seios, as coxas, as nádegas, e até mesmo os pés.

Passaram por mim em grupo, e uma delas era a que uma noite se oferecera a mim convidando-me para "fazer um sapatinho", em um raciocínio que seria engraçado se não fosse tão tristemente degradante, principalmente porque naquela vez eu a aceitara, assim como todas as outras que a mim se haviam oferecido, já que meu desejo sempre fora maior que minha vontade. Ocultei-me mais ainda nas sombras onde estava, vendo que se dirigiam para as ruas mais concorridas, onde certamente encontrariam freguesia para seu deliciosamente vergonhoso comércio, e fiquei pensando na desgraça de Maria Belarmina, mantida sob o jugo desse irmão que não se envergonhava de alugar escravas para o sexo, mantendo-as no mesmo ambiente em que sua irmã vivia, em vergonhosa intimidade. Ele explorava essas escravas como qualquer outro, tirando delas aquilo que ganhavam com seus corpos para encher a própria burra, inclusive o dinheiro que eu mesmo lhes havia dado, tornando-se ainda mais rico do que já era, e queira Deus não estivesse fazendo o mesmo com sua irmã, oferecendo-a aos senhores mais ricos da cidade, tomando-lhes dinheiro em troca da promessa de favores que ela poderia prestar-lhes...

Sacudi a cabeça, com violência: o pensamento de Maria Belarmina sendo usada para aumentar a fortuna do irmão era insuportável, e a simples ideia de que alguém poderia pretender usufruir de seu corpo, com o mesmo prazer que eu usufruíra do corpo de tantas, me causava engulhos e tremores de ódio. O Adversário era o homem mais asqueroso que essa terra já vira caminhar sobre ela, e não admirava que fosse capaz das maiores iniquidades, simplesmente para exercer seus desígnios de maldade.

Arrastei-me, por assim dizer, de volta à Rua dos Ciganos, onde Manolo das Noites abrigara a mim e a Sara, quando saímos da Rua das Violas; lá chegando, percebi que Sara me aguardava à porta da casa, enquanto algumas meninas brincavam de roda, dançando a *Piraña*, como ela tinha feito no primeiro dia em que nos víramos. Estranhamente, em vez de me emocionar com essa lembrança, expressando a emoção humana que fervia em meu peito, fiquei subitamente frio por dentro, como se meu coração tivesse se congelado. O Adversário havia vencido, por ser mais capaz que eu, e conseguira estragar todas as melhores coisas de minha vida. Eu nunca mais riria, nunca mais amaria, nunca mais cozinharia, nem me moveria, nem falaria, nem existiria ou viveria: eu me tornara incapaz de qualquer coisa, porque o poder do Adversário era infinitamente maior que o meu.

Meus passos foram se tornando mais e mais lentos, meus pés começaram a arrastar-se no chão da rua, e quando cheguei ao lado de Sara, ela só teve tempo de segurar-me, porque minhas forças acabaram e eu me paralisei, sem conseguir ou poder mover-me. A sensação era a de estar dentro de uma chaminé de pedra exatamente do tamanho de meu corpo, justa o suficiente para que eu não pudesse mexer nem mesmo um músculo, ainda que o desejasse muito. Minha mente se turvara a tal ponto que desligara meu corpo de minha vontade: por mais que eu quisesse, não havia em mim nenhum poder para contrair um músculo que fosse. O Adversário me tornara incapaz de qualquer ação, e eu estava como que entrevado, hirto, preso dentro daquele cano de pedras que me envolvia por todos os lados e me seguia para onde quer que me levassem. Não sentia as mãos ou o toque de ninguém, e as vozes dos que falavam comigo me chegavam aos ouvidos como vindas do lado de fora da grossa parede curva da chaminé, que não se ligava a nenhum fogo, porque dentro dela o que havia era o gelo eterno de um coração completa e defintivamente vencido.

Sei que fui levado para o leito, e que à volta dele muitos se moveram, cada um deles com suas reações pessoais e diversas, mas nenhum deles com poder para tirar-me da paralisia completa em que me encontrava. Suas mãos não me tocavam verdadeiramente, mas sim à grossa barreira de pedras que me separava do mundo, e mesmo quando me alimentaram à força, abrindo-me os maxilares com o auxílio de duas colheres de estanho, a comida e a bebida que me desceram pela garganta não tinham nenhum sabor ou textura, sendo feitas das mesmas pedras que me envolviam, começando lentamente a formar-se também em meu interior. Haveria de chegar o dia em que eu seria todo pedra, um calhau com a forma de um homem, pedra por dentro e pedra por fora, mente e ossos e órgãos e coração feitos de pedra, uma estátua como as que o Aleijadinho havia erguido em Congonhas a partir dos blocos de pedra que eu mesmo separara da pedreira-mãe, mas sem nenhuma gota da vida que ele lhes impusera com sua arte. Eu, ao contrário delas, seria para sempre uma pedra isolada de tudo, sem mãe nem pai nem vontade própria, sem nenhum dom ou talento que justificasse minha existência humana, e certamente por isso desumanizado dessa maneira, tornando-me a estátua de mim mesmo e deixando de ser gente por muito, muito tempo. Da pedra viera, à pedra voltaria, e o que se dava comigo era apenas o retorno a meu estado natural, que nunca fora o de homem, mas sim o de pedra. Loucura? Quem sabe? Talvez minha maior loucura tivesse sido tentar, desde meus primeiros dias e até aquele momento, ser o que não podia ser: homem. Vingança, vergonha e ressentimento se cristalizaram dentro de mim, dando-me a certeza de que aquela era a única possibilidade que me restava.

Se eu desistira de mim mesmo, como se pode notar, houve quem não o fizesse, principalmente Sara e Bak'hir, de imenso desvelo, apoiando-me nesse transe da mesma maneira que me haviam apoiado em meus delírios de grandeza, antes que o Adversário me destruísse. Minha mulher, minha Sara, não saiu de meu lado nem por um instante, a não ser para cuidar do que me era impossível, e enquanto ela fazia isso Bak'hir tomava seu lugar à minha cabeceira, seus olhos amarelos não deixando minha face em nenhum momento, procurando um sinal de vida no que era, como ele depois me descreveu, uma máscara de gesso como as que se costumava fazer com os mortos ilustres. Em minha negação da vida, sentindo que o veneno de alguma Medusa Górgona ia lentamente me tomando as veias, escorrendo pingo a pingo dentro de mim e me endurecendo, não percebi as mudanças nos hábitos da casa nem os períodos em que Sara e Bak'hir se revezavam à minha cabeceira. Havia outros que vieram ver-me, inclusive Cabrêa, com os olhos marejados e a face desconsolada, que para não chorar, tenho certeza, saiu correndo do quarto, não voltando. Houve também alguns cirurgiões e barbeiros, que tentaram de tudo: sangrias, emplastros, ventosas, cortes e espetadelas nos pés e nas mãos, sustos repentinos para ver se me causavam alguma reação. Nada: eu estava verdadeiramente morto, e a cada dia me desinteressava mais daquilo que se passava do lado de fora de minha chaminé de pedra, porque me sentia na obrigação de tornar-me parte dela o mais rápido possível. Ainda existia alguma vida dentro de mim, e era exatamente essa gota de vida o que me incomodava profundamente pois, se ela não existisse, eu também não existiria, e o Adversário não teria mais nenhum poder sobre mim. Enquanto houvesse vida, haveria nele a esperança de ferir-me mais uma vez, e esse era exatamente o prazer que eu nunca lhe poderia dar.

Minha insanidade um dia levou alguém a pensar se não seria melhor deixar-me aos cuidados do vigário-geral, na Praia Vermelha, lugar onde os loucos sem possibilidade de cura eram abandonados. O dono da ideia, que não sei quem foi, acabou expulso da casa por Sara e Bak'hir, com a ajuda da *Kumpania*: não era costume entre os ciganos abandonar seus doentes, mesmo que a doença fosse da mente e os tornasse um fardo insuportável. Era preciso que os velhos, doentes e incapazes, até mesmo os alucinadamente loucos, continuassem sendo parte do grupo, e eu, que me tornara *callé* sem deixar de ser *gadjé*, ainda assim era tratado segundo os preceitos e hábitos da *Kriss Calli*, protegido por todos na casa e fora dela. Os oficiais de justiça efetivamente não me encontravam nunca, mesmo sabendo onde eu estava, pois já tinham todos sido avisados por José Dionísio e tratavam o caso como tratariam a um caso em sua própria família: os poucos oficiais de justiça *gadjé* tentaram uma, duas vezes, cobrar-me a dívida das promissórias que o Adversário havia comprado do Turco Elias, mas, nada conseguindo, desistiam e não voltavam mais. Dona Rosa Pereira também foi incomodada por eles, mas logo que o Turco soube disso, mandou que deixassem de importuná-la, pois os negócios dela eram com ele e não com os Raposo, e que os problemas já não a envolviam mais: isso foi Cabrêa quem contou a Sara, ambos à beira de meu leito, e eu os ouvi como se estivessem muito longe, a léguas de distância, falando de assuntos que não me diziam respeito e sobre pessoas que não faziam parte de minha vida cada vez menos real. Minha mente havia se desfeito, abrindo caminho para naufragar em si mesma, e a cada dia que passava havia menos sinais de razão ou inteligência, até mesmo para mim, que a tudo vivia como se me observasse de muito perto e ao mesmo tempo de muito longe, sem saber se era eu mesmo que me via ou se havia outros dentro e fora de mim que me percebiam cada vez pior. Contudo, não creio que tivesse perdido a razão: eu estava raciocinando perfeitamente, apenas partindo de falsas premissas, e por isso chegando às conclusões mais equivocadas. Minha loucura, em que pese sua estranheza, era perfeitamente consistente com o que eu pensava e percebia; meu delírio, causado por tantas paixões sem controle dentro de mim, poderia durar uma vida inteira sem que qualquer coisa se modificasse, pois era firme e sólido como pedra, e só um retorno à verdadeira razão o tornaria coisa diferente disso que vinha sendo.

  Nunca pude saber verdadeiramente quanto tempo isso levou acontecendo dentro de mim; só sei que as estações foram se seguindo uma à outra, tudo se movendo no Universo como de costume, e eu ali, entrevado, paralisado, cada vez mais pedra por dentro e por fora. O templo divino que eu erguera em meu espírito com perfeição absoluta, para depois construir com matéria palpável no mundo real, havia sido destroçado e transformado em nada, e tudo com a crueldade de uma palavra que se dividira em duas: resto e rã. Pode-se domar um animal bravio, pode-se cessar o incêndio da floresta uma vez consumida toda a lenha dela, mas ninguém consegue impedir a ação da palavra cruel que foi dita sem que se conhecesse seu verdadeiro poder. Há palavras que podem perfurar corações bem mais que a mais aguda espada, e algumas possuem uma possuem uma ponta tão afiada que são capazes de manter esse furo aberto e sangrando por toda uma vida, e engana-se muito quem pensa que a razão comanda suas palavras, porque são elas que no final das contas acabam exercendo sua autoridade sobre a razão, modificando fatos e transformando-os em acontecimentos inesperados. Essa fora uma dessas palavras, ou duas, ou três, e além de pôr no chão a obra e o sonho de toda uma vida, ainda conseguiram transformar-me em pedra. Eu sabia por quê: não me interessava voltar a caminhar no mundo dos vivos, porque a qualquer instante, a qualquer momento, sem que eu esperasse, alguém se lembraria de mim como aquele do "resto ou rã", causando riso e deboche, e a vergonha seria novamente insuportável. Melhor cristalizar-me definitivamente em pedra, a ter de enfrentar a possibilidade de ser lembrado como aquele que eu tinha sido.

    A coragem de ser eu mesmo, se eu algum dia a tivera, havia se desvanescido no turbilhão dos ressentimentos e dos desejos de vingança, para os quais eu não tinha nenhum talento: até esses acontecimentos desgraçados, eu sempre acreditara que o dia mais escuro, se eu esperasse até amanhã, teria passado, deixando apenas uma vaga lembrança. Depois que me entregara a esse nada que me interrompia a vida, o dia escuro se tornara permanente, as nuvens nunca se afastavam, o sol nunca brilhava, a lua era apenas uma pálida memória quase irreconhecível, e o Universo ao qual eu gloriosamente admirara quando menino se transformara em uma coisa terrível, feito com apenas dois ingredientes: restos e rãs, restos e rãs, restos e rãs. Até que essas palavras perdessem seu poder sobre mim, muito tempo ainda se passaria, e eu recordo perfeitamente quando minha salvação se iniciou, porque o passado mais uma vez bateu à minha porta, e reencontrei alguém que me podia ajudar a renascer, de tão bem que me conhecia. Todas as minhas salvações foram e são feitas de reencontros como esse, desde sempre, e lá no fundo da estátua de pedra em que eu me transformara ainda restava uma faísca de esperança, na crença de que haveria um reencontro, e que ele me traria a cura.

    Em uma tarde igual a todas as outras a porta do quarto se abriu, e por ela entraram, além de Sara e Bak'hir, duas pessoas, uma das quais se debruçou sobre mim para que meus olhos fixados em um ponto qualquer do teto o pudessem ver: era Cabrêa, meu antigo barqueiro, com sua face morena e seu permanente cheiro de maresia. Cabrêa me olhou com um misto de tristeza e emoção, controlando-se o mais que pôde, e depois me disse:

— Trouxe-te uma visita que só mesmo Deus do céu pode ter posto em meu caminho... Ele saltou do navio, sentou-se em meu barco e me perguntou se eu conhecia algum cozinheiro mestiço de índio e branco, por nome Pedro Raposo. Juro que quase caí no mar, amigo: entre tantos barcos que cercavam os navios vindos da Europa, ele tinha de entrar justamente no meu, que te conheço? Quem mais nessa cidade te conheceria senão eu, cozinheiro? Olha quem eu te trouxe...

Sua larga face mulata foi substituída pela de um homem com cabelos quase todos brancos, nariz aquilino e olhos muito claros sob as sombrancelhas hirsutas, a pele parecendo couro curtido ao sol durante muitos anos, a marca do chapéu dividindo-lhe a testa em duas partes, uma mais clara do que a outra, e um sorriso inconfundível. Custei a reconhecê-lo, mas alguma coisa em minha memória me fez novamente ficar menino, e a gola de suas vestes se transformou em um colarinho clerical, sua face rejuvenescendo e seu nome saltando à minha frente em língua Mongoyó, da qual eu não me recordava fazia muitos anos. Karaí-de-Casca! Foi como se eu tivesse caído de grande altura, porque meu corpo deu um tranco sobre o leito, sem que eu conseguissse mover-me para abraçá-lo. Em momentos como esse só a figura de um pai pode salvar um homem, e eu, que nunca tivera em Sebastião Raposo um pai digno desse nome, escolhera com o coração aquele que mais se aproximou disso, e que por esse motivo sempre haveria de surgir em meu caminho quando não me restasse mais nada nem ninguém, e só um pai pudesse me dar aquilo de que eu precisava.

Francisco de Aviz, com os olhos marejados, continuou sorrindo para mim, e subitamente eu senti que meus olhos ressecados pela falta de uso e movimento estavam se embaçando, e que alguma coisa úmida escorria por sobre a pedra de minha face, descendo pelos dois lados dela como filetes gêmeos de uma cachoeira longamente represada. Nada mais se moveu em mim, e no entanto eu pude, pela primeira vez, descobrir na dureza da pedra em que estava me transformando a fonte benfazeja que talvez fosse capaz de matar-me toda a sede de vida e de humanidade, por mais covarde que eu fosse, por mais amedrontado que eu estivesse, por mais terrível que fosse abandonar a paralisia que parecia ser minha última oportunidade.

Não havia em mim nenhum desejo de mover-me, porque mais do que tudo eu temia ter de voltar a viver como homem, deixando de lado a segurança da pedra inumana em que me transformara. Mas não pude deixar de chorar, porque ali estava quem me ensinara as melhores e mais importantes coisas de minha vida, e estaria sempre aparando todos os golpes que a mim se dirigissem. À minha volta agora se reuniam todos os que me eram verdadeiramente caros, pessoas para quem eu tinha sido tão abominavelmente inativo, e que mesmo assim não me haviam abandonado, como eu pretendera fazer com todos eles, abandonando o mundo.

Minhas pálpebras se fecharam e eu, ainda chorando silenciosamente, senti que a grande chaminé de pedra em que eu continuava preso afrouxara um pouco seu aperto, como que me dizendo um dia ser possível a liberdade completa. Não me arrisquei: meu maior medo era tentar mover-me e ser novamente espremido pela cruel coluna de pedra que me envolvia e consumia, não havia em mim nenhuma confiança, e os que me cercavam teriam de conquistá-la pouco a pouco, como Francisco de Aviz imediatamente percebeu:

– Ele já havia chorado antes?

Sara, com a voz trêmula, lhe disse:

– Nunca, desde que ficou paralisado. Seus olhos permaneceram secos, e o máximo que fazia era abri-los e fechá-los, quando parecia dormir.

Francisco de Aviz, com toda a sua experiência médica, apalpou todo o meu corpo; eu senti seu toque como sentia o de todos, verdadeiramente do outro lado de uma parede de pedra que impedia o contato direto entre sua pele e a minha. Como eu não reagia, as pessoas à minha volta a cada dia me tocavam menos, e minha pele fora se tornando insensível, engrossando a parede de pedra que me separava do mundo. Sara me lavava e alimentava, Bak'hir também me arrumava sobre o leito, pegando-me ao colo quando os lençóis eram trocados, mas eu verdadeiramente estava separado do mundo que me cercava, a cada dia mais e mais.

Meu mestre, puxando o lábio inferior entre dois dedos, pensou durante longo tempo, e depois disse:

– Já vi muitos assim: quando a vida se torna insuportável, recolhem-se em si mesmos e se isolam completamente, porque qualquer alternativa lhes parece muito pior. Viver se torna um fardo tão grande, o futuro parece tão completamente insustentável, que preferem morrer para o mundo, fechando-se para a vida e abandonando sua condição humana, transformando-se em um objeto sem movimento. Quanto mais o tempo passa, mais se enterram dentro de si mesmos, até que chega o dia em que não encontram mais o caminho de volta à superfície e morrem definitivamente para o mundo.

Sara deu um lancinante grito:

— *Te merav*! Que eu morra em seu lugar! Por Deus, meu senhor, piedade para meu marido! Tivemos tão pouco tempo de felicidade antes que ele caísse nesse estado... Não é possível que o *Duvél* o tenha dado a mim simplesmente para que eu o perca!

— Filha, podes crer em uma coisa: se o Rei do Universo te deu esse homem, algum motivo existe, e eu creio que, se há alguém que possa tirá-lo desse estado, és tu, que verdadeiramente o amas. Nós, seus amigos e irmãos, por mais que façamos, não temos sobre ele nem uma parte do poder que tu tens, porque só o amor pode salvá-lo. Ele precisa voltar a ter confiança no que existe do lado de fora de seu corpo amedrontado, para sair dessa paralisia e voltar a viver como um homem de verdade. Quando isso começou?

Sara e Bak'hir, com alguns comentários de Cabrêa, contaram a Francisco de Aviz todos os meus problemas, meus empreendimentos, meu sonho cruelmente desfeito, a perda de minhas esperanças, a compra de minhas dívidas pelo Adversário, a perseguição que daí se iniciara, e como isso me fez abandonar primeiro a fala e depois o movimento, tornando-me finalmente a coisa inútil que agora eu era. Francisco de Aviz, de olhos fechados, ouviu cuidadosamente o que lhe contaram e, depois de algum tempo, disse:

— Não são esses acontecimentos que o paralisam, mas sim outras dores muito antigas que ele teme sentir. Dizem que o Senhor Rei do Universo, bendito seja Seu nome, é incapaz de pôr em nossas costas peso maior do que o que podemos carregar, mas a única coisa que nos quebra a vontade é o medo de não conseguir suportar o peso da própria vida. Ele precisa entender que o que lhe foi dado é parte do que ele é, e que só lhe resta fazer de si o melhor que puder, mesmo se o início de tudo for coisa muito má... Ele precisa descobrir dentro de si a vontade de fazer do mal que lhe deram o bem que for capaz de devolver. Ele já fez isso outras vezes, já mudou seu destino quando foi preciso, sem hesitar: por que não fazê-lo novamente? O que foi que mudou dentro dele, que o tornou incapaz de enfrentar-se? Só ele sabe, e só ele pode elaborar dentro de si essas perdas e sofrimentos, transformando-as em ganhos e alegrias, sem esquecê-las, mas também sem permitir que elas o paralisem. Tudo de bom e de mau será sempre parte de sua vida, mas nada poderá desequilibrá-lo a ponto de fazê-lo abandonar a existência que o Senhor Rei do Universo lhe deu... Ele precisa encontrar o caminho estreito entre os opostos de que sua vida é feita, mantendo-se nele sem se desviar, e isso só depende de sua vontade, que é o que ele verdadeiramente perdeu. Quando um homem perde a vontade própria, perde a consciência de si mesmo, perde sua liberdade, perde o contato com aquilo que lhe é mais sagrado e que o faz mover-se, como um golem feito de barro, posto em movimento pela força da palavra, e que deixa de mover-se quando o nome de Deus, escrito em sua testa, se transforma na palavra morte, voltando a ser matéria inerte. Deus é vontade, e a vontade própria é a mais poderosa manifestação de Deus em cada uma de suas criaturas. Ele precisa recuperar a vontade de viver, perdendo o medo de enfrentar a vida que lhe resta. Para isso o amor é o único remédio que existe, e só o toque das mãos amorosas poderá tirá-lo do estado em que está.

Francisco de Aviz, a voz trêmula de emoção, pôs suas mãos sobre mim e disse:

— É preciso tocá-lo em todos os momentos, dando a seu corpo a certeza de que está amado e protegido, até que recupere a vontade própria e a coragem de viver. Em algum lugar dessa couraça que ele construiu para si mesmo, existe um ponto fraco, e só através desse ponto será possível começar a tocá-lo, indo cada vez mais fundo até que ele se sinta seguro o suficiente para voltar a viver. Ele precisa recuperar a confiança em seu semelhante, porque se fechou em si mesmo, negando a existência de outros no mundo, porque teme mais do que tudo ser ferido por eles. Vosso contato é o que o tem mantido vivo, mas de agora em diante devemos tocá-lo com a intenção de libertá-lo, abrindo cada vez mais espaço em sua armadura de proteção, até que ele perceba que ela não é mais necessária e que ele pode voltar a viver livremente. Talvez isso seja lento, talvez a cura não seja defintiva, mas é isso o que temos de fazer por ele...

Foi assim que começou minha lenta subida do fundo de mim mesmo para o mundo dos vivos, onde eu habitara e do qual me retirara para meu inferno particular, sofrendo o que havia de pior em minha alma, como se fosse o castigo que recebera por meus próprios enganos. O ressentimento que eu tinha, e que envolvia toda a minha infância sem muitas alegrias, estava profundamente enraizado em mim, como praga viva, dando frutos amargos, repetindo-se em cada pequeno fato desagradável que eu tivesse vivido, como se tudo fosse decorrência do tratamento que me haviam dado, gerando essa força tão destrutiva que fora capaz de paralisar a mim mesmo, antes de se espalhar pelo mundo como um poderoso miasma. À minha mente voltavam, sem cessar, todos os momentos ruins que eu vivera, e que certamente eram culpa de meu pai e de tudo que ele me dera; ele me fizera assim, mestiço, sangue ruim, mameluco, coisa com menos valor que um bicho, e sempre me tratara de acordo com isso, ensinando ao Adversário, também seu filho, como prosseguir com sua obra infame, perpetuando em minha vida a certeza de que eu valia menos que qualquer outro e que não merecia nem respeito nem piedade. Meu pai fora o primeiro Adversário de minha vida, e seu descendente apenas continuava sua obra desgraçada: a culpa de tudo que me acontecera era dele, só dele, e de mais ninguém.

Enquanto isso se passava dentro de mim, Sara e meus outros amigos continuavam sua obra de amor, tocando-me com mais frequência ainda, com a intenção permanente de abrir a couraça que me separava deles, mantendo seus cuidados cada vez mais constantes e presentes, buscando dar-me a certeza de que nunca me faltariam. Essa certeza foi o que mais custou a renascer em mim: nada era defintivo, tudo sempre mudava, e o que hoje era felicidade poderia perfeitamente transformar-se em morte e destruição no momento seguinte, sem que eu tivesse a segurança de que permaneceria como era antes. No entanto, com a repetição constante e segura dos gestos e dos toques, dos carinhos e dos cuidados, eu pude sentir-me seguro de que ali estariam sempre que eu necessitasse deles, porque me amavam acima e além de qualquer destino ou maldição.

Foi em uma manhã de domingo, que eu reconheci por ouvir em ordem os sinos das igrejas à nossa volta, tocando para chamar a seus fiéis; Sara estava me banhando com uma toalha molhada em água morna, limpando a pele cheia de escaras de minhas costas, enquanto eu pensava na infelicidade que meu pai me causara ao fazer-me nascer. Minhas escaras eram grandes, e só não pioravam porque Sara, diligentemente, tratava de cada uma delas com extremo cuidado, tirando-lhes as cascas secas e com toda delicadeza umedecendo a pele nova que se formava por baixo, esperando que aquele lugar não se escarificasse mais.

Quando ela passou a toalha na região de meus rins, eu senti alguma coisa diferente, como se o calor da toalha molhada estivesse penetrando por entre os espaços das pedras que formavam minha couraça e tocando minha pele, mas, como já não me recordava de qualquer sensação desse tipo, achei que estava me iludindo; no entanto, quando ela colocou as mãos nuas na região de meus rins, descendo-as pelas costas em direção aos quadris, eu pude perfeitamente sentir sua pele em contato com a minha, como se ela, milagrosamente, tivesse conseguido deslocar as pedras que me cobriam naquele lugar e tocado minha pele nua, diretamente. Eu senti cada um de seus dedos massageando gentilmente minha pele e minha carne, e percebi que meus medos, acumulados naquele ponto de meu corpo, se espalhavam, diluindo-se como se as mãos de Sara fossem capazes de desmanchá-los e torná-los cada vez menores e menos poderosos, porque só me afetariam se estivessem todos juntos, unidos, alimentando-se uns dos outros para prencher-me com sua ação insuportável.

Da minha garganta saiu um gemido, e Sara me virou de frente para olhar-me, temendo estar me magoando. Como eu nada disse, ela voltou a massagear-me as costas, e sempre que passava pela região dos rins, aliviando em mim o peso e a ação dos medos que ali se acumulavam, eu gemia, até que ela finalmente entendeu que era aquele o lugar onde deveria insistir. Ela me virou de bruços e, com extremo cuidado, massageou-me os rins de ambos os lados, tirando de minha garganta gemidos que eram quase prazerosos, ainda que ela não conseguisse entender a diferença. Sua sensibilidade, no entanto, fez com que naquele ponto a couraça se desfizesse e eu sentissse suas mãos, como não sentia em mais nenhum lugar do corpo. Acabei dormindo, sentindo o organismo mais leve do que antes, apesar de ainda preso dentro do imenso cano de pedras que me tolhia os movimentos, mas já percebia que ele não seria eterno e podia ser desfeito, e que ao permitir que um pedaço se desfizesse, se enfraquecia, quem sabe deixando que com o correr dos dias outros pedaços também se enfraquecessem e acabassem por libertar-me de minha prisão. Se eu mesmo a construíra à minha volta, eu também precisava destroçá-la, ajudando a quem do lado de fora podia fazer o mesmo, porque só os esforços de Sara combinados com os meus poderiam derrubar essas muralhas até então intransponíveis.

O processo foi muito lento, mas Francisco de Aviz, que vinha ver-me todos os dias, se mostrava cada vez mais satisfeito com meu progresso, dizendo a Sara que não deixasse de trabalhar a região que parecia dar-me alguma sensação, e que ficasse atenta a outras que pudessem também ser afetadas por seu toque amoroso, aumentando gradativamente a sensibilidade de minha pele. Durante uma semana ou mais ela só conseguiu isso naquele lugar por sobre os rins, e percebendo que ali onde me massageara as escaras não se formavam mais, decidiu colocar-me em várias posições durante o dia, virando-me na cama com a ajuda de Bak'hir ou de Paco, seu irmão, colocando-me de um lado e de outro, e sempre de bruços quando chegava a hora em que me tocaria com suas mãos, transferindo vida para minha pele.

Dentro de mim a pedra ainda brigava para superar a carne, e ao mesmo tempo em que as memórias dos maus momentos surgiam em minha mente uma depois da outra, como de costume, entre elas começaram a aparecer pequenos relâmpagos de paisagens que eu admirara por sua beleza, durante minhas viagens, recordando-as cada vez com maior precisão de detalhes, como se nelas eu pudesse me refugiar de cada lembrança sinistra que me assomasse, garantindo alguns momentos de paz entre as convulsões de meus ressentimentos. Essas paisagens foram aumentando não apenas em número mas também em duração, e já ficavam em minha mente por algum tempo, antes que a próxima lembrança má me envolvesse e eu de novo só conseguisse refúgio em alguma outra lembrança do que havia de belo na Natureza.

Foi aí que comecei a perceber que todas as coisas podem ser vistas por ângulos diferentes, e que nada nem ninguém é totalmente mau nem totalmente bom: existem lados opostos em todas as coisas, e se para que exista o falso é preciso que exista o verdadeiro, então para que exista o Bem é preciso que exista o Mal, não como seu oposto imediato, mas como a incapacidade de projetar-se para realizar o Bem em qualquer de suas formas. Algo que nos parece terrível olhado por esse lado acaba por ser belo visto do lado oposto, porque tudo traz em si todas as possibilidades, os seres humanos inclusive, e só a escolha pessoal pode garantir a cada um a realização do que é nem bom nem mau, mas simplesmente certo. Fazer a coisa certa: esse sempre tinha sido meu ponto fraco, porque eu raramente tinha escolhido por mim mesmo o que fazer. Chegara até aqui empurrado por destino, acasos, profecias, oportunidades discutíveis, disputas sem sentido, orgulhos, vaidades, exageros e motivos alheios à minha própria vontade, mas sempre que decidira por mim mesmo, o que era raro, tinha feito a coisa certa, e os resultados também tinham sido certos, como decorrência de minha escolha pessoal. Quando eu decidia, meu mundo girava suavemente, mas quando eu permitia que decidissem por mim, esse movimento se fazia aos trancos, como uma máquina mal oleada. Na maior parte das vezes, eu não estivera em contato comigo mesmo, nem me perguntara o que realmente desejava; mas nas raras vezes em que escolhera por vontade própria, tudo se encaminhara para o melhor.

Esta sempre fora a minha falha trágica: não saber escolher, ou melhor, abrir mão da escolha pessoal e acabar fazendo aquilo que parecia certo, sem que esse certo tivesse qualquer coisa de real a ver comigo. O sopro da vida passava por dentro de mim, entrando e saindo como ar de um fole, sem deixar nenhum resultado dentro de meu coração, porque eu sempre achara que desejo era vontade, confundindo os dois e me entregando ao mais fácil deles. Só se pode falar do Bem se ele for resultado da vontade, porque o Mal sempre se expressa por meio dos desejos e nada mais: enquanto o Bem é a vontade expressa em escolha, ideias, planos, projetos, caráter e até obstinação positiva, o mal será sempre o desejo despótico chamado paixão, descontrolada e vitoriosa, e com os resultados deploráveis que todos conhecemos, não importa quanto tempo levem para acontecer.

Nesse dia, quando Sara tocou a região de minhas costas logo acima dos rins, subindo com suas mãos até meus ombros tensos, senti o calor de suas palmas na pele, transmitindo-se até meus pulmões, e soube que mais um pedaço de minha couraça havia sido desmanchado. O ar entrou subitamente em meu peito, e mesmo quando eu expirei, alguma coisa lá permaneceu, em estreita união com o calor das mãos de Sara, e quanto mais esse calor se fixava em meu peito, menor era a quantidade de pedra que me enchia o organismo. Dos rins até os ombros, exatamente nos limites da espinha dorsal, no bojo do navio que minhas costelas formavam, havia novamente vida: as águas de meu ventre já não me impunham mais morte, porque existia ar puro em meu peito, e eu suspirei com um gemido de prazer, que Sara não deixou de notar. O peso de seu corpo, aliviando-se quando estava em meus quadris, permitia que eu inspirasse o ar, e quando ela colocava seu peso sobre mim, escorrendo as mãos até meus ombros, eu colocava para fora não apenas o que uma expiração descarta, mas também uma série de coisas desconhecidas, que como vermes me roíam por dentro sem que eu alguma vez tivesse percebido. O alívio que eu senti nesse momento foi imenso, e mesmo não sendo ainda capaz de mover nenhum músculo, já me sentia mais livre e disposto, porque em minhas costas não havia mais nenhuma couraça de pedra, impedindo o contato com a vida. O resto do corpo ainda estava preso, mas a cada dia menos, porque a muralha cilíndrica que me envolvia se enfraquecia dia a dia, perdendo partes importantes e se tornando menos poderosa do que tinha sido, desde que se instalara em volta de mim, tornando-se vulnerável em certas partes e extremamente mais forte em outras.

Francisco de Aviz estava mais feliz: as escaras haviam desaparecido de minhas costas, e mesmo enfraquecido pela falta de movimento ele já percebia que minha pele ganhava nova elasticidade, como se eu estivesse rejuvenescendo, ou melhor, como se eu estivesse de volta à minha verdadeira idade, porque os sinais da morte que me cobriram durante tanto tempo haviam feito de mim quase uma ruína. Eu já conseguia observar a aparência do estuque, quando Sara me deitava de lado, olhando para a parede, e observar sem pressa nem ansiedade os movimentos com que ela havia sido recoberta pela massa e pela cal, percebendo que havia desenhos brancos sobre o fundo branco e que até mesmo uma cor como o branco acaba por ser muitas cores, para quem sabe olhar. Deitado sobre meu outro lado, eu apenas percebia os movimentos da vida à minha volta, como inúmeras cores e volumes, sem contudo conseguir defini-los claramente, porque meus olhos como que se tinham fixado em apenas uma posição, e era difícil enxergar o que ficava mais perto ou mais longe.

Havia lugares, contudo, em que Sara não podia tocar: os dois lados de meu tórax, por exemplo, debaixo dos braços, eram fonte de imensa e insuportável dor, e Sara disse a Francisco de Aviz que, ao tocar-me ali, sentia nódulos, como se a carne estivesse feita de bolas endurecidas. Meu mestre me tocou com imenso cuidado, e mesmo assim eu gritei de dor: ali era território intocável, onde a muralha teria continuado sendo bem-vinda, para que eu continuasse a não sentir nada. O que se movia em minha mente, nesses momentos, eram as coisas mais antigas de que me recordava, todas misturadas e em desordem, relâmpagos de momentos difíceis e extremamente capazes de me magoar. Ali, as piores pedras de minha prisão se haviam fixado com firmeza, e eu duvidava muito que algum dia elas pudessem ser transformadas, permitindo que o toque fosse bem-vindo, e não fonte de sofrimento e dor.

À frente de meu corpo, contudo, ainda existia um muro cada vez mais firme; mesmo quando alguém parava à minha frente, meus olhos se desfocavam e eu não enxergava nada, a não ser o que estivesse muito perto de mim. As vozes continuavam sendo ouvidas como se soassem em outro aposento, atrás da grossa parede que me separava do mundo, e nenhum toque causava qualquer efeito em minha pele: eu continuava nada sentindo. O mundo não existia fora dos limites de mim mesmo, a não ser naqueles poucos lugares em que Sara e somente Sara conseguia me tocar, transformando-se em meu único vínculo com a realidade.

Mais algum tempo se passou e Sara já conseguia massagear minha barriga, que a princípio doía muito, mas a cada dia se tornava mas fácil de manipular: minhas coxas e minhas virilhas foram liberadas logo depois, e eu já me tornara menos rígido do que vinha sendo, porque certas partes de meu corpo, antes duras como um pedaço de pau, já se moviam quando Sara as dobrava ou mexia nelas. Eu ia muito lentamente me tornando um corpo humano feito de carne e não de pedra, mas a rigidez da pedra ainda permanecia em mim, principalmente na região da cabeça, que era agora, junto com meu peito, o território quase que exclusivo da muralha com que eu me defendia de um mundo que não me dava nenhuma alegria.

Em uma das vezes em que Bak'hir me visitou, notei em volta de seus olhos manchas brancas, como se a pele tivesse desbotado, perdido a cor, o que também vi na linha de seu cabelo, perto da cicatriz. Não sabia o que era aquilo, mas me recordei de ter visto muita gente com esse tipo de mancha na pele, principalmente nas mãos, e que um deles, um arreeiro que passou pouco tempo em minha tropa, tinha o apelido de Baio, exatamente pela semelhança de suas manchas com as do cavalo do mesmo nome. Sara também me parecia cada vez mais cansada e magra, e eu não entendia o porquê, se ela estava sempre comigo: nesse momento compreendi que, com exceção dos poucos instantes em que percebia a presença das únicas três pessoas que minha mente registrava, o resto do tempo não existia. Era como se eu morresse enquanto não estava na presença de Sara, Bak'hir ou de Francisco de Aviz, cada um deles com um tipo de existência e importância na minha vida-quase-morte, da qual eu não tinha nenhuma consciência se eles não estivessem junto a mim. Era preciso acordar desse sono mortal que me tomava por inteiro, fazendo-me perder a existência sem nada fazer dela; mas que motivos eu teria para isso? Que mundo era esse que eu teria de enfrentar, caso voltasse a ser gente? Um mundo de vergonhas, tristezas, mentiras, pouco-caso, trapaças, desonestos, endiabradas e inveja, onde o dinheiro sempre me faltaria? De que me adiantava a proteção do maior de todos os imperadores, Deus-Ele-mesmo, se os outros imperadores, os de carne e osso, sequer sabiam de minha existência? A sabedoria que me era prometida para o momento de minha morte não fazia nenhuma diferença: eu precisava dela era agora, naquele momento em que estava morto para o mundo exatamente por não saber mover-me sobre ele!

No fundo de mim, uma única certeza; eu teria de tomar alguma atitude nesse sentido, se quisesse voltar a ser um ser vivo e não uma simples estátua de pedra, deitada sobre uma cama na Rua dos Ciganos. Comecei a pensar se não restara em mim alguma força que me permitisse reerguer-me e ir ao mundo, onde teria de encontrar o que fazer e como ganhar a vida, já que o ofício de cozinheiro só me havia dado tristezas e prejuízos. Era preciso abandonar todas as minhas ilusões nesse sentido, porque nessa terra de gente chucra e quase animalesca o sabor dos alimentos valia menos que a quantidade, e preferiam encher o bucho a deleitar-se com o que comiam. Em que outro lugar do mundo haveria, depois de um banquete enorme, alguma coisa chamada "remate", que serviria para arrematar a refeição, estufando ainda mais um estômago já distendido pelo que tinha sido nele enfiado? Só nessas colônias sem lei, nem Deus nem rei, como haviam dito os primeiros que aqui tinham chegado: eu vira os melhores homens que conhecera ser destruídos pelo poder do dinheiro e da corrupção mais deslavada, e eu mesmo acabara por unir-me a eles, nessa longa fila de amaldiçoados que a cada dia aumentava mais, criando-me no meio do peito um tal peso que a cada dia ficava mais difícil respirar. A mágoa, o ressentimento, a incapacidade de ser quem desejava ser me apertavam a caixa do peito, entrecortando meus haustos e criando cada vez mais espaço entre o inspirar e o expirar, e durante essa pausa eu ficava suspenso no tempo, sem certeza se continuaria vivo.

Em um desses dias, em que eu respirava cada vez pior, Sara colocou suas sábias mãos sobre a boca de meu estômago, ali naquele lugar onde fica a famosa espinhela, o fim do osso externo, marcando o início da parte mole do ventre. Foi um golpe fatal: os relâmpagos de dor me percorreram todo o corpo, e sem saber por quê, comecei a chorar descontroladamente, enquanto cada relâmpago iluminava um mau momento de minha vida pregressa. Eu não percebi que suas mãos haviam atravessado a muralha que ali existia, e que ela estava tocando em tudo que me fazia mal e me tornava pior do que já era; só sentia dor, muita dor, e a vontade de chorar vinha sem medidas, escorrendo para fora de mim enquanto os relâmpagos se sucediam, trazendo os quadros mais terríveis, alguns deles bem piores do que tinham sido, porque as lembranças costumam acrescentar ao que já é mau os detalhes que intensificam essa ruindade. Sara não desistiu; ela sabia que ali morava o que me estava matando lentamente, e aprofundou sua força sobre esse ponto, arrancando-me uivos, tremores e vários gritos, até que em um deles eu disse a primeira palavra em muito tempo:

– Dói!

A palavra soou em meus ouvidos como se tivesse sido dita dentro de um poço tampado, em que apenas eu estivesse e do qual me fosse impossível sair por mim mesmo: subitamente eu entendi que precisava aproveitar a água que de meu poço particular se erguia, por meio de meu choro incontrolável, e me erguer até sua boca, saindo de dentro de mim mesmo pela força do que em mim era mais forte que eu mesmo. Com a força dessa enchente que se derramava, a tampa do poço se ergueu, e eu subitamente estava fora dele, ouvindo e vendo o mundo como antes, minhas mãos por tanto tempo paralisadas agarrando como tenazes as mãos de Sara, que me olhava boquiaberta.

O ressentimento, mola que me movia, estava ali, exposto a meus olhos, como um animal esventrado, e eu finalmente o entendi como uma mistura da tristeza com a maldade, combinação maldita da paixão que todos pretendem evitar com a paixão que a tudo faz detestar. Minha razão não fora suficiente para livrar-me do poder das paixões mais inumanas, e eu me permitira dominar por elas, vivendo por impulso e emoção em vez de ser movido pela mente. Não era por acaso que o que mais doía em mim era exatamente a região do coração, onde as emoções e paixões vinham se acumulando desde muito cedo. Em mim se encontravam passado, presente e futuro, enfrentando-se mutuamente da pior maneira possível, por meio das lembranças do que já fora e do medo do que ainda viria; e assim o presente permaneceria para sempre sufocado pelas emoções, estrangulando-me a razão, que deveria ser a mestra de minha vida. Eu teria de aprender a vencer minhas paixões, a submeter minhas vontades, reconciliando minha existência através das coisas simples do dia a dia, porque as paixões e emoções só me levavam a delirar com aquilo que estava fora de meu alcance, que era impossível de possuir e que eu não enxergava direito, em vez de me permitir ver a realidade como ela era, e dela erguer minha própria verdade, fosse ela qual fosse.

No entanto, mais do que nunca era preciso crer em meu próprio instinto, permitindo que a razão o conduzisse a algum lugar, em vez de deixá-lo sob o domínio da paixão. A riqueza racional de que Deus me dotara precisava ser usada no exame dos sinais com que a intuição me fazia ser semelhante a Ele; se eu não fizesse assim, estaria desperdiçando os dois grandes presentes que Ele me dera ao fazer-me vivo, permitindo-me escolher por mim mesmo o caminho a seguir. Se Ele não desejasse minha escolha, porque me teria dado intuição e razão? Bastaria que me tivesse feito obediente e fiel, sem que dentro de mim houvesse dúvida ou desobediência, e seríamos todos perfeitos, iguais a Ele, e não apenas semelhantes...

É aí que mora a diferença entre o Criador e Suas criaturas: Ele nos fez apenas semelhantes à Sua perfeição para que pudéssemos, por nosso próprio esforço, aproximarmo-nos cada vez mais d'Ele, usando as ferramentas que Ele nos deu para deixá-Lo livre dentro de cada um de nós.

Eu podia estar mais louco ainda ao pensar dessa maneira, mas tinha certeza que não, porque um imenso alívio ia me tomando o organismo, os músculos começando a tornar-se macios depois de tanto tempo enrijecidos, e tanto que eu não acreditava que estava novamente me tornando carne, homem, ser vivo, depois de tanto tempo emparedado por fora e por dentro de mim mesmo. Não era rápido, nem garantido que eu me retransformaria no ser humano que um dia fora; ninguém passa por isso que eu passei sem que dentro de sua mente e alma aconteçam imensas mudanças, para melhor e para pior. A capacidade de superar o estado de paralisia, que não tinha nenhuma causa física, como Francisco de Aviz não se cansava de dizer, seria exclusivamente minha: não dependia de mais ninguém, porque se eu não me permitisse ser novamente tocado pelo mundo que me cercava, ficaria para sempre imerso em mim mesmo, cada vez mais emparedado e finalmente transformado na pedra que me cercava e preenchia. Ela ainda estava lá, como uma doença que se espalha ou recua, e só eu mesmo poderia impedir-lhe o avanço, porque só dependia de mim deixar-me afetar pelos acontecimentos da vida, que são o que são sem que haja intencionalidade ou acaso por trás deles. Tudo é causa e consequência do que foi feito antes, em uma progressão de fatos que geram outros fatos, causando emoções e sentimentos os mais variados: assim é a vida.

Era preciso que eu acreditasse nisso, para poder curar-me; enquanto continuasse pensando que o Universo era um plano sinistro urdido especificamente para me prejudicar, ou então que a Natureza me era devedora de tudo que eu achava merecer, não seria senhor de mim mesmo. E era preciso que eu finalmente me tornasse senhor de mim mesmo, para poder novamente ser livre. Essas noções levaram muito tempo para se concretizar; parece que meu cérebro estava trabalhando com lentidão quase enervante, e tudo custava muito a se tornar parte de mim. Cada pedaço de pedra que me preenchia era substituído por uma dessas ideias, e elas começavam a formar-se em mim, da mesma forma que um dia eu erguera dentro de mim, à moda de Vitrúvio, o restaurante, que quando aconteceu, na realidade se tornou meu flagelo e minha desgraça. Era preciso substituir dentro de mim aquilo que de nada valia por alguma coisa que tivesse verdadeiro valor, e isso não foi nem fácil nem rápido: levou alguns anos de minha vida. Voltei a mover-me muito lentamente, primeiro os dedos, depois a mão, e foi emocionante quando, pela primeira vez depois de doente, toquei o rosto cansado de Sara: ela ficou muda de emoção, beijando-me a mão que a tocara e molhando-a com suas lágrimas.

Daí em diante meu progresso foi lento mas contínuo: eu movi os antebraços, depois as costas, os quadris, e um belo dia, as pernas, não sem antes ter movido cada dedo de cada pé. Meu pescoço, ainda hirto, começou a soltar-se e eu pude mover a cabeça de um lado para outro, olhando o aposento onde me encontrava fazia tanto tempo, e que lentamente ia entrando em foco; o maxilar, no entanto, ainda estava travado, e mesmo não necessitando mais das colheres para abrir-me a boca, Sara e Bak'hir, e às vezes Francisco de Aviz, tinham de abrir-me a boca com esforço, baixando-me o queixo e colocando o alimento, quase todo em formato de papa, sobre minha língua, fechando-me a boca e esperando pacientemente que eu o engolisse. Quando percebi, estava de novo no leito de palha da oca na aldeia dos Mongoyós, comendo o mingau que minha mãe verdadeira me dera: eu recuara no tempo, e com exceção do tamanho, era uma criança de colo, precisando urgentemente amadurecer, tornando-me novamente não apenas um ser humano, mas sim um homem de verdade, capaz de cuidar de mim mesmo. Meu medo era um só: e se quando eu novamente me tornasse homem, meus inimigos se pusessem à minha frente, e mais uma vez me fizessem recair no estado de paralisia total, como desta vez? Conseguiria eu resistir ao impulso de novamente me fechar dentro de minha concha, como um tatu, tornando-me impermeável ao que viesse do mundo exterior, ou teria a coragem necessária para enfrentar o que dele viesse, sem que isso me transmutasse novamente em pedra?

No dia em que me sentei na cama, erguendo a espinha do colchão, Sara chorou como uma criança; ela sentia meu progresso gradativo, mas esse movimento foi súbito e inesperado, e quando ela sorriu para mim, senti que minha boca se distendia e também sorria, apesar dos dentes se manterem firmemente grudados, os dois maxilares rigidamente cerrados, como sempre. Andar também foi uma manobra muito lenta: quando desci ao chão, tive de me ajoelhar, porque a sola de meus pés parecia estar pisando sobre brasas ou agulhas, e acabei engatinhando até a porta do quarto, retornando quase imediatamente ao leito, onde com dificuldade tornei a subir, deitando-me com a cara virada para a parede. Ninguém viu esse momento, e eu aproveitei os poucos instantes em que ficava só para treinar essa nova habilidade, engatinhando cada vez mais tempo, mas sem nunca cruzar o umbral da porta; o que ficava além dela me amedrontava muito. Quando me apanharam engatinhando, eu os surpreendi ainda mais, porque me apoiei na cabeceira da cama e me pus de pé, bamboleante, olhando para o nada, triunfalmente, sendo abraçado por todos em comemoração a mais essa conquista.

Dentro daquele quarto, o abrigo perfeito, eu fui recuperando minhas capacidades físicas cada vez mais depressa, e quando já me sentia forte o suficiente para andar por mim mesmo, fui até a porta e nela me apoiei, pensando se valeria ou não a pena atravessar esse umbral e entrar no mundo que já não conhecia mais. Fiquei um tempo parado, naquela tarde quente e abafada, e subitamente, seguindo um impulso que era mais forte do que eu, atravessei o longo corredor, vendo que a porta da rua, permanentemente aberta, mostrava lá fora uma luz tão clara que sequer me permitia ver a calçada em frente. Eu não me recordava do que havia do outro lado da rua, e por isso fui caminhando lentamente, uma das mãos apoiada na parede a meu lado, os pés pisando com cuidado nos tacos e tapetes que estavam pelo caminho, chegando cada vez mais perto da abertura e da luz que por ela entrava, finalmente parando sob o batente da porta e fixando o olhar no mundo lá fora.

Era o mesmo mundo de antes: apenas, pelo fato de não ter sido visto durante tanto tempo, estava recoberto por uma aura de novidade e beleza que me deixou trêmulo. Fixei os olhos na rua, percebendo que durante minha ausência ela havia sido calçada com paralelepípedos, e que a calçada era feita de imensos blocos de pedra, unidos um ao outro o mais estreitamente possível, sendo o desnível entre a calçada e a rua marcado por um meio-fio da mesma pedra, mas cortada em longos prismas quadrangulares, unidos por peças de metal escuro que neles estavam incrustadas. O outro lado da rua era idêntico, casas, portas, janelas, calçada de pedra com meio-fio idêntico ao do lado de cá. Olhando para a direita, vi o início do Campo de São Domingos, ainda com seu piso de barro socado, mas já apresentando diversos trechos com grama verde. Cheirei o ar, enchendo meu peito com o mundo da Rua dos Ciganos: havia de tudo naquele ar, porque havia de tudo naquele lugar e naquele mundo do qual a Rua dos Ciganos era apenas uma pequena parte. Os diversos ingredientes do mundo exterior tomaram meu peito, preenchendo-me de vida como eu nunca antes a sentira; erguendo os olhos para o céu, vi à minha frente uma grande e luminosa nuvem, dessas que se formam verticalmente, alcançando uma altura inacreditável, tão perfeita e íntegra em sua beleza branca que me deu um nó na garganta. O sol por trás dela a iluminava nas bordas, deixando-a cada vez mais clara e brilhante, com tantos tons de branco quanto a parede caiada do quarto onde eu permanecera morto durante tanto tempo. Era a única nuvem em todo o céu azul esmalte daquela tarde, ali à minha frente como se me esperasse para mostrar-me alguma coisa, e eu finalmente a vi como uma cachoeira de luz que se derramava pelo céu em minha direção, da mesma forma que a Luz original se deixara cair sobre o espaço das Trevas e formara o Universo. Foi o calor dessa luz que finalmente desentrevou meu corpo, como se descesse do *Duvél* Ele-mesmo para curar-me, aquecendo-me e me tornando gente outra vez, enchendo de tal forma minha alma que eu me senti repleto dela, como antes estivera repleto de pedra bruta. Todos os espaços internos de meu corpo foram tomados por essa luz e calor que se derramavam do céu, e enquanto a luz me lavava por dentro, tirando de mim todo e qualquer resquício da pedra que durante tanto tempo fora meu recheio, eu me permiti ser completamente recoberto por ela, os olhos fechados, a face voltada para cima, os braços abertos, sendo ao mesmo tempo a nuvem coalhada de luz e o homem que nela se banhava, recebendo dentro de mim aquilo tudo que não acreditava existir, mas que a partir desse instante era real, verdadeiro, presente e absoluto.

Quando as pessoas da casa começaram a chegar de seus afazeres na rua, encontraram-me à porta na mesma posição, recebendo a luz que vinha do alto, e perfeitamente capaz de percebê-los, um após outro aproximaram-se de mim. Ouvi as vozes de Jaruza e de Manolo das Noites, ouvi a voz de Paco, ouvi a voz de vários outros homens e mulheres que moravam naquela casa ou perto dela, e permaneci como estava: a luz que me banhava me fazia imenso bem. Quando ela começou a se desmanchar por trás do casario à minha frente, já não me aquecendo como antes, senti o toque de Sara em meu braço, e olhei-a, como se a estivesse vendo pela primeira vez. Estavam todos à minha volta, esperando que aquela não fosse apenas uma nova pose da estátua que eu vinha sendo nos últimos tempos, mas um sinal de cura, e tiveram certeza disso quando, vendo a face adorada de Sara, eu a abracei e beijei, sentindo o cheiro de seu suor misturado com o perfume de verbena que ela sempre usava, e a apertei forte em meus braços, enquanto à nossa volta os brados e risos de alívio se multiplicavam. Manolo das Noites disse:

– Milagre da Cigana Velha!

Sara me puxou pelo braço e me levou para dentro, atravessando comigo de volta o corredor que me levara ao mundo exterior, como se eu tivesse saído de um útero e renascido de mim mesmo: em nosso quarto, sentei-me à cama e ela, tirando de dentro da saia a *quísia*, espalhou sobre a colcha o dinheiro que lá havia, contando-o rapidamente e depois colocando-o na mesma lata que eu usara como cofre, e que continuava sobre a cômoda onde guardávamos nossas roupas de baixo e camisas de dormir. Estava cansada, mas firmemente feliz, vendo-me de pé, e em seus olhos já não havia lágrimas, mas sim essa alegria tão concreta que eu mais sentia que via, brilhando à sua volta como uma aura dourada. Ela se sentou a meu lado e, vendo que eu nada dizia, começou a falar, como sempre fazia, dando-me as notícias a que eu nunca prestara atenção, envolvido excessivamente comigo mesmo para levar em conta o que acontecia na realidade.

– *Thé blagoilto kham*, meu amor; o sol te abençoou... Estás até corado, sem aquela cor de vela de cera que tua pele tomou quando paraste de te mover. Sinto em tua pele o calor do sol que tomaste: ele te fez bem. Nunca pensamos em levar-te à rua para que ele te banhasse;

mas também, do jeito que ficaste, era impossível carregar-te, porque pesavas mais do que quatro bois juntos. Virar-te na cama era sempre um esforço de muitos, e eu nunca o consegui fazer sozinha; erguer-te dela para trocar os lençóis, mais ainda, e nunca menos de oito homens foram capazes de levantar-te do leito enquanto eu o arrumava.

Eu não me recordava de nada disso: para mim as únicas pessoas que se haviam aproximado eram Sara, Bak'hir e Francisco de Aviz. Nunca sentira que me erguiam, nunca percebera ninguém, e achava estranhíssimo que o peso de meu corpo tivesse se multiplicado dessa maneira incompreensível: teria mesmo acontecido uma transformação da carne em pedra, como esse peso inacreditável mostrava e eu pensara durante todo o tempo em que estivera paralisado?

Minha voz continuava difícil de sair: a garganta secava, e era como se eu tivesse perdido a capacidade de falar, temendo mais do que tudo dizer a coisa errada e criar novamente os problemas que me haviam destruído. O tempo que eu passara empedrado em mim mesmo certamente me deixaria marcas indeléveis.

– Ah, se soubesses pelo que passamos enquanto estavas morto para o mundo... O homem que possui as nossas dívidas não descansa um minuto: já tivemos de dar-lhe mais do que alguma vez possuímos, e ele ainda continua insatisfeito. Se não fossem os *callé* que trabalham na justiça, já teríamos sido expulsos desta casa onde vivemos. A cada instante, quando menos esperamos, aparece alguém com uma cobrança, e nunca sabemos se é verdadeira ou não. Esse homem tem poderes que desconhecemos, e enquanto não tivermos notícias claras do estado de nossas dívidas, continuaremos assim, dependurados entre o céu e a terra, à mercê do que ele decidir apresentar ou inventar. São contas de armazém, de matadouro, e de vez em quando uma promissória assinada por ti e com quantias verdadeiramente exorbitantes, que eu sei que não gastamos, mas que não podemos discutir: até mesmo alguns dos artesãos a quem ficamos devendo alguma coisa já apareceram aqui, mandados por ele, claro... E eu sei que ele não precisa disso, porque é rico! Sabes quem é esse homem e por que ele nos odeia tanto, a ponto de comprar-nos as dívidas e cobrá-las cem vezes mais do que realmente valem?

A voz continuava presa na garganta: eu nunca havia dito a Sara que os irmãos Raposo eram meus meio-irmãos, e que eram outras dívidas, muito mais antigas, que nos mantinham nesse permanente estado de conflito, uma inimizade fraterna, dessas que residem no sangue e que só o sangue, correndo sobre a terra, pode resolver. Não consegui falar nada, mas chorei: as lágrimas escorrendo soltas por minha face. Com meus problemas pessoais e familiares eu havia conseguido complicar a vida de muitas pessoas, inclusive a mulher que eu amava e os poucos amigos que ainda tinha. Se fosse possível arrepender-me, teria voltado à minha infância e teria seguido as seis alminhas que tinham vindo me buscar, transformando-me em *kuparak* para assombrar aquela que tinha sido minha tribo, porque tudo que fizera depois disso me colocara em um caminho torto, este em que agora me encontrava, arrastando comigo todos aqueles que me eram caros, por me entregar a meus desejos. Talvez eu só desejasse o que não podia ser meu, e por isso estivesse nessa situação terrível, vendo o desgaste de minha mulher, cansada dos esforços que vinha fazendo para sustentar-me e pagar minhas dívidas, tornando-as suas. Eu precisava aprender a controlar meus desejos, porque havia sempre uma grande chance de que eles se realizassem, e sempre que isso acontecia eu me destruía mais um pouco.

Quando Bak'hir chegou, mais tarde, também muito cansado, eu o abracei como a um verdadeiro irmão longamente perdido; as manchas brancas ao redor de seus olhos estavam maiores, e da linha de seu cabelo uma mancha igual, de formato triangular, descia-lhe até quase as sombrancelhas. Pela gola das vestes eu podia ver que tinha manchas do mesmo tipo no pescoço, e ao notar meu olhar de ignorância, ele disse:

— Estou assim, cada vez mais manchado, desde que comecei a trabalhar para a intendência da limpeza... Mas muito feliz de te ver de pé, como o homem que verdadeiramente és...

As mãos de Bak'hir também traziam manchas do mesmo tipo, espalhadas como pintas de uma onça. Ele notou minha curiosidade e sorriu:

— Como dizia meu avô, que também tinha esse vitiligo, é assim que nos camuflamos para que a morte não nos encontre; ela procura por um preto retinto, e quando vê um preto malhado, passa direto... Corro o risco de ficar completamente branco, se continuar nesse passo...

Apertei-lhe as mãos, ainda curioso, e Bak'hir, notando que eu não dizia o que queria saber, antecipou-se à pergunta que eu não fiz:

— Todo vitiligo começa em algum ponto da pele, e de repente se espalha pelo corpo. A de meu avô começou com um machucado em seu pênis, e dali se espalhou da mesma maneira que o meu. O meu também começou assim, mas foi nas costas...

Minha cara de curiosidade deve tê-lo convencido, porque depois de um tempo, com um profundo suspiro, tirou a camisa pela cabeça e virou-se de costas para mim. Em toda a extensão delas, com larguras maiores ou menores, havia listras compridas, começando na nuca e terminando abaixo dos calções que ele sempre usava. Sem medo, pus-lhe a mão nas listras, porque não tinham nenhuma aparência de doença. Eram apenas pele que desistira de sua cor, ficando cada vez mais clara, sem que houvesse nenhuma outra mudança, nem cheiro, nem qualquer secreção.

Bak'hir se virou para mim, a face determinada:

– Por isso nos chamam "tigres"...

Não entendi, e ele continuou, os olhos marejados, o maxilar retesado:

– Sou mais um dos que, no fim da tarde, recolhem os barris de merda e urina das casas, para jogá-los no mar. Fazemos isso todos os dias, porque o povo não quer mais que sua sujeira fique guardada, já que o vice-rei proibiu que seja atirada pelas janelas. Já existem barcaças que recolhem o produto e o atiram no meio da baía, mas de maneira geral nós mesmos fazemos o serviço, nas praias sem areia onde ninguém mora. Eu senti que os líquidos que escorrem do barril me marcavam as costas, e ao ver as costas de meus companheiros, todos negros pobres, alguns deles prisioneiros da coroa, notei as mesmas manchas compridas. Esta é a marca de quem só serve para limpar a sujeira dos cariocas: somos todos listrados, e por isso "tigres"...

De minha garganta quase fechada saiu apenas isso:

– Por quê?

Bak'hir sorriu:

– Não te esqueças que eu te devo a vida, meu amigo, e não existe o que eu não faça para ajudar-te. Quando teus credores começaram a nos pressionar, Sara e eu tivemos de arranjar o que fazer para conseguir pelo menos o dinheiro suficiente para teu sustento, já que estavas paralisado. Se tentássemos qualquer ocupação mais digna, certamente se colocariam à porta dela para reclamar seus direitos, impedindo-nos de exercer nosso mister; por isso ela foi para a rua, ler a sorte nas mãos dos passantes, e eu consegui esse encargo que ninguém deseja, porque paga um pouco melhor do que os outros que me ofereceram...

Sara continuou, acariciando-me as mãos trêmulas:

– Não me restou nenhum outro ofício, marido, e quando uma cigana não tem outra alternativa, ainda lhe resta a de ir para a rua e ganhar alguma coisa lendo a sorte nas mãos dos passantes. Se for apanhada pelas autoridades, ou derem parte de mim como feiticeira, posso até ir presa, como aconteceu umas duas vezes; mas logo me soltam, e eu pude voltar a trabalhar, porque nenhum outro trabalho me coube...

Enfiei a cara nas mãos, soluçando como uma criança a quem tiraram tudo. Eu conseguira perder a dignidade dos que me estavam mais próximos, e essa perda me pesava mais que a pedra em que eu quase me transformara. Certamente causara incontáveis problemas a essa tribo que tão bem me recebera, aceitando-me como um dos seus, mesmo podendo recusar-se a isso; e se mantiveram no mesmo lugar, cuidando de mim, o homem que lhes causara tantos problemas.

Mas isso não era tudo: quando perguntei há quanto tempo isso vinha acontecendo, Sara me disse:

– Quase cinco anos... Agora em março eles se completam, e uma boa parte das ações que te movem caduca, perdendo a validade. As promissórias, se não surgir mais nenhuma, já foram todas resgatadas, réis por réis, e a maior parte dos que nos cobravam já desistiu de nós, vendo que não temos mesmo como lhes pagar. Paco chegou a trabalhar de graça para alguns deles, resgatando uma boa parte da dívida do *Panthéon*, e os que também eram *callé* ou *rom* agiram como agem os ciganos entre si, tratando-nos como gostariam de ser tratados... Creio que, de agora em diante, tudo vai melhorar... E poderemos outra vez ser felizes...

Meu coração perdeu uma batida: cinco anos! Sessenta meses haviam passado sem que eu os percebesse, enquanto o mundo dos que me cercavam se esboroava como barranco sob a chuva: mais de 1.800 dias e noites em que os que me queriam bem, mesmo sabendo ser eu o causador de sua infelicidade, se desvelaram para tratar-me e cuidar de mim. E tudo porque eu tivera o sonho delirante de ser o melhor cozinheiro do mundo, abrindo um restaurante que faria frente aos da França... Eu era mesmo uma grandessíssima besta, mais alimaria que as mulas das tropas em que pensara estar aprendendo a cozinhar. Não me haviam bastado nem o talento nem a vocação para as comidas: eu me esquecera de que a sorte deve forçosamente acompanhar a todos os empreendimentos, para que sejam bem-sucedidos, e eu, com minha teimosia e minhas exigências descabidas, pusera tudo a perder.

A esperança nos olhos de Sara e de Bak'hir, por mais verdadeira que fosse, não me convencia mais: se eu me erguera de mim mesmo, retransformando-me em ser humano, era para poder fazer por eles o mesmo que tinham feito por mim. Se haviam pago a meus credores da maneira que puderam, colocando em risco suas próprias vida e saúde, eu ficara de pé para poder recompensá-los na exata medida, acrescentando os necessários e incalculáveis juros pelo desprendimento com que tinham feito isso, sem que eu precisasse pedir-lhes nada.

Ali estava um bom motivo para tornar a viver: acertar minhas eternas contas com todos que me haviam sustentado na dificuldade, inclusive a que outros me tivessem causado, e com isso fechar definitivamente os livros-caixa que ainda estivessem abertos entre nós, livrando-me deles da maneira que pudesse. Se Sara voltara a ser cigana de rua, se Bak'hir se dispusera a carregar merda de gente nas costas, eu seria capaz de tudo: só não esperassem de mim que voltasse a cozinhar. Essa tarefa estava para sempre afastada de minha vida, pois fora por meio dela que eu conhecera o fracasso e a quase morte.

Não disse nada, ficando apenas no choro sem fim que me assomara e que, ao mesmo tempo, me lavava a alma. Foi só quando, já escura a noite, meu mestre Francisco de Aviz entrou no quarto onde eu me livrava do que tinha sido e sofrido, que consegui falar de maneira coerente, a maior parte em língua Mongoyó, que me voltara à mente como se eu a tivesse aprendido recentemente. Francisco de Aviz, ante o espanto dos outros ao ver-me falar coisas tão estranhas, tranquilizou-os com um gesto, e puxou de sua memória para entender o que eu lhe dizia, porque só a língua de índio me servia nesse momento de decisão e renascimento. Eu me tornara a tábula rasa que meu mestre conhecera na aldeia dos Mongoyós, e ele certamente compreendia por que eu me mostrava assim: seria a única maneira de não mentir para mim mesmo, nem tentar enganá-lo com ideias e experiências aprendidas depois de crescido. Falar assim era minha única chance de honestidade absoluta, e eu a aproveitei, contando-lhe tudo, inclusive os piores momentos, as desavenças comigo mesmo, as audácias mais inconcebíveis, os momentos que ele não vivera comigo e, dos momentos que comigo partilhara, tudo aquilo que permanecia em mim e ele não sabia. Era muito lixo, muita sujeira: como "tigre" de mim mesmo, eu jogava fora barris e barris de merda e urina, dejetos de toda uma vida sem sentido nem valor, como eu a via naquele momento, e Francisco de Aviz era o imenso mar em que eu tudo derramava, sem se sentir em nenhum momento incomodado com aquilo. Da mesma forma, como Sara, eu preparava um futuro novo, no qual eu fosse o melhor Pedro Karaí Raposo que pudesse ser, deixando para trás tudo o que não prestasse.

Quando contei a Francisco de Aviz sobre minha iniciação na Loja do *La Préneuse*, ele teve um momento de espanto, calando-me:

— O que? Com que então tu és pedreiro-livre como eu, e nem sequer te recordaste disso? Não sabes que deverias ter procurado teus Irmãos em busca de ajuda, Pedro? Não sabias que é nosso dever ajudar um

Irmão em dificuldades, e para isso existe um Tronco de Beneficiência, acumulado exatamente para necessidades e emergências como essa?

Eu me esquecera totalmente do fato acontecido: ser maçom, para mim, significara apenas estar envolvido na conjura bahiana, e quando salvara Bak'hir, graças aos serviços do Belo Senhor; preferira guardar essa informação no canto mais escondido de minha memória, junto com a verdadeira identidade de meu amigo e os detalhes de sua participação no movimento da cidade de São Salvador. Minha face enrubesceu: ali à minha frente estava um Irmão, a quem eu sequer saudara como tal, porque de tudo me esquecera.

Uma súbita luz me explodiu na mente e eu, avançando para as duas bruacas de pele branca que estavam encostadas à parede, abri-as, procurando pelo livro onde tinha guardado o papel que o comandante do *La Préneuse* me dera, tantos anos antes. Achei-o: estava mais amarelado que antes entre as páginas do *Don de Comus*, que eu não abrira durante tanto tempo. Meu mestre sopesou o livro antes de abrir o papel dobrado em quatro, dizendo-me:

— Este é o livro que escolheste, dos três que te demos para guardar, não é? Essa foi tua escolha, filho; e vejo que seguiste fielmente aquilo que decidiste fazer de ti mesmo.

Tomei-lhe o livro das mãos e, não com pouca violência, joguei-o de novo no fundo da bruaca, onde caiu junto com tantos outros livros escritos sobre o assunto maldito que não me interessava mais; fiz com que Francisco de Aviz abrisse o papel, e ele, vendo os garranchos amarelados do comandante, me disse:

— É isso mesmo que vejo? Pois tu possuías uma lista de todos os maçons do Rio de Janeiro, e não os procuraste nem uma vez? Esqueceste do teu juramento de fraternidade? Se tivesses te revelado a eles, com certeza te ajudariam...

— Só porque eu sou maçom, Karaí-de-casca?

— Não, Karaí-pequeno, mas porque eles o são! Nosso compromisso de fidelidade funciona em ambas as direções, e se fazemos o que fazemos, é por sermos o que somos, e nunca porque os outros também o são! Ser maçom significa estar mais disposto a dar que a receber, ainda que receber seja aquilo para que todos devemos estar permanentemente preparados, como já deves ter percebido. Eu te entendo: é difícil pedir ajuda, ainda mais para alguém que, como tu, pretende ser autossuficiente e dono de si mesmo. No entanto, Karaí-pequeno, o mundo não se move se não for pelo esforço conjunto de todos; cuidado para que tua autossuficiência, uma vez alcançada, não se torne em egoísmo, e tu novamente fiques preso dentro de teu corpo, como já aconteceu... É preciso acreditar nas boas intenções dos que nos cercam, mesmo que tudo nos diga que não; mas, ao mesmo tempo, usar toda a nossa intuição e racionalidade para fazer a escolha certa, entre todas as possibilidades que se nos apresentam. Nem todos os homens são transparentes: alguns conseguem ocultar seu íntimo de tal forma que nunca chegam a ser verdadeiramente percebidos e desvendados. Para isso, temos de ter nossa atenção permanentemente acesa, tornando-nos conscientes de estar conscientes e agindo sem hesitar no trato com todos.

Em minha alma, muito triste, ficou o sabor amargo do esquecimento e a vã esperança de que a Maçonaria me poderia ter salvado, se eu a procurasse. Mas seria mesmo essa a salvação que eu desejava que a Maçonaria me concedesse? Pelo que sabia, a Ordem não era nem uma Igreja nem uma religião, e seus poderes nasciam mais do verdadeiro conhecimento que das magias ou milagres, os quais dificilmente teriam funcionado na salvação de meu delírio de orgulho. Da maneira como eu me sentia, não poderia nunca ser um verdadeiro maçom: ainda com a mente muito fraca, e sem verdadeiramente enxergar ou compreender o território que existia dentro de mim, não tinha como absorver nem uma gota do conhecimento que ela me poderia dar. Amargo, derrotado, cansado e devedor de tanta gente, eu precisava penitenciar-me de meus equívocos e meus erros, até que de novo me sentisse capaz de erguer a cabeça como um homem livre e enfrentasse o mundo que já me rejeitara tantas vezes, atento, consciente, responsável e pronto para tudo.

A face de meu mestre Francisco estava plácida, como no tempo em que eu o encontrara nas pedreiras de Santa Rita, logo ali ao pé da Vila Rica, extraindo da pedreira os calhaus que o Aleijadinho transformaria em obras de arte: quem sabe não fosse esse trabalho cansativo e desgastante aquilo de que eu precisava para que meu corpo, impossibilitado de mover-se na direção errada, permitisse que minha mente se dirigisse ao lugar certo? Se meu discutível talento para a cozinha havia me destruído, talvez aquele ofício que já fora minha opção de vida uma vez pudesse novamente curar-me, dando-me a certeza de mim mesmo, quanto mais não fosse por utilizar meu corpo até a exaustão, libertando minha mente. Eu disse a meu mestre:

– Karaí-de-casca, eu nunca mais cozinharei; a arte das comidas não me deu nada de bom nem de útil, e nada do que eu sei sobre ela conseguiu fazer-me feliz. Preciso de um novo ofício, não só para sobreviver, mas também para poder arcar com as dívidas que tenho deixado pelo caminho. Creio que, para um dia ser pedreiro-livre, preciso antes de tudo tornar a ser pedreiro de ofício, até que a pedra me ensine a diferença entre mim e ela, coisa que durante cinco anos não consegui distinguir.

– Eu não descartaria o talento que recebeste do Grande Arquiteto assim com tanta rapidez: o que conheces de cozinha certamente não tem valor hoje, mas terá algum dia. Se tua clientela não sabe distinguir um tremoço de um caroço, o problema não é teu: basta ter paciência e esperar que ela chegue a teu nível de conhecimento, aprendendo a separar o ruim do bom, e o bom do ótimo, escolhendo o melhor para si mesmos – meu mestre sorria, as mãos em meus ombros, como era seu costume. – Chegaste antes da hora, Pedro: sonhaste alto demais, e a cidade não estava à tua altura, nem daquilo que produzias com carinho e elegância. Enquanto não superarem a fase do comer e empanturrar-se, caindo em sono cerebral antes mesmo da última colherada, tua arte não lhes será nem um pouco útil.

– Minha arte não lhes interessará nunca, meu mestre, meu talento nunca lhes será de qualquer utilidade. Isso eu já entendi. Hei de achar onde trabalhar, nem que seja tornar-me pedreiro para o resto de minha vida; neste momento, não há nada mais que eu saiba e possa fazer. Em vez de panelas e comida, pedra, em vez de temperos e molhos, pedra, em vez de luxo e elegância, pedra! Não pretendo mais ser pedra, como já fui durante cinco anos, e para isso preciso entender a diferença real que existe entre mim e ela. Como um dia me tornei pedreiro por acaso, quando fugi do palácio da Vila Rica, agora me tornarei pedreiro por vontade própria, para escapar definitivamente desse sonho delirante de ser mestre de cozinha!

Francisco de Aviz me olhou longamente, sua mente fervilhando enquanto analisava todas as possibilidades daquilo que eu lhe dizia. Depois de um tempo, baixou os braços, deu um forte suspiro, apertou-me as mãos como se estivéssemos selando algum pacto, e me disse:

– Voltas a ser pedreiro? Pois eu volto contigo. Se somos Irmãos pedreiros-livres, é preciso que eu te acompanhe, para podermos crescer juntos. Seremos pedreiros lado a lado, trabalharemos a pedra junto um do outro, e tudo aquilo que um de nós descobrir ou perceber, todo segredo ou técnica que cada um assimilar, será propriedade dos dois, porque a viveremos juntos.

Eu fiquei boquiaberto: então esse homem tão culto e versado nas ciências do mundo estava disposto a descer do lugar que ocupava na sociedade, apenas para acompanhar-me em minha busca pela sanidade? Eu não podia aceitar isso.

— Não, meu mestre, de maneira nenhuma! Não posso aceitar que abandones tua vida para acompanhar-me ao mais baixo degrau da sociedade, desgastando o corpo como um escravo apenas para que eu não o faça só! De forma nenhuma!

— Pedro, essa decisão não é tua, mas somente minha: a tua já foi tomada, e se eu desejo te acompanhar nela, essa é minha decisão. Tu fazes o que queres, eu faço o que quero, e se o que ambos queremos nos colocar no mesmo trilho, seguiremos juntos enquanto nossos desejos se sustentarem mutuamente... Notaste que já abandonamos a língua dos Mongoyós faz tempo, e estamos falando o bom e castiço português que eu mesmo te ensinei? Sabes o que isso significa? Tu deixaste de ser o menino que eu reencontrei, ao te ver de pé pela primeira vez em muitos anos; em pouco tempo de conversa te tornaste um homem, capaz de tudo aquilo que quiseres ser, se verdadeiramente o quiseres...

Um sorriso tomou a face de Francisco de Aviz, e ele continuou:

— Eu não perderia nunca a oportunidade de ver de perto a transformação pela qual passarás, de agora em diante, por tua própria vontade e decisão. Quero acompanhar cada mudança que sentires e cada momento que viveres, apenas para poder compreender-te cada vez mais, mas também para aprender contigo aquilo que ainda não aprendi comigo mesmo, porque comparando as tuas e as minhas experiências com a pedra, certamente chegaremos a conclusões extremamente úteis, como aconteceu com nossos antigos Irmãos pedreiros, no tempo em que ainda mourejavam sobre a pedra material, ao mesmo tempo em que burilavam seu espírito...

Francisco de Aviz ergueu um braço, girando-o como se quisesse abarcar todo o mundo.

— Ainda temos muito a aprender, meu Irmão, até que te sintas forte o suficiente para dizer de maneira consciente: sou pedreiro-livre! Quebrando a pedra, o máximo que conseguirás será ser pedreiro, e mais nada; mas a liberdade, esta tens de conquistar transformando a pedra de teu próprio espírito. Quero acompanhar de perto o que se dará contigo, porque só assim entenderei melhor o que se passa comigo: é na troca das certezas e dúvidas que nos tornaremos capazes de ajudar um ao outro, crescendo e nos modificando para melhor. Vamos! É preciso encontrar uma pedreira que nos aceite como oficiais; mas recorda-te que a pedra daqui é o granito, muito mais dura e difícil de trabalhar que a dútil pedra-sabão que conheceste nas Minas Gerais. Não há de ser fácil, mas com o tempo nos habituamos a tudo, porque, se começamos formando nossos hábitos, dia chega em que eles passam a nos transformar...

Francisco de Aviz me tomou pelo braço e, levando-me mais uma vez para o mundo exterior, cruzando o corredor que eu acabara de atravessar, libertando-me mais uma vez e me enchendo de coragem para enfrentar o mundo silencioso das pedreiras, onde o diálogo, quando existe, se dá dentro de cada um, exatamente ali onde o ruído das ferramentas e os gritos dos homens não chegam. Trilhamos a Rua dos Ciganos em direção ao mar, sob o sol que apenas começava a nascer, com passo determinado, buscando o que não sabíamos onde encontrar.

Eu estava em baldas: todos os que me cercavam e me amavam estavam prontos a tudo para me ajudar, mas seus motivos me escapavam, porque meu entendimento das coisas ainda era muito escasso. Na dúvida, perguntei a meu mestre:

– Mestre, por que fazes isso? Por seres maçom?

E Francisco de Aviz me calou com uma simples frase, a mais verdadeira de todas que já ouvi em minha vida:

– Desta vez não, Pedro; faço isso para que tu o sejas...

Capítulo XX

A cidade começava a acordar quando meu mestre e eu passamos pela igreja de Santa Rita, na rua do mesmo nome; o povo já estava atarefadamente enchendo bilhas e baldes com a água do poço da santa, que além de ser considerada líquido milagroso, servia para uso de todos os que moravam ali perto. Havia gente que, com dificuldade, subia a encosta do Morro da Conceição, logo em frente à igreja, carregando recipientes com água para suas casas, algumas perigosamente encarapitadas no alto do morro verde cruzado por picadas da cor do barro, circundando grandes calhaus de pedra cinza escuro que afloravam à superfície de terra. Por sobre todo o ruído da cidade que iniciava sua faina, podíamos ouvir o ruído contínuo de marteladas e do metal mordendo a pedra, o que fez meu mestre dizer:

– Pelo que vejo e ouço, aqui existe pedreira em funcionamento... Sigamos os sinais...

Seguimos pela estreitíssima Rua da Prainha, que ia dar na Pedra do Sal, ao lado direito do Morro da Conceição, onde já existiam a Fortaleza e o Convento: logo abaixo dele, no meio da poeira que não parava de subir, revoluteando pelo ar, um imenso espaço já aberto pela mordida dos cinzéis tornava quase vertical a face do morro. Debaixo de toda aquela vegetação, enraizada em terra boa, havia mais um dos imensos morros de pedra bruta com que o Grande Arquiteto havia salpicado a cidade, e eles iam gradativamente sendo utilizados como material; de construção e revestimento, um depois do outro. Vários já tinham caído pela necessidade de abrir espaço e de aterrar mangues e charcos, ampliando o espaço útil da cidade. Ali daquele lado havia várias hortas, inclusive as que tinham pertencido ao padre Salsa, apelido ganho pelo padre Antônio Martins, que só plantava esse tempero em suas terras, e que agora eram cuidadas por muitos negros, plantando cinco dias para seus donos e dividindo com eles o lucro do que colhiam em seus dois dias de folga, o sábado e o domingo. Muitos deles, tornados forros depois de juntarem dinheiro suficiente para comprar a própria liberdade, mantinham esse acordo de meiação com o antigo senhor, que continuava sem trabalhar mas ganhando, porque os forros, até mesmo para ficar cada dia em melhor situação, suavam as costas sobre a terra, fazendo-a produzir mais e mais a cada dia, e eventualmente até mesmo comprando ou alugando para si alguns outros escravos que lhes fariam o trabalho, ficando apenas como capatazes e feitores de seu labor.

O Morro vinha sendo ocupado desde muitos anos antes, e como para traçar-lhe os caminhos de subida, quando da construção da Fortaleza, fora preciso cortar a pedra, iniciou-se ali a retirada da pedra do morro, primeiro para fazer caminhos, depois para erguer construções e fazer peças de cantaria, e quase deixando de funcionar quando o Convento da Conceição, também no alto da pedra, alegou que os golpes das marretas lhes estavam quebrando os cristais e lâmpadas da igreja. Isso diminuiu o ímpeto mas não o trabalho na pedreira: como o granito ali era de excelente qualidade, quase todas as peças de cantaria usadas nos frontões das novas igrejas e dos prédios mais recentes eram feitos com a pedra retirada da velha pedreira da Conceição, mesmo sob a ameaça de excomunhão dos padres. Já não restava muito a extrair, é verdade: o risco de colapso do morro era grande, porque a curva acentuada que começava na Prainha se estendia para oeste e passava por trás do Beco das Sardinhas, a uma pedrada da Igreja de Santa Rita de Cássia. Mas quando alguém precisava de bom granito, especial, bem cortado e trabalhado, ia imediatamente à velha pedreira da Conceição, onde havia os melhores pedreiros e canteiros do Rio ainda em ação, preservando as técnicas de corte e escultura que seus antepassados tinham trazido de Lisboa.

A face da pedreira, pelo que eu podia ver, já estava quase vertical, e era com extremo cuidado que os pedreiros nela marcavam os blocos de pedra que podiam extrair, a grande maioria vinda do alto e descida até o solo por meio de carretilhas e cordas sustentadas pela musculatura de todos eles, que abandonavam o que quer que estivessem fazendo quando chegava a hora de descer um grande bloco de pedra até o chão, sem deixá-lo cair para não causar nem abalos nem sustos nos padres do convento logo acima de suas cabeças. Quando chegassem ao ponto em que até mesmo um cisco fizesse rachar o grande morro, parariam e ocupariam outra pedreira, como vinham fazendo desde que se tornaram os fornecedores de pedra para a cidade. As marcas de extração de blocos era cada vez menos acentuada, concentrando-se na parte de cima da pedreira, mantendo a base o mais sólida possível para que não houvesse nenhuma avalanche causada por fraqueza na sustentação.

A Rua da Prainha, terminando na Pedra do Sal, possuía um trapiche que era onde o sal vindo da corte era descarregado para uso controlado, sempre a preço muito alto e com impostos escorchantes: havia mesmo quem extraísse o sal de uma lagoa não perene ao norte da cidade, mas mesmo assim o produto seguia a regra real e permanecia como privilégio da Coroa. Esse trapiche também era usado pelas chatas e albuquerques que transportavam as pedras brutas ou já polidas para outros lugares da cidade ou do interior, onde as construções de igrejas e sedes de fazendas não podiam passar sem os arremates de cantaria que eram sinal claro de poder e posses.

O movimento era grande na pedreira da Conceição, encimada pela fortaleza e o convento do mesmo nome, cujos limites já estavam quase à beira do buraco, porque uma pedreira desse tipo só seria abandonada depois que desse tudo o que tinha a dar; esta, infelizmente, já tinha sido ocupada por construções públicas e religiosas, e mesmo algumas casas maiores ou menores, seguindo degraus esculpidos na rocha pelos que ali decidiram habitar, e acabaram se servindo dos pedreiros e canteiros para o traçado dos interessantes caminhos que levavam até o alto do morro. Dentro do terreno onde os blocos eram transformados em pedras menores, pelo esforço dos malhos e cinzéis, havia também um barracão onde carpinteiros, usando os mesmos instrumentos que os pedreiros, trabalhavam peças de madeira com extrema habilidade, formando todo tipo de objeto e de decoração, principalmente adereços e balaustradas de coros e altares, porque as inúmeras sociedades religiosas de que o Rio de Janeiro era possuidor insistiam em ter igrejas exclusivas para suas ordens e rituais, e às vezes uma mesma rua ou um mesmo terreno abrigava duas e até três igrejas, confundindo-se umas com as outras, como se servíssemos três perus assados na salva onde mal e mal coubesse um.

Ali se trabalhava, duro e sem descanso, e eu senti que esse esforço físico seria aquilo de que eu precisava para poder curar a mente e o espírito ainda enfraquecidos pela longa paralisia. Eu retomaria meu serviço braçal, castigando o corpo até que a alma se curasse, e faria isso na companhia de meu mestre Francisco de Aviz, que logo gritou pelo mestre da oficina:

— Olá, mestre da oficina? Aqui há dois pedreiros prontos para o trabalho... Olá, mestre?

Do fundo do barracão surgiu um sujeito espadaúdo e de longas barbas escuras, tisnadas aqui e ali de fios brancos, como seus também longos cabelos, presos por um barrete frígio de cor vermelha: seus olhos eram curiosos e bondosos, mesmo que suas sombrancelhas os mantivessem quase em completa sombra. Pôs as mãos sobre os olhos, para que o sol permitisse a visão de nossas faces, e disse com o forte sotaque chiado dos trasmontanos:

— Que quereis, os dois?

Francisco de Aviz estendeu-lhe a mão, que o luso apertou, e subitamente os dois, como se reconhecendo de muitos anos, abraçaram-se e se saudaram com um beijo em cada face. Antes que ele me estendesse a mão e eu, completamente esquecido de tudo que me haviam ensinado, cometesse qualquer engano, meu mestre disse:

— Esse é meu aprendiz Pedro Raposo, meu Irmão: cabritinho novo em nosso redil, e portanto ainda muito chucro, e por isso fica sob minha responsabilidade... viemos aqui buscar serviço...

— Perfeitamente: que experiência têm, os dois? Pegam no pesado ou são só operativos?

— Cortamos a pedra nas Minas Gerais, na pedreira de Santa Rita...

O homem fez um muxoxo:

— Xi, aquilo de nada vale... É a mesmíssima diferença entre cortar um bife e serrar um osso... Mas sempre se pode aprender, não é verdade, meu Irmão? Tu és da corte, mas o rapaz certamente é ameraba, com essa tez azeitonada e esses olhos tão interessantes. Aqui não pagamos muito, como já deves saber: por mais que nosso trabalho valha, a cada dia se torna menos valorizado, porque a moda agora é reconhecer qualidades só em quem não tem as mãos calejadas, como nós. Mas sempre podemos usar mais dois pares de braços, e na exata medida de vossas capacidades e qualidades, podemos ir crescendo... Não desejo colocar-vos nem na parte mais perigosa nem na mais exigente, que dependem de experiência e conhecimento específicos. Será que se incomodam de estar naquele pedaço em que o grande bloco de pedra é dividido em blocos menores, separando-os de acordo com sua textura, veios e resistência?

– Qualquer coisa que o Irmão nos puder conseguir, está de bom tamanho; precisamos trabalhar, e se pudermos começar já, será melhor ainda... Eu só precisaria de uma muda de roupas, porque essa é a melhor que tenho, e se se acabar, não terei outra para substituí-la...

– Concordo. Quando entraram pela porta, cuidei que fossem um médico e seu ajudante... Vamos; no barracão onde dormimos e comemos sempre existem calções e camisas que se possa usar. Aqui o que é de um é de todos, e só não discutimos o destino que cada um dá a seu dinheiro, no fim da jornada. Temos de tudo um pouco por aqui, até mesmo negros forros, e só nos interessa a capacidade para o trabalho que cada um tenha, não sua vida pregressa: o que nos une a todos, pedreiros e carpinteiros, é o talento para o trabalho manual, do início ao fim do processo. Espero que possamos aproveitar os conhecimentos dos dois... E que os dois também se aproveitem dos nossos...

Os Possíveis Finais para Este Livro

Esse último capítulo foi escrito dia 22 de maio de 2009, horas antes da morte do Zé. E só hoje, quatro anos após sua morte, tive a coragem de reler o livro em sua totalidade, sem pausas, sem intervalos para que dele eu compreendesse tudo. Quero dizer que este livro não tem final porque assim quis o Grande Arquiteto do Universo, mas tem muito mais que isso. Eu poderia lançar mão de muitos artifícios, dos apontamentos deixados, das memórias de nossas conversas, recorrer aos amigos que tanto participavam da criação desta obra, mas prefiro que fique assim, obedecendo à vontade do Universo.

O Cozinheiro do Rei tem o Zé Rodrix em sua essência, em sua totalidade, em que cada passagem há uma revelação de parte de sua vida, parte de nossa vida. Pedro Karaí Raposo sou eu, Zé e todos aqueles que, moldados pela vida, veem seus sonhos se tornarem pesadelos e descobrem que alguns, mais do que outros, pagam pelas ações que não são suas. Cada um de nós tem fantasmas que combatemos, temos um Adversário a se interpor em nossos caminhos, mas, como Pedro Raposo, renascemos a cada dia, nos fazemos ser e tentamos nos tornar seres humanos melhores e livres de preconceitos, de julgamentos e de certezas.

Quando vejo este livro, capítulo a capítulo, trazendo tanto daquilo que meu marido acreditava e lutava por realizar, tenho a certeza de que seu trabalho foi feito. Como Pedro Raposo, ele nasceu antes de seu tempo, o mundo ainda não está preparado para apreender e abraçar o seu legado, mas na esperança de que tempos melhores virão e confiante de que cada vez mais homens livres e de bons costumes irão cruzar nosso caminho, eu coloco no mundo este livro, para ser mais uma pedra na construção do templo interior de quem dele souber aproveitar.

Os finais possíveis para este livro são vários: Pedro Raposo passou anos nas pedreiras e se reconstruiu, viveu com sua Sara por muitos anos, voltou a cozinhar e reencontrou Tiradentes na Rua do Ouvidor, mas todos nós, em algum momento da vida, travamos, endurecemos como a pedra e ficamos insensíveis com aqueles que tanto amamos.

Convido o leitor para que faça seu final para este livro, que aprenda com Pedro Raposo e com o Z. Rodrix a sair da pedreira da vida. Eu chego ao final deste livro conhecendo um pouco mais sobre mim, sobre quem foi meu marido e em que acreditava. E o mais importante de tudo, o que vale mesmo, o que não pode ser medido nem avaliado, é a importância dos verdadeiros amigos em nossa vida.

Júlia Rodrix

Necrológio

Há alguns anos, gostaria de ter a *causa mortis* preferida de meu pai: assassinado aos 98 anos de idade com um tiro dado por um marido ciumento que o tivesse pego em pleno ato... mas hoje não mais. Pode ser de fulminante ataque cardíaco, dentro de minha biblioteca, perto o suficiente da família e dos amigos, mas afastado o bastante para que, alertados pelos cachorros da casa, já me encontrem morto, com um sorriso nos lábios.

Podem sepultar-me em pleno mar, sob a forma de cinzas, já que não poderei ser sepultado *in totum* no jardim de minha casa. Se conseguirem isso, no entanto, que não cobrem entradas para visitação, à moda do irmão da princesa: deixem que, além das pessoas, os passarinhos e os animais da casa se refestelem no lugar, renovando diariamente o eterno ciclo da Natureza.

Ao enterro devem, por meio de convite formal, comparecer todos que foram aos meus lançamentos de livro; nada mais parecido com um velório do que isso.

Peço parcimônia nos eflúvios emocionais; já as risadas devem ser francas e sem limite. Creio inclusive que prepararei com antecedência uma fita de piadas gravadas para animar o velório e manter o pessoal na boa.

Como dizia o Bozo, "sempre rir, sempre rir..."

Lá só deixarei a mim mesmo: mesmo os inimigos que comparecerem para ter certeza de que estou realmente morto, podem voltar para casa em paz. Não pretendo puxar a perna de ninguém à noite nem assombrá-los depois de morto.

Já os amigos podem contar comigo: havendo vida após a morte, volto para avisar, da maneira mais prática e menos assustadora que me for possível. A cremação deve ser feita depois que todos forem embora cuidar de seus próprios afazeres; enfrentar as chamas do forno terrestre já será um grande introito para a vida eterna.

Se conseguir, tentarei ser *crooner* da grande Orquestra de Jazz do Inferno, vulgarmente chamada de SATANAZZ ALL-STARS. Como já vou chegar lá tenente ou capitão, dada minha imensa taxa de maldades realizadas sobre a Terra, creio que não será difícil. Meu castigo certamente será cantar MPBdQ por toda a eternidade, mas mesmo com isso ainda se pode encontrar algum prazer, assim na terra como no inferno... é o que veremos a seguir.

No enterro podem tocar de tudo, menos as músicas que eu tenha feito. Minha morte servirá certamente para que se livrem não apenas de mim mas também de minhas obras. Os herdeiros também não merecem ouvi-las, sabendo que nada herdarão de minha lavra, porque, sendo eu adepto da política do VAI TRABALHAR, VAGABUNDO, como meu pai fez comigo, já tomei providências para que essas músicas não lhes rendam riquezas.

Sendo um velório moderno, recomendo músicas de carnaval antigo, as indiscutíveis, claro, com algumas discretas serpentinas e confetes jogadas sobre o caixão, fechado, naturalmente.

> *Morrer em um sábado à tarde, ser enterrado em um domingo antes do almoço, e estar completamente esquecido na manhã de segunda, sem atrapalhar a vida profissional de ninguém: eis a perfeição que desejo em minha morte.*

Manuscritos Originais do Autor

- O COZINHEIRO DO REI -

A - NA ALDEIA

Pedro

a. NA TRIBO	b. NA VILA	c. NA SENZALA
(mãe)	(pai)	(velha)
(avô)	(irmãos)	(escravo 1)
(irmão)	(irmã)	(escravo 2)
(irmão)	(madrasta)	
(pajé)		
(cacique)	(prior)	
	(frade)	
	(frade)	

— CHARQUEADAS

Arreadas: 1780

Desde havia charqueadas no continente. Para abastecer tais empresas ou para aproveitamento do couro das reses, grupos de colonos, fugindo da ordem policiada, enravam pelos campos sem rumo certo, enriquecendo-se com a rapinagem dos animais. A essa indústria chama-se ARREADA.

Arreada: Extracción furtiva o violenta de ganado ajeno.

Frases do Irmão Perinho —   — Frases de Francisco de Ariz.

1. "Existem o bom-gosto e o mau-gosto, e gosto só se discute com fundamento.

2. O que o macaco come, o homem pode comer sem susto.

3. A Igreja transforma o prazer de comer em Pecado Capital.

4. Desde Ur, na Caldeia, os reis mortos levavam para seu túmulo o cozinheiro real, primeiro ao vivo, e depois em efígie.

5. Nabuzardan era cozinheiro de Nabucodonosor, e incendiou o 1° Templo para no fogo preparar o banquete de seu rei.

6. A descoberta de um novo alimento faz mais bem à humanidade que a descoberta de uma nova riqueza.

7. "Carne, farinha, feijão, arroz — tudo cozinhado"

8. Comer é um gosto adquirido.

9. "O cozinheiro e a modista são agentes do Demônio, pois com molhos e vestidos disfarçam a carne, tornando-a mais apetitosa."

Café no fim de refeição: 1802-1812

Descrita a feijoada, o afrancesado chefe de cozinha de D. João VI exclama: Mais, c'est l'anarchie!

O brasileiro nasce ao mesmo tempo em que nasce a sua cozinha.

Poder e procura do passado é para o indígena uma humilhação. O amerada dispensou sua mentalidade original, e regressar a ela lhe parece um retorno pejorativo.

O interesse, na História, é sempre mau conselheiro.

Tratados de Medicina.
　　　　Correção de Abusos. 1668
　　　　Atalaya de Vida - 1720
　　　　Arcoda Medicinal - 1721
Anacephaleoses Medico-Theologica-Magica-Jurídica-moral e política - (1734)
Medicus Dietetistes - "comida é remédio, a mezinha só ajuda"

Tabua das Frotas Portuguesas.

Portugal - Rio. Portugal ——— 1º Jan / principios de Junho
    "   Bahia   "   ——— 1º Fev / fim de Junho
    "   Recife   "   ——— 15 novembro / até 20 Maio
    "   Pará/Maranhão " ——— 1º Março / 1ª sem. de Agosto

Contrabandos Alimentares:

Presunto / paios / chouriços / queijos do Alentejo e Montemor / passas, figos, amêndoas do Algarve / Sardinhas / Castanhas piladas / ameixas passadas / azeitonas / Cebolas / alho / alecrim / louro

Don des Comus — 1730
Arte de Cozinha — Domingos Rodrigues (1680)
Nova Arte da Cozinha — Lucas Rigaud (1693(?) - 1788)

"Gastronomia: a Arte Suprema de se envenenar uma pessoa o mais agradavelmente possível"

"Forma-se cozinheiro / nasce-se assador"

"Mais valeria não ter nascido aquele que reflete sobre quatro coisas: o que está acima, o que está abaixo, o que está antes e o que está depois."
(Talmud, Hagigah 2.1)

"Nossa causa é um segredo dentro de um segredo, o segredo de algo que permanece velado, um segredo que apenas outro segredo pode explicar. É um segredo sobre um segredo que se satisfaz com outro segredo."
(J'Far al-Sadiq, sexto Imam)

Capítulo VIII

1. — viagem com ter trópos: o cozinheiro oficial morre no 20º dia de viagem, saindo do Líbano até em direção a Bruxelas.
2. — rodízio de cozinheiros: no primeiro dia Pedro rejeita a comida, e quando lhe perguntam se pode fazer melhor, diz que sim: nessa noite é reconhecido oficialmente como grande cozinheiro do cozinha.
3. Pedro acaba se tornando-se exclusivamente em cozinheiro de topo: seu trabalho de cozinheiro é assumido por outros.
4. Durante um ano volta ocultamente ao Rio de Contas duas vezes, ficando na Rua de Lama. Sabe sobre a morte do pai, e entende que Manoel Mauricio é que armou o assassinato, mas que pode mudar de tudo para o cunhado assassino.

O COZINHEIRO DO REI

(A) – NA ALDEIA – (Ocupação dos índios Finalizada em 1757) / (Guerra dos Guaranis (1754/1756)
Pai laça mãe – qde. prisão de índios – fim dos Jesuítas – (1759)
(chegar marceborilos) – criado na tribo – aos 8/10 anos, antes da
Batocada, pai o leva para a casa (deu vida digna ao índio) –
(contar as explorações dos pintores de P.) Mitologia do trigo –
Sofrem os padres franceses – fazem as hortas sob os livros e a cozinha –
Relação ruim com os irmãos (portugueses / paulistas) – apanhou pela irmã –
Dueto de explicar – (arrebanharam todos o trilho p/ a Itália)
Portugueses tornam-se elite letrada / Imposto excessivo ô criado –
– Criar as comidas indígenas // – Cozinha da casa grande / Bd –
(início construção da igreja da Pantana) – força dos padres c/ os livros –
3 livros bases do Hervé: Caromotz (ou similar) / Brillat-Savarin / Caraca –
Morreu o pai / explosão de casa nova (Ruela) / Resolveu trigo / Nada encontra /
Tropismos.   (1775)

Criticam cozinha africana durante esta época

1757 – ocupação dos índios é abolida   (1773 – 1831 –)

1758 –			
1759 / Expos. Jesuítas –	16) 1779		6
1760	1780		7
1761	1781		8
1762	1782 – Wizcondu Morreu / Souberam Minas		9
★ 1763 – Rio de Janeiro torna-se a sede do Vice-Rei	1783 – Padres fogem p/ o interior com livros –		10
1) 1764	1784 – Nasce Carême –		11
2) 1765	1785 – Destaque na tropa		12
3) 1766	1786 –		13
4) 1767	1787 – Brz Estudantes mentiam idade p/ 19 da Univ. de Coimbra.		14
5) 1768	1788		15
6) 1769	1789 – Incontinência (Ministra – / Rev. Francesa –		16
7) 1770	1790		17
8) 1771 – Início explor. minérios diretamente pela Coroa –	1791		18
9) 1772	1792 – Enforcam os Tiradentes		19
10) 1773 – Extinção da Cia. de Jesus. ★	1793		20
11) 1774	1794 – Fim da escravidão nas colônias francesas –		21
12) 1775 – Tiradentes entra na carreira militar. 2	1795		22
13) 1776 – Revolução Americana 3	1796		23
14) 1777 – Mortem de Sto. Ildefonso 4	1797 – Morre Dom José / Queda de Pombal / Cons. da Inc.		24
15) 1778 5	1798 – Conjuração dos Alfaiates –		25

biblioteca — bibfflch@edu.usp.br

HISTÓRIA DO BRASIL INDEPENDENTE: ESMORALDA BLANCO B. DE MOURA.
  "   "   "   COLONIAL: ILANA BLAJ (IlanaBlaj@usp.br)
  "   '   "   "   : NOVA LUCIA DO AMARAL FERREIRA (uferlin@usp.br)

www.ibict.br/antares/comut.htm

Os quatro pregos

Diz a lenda:
Quatro pregos eram forjados
para fazer morrer o Redentor

Viu-os uma filha do vento
que chorassava a folhia
no seu caminhar pelos estrelos
do mundo

Um apenas subtraiu
que o soldado não percebeu

E Ele assim foi crucificado,
com tres pregos somente

O quarto prego permanjou a
dor
dos sinos ao Redentor

Diz a lenda

Capítulo III
- descrição dos Irmãos da Trindade
  (revelação d judaísmo de porão?)
- cozinha dos filhos p/ os brancos
- Festa de Santana
- mulher do Raposo assume Karaí-Pequeno.
- caravana de ciganos - leitura de mão -

detalhe: (!) os de Trindade ñ comem porco.

Capítulo IV.
   Karaí-pequeno batizado como Pedro Raposo, vai morar na fazenda
do Anpoão, mas pouco a frequenta a ureda; os Trindade fundam
um povoado a nova casa, d p/ o qual Sebastião Raposo cede
pedras como fundações.
- estabelecer a rivalidade em Manoel/Mauricio (os mesmos)
  e a paixão por Maria Selanamina.
- cena da morte da mãe de Pedro (retorno ao aldeamento)

Sei que estiveste na cozinha, mas ñ sei se estiveste na sala.
Estive na sala e também na cozinha.

Tamoios contam para Pedro a forma pela qual
a vila de Cons o Arraial de Conquista foi
fundada: a destruição de tribo dos Monpoyó.

¹ Pontadas de Cysneiros:
  Tropas e Tropeiros na Formação do Brasil
2 Magalh. Tom e Mª Regina Camargo — Aupuste, 1961
  O folclore de Tropas, Tropeiros e Ciganos no Vale do Paraíba.
3. Schmidt, Carlos Borges   Mec 1980
  Tropas e Tropeiros
                          Paulistânia, 1954/1960

Curiosidades Brasileiras
  Sorocaba.

Leitura Recomendada

O Encanto das Magias e Imantações Ciganas
Elizabeth da Cigana Núbia

Esse livro traz os ensinamentos de magias, encantamentos e imantações ciganas. Trata-se de um conhecimento de grande importância para os ciganos e a todos que se interessam pela cultura desse povo. A autora explica que todo o aprendizado deverá ser feito com muita seriedade, pois se está lidando com forças ocultas; portanto, é primordial ter muito respeito, e a pessoa precisa estar realmente pronta e segura.

Clãs Ciganos de Luz do Astral
Marcelo Ruiz e Solange Magrin Ruiz

Os ciganos são conhecidos como filhos da natureza; como eles mesmos dizem, seu teto é o céu, sua luz são as estrelas e a sua religião é a liberdade. Creem em Deus (*Dhiel*) e são devotos de Santa Sara Kali.

Girando a Chave de Hiram
Tornando a Escuridão Visível

Robert Lomas

Há muito tempo a Ordem necessita de um livro sério a respeito de seus aspectos espirituais. Depois do sucesso de *O Livro de Hiram*, publicado pela Madras Editora, *Girando a Chave de Hiram* veio para preencher essa lacuna com o projeto de explorar os profundos sentimentos que a Maçonaria provoca no autor — Robert Lomas.

www.madras.com.br

Leitura Recomendada

A LENDA DE HIRAM NOS GRAUS INEFÁVEIS DO R.E.A.A.
O Templo de Salomão

Denizart Silveira de Oliveira Filho

O Rito Escocês Antigo e Aceito é um dos mais praticados na Maçonaria, especialmente no Brasil. Acredita-se que na época dos grandes construtores, como a da construção do grande Templo de Salomão, os Ritos obedeciam aos preceitos religiosos hebreus. Depois se descobriu que entre os egípcios existiam rituais específicos, guardados sigilosamente, pois continham os segredos da construção das pirâmides.

O LIVRO DE HIRAM
Maçonaria, Vênus e a Chave Secreta para a Revelação da Vida de Jesus

Christopher Knight e Robert Lomas

Quando os maçons Christopher Knight e Robert Lomas decidiram pesquisar as origens dos velhos rituais de sua Ordem, não esperavam se envolver com a Astronomia Pré-histórica, nem emaranhar-se no desenvolvimento do Cristianismo. Catorze anos depois, eles concluem sua missão com *O Livro de Hiram*. A obra traz novas e explosivas evidências desenhadas pelas últimas descobertas arqueológicas, pela Bíblia e por antigas versões dos rituais maçônicos.

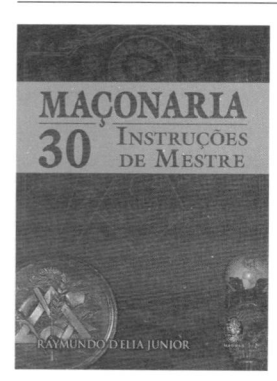

MAÇONARIA
30 Instruções de Mestre

Raimundo D'Elia Junior

Somando às obras Maçonaria – *100 Instruções de Aprendiz* e *Maçonaria – 50 Instruções de Companheiro*, com essa o autor conclui sua trilogia, facilitando o estudo sobre os três primeiros Graus da Maçonaria Simbólica. São instruções a respeito do Terceiro Grau, o de Mestre Maçom, mas que podem e devem ser lidas pelos Irmãos dos demais Graus, ou por todos os interessados em melhor conhecer sua etapa de evolução na senda maçônica.

O autor adota o jogral como sistema de apresentação das instruções, o que contribui para criar agilidade no pensar e falar e aumenta a concentração dos integrantes, tanto dos que usam a palavra quanto dos que se instruem. A obra pode ser lida por maçons de todos os Ritos e por aqueles que querem conhecer mais sobre a Maçonaria, que é uma Instituição plena de simbolismo.

www.madras.com.br

Leitura Recomendada

Maçonaria
100 instruções de aprendiz
Raymundo D´elia Júnior

O autor reuniu nesta obra um total de 100 instruções que nortearão o Aprendiz em sua senda maçônica, facilitando o seu estudo e entendimento a respeito do Primeiro Grau da Maçonaria.
Entre as orientações, o Aprendiz aprenderá que ele deve estar desprovido de quaisquer sentimentos contrários aos princípios norteadores da Sublime Ordem para que entenda o exato sentido da Verdadeira Luz, recebida na Iniciação.

A Maçonaria e o Nascimento da Ciência Moderna
O Colégio Invisível
Robert Lomas

Em 1660, poucos meses antes da reintegração de Carlos II, um grupo de 12 homens, incluindo Robert Boyle e Christopher Wren, reuniu-se em Londres a fim de organizar uma sociedade para estudar os mecanismos da Natureza.

Maçonaria Escocesa
Ensaios Culturais
João Ferreira Durão

Essa obra reúne trabalhos apresentados em Loja Simbólica, lidos em corpos superiores do Rito Escocês Antigo e Aceito ou publicados em jornais e revistas do meio maçônico, os quais mostram o desenvolvimento da Maçonaria ao longo dos anos, apreciando ou mobilizando movimentos de grande importância na história do nosso país, como a Conjuração Mineira e a Independência do Brasil.

www.madras.com.br

Leitura Recomendada

Maçonaria
50 Instruções de Companheiro
Raymundo D´Elia Junior

Aqui são apresentadas 50 instruções aos maçons do Segundo Grau, o de Companheiro, mas que podem e devem ser lidas pelos Irmãos dos demais Graus ou por todos aqueles interessados em conhecer melhor essa etapa tão importante da evolução do homem em sua senda maçônica. Trata-se de um trabalho de intensa pesquisa, com o intuito de auxiliar os maçons e as Lojas pertencentes aos vários Ritos.

Maçonaria
Simbolismo e Tradição
Raymundo D'Elia Junior

Essa é uma obra que pode ser lida por maçons de todos os Ritos e por aqueles que querem conhecer um pouco mais a respeito da Maçonaria, uma Instituição secular repleta de simbolismo e que mantém sua tradição preservada em todo o mundo. Trata-se de um trabalho de intensa pesquisa do autor, no intuito de oferecer aos adeptos da Ordem ferramentas para maior conhecimento e aprendizado sobre a Doutrina Maçônica.

Magias e Encantamentos Ciganos
Elizabeth da Cigana Núbia

Este livro ensina o leitor a fazer magias e simpatias da tradição cigana, que poderão ser úteis em diversas situações que necessitem das forças cósmicas do Universo, as quais podem ser ativadas por todo aquele que acredita nessa energia etérea.
A autora enfatiza que tudo em nossa vida tem um tempo certo para acontecer. Por isso, até mesmo quando praticamos uma magia ou fazemos uma simpatia, é preciso ter calma, fé, otimismo, paciência, equilíbrio e a certeza de que conseguiremos tudo de acordo com o nosso merecimento.

www.madras.com.br

Este livro foi composto em Minion Pro, corpo 11,5/13.
Papel Offset 75g
Impressão e Acabamento
Orgráfic Gráfica e Editora — Rua Freguesia de Poiares, 133
— Vila Carmozina — São Paulo/SP
CEP 08290-440 — Tel.: (011) 6522-6368 — orcamento@orgrafic.com.br

MADRAS® Editora
CADASTRO/MALA DIRETA

Envie este cadastro preenchido e passará a receber informações dos nossos lançamentos, nas áreas que determinar.

Nome _____
RG _____ CPF _____
Endereço Residencial _____
Bairro _____ Cidade _____ Estado ___
CEP _____ Fone _____
E-mail _____
Sexo ❑ Fem. ❑ Masc.   Nascimento _____
Profissão _____ Escolaridade (Nível/Curso) _____

Você compra livros:
❑ livrarias   ❑ feiras   ❑ telefone   ❑ Sedex livro (reembolso postal mais rápido)
❑ outros: _____

Quais os tipos de literatura que você lê:
❑ Jurídicos   ❑ Pedagogia   ❑ Business   ❑ Romances/espíritas
❑ Esoterismo   ❑ Psicologia   ❑ Saúde   ❑ Espíritas/doutrinas
❑ Bruxaria   ❑ Autoajuda   ❑ Maçonaria   ❑ Outros:

Qual a sua opinião a respeito desta obra? _____
_____

Indique amigos que gostariam de receber MALA DIRETA:
Nome _____
Endereço Residencial _____
Bairro _____ Cidade _____ CEP _____

Nome do livro adquirido: <u>O Cozinheiro do Rei</u>

Para receber catálogos, lista de preços e outras informações, escreva para:

MADRAS EDITORA LTDA.
Rua Paulo Gonçalves, 88 – Santana – 02403-020 – São Paulo/SP
Caixa Postal 12183 – CEP 02013-970 – SP
Tel.: (11) 2281-5555 – Fax.:(11) 2959-3090
www.madras.com.br